Um reino de sonhos

Judith McNaught

Um reino de sonhos

Tradução
Valéria Lamim

2ª edição

Rio de Janeiro | 2024

Copyright © 1989 by Eagle Syndication, Inc.

Título original: *A kingdom of dreams*

Capa: Túlio Cerquize
Imagem de capa: © Lee Avison / Trevillion Images

Texto revisado segundo o novo
Acordo Ortográfico da Língua Portuguesa

2024
Impresso no Brasil
Printed in Brazil

CIP-BRASIL. CATALOGAÇÃO NA PUBLICAÇÃO
SINDICATO NACIONAL DOS EDITORES DE LIVROS, RJ M429r

McNaught, Judith

M429r Um reino de sonhos / Judith McNaught; tradução de Valeria Lamim. –
2ª ed. 2ª ed. – Rio de Janeiro: Bertrand Brasil, 2024.

Tradução de: A kingdom of dreams
ISBN 978-85-286-2232-4

1. Romance americano. I. Lamim, Valeria. II. Título.

CDD: 813
17-43712 CDU: 821.111(73)-3

Todos os direitos reservados. Não é permitida a reprodução total ou parcial desta obra, por quaisquer meios, sem a prévia autorização por escrito da Editora.

Direitos exclusivos de publicação em língua portuguesa somente para o Brasil adquiridos pela:
EDITORA BERTRAND BRASIL LTDA.
Rua Argentina, 171 – 3º andar – São Cristóvão
20921-380 – Rio de Janeiro – RJ
Tel.: (21) 2585-2000

Atendimento e venda direta ao leitor:
sac@record.com.br

*Aos sorrisos desdentados e aos brinquedos de bebê;
Aos jogos da Liga Infantil e às lágrimas que você não chorava;
Aos carros velozes, às garotas bonitas e ao futebol universitário;
À compaixão, ao encanto e ao humor;
Ao meu filho.
Percorremos um longo caminho juntos, Clay*

Notas especiais de gratidão...

À minha secretária, Karen T. Caton,
Por todas as noites frenéticas em que trabalhou até tarde ao meu lado;
por nunca ter perdido a paciência ou o bom humor;
e por nunca ter perdido o contato *comigo*!

e

Ao dr. Benjamin Hudson,
do Departamento de História da Universidade
Estadual da Pensilvânia,
que me deu respostas quando não consegui
encontrá-las em nenhum lugar.

e

À dra. Sharon Woodruff,
por sua amizade e incentivo.

1

— Um brinde ao duque de Claymore e à sua noiva!

Em circunstâncias normais, esse convite para que brindassem a um casamento teria arrancado sorrisos e aplausos das damas e dos cavalheiros elegantemente vestidos que estavam reunidos no grande salão do castelo de Merrick. Eles teriam levantado as taças de vinho e oferecido outros brindes para celebrar um matrimônio majestoso e nobre como o que estava prestes a acontecer no sul da Escócia.

Porém, não naquele dia. Não naquele casamento.

Naquele casamento, ninguém ovacionou ou levantou a taça de vinho. Naquele casamento, todos observavam uns aos outros, e todos estavam tensos. A família da noiva estava tensa. A família do noivo estava tensa. Os convidados, os servos e os cães de caça no salão estavam tensos. Até mesmo o primeiro conde de Merrick, cujo retrato estava pendurado acima da lareira, parecia tenso.

— Um brinde ao duque de Claymore e à sua noiva — pronunciou novamente o irmão do noivo, com a voz soando como uma trovoada em meio ao silêncio forçado e sepulcral do apinhado salão. — Que eles desfrutem de uma vida longa e próspera juntos!

Normalmente, esse antigo brinde provoca uma reação previsível: o noivo sempre sorri com orgulho porque está convencido de ter realizado algo muito maravilhoso. A noiva sorri porque pôde convencê-lo disso. Os convidados sorriem porque, em meio à nobreza, o matrimônio implica a união de duas famílias importantes e de duas grandes fortunas, o que, por si só, é motivo para uma grande comemoração e uma alegria excepcional.

Porém, não naquele dia. Não naquele 14 de outubro de 1497.

Tendo feito o brinde, o irmão do noivo levantou a taça e sorriu de modo sombrio para o noivo. Os amigos do noivo levantaram as taças e sorriram fixamente para os parentes da noiva. Os parentes da noiva levantaram as taças e sorriram friamente uns para os outros. O noivo, que parecia ser o único imune à hostilidade no salão, levantou a taça e sorriu serenamente para a noiva, mas o sorriso não chegou aos seus olhos.

A noiva não se deu ao trabalho de sorrir para ninguém. Parecia furiosa e revoltada.

Na verdade, Jennifer estava tão furiosa que mal se dava conta das pessoas ali. Naquele instante, cada fibra de seu ser se concentrava em seu apelo desesperado e de última hora a Deus, que, por falta de atenção ou de interesse, havia permitido que ela chegasse àquela situação lamentável? *"Senhor"*, clamou em silêncio, engolindo o nó de terror que se avolumava em sua garganta, *"se vais fazer algo para impedir este matrimônio, terás de ser rápido, ou em cinco minutos será tarde demais! Sem dúvida, mereço algo melhor do que este matrimônio imposto com o homem que roubou minha virgindade! Eu não me entreguei a ele, tu bem sabes!"*.

Ao se dar conta da estupidez de repreender o Todo-Poderoso, ela rapidamente passou a suplicar: *"Eu não tentei sempre te servir bem?"*, sussurrou em silêncio. *"Eu não obedeci sempre a ti?"*

"NEM SEMPRE, JENNIFER", retumbou a voz de Deus em sua mente.

"Quase *sempre*", corrigiu Jennifer, desesperada. *"Eu ia à missa todos os dias, exceto quando ficava doente, o que era raro, e fazia minhas orações todas as manhãs e todas as noites*. Quase *todas as noites"*, corrigiu depressa antes que a consciência pudesse contradizê-la novamente, *"exceto quando adormecia antes de ter terminado. E eu tentei, eu realmente tentei ser tudo o que as boas irmãs da abadia queriam que eu fosse. Tu sabes o quanto me esforcei! Senhor"*, concluiu, desesperada, *"se me ajudares a escapar dessa situação, nunca mais serei teimosa ou impulsiva"*.

"NISSO EU NÃO ACREDITO, JENNIFER", retumbou Deus, em tom de dúvida.

"Não, eu juro", respondeu ela com sinceridade, propondo um acordo. *"Eu faço o que quiseres; volto para a abadia e dedico a minha vida à oração e..."*

— Os contratos matrimoniais foram devidamente assinados. Tragam o padre — ordenou Lorde Balfour, e Jennifer começou a ofegar de modo agitado e sobressaltado, repassando em sua mente todos os pensamentos de possíveis sacrifícios.

"*Deus*", implorou em silêncio, "*por que estás fazendo isso comigo? Não vais deixar isso acontecer comigo, vais?*".

O silêncio caiu sobre o grande salão quando as portas se abriram.

"*SIM, JENNIFER, EU VOU.*"

A multidão abriu-se automaticamente para receber o padre, e, para Jennifer, era como se a vida estivesse chegando ao fim. Seu noivo tomou o lugar ao seu lado, e Jennifer afastou-se alguns centímetros, com o estômago embrulhado de ressentimento e humilhação, por ter de suportar a proximidade dele. Ah, se ela *soubesse* que um ato descuidado poderia terminar em desastre e desgraça. Ah, se ela não tivesse sido tão impulsiva e imprudente!

Fechando os olhos, Jennifer deixou de ver os rostos hostis dos ingleses e os rostos assassinos de seus parentes escoceses, e, em seu coração, enfrentou a dolorosa verdade: impulsividade e imprudência, seus dois maiores defeitos, haviam-na levado àquele terrível fim, as duas mesmas falhas de caráter que a tinham levado a cometer todas as suas tolices mais desastrosas. Essas duas falhas, com um desejo desesperado de fazer com que o pai a amasse como amava os enteados, haviam sido responsáveis pela tragédia em que se transformou sua vida:

Quando tinha quinze anos, foram essas coisas que a levaram a tentar se vingar de seu astuto e rancoroso meio-irmão, de um modo que parecia certo e honroso: vestir secretamente a armadura de Merrick e, então, enfrentá-lo, de maneira justa, na arena. Esse admirável desvario lhe rendeu uma boa surra do pai, bem ali no local do duelo, e só um pouquinho de satisfação por haver derrubado seu malvado meio-irmão do cavalo!

No ano anterior, esses mesmos atributos fizeram-na comportar-se de tal maneira a levar o velho Lorde Balder a reconsiderar o pedido de sua mão, e, ao fazer isso, destruir o sonho que seu pai acalentava de unir as duas famílias. E foram essas coisas, por sua vez, que a levaram a ser internada na abadia de Belkirk, onde, sete semanas antes, ela se tornaria presa fácil do exército de saqueadores do Lobo Negro.

E agora, por causa de tudo isso, ela estava sendo forçada a se casar com seu inimigo; um brutal guerreiro inglês cujos exércitos haviam oprimido seu país, um homem que a havia capturado, mantido como prisioneira, tirado sua virgindade e destruído sua reputação.

Porém, agora era tarde demais para orações e promessas. Seu destino fora selado desde o momento em que, sete semanas antes, foi atirada aos pés do arrogante animal que se encontrava ao seu lado, amarrada como uma perdiz em dia de festa.

Jennifer engoliu em seco. Não, antes disso: ela havia tomado aquele caminho para o desastre naquele mesmo dia mais cedo, quando se recusara a ouvir as advertências de que os exércitos do Lobo Negro estavam nas redondezas.

No entanto, por que *deveria* ter acreditado, clamou Jennifer em sua própria defesa. *"O Lobo está marchando contra nós!"*, esse era o grito de destruição que se dava de modo apavorado quase todas as semanas ao longo dos últimos cinco anos. Porém, naquele dia, sete semanas antes, aquele aviso, lamentavelmente, se cumprira.

A multidão no salão agitou-se, inquieta, buscando um sinal do padre, mas Jennifer estava perdida em suas lembranças daquele dia...

Na época, o dia parecia excepcionalmente bonito, o céu tinha um tom azul alegre, o ar era agradável. O sol brilhava sobre a abadia, banhava com sua clara luz dourada os pináculos góticos e as abóbodas graciosas, irradiava-se generosamente sobre a pequena aldeia adormecida de Belkirk, que ostentava a abadia, duas lojas, trinta e quatro habitações e um poço de pedra público bem no centro dela, onde os aldeões se reuniam nas tardes de domingo, como estavam fazendo naquele momento. Em uma colina distante, um pastor cuidava de seu rebanho, enquanto, em uma clareira não muito afastada do poço, Jennifer brincava de cabra-cega com os órfãos que a abadessa havia confiado aos seus cuidados.

Nesse cenário tranquilo de risos e descontração, tivera início aquela farsa. Como se, de algum modo, pudesse mudar os acontecimentos ao revivê-los na mente, Jennifer fechou os olhos e, de repente, lá estava ela outra vez na pequena clareira com as crianças, com o capuz cobrindo-lhe completamente a cabeça...

— Onde está você, Tom MacGivern? — gritou ela, andando às cegas com os braços estendidos, fingindo ser incapaz de localizar o garoto de nove anos que dava risadinhas e estava, pelo que diziam seus ouvidos, a apenas um passo de distância à sua direita. Sorrindo debaixo do capuz que lhe cobria o rosto, ela fez a pose de um "monstro" clássico, com os braços levantados, os dedos abertos como se fossem garras, e começou a pisar forte, chamando com uma voz grave e sinistra:

— Você não pode fugir de mim, Tom MacGivern.
— Ha! — gritou ele, à direita dela. — Você não vai me encontrar, cabra-cega!
— Vou, sim! — ameaçou Jenny e, então, premeditadamente, virou-se para a esquerda, o que provocou uma onda de risos vinda das crianças escondidas atrás de árvores e agachadas ao lado de arbustos.
— Peguei você! — gritou Jenny de maneira triunfante, alguns minutos depois, ao se lançar sobre uma criança em fuga que dava risadinhas e segurar um pequeno pulso.

Sem fôlego e rindo, Jenny arrancou o capuz para ver quem havia capturado, sem se dar conta do cabelo ruivo caindo sobre seus ombros e braços.
— Você pegou a Mary! — alardearam as crianças, alegremente.
— A cabra-cega agora é a Mary!

A garotinha de cinco anos ergueu os olhos castanho-claros arregalados e apreensivos para Jenny, com o corpo franzino tremendo de medo.
— Por favor — sussurrou, agarrando-se à perna de Jenny —, eu... eu não quero usar o capuz... vai ficar escuro aí dentro. Eu tenho que usar?

Com um sorriso tranquilizador, Jenny ternamente tirou o cabelo que cobria o rosto fino de Mary.
— Não, se você não quiser.
— Eu tenho medo de escuro — confidenciou Mary desnecessariamente, os ombros estreitos caídos de vergonha.

Colocando-a nos braços, Jenny lhe deu um abraço bem apertado.
— Todo mundo tem medo de alguma coisa — disse e, de modo provocativo, acrescentou: — Eu, por exemplo, tenho medo de... de *sapos*!

A confissão desonesta fez a garotinha rir.
— Sapos! — repetiu ela — Eu gosto de sapos! Não tenho nem um pouquinho de medo de sapos.
— Veja... — disse Jenny enquanto a colocava no chão. — Você é muito corajosa. Mais corajosa do que eu!
— Lady Jenny tem medo de sapos bobinhos — disse Mary para o grupo de crianças quando elas correram para frente.
— Não, ela não... — começou o jovem Tom, saindo rapidamente em defesa da bela Lady Jenny, que, a despeito de sua posição altiva, estava sempre pronta para qualquer coisa, inclusive para erguer as saias e atravessar a lagoa, para ajudá-lo a apanhar um sapo-boi ou subir em uma árvore, rápida como um gato, para resgatar o pequeno Will, com medo de descer.

Tom silenciou-se diante do olhar suplicante de Jenny e não mais argumentou sobre o suposto medo que a jovem tinha de sapos.

— Eu coloco o capuz — ofereceu-se, enquanto olhava com veneração para a jovem de dezessete anos que usava o vestido austero de uma noviça, apesar de não ser uma, e que, além disso, definitivamente não *agia* como tal. Ora, no último domingo durante o longo sermão do padre, a cabeça de Lady Jenny caíra para frente, e somente a tosse ruidosa e fingida de Tom no banco de trás despertou-a antes que fosse flagrada pelo olhar aguçado da abadessa.

— É a vez de Tom usar — concordou Jenny de imediato, enquanto lhe passava o capuz.

Sorrindo, ela observou as crianças dispararem para o esconderijo favorito delas e, em seguida, ergueu a touca e o véu curto de lã que havia tirado para ser a cabra-cega. Com a intenção de ir ao poço onde os aldeões questionavam afoitamente alguns homens de um clã a caminho de casa que passavam por Belkirk, vindos da guerra contra os ingleses em Cornwall, ela levantou o véu para colocá-lo.

— Lady Jennifer! — chamou, de repente, um dos homens da aldeia. — Venha depressa; há notícias do senhor.

Esquecendo-se do véu e da touca na mão, Jenny começou a correr, e as crianças, ao perceberem o alvoroço, pararam de brincar e correram atrás dela.

— Que notícias? — perguntou Jenny, ofegante, examinando com o olhar fixo os rostos impassíveis dos grupos de homens do clã. Um deles deu um passo à frente, tirando respeitosamente o capacete e apoiando-o na curva do braço.

— Você é a filha do senhor de Merrick?

À menção do nome Merrick, dois dos homens junto ao poço, de repente, pararam de puxar um balde de água para cima e trocaram olhares assustados e malévolos antes de abaixarem rapidamente a cabeça outra vez, mantendo o rosto na sombra.

— Sim — respondeu Jenny, afoita. — Tem notícias de meu pai?

— Sim, milady. Ele está vindo por este caminho, não muito atrás de nós, com um grande grupo de homens.

— Graças a Deus — sussurrou Jenny. — Como está a batalha em Cornwall? — perguntou alguns instantes depois, pronta agora para esquecer seus interesses pessoais e dedicar sua preocupação à batalha que os escoceses estavam travando em Cornwall, em defesa do rei Tiago e da reivindicação de Eduardo V ao trono inglês.

O rosto do homem respondeu à pergunta de Jenny antes mesmo de pronunciar as palavras:

— Tudo, menos acabada quando partimos. Em Cork e em Taunton, parecia que podíamos vencer, e o mesmo acontecia em Cornwall, até que o próprio diabo assumiu o comando do exército de Henrique.

— O diabo? — repetiu Jenny, perdida.

Com o rosto contorcido de ódio, o homem cuspiu no chão.

— Sim, o diabo, o Lobo Negro em pessoa, que queime no inferno de onde saiu!

Duas das camponesas fizeram o sinal da cruz, como se estivessem se protegendo do mal após a menção do Lobo Negro, o inimigo mais odiado e mais temido da Escócia, mas as palavras seguintes do homem deixaram-nas boquiabertas de medo:

— O Lobo está voltando para a Escócia. Henrique o está enviando com um novo exército para nos esmagar por causa do nosso apoio ao rei Eduardo. Haverá mortes e derramamento de sangue como da última vez que ele veio, só que pior, pode acreditar. Os clãs estão se apressando para vir para casa e se preparar para as batalhas. Acredito que o Lobo atacará Merrick primeiro, antes de atacar qualquer um de nós, pois foi o clã de vocês que ceifou grande parte das vidas inglesas em Cornwall.

Tendo dito isso, ele acenou educadamente com a cabeça, colocou o capacete e, então, montou em seu cavalo.

Os grupos esparsos junto ao poço partiram logo em seguida, descendo a estrada que atravessava os pântanos e serpenteava pelas encostas das colinas.

Dois dos homens, no entanto, não foram além da curva na estrada. Uma vez fora do campo de visão dos aldeões, eles desviaram para a direita, fazendo os cavalos galoparem de modo furtivo pela floresta adentro.

Se Jenny estivesse observando, teria visto de relance os dois virando e voltando pela floresta que margeava a estrada atrás dela. Porém, naquele momento, ela estava ocupada com o pávido alvoroço que se criara entre os cidadãos de Belkirk, que ficava no caminho entre a Inglaterra e o castelo de Merrick.

— O Lobo está vindo! — gritou uma das mulheres, apertando o bebê contra o peito, como se o estivesse protegendo. — Que Deus tenha *piedade* de nós!

— É Merrick que ele vai atacar — gritou um homem, a voz de medo cada vez mais alta. — É o dono das terras de Merrick que ele vai querer em suas mandíbulas, mas é Belkirk que ele vai devorar no meio do caminho.

De repente, o ar se encheu de prenúncios horripilantes de fogo, morte e destruição, e as crianças se aglomeraram em torno de Jenny, agarrando-se a ela com um medo silencioso. Para os escoceses, fossem nobres ricos ou humildes aldeões, o Lobo Negro era pior que o próprio diabo, e mais perigoso, porque o diabo era um espírito, enquanto o Lobo era de carne e osso, o Senhor vivo do Mal, um ser monstruoso que ameaçava a existência deles, aqui na Terra. Era o fantasma maligno usado pelos escoceses para aterrorizar seus filhos, a fim de que se comportassem. "O Lobo vai pegar você", esse era o aviso que davam para impedir as crianças de entrarem na floresta, saírem da cama à noite ou desobedecerem aos mais velhos.

Impaciente com tamanha histeria sobre o que, para ela, era mais um mito do que um homem, Jenny levantou a voz para ser ouvida acima do barulho.

— O mais provável — gritou, colocando os braços em torno das crianças que se haviam aglomerado ao redor dela à primeira menção do nome do Lobo — é que ele volte para seu rei pagão, para que possa lamber as feridas que lhe causamos em Cornwall, enquanto conta grandes mentiras para supervalorizar sua vitória. E, se não fizer isso, ele escolherá um castelo mais fraco que o de Merrick para atacar, um que tenha a possibilidade de conquistar.

Suas palavras e seu espirituoso tom de desdém fizeram alguns olhares assustados se voltarem para seu rosto, mas não foi simplesmente uma falsa bravata que levou Jenny a falar assim: ela era uma Merrick, e os Merrick nunca admitiam ter medo de homem algum. Ela ouvira seu pai dizer isso centenas de vezes aos seus meios-irmãos, e havia adotado para si a mesma convicção. Além disso, os aldeões estavam assustando as crianças, o que ela não estava disposta a permitir.

Mary puxou as saias de Jenny para chamar sua atenção e, com uma voz estridente de criança, perguntou:

— *Você* não tem medo do Lobo Negro, Lady Jenny?

— Claro que não! — respondeu Jenny com um sorriso radiante e tranquilizador.

— Dizem — interrompeu o jovem Tom, com uma voz de assombro — que o Lobo tem a altura de uma árvore!

— Uma árvore! — riu Jenny, tentando transformar o Lobo e todo o folclore que girava em torno dele em uma grande piada. — Se ele tivesse, valeria a pena vê-lo quando tentasse montar em seu cavalo! Ora, seriam necessários *quatro* escudeiros para levantá-lo!

A falta de lógica dessa imagem fez algumas crianças rirem, exatamente como Jenny esperava.

— Eu ouvi dizer — disse o jovem Will, expressando um arrepio — que ele derruba muros com as próprias mãos e bebe sangue!

— Eca! — exclamou Jenny, com os olhos cintilantes. — Então deve ser a indigestão que o torna tão cruel. Se ele vier para Belkirk, vamos oferecer-lhe uma boa cerveja escocesa.

— Meu pai disse — interveio outra criança — que ele anda acompanhado de um gigante, um Golias chamado Arik, que carrega um machado de guerra e pica as crianças...

— Eu ouvi... — disse outra criança, de maneira sombria.

Jenny interrompeu sutilmente:

— Deixem-me contar para vocês o que *eu* ouvi. — Com um sorriso radiante, começou a conduzi-los até a abadia, que ficava pouco depois de uma curva na estrada. — *Eu* ouvi — improvisou com alegria — que ele está tão velho que tem que apertar um pouquinho os olhos para poder enxergar, assim...

Ela contorceu o rosto para fazer uma expressão exageradamente cômica de uma pessoa desorientada e quase cega olhando ao redor sem conseguir enxergar nada, e as crianças tiveram um ataque de riso.

Enquanto caminhavam, Jenny continuou a provocá-las com os mesmos comentários descontraídos, e as crianças entraram na brincadeira, dando suas próprias sugestões para fazer com que o Lobo parecesse algo absurdo.

Porém, a despeito das risadas e da aparente alegria daquele momento, o céu subitamente escureceu com a chegada de nuvens pesadas, e o ar foi se transformando em um vento frio cortante que açoitava a capa ao redor de Jenny, como se a própria natureza se revoltasse diante da menção àquele ser maligno.

Jenny estava prestes a fazer outra piada à custa do Lobo, mas parou abruptamente quando um grupo de homens dos clãs, montados em seus cavalos, surgiu na curva antes da abadia, vindo pela estrada em sua direção. Uma bela moça, usando, como Jenny, o vestido cinza-escuro, a touca branca e o curto véu cinza de uma noviça, vinha na frente do líder, sentada recatadamente de lado na sela, o sorriso tímido confirmando o que Jenny já sabia.

Com um grito silencioso de alegria, Jenny começou a correr na direção deles, mas, ao perceber aquele impulso impróprio para uma jovem, parou onde estava. Fixou os olhos em seu pai, depois olhou rapidamente para os homens de seu clã, que passavam os olhos nela com a mesma desaprovação sombria que lhe haviam mostrado durante anos, desde que seu meio-irmão conseguira espalhar a terrível história que se havia passado com ele.

Mandando as crianças seguirem em frente com ordens estritas para irem diretamente para a abadia, Jenny esperou no meio da estrada pelo que parecia ser uma eternidade, até que, finalmente, o grupo parou bem à sua frente.

Seu pai, que obviamente havia passado na abadia onde também estava Brenna, meia-irmã de Jenny, desceu do cavalo e depois se virou para ajudar a moça a descer. Jenny irritou-se com a demora, mas a atenção escrupulosa que o pai dava à cortesia e à dignidade era tão típica do grande homem que um sorriso torto lhe roçou os lábios.

Finalmente, ele se virou completamente para ela, abrindo os braços. Jenny lançou-se em seu abraço, apertando-o impetuosamente e balbuciando coisas com entusiasmo:

— Pai, eu estava com tanta saudade de você! Faz quase dois anos desde que o vi! Você está bem? Você parece bem. Você praticamente não mudou durante todo esse tempo!

Tirando delicadamente os braços da filha que estavam em torno de seu pescoço, Lorde Merrick afastou-a um pouco enquanto examinava o cabelo desgrenhado, as bochechas rosadas e o vestido amarrotado da moça. Jenny contorceu-se por dentro sob o longo escrutínio do pai, rezando para que ele aprovasse o que via e para que, uma vez que, obviamente, já havia passado na abadia, tivesse ficado satisfeito com o relatório da abadessa.

Dois anos antes, seu comportamento havia feito com que ela fosse enviada para a abadia; um ano antes, Brenna tinha sido enviada para lá por motivo de segurança, enquanto o senhor estava na guerra. Sob a firme direção da abadessa, Jenny passou a apreciar seus pontos fortes e a tentar superar suas falhas. Porém, enquanto o pai a examinava da cabeça aos pés, ela não podia deixar de imaginar se ele via a jovem em que se havia transformado agora ou se ainda via a menina rebelde de dois anos antes. Os olhos azuis do homem, enfim, voltaram para seu rosto, e havia neles um sorriso.

— Você se tornou uma mulher, Jennifer.

O coração de Jenny ficou leve; vindo de seu pai taciturno, tal comentário era um grande elogio.

— Mudei em outros sentidos também, pai — garantiu ela com os olhos brilhando. — Mudei muito.

— Nem tanto *assim*, minha menina. — Erguendo as grossas sobrancelhas brancas, ele olhou explicitamente para a touca e o véu curto esquecidos que pendiam dos dedos dela.

— Ah! — exclamou Jenny, rindo e ansiosa para explicar. — Eu estava brincando de cabra-cega... hum... com as crianças, e o capuz não entraria na cabeça com eles. Você já viu a abadessa? O que a madre Ambrose disse?

Um riso reluziu nos olhos sombrios do pai.

— Ela me disse — respondeu secamente — que você tem o hábito de sentar-se naquela colina distante e ficar olhando para o nada, sonhando, o que me soa familiar, moça. E ela me disse que tem a tendência de adormecer no meio da missa quando o padre dá um sermão mais longo do que julga conveniente, o que também me soa familiar.

O coração de Jenny se esmoreceu por causa dessa aparente traição da abadessa, a quem tanto admirava. De certo modo, a madre Ambrose era a dona de suas próprias terras, controlando as receitas vindas das zonas de cultivo e do gado que pertenciam à esplêndida abadia, presidindo à mesa sempre que havia visitas e tratando de todos os outros assuntos que envolviam os leigos que trabalhavam nas terras da abadia, bem como lidando com as freiras que viviam enclausuradas dentro de seus muros altos.

Brenna tinha pavor daquela mulher austera, mas Jenny a amava e, por isso, a aparente traição da abadessa despedaçou seu coração.

As palavras seguintes de seu pai dissiparam seu desapontamento.

— A madre Ambrose também me disse — admitiu, com orgulho brusco — que tem a cabeça própria de uma abadessa. Ela disse que você é uma Merrick da cabeça aos pés, com coragem suficiente para ser a senhora de seu próprio clã. Mas você não o será — advertiu, frustrando o maior sonho de Jenny.

Com certo esforço, Jenny manteve o sorriso no rosto, recusando-se a sentir a dor de ser privada daquele direito; um direito que lhe havia sido prometido até seu pai se casar com a mãe viúva de Brenna e ganhar três enteados no acordo.

Alexander, o mais velho dos três irmãos, assumiria a posição que havia sido prometida a ela. Isso, por si só, não lhe teria sido tão difícil de aceitar se Alexander tivesse sido gentil ou mesmo imparcial, mas ele era um traidor mentiroso e calculista, e Jenny sabia muito bem disso, ainda que seu pai e seu clã não soubessem. Um ano depois de ter ido viver no castelo de Merrick, ele começou a espalhar histórias sobre ela, histórias tão caluniosas e terríveis, mas inventadas com tanto engenho, que, durante alguns anos, ele conseguiu colocar todo o clã contra ela. Essa perda da afeição do clã ainda lhe causava uma dor insuportável. Mesmo agora, quando eles a olhavam como se ela não existisse, Jenny tinha de se conter para não implorar que a perdoassem por coisas que não havia feito.

William, o irmão do meio, era como Brenna: doce e o mais tímido possível, enquanto Malcolm, o caçula, era tão mau e tão dissimulado quanto Alexander.

— A abadessa também disse — continuou seu pai — que você é boa e gentil, mas tem uma personalidade forte também...

— Ela disse tudo isso? — perguntou Jenny, afastando os pensamentos deprimentes acerca de seus meios-irmãos. — Verdade?

— Sim.

Jenny normalmente ficaria alegre com essa resposta, mas, ao observar o rosto do pai, percebeu que estava ficando mais sombrio e tenso do que nunca. Até a voz dele soava tensa quando falou:

— Que bom ter abandonado seus modos pagãos e ter-se tornado uma pessoa diferente, Jennifer.

Ele fez uma pausa como se fosse incapaz ou estivesse sem vontade de continuar, e Jenny o estimulou delicadamente:

— Por que diz isso, pai?

— Porque — respondeu ele, dando um suspiro longo e desagradável — o futuro do clã dependerá de sua resposta à minha próxima pergunta.

Suas palavras ressoaram na mente de Jenny como se fossem toques de uma trombeta, deixando-a atordoada de emoção e alegria: *"O futuro do clã depende de você..."*. Ela estava tão feliz que mal podia acreditar no que havia ouvido. Era como se estivesse no alto da colina, olhando para a abadia, sonhando acordada seu sonho preferido, aquele em que seu pai se aproximava dela e dizia: *"Jennifer, o futuro do clã depende de você. Não de seus meios-irmãos. De você".*

Era a oportunidade com a qual ela sonhava para provar sua coragem aos homens do clã e reconquistar o afeto deles. Nesse sonho, ela sempre era chamada a realizar alguma façanha incrível, algum feito corajoso e perigoso, como escalar o muro do castelo do Lobo Negro e capturá-lo com as próprias mãos. Porém, por mais assustadora que pudesse ser a tarefa, ela nunca a questionava nem hesitava um segundo em aceitar o desafio.

Ela examinou o rosto do pai.

— O que você quer que eu faça? — perguntou, ansiosa. — Diga-me, e eu farei! Farei qualquer...

— Você *se casará* com Edric MacPherson?

— O quêêê? — engasgou a heroína horrorizada do sonho de Jenny. Edric MacPherson era mais velho que seu pai; um homem mirrado e assustador que olhava para ela, desde que tinha começado a se transformar em uma donzela, de um modo que lhe dava calafrios.

— Fará isso ou não?

As delicadas sobrancelhas castanhas de Jenny se franziram.

— Por quê? — perguntou a heroína que nunca questionava.

Um olhar estranho e assombrado entristeceu o rosto do pai.

— Fomos derrotados em Cornwall, moça; perdemos metade de nossos homens. Alexander morreu na batalha. Morreu como um Merrick — acrescentou com o orgulho sombrio —, lutando até o fim.

— Que bom que você está bem, pai — disse ela, incapaz de sentir mais do que um breve espasmo de tristeza pelo meio-irmão que havia transformado sua vida em um inferno. Agora, como tantas vezes no passado, queria que houvesse algo que *ela* pudesse fazer para que o pai sentisse orgulho dela.

— Eu sei que você o amava como se fosse seu próprio filho.

Aceitando a empatia da filha com um breve aceno de cabeça, ele voltou a discutir o assunto de que tratavam:

— Havia muitos entre os clãs que se opuseram a ir a Cornwall para lutar pela causa do rei Tiago, mas, mesmo assim, os clãs me seguiram. Não era segredo para os ingleses que foi minha influência que levou os clãs a Cornwall, e agora o rei inglês quer vingança. Ele está enviando o Lobo à Escócia para atacar o castelo de Merrick. — Com uma dor escabrosa na voz grave, ele admitiu: — Não poderemos resistir a um cerco agora, a menos que o clã MacPherson venha nos apoiar em nossa luta. A influência de MacPherson sobre uma dezena de outros clãs é grande o suficiente para forçá-los a se unir a nós também.

A mente de Jenny não parava de pensar. Alexander estava morto, e o Lobo realmente *estava* a caminho...

A voz áspera de seu pai arrancou-a de seus pensamentos.

— Jennifer! Você compreende o que estou dizendo? MacPherson prometeu unir-se à nossa luta, mas só se você o aceitar como marido.

Por parte de mãe, Jenny era condessa e herdeira de uma rica propriedade que margeava a dos MacPherson.

— Ele quer as minhas terras? — perguntou quase cheia de esperança, lembrando-se da maneira horrível como os olhos de Edric MacPherson examinaram seu corpo quando ele passou na abadia um ano antes, para fazer-lhe uma "visita".

— Sim.

— Não poderíamos simplesmente *dá-las* em troca do apoio dele? — sugeriu desesperadamente, preparada e disposta a sacrificar, sem hesitação, uma esplêndida propriedade para o bem de seu povo.

— Ele não concordaria com isso! — respondeu o pai, furioso. — Há honra em lutar pelos parentes, mas ele não poderia enviar seu povo para uma luta que não fosse dele e depois aceitar apenas terras como pagamento.

— Mas, certamente, se ele deseja tanto as minhas terras, deve haver alguma forma...

— Ele deseja *você*. Foi o que mandou me dizer em Cornwall. — Seu olhar concentrou-se no rosto de Jenny, registrando as mudanças surpreendentes operadas no semblante simples de uma menina magra e sardenta, transformando-o no rosto de uma beleza quase exótica. — Você tem a aparência de sua mãe agora, moça, e isso despertou o interesse do velho. Eu não pediria isso se houvesse outra saída. — Rispidamente, ele a lembrou: — Você me pedia para nomeá-la senhora. Disse que não havia nada que não faria por seu clã...

O estômago de Jenny se revirou diante da ideia de entregar seu corpo, toda a sua vida, a um homem que, por instinto, a fazia recuar, mas ela ergueu a cabeça e, corajosamente, encontrou o olhar de seu pai.

— Sim, pai — disse calmamente. — Devo ir com você agora?

A expressão de orgulho e alívio no rosto do pai quase fez o sacrifício valer a pena. Ele fez que não com a cabeça.

— É melhor você ficar aqui com Brenna. Não temos cavalos a mais e estamos ansiosos para chegar a Merrick e começar os preparativos para a batalha. Avisarei a MacPherson que o acordo de matrimônio está feito e depois enviarei alguém aqui para levá-la até ele.

Quando ele se virou para montar novamente no cavalo, Jenny cedeu à tentação contra a qual estava lutando desde o início: em vez de se manter de lado, ela se colocou entre as fileiras de homens montados do clã, que antes eram seus amigos e companheiros de jogos. Esperando que alguns talvez tivessem ouvido que ela concordara em se casar com MacPherson e que isso pudesse anular o desprezo que sentiam por ela, ela parou ao lado do cavalo de um homem rosado e ruivo.

— Bom dia para você, Renald Garvin — disse, sorrindo com hesitação para os olhos do homem encapuzado. — Como está a senhora, sua esposa?

A mandíbula do homem endureceu, seus olhos frios piscaram para ela.

— Imagino que esteja muito bem — respondeu rispidamente.

Jenny engoliu em seco diante da inconfundível rejeição do homem que antes a ensinara a pescar e ria com ela quando caía no rio.

Virou-se e olhou de modo suplicante para o homem na coluna ao lado de Renald.

— E você, Michael MacCleod? Está sentindo alguma dor na perna?

Olhos azuis frios encontraram os dela e, depois, olharam para frente.

Ela se dirigiu ao cavaleiro atrás dele, cujo rosto estava cheio de ódio, e estendeu a mão como se implorasse para que ele a apertasse, a voz embargada em uma súplica.

— Garrick Carmichael, faz quatro anos que sua Becky se afogou. Eu juro a você agora, como jurei na época, que não a empurrei no rio. *Não* estávamos discutindo... foi uma mentira inventada por Alexander para...

Com o rosto duro como granito, Garrick Carmichael fez sinal para que o cavalo fosse para frente e, sem sequer olharem para Jenny, os homens começaram a passar por ela.

Somente o velho Josh, o armeiro do clã, puxou a rédea de seu cavalo para fazê-lo parar, deixando que os outros seguissem à frente. Inclinando-se, ele colocou a palma calejada sobre a cabeça descoberta de Jenny.

— Eu sei que você diz a verdade, moça — disse ele, e sua constante lealdade fez lágrimas arderem nos olhos de Jenny enquanto olhava para seus olhos castanhos. — Você tem um temperamento forte, não há como negar, mas, mesmo quando não passavas de uma menina, mantinhas a cabeça erguida. Garrick Carmichael e os outros podem ter se deixado levar pela aparência angelical de Alexander, mas não o velho Josh. Você não me verá lamentando a perda dele! O clã estará muito melhor sob o comando do jovem William. Carmichael e os outros... — acrescentou de modo tranquilizador — mudarão de ideia a seu respeito quando souberem de seu casamento com MacPherson, para o bem deles e para o bem de seu pai.

— Onde estão meus meios-irmãos? — perguntou Jenny com a voz rouca, mudando de assunto para não desatar em lágrimas.

— Eles estão voltando para casa por outro caminho. Não sabíamos ao certo se o Lobo tentaria nos atacar no trajeto, por isso nos dividimos depois que saímos de Cornwall.

Com um tapinha na cabeça da moça, ele fez sinal para o cavalo andar.

Como se estivesse aturdida, Jenny permaneceu parada no meio da estrada, observando seu clã se afastar e desaparecer depois da curva.

— Está ficando escuro — disse Brenna ao seu lado, a voz suave cheia de compaixão. — Devemos voltar para a abadia agora.

A abadia. Havia apenas três horas Jenny tinha saído da abadia se sentindo alegre e viva. Agora, sentia-se morta.

— Vá na frente. Eu... eu não posso voltar agora. Ainda não. Acho que subirei a colina e ficarei sentada lá por um tempo.

— A abadessa ficará irritada se não voltarmos antes de anoitecer, e já é quase noite — disse Brenna, apreensiva.

O relacionamento entre as duas sempre fora assim: Jenny violava as regras e Brenna ficava apavorada com a ideia. Meiga, dócil e bonita, Brenna tinha cabelos loiros, olhos castanho-claros e uma natureza doce que a tornavam, aos olhos de Jenny, a melhor personificação da feminilidade. Era tão mansa e tímida quanto Jenny era impulsiva e corajosa. Sem Jenny, ela não teria vivido uma única aventura, nem sequer recebido uma única repreensão. Sem Brenna para se preocupar com ela e protegê-la, Jenny teria tido muitas outras aventuras e sofrido muitas outras repreensões. Consequentemente, as duas jovens se dedicavam completamente uma à outra e tentavam se proteger mutuamente o máximo possível das consequências inevitáveis dos defeitos de cada uma.

Brenna hesitou e, então, ofereceu-se com um pouco de tremor na voz:

— Ficarei com você. Se ficar sozinha, você se esquecerá do tempo e é provável que seja atacada por um... um urso na escuridão.

Nesse momento, a possibilidade de ser morta por um urso pareceu muito atraente para Jenny, cujo futuro envolto em tristeza e maus pressentimentos passou diante de seus olhos. Embora realmente desejasse isso, e até mesmo precisasse ficar ao ar livre para tentar organizar seus pensamentos, Jenny fez um não com a cabeça, sabendo que, se ficassem, Brenna se encheria de medo diante da ideia de ter de enfrentar a abadessa.

— Não, vamos voltar.

Ignorando as palavras de Jenny, Brenna apertou a mão da irmã e virou-se para a esquerda, na direção da encosta da colina que dava vista para a abadia, e, pela primeira vez, foi Brenna quem foi à frente e Jenny a seguiu.

Na floresta que ladeava a estrada, duas sombras se moviam furtivamente, acompanhando em paralelo o caminho das jovens até o alto da colina.

Quando estavam na metade da subida íngreme, Jenny já estava impaciente com sua própria autopiedade e fez um esforço hercúleo para levantar seu ânimo debilitado.

— Se você pensar — disse lentamente, olhando de relance para Brenna —, é, na verdade, magnífico e nobre que eu tenha a oportunidade de me casar com MacPherson para o bem de meu povo.

— Você é como Joana d'Arc — concordou Brenna, com entusiasmo — levando o seu povo à vitória!

— Só que estou me casando com Edric MacPherson.

— E — concluiu Brenna de modo encorajador — sofrendo um destino pior que o dela!

Jenny arregalou os olhos ao rir dessa deprimente observação que sua irmã bem-intencionada fizera com tanto entusiasmo.

Encorajada ao ver a capacidade de Jenny de voltar a rir, Brenna buscou outra coisa com que pudesse distrair e animar a irmã. Quando se aproximaram do topo da colina, que era cerrada por bosques densos, ela disse subitamente:

— A que o papai se referiu quando disse que você tem a "aparência de sua mãe"?

— Não sei — começou Jenny, distraída por uma súbita e desconfortável sensação de que estavam sendo observadas na escuridão cada vez maior. Virando-se e andando para trás, ela olhou na direção do poço lá embaixo e viu que todos os aldeões já haviam voltado para o conforto de seus lares. Puxando a capa sobre o corpo, tremeu em meio ao vento cortante e, sem muito interesse, acrescentou: — A madre abadessa disse que sou um pouco *atrevida* e que devo evitar o efeito que tenho sobre os homens quando saio da abadia.

— O que isso significa?

Jenny deu de ombros sem preocupação.

— Não sei.

Virando-se e andando para frente novamente, Jenny lembrou-se da touca e do véu que carregava na mão e começou a colocar a touca.

— Como pareço? — perguntou, lançando um olhar intrigado para Brenna. — Faz dois anos que não vejo meu rosto, exceto quando me surpreendo com meu reflexo na água. Mudei muito?

— Ah, sim — riu Brenna. — Nem Alexander poderia dizer que você é magra e reta agora ou que seu cabelo tem cor de cenoura.

— Brenna — interrompeu Jenny, aturdida com sua própria insensibilidade. — Você não está triste com a morte de Alexander? Ele era seu irmão e...

— Não fale mais nisso — rogou Brenna com a voz trêmula. — Eu chorei quando o papai me contou, mas foram poucas as lágrimas e me sinto culpada porque não o amava como deveria. Nem antes nem agora. Eu não podia. Ele era tão... mau. É errado falar mal dos mortos, mas não consigo pensar em muita coisa *boa* a seu respeito. — Sua voz falhou, e ela puxou seu manto para se proteger do vento úmido, olhando para Jenny, em um apelo silencioso para mudar de assunto.

— Diga-me como pareço, então — pediu Jenny rapidamente, dando um abraço apertado na irmã.

Elas pararam de andar, tendo o caminho bloqueado pela mata densa que cobria o restante da encosta. Um sorriso lento e delicado abriu-se no belo rosto de Brenna enquanto examinava sua meia-irmã, os olhos castanhos percorrendo a face expressiva de Jenny, dominada por um par de grandes olhos tão claros quanto o cristal azul-escuro abaixo de sobrancelhas castanhas graciosamente levantadas.

— Bem, você é... você é muito bonita!

— Bom, mas você vê algo *diferente* em mim? — perguntou Jenny, pensando nas palavras de madre Ambrose enquanto colocava a touca e ajustava o véu curto de lã sobre ela. — Algo que pudesse fazer um homem se comportar de maneira estranha?

— Não — respondeu Brenna, pois via Jenny pelos olhos de uma jovem inocente. — Absolutamente nada.

Um homem teria dado uma resposta muito diferente, pois, embora não fosse bonita no sentido convencional, Jennifer Merrick tinha uma aparência recatada e, ao mesmo tempo, provocante. Tinha uma boca generosa que pedia para ser beijada, olhos como safiras transparentes que impressionavam e convidavam, um cabelo exuberante que parecia um cetim vermelho dourado e um corpo esbelto e voluptuoso feito para as mãos de um homem.

— Seus olhos são azuis — começou Brenna, prestativa, na tentativa de descrevê-la, e Jenny riu baixinho.

— Já eram azuis há dois anos.

Brenna abriu a boca para responder, mas as palavras se transformaram em um grito sufocado pela mão de um homem que tapou sua boca enquanto começava a arrastá-la para trás, em direção à densidão da floresta.

Jenny agachou-se instintivamente, esperando um ataque pela retaguarda, mas demorou muito. Dando chutes e gritando com a mão enluvada de outro homem em sua boca, foi levantada e puxada para dentro da floresta. Brenna foi jogada como um saco de farinha sobre o dorso do cavalo de seu raptor, com os braços e as pernas flácidos atestando o fato de que havia desmaiado, mas Jenny não se deixava dominar tão facilmente. Quando seu adversário anônimo a lançou sobre o dorso do cavalo, ela se jogou para o lado, rolou no chão, foi parar nas folhagens com lama, engatinhou para debaixo do cavalo e depois fez força para ficar de pé. Ele a agarrou novamente, e Jenny arranhou o rosto dele com as unhas, retorcendo-se entre as garras do homem.

— Ai, meu Deus! — bufou ele, tentando agarrar as pernas agitadas da moça. Jenny soltou um grito horripilante no mesmo instante em que deu um chute com toda a força no tornozelo do homem com suas robustas botas pretas, tidas como apropriadas para noviças. O homem loiro deixou escapar um gemido de dor e a soltou por uma fração de segundo. Ela começou a correr e poderia até ter se distanciado alguns metros se um de seus pés não tivesse tropeçado na raiz grossa de uma árvore, o que a fez cair de bruços e bater a lateral da cabeça em uma pedra no chão.

— Passe-me a corda — pediu o irmão do Lobo com um sorriso macabro quando olhou para o companheiro.

Tirando pela cabeça a capa de sua prisioneira imóvel, Stefan Westmoreland enrolou-a bem apertado no corpo dela, usando-a para prender os braços ao lado do corpo, e depois pegou a corda que o companheiro lhe havia entregado, amarrando-a com firmeza em torno da cintura de Jenny. Feito isso, pegou Jenny como se fosse um pacote humano e jogou-a de maneira infame sobre seu cavalo, com o traseiro voltado para o céu, e depois sentou-se na sela atrás dela.

2

— Royce praticamente não acreditará em nossa sorte — disse Stefan ao cavaleiro ao seu lado, cuja prisioneira também estava amarrada e jogada sobre sua sela.

— Imagine... as meninas de Merrick em pé debaixo daquela árvore, tão maduras para a colheita quanto maçãs pendendo de um galho. Agora não há razão para nos preocuparmos com as defesas de Merrick... ele se renderá sem lutar.

Bem amarrada em sua escura prisão de lã, com a cabeça e o estômago chocando-se contra o dorso do cavalo a cada bater de cascos, o nome "Royce" fez o sangue de Jenny congelar. Royce Westmoreland, o conde de Claymore. O Lobo. As histórias horríveis que ela ouvira sobre ele já não pareciam mais tão exageradas assim. Brenna e ela haviam sido capturadas por homens que não mostravam respeito algum pelos hábitos da ordem de St. Albans que as jovens usavam, hábitos que indicavam sua condição de noviças, aspirantes a freiras que ainda não haviam feito seus votos. Que tipo de homem, Jenny se perguntava freneticamente, colocaria as mãos em freiras, ou quase freiras, sem consciência ou medo de castigo, humano ou divino? Nenhum homem faria isso. Somente um demônio e seus discípulos teriam essa ousadia!

— Esta aqui está desmaiada — disse Thomas com um riso lascivo. — É uma pena que não tenhamos mais tempo para desfrutar de nossos espólios, embora, se dependesse de mim, preferiria esse pedaço saboroso que você enrolou em seu manto, Stefan.

— A sua é a mais bonita das duas — respondeu Stefan, com frieza —, e você não vai desfrutar de nada até que Royce decida o que pretende fazer com elas.

Quase sufocada pelo medo que sentia debaixo do manto, Jenny fez um pequeno e negligente som de protesto e pânico com a garganta, mas ninguém a ouviu. Rezou a Deus para que seus raptores caíssem mortos em cima dos cavalos, mas, ao que pareceu, Deus não a ouviu, e os cavalos continuaram a seguir em frente sem parar, para a sua tristeza. Rezou para que lhe ocorresse algum plano de fuga, mas sua mente estava muito ocupada, atormentando-a freneticamente com todas as histórias horripilantes sobre o terrível Lobo Negro: *"Ele não mantém prisioneiros a menos que seja para torturá-los. Ele ri quando suas vítimas gritam de dor. Ele bebe o sangue delas..."*.

Jenny sentiu um amargor na garganta e começou a rezar, não para escapar, pois sentia em seu coração que não haveria saída. Em vez disso, rezou para que a morte viesse rapidamente e para que ela não desonrasse o orgulhoso nome de sua família. Veio-lhe à mente a voz de seu pai, em pé no salão do castelo de Merrick, instruindo seus meios-irmãos quando eram jovens: *"Se for da vontade do Senhor que vocês morram nas mãos do inimigo, então que morram bravamente. Morram lutando como um guerreiro. Como um Merrick! Morram lutando..."*.

As palavras ficaram rodando em sua mente, hora após hora, mas, quando os cavalos diminuíram o ritmo e ela ouviu sons distantes e inconfundíveis de um grande acampamento de homens, a fúria começou a superar o medo. Era muito jovem para morrer, pensou ela, e não era justo! E agora a meiga Brenna iria morrer e isso seria sua culpa também. Ela teria de enfrentar o bom Deus com esse peso na consciência. E tudo porque um ogro sanguinário perambulava pelo território, devorando tudo o que estivesse em seu caminho.

Seu coração começou a bater acelerado quando os cavalos pararam. Ouviu à sua volta o som de metal batendo em metal enquanto homens se moviam ao redor e, em seguida, a voz dos prisioneiros, sons de homens clamando pateticamente por misericórdia:

— Tenha piedade, Lobo... Piedade, Lobo...

Aquelas terríveis repetições monótonas se transformaram em um grito quando ela foi arrancada, sem cerimônia, de cima do cavalo.

— Royce — gritou seu raptor —, fique aí... Nós trouxemos uma coisa para você!

Sem ver nada por causa do manto que lançaram sobre sua cabeça, e com os braços ainda amarrados com a corda, ela foi atirada sobre o ombro de seu raptor.

Ao seu lado, ouviu Brenna gritar seu nome enquanto as duas eram carregadas.

— Coragem, Brenna — gritou Jenny, mas sua voz era abafada pelo manto, e ela soube que sua irmã aterrorizada não podia ouvi-la.

Jenny foi abruptamente colocada no chão e empurrada para frente. Com as pernas adormecidas, ela tropeçou, caindo pesadamente de joelhos. *Morram como um Merrick. Morram bravamente. Morram lutando*, as palavras se revolviam em sua mente enquanto ela tentava, sem êxito, se levantar. Acima dela, o Lobo falou pela primeira vez, e ela soube que era a voz dele. Era uma voz áspera, forte... uma voz que vinha diretamente das profundezas do inferno.

— O que é isso? Algo para comer, espero.

Dizem que ele come a carne daqueles que ele mata... As palavras do jovem Thomas vieram à sua mente enquanto a raiva se misturava ao som dos gritos de Brenna e às súplicas de piedade dos prisioneiros. A corda em torno de seus braços, de repente, se soltou. Movida pelos demônios do medo e da fúria, Jenny se levantou desajeitadamente, agitando os braços debaixo da capa, como se fosse um fantasma furioso tentando livrar-se da mortalha. E, no momento em que se viu livre da capa, Jenny cerrou o punho e acertou o gigante sombrio, demoníaco e indistinto à sua frente com todas as suas forças, bem no osso da mandíbula.

Brenna desmaiou.

— *Monstro!* — gritou Jenny. — *Seu bárbaro!* — Tentou acertá-lo de novo, mas, dessa vez, algo forte segurou dolorosamente seu punho no alto. — *Diabo!* — gritou, contorcendo-se, e acertou um belo chute na canela dele. — Cria de Satanás! Usurpador de inocen...!

— Que diabos... — rugiu Royce Westmoreland e, estendendo as mãos, agarrou sua agressora pela cintura e tirou-a do chão, segurando-a no ar a um braço de distância. Foi um erro. A bota de Jenny se movimentou outra vez, acertando em cheio as partes íntimas de Royce com um golpe que quase o fez se dobrar.

— Sua vadiazinha! — trovejou ele, enquanto a surpresa, a dor e a fúria fizeram-no soltá-la e depois agarrá-la pelo véu, pegando um punhado de cabelos por baixo e fazendo-a jogar a cabeça para trás. — *Parada!* — rugiu.

Até a natureza parecia obedecer a ele; os prisioneiros interromperam seus gritos de lamento, os sons de metal cessaram e um silêncio horrível e sobrenatural caiu sobre a grande clareira. Com o pulso acelerado e o couro cabeludo dolorido, Jenny fechou bem os olhos e esperou o golpe do poderoso punho, que, certamente, iria matá-la.

Porém, o golpe não veio.

Movida, em parte, por medo e, em parte, por uma curiosidade mórbida, lentamente abriu os olhos e, pela primeira vez, viu o rosto dele. O espectro demoníaco que se ergueu diante dela quase a fez gritar de terror: ele era gigantesco. Enorme. Tinha o cabelo negro, e sua capa preta balançava nas costas, agitada misteriosamente pelo vento, como se tivesse vida própria. A luz da fogueira dançava em seu rosto moreno e falconídeo, lançando sombras que o faziam parecer verdadeiramente demoníaco; brilhava em seus olhos estranhos, fazendo-os incandescer como brasas prateadas derretidas em seu rosto fatigado e barbudo. Seus ombros eram fortes e largos, seu peito era incrivelmente grande, e seus braços, torneados por músculos. Uma olhada para ele, e Jenny soube que ele era capaz de cometer todo ato vil do qual era acusado.

Morram bravamente! Morram depressa!

Jenny virou a cabeça e afundou os dentes no pulso grosso do Lobo.

Ela viu quando os olhos inflamados dele se arregalaram por uma fração de segundo antes de levantar a mão para acertar seu rosto com uma força tão grande a ponto de jogar sua cabeça para o lado e fazê-la cair de joelhos. Instintivamente, Jenny logo se encolheu para se proteger e esperou, de olhos fechados e com o corpo todo tremendo de terror, pelo golpe mortal que sofreria.

A voz do gigante falou por cima dela, só que dessa vez foi ainda mais terrível, porque era controlada por tanta tensão que chegou a assoviar com uma fúria silenciosa:

— Que *diabo* você fez? — perguntou Royce, enfurecido, ao seu irmão caçula. — Já não temos problemas suficientes? Os homens estão exaustos e com fome, e você me aparece com duas mulheres para atiçar ainda mais o descontentamento deles?

Antes que seu irmão pudesse falar, Royce virou-se para outro homem e ordenou rispidamente que os deixasse sozinhos; em seguida, olhou para as duas mulheres que estavam aos seus pés: uma delas estava completamente desmaiada e a outra, bem encolhida, com o corpo todo trêmulo, como se estivesse tendo convulsões. Por alguma razão, a jovem trêmula o enfureceu mais que a outra inconsciente.

— Levante-se! — falou rispidamente para Jenny, cutucando-a com a ponta da bota. — Você parecia bem corajosa um minuto atrás, agora *levante-se*!

Jenny esticou-se lentamente e, apoiando a mão no chão, começou a se levantar desajeitadamente, cambaleante, enquanto Royce se voltava contra seu irmão outra vez.

— Estou esperando uma resposta, Stefan!

— Eu lhe darei se você parar de gritar comigo. Estas mulheres são...

— Freiras! — vociferou Royce ao fitar, de repente, o crucifixo pesado pendurado em um cordão preto no pescoço de Jenny e depois pôr os olhos na touca suja e no véu torto. Por um instante, a descoberta o deixou sem fala.

— Pelo amor de Deus, você trouxe *freiras* para cá para serem usadas como prostitutas?

— *Freiras!* — arfou Stefan, espantado.

— *Prostitutas!* — grasnou Jenny, indignada.

Certamente ele não podia ser tão impiedoso a ponto de realmente entregá-las aos seus homens para serem usadas como prostitutas.

— Eu poderia matar você por causa dessa estupidez, Stefan; então, me ajude...

— Você vai pensar de modo diferente quando eu lhe disser quem são elas — disse Stefan, tirando os olhos do hábito cinza e do crucifixo de Jenny. — Diante de você, querido irmão — anunciou com renovado prazer —, está Lady Jennifer, a querida filha mais velha de Lorde Merrick.

Royce ficou olhando para seu irmão caçula, as mãos ao lado do corpo se abrindo enquanto ele se virava para examinar com desdém o rosto sujo de Jenny.

— Ou você foi enganado, Stefan, ou circulam por aqui falsos rumores, pois dizem que a filha de Merrick é a mulher de mais rara beleza por estas bandas.

— Não, eu não fui enganado. Ela é filha dele; eu ouvi isso dos próprios lábios dela.

Segurando o queixo trêmulo de Jenny entre o polegar e o dedo indicador, Royce ficou olhando inflexivelmente para o rosto sujo da moça, examinando-o à luz da fogueira enquanto franzia as sobrancelhas e formava um sorriso triste nos lábios.

— Como alguém pode achar você bonita? — perguntou, com um sarcasmo deliberado e insultante. — A joia da Escócia?

Viu o brilho de raiva que suas palavras trouxeram ao rosto de Jenny no instante em que ela o tirou bruscamente de sua mão, mas ele, em vez de se comover com a coragem da moça, ficou irritado. Tudo o que dizia respeito ao nome Merrick o enfurecia, instigando sede de vingança em seu íntimo, e, com isso, agarrou o rosto pálido e sujo dela e o puxou para perto do seu.

— Responda-me! — perguntou com uma voz terrível.

Em um estado que beirava a histeria, Brenna teve a impressão de que Jenny estava, de algum modo, aceitando a culpa que, com toda a razão, era sua e, agarrando-se ao vestido de Jenny, esforçou-se para se levantar, titubeante, e depois aninhou o corpo no lado direito de Jenny, como se fossem gêmeas siamesas.

— Ninguém fala assim de Jenny! — resmungou ela quando percebeu que o silêncio prolongado de Jenny certamente provocaria uma terrível reação do gigante assustador que estava diante delas. — Isso... é o que falam de mim.

— Quem diabos é *você*? — perguntou, furioso.

— Ninguém! — interveio Jenny, deixando de lado o oitavo mandamento com a esperança de que Brenna fosse libertada se acreditassem que era uma freira, e não uma Merrick. — Ela é simplesmente a irmã Brenna, da abadia de Belkirk!

— Isso é verdade? — perguntou Royce a Brenna.

— *Sim!* — gritou Jenny.

— Não — sussurrou Brenna, submissa.

Apertando as mãos fechadas ao lado do corpo, Royce Westmoreland fechou brevemente os olhos. Era como um pesadelo, pensou. Um pesadelo terrível. Depois de uma marcha forçada, ele estava sem comida, sem abrigo e sem paciência. E agora isso. *Agora* não era capaz nem de obter uma resposta sensata e honesta de duas mulheres apavoradas. Percebeu que estava cansado, exausto, porque não dormia havia três dias e noites. Virou o rosto abatido e os olhos inflamados na direção de Brenna.

— Se você tem alguma esperança de sobreviver por mais uma hora — informou, reconhecendo-a acertadamente como a que poderia intimidar com mais facilidade dentre as duas e, portanto, a menos propensa a inventar uma mentira —, responderá agora e com a verdade. — Seu olhar incisivo atravessou os olhos castanho-claros, arregalados de medo de Brenna, prendendo-os. — Você é ou não é a filha de Lorde Merrick?

Brenna engoliu em seco e tentou falar, mas não conseguiu pronunciar uma só palavra. Derrotada, abaixou a cabeça e, obedientemente, assentiu. Satisfeito, Royce lançou um olhar cruel para a megera vestida como se fosse uma amável freira e, então, se virou para dar uma ordem brusca a seu irmão:

— Amarre as duas e coloque-as em uma tenda. Ordene que Arik fique de guarda para protegê-las dos homens. Quero as duas vivas amanhã para interrogá-las.

Quero as duas vivas amanhã para interrogá-las... as palavras reverberavam na mente atormentada de Jenny enquanto estava deitada no chão de uma tenda ao lado da pobre Brenna, com os pulsos e os pés amarrados com tiras de couro, olhando para o céu iluminado pelas estrelas por um buraco no alto da tenda. Ela se perguntava que tipo de interrogatório o Lobo tinha em mente quando a exaustão, finalmente, dominou seu medo. Que meios de tortura ele usaria para obter delas as respostas, e quais respostas ele poderia querer? Jenny tinha certeza de que o dia seguinte marcaria o fim da vida das duas.

— Jenny? — sussurrou Brenna, trêmula. — Você não acha que ele tem a intenção de nos matar amanhã, acha?

— Não — mentiu Jenny para tranquilizá-la.

3

O acampamento do Lobo parecia despertar para a vida antes que as últimas estrelas desaparecessem no céu, mas Jenny não havia dormido mais do que uma hora durante toda a noite. Tremendo debaixo de seu manto fino, ela olhou para o céu azul-escuro e começou a pedir perdão a Deus pelas muitas loucuras que havia feito e a implorar-Lhe que poupasse a pobre Brenna das consequências inevitáveis de sua decisão imprudente de subir a colina no crepúsculo do dia anterior.

— Brenna — sussurrou, quando a movimentação de homens ficou mais barulhenta do lado de fora, indicando que o acampamento estava despertando por completo —, você está acordada?

— Sim.

— Quando o Lobo nos interrogar, deixe que eu responda.

— Sim — repetiu, com a voz trêmula.

— Não sei ao certo o que ele vai querer saber, mas, com certeza, será algo que não devemos dizer. Quem sabe eu consiga atinar o motivo das perguntas dele e, com isso, descubra como enganá-lo?

O amanhecer mal havia manchado o céu de rosa quando dois homens entraram para desamarrá-las e permitir que as duas tivessem alguns minutos de privacidade entre os arbustos no bosque à beira da ampla clareira antes de amarrarem Jenny novamente e levarem Brenna para falar com o Lobo.

— Esperem — exclamou Jenny quando percebeu as intenções dos homens —, levem-me, por favor! Minha irmã... hum... não está se sentindo bem.

Um deles, um gigante com mais de dois metros de altura que só poderia ser o lendário colosso chamado Arik, lançou-lhe um olhar arrepiante e saiu. O outro vigia continuou a levar a pobre Brenna e, pela fresta da entrada da tenda, Jenny viu os olhares lascivos que os homens do acampamento davam à sua irmã enquanto ela passava no meio deles com as mãos amarradas nas costas.

A meia hora em que Brenna esteve ausente pareceu uma eternidade para Jenny, mas, para seu grande alívio, Brenna, quando voltou, não apresentou nenhum sinal de que tivesse sofrido alguma crueldade.

— Você está bem? — perguntou Jenny, ansiosa, quando o vigia foi embora. — Ele não fez mal a você, fez?

Brenna engoliu em seco, fez que não com a cabeça e rompeu em lágrimas no mesmo instante.

— Não... — exclamou, histérica —, embora tenha ficado muito bravo porque eu... eu não conseguia parar de cho-chorar. Eu estava muito assustada, Jenny, e ele é tão grande e tão terrível que não consegui parar de chorar, o que só serviu para deixá-lo ainda mais i-irri-irritado.

— Não chore — acalmou-a Jenny. — Já passou — mentiu. Mentir, pensou com tristeza, estava começando a ser algo natural para ela.

Stefan abriu a lona à entrada da tenda de Royce e entrou.

— Meu Deus, ela é linda — disse, referindo-se à Brenna, que havia acabado de sair. — Pena ser uma freira!

— Ela não é — retrucou Royce, irritado. — Ela conseguiu, em meio às crises de choro, explicar que é uma "noviça".

— O que é isso?

Royce Westmoreland era um guerreiro endurecido pela batalha que praticamente não tinha nenhum conhecimento sobre ordens religiosas. Desde a infância, todo o seu mundo se concentrava em assuntos militares e, por isso, interpretou a explicação chorosa de Brenna de acordo com os termos militares que ele entendia.

— Aparentemente, noviça é uma voluntária que ainda não concluiu o treinamento nem jurou fidelidade ao seu Senhor.

— Você acha que ela diz a verdade?

Royce fez uma careta e deu mais um gole em sua cerveja.

— Ela está muito assustada para mentir. Na verdade, ela está muito assustada até para falar.

Stefan estreitou os olhos no que poderia ser entendido como um gesto de ciúme que sentiu da moça ou simplesmente de irritação com o irmão por não ter conseguido descobrir algo de mais valia.

— E muito bonita para ser interrogada de maneira tão dura?

Royce lançou um olhar sarcástico para ele, mas sua mente estava focada no assunto em questão.

— Eu quero saber se o castelo de Merrick está bem fortificado, assim como as características do terreno onde está situado... tudo o que pudermos descobrir será útil. Caso contrário, você terá que fazer aquela viagem para Merrick que cogitou ontem. — Pôs a caneca de cerveja sobre a mesa com um golpe seco. — Traga-me a irmã — disse ele com determinação mortal.

Brenna recuou, aterrorizada, quando o gigante Arik entrou na tenda; a terra parecia tremer a cada passo que ele dava.

— *Não, por favor* — sussurrou desesperadamente. — Não me leve de novo até ele.

Ignorando completamente Brenna, ele se aproximou de Jenny, segurou-a pelo braço com sua mão gigantesca e puxou-a para ficar em pé. Um pouco histérica, Jenny percebeu que a lenda não havia exagerado quanto ao tamanho do machado de guerra de Arik: o cabo *era* tão grosso quanto o ramo de uma árvore robusta.

Inquieto, o Lobo andava de um lado para outro no espaço de sua grande tenda, mas parou abruptamente quando Jenny foi empurrada para dentro dela; seus olhos acinzentados examinaram-na de cima a baixo enquanto a jovem, orgulhosamente, se mantinha ereta, com as mãos amarradas nas costas. Embora Jenny cuidasse para não demonstrar expressão alguma no rosto, Royce estava surpreso em ver o desprezo velado nos olhos azuis voltados de forma desafiadora para os dele. Desprezo, e não um rastro de lágrimas. De repente, lembrou-se do que ouvira falar sobre a filha mais velha de Merrick. A caçula era conhecida como a "Joia da Escócia", mas segundo a lenda a mais velha era uma herdeira fria e orgulhosa com um dote tão grande e uma linhagem tão nobre que nenhum homem estava ao seu alcance. Não só isso, diziam que ela era uma jovem comum que havia desprezado a única oferta de casamento que provavelmente receberia e que, por isso, seu pai a enviara para um convento. Com o rosto todo manchado de sujeira, era impossível dizer até que ponto ela era "comum", mas, certamente, não possuía a beleza angelical nem o temperamento da irmã. A outra jovem havia chorado lastimosamente; esta o fitava com indignação.

— Pelo amor de Deus, vocês realmente são irmãs?

Ela levantou ainda mais o queixo.

— Sim.

— Impressionante — disse ele, com a voz sarcástica. — Vocês são filhas do mesmo pai e da mesma mãe? — perguntou de repente, como se estivesse intrigado. — Responda-me! — exigiu rispidamente, uma vez que ela, teimosa, permanecia em silêncio.

Jenny, que estava muito mais aterrorizada do que demonstrava, subitamente duvidou que ele tivesse a intenção de torturá-la ou matá-la no final de um interrogatório que havia começado com perguntas inofensivas sobre sua genealogia.

— Ela é filha da minha madrasta — admitiu e, então, um surto de coragem superou seu terror. — Acho difícil me concentrar em alguma coisa com as mãos amarradas nas costas. É doloroso e desnecessário.

— Você tem razão — observou com deliberada frieza, lembrando-se do golpe que ela lhe dera nas partes íntimas. — Seus *pés* é que deveriam estar amarrados.

Ele pareceu tão desapontado que uma alegre satisfação fez os lábios da jovem se contorcerem. Royce percebeu isso e não pôde acreditar no que viu. Homens adultos, guerreiros, tremiam em sua presença, mas aquela jovem com a postura altiva e nariz empinado estava, na verdade, gostando de desafiá-lo. Sua curiosidade e paciência abruptamente desapareceram.

— Chega de formalidades — disse ele bruscamente, avançando lentamente em direção a ela.

A expressão de divertimento de Jenny desapareceu e ela deu um passo para trás, depois parou e fez um esforço para se manter de pé.

— Quero respostas a algumas perguntas. Quantos soldados seu pai tem no castelo de Merrick?

— Eu não sei — respondeu Jenny sem rodeios e, em seguida, frustrou o efeito de sua valentia ao dar outro passo cauteloso para trás.

— Seu pai acha que tenho a intenção de marchar contra ele?

— Eu não sei.

— Você está testando a minha paciência — advertiu ele, com uma voz suave e ameaçadora. — Você prefere que eu faça essas perguntas à sua delicada irmãzinha?

Essa ameaça surtiu o efeito desejado; a expressão desafiadora de Jenny desapareceu e ela se mostrou desesperada.

— Por que ele não pensaria que você vai atacá-lo? Há anos correm rumores de que você vai fazer isso. Agora você tem uma desculpa! Não que *precise* de uma. — Jennifer gritou, perdendo toda a razão por causa do medo que sentiu quando ele começou a avançar novamente em sua direção. — Você é um animal! *Gosta* de matar inocentes!

Uma vez que ele não negou que gostava, Jenny sentiu um aperto no estômago.

— Agora que você sabe de tanta coisa — disse, com uma voz perigosamente suave —, que tal me dizer quantos soldados seu pai tem?

Jenny apressadamente calculou que deveria haver, pelo menos, uns quinhentos.

— Duzentos — disse ela.

— Sua tolinha impulsiva! — sussurrou Royce, segurando-a pelos braços e sacudindo-a com força. — Eu poderia quebrá-la ao meio com minhas próprias mãos, e, mesmo assim, você ainda mente para mim?

— O que você espera que eu faça? — gritou Jenny, tremendo, mas ainda teimosa. — Que eu traia meu próprio pai por sua causa?

— Antes de sair desta tenda — prometeu —, você me dirá o que sabe sobre os planos de seu pai, por livre e espontânea vontade ou com uma ajudinha de minha parte da qual você não vai gostar.

— Eu não sei quantos homens ele reuniu! — gritou Jenny, impotente. — É verdade — afastou-se. — Até ontem, fazia dois anos que meu pai não me via e, antes disso, ele raramente falava comigo!

Essa resposta deixou Royce tão surpreso que ele ficou olhando para ela.

— Por quê?

— Eu... eu o contrariei — admitiu.

— Imagino o motivo — disse, sem rodeios, pensando nela como a mulher mais insubmissa que já tivera o desprazer de conhecer. Percebeu também, com um sobressalto, que a moça tinha a boca mais macia e mais atraente que já havia visto e, muito possivelmente, os olhos mais azuis.

— Ele não falou com você nem lhe deu a menor atenção durante anos e, mesmo assim, você ainda arrisca a própria vida para protegê-lo de mim?

— Sim.

— Por quê?

Havia várias respostas verdadeiras e mais seguras que Jenny poderia ter dado, mas a raiva e a dor haviam entorpecido sua mente.

— Porque — respondeu categoricamente — desprezo você, e desprezo tudo o que você representa.

Royce ficou olhando para ela, preso em algum lugar entre a fúria, o espanto e a admiração pela coragem desafiante da jovem. Além de assassiná-la, o que não lhe daria as respostas que buscava, ele não sabia como lidar com ela e, embora a ideia de estrangulá-la fosse atraente naquele momento, estava fora de cogitação. Em todo caso, com as filhas de Merrick como prisioneiras, era possível que ele se rendesse sem propor uma luta.

— Saia — ordenou, curto e grosso.

Sem precisar que o Lobo lhe pedisse novamente para sair de sua presença detestável, Jenny virou-se para deixar a tenda, mas a lona da entrada estava fechada e, por isso, ela parou.

— Eu disse: saia! — advertiu Royce, de modo ameaçador, e ela se virou para ele.

— Nada me daria mais prazer, mas não posso atravessar a lona.

Sem dizer nada, ele se aproximou e levantou a lona e, então, para a surpresa de Jenny, curvou-se de um modo insultante e zombador.

— Seu servo, madame. Se houver algo que eu possa fazer para tornar sua estada conosco mais agradável, espero que não hesite em me chamar.

— Então, solte as minhas mãos — exigiu Jenny, para a completa descrença de Royce.

— Não — retrucou ele. A lona desceu, acertando as costas de Jenny, que se apressou em andar para frente, surpreendentemente irritada, e, então, soltou um grito sufocado quando foi pega pelo braço pela mão invisível de alguém, que era simplesmente um dos doze homens que montavam guarda do lado de fora da tenda do Lobo.

Quando Jenny chegou à sua tenda, Brenna estava pálida de medo por ter ficado sozinha.

— Estou perfeitamente bem, juro — tranquilizou-a Jenny, enquanto, desajeitadamente, se abaixava.

4

De tempos em tempos, viam-se fogueiras acesas no vale onde os homens do Lobo ainda estavam acampados naquela noite. De pé na entrada aberta da tenda, com as mãos amarradas nas costas, Jenny estava concentrada na atividade que acontecia ao redor delas.

— Se quisermos escapar, Brenna... — começou.

— Escapar? — repetiu sua irmã, boquiaberta. — Em nome da Virgem Santíssima, como poderíamos fazer isso, Jenny?

— Não sei ao certo, mas, se quisermos escapar, temos que fazer isso logo. Ouvi alguns dos homens conversando lá fora, e eles acham que seremos usadas para obrigar nosso pai a se render.

— Ele fará isso?

Jenny mordeu o lábio.

— Eu não sei. Houve um tempo, antes de Alexander chegar a Merrick, em que meus parentes teriam baixado as armas para que não me fizessem mal. Agora, não tenho mais importância para eles.

Brenna percebeu a voz embargada da irmã e, embora desejasse confortar Jenny, sabia que Alexander havia afastado os homens do clã de Merrick de sua jovem senhora de tal maneira que já *não* se importavam mais com ela.

— No entanto, eles a amam, por isso é difícil saber o que decidirão fazer ou até onde irá a influência de nosso pai sobre eles. Mas, se conseguirmos escapar logo, poderemos chegar a Merrick antes que qualquer decisão seja tomada, que é o que devemos fazer.

De todos os obstáculos que elas tinham pela frente, o que mais preocupava Jenny era a viagem de volta para Merrick, que, pelos seus cálculos, seria de dois dias a cavalo a partir dali. Cada hora que se vissem obrigadas a passar na estrada era um risco; havia bandidos por toda parte, e duas mulheres sozinhas eram vistas como um alvo fácil até mesmo por homens honestos. As estradas simplesmente não eram seguras. Tampouco as hospedarias. As únicas acomodações seguras que poderiam encontrar seriam as abadias e os conventos, que eram as escolhas de todos os viajantes honestos e respeitáveis.

— O problema é que não temos condições de escapar com as mãos amarradas — continuou Jenny em voz alta, enquanto observava a movimentação no acampamento do lado de fora. — O que significa que temos de convencê-los a desamarrar nossas mãos ou conseguir escapar para a floresta quando estivermos com as mãos desamarradas na hora da refeição. Mas, se fizermos isso, nossa ausência será sentida assim que vierem buscar nossas bandejas e não teremos ido muito longe. Mesmo assim, se essa for a única oportunidade nos próximos dois dias, teremos de aproveitá-la — anunciou, animada.

— Uma vez que entrarmos na floresta, o que faremos? — perguntou Brenna, reprimindo corajosamente o terror que sentia no íntimo diante da ideia de estarem sozinhas na floresta à noite.

— Não sei ao certo... nós nos esconderemos em algum lugar, imagino, até que eles desistam de nos procurar. Ou então podemos enganá-los para que pensem que fomos para o leste, e não para o norte. Se conseguíssemos roubar dois dos cavalos deles, isso aumentaria nossas chances de deixá-los para trás, mesmo que seja mais difícil nos escondermos com os cavalos. O truque está em encontrar uma maneira de fazer as duas coisas. Precisamos conseguir nos esconder *e* impedir que nos alcancem.

— Como podemos fazer isso? — perguntou Brenna, franzindo a testa enquanto não lhe vinha uma ideia.

— Eu não sei, mas temos que tentar algo. — Absorta em seus pensamentos, ficou olhando, sem se dar conta, para o homem alto e barbudo que havia deixado de conversar com um dos cavaleiros e que a examinava atentamente.

O brilho das fogueiras diminuiu e o guarda que as vigiava recolheu as bandejas e voltou a amarrá-las, mas, ainda assim, não havia ocorrido a nenhuma das duas um plano aceitável, embora tivessem discutido vários planos mirabolantes.

— *Não podemos* simplesmente permanecer aqui como peças de xadrez a serem usadas para a vantagem dele! — exclamou Jenny quando estavam deitadas lado a lado naquela noite. — Temos que escapar.

— Jenny, você já pensou no que ele pode fazer conosco quando... se — corrigiu rapidamente — nos encontrar?

— Eu *não* acho que ele vá nos matar — tranquilizou-a Jenny depois de pensar por um instante. — Não serviríamos para nada mortas. Nosso pai insistiria em nos ver antes de concordar com a rendição, e o conde teria que nos apresentar vivas e com saúde; do contrário, nosso pai o faria em pedaços — disse Jenny, decidindo que era melhor, e menos assustador, referir-se a ele como o conde de Claymore do que como o Lobo.

— Você está certa — concordou Brenna, adormecendo rapidamente.

No entanto, Jenny levou várias horas para conseguir relaxar o suficiente e fazer o mesmo, pois, apesar de sua aparente demonstração de valentia e confiança, ela estava mais assustada do que nunca. Assustada por Brenna, por si mesma e por seu clã, e não tinha a menor ideia de como escapar. Só sabia que elas tinham de tentar.

Quanto à afirmação de que o raptor das duas não iria matá-las se as encontrasse, isso provavelmente era verdade; no entanto, em vez de acabar com elas de imediato, havia alternativas masculinas, impensáveis, que ele tinha à disposição para se vingar delas. Veio à sua mente uma imagem de seu rosto sombrio, quase escondido por uma barba negra espessa de, pelo menos, quinze dias, e ela estremeceu ao se lembrar daqueles estranhos olhos acinzentados que olhavam para ela na noite anterior com as chamas dançantes das fogueiras refletidas neles. Hoje, os olhos dele haviam mostrado o cinza inflamado de um céu tempestuoso, mas houve um momento em que fitaram sua boca, que a expressão no fundo daqueles olhos mudou, e essa mudança indefinível o fez parecer mais ameaçador do que nunca. Era a barba negra, disse a si mesma, que o fazia parecer tão assustador, pois escondia-lhe os traços. Sem aquela barba escura, ele teria, sem dúvida, a aparência de qualquer homem de... 35 anos? Quarenta anos? Desde os seus três ou quatro anos, ela havia ouvido falar dele como uma lenda, por isso ele deveria ser, de fato, muito velho! Sentiu-se melhor ao concluir que ele era velho. Era apenas a barba que lhe dava uma aparência assustadora, disse para se acalmar. A barba, a altura e o físico intimidadores, e os estranhos olhos acinzentados.

CHEGOU A MANHÃ E, até aquele momento, não lhe havia ocorrido nenhum plano realmente viável que satisfizesse a necessidade que as duas tinham de fugir o mais rápido possível, esconder-se e não serem atacadas por bandidos ou algo pior.

— Se ao menos tivéssemos roupas de homem — disse Jenny, não pela primeira vez —, teríamos condições muito melhores tanto de escapar como de chegar ao nosso destino.

— Não podemos simplesmente pedir ao nosso vigia que nos empreste as dele — disse Brenna um pouco desesperada, enquanto o medo vencia até mesmo sua plácida disposição. — *Quem me dera* ter meus materiais de costura — acrescentou, com um suspiro cansado. — Estou tão nervosa que mal consigo ficar quieta. Além disso, sempre penso com mais clareza quando estou com a agulha na mão. Você acha que nosso vigia conseguiria uma agulha para mim se eu lhe pedisse com gentileza?

— Dificilmente — respondeu Jenny sem pensar, puxando a bainha de seu hábito enquanto observava os homens com roupas esfarrapadas que passavam de um lado para o outro. Se alguém precisava de agulha e linha, eram aqueles homens. — Além disso, o que você costuraria com... — A voz de Jenny desapareceu, mas seu ânimo dobrou, e era tudo o que podia fazer para disfarçar o sorriso sereno no rosto enquanto se virava lentamente para Brenna. — Brenna — disse, com a voz cuidadosamente casual —, você tem toda a razão de pedir ao vigia agulha e linha. Ele parece bastante simpático, e eu sei que ele a acha adorável. Por que você não o chama e lhe pede para arrumar *duas* agulhas?

Jenny esperou, rindo consigo mesma enquanto Brenna foi até a entrada da tenda e fez sinal para o vigia. Logo revelaria o plano a ela, mas ainda não era o momento; o rosto de Brenna iria denunciá-la se tentasse mentir.

— É um vigia diferente... não conheço esse — sussurrou Brenna, decepcionada, enquanto o homem vinha em sua direção. — Devo pedir-lhe que vá buscar o vigia simpático?

— Com certeza — respondeu Jenny, sorrindo.

Sir Eustace estava com Royce e Stefan examinando alguns mapas quando foi informado pelo vigia que as jovens estavam perguntando por ele.

— Não há limites para a arrogância dela! — exclamou Royce, referindo-se a Jenny. — Ela até manda seus vigias trazerem recados e, o que é pior, eles correm para atender à ordem dela. — Reprimindo suas críticas, disse abruptamente: — Imagino que foi a de olhos azuis com o rosto sujo que mandou você, não foi?

Sir Lionel riu baixinho e fez que não com a cabeça.

— Eu vi dois rostos *limpos*, Royce, mas a que falou comigo tinha olhos esverdeados, não azuis.

— Ah, entendo — disse Royce com sarcasmo —, não foi a Arrogância que fez você abandonar seu posto; foi a Beleza. O que ela quer?

— Ela não disse. Só disse que queria ver Eustace.

— Volte para seu posto e permaneça lá. Diga a ela para esperar — repreendeu.

— Royce, elas não passam de duas mulheres indefesas — lembrou o cavaleiro — e, além disso, são jovens. E mais, você não confia em ninguém para vigiá-las, exceto em Arik ou em um de nós — disse ele, referindo-se aos cavaleiros que faziam parte da elite de vigias pessoais de Royce e que também eram seus amigos de confiança. — Você as mantém amarradas e sob vigilância como se fossem homens perigosos, capazes de nos dominar e escapar.

— Não posso confiar essas mulheres a mais ninguém — disse Royce, esfregando distraidamente a nuca. De repente, levantou-se da cadeira. — Estou cansado de ficar dentro desta tenda. Vou com você para ver o que elas querem.

— Eu também vou — disse Stefan.

Jenny viu o conde caminhando rapidamente a passos largos, sem esforço, em direção à tenda delas com dois vigias à direita e seu irmão à esquerda.

— Bem — disse Royce ao entrar na tenda com os três homens —, o que é dessa vez? — perguntou a Jenny.

Brenna virou-se rapidamente, em pânico, com a mão sobre o coração e uma expressão um pouco nervosa de inocência enquanto se apressava em assumir a culpa por incomodá-lo.

— Eu... *fui* eu que perguntei por ele. — Fez um sinal de cabeça na direção do vigia. — Por Sir Eustace.

Com um suspiro de impaciência, Royce tirou os olhos de Jenny e olhou para a tola irmã da jovem.

— Você poderia me dizer *por que* o chamou?

— Sim.

Na verdade, era tudo o que ela responderia, percebeu Royce.

— Muito bem, então me *diga*.

— Eu... nós — lançou um olhar de pura aflição para Jenny e, então, falou: — Nós... gostaríamos muito que vocês nos dessem agulhas e linha.

Desconfiado, Royce olhou para a pessoa que muito provavelmente havia concebido alguma forma de usar agulhas para causar-lhe desconforto físico, mas, naquele dia, Lady Jennifer Merrick olhava calmamente para ele, com uma expressão submissa, e ele teve uma estranha sensação de decepção ao ver que a valentia dela havia desaparecido tão rapidamente.

— Agulhas? — repetiu, franzindo as sobrancelhas para ela.

— Sim — respondeu Jenny, ajustando cuidadosamente a voz, que não soava desafiadora nem submissa, mas calmamente cerimoniosa, como se tivesse aceitado, em silêncio, seu destino.

— Os dias são longos e temos pouco a fazer. Minha irmã, Brenna, sugeriu que passássemos o tempo costurando.

— Costurando? — repetiu Royce, aborrecido consigo mesmo por mantê-las amarradas e sob tamanha vigilância.

Lionel estava certo: Jenny não passava de uma jovem. Uma jovem impulsiva e teimosa com mais valentia do que juízo. Ele a superestimou simplesmente porque, até então, nenhum outro prisioneiro trazido à sua presença tivera a *ousadia* de atacá-lo.

— Onde você pensa que está? Na sala de estar da rainha? — perguntou rispidamente. — Nós não temos nenhuma dessas... — Parou de falar enquanto tentava se lembrar do nome dos objetos sobre os quais as mulheres da corte se debruçavam durante horas, todos os dias, costurando com fio de bordar.

— Bastidores de bordado? — perguntou Jenny, na tentativa de ajudar.

Os olhos de Royce caíram sobre ela com desagrado.

— Infelizmente, não... não temos bastidores de bordado.

— Talvez um pequeno bastidor para costura? — acrescentou ela, arregalando os olhos enquanto reprimia o riso.

— Não!

— Deve haver *alguma coisa* em que possamos usar agulha e linha — acrescentou Jenny rapidamente quando ele se virou para sair. — Ficaremos loucas sem nada para fazer, dia após dia. Não importa *o que* vamos costurar. Certamente você tem algo que precisa ser costurado.

Ele se virou, parecendo assustado, satisfeito e hesitante.

— Você está se oferecendo para *remendar* nossas roupas?

Brenna expressou uma inocente surpresa com a sugestão; Jenny tentou imitá-la.

— Eu não havia pensado exatamente em remendar...

— Há trabalho suficiente aqui para manter cem costureiras ocupadas por um ano — disse Royce contundentemente, concluindo nesse momento que elas precisavam de cama e comida, tal como tinham, e que costurar era exatamente uma boa maneira de pagar por aquilo.

Virando-se para Godfrey, ele disse:

— Cuide disso.

Brenna pareceu admiravelmente chocada ao perceber que o resultado da sugestão da irmã havia sido praticamente juntar forças com o inimigo; Jenny fez um grande esforço para parecer firme, mas, assim que os quatro homens já não podiam mais ouvi-las, deu um abraço eufórico na irmã.

— Acabamos de vencer dois dos três obstáculos para nossa fuga — afirmou.

— Nossas mãos estarão desamarradas e poderemos fazer *disfarces*, Brenna.

— Disfarces? — perguntou Brenna, mas, antes que pudesse responder, Jenny arregalou os olhos, compreensiva, e envolveu a irmã em um segundo abraço, rindo baixinho.

— Roupas de homens — riu — e foi *ele* quem ofereceu.

DENTRO DE UMA HORA, já havia na tenda das jovens duas pequenas pilhas de roupas e uma terceira pilha de mantas e capas rasgadas que pertenciam aos soldados. Uma pilha de roupas pertencia exclusivamente a Royce e Stefan Westmoreland, e a outra, aos cavaleiros de Royce, dentre os quais dois, Jenny ficou aliviada ao ver, eram homens de estatura mediana.

Jenny e Brenna trabalharam noite adentro, forçando a vista sob a luz tremeluzente das velas. Costuradas as peças de roupa que tinham escolhido para a fuga, elas as esconderam. Em seguida, continuaram a trabalhar diligentemente com a pilha de roupas que pertencia a Royce.

— Que horas você acha que são? — perguntou Jenny enquanto costurava cuidadosamente o punho da camisa de Royce, fechando-o completamente. Ao seu lado, havia muitas outras peças de roupa dele com alterações igualmente criativas, incluindo vários pares de calças que haviam sido habilmente ajustados no joelho para evitar que uma perna descesse além desse ponto.

— Dez horas ou algo assim — respondeu Brenna enquanto cortava a linha com os dentes. — Você tinha razão — disse sorrindo enquanto erguia uma das camisas do conde, que agora tinha uma caveira e ossos cruzados bordados em preto nas costas.

— Ele nunca vai notar quando a colocar. — Jenny riu, mas Brenna ficou, de repente, absorta em seus pensamentos.

— Eu estava pensando em MacPherson — disse Brenna, e Jenny prestou atenção, pois, quando Brenna não estava dominada pelo medo, era realmente muito esperta. — Depois de tudo, eu acho que você não terá que se casar com ele.

— Por que você está dizendo isso?

— Porque nosso pai, sem dúvida, informará ao rei Tiago, e talvez até ao papa, que fomos raptadas de uma abadia, e isso poderá causar tanto alvoroço que o rei Tiago enviará suas forças a Merrick. Uma abadia é um lugar inviolável, e nós estávamos sob a proteção de uma. E, portanto, se o rei Tiago vier ao nosso socorro, não precisaremos dos clãs de MacPherson, certo?

Uma chama de esperança acendeu-se nos olhos de Jenny, mas, logo em seguida, se apagou.

— Eu não acho que estávamos realmente no terreno da abadia.

— Nosso pai não saberá disso, por isso pensará que estávamos. E todos os demais, eu acho.

Intrigado, Royce franziu a sobrancelha, em pé do lado de fora de sua tenda, com os olhos voltados para a tenda menor à beira do acampamento, onde suas duas reféns eram mantidas. Eustace acabara de liberar Lionel e estava de guarda.

O brilho fraco da luz das velas, que dançava entre a lona e o chão, dizia a Royce que as duas mulheres ainda estavam acordadas. Agora, em meio à relativa paz da noite iluminada pela lua, ele admitiu para si mesmo que parte da razão pela qual havia ido à tenda delas mais cedo era curiosidade. Assim que soube que o rosto de Jennifer estava limpo, sentiu uma inegável curiosidade de vê-lo. Agora, descobriu que estava ridiculamente curioso para saber a cor do cabelo dela. A julgar pelas sobrancelhas arqueadas, seu cabelo era castanho, enquanto a irmã era definitivamente loira, mas Brenna Merrick não interessava a ele.

Já Jennifer, sim.

Ela era como um quebra-cabeça cujas peças ele tinha de esperar para ver uma de cada vez, e cada peça era mais surpreendente que a anterior.

Ela obviamente ouvira as histórias conhecidas sobre suas supostas atrocidades, mas não tinha metade do medo que a maioria dos homens tinha dele. Essa era a primeira e mais intrigante peça do quebra-cabeça: a jovem como um todo. Sua coragem e falta de medo.

E havia seus olhos, enormes, cativantes e de um azul vivo e profundo que o fazia pensar em veludo. Olhos surpreendentes. Cândidos e expressivos, com longos cílios castanho-avermelhados. Seus olhos fizeram-no querer ver seu rosto e, naquele dia, ao vê-lo, dificilmente pôde acreditar nos rumores segundo os quais ela era considerada uma moça sem atrativos.

Ela não era precisamente bonita, e "atraente" também não era um adjetivo adequado para ela, mas, quando olhou para ela na tenda, ele ficou impressionado. As maçãs de seu rosto eram altas e delicadamente moldadas, sua pele era suave como o alabastro, tingida de um tom rosa claro, seu nariz era pequeno. Em contraste com esses traços delicados, seu pequeno queixo exibia uma franqueza decididamente teimosa e, apesar de tudo, quando ela sorriu, ele podia jurar ter visto duas covinhas.

Chegou à conclusão de que, no geral, era um rosto intrigante e atraente. Definitivamente atraente. E isso foi *antes* de se permitir lembrar-se dos lábios macios e generosos. Tirando os pensamentos dos lábios de Jennifer Merrick, levantou a cabeça e lançou um olhar intrigado para Eustace. Entendendo a pergunta implícita, Eustace virou-se um pouco para que a fogueira iluminasse os traços do rosto de Royce, levantou a mão direita como se estivesse segurando delicadamente uma agulha entre os dois dedos e, então, moveu o braço, deixando-o subir e descer em um movimento ondulado e estável que imitava o de costurar.

As jovens estavam costurando. Era muito difícil para Royce entender essa ideia, dada aquela hora avançada. De acordo com sua própria experiência, as mulheres ricas costuravam coisas especiais para suas famílias, mas deixavam os reparos para as servas. Enquanto tentava, sem êxito, distinguir a forma sombreada de Jennifer contra a lona da tenda, imaginou que as mulheres ricas também podiam costurar para se manter ocupadas quando estavam entediadas, mas não até tão tarde e à luz de velas.

Como as jovens Merrick eram esforçadas!, pensou com um tom de sarcasmo e descrença. Que gesto amável da parte delas querer ajudar seus raptores, cuidando para que as roupas deles estivessem em boas condições! Quanta generosidade!

E quanta improbabilidade!

Particularmente no caso de Lady Jennifer Merrick, cuja hostilidade ele já havia sentido na pele.

Afastando-se de sua tenda, Royce foi passear entre seus homens feridos e exaustos, que dormiam no chão, enrolados em suas capas. Quando se aproximou da tenda das mulheres, ocorreu-lhe, de repente, a resposta óbvia para o desejo de terem agulhas e tesouras, e engoliu uma maldição enquanto acelerava o passo. Elas estavam, sem dúvida, destruindo as roupas que haviam recebido, concluiu, com raiva!

Brenna sufocou um grito apavorado de surpresa quando o Lobo puxou com força a lona para entrar na tenda, mas Jenny simplesmente teve um sobressalto e levantou-se devagar, com uma expressão receosamente respeitosa no rosto.

— Vamos ver o que vocês duas estão fazendo — disse Royce rispidamente com os olhos passando de Brenna, que levou a mão à garganta de maneira protetora, a Jenny. — Mostrem-me!

— Muito bem — disse Jenny, com falsa inocência. — Agora eu estava começando a mexer nesta camisa — mentiu, ao colocar cuidadosamente de lado a camisa dele com as cavas que havia acabado de fechar. Chegando à pilha de roupas que pretendia mostrar, levantou um par de calças grossas de lã para que ele inspecionasse e apontou para o rasgo de cinco centímetros primorosamente remendado logo à frente.

Completamente desconcertado, Royce ficou olhando para a costura quase invisível e firme que ela havia feito. Ela era orgulhosa, altiva, indisciplinada e teimosa, admitiu para si mesmo, mas a maldita também era uma costureira de mão cheia.

— Isso foi aprovado por sua inspeção, milorde? — incitou, com um tom de divertimento. — Podemos voltar ao trabalho, senhor?

Se fosse outra pessoa que não sua cativa e a filha arrogante de seu inimigo, Royce teria se sentido muito tentado a tomá-la em seus braços e beijá-la intimamente por sua ajuda tão necessária.

— Vocês fizeram um excelente trabalho — admitiu, de forma justa. Começou a sair, depois se virou, o braço segurando a lona à entrada da tenda. — Meus homens passariam frio com roupas rasgadas e inadequadas para o tempo severo que se aproxima. Eles ficarão felizes em saber que têm o que vestir até que as roupas de inverno cheguem aqui.

Jenny havia previsto que ele poderia se dar conta do perigo que ela e Brenna poderiam oferecer com um par de tesouras nas mãos e que ele também poderia chegar para inspecionar o trabalho delas, por isso deixara o par de calças à mão para poder despistá-lo. No entanto, ela não esperava que ele lhe fizesse um elogio sincero e, de algum modo, se sentia pouco à vontade ou traída agora que ele havia mostrado que tinha um pingo que fosse de humanidade no corpo.

Quando ele saiu, as duas se jogaram nos tapetes.

— Ah, querida — disse Brenna, apreensiva, com os olhos na pilha de mantas que haviam cortado em tiras no canto da tenda. — Nunca pensei que os homens daqui fossem... humanos.

Jenny recusou-se a admitir que estava pensando o mesmo.

— Eles são nossos inimigos — fez as duas se lembrarem. — Nossos inimigos, inimigos do nosso pai e inimigos do rei Tiago. — A despeito dessa convicção manifesta, Jenny recuou a mão ao estendê-la para pegar a tesoura, mas, então, ela a pegou e, de maneira estoica, começou a cortar outra capa enquanto tentava decidir o melhor plano para a fuga das duas na manhã seguinte.

Muito tempo depois de Brenna ter caído no sono, exausta, Jenny ainda estava acordada, considerando todas as coisas que poderiam dar certo, e errado.

5

A geada cintilante se estendia sobre a grama, iluminada pelos primeiros raios do sol nascente, e Jenny levantou-se em silêncio, com cuidado para não acordar a pobre Brenna antes do necessário. Depois de analisar sistematicamente todas as alternativas, ela chegou ao melhor plano possível e se sentiu quase otimista em relação às possibilidades que elas tinham de conseguir escapar.

— Está na hora? — sussurrou Brenna com a voz embargada pelo susto que levou ao se deitar de costas e ver Jenny já vestida com a calça grossa de lã, a camisa masculina e o colete que cada uma delas estaria usando debaixo do hábito quando o vigia as escoltasse até a floresta, onde tinham permissão para ter alguns minutos de privacidade para cuidar de suas necessidades pessoais todas as manhãs.

— Está na hora — respondeu Jenny, com um sorriso encorajador.

Brenna empalideceu, mas se levantou e, com as mãos trêmulas, começou a se vestir.

— Quem me dera não ser tão covarde — sussurrou Brenna com a mão fechada sobre o coração acelerado enquanto pegava com a outra o colete de couro.

— Você não é covarde — assegurou-lhe Jenny, mantendo a voz baixa. — Você simplesmente se preocupa de maneira exagerada, e muito antes da hora, com as possíveis consequências de qualquer coisa que faça. Na verdade — acrescentou enquanto ajudava a amarrar os cordões na gola da camisa que Brenna havia tomado emprestado —, você é muito mais corajosa que eu.

Pois, se eu tivesse tanto medo das consequências quanto você tem, nunca teria coragem para fazer nada.

Brenna esboçou um sorriso hesitante como um apreço silencioso pelo elogio, mas não disse nada.

— Pegou a touca?

Uma vez que Brenna assentiu, Jenny pegou a touca preta que ela mesma logo colocaria para ocultar seus cabelos longos e levantou seu hábito cinza, escondendo-a na cintura da calça. O sol se levantou um pouco mais, deixando um tom cinza aquoso no céu enquanto as jovens esperavam, com as roupas folgadas do convento escondendo as roupas masculinas que usavam por baixo, pelo momento em que o gigante apareceria para escoltá-las até a floresta.

Aproximou-se o momento, e Jenny baixou a voz, sussurrando, enquanto repassava o plano pela última vez, com medo de que Brenna se esquecesse do que deveria fazer em um momento de pavor.

— Lembre-se — disse ela — de que cada segundo será importante, mas não devemos mostrar que estamos com pressa; do contrário, chamaremos a atenção. Quando tirar o hábito, esconda-o bem debaixo do mato. Nossa maior esperança de escapar é que eles procurem por duas freiras, e não por dois rapazes. Se encontrarem nossos hábitos, eles nos encontrarão antes que consigamos sair do acampamento.

Brenna fez que sim com a cabeça e engoliu em seco, e Jenny continuou.

— Depois que tirarmos os hábitos, mantenha os olhos em mim e ande em silêncio no meio da mata. Não dê ouvidos a nada nem olhe para nada. Quando perceberem que fugimos, eles darão um grito, mas isso não significa nada para nós, Brenna. Não se assuste com o alvoroço.

— Não vou — disse Brenna, com os olhos já arregalados de medo.

— Ficaremos na floresta e andaremos pela margem sul do acampamento até a cocheira, onde estão os cavalos. Os que estiverem atrás de nós não esperarão que voltemos para o acampamento, pois estarão procurando por nós na direção oposta, na direção da floresta.

— Quando nos aproximarmos da cocheira, você ficará na floresta, e eu trarei os cavalos. Com sorte, quem estiver cuidando dos cavalos estará mais interessado na busca das duas reféns do que nos animais.

Brenna assentiu em silêncio, e Jenny pensou na melhor maneira de dizer o resto do que queria dizer. Ela sabia que, se fossem vistas, seria a responsável por tentar distrair os homens para que Brenna pudesse escapar, mas convencer Brenna a continuar sem ela não seria fácil. Com uma voz baixa e urgente, Jenny finalmente disse:

— Agora, caso nos separemos...

— Não! — interrompeu Brenna. — Não vamos. Não podemos.

— Escute! — sussurrou Jenny, de um modo tão rígido que Brenna engoliu o restante de seu protesto. — Se nos separarmos, você deve estar ciente do resto do plano para que eu possa... alcançá-la mais tarde.

Quando Brenna, relutantemente, assentiu, Jenny segurou as mãos frias e úmidas da irmã e apertou-as com força, tentando passar um pouco de sua coragem para ela.

— O norte fica na direção daquela colina alta, a que está atrás da cocheira onde estão os cavalos. Você sabe a que me refiro?

— Sim.

— Bom. Depois que eu trouxer os cavalos e estivermos montadas, vamos ficar na floresta, seguindo para o norte, até chegarmos à colina. Uma vez lá, iremos para o oeste enquanto descemos a colina, mas devemos permanecer na floresta. Quando avistarmos uma estrada, seguiremos em paralelo, mas teremos de permanecer na floresta. Claymore provavelmente enviará homens para vigiar as estradas, mas eles estarão à procura de duas freiras da Abadia de Belkirk, e não de dois jovens. Se tivermos sorte, encontraremos alguns viajantes e nos juntaremos a eles, o que nos ajudará em nosso disfarce e aumentará nossas chances de êxito.

— Brenna, mais uma coisa. Se eles nos reconhecerem e nos perseguirem, siga o mais rápido possível na direção que acabei de mostrar, e eu tomarei outra direção e os afastarei de você. Se isso acontecer, permaneça disfarçada o máximo que puder. Não são mais de cinco ou seis horas até a abadia, mas, se eu for capturada, você deve continuar sem mim. Não sei onde estamos agora. Imagino que atravessamos a fronteira com a Inglaterra. Vá para o norte pelo noroeste e, quando chegar a uma aldeia, pergunte a direção de Belkirk.

— Eu não posso simplesmente deixar você — lamentou Brenna, baixinho.

— Você tem que ir... para que possa trazer nosso pai e nossos parentes para me resgatar.

O rosto de Brenna se iluminou um pouco quando entendeu que, no final, estaria ajudando Jenny, e não a abandonando, e a irmã lhe deu um sorriso radiante.

— Tenho certeza de que estaremos juntas em Merrick até sábado.

— No castelo de Merrick? — perguntou Brenna, impulsiva. — Não deveríamos permanecer na abadia e enviar outra pessoa para informar ao nosso pai o que aconteceu?

— Você pode ficar na abadia, se quiser, e eu peço à madre Ambrose uma escolta para que eu possa continuar até chegar em casa hoje durante o dia ou à noite. Nosso pai certamente pensará que somos reféns aqui, então devo procurá-lo sem demora, antes que ele aceite as condições desses homens. Além disso, ele irá querer saber quantos homens existem aqui, que armas carregam, coisas às quais só nós podemos responder.

Brenna assentiu, mas essa não era a única razão pela qual Jenny queria ir pessoalmente ao castelo de Merrick, e ambas sabiam bem disso. Mais do que tudo, Jenny queria fazer algo para deixar o pai e seu clã com orgulho dela, e essa era a oportunidade perfeita. Quando tivesse êxito, e se o tivesse, ela queria estar lá para ver esse orgulho nos olhos deles.

Os passos do vigia ressoaram do lado de fora, e Jenny se levantou, com um sorriso educado e até mesmo conciliador no rosto. Brenna levantou-se como quem estava prestes a enfrentar a morte certa.

— Bom dia — disse Jenny enquanto Sir Godfrey as escoltava em direção à floresta. — Eu me sinto como se não tivesse dormido ainda.

Sir Godfrey, um homem na casa dos trinta anos, lançou um olhar estranho para ela; sem dúvida, pensou Jenny, porque ela nunca lhe havia dirigido uma palavra cortês; em seguida, ficou tensa quando o olhar dele com a testa franzida pareceu examinar de cima a baixo seu hábito, volumoso agora por causa das roupas masculinas por baixo.

— Vocês dormiram pouco — disse ele, evidentemente ciente dos esforços das duas com a agulha na noite anterior.

Seus passos eram abafados pela grama úmida, enquanto Jenny caminhava à sua esquerda com Brenna tropeçando ao lado dela.

Fingindo um bocejo, ela olhou de canto de olho para ele.

— Minha irmã está se sentindo um pouco indisposta esta manhã porque fomos dormir muito tarde. Seria muito bom se pudéssemos nos refrescar no rio.

Ele virou o rosto bronzeado e bem enrugado para ela, observando-a com um misto de desconfiança e hesitação, e, então, concordou com um gesto de cabeça.

— Quinze minutos — disse ele, e Jenny ficou animada —, mas quero poder ver a cabeça de, pelo menos, uma de vocês.

Ele montou guarda à beira da floresta, com o perfil voltado para elas e com os olhos, sabia Jenny, sem descer um centímetro abaixo da cabeça delas. Até aquele momento, nenhum dos vigias havia demonstrado qualquer desejo lascivo de espiá-las em qualquer situação em que estivessem parcialmente despidas, motivo pelo qual ela estava, em especial, agradecida naquele dia.

— Fique calma — pediu Jenny enquanto conduzia Brenna até o rio.

Quando chegaram lá, ela caminhou ao longo da margem do rio, adentrando na floresta até onde teve coragem de ir sem dar motivo a Sir Godfrey para se embrenhar no mato atrás dela, e depois parou debaixo do galho de uma árvore que pendia sobre alguns arbustos.

— A água parece fria, Brenna — comentou Jenny, levantando a voz para que o vigia pudesse ouvir e, com sorte, não sentir a necessidade de observá-las mais de perto. Enquanto falava, Jenny ficou debaixo do galho da árvore e, com cuidado, soltou o laço do véu e da touca, acenando com a cabeça para que Brenna fizesse o mesmo. Depois que estava com as duas peças na mão, Jenny abaixou-se cuidadosamente, segurando o véu acima da cabeça, como se ainda o estivesse usando, e, com cautela, pendurou-o no galho logo acima dela. Satisfeita, ela se agachou, foi rapidamente até Brenna, que também estava segurando o dela acima da cabeça, e tomou-o com os dedos trêmulos, prendendo-o da melhor maneira possível no arbusto.

Dois minutos depois, as duas jovens já estavam sem os hábitos e colocando-os debaixo dos arbustos, cobrindo o tecido cinza com folhas e galhos para escondê-lo de vista. Em um momento de inspiração, Jenny alcançou a pilha de roupas no meio dos galhos e arrancou seu lenço. Pressionando os lábios com o dedo, piscou para Brenna e se abaixou, correndo encolhida uns quinze metros na direção da correnteza do rio, oposta à que pretendiam tomar. Parando apenas o tempo suficiente para prender o lenço branco em um galho espinhoso, como se o tivesse perdido durante a fuga, ela se virou e correu na direção de Brenna.

— Isso deverá enganá-los e dar-nos muito mais tempo — disse ela.

Brenna assentiu, parecendo hesitante e esperançosa ao mesmo tempo, e as duas se olharam por um instante, examinando a aparência uma da outra. Brenna estendeu a mão, puxou a touca de Jenny mais para baixo a fim de cobrir as orelhas da irmã, escondeu uma mecha solta do cabelo vermelho extravagante e fez um sim com a cabeça.

Com um sorriso de apreço e encorajamento, Jenny agarrou a mão de Brenna e levou-a rapidamente para a floresta, seguindo para o norte, mantendo-se no perímetro do acampamento e rezando para que Godfrey lhes desse os quinze minutos que havia prometido, ou talvez mais.

Poucos minutos depois, conseguiram chegar à parte de trás da cocheira onde os cavalos estavam presos, e ficaram agachadas no meio dos arbustos, recuperando o fôlego.

— Fique aqui e não se mexa — disse Jenny, espiando as imediações à procura do vigia que, tinha certeza, estaria perto dos cavalos. Ela logo o viu, dormindo profundamente no chão, no lado oposto da cocheira.

— O vigia está dormindo em seu posto — sussurrou com júbilo, virando-se para Brenna, e acrescentou em voz baixa: — Se ele despertar e me surpreender tentando pegar os cavalos, siga nosso plano e fuja a pé. Entendeu? Fique na floresta e siga na direção daquela colina alta atrás de nós.

Sem esperar uma resposta, Jenny avançou, curvada. À saída da floresta, fez uma pausa para olhar ao redor. O acampamento ainda estava parcialmente adormecido, levado a acreditar, por causa da manhã nublada, que era mais cedo do que realmente era. Os cavalos estavam quase ao alcance de suas mãos.

O vigia agitou-se apenas uma vez em seu sono enquanto Jenny, silenciosamente, pegava dois cavalos inquietos pelo cabresto e os conduzia até a corda que delimitava a cocheira. Desajeitadamente na ponta dos pés, levantou a corda o suficiente para que os cavalos passassem por debaixo dela e, em dois breves minutos, entregou um dos animais a Brenna. As duas adentraram rapidamente a floresta com eles, cujos cascos eram silenciados pela camada espessa de folhas úmidas, por causa do orvalho da manhã.

Jenny mal conseguia esconder o sorriso de alegria extrema enquanto levavam os cavalos até uma árvore caída e, usando-a como apoio, subiam no dorso dos grandes corcéis. Seguiam em direção à cadeia de montanhas quando ouviram os sons indistintos de um alarme que vinha da estrada atrás delas.

A confusão criada pelo alarme dispensou a necessidade de silêncio e, ao ouvirem o som de gritos de homens, as duas jovens cravaram simultaneamente os calcanhares nos flancos dos cavalos e os fizeram correr pela floresta.

Ambas cavalgavam muito bem e se adaptaram facilmente à cavalgada com uma perna de cada lado. Entretanto, a falta de sela era quase um obstáculo, porque tornava necessário apertar bem os joelhos, o que os corcéis entendiam como um sinal para correrem mais, exigindo que as jovens agarrassem firmemente o cabresto para salvar a própria vida. À frente delas, estava a cadeia de montanhas e, finalmente, do outro lado, uma estrada, a abadia e, por fim, o castelo de Merrick. Elas pararam brevemente para que Jennifer pudesse se orientar, mas a floresta obscurecia a escassa luz do sol, e Jenny desistiu, vendo-se obrigada a seguir seus instintos.

— Brenna — disse, sorrindo enquanto batia levemente no pescoço acetinado e grosso do enorme cavalo negro que montava. — Pense nas lendas sobre o Lobo... sobre o cavalo dele. Não dizem que o nome dele é Thor e que ele é o corcel mais rápido da terra? E também o mais ágil?

— Sim — respondeu Brenna, tremendo um pouco com o frio da manhã quando os cavalos começaram a se mover mais cautelosamente pela densa floresta.

— E — continuou Jenny — não dizem que ele é tão negro quanto o pecado com apenas uma estrela branca na testa como marca?

— Sim. E?

— E este cavalo não tem essa estrela?

Brenna deu uma olhada e, então, fez um sim com a cabeça.

— Brenna — disse Jenny, rindo baixinho —, eu roubei o Thor, o poderoso cavalo do Lobo Negro!

As orelhas do animal tremeram quando ele ouviu o nome do dono, e Brenna se esqueceu de suas preocupações e começou a rir.

— Isso, sem dúvida, explica por que ele estava amarrado e afastado dos outros — acrescentou Jenny alegremente enquanto examinava com admiração o magnífico animal. — Isso também explica por que, quando nos afastamos do acampamento, ele era muito mais rápido do que o cavalo que está com você, e eu tinha de contê-lo o tempo todo. — Inclinando-se para frente, ela acariciou o pescoço do animal mais uma vez. — Como você é lindo! — sussurrou, sem guardar rancor pelo cavalo, apenas pelo antigo dono dele.

— ROYCE... — GODFREY ENTROU na tenda do conde, com a voz grave embargada pelo desapontamento, um vermelhão subindo pelo pescoço grosso e bronzeado. — As mulheres... elas... escaparam há cerca de quarenta e cinco minutos... Arik, Eustace e Lionel estão fazendo a busca na floresta.

Royce, que estava com as mãos estendidas para pegar uma camisa, parou e fez uma expressão quase cômica de descrença enquanto olhava para o mais astuto e feroz de seus cavaleiros.

— Elas, *o quê?* — perguntou, com um sorriso incrédulo misturado à nítida expressão de aborrecimento no rosto. — Você quer me dizer — zombou, puxando com raiva a camisa da pilha de roupas que as meninas haviam remendado na noite anterior — que você deixou duas jovens ingênuas trapacearem... — Enfiou o braço na manga e depois ficou olhando, furiosamente incrédulo, para um punho que não se abria para que pudesse passar a mão. Praguejando com os dentes cerrados, apanhou outra camisa, verificou o punho para ter certeza de que estava aberto e enfiou o braço na manga. A manga inteira se separou da camisa e caiu no chão como em um passe de mágica. — *Por Deus!* — exclamou entre os dentes. — Quando eu puser as mãos naquela bruxa de olhos azuis, eu... — Jogando a camisa de lado, aproximou-se de um baú, apanhou outra camisa e vestiu-a, muito irritado para terminar sua frase. Estendendo a mão, pegou sua espada curta, colocou-a na cintura e foi até Godfrey. — Mostre-me onde você as viu pela última vez — disse rispidamente.

— Foi aqui, na floresta — respondeu Godfrey. — Royce... — acrescentou, enquanto apontava para o lugar onde dois véus pendiam de galhos, sem nenhuma cabeça debaixo deles. — Os... hã... outros homens não precisarão saber disso, certo?

Um breve sorriso reluziu nos olhos de Royce enquanto lançava um olhar irônico para o grandalhão, entendendo de imediato que o orgulho de Godfrey sofrera um terrível golpe e que ele esperava que o ocorrido pudesse permanecer entre os dois.

— Não é preciso soar o alarme — disse Royce, andando ao longo do rio com suas pernas longas, esquadrinhando as árvores e procurando na mata. — Será muito fácil encontrá-las.

Uma hora depois, já não estava mais tão seguro disso, e sua atitude descontraída foi substituída pela raiva. Ele precisava daquelas mulheres como reféns. Eram a chave que abriria os portões do castelo de Merrick, talvez sem derramamento de sangue e sem a perda de homens valiosos.

Juntos, os cinco homens vasculharam a floresta, seguindo na direção leste, na certeza de que uma das jovens havia perdido o lenço na fuga, mas, uma vez que não encontraram nenhuma trilha que se afastava do local, Royce chegou à conclusão de que uma delas, a de olhos azuis, sem dúvida, poderia realmente ter tido a presença de espírito de colocar o lenço ali, na tentativa deliberada de enganá-los. Isso era absurdo, incrível, mas, aparentemente, era verdade.

Com Godfrey de um lado e um desdenhoso Arik do outro, Royce foi até os dois véus e os arrancou furiosamente dos galhos.

— Soem o alarme e reúnam um bando para vasculhar cada centímetro dessa floresta — disse, quando passou pela tenda das jovens. — Com certeza elas estão escondidas na mata. Essa floresta é tão densa que é possível até que tenhamos passado por elas.

Quarenta homens formaram uma fileira com a distância de um braço estendido entre cada um e passaram a vasculhar a floresta, a começar pela margem do rio, avançando lentamente, olhando debaixo de cada arbusto e tronco caído. Os minutos tornaram-se uma hora, e depois duas, até que, finalmente, caiu a tarde.

Em pé à margem do rio onde as jovens haviam sido vistas pela última vez, Royce observava com os olhos cerrados as colinas cobertas de florestas densas ao norte, endurecendo a expressão a cada minuto que passava com suas cativas ainda desaparecidas. O vento ficou mais forte e o céu estava cinzento.

Stefan aproximou-se dele, tendo acabado de retornar da expedição de caça que fizera na noite anterior.

— Fiquei sabendo que as mulheres fugiram esta manhã — disse ele, acompanhando com preocupação o olhar de Royce voltado para a colina mais alta ao norte. — Você acha que elas realmente conseguiram chegar lá no alto?

— Não tiveram tempo para chegar ao pé — respondeu Royce com a voz ríspida de raiva. — Mas, no caso de terem tomado o caminho mais longo que circunda a montanha, enviei homens para verificarem a estrada. Eles interrogaram cada viajante que encontraram, mas ninguém viu duas jovens. Um aldeão viu dois rapazes seguindo a cavalo para as colinas, e só isso.

— Onde quer que estejam, elas vão se perder se seguirem em direção àquelas colinas; não há sol suficiente para usarem como bússola. Segundo, elas não sabem onde estão, por isso não têm como saber que direção tomar.

Stefan ficou em silêncio, enquanto seus olhos examinavam as colinas distantes, e, em seguida, olhou abruptamente para Royce.

— Quando cheguei ao acampamento há pouco, me perguntei se você havia decidido ir caçar sozinho ontem à noite.

— Por quê? — perguntou Royce, rispidamente.

Stefan hesitou, sabendo que Royce apreciava o imponente cavalo negro por sua enorme coragem e lealdade mais do que valorizava muitas pessoas. Na verdade, os feitos de Thor nas arenas e no campo de batalha eram quase tão lendários quanto os de seu dono. Uma dama famosa da corte certa vez se queixara com as amigas que, se Royce Westmoreland lhe mostrasse metade do afeto que mostrava pelo maldito cavalo, ela se consideraria uma mulher de sorte. E Royce respondeu, com seu típico sarcasmo ácido, que, se a dama tivesse metade da lealdade e do coração de seu cavalo, ele teria se casado com ela.

Não havia um único homem no exército de Henrique que tivesse a ousadia de tirar o cavalo de Royce da cocheira para dar uma volta. O que significava que outra pessoa havia feito isso.

— Royce...

Royce virou-se ao perceber a hesitação na voz do irmão, mas seu olhar, de repente, foi atraído para o chão ao lado de Stefan, onde folhas e galhos formavam um montículo estranhamente alto no pé de um arbusto. Um sexto sentido o fez mexer no montículo com a ponta da bota, e então ele viu: o inconfundível e sombrio cinza do hábito de uma freira. Curvando-se, estendeu a mão e pegou a peça de roupa no mesmo instante em que Stefan acrescentou:

— Thor não está na cocheira com os outros cavalos. As meninas devem tê-lo levado sem que o vigia notasse.

Royce endireitou-se lentamente com a mandíbula apertada enquanto olhava para as roupas abandonadas e, furioso, exclamou:

— Estávamos procurando duas freiras a pé! Deveríamos estar procurando dois *homens* baixos, montados em *meu* cavalo. — Praguejando em voz baixa, Royce se virou e começou a andar em direção à cocheira onde guardavam os cavalos. Ao passar pela tenda das jovens, jogou os hábitos cinza lá dentro pela lona aberta, em um gesto nítido de fúria e revolta, e, então, começou a correr, com Stefan indo atrás dele.

O vigia em pé junto à enorme cocheira saudou seu senhor e, em seguida, recuou, alarmado, quando o Lobo estendeu a mão e o agarrou pelo colete, levantando-o do chão.

— Quem estava de guarda esta manhã, ao amanhecer?

— Eu... eu, milorde.

— Você abandonou seu posto?

— Não! Não, milorde! — exclamou, sabendo que a pena para isso no exército do rei era a morte.

Contrariado, Royce atirou-o de lado. Em poucos minutos, um grupo de doze homens, com Royce e Stefan à frente, saiu galopando pela estrada em direção ao norte. Quando chegaram às colinas íngremes que ficavam entre o acampamento e a estrada norte, Royce parou bruscamente para dar instruções. Acreditando que as mulheres não haviam sofrido nenhum acidente ou perdido a direção, Royce sabia que já teriam descido pelo lado mais distante e subido à colina seguinte. Ainda assim, ele enviou quatro homens com instruções para vasculhar as colinas mais próximas de um lado a outro.

Com Stefan, Arik e os cinco homens restantes ao seu lado, Royce cravou as esporas na barriga de seu cavalo e fez o animal correr pela estrada. Duas horas mais tarde, eles rodearam a colina e chegaram à estrada norte. Uma estrada na bifurcação levava para nordeste e a outra, para noroeste. Franzindo as sobrancelhas, indeciso, Royce fez sinal para que seus homens parassem enquanto pensava qual rota as mulheres poderiam ter tomado. Se não tivessem tido a presença de espírito para deixar aquele maldito lenço na floresta com o intuito de enganar seus raptores para que procurassem por elas na direção errada, ele teria tomado a direção noroeste com todos os seus homens. Dadas as circunstâncias, ele não podia ignorar a possibilidade de que haviam tomado, premeditadamente, a estrada que iria desviá-las meio dia de viagem de seu caminho. Royce sabia que isso lhes custaria tempo, mas elas estariam mais seguras. Ainda assim, ele duvidava que *soubessem* que direção as levaria de volta para casa. Deu uma olhada para o céu; restavam apenas mais duas horas de luz do dia. A estrada noroeste parecia subir em direção às colinas. A rota mais curta também era a mais difícil de atravessar à noite. Duas mulheres, assustadas e vulneráveis, ainda que vestidas como homens, certamente tomariam a estrada mais segura e mais fácil, embora fosse a mais longa. Tomada sua decisão, ele enviou Arik e os demais homens para explorarem um trecho de aproximadamente trinta quilômetros daquela rota.

Por outro lado, pensou Royce com muita raiva enquanto agitava seu próprio cavalo para seguir na rota a noroeste e fazia sinal para que Stefan o seguisse, aquela arrogante e ardilosa bruxa de olhos azuis enfrentaria sozinha as montanhas e à noite. Ela ousaria *qualquer coisa*, incluindo isso, pensou ele à medida que sua fúria aumentava enquanto se lembrava de como fora cortês ao lhe agradecer por costurar as roupas deles na noite anterior e de como ela havia sido gentil ao aceitar sua gratidão. Ela não sabia o que era ter medo. Ainda não. Porém, quando ele pusesse as mãos nela, ela descobriria o significado do medo. Ela aprenderia a ter medo dele.

Cantarolando alegremente para si mesma, Jenny colocou outros galhos na fogueira acolhedora que havia feito com a pederneira que havia recebido na noite anterior para acender as velas da tenda enquanto costurava. Em algum lugar daquela floresta densa, um animal próximo dali uivou estranhamente para a lua crescente, e Jenny cantarolou de maneira mais decidida, escondendo seu tremor instintivo de apreensão por trás de um sorriso radiante e encorajador que tinha por finalidade tranquilizar a pobre Brenna. A ameaça de chuva havia passado, deixando um céu negro iluminado pelas estrelas e por uma lua redonda e dourada, e por isso Jenny sentia-se profundamente agradecida. Chuva era a *última* coisa que ela queria naquele momento.

O animal uivou novamente, e Brenna ajustou ainda mais a manta de seu cavalo nos ombros.

— Jenny — sussurrou, fixando os olhos com confiança na irmã mais velha. — Esse som é o que eu imagino que seja? — Como se fosse impronunciável, ela formou a palavra "lobo" com os lábios brancos.

Jenny estava razoavelmente certa de que eram vários lobos, e não um só.

— Você se refere àquela coruja que acabamos de ouvir? — dissimulou, sorrindo.

— Não era uma coruja — disse Brenna, e Jenny fez uma expressão de alarme para um ataque feio e estridente de tosse que sua irmã teve, deixando-a sem ar. A dor no pulmão que atormentou Brenna com tanta frequência na infância estava reaparecendo naquela noite, agravada pelo frio e pelo medo.

— Mesmo que não tenha sido uma coruja — disse Jenny, delicadamente —, nenhum predador se aproximará dessa fogueira; tenho certeza disso. Garrick Carmichael me disse isso uma noite em que nós três estávamos voltando de Aberdeen e a neve nos forçou a acampar. Ele fez uma fogueira e disse isso a Becky e a mim.

Por ora, o risco de fazer aquela fogueira preocupava Jenny quase tanto quanto o perigo de lobos. Uma pequena fogueira, mesmo na floresta, podia ser vista a uma longa distância e, embora estivessem a várias centenas de metros da estrada, ela não conseguia livrar-se da sensação de que seus perseguidores ainda poderiam encontrá-las.

Tentando se distrair de suas próprias preocupações, ela encostou os joelhos no peito, apoiou o queixo neles e acenou com a cabeça para Thor.

— Você já viu um animal mais magnífico do que esse? A princípio, pensei que ele fosse me derrubar essa manhã quando o montei, mas, então, ele pareceu sentir nossa urgência e se acalmou. O mais estranho é que, durante todo o dia, ele pareceu saber o que eu queria que ele fizesse, sem que eu precisasse impeli-lo ou guiá-lo. Imagine a alegria de nosso pai quando voltarmos, tendo não só escapado das garras do Lobo em pessoa, como também em posse do cavalo dele!

— Você não tem certeza de que é o cavalo dele — disse Brenna, parecendo ter sua própria opinião sobre o bom senso de ter roubado um corcel de grande valor e fama ainda maior.

— Claro que é! — declarou Jenny, com orgulho. — Ele é exatamente como os trovadores o relatam em suas cantigas. Além disso, ele olha para mim toda vez que digo o nome dele. — Para demonstrar, ela chamou baixinho o nome dele, e o cavalo levantou a cabeça magnífica, observando-a com olhos tão inteligentes que pareciam humanos. — *É ele!* — exclamou Jenny, eufórica, mas Brenna parecia encolher-se de medo diante dessa ideia.

— Jenny — sussurrou, com seus enormes olhos amendoados tristes enquanto examinava o sorriso valente e decidido da irmã. — Por que você acha que tem tanta coragem e eu, tão pouca?

— Porque — respondeu Jenny, com uma risadinha — nosso Senhor é um Deus justo e, já que *você* ficou com toda a beleza, ele quis *me* dar algo para equilibrar.

— Ah, mas... — Brenna parou abruptamente, pois o grande cavalo negro, de repente, levantou a cabeça e relinchou alto no meio da noite.

Colocando-se de pé, Jenny correu até Thor e colocou a mão sobre o focinho do animal para mantê-lo quieto.

— Rápido, apague o fogo, Brenna! Use a manta. — Com o coração batendo forte, Jenny inclinou a cabeça, à procura dos sons dos cavaleiros, sentindo a presença deles, embora não pudesse ouvi-los. — Preste atenção — sussurrou freneticamente. — Assim que eu subir no Thor, solte seu cavalo e faça com que ele siga para a floresta naquela direção; depois, corra para cá e esconda-se debaixo dessa árvore caída. Não saia daí nem faça nenhum barulho até eu voltar.

Enquanto falava, Jenny subiu em um tronco e pegou impulso para subir no dorso de Thor. — Vou com Thor para a estrada e o farei subir aquela montanha. Se esse diabo do conde estiver por aí, ele virá atrás de mim. E, Brenna — acrescentou, sem fôlego, já virando Thor na direção da estrada —, se ele me pegar e eu não voltar, tome a estrada que leva para a abadia e siga nosso plano; peça ao papai para me resgatar.

— Mas... — sussurrou Brenna, tremendo de terror.

— Faça isso, por favor! — implorou Jenny, e fez seu cavalo se embrenhar na floresta em direção à estrada, fazendo deliberadamente o maior barulho possível para tirar a atenção de qualquer perseguidor de Brenna.

— Lá! — gritou Royce para Stefan, apontando para a mancha escura que corria em direção ao alto da montanha; então, eles incitaram seus cavalos, fazendo com que corressem pela estrada atrás do cavalo e da jovem. Quando chegaram ao lugar na estrada perto de onde as meninas haviam acampado, o odor inconfundível de uma fogueira que fora apagada havia pouco fez Royce e Stefan pararem abruptamente. — Reviste o acampamento — gritou Royce, já incitando seu cavalo a galopar. — Você provavelmente encontrará a mais nova aí.

— Maldição! Ela sabe cavalgar! — sussurrou Royce quase admirado, olhando fixamente para a pequena figura curvada sobre o pescoço de Thor enquanto ela tentava, sem êxito, manter-se a quase trezentos metros à frente dele.

Ele sabia instintivamente que a pessoa que estava perseguindo era Jenny, e não a tímida irmã dela, assim como sabia com certeza que o cavalo era Thor. O animal estava correndo com todo o vigor, mas nem a velocidade do valente cavalo negro podia compensar o tempo que ele perdia toda vez que Jennifer se recusava a deixá-lo saltar um obstáculo particularmente alto e o fazia dar a volta. Sem sela, ela, obviamente, corria o perigo de cair se o deixasse saltar muito alto.

Royce reduziu a distância para quase cinquenta metros e estava se aproximando rapidamente quando viu que Thor, de repente, se desviou e se recusou a saltar uma árvore caída, o que era um sinal seguro de que ele sentia o perigo e estava tentando proteger a si mesmo e à jovem montada nele. Um grito de alarme e terror saiu do peito de Royce ao observar a noite e perceber que não havia nada além da árvore caída senão uma descida abrupta e ar rarefeito além da árvore.

— *Não*, Jennifer! — gritou, mas ela não deu atenção ao seu aviso.

Assustada e à beira da histeria, ela deu meia-volta com o cavalo, o fez recuar e cravou os calcanhares nos flancos brilhantes do animal:

— Vamos! — gritou e, depois de um momento de hesitação, o enorme cavalo pegou impulso e deu um grande salto. Um grito humano rasgou a noite quase no mesmo instante em que Jenny perdeu o equilíbrio e deslizou do cavalo durante o salto, suspensa por um instante pela crina espessa do animal, antes de cair de maneira estrepitosa nos galhos da árvore caída. E, em seguida, houve outro som: o estrondo repugnante de um enorme animal rolando precipício abaixo ao encontro da morte.

Desequilibrada, Jenny tentava se levantar em meio ao emaranhado de galhos da árvore quando Royce saltou do cavalo e correu até a beira do penhasco. Ela tirou o cabelo dos olhos e, percebendo que, a poucos passos dela, não havia nada além da escuridão, voltou os olhos para seu raptor, mas ele estava olhando fixamente para a encosta íngreme, com a mandíbula tão contraída que parecia de granito. Jenny estava tão nervosa e desorientada que não fez nenhum protesto quando ele a agarrou pelo braço, apertando-o dolorosamente, e a puxou com força enquanto descia com cuidado a montanha íngreme.

Por um instante, Jenny não conseguiu imaginar o que ele estava fazendo até que, subitamente, entendeu um pouco. Thor! Percebeu, com os olhos dançando pelo terreno acidentado, que Royce estava procurando o cavalo e rezou para que, de alguma forma, o magnífico animal não estivesse machucado. Ela o viu ao mesmo tempo que Royce, a imóvel figura negra a apenas alguns metros de distância na base da rocha que havia amortecido sua queda, e quebrado seu pescoço.

Royce soltou o braço de Jenny, que ficou onde estava, paralisada de remorso e angústia enquanto olhava para o belo animal, que, por descuido, havia matado. Como se estivesse em um sonho, ela viu o guerreiro mais feroz da Inglaterra dobrar um joelho no chão ao lado do cavalo morto, acariciando delicadamente a pele negra e brilhante do animal e, com a voz embargada, pronunciando palavras que ela não conseguia distinguir.

Lágrimas embaçaram os olhos de Jenny, mas, quando Royce se levantou e se virou para encará-la, a dor cedeu ao pânico. O instinto aconselhou-a a correr, e ela se virou para fugir, mas não foi rápida o bastante. Ele a pegou pelo cabelo e empurrou as costas dela, fazendo-a se virar para encará-lo, com os dedos cruelmente cravados na cabeça da jovem.

— *Maldita*! — exclamou brutalmente com os olhos brilhantes cheios de raiva. — Esse cavalo que você acabou de matar tinha mais *brio* e mais *lealdade* do que a maioria dos homens! Ele tinha tanto essas duas malditas qualidades que *permitiu* que você o enviasse para a morte. — Tristeza e terror estavam estampados no rosto pálido de Jenny, mas não surtiam nenhum efeito para abrandar seu raptor, que agarrou seu cabelo com mais força ainda, obrigando-a a deitar a cabeça para trás. — Ele sabia que, depois dessa árvore, não havia nada além de ar e a *advertiu*, mas a deixou enviá-lo para a morte!

Como se já não pudesse confiar em si mesmo, ele a jogou para o lado, agarrou-a pelo punho e puxou-a bruscamente, fazendo-a segui-lo até o topo da montanha. Ocorreu a Jenny que o motivo pelo qual ele havia insistido em levá-la até lá embaixo era, sem dúvida, para impedi-la de roubar o outro cavalo. Naquele momento, ela estava tão exausta que não lhe ocorreu tentar, ainda que tivesse tido a oportunidade de fazer isso. Agora, no entanto, ela estava recuperando os sentidos e, enquanto ele a ajudava a subir no cavalo, surgiu outra oportunidade. No momento em que o conde começou a se apoiar na perna para subir no dorso do animal, Jenny deu um puxão súbito nas rédeas, conseguindo arrancá-las da mão dele. O plano fracassou, pois ele subiu sem esforço no cavalo em movimento e, então, agarrou-a pela cintura com tanta força que ela ficou sem ar.

— Tente mais um truque — sussurrou no ouvido dela com tanta fúria na voz que ela se encolheu de medo —, faça mais uma gracinha para me irritar — disse, apertando-a terrivelmente —, e eu vou fazê-la se arrepender pelo resto da vida! *Fui claro?* — Enfatizou a pergunta apertando-a ainda mais.

— Sim! — respondeu Jenny, engasgada, e ele lentamente aliviou a pressão sobre seu peito.

Encolhida debaixo da árvore caída onde Jenny a instruíra a permanecer, Brenna viu quando Stefan Westmoreland apareceu na clareira, puxando seu cavalo. De onde estava, ela só podia ver as patas dos animais, o chão da floresta e, quando ele desceu do cavalo, as pernas do homem. Ela deveria ter se embrenhado na floresta, decidiu Brenna freneticamente, mas, se tivesse feito isso, poderia ter se perdido. Além disso, Jenny lhe dissera para permanecer onde estava e, em todas as situações como aquela, Brenna seguia fiel e impecavelmente as instruções da irmã.

As pernas do homem se aproximaram. Ele parou junto à fogueira e, com a ponta da bota, mexeu nas brasas apagadas. Brenna sentiu instintivamente que os olhos dele sondavam o canto escuro dos arbustos onde estava escondida. De repente, ele se moveu, caminhando em sua direção, e o peito de Brenna começou a subir e descer por causa do ataque de pânico enquanto seus pulmões lutavam para conseguir ar. Apertando a mão sobre a boca, ela tentou silenciar a crise de tosse que estava prestes a ter enquanto encarava com gélido terror as pontas das botas de Stefan a apenas alguns centímetros de distância.

— Tudo bem agora — ressoou a voz profunda na pequena clareira —, saia daí, milady. Vocês nos proporcionaram uma caçada divertida, mas acabou.

Esperando que fosse uma armadilha e que ele realmente não *soubesse* que ela estava lá, Brenna se encolheu ainda mais em seu esconderijo.

— Muito bem — suspirou ele —, imagino que terei de ir até aí pegá-la. — Agachou-se abruptamente e, um instante depois, uma grande mão atravessou os galhos, apalpando as folhagens e, finalmente, chegando ao seio de Brenna.

Um grito de horror e indignação ficou preso na garganta da jovem enquanto a mão de Stefan se abriu e logo voltou a se fechar lentamente, como se ele estivesse tentando identificar o que havia encontrado. Ao perceber o que era, ele tirou a mão, momentaneamente surpreso, e, então, arremeteu-a, agarrou o braço de Brenna e puxou-a para fora.

— Olhe só — disse Stefan, sem sorrir. — Parece que encontrei uma fada da floresta.

Brenna não teve coragem suficiente para atacá-lo ou mordê-lo como Jenny havia feito com o irmão dele, mas conseguiu encará-lo furiosamente enquanto ele a colocava em cima do cavalo dela e montava no seu, segurando as rédeas do cavalo da jovem.

Quando saíram da floresta e chegaram à estrada, Brenna sussurrou uma prece para que Jenny tivesse conseguido escapar e, em seguida, encheu-se de coragem para erguer os olhos e olhar para a estrada que seguia até o alto da montanha. Ficou desolada quando viu Jenny vindo em sua direção, montada na frente do cavalo do Lobo Negro. Stefan guiou seu cavalo para que se colocasse ao lado do de seu irmão.

— Onde está Thor? — perguntou, mas a expressão sanguinária no rosto de Royce respondeu à pergunta antes de qualquer palavra.

— Morto.

Royce cavalgava em um impenetrável silêncio, mais irritado a cada minuto que passava. Além da profunda tristeza que sentia pela perda de Thor, ele também estava cansado, faminto e totalmente furioso porque uma jovem — com razão, ele considerava Brenna inocente — de cabelos vermelhos — ele sabia disso agora — havia conseguido enganar um vigia astuto e experiente, causar um alvoroço em metade do exército e forçá-lo a passar um dia inteiro e uma noite na tentativa de capturá-la. Porém, o que mais o enfurecia era a vontade ferrenha de Jenny, sua arrogância e postura desafiadora. Ela era como uma criança mimada que não admitia estar errada ao desabar e chorar.

Quando eles entraram no acampamento, os homens se viraram para vê-los e expressaram alívio, mas nenhum deles foi tolo o suficiente para festejar. O fato de duas cativas terem conseguido escapar, em primeiro lugar, era motivo de constrangimento, não de alegria, mas o fato de serem duas mulheres não era somente inimaginável, era humilhante.

Royce e Stefan seguiram em direção à cocheira; Royce desceu do cavalo e, então, sem a menor cerimônia, ajudou Jenny a descer. Ela se virou para começar a seguir em direção à sua tenda, mas sufocou um grito de dor e surpresa quando Royce empurrou suas costas.

— Eu quero saber como você tirou os cavalos da cocheira sem que o vigia a visse.

Todos os homens a uma distância que lhes permitia ouvir pareciam tensos e se voltaram para Jenny, esperando por sua resposta. Até então, eles haviam se comportado como se ela fosse invisível, mas agora ela se encolhia sob os olhares rápidos e intensos.

— Responda!

— Não precisei me esconder — respondeu Jenny com grande dignidade e o maior desprezo possível. — Seu vigia estava dormindo.

Uma expressão dolorosa de incredulidade surgiu no olhar irritado de Royce, mas seu rosto, por outro lado, estava inexpressivo ao fazer um sinal breve com a cabeça para Arik. O gigante loiro, com o machado de guerra na mão, avançou entre os homens em direção ao vigia desobediente. Jenny observou a cena que se desenrolava, perguntando-se o que iria acontecer com o pobre homem. Ela sabia que, sem dúvida, ele seria punido por ter sido negligente em seu dever, mas o castigo não seria verdadeiramente terrível. Ou seria? Não sabia por que Royce a agarrara pelo braço e começara a puxá-la com ele.

Enquanto atravessava o acampamento com Royce, Jenny podia sentir a fúria hostil que lhe era dirigida pelos soldados e cavaleiros pelos quais passava. Ela havia ludibriado a todos ao escapar deles e despistá-los. Eles a odiavam por isso agora, e o ódio era tão virulento que fazia sua pele arder. Mesmo o conde parecia mais irritado com ela agora do que antes, pensou Jenny, enquanto acelerava o passo, quase correndo, na tentativa de acompanhá-lo antes que ele arrancasse seu braço.

Sua preocupação com a raiva de Royce subitamente foi dominada por uma calamidade mais imediata: Royce Westmoreland a levava para sua tenda, e não para a dela.

— Não vou entrar aí! — gritou, recuando.

Praguejando em voz baixa, o conde estendeu a mão e a jogou sobre o ombro como se ela fosse um saco de farinha, com o traseiro apontado para o céu e os cabelos longos batendo nas panturrilhas do homem. Ouviram-se risos libertinos e gritos de euforia por toda a clareira enquanto os homens testemunhavam sua humilhação pública, e Jenny quase engasgou por causa da fúria e da aflição. Dentro da tenda, ele a jogou sobre a pilha de mantas de pele que estava no chão e, então, ficou olhando para ela enquanto Jenny se esforçava para conseguir se sentar e depois ficar de pé, observando-o como um pequeno animal acuado.

— Se você me desonrar, eu o mato, juro — gritou, recuando diante da fúria que endureceu o rosto de Royce e fez seus olhos cinzentos brilharem.

— Desonrá-la? — repetiu, com um desprezo mordaz. — A última coisa que você desperta em mim agora é desejo. Você vai ficar nesta tenda porque ela já está fortemente guardada, e não tenho que desperdiçar mais o tempo de meus homens para vigiá-la. Além disso, você está no centro do acampamento e, se decidir fugir, meus homens irão matá-la. Está claro?

Ela olhou com raiva para ele, mas permaneceu em silêncio como uma pedra, e sua atitude arrogante de não se submeter à vontade de Royce deixou-o ainda mais furioso. Com os punhos cerrados, ele reprimiu a raiva e continuou:

— Se você fizer mais uma gracinha para incomodar a mim ou a qualquer outra pessoa desse acampamento, eu mesmo transformarei sua vida em um inferno. Você me entendeu?

Estudando aquele rosto austero e sinistro, Jenny entendeu perfeitamente que ele poderia, e iria, cumprir a ameaça.

— Responda! — ordenou, sedento por sangue.

Percebendo que ele já havia perdido a razão, Jenny engoliu em seco e assentiu.

— E... — recomeçou, mas parou abruptamente como se não pudesse confiar em si mesmo para dizer mais.

Virando-se, apanhou uma jarra de vinho na mesa e estava prestes a dar um gole quando seu escudeiro, Gawin, entrou na tenda. Nos braços de Gawin, estavam as mantas que havia tirado mais cedo da tenda das jovens, mantas que havia começado a entregar aos homens antes de perceber que, em vez de remendadas, haviam sido cortadas em tiras. A expressão do rapaz era de raiva e descrença.

— Que diabos há de errado com você? — perguntou Royce rispidamente, já levando a jarra aos lábios.

Gawin levantou o rosto jovem e indignado para seu senhor.

— As mantas, senhor — disse, lançando um olhar acusador para Jenny. — Em vez de remendar, ela as picou. Os homens já passavam muito frio só com essas mantas para protegê-los, agora então...

O coração de Jenny começou a acelerar por causa de um terror genuíno quando o conde, muito devagar e com muito cuidado, começou a colocar a jarra sobre a mesa. Ele falou, e sua voz foi um sussurro áspero, cheio de raiva.

— Venha aqui.

Fazendo que não com a cabeça, Jenny deu um passo para trás.

— Você só está piorando as coisas — advertiu ele, enquanto ela dava mais um passo para trás. — Estou dizendo: *venha aqui*.

Jenny teria saltado de um penhasco, se pudesse. A lona de entrada da tenda estava levantada, mas não havia como escapar; os homens estavam reunidos bem ali desde que Royce a levara para dentro da tenda, esperando, sem dúvida, ouvi-la gemer ou gritar por piedade.

Royce falou com seu escudeiro, mas continuou com o olhar ameaçador para Jenny.

— Gawin, traga agulha e linha.

— Sim, milorde — concordou Gawin, e correu para um canto para apanhar. Ele as colocou sobre a mesa ao lado de Royce, depois deu um passo para trás e observou com surpresa quando Royce simplesmente levantou as tiras que antes eram mantas e as exibiu para a bruxa ruiva que as havia destruído.

— Você vai costurar cada uma delas — disse a Jenny com a voz estranhamente calma.

Sentindo o corpo livre da tensão, Jenny olhou para seu raptor com um misto de constrangimento e alívio. Depois de fazê-lo passar um dia e uma noite atrás dela, depois de matar o lindo cavalo de Royce e destruir as roupas dele, o único castigo que ele pretendia exigir dela era fazê-la costurar as mantas que havia destruído. Isso era fazer da vida dela um inferno?

— Você não dormirá com uma manta até que cada uma dessas esteja reparada, entendeu? — acrescentou com a voz tão dura e rígida quanto aço polido. — Até que meus homens estejam aquecidos, você passará frio.

— Eu... eu entendi — respondeu Jenny com a voz vacilante.

A postura de Royce era tão contida, tão *paternal*, que não ocorreu a Jenny que ele quisesse fazer outra coisa. Na verdade, ao andar para frente e estender a mão trêmula para pegar as tiras esfarrapadas das mantas que ele segurava, passou-lhe pela cabeça que os rumores sobre a crueldade dele eram muito exagerados; um pensamento que se desfez um segundo depois:

— Ai! — gritou quando a mão grande de Royce avançou como uma cobra e se enrolou em seu pulso estendido, puxando-a para frente com uma força que arrancou o ar de seus pulmões e fez sua cabeça cair para trás.

— Você é uma vadiazinha mimada! — exclamou. — Alguém deveria ter dado um jeito nesse seu orgulho quando você ainda era criança. Mas, já que não deram, eu...

Royce levantou a mão e Jenny protegeu o rosto com o braço, pensando que ele queria bater em seu rosto, mas a enorme mão que ela esperava acertá-la puxou seu braço para baixo.

— Eu partiria seu pescoço em dois se batesse em você assim. Tenho outro lugar em mente...

Antes que Jenny pudesse reagir, ele se sentou e, com um movimento fluido, puxou-a para seu colo.

— Não! — Ela levou um susto, retorcendo-se de maneira furiosa, assustada, séria, horrivelmente consciente dos homens reunidos do lado de fora da tenda que estavam tentando ouvir. — Não se atreva! — gritou enquanto jogava todo o seu peso na direção do chão. Ele pôs uma das pernas sobre as dela, prendendo-as entre suas coxas, e levantou a mão.

— Isto — disse ele enquanto a mão caía sobre o traseiro dela — é por meu cavalo. — Jenny contava as palmadas em meio às ondas de dor, mordendo o lábio até fazê-lo sangrar em um esforço para engolir os soluços, enquanto a mão de Royce subia e descia para infligir repetidamente uma dor implacável. — Isto é pelas coisas que você destruiu... por sua fuga imbecil... pelas mantas picadas...

Com a intenção de dar-lhe algumas palmadas até que ela soluçasse e implorasse para que ele parasse, Royce continuou até sua mão doer, mas, mesmo se contorcendo freneticamente para evitar a mão dele, ela não deu um pio. Na verdade, se seu corpo não tivesse sacudido de maneira espasmódica a cada palmada que ele lhe dava no traseiro, ele teria duvidado de que ela estivesse sentindo alguma coisa.

Royce levantou a mão mais uma vez e, então, hesitou. Jenny contraiu o traseiro, antecipando o golpe de sua mão, e enrijeceu o corpo, mas, mesmo assim, não gritou. Aborrecido consigo mesmo e privado da satisfação de fazê-la chorar e implorar por piedade, ele a empurrou para fora de seu colo e se levantou, olhando, irritado, para ela no chão e com a respiração acelerada.

Mesmo agora, o orgulho teimoso e intransigente da jovem a impediu de ficar jogada aos pés dele. Colocando a mão no chão, ela começou a se levantar devagar, sem firmeza, até ficar de pé diante dele, ajustando o calção à cintura. Como ela estava cabisbaixa, ele não podia ver seu rosto, mas, enquanto observava, ela estremeceu, tentando endireitar os ombros trêmulos. Parecia tão pequena e vulnerável que ele sentiu um peso na consciência.

— Jennifer... — disse ele, rispidamente.

Ela levantou a cabeça, e Royce paralisou, surpreso e relutantemente admirado com a bela visão que teve. De pé ali, como uma cigana muito furiosa com o cabelo solto formando chamas douradas e seus enormes olhos azuis cheios das lágrimas de ódio que não derramou, ela levantou lentamente a mão... a mão que segurava uma adaga que obviamente havia conseguido tirar da bota de Royce enquanto ele batia nela.

E, nesse momento impensável, enquanto segurava a adaga no alto, pronta para atacá-lo, Royce Westmoreland pensou que ela era a criatura mais magnífica que já havia visto; um anjo selvagem, belo e enfurecido, sedento por vingança, com o peito subindo e descendo de fúria enquanto confrontava corajosamente um inimigo mais forte. Royce percebeu que a havia magoado e humilhado, mas não havia domado aquele espírito indomável. De repente, ele não tinha mais certeza se queria dominá-la.

Delicadamente e sem alvoroço, ele estendeu a mão.

— Dê-me a adaga, Jennifer.

Royce percebeu que ela a levantou ainda mais, mirando seu coração.

— Não vou machucá-la de novo — continuou a falar com calma quando o jovem Gawin se colocou furtivamente atrás dela, com uma expressão sanguinária enquanto se preparava para defender a vida de seu senhor.

— Nem meu fiel escudeiro — acrescentou Royce com a ênfase de uma ordem que estava dando a Gawin —, que está neste momento atrás de você, pronto para cortar sua garganta se você tentar me ferir.

Em seu ataque de fúria, Jenny se esquecera de que o escudeiro estava na tenda; que o rapaz havia visto sua humilhação! Essa ideia irrompeu dentro dela como um vulcão.

— Dê-me a adaga — repetiu Royce, estendendo a mão na direção dela, certo de que agora ela iria entregá-la.

Não foi o que aconteceu. A adaga atravessou o ar com a velocidade da luz, voltada diretamente para o coração do conde. Foram apenas os reflexos rápidos de Royce que lhe permitiram desviá-la com o braço, depois girar o pulso de Jenny para que soltasse a arma mortal e, mesmo assim, enquanto puxava a jovem em sua direção e a envolvia em seu braço, prendendo-a contra seu corpo, o sangue vermelho brilhante já escorria do corte que ela havia conseguido fazer no rosto dele, perto da orelha.

— Sua mocinha sanguinária! — disse entre os dentes, irritado, perdendo toda a admiração pela coragem da jovem ao sentir o sangue que começava a escorrer pelo rosto. — Se você fosse um homem, eu a mataria por isso!

Gawin ficou olhando para a ferida de seu senhor com uma fúria que era muito maior que a de Royce e, quando olhou para Jenny, o rapaz tinha nos olhos o desejo de matá-la.

— Vou chamar o vigia — disse, lançando um último olhar repulsivo para ela.

— Não seja tolo! — exclamou Royce. — Você quer que se espalhe pelo acampamento e depois pelo território a notícia de que fui ferido por uma freira? É esse medo de mim, de minha *lenda*, que derrota nossos inimigos antes de levantarem suas armas contra mim!

— Perdão, milorde — disse Gawin. — Mas como o senhor irá impedi-la de contar depois que a soltar?

— Soltar-me? — perguntou Jenny, desperta de seu transe induzido pelo medo enquanto olhava para o sangue que havia derramado. — Você pretende nos *soltar*?

— No final, se eu não a matar primeiro — respondeu o Lobo, rispidamente, empurrando-a para longe dele com uma força que a fez cair no meio do monte de mantas no canto da tenda. Apanhou a jarra de vinho, mantendo os olhos atentos nela, deu um belo gole e, então, olhou para a grande agulha ao lado da linha sobre a mesa. — Pegue uma agulha menor — ordenou ao escudeiro.

Jenny sentou-se onde estava, perplexa com as palavras e as ações de Royce. Agora que estava recobrando a razão, ela mal podia acreditar que ele não a havia assassinado ali mesmo por tentar matá-lo. As palavras do conde passaram por sua cabeça: *"É esse medo de mim, de minha lenda, que derrota nossos inimigos antes de levantarem suas armas contra mim!"*. Em algum lugar nos recônditos escuros de sua mente, ela já havia chegado à conclusão de que o Lobo não estava nem perto de ser tão mau quanto dizia a lenda; se ele fosse metade do que diziam, ela já teria sido torturada e molestada. Em vez disso, era evidente que ele tinha a intenção de libertá-la, bem como a irmã.

Quando Gawin voltou com uma agulha menor, Jenny tinha um sentimento quase de caridade em relação ao homem a quem havia tentado matar apenas alguns minutos antes. Ela não podia e não iria perdoá-lo pela agressão física que havia sofrido, mas julgava ter acertado as contas com Royce, agora que havia ferido o corpo e o orgulho dele assim como ele havia ferido os dela. Enquanto estava sentada lá, vendo-o beber da jarra, ela decidiu que o melhor e o mais prudente daquele momento em diante seria tentar fazer o possível para não levá-lo a mudar de ideia sobre levá-las de volta à abadia.

— Vou ter que raspar sua barba, senhor — disse Gawin. — Do contrário, não conseguirei ver a ferida para costurar.

— Raspe-a, então — murmurou Royce. — Você não é muito bom com essa agulha nem quando consegue ver o que está fazendo. Tenho cicatrizes no corpo todo para provar.

— É uma pena que ela tenha cortado seu rosto — concordou Gawin, e Jenny teve a sensação de que havia deixado de existir naquele momento. — O senhor já está cheio de cicatrizes — acrescentou enquanto preparava uma faca afiada e um copo de água para fazer a barba de seu senhor.

O corpo do rapaz, absorto em sua tarefa, impedia que o Lobo visse Jenny e, à medida que os minutos lentamente iam se passando, ela se via um pouco inclinada ora para um lado, ora para o outro, bastante curiosa para ver que tipo de rosto feroz a barba negra e espessa do conde ocultava. Ou será que ela escondia um queixo pequeno?, perguntou-se, inclinando-se um pouco mais para a esquerda, na tentativa de ver. Sem dúvida, a barba escondia um queixo pequeno, concluiu, inclinando-se tanto para a direita que quase perdeu o equilíbrio enquanto tentava espiar atrás do escudeiro.

Royce não havia se esquecido da presença de Jenny, nem confiava nela, agora que ela tinha se mostrado corajosa o suficiente para tentar acabar com a vida dele. Observando-a com o canto dos olhos, ele a viu se inclinando de um lado para o outro e, em tom de escárnio, disse ao seu escudeiro:

— Afaste-se, Gawin, para que a jovem possa ver meu rosto antes que ela caia para o lado, tentando espiar por trás de você.

Jenny, que estava bem inclinada para a direita, não conseguiu recuperar o equilíbrio com rapidez suficiente para fingir que não estava fazendo exatamente isso. Sentiu o rosto quente e desviou os olhos do rosto de Royce Westmoreland, mas não antes de ter a surpreendente impressão de que o Lobo era consideravelmente mais jovem do que imaginava. Além disso, ele não tinha o queixo pequeno. Era um queixo quadrado proeminente com uma pequena e curiosa depressão no centro. Mais do que isso, ela não podia dizer.

— Venha, vamos, não seja tímida — provocou Royce com um tom sarcástico, mas o vinho forte que ele estava bebendo estava colaborando para acalmar seu temperamento. Além disso, a mudança rápida e surpreendente de Jenny, que havia passado de uma assassina atrevida para uma jovem curiosa, era tão enigmática quanto divertida para ele. — Dê uma boa olhada no rosto em que você acabou de tentar esculpir sua inicial — insistiu, observando o perfil delicado da jovem.

— Preciso costurar essa ferida, milorde — disse Gawin, franzindo a testa. — Está profunda e inflamada, e está bem feia.

— Tente não me deixar horrível para Lady Jennifer — disse Royce, com sarcasmo.

— Sou seu escudeiro, milorde, não uma costureira — respondeu Gawin com a agulha e a linha suspensas sobre o corte profundo, que começava perto da têmpora de seu senhor e seguia até o contorno da mandíbula.

A palavra "costureira", de repente, fez Royce se lembrar dos pontos perfeitos e quase invisíveis que Jenny fizera em um par de calças de lã, e ele fez um sinal para que Gawin fosse para o lado, voltando os olhos curiosos para sua cativa.

— Venha cá — disse a Jenny com a voz calma, porém autoritária.

Não mais ávida a provocá-lo, para que não mudasse de ideia sobre libertá-las, Jenny levantou-se e, cautelosamente, obedeceu, aliviada por tirar a pressão de suas nádegas, que já estavam latejando.

— Aproxime-se mais — pediu quando ela parou fora de seu alcance. — Parece justo que você costure *tudo* o que rasgou. Comece pelo meu rosto.

À luz do par de velas, Jenny viu o corte que havia feito no rosto dele, e a visão daquela carne rasgada, além da ideia de furá-lo com uma agulha, fez com que se sentisse como se fosse desmaiar. Engoliu o gosto amargo que brotou na garganta e sussurrou, com os lábios secos:

— Eu... não posso.

— Você pode e irá fazer isso — afirmou Royce, implacável.

Um segundo atrás, ele havia começado a duvidar da prudência de deixá-la perto dele com uma agulha, mas, ao presenciar o horror que ela sentiu diante do que havia feito, ficou mais tranquilo. Na verdade, pensou, forçá-la a continuar a olhar para a ferida, a tocá-la, era um modo justo de se vingar!

Visivelmente relutante, Gawin entregou-lhe a agulha e a linha, e Jenny as segurou com a mão trêmula, logo acima do rosto de Royce, mas, quando estava prestes a tocá-lo, ele segurou a mão dela e disse, com a voz fria e repreensiva:

— Espero que não seja tola o suficiente para ter a brilhante ideia de fazer com que esse infortúnio seja desnecessariamente doloroso.

— Não, não sou. Não serei — respondeu Jenny, sem força.

Satisfeito, Royce ofereceu-lhe a jarra de vinho:

— Aqui está. Beba um pouco disso primeiro. Vai acalmar seus nervos.

Se tivesse lhe oferecido veneno naquele momento e dito que acalmaria seus nervos, Jenny o teria tomado, de tão angustiada que estava com a perspectiva do que estava prestes a fazer. Levantou a jarra e deu três belos goles, engasgou, depois levantou-a e bebeu um pouco mais. Ela teria bebido ainda mais não tivesse o conde tirado com firmeza a jarra de sua mão.

— Muito vinho ofuscará sua visão e a deixará sem reflexo — disse ele, seco. — Não quero que você tente costurar a minha orelha. Agora, vamos logo com isso.

Virando a cabeça, ele calmamente ofereceu o rosto rasgado aos cuidados da jovem, enquanto Gawin permaneceu ao lado dela, vigiando, para ter certeza de que ela não faria nenhum estrago.

Jenny nunca havia perfurado a carne humana com uma agulha e, enquanto forçava a agulha a atravessar a pele inchada do conde, não conseguia sufocar completamente o gemido nauseado de protesto. Olhando para ela com o canto dos olhos, Royce tentou não contrair o rosto por medo de que ela visse e caísse desmaiada.

— Para uma assassina, você tem um estômago incrivelmente fraco – observou, tentando desviar *sua* mente da dor, e a mente *dela* da tarefa sangrenta.

Mordendo o lábio, Jenny introduziu novamente a agulha na carne de Royce. A cor desapareceu de seu rosto, e Royce tentou mais uma vez distraí-la com uma conversa.

— O que a fez pensar que tinha vocação para freira?

— Eu... eu não tinha — respondeu, ofegante.

— Então, o que você estava fazendo na Abadia de Belkirk?

— Meu pai me enviou para lá — disse, engolindo a náusea provocada por sua tarefa horripilante.

— Por que *ele* acha que você deveria ser freira? — perguntou Royce com descrença, observando-a com o canto dos olhos. — Ele deve ver um lado diferente da sua natureza que você não me mostrou.

A observação quase a fez rir, percebeu ele, vendo-a morder o lábio enquanto a cor voltava ao rosto da jovem.

— Na verdade — admitiu ela, devagar, com a voz suave surpreendentemente lírica, por não estar furiosa ou alerta —, acho que você poderia dizer que ele me enviou para lá *porque* viu o mesmo lado de minha natureza que você viu.

— Verdade? — perguntou Royce, com um tom informal. — Que motivo você tinha para tentar matá-*lo*?

Ele parecia tão genuinamente contrariado que Jenny não pôde evitar um sorriso. Além disso, ela não havia comido nada desde o dia anterior, e o vinho inebriante estava passando por suas veias, relaxando-a e aquecendo-a da cabeça aos pés.

— E? — instigou Royce, estudando a covinha que se formara no canto da boca de Jenny.

— Eu não tentei matar meu pai — disse ela, com firmeza, dando outro ponto.

— O que você fez, então, para que ele a enviasse para um convento?

— Entre outras coisas, eu me recusei a me casar com alguém... de certo modo.

— Verdade? — perguntou Royce, realmente surpreso ao se lembrar do que ouvira sobre a filha mais velha de Merrick da última vez que tinha estado na corte de Henrique. Diziam os rumores que a filha mais velha de Merrick era uma solteirona comum, puritana, fria e religiosa. Forçou a mente para tentar lembrar quem de fato a descrevera nesses termos. Lembrava-se agora de que Edward Balder, o conde de Lochlordon, um emissário da corte do rei Tiago, dissera isso sobre ela. Porém, também todas as demais pessoas naquelas raras ocasiões em que se fez menção a ela. *Uma solteirona comum, puritana e fria*, diziam, mas havia mais, embora não pudesse lembrar no momento. — Quantos anos você tem? — perguntou abruptamente.

A pergunta a surpreendeu e pareceu deixá-la envergonhada.

— Dezessete anos — admitiu, com alguma relutância, observou Royce — e duas semanas.

— *Tudo* isso? — perguntou ele com os lábios contorcidos em um misto de gracejo e compaixão. Uma pessoa com essa idade não era propriamente velha, embora a maioria das jovens se casasse entre catorze e dezesseis anos. Imaginou que ela estivesse pouco qualificada para o título de "solteirona". — Então, você é uma solteirona por opção?

Constrangimento e negação brotaram nos intensos olhos azuis de Jenny, e ele tentou se lembrar das outras coisas que diziam sobre ela na corte. Não conseguiu se lembrar de mais nada, exceto que diziam que Brenna, a irmã dela, a ofuscava completamente. Brenna, de acordo com os rumores, tinha um rosto cuja beleza brilhava mais que o sol e as estrelas. Impassível, Royce se perguntou por que um homem preferiria uma loira dócil e pálida àquela jovem obstinada e sedutora, e, então, lembrou que ele mesmo muitas vezes havia preferido o conforto de uma loira angelical, uma em particular.

— Você *é* solteirona por opção? — repetiu, esperando sabiamente até que ela lhe desse outro ponto no rosto antes de usar a palavra que a fez hesitar.

Jenny deu outro pequeno ponto e, em seguida, outro, e mais outro, tentando evitar sua repentina e estranha consciência de que Royce era um homem bonito e viril. E ele era bonito, percebeu clara e surpreendentemente. Sem barba, tinha um tipo de beleza forte e completamente máscula que a tomou de surpresa. Tinha um maxilar quadrado, um furinho no queixo, as maçãs do rosto altas e largas. Porém, o que a desarmou foi o que havia acabado de descobrir: o conde de Claymore, cujo nome inspirava terror no coração de seus inimigos, tinha os cílios mais espessos que ela já tinha visto na vida! Um sorriso dançou em seus olhos enquanto imaginava como todos em casa ficariam intrigados quando lhes desse *essa* informação.

— Você *é* solteira por opção? — perguntou novamente Royce, um pouco impaciente.

— Suponho que sim, uma vez que meu pai me advertiu de que me enviaria ao convento se eu arruinasse a única proposta eminentemente adequada de casamento que eu receberia na vida.

— Quem a pediu em casamento? — perguntou Royce, intrigado.

— Edward Balder, conde de Lochlordon. Fique parado! — ordenou, com uma ultrajante ousadia quando ele se sobressaltou de surpresa. — A culpa de fazer um mau trabalho não será minha se você quiser se mexer com a agulha no rosto.

A repriminda brusca vinda daquela jovenzinha, que era, além disso, sua prisioneira, quase fez Royce rir alto.

— Quantos malditos pontos você vai me dar? — perguntou, irritado. — Afinal, foi só um pequeno corte.

Ofendida ao perceber que, para Royce, ao que parecia, seu ousado ataque não havia passado de um leve inconveniente, Jenny recuou e olhou furiosamente para ele.

— É um corte grande e está feio!

Ele abriu a boca para argumentar com ela, mas seu olhar foi atraído para os seios da jovem, que estavam descaradamente colados ao tecido da camisa que ela usava. Estranho que ele só tivesse notado agora como eles eram fartos ou como sua cintura era fina ou como seu quadril era levemente arredondado. Pensando melhor, não era nem um pouco estranho, lembrou-se Royce, uma vez que ela estava usando o hábito solto de freira até algumas horas antes e, até alguns minutos atrás, ele estava muito furioso para notar o que ela estava vestindo. Agora que havia notado, desejou que isso não tivesse acontecido. Depois de notar tudo isso, lembrou-se muito bem de como era deliciosamente redondo o traseiro de Jenny. Sentiu o desejo em seu íntimo e mexeu-se desconfortavelmente na cadeira.

— Termine sua tarefa — disse bruscamente.

Jenny notou a súbita aspereza do conde, mas a associou ao mau humor dele, o mesmo que o fazia parecer um monstro malvado em um momento e quase como um irmão no momento seguinte. Quanto a ela, seu corpo era quase tão imprevisível quanto as mudanças de humor do conde. Havia alguns minutos ela estava com frio, a despeito da fogueira acesa dentro da tenda. Agora sentia muito calor com aquela camisa! Ainda assim, preferia restaurar o companheirismo quase amigável que haviam compartilhado nos últimos minutos, não porque o desejasse como amigo, mas simplesmente porque isso a deixava com menos medo dele. Um pouco hesitante, ela disse:

— Você pareceu surpreso quando mencionei o conde de Lochlordon.

— Eu fiquei — respondeu Royce, mantendo sua expressão evasiva.

— Por quê?

Ele não queria lhe dizer que Edward Balder era provavelmente o responsável pelos rumores um tanto injustos sobre ela que circulavam por todas as partes de Londres. Considerando que Balder era um pavão vaidoso, não era de surpreender nem um pouco que sua reação àquela rejeição fosse macular o nome da mulher que o havia recusado.

— Porque ele é um velho — respondeu, finalmente, Royce.

— E também é feio.

— Também. — Por mais que tentasse, Royce não podia conceber que um pai amoroso realmente tentasse casar a filha com aquele velho devasso. Na verdade, Royce também não podia acreditar que o pai de Jenny realmente tivesse a intenção de mantê-la trancada em um convento. Sem dúvida, o conde de Merrick simplesmente a enviara para lá por algumas semanas para ensiná-la a ser obediente. — Há quanto tempo você está na abadia de Belkirk?

— Dois anos.

Royce ficou boquiaberto e, então, se recompôs e fechou a boca. Seu rosto doía muito e sua disposição começou a piorar repentinamente.

— É evidente que seu pai a considera tão incontrolável, teimosa, caprichosa e irracional quanto eu a considero — disse ele, irritado, desejando outro belo gole de vinho.

— Se eu fosse sua filha, como você se sentiria? — perguntou Jenny, indignada.

— Amaldiçoado — respondeu sem rodeios, ignorando a expressão ferida de Jenny. — Em dois dias, você me mostrou mais resistência do que os dois últimos castelos que tomei à força.

— Eu quis dizer — disse Jenny, com os olhos cheios de ira, colocando as mãos no quadril esguio — se eu fosse *sua* filha e seu inimigo declarado me raptasse, como *você* iria querer que eu me comportasse?

Momentaneamente aturdido, Royce ficou olhando para ela enquanto pensava no que acabara de ouvir. Ela não havia tentado seduzi-lo, nem pedido piedade. Em vez disso, fez o possível para enganá-lo, escapar e matá-lo, nessa ordem. Ela não havia derramado uma única lágrima, nem mesmo durante as sonoras palmadas que ele tinha lhe dado. Depois disso, quando pensou que a jovem estivesse chorando, ela estava planejando esfaqueá-lo. Passou-lhe pela cabeça mais uma vez que ela provavelmente era incapaz de derramar lágrimas, mas, nesse momento, estava absorto com a ideia de como se sentiria se ela fosse sua filha, uma inocente arrancada da segurança de uma abadia.

— Guarde suas garras, Jennifer — disse ele bruscamente. — Você já mostrou a que veio.

Ela aceitou sua vitória com um gracioso aceno de cabeça; na verdade, com muito mais graça do que a que Royce lhe concedeu.

Foi a primeira vez que Royce a viu realmente *sorrir*, e o efeito que o sorriso teve sobre o rosto da jovem foi mais do que surpreendente. Ele foi surgindo aos poucos, iluminando seus olhos, até que reluziram positivamente e, então, chegaram aos seus lábios generosos, suavizando-os nos cantos até se separarem, permitindo um vislumbre de dentes brancos perfeitos e um par de covinhas nos cantos de sua boca macia.

Royce poderia ter sorrido para ela, mas, naquele momento, percebeu a expressão desdenhosa no rosto de Gawin e lhe ocorreu que estava se comportando como um cavaleiro deslumbrado com sua prisioneira, que, antes de mais nada, era filha de seu inimigo. Acima de tudo, era a mulher cujo poder de destruição significava que muitos de seus homens tremeriam na noite incomumente fria, sem mantas para lhes dar calor. Secamente, fez um sinal em direção à pilha de mantas.

— Vá dormir. Amanhã você poderá começar a reparar o estrago que fez nas mantas.

A aspereza de Royce arrancou um sorriso do rosto da jovem, e ela deu um passo para trás.

— Eu falei sério — acrescentou ele, mais irritado consigo mesmo do que com Jenny. — Você só dormirá com mantas depois que reparar o estrago que fez.

Ela levantou o queixo em uma atitude de arrogância com a qual ele já estava acostumado e se virou para seguir em direção às mantas que serviam de cama para Royce. Ele observou sombriamente que ela caminhava com a graça provocativa de uma cortesã, e *não* de uma freira.

Jenny deitou-se sobre as peles enquanto ele apagava as velas; alguns instantes depois, o conde se esticou ao seu lado, cobrindo-se com as peles para se esquentar. De repente, ela começou a deixar de sentir o calor reconfortante do vinho, e sua mente cansada começou a repassar cada momento tenso daquele dia interminável, desde as primeiras horas do amanhecer, quando Brenna e ela planejaram a fuga, até algumas horas antes, quando o homem ao seu lado a havia recapturado.

Com os olhos fixos na escuridão, ela reviveu a cena mais terrível de todas; a que estava tentando esquecer a noite toda. Diante de seus olhos, viu Thor em todo o seu magnífico esplendor, pavoneando sem esforço pela floresta, correndo entre as montanhas, saltando um obstáculo após o outro, e, então, viu-o morto sobre a rocha, com sua pele brilhante reluzindo ao luar.

Lágrimas formaram-se em seus olhos; ela deu um suspiro cortado e depois outro, tentando contê-las, mas a angústia que sentia pelo corajoso animal não desaparecia.

Royce, que estava com medo de adormecer antes dela, ouviu o som irregular dos suspiros de Jenny e depois uma leve fungada duvidosa. Certo de que ela estava fingindo um choro com a esperança de que ele cedesse e a deixasse se cobrir com as peles, ele se virou e, com um movimento suave, segurou o rosto dela e o virou em sua direção. Os olhos de Jenny estavam brilhando por causa das lágrimas não derramadas.

— Você é tão fria a ponto de conter as lágrimas? — perguntou com descrença, tentando ver o rosto da jovem à luz das brasas quase apagadas da pequena fogueira no centro da tenda.

— Não — respondeu ela, com a voz rouca.

— Então, o que foi? — perguntou ele, completamente confuso em relação ao que poderia ter finalmente vencido o orgulho obstinado da jovem, fazendo-a chorar. — A surra que lhe dei?

— Não — sussurrou ela dolorosamente, com os olhos fixos nos dele. — Seu cavalo.

De todas as coisas que ela poderia ter dito, essa foi a resposta que ele menos esperava e a que mais queria ouvir. De alguma forma, saber que ela lamentava a perda insensata de seu cavalo fazia com que o ocorrido parecesse, de algum modo, menos doloroso.

— Era o animal mais bonito que já vi — acrescentou ela, com a voz rouca. — Se eu soubesse que levá-lo comigo hoje de manhã causaria a morte dele, eu teria ficado aqui até poder... poder encontrar outra maneira de fugir.

Encarando os olhos parcialmente ocultos do conde, Jenny viu a expressão de dor do homem quando ele afastou a mão de seu rosto.

— Foi um milagre você ter caído; do contrário, vocês dois teriam morrido — disse rispidamente.

Virando-se para o outro lado, ela afundou o rosto nas peles.

— Eu não caí — sussurrou de modo interrompido —, ele me *jogou*. Eu havia saltado obstáculos mais altos durante o dia. Eu sabia que podíamos saltar aquela árvore com facilidade, mas, quando saltou, ele se empinou ao mesmo tempo, sem nenhum motivo, e eu caí para trás. Ele me *arrancou* de cima dele antes de saltar.

— Thor tinha dois potros, Jennifer — disse Royce com uma gentileza bruta —, exatamente iguais a ele. Um deles está aqui; o outro está sendo adestrado em Claymore. Não o perdi completamente.

Sua cativa deu um suspiro cortado e, na escuridão, simplesmente disse:

— Obrigada.

Um vento cortante uivava através do vale iluminado pela lua, embalando em seu frígido abraço os soldados adormecidos até começarem a bater os dentes de forma convulsiva, uma vez que o outono se apresentara de forma estranha e precoce, disfarçando-se de inverno. Em sua tenda, Royce rolou debaixo das peles quentes e sentiu no braço o toque estranho da mão gelada de alguém.

Abriu um dos olhos e viu Jennifer tremendo em cima das peles, com o corpo esguio encolhido e os joelhos abraçados junto ao peito, enquanto tentava se manter aquecida. Na verdade, Royce não estava tão atordoado pelo sono a ponto de não saber o que estava fazendo, nem se esquecera de que lhe havia privado do calor das mantas até que ela reparasse o dano que havia causado aos seus homens. E, para ser completamente honesto, enquanto estudava com ar cansado o físico trêmulo de Jenny, ocorreu-lhe que seus homens leais estavam tremendo muito mais ao ar livre, sem uma tenda. E, por isso, não havia absolutamente nenhuma justificativa para o que Royce fez em seguida: apoiando-se sobre o cotovelo, estendeu a mão sobre o corpo de Jennifer, pegou a ponta da pilha grossa de peles e, então, as estendeu sobre ela, envolvendo-a nelas, para que a aquecessem.

Deitou-se novamente e fechou os olhos sem nenhum remorso. Afinal, ao contrário de Jennifer Merrick, seus homens estavam acostumados a privações e intempéries.

Ela se mexeu, aconchegando-se ainda mais debaixo das peles e, de algum modo, seu traseiro encostou-se no joelho dobrado de Royce. Apesar da barreira de peles que os separava, sua mente começou a fazê-lo se lembrar, no mesmo instante, de todos os deliciosos atributos femininos que estavam facilmente ao seu alcance. E, com a mesma persistência, Royce afugentou aqueles pensamentos. Jenny tinha a habilidade peculiar de ser uma jovem inocente e inexperiente e, ao mesmo tempo, uma deusa de cabelos dourados; uma menina que podia fazê-lo perder a calma com a mesma facilidade com que se quebra um galho e uma mulher que podia amenizar até mesmo a dor sussurrando um "me desculpe". Porém, menina ou mulher, ele não teve coragem de tocá-la, pois, de um modo ou de outro, teria de deixá-la ir embora ou, então, abandonar todos os planos que havia cuidadosamente elaborado para um futuro que se consumaria em menos de um mês. Quer o pai de Jennifer cedesse ou não, isso, na verdade, não tinha a menor importância para Royce. Em uma semana, duas no máximo, ele a devolveria para o pai se o homem se rendesse sob condições que fossem adequadas para Henrique ou a entregaria ao próprio Henrique se o pai dela não se rendesse. Ela era propriedade de Henrique agora, não sua, e ele não queria as complicações que viriam de todas as direções caso se deitasse com ela.

COM O ROSTO CONTORCIDO por causa da ira, o conde de Merrick andava de um lado para outro diante da lareira no centro do salão enquanto ouvia as sugestões de seus dois filhos e dos quatro homens a quem considerava seus amigos e parentes mais próximos.

— Não há nada a ser feito — disse Garrick Carmichael com ar cansado — até que o rei Tiago nos envie os reforços que você pediu quando lhe disse que o Lobo estava com as meninas.

— *Então*, podemos atacar o desgraçado e acabar com ele! — gritou Malcolm, seu filho mais novo. — Ele está perto de nossas fronteiras agora; não haverá uma marcha longa até Cornwall para nos deixar cansados antes de irmos para a batalha dessa vez.

— Não vejo diferença entre o fato de que ele está perto ou o número de homens que temos — disse calmamente William, o filho mais velho. — Seria loucura atacá-lo antes de libertarmos Brenna e Jenny.

— E como, em nome de Deus, você espera que façamos isso? — perguntou Malcolm, irritado. — As meninas provavelmente estão mortas — disse, sem rodeios. — Não há nada a ser feito agora senão buscar vingança.

Muito mais baixo que seu irmão e seu padrasto, e com um temperamento muito mais sereno, William tirou o cabelo castanho da testa e inclinou-se para a frente na cadeira, olhando ao seu redor.

— Mesmo que o rei Tiago nos envie homens suficientes para acabar com o Lobo, não conseguiremos libertar as meninas. Elas morreriam na luta ou seriam assassinadas assim que a luta começasse.

— Pare de contestar todos os planos, a menos que tenha um melhor! — exclamou o conde.

— Eu acho que tenho — respondeu William, calmamente, e todos os rostos se voltaram para ele. — Não conseguiríamos tirar as meninas de lá à força, mas a discrição poderia resolver o problema. Em vez de enviar um exército para desafiá-lo, permita-me levar alguns homens comigo. Nós nos vestiremos como comerciantes, ou monges, ou algo assim, e seguiremos o exército do Lobo até chegarmos perto das meninas. É bem provável que Jenny — disse ele, de modo carinhoso — tenha imaginado o que estou dizendo. Nesse caso, ela estará atenta à nossa chegada.

— Eu digo que devemos atacar! — vociferou Malcolm, com seu desejo de enfrentar o Lobo novamente afetando sua razão, bem como a pouca preocupação que tinha com as irmãs.

Os dois jovens se voltaram para o pai, à espera de uma opinião.

— Malcolm — disse o conde de modo afetuoso —, é bem típico de sua parte adotar a postura de um homem, buscar vingança e não dar a menor importância às consequências. Você terá sua oportunidade de atacar quando Tiago nos enviar reforços. Por enquanto — olhou para William com um ar de respeito —, o plano de seu irmão é o melhor que temos.

6

Nos dias que se seguiram, Jenny começou a perceber a rotina seguida pelo exército do conde. Pela manhã, pouco depois do amanhecer, os homens se levantavam e se exercitavam com suas armas por várias horas, fazendo os campos e o vale ecoarem incessantemente o dissonante som metálico de espadas contra escudos e contra outras espadas. Os arqueiros do Lobo, cuja habilidade era lendária, treinavam todos os dias também, somando ao tinido metálico o som agudo de seus arcos. Até os cavalos eram levados para fora todos os dias e treinados, com seus cavaleiros galopando a uma velocidade vertiginosa, desferindo golpes simulados contra inimigos imaginários, fazendo os sons de guerra continuarem a martelar e ecoar nos ouvidos da jovem até muito tempo depois de os homens pararem para a refeição do meio-dia.

Sentada dentro da tenda de Royce, com as mãos ocupadas enquanto costurava as mantas, Jenny ouvia o alvoroço incessante, tentando, sem êxito, manter suas preocupações sob controle. Não podia imaginar como o exército de seu pai sobreviveria diante da "máquina de guerra" bem-ajustada em que o Lobo havia transformado seus homens, nem podia deixar de se preocupar com a ideia de que o castelo de Merrick não estaria preparado para o tipo de ataque que estava fadado a sofrer. Então, suas preocupações se voltaram para Brenna.

Desde a noite de sua fuga frustrada com a irmã, só vira Brenna de relance. Stefan, o irmão mais novo do conde, era evidentemente responsável por manter Brenna cativa em sua tenda, assim como o conde de Claymore havia assumido a responsabilidade por Jenny; no entanto, o conde havia proibido que as jovens ficassem juntas. Jenny o questionou várias vezes sobre a segurança de Brenna, e ele respondeu, com aparente honestidade, que Brenna estava perfeitamente segura e sendo tratada como uma convidada por seu irmão.

Deixando a costura de lado, Jenny levantou-se e foi até a lona aberta da tenda, com vontade de passear. O tempo estava agradável no início de setembro: calor durante o dia, frio à noite. A guarda de elite do Lobo, formada por quinze homens cuja única responsabilidade se concentrava em Royce, e não no exército, estava se exercitando a cavalo na parte mais distante do campo, e, embora quisesse caminhar sob o sol, Jenny sabia que até isso seu raptor, cuja atitude para com ela parecia mais rígida a cada dia, havia proibido. Os cavaleiros, especialmente Sir Godfrey e Sir Eustace, que haviam sido quase atenciosos antes, agora a tratavam como uma inimiga cuja presença eram forçados a suportar. Brenna e ela os haviam enganado, e nenhum deles parecia disposto a esquecer ou ignorar esse fato.

Naquela noite, depois de comer, Jenny novamente tocou no assunto que não lhe saía da cabeça.

— Eu gostaria de ver minha irmã — disse ao conde, tentando agir com a mesma frieza que ele lhe demonstrava.

— Então, tente me *pedir* — falou abruptamente —, não me *dizer*.

Jenny endureceu diante do tom de Royce, fez uma pausa para avaliar sua situação complicada e a importância de alcançar seu objetivo e, depois de um momento de significativa hesitação, assentiu e, delicadamente, disse:

— Muito bem, então. Posso ver minha irmã, meu senhor?

— Não.

— Em nome de Deus, por que não? — perguntou, irritada, esquecendo-se por um instante de sua postura dócil.

Royce riu com os olhos.

— Porque... — comentou, gostando de discutir com ela, mesmo depois de ter decidido mantê-la distante física e mentalmente. — Como eu já lhe disse, você é uma má influência sobre a sua irmã. Ela jamais teria tido a imaginação ou coragem suficiente para planejar uma fuga. E, sem ela, você *não pode* considerar a ideia de ir embora.

Jenny teria tido muito prazer em despejar insultos no conde que teriam feito as orelhas do homem queimarem, mas isso só frustraria seu propósito.

— Presumo que você não acreditará em mim se eu lhe der a minha palavra de que não vou tentar fugir.

— Você está disposta a fazer isso?

— Sim. Agora posso ver a minha irmã?

— Não — contestou, bem-educado —, infelizmente, não.

— É impressionante — anunciou ela com o desdém imponente de uma rainha enquanto se levantava devagar — que você não tenha certeza de que um exército inglês inteiro seja capaz de confinar duas simples mulheres. Ou é por pura *crueldade* que você diz não para mim?

O conde apertou os lábios, mas não disse nada, e logo depois da ceia, saiu e só retornou muito depois de Jennifer ter ido dormir.

Na manhã seguinte, Jenny ficou surpresa quando viu Brenna sendo levada à tenda. Os hábitos cinza que ambas haviam enterrado perto do rio estavam muito sujos para serem usados e, como Jenny, Brenna agora usava uma túnica, calças e botas altas e leves que obviamente lhe haviam sido emprestadas por um dos pajens.

Depois de abraçar calorosamente a irmã, Jenny colocou-a de lado e estava prestes a começar a discutir com ela possíveis meios de fuga quando seus olhos pararam em um par de botas masculinas entre a base da tenda e o chão. Botas com esporas douradas que eram proibidas a qualquer um que não fosse um cavaleiro.

— Como você tem passado, irmã? — perguntou Brenna, preocupada.

— Muito bem — respondeu Jenny, perguntando-se quem seria o cavaleiro do lado de fora da tenda e se ele, quem quer que fosse, havia recebido *ordem para* ouvir a conversa das duas. Com um súbito ar pensativo no rosto, Jenny acrescentou lentamente:

— Na verdade, se eu soubesse como seríamos bem tratadas entre eles, eu não teria me aventurado em nossa fuga.

— O quê? — perguntou Brenna, curiosa.

Jenny fez sinal para que a irmã ficasse em silêncio, depois segurou o rosto de Brenna entre as mãos e o virou na direção das botas pretas do lado de fora da tenda.

Sussurrando, ela disse:

— Se pudermos convencê-los de que já não desejamos mais fugir, teremos uma oportunidade muito maior de conseguir isso. Nós temos que ir embora antes que nosso pai se renda, Brenna. Se ele se render, será tarde demais.

Brenna assentiu para mostrar que estava entendendo, e Jenny continuou:

— Eu sei que não era assim que me sentia quando fomos capturadas, mas, para dizer a verdade, fiquei muito assustada no meio daquelas colinas na noite em que tentamos fugir. E quando ouvi o uivo daquele lobo...

— Lobo! — exclamou Brenna. — Você disse que era uma coruja.

— Não, estou quase certa, ao refletir sobre isso, de que era um lobo horrível! Mas o que quero dizer é que estamos a salvo aqui; não seremos assassinadas nem molestadas como pensei no início, por isso não há motivo para nos arriscarmos na tentativa de fugir e encontrar sozinhas o caminho para casa. Logo, de uma maneira ou de outra, nosso pai conseguirá nos libertar.

— Ah, sim! — comentou Brenna quando Jenny fez sinal para que concordasse em voz alta. — Concordo plenamente!

Como Jennifer esperava, Stefan Westmoreland, que estava de pé do lado de fora da tenda, relatou o que havia ouvido. Royce ouviu com considerável surpresa, mas a lógica por trás da aparente vontade de Jennifer de se conformar em silêncio com o cativeiro era inegável. Além disso, a aparente vontade da jovem de esperar calmamente o fim de sua clausura era sensata, como também as razões que dera à sua irmã para sustentar sua decisão.

E assim, embora com alguns receios instintivos, Royce ordenou que a guarda que rondava sua tenda fosse reduzida de quatro homens para um, e esse vigia era Arik, que estava ali unicamente para garantir a segurança das cativas. Assim que deu a ordem, Royce parou no lugar em que estava no acampamento para observar sua tenda, sempre com a expectativa de ver um emaranhado de cabelo vermelho-dourado tentando passar por baixo dela. Passaram-se dois dias e, vendo que Jennifer havia permanecido obediente do lado de dentro, ele desistiu daquela ordem e disse à jovem que ela teria permissão para ficar com a irmã durante uma hora por dia. Em seguida, duvidou também do bom senso daquela decisão.

Jennifer, que sabia muito bem o motivo dessas mudanças, prometeu estar atenta a qualquer outra oportunidade que surgisse para fortalecer a confiança infundada do conde e, assim, tranquilizá-lo, para que baixasse ainda mais sua guarda.

Na noite seguinte, o destino deu-lhe a melhor oportunidade, e Jenny a aproveitou ao máximo: havia acabado de sair da tenda com Brenna, com a intenção de dizer a Arik que queriam passear pelos arredores, a área à qual agora estavam restritas, quando duas coisas ocorreram ao mesmo tempo a Jenny: a primeira foi que Arik e os guardas do Lobo Negro estavam a mais de vinte metros de distância, momentaneamente ocupados com algum tipo de atrito que havia surgido entre os homens; a segunda foi que bem distante, à sua esquerda, o conde se virara e estava atento aos passos de Jennifer e de Brenna.

Se não tivesse percebido que ele as estava observando, Jenny teria muito bem tentado fugir para a floresta com Brenna, mas, uma vez que percebeu no mesmo instante que ele as capturaria em poucos minutos se tentassem, fez algo muito melhor: cuidando para dar a impressão de que não fazia ideia de que estavam sendo observadas, Jenny segurou Brenna pelo braço e fez sinal na direção do distraído Arik e, então, afastou-se deliberadamente da floresta, mantendo-se obediente ao perímetro da tenda como lhes havia sido ordenado. Ao fazer isso, Jenny habilmente deu a entender a Royce que, mesmo sem guardas, ele podia confiar que elas não tentariam escapar.

O truque funcionou de maneira magnífica. Naquela noite, Royce, Stefan, Arik e a Guarda Negra se reuniram para discutir o plano de levantar acampamento no dia seguinte e iniciar a marcha de quase cinquenta quilômetros ao nordeste do castelo de Hardin, onde o exército descansaria à espera de reforços vindos de Londres. Durante a discussão e a refeição que se seguiu, o comportamento de Royce Westmoreland para com Jenny beirava o galanteio! E, quando todos saíram da tenda, ele se virou para ela e disse, baixinho:

— Não haverá mais restrições para que você visite sua irmã.

Jenny, que estava prestes a se sentar na pilha de mantas de pele, parou no ar diante da estranha gentileza na voz de Royce e olhou fixamente para ele. Sentiu uma inquietação inexplicável, mas tangível, enquanto olhava para o rosto orgulhoso e aristocrático do conde. Era como se ele tivesse deixado de pensar nela como sua inimiga e estivesse pedindo que fizesse o mesmo, e ela não sabia como reagir.

Enquanto olhava para aqueles olhos cinzentos enigmáticos, o instinto a advertiu de que a oferta de trégua de Royce poderia torná-lo mais perigoso para ela do que quando era seu inimigo, mas sua mente rejeitou essa ideia, pois não lhe fazia sentido. Certamente ela só poderia beneficiar-se de uma amizade superficial entre eles e, na verdade, ela, de certa forma, apreciara o momento descontraído que tiveram enquanto dava os pontos no rosto dele na outra noite.

Abriu a boca para agradecer-lhe pela oferta, mas parou. Parecia uma traição *agradecer* ao seu raptor por ser compassivo, fingir que tudo estava perdoado e que eles eram, bem, amigos. Além disso, embora estivesse aliviada por ter aparentemente feito com que ele confiasse nela, Jenny se sentiu envergonhada pela trapaça e pelo engano dos quais se valera para isso. Mesmo quando era criança, Jenny era direta e sincera, uma atitude que muitas vezes despertava a desaprovação de seu pai e que, por fim, levou-a a desafiar seu inescrupuloso meio-irmão em um duelo de honra, em vez de tentar vencê-lo fazendo o jogo dele. Sua sinceridade e honestidade fizeram com que fosse trancada na abadia. Ali, no entanto, ela fora forçada a recorrer a trapaças e, embora todos os seus esforços estivessem sendo recompensados e sua causa fosse digna, ela se sentia, de algum modo, envergonhada pelo que estava fazendo. O orgulho, a honestidade e o desespero travavam uma guerra em seu íntimo, e sua consciência estava sendo ferida nessa luta.

Tentou pensar no que madre Ambrose faria nessa situação, mas simplesmente não pôde imaginar que alguém tivesse a ousadia de raptar a digna abadessa, muito menos de jogá-la em cima de um cavalo como se fosse um saco de grãos, além de todas as outras coisas que Jenny havia suportado desde a sua chegada ao acampamento.

Porém, uma coisa era certa: madre Ambrose tratava a todos de um modo justo, por mais perturbadora que fossem as circunstâncias.

O conde estava lhe oferecendo confiança, e até mesmo uma espécie de amizade; ela podia sentir isso no calor do seu olhar e na doçura de sua penetrante voz de barítono. Ela não podia desprezar, não *se atreveria* a desprezar, a confiança de Royce.

O futuro dos homens de seu clã dependia de que ela fosse capaz de escapar, ou de que facilitasse seu resgate, pois eles, certamente, pelo menos tentariam isso antes de se render. Para isso, Jenny precisava ter o máximo de liberdade possível no acampamento. Envergonhada ou não, não podia ser justa e desprezar a confiança do conde. Nem podia recusar o gesto de amizade que ele lhe oferecia sem, ao mesmo tempo, colocar em risco a confiança que ele depositava nela, mas, pelo menos, podia tentar retribuir a amizade com um grau de sinceridade e honestidade.

Decidido isso após um longo período de silêncio, Jenny olhou para o conde, levantou o queixo e, com um gesto involuntariamente indiferente, aceitou a oferta de trégua do conde.

Mais distraído do que incomodado com o que interpretou equivocadamente como uma aceitação "real" de sua compaixão por parte de Jenny, Royce cruzou os braços sobre o peito e, com uma sobrancelha arqueada em sinal de curiosa diversão, encostou o quadril na mesa.

— Conte-me uma coisa, Jennifer — disse ele enquanto ela se sentava entre as peles e ajeitava as pernas torneadas. — Quando você estava no convento, não lhe disseram para evitar os sete pecados capitais?

— Sim, claro.

— Incluindo o orgulho? — murmurou, distraído pela luz das velas que cintilava nos fios dourados do cabelo de Jenny enquanto caíam sobre seus ombros.

— Eu realmente não sou orgulhosa — disse ela com um sorriso encantador, bem ciente de que ele estava, sem dúvida, referindo-se à sua aceitação tardia e nem um pouco amável da trégua que lhe oferecia. — Sou apenas decidida, acho. Teimosa também. E voluntariosa. Mas não orgulhosa.

— Os rumores e minha própria experiência com você me levariam a pensar o contrário.

Seu tom irônico fez com que Jenny começasse a rir, e Royce viu-se fascinado por aquela alegria contagiante, pela beleza que via na alegria. Nunca ouvira o som do riso de Jenny, nem o vira brilhar nos olhos magníficos da jovem. Sentada em uma pilha de peles exuberantes, rindo para ele, Jennifer Merrick era inesquecível. Ele percebeu isso com a mesma clareza com que percebia que, caso se aproximasse e se sentasse ao lado dela, era bem possível que também a considerasse irresistível. Hesitou, observando-a e repassando em silêncio todas as razões pelas quais deveria permanecer exatamente onde estava e, então, com um propósito cuidadosamente velado, fez o contrário.

Estendendo a mão, apanhou duas canecas e a jarra de vinho que estavam sobre a mesa, ao lado de seu quadril, e, então, as levou até a pilha de peles. Enchendo as canecas de vinho, entregou-lhe uma.

— Você é conhecida como Jennifer, a Orgulhosa, sabia? — perguntou, sorrindo para o rosto encantador da jovem.

Sem saber que estava mergulhando de cabeça em um território perigoso e desconhecido, Jenny encolheu os ombros e girou os olhos, cheia de alegria.

— Isso tudo não passa de rumores, consequência da única vez em que me encontrei com Lorde Balder, acredito. *Você é* conhecido como o Castigo da Escócia, e dizem que mata bebês e toma o sangue deles.

— Sério? — perguntou Royce com um calafrio exagerado enquanto se sentava ao lado dela. De modo meio cômico, ele acrescentou:

— Não é de admirar que eu seja *persona non grata* nos castelos mais nobres da Inglaterra.

— E isso é verdade? — perguntou, intrigada e lutando contra um súbito surto ridículo de empatia. Ele podia ser o inimigo da Escócia, mas lutara pela Inglaterra, e parecia muito injusto que seu próprio povo o rejeitasse.

Levantando a caneca, Jenny tomou vários goles para acalmar os nervos e, em seguida, abaixou o pesado recipiente, examinando o conde à luz das velas sobre a mesa do outro lado da tenda. O jovem Gawin estava no extremo oposto, aparentemente absorto na interminável tarefa de lustrar a armadura de seu senhor com areia e vinagre.

A nobreza inglesa, concluiu Jenny, devia ser muito estranha, de fato, pois, na Escócia, o homem ao seu lado teria sido considerado um herói muito bonito e acolhido em qualquer castelo onde houvesse uma filha solteira! É verdade que havia certa arrogância sombria nele; os contornos rígidos e irregulares de sua mandíbula e o queixo eram marcados por uma firme determinação e implacável autoridade, mas, no todo, formavam um rosto nitidamente viril e bem-feito. Era impossível deduzir sua idade; uma vida exposta ao vento e ao sol havia desenhado algumas linhas nos cantos de seus olhos e sulcos ao lado de sua boca. Imaginou que devia ser muito mais velho do que realmente parecia, uma vez que não se lembrava de uma época na vida em que não tivesse ouvido as histórias sobre as proezas do Lobo. De repente, ocorreu-lhe que era muito estranho, de fato, que, tendo dedicado a vida a conquistas, ele não tivesse procurado se casar e gerar herdeiros para toda a riqueza que certamente devia ter acumulado.

— Por que você decidiu não se casar? — perguntou sem pensar e, então, não pôde acreditar que fizera uma pergunta dessas.

Royce fez uma expressão de assombro quando percebeu que, aos 29 anos, ela evidentemente o considerava muito velho para se casar. Recuperando a compostura, ele perguntou, distraído:

— Por que *você* pensa que decidi não me casar?

— Foi porque nenhuma dama adequada se interessou por você? — aventurou-se, atrevidamente, com um impertinente sorriso de canto de boca que, para Royce, pareceu totalmente encantador.

A despeito do fato de ter recebido muitas propostas matrimoniais, ele simplesmente sorriu.

— Imagino que você acredite que seja tarde demais para mim, certo?

Ela assentiu, sorrindo, e disse:

— Ao que parece, nós dois estamos destinados a ser solteirões.

— Ah, mas você é uma solteirona por opção, e aí está a diferença. — Divertindo-se muito, Royce apoiou-se em um dos cotovelos, observando o tom rosado que as bochechas da jovem estavam adquirindo por causa do vinho que bebia. — Onde você acha que *eu* errei?

— Eu não poderia saber, é claro, mas imagino — continuou, depois de pensar por um instante — que um homem não tenha oportunidade de conhecer muitas damas adequadas no campo de batalha.

— É verdade. Passei a maior parte de minha vida lutando para promover a paz.

— A única razão pela qual não há *paz* é que *você* continua a perturbá-la com seus cercos nocivos e batalhas intermináveis — informou, de um modo sombrio. — Os ingleses não conseguem estar bem com ninguém.

— Está certa disso? — perguntou ele secamente, gostando de ver o entusiasmo da moça da mesma forma que gostou de ver seu sorriso, um momento antes.

— Claro! Ora, você e seu exército acabaram de retornar de uma luta contra nós em Cornwall...

— Eu estava lutando em Cornwall, em solo *inglês* — lembrou-a Royce delicadamente —, porque seu querido rei Tiago, aquele queixo pequeno, invadiu-*nos* na tentativa de colocar no trono o marido da prima dele.

— Bem — replicou Jenny —, acontece que Perkin Warbeck é o legítimo rei da Inglaterra, e o rei Tiago sabe bem disso! Ele é o filho há muito desaparecido de Eduardo IV.

— Perkin Warbeck — refutou Royce, sem rodeios — é o filho há muito desaparecido de um *barqueiro* flamengo.

— Essa é a *sua* opinião.

Uma vez que ele não parecia inclinado a discutir o assunto, ela olhou pelo canto dos olhos para o rosto de traços fortes de Royce:

— O rei Tiago realmente tem o queixo pequeno? — perguntou.

— Sim — respondeu Royce, sorrindo para ela.

— Bem, em primeiro lugar, não estávamos discutindo a aparência física dele — disse ela, de um modo afetado, enquanto digeria essa informação sobre o rei, que diziam ser bonito como um Deus. — Estávamos discutindo suas guerras incessantes. Antes de nós, você estava lutando contra os irlandeses e, portanto, você estava em...

— Eu lutei contra os irlandeses — interrompeu Royce com um sorriso debochado — porque *eles* coroaram o rei Lambert Simnel e depois *nos* invadiram na tentativa de colocá-lo no trono, no lugar de Henrique.

De algum modo, ele deu a entender que Escócia e Irlanda estavam equivocadas, e Jenny simplesmente não se sentia informada o suficiente para debater o assunto de maneira adequada. Com um suspiro, ela disse:

— Presumo que não haja nenhuma dúvida sobre o motivo de sua presença aqui, agora, tão perto de nossas fronteiras. Você está esperando a chegada de mais homens, então Henrique tem a intenção de enviá-los à Escócia para travar suas batalhas sangrentas contra nós. Todos no acampamento sabem disso.

Decidido a fazer com que a conversa voltasse ao tema anterior, Royce disse:

— Pelo que me lembro, estávamos discutindo minha incapacidade de encontrar uma esposa adequada no campo de batalha, e não o resultado de minhas próprias batalhas.

Feliz com a mudança de assunto, Jenny deliberadamente voltou a atenção para esse problema. Após um minuto, ela disse:

— Você provavelmente já esteve na corte de Henrique. Não conheceu damas por lá?

— Conheci.

Pensativa em seu silêncio, ela tomou um gole de vinho enquanto contemplava o homem alto reclinado ao seu lado, com a perna dobrada, a mão descansando casualmente sobre o joelho, completamente à vontade em uma tenda, em pleno campo de batalha. Tudo o que dizia respeito a ele revelava o guerreiro que era. Mesmo agora, em descanso, seu corpo transpirava seu poder predatório, os ombros eram bem largos, os braços e o peito salientavam os músculos sob a túnica de lã azul-escura, e a calça grossa de lã preta em cima das botas altas claramente revelava os músculos das pernas e as coxas.

Os anos que passara usando armadura e empunhando uma espada o haviam fortalecido e endurecido para a batalha, mas Jenny não podia imaginar que uma vida assim pudesse beneficiá-lo quando ia à corte, ou até mesmo prepará-lo para se entrosar com as pessoas de lá. Embora nunca tivesse estado na corte, ela ouvira todos os tipos de história sobre a opulência e a sofisticação dos cortesãos. De repente, ocorreu-lhe como aquele guerreiro deveria ter se sentido deslocado em um lugar assim.

— Você... você não se sente à vontade com as pessoas da corte? — perguntou ela, hesitante.

— Particularmente, não — respondeu, distraído pelas muitas emoções que passavam pelos olhos expressivos de Jenny.

A resposta do conde tocou o coração sensível de Jenny e o fez doer um pouco, pois ela sabia melhor do que ninguém como era humilhante e doloroso sentir-se deslocado no meio das pessoas pelas quais mais se deseja ser aceito. Parecia errado, injusto, que aquele homem que arriscava a vida todos os dias pela Inglaterra fosse evitado por seu próprio povo.

— Tenho certeza de que não é culpa sua — disse ela, compreensiva.

— De quem você acredita que seja a culpa, então? — perguntou, com um sorriso tímido surgindo nos cantos dos lábios bem definidos. — Por que não me sinto à vontade na corte?

— Estamos falando de seus sentimentos quando você está com as damas ou quando está com os cavalheiros? — perguntou ela, sentindo uma súbita e decidida vontade de ajudá-lo que era resultado, em parte, de sua piedade, do vinho forte e da maneira como reagia aos olhos cinzentos e implacáveis de Royce. — Se for com as damas, eu talvez possa ajudar — ofereceu. — Vo-você gostaria de um conselho?

— É claro que sim, por favor. — Escondendo o sorriso, Royce suavizou a expressão no rosto, simulando uma admirável seriedade. — Diga-me como tratar as damas, para que, quando for à corte da próxima vez, eu tenha tanto êxito a ponto de uma delas me aceitar como marido.

— Ah, não posso prometer que vão querer *se casar* com você — exclamou, sem pensar.

Royce engasgou com o vinho e enxugou as gotas que ficaram no canto da boca.

— Se sua intenção era aumentar minha autoestima — disse ele com a voz de quem ainda escondia uma gargalhada —, está fazendo um péssimo trabalho, *milady*.

— Eu não quis dizer... — gaguejou Jenny, desconsolada. — Na verdade, eu...

— Talvez devêssemos *trocar* conselhos — continuou ele, alegre. Você me diz como uma nobre dama deseja ser tratada e eu lhe darei conselhos sobre os perigos que você corre ao destruir a autoestima de um homem. Aqui está, tome mais vinho — acrescentou com brandura, apanhando a jarra atrás dele e despejando um pouco da bebida na caneca de Jenny. Olhou por sobre o ombro para Gawin e, um instante depois, o escudeiro colocou de lado o escudo que estava polindo e saiu da tenda. — Continue com seu conselho, estou ansioso para ouvi-lo — acrescentou Royce quando ela deu outro gole no vinho. — Suponhamos que eu esteja na corte e tenha acabado de entrar na antessala da rainha. Por lá, estão espalhadas várias damas formosas, e decido tomar uma delas por esposa...

Jenny arregalou bem os olhos.

— Você não é nem um pouco *exigente*, não é?

Royce jogou a cabeça para trás e deu uma risada alta, e o som incomum fez com que três guardas entrassem correndo na tenda para averiguar a causa.

Fazendo um sinal brusco para que fossem embora, ele olhou para o nariz arrebitado de Jenny, que ainda estava enrugado em sinal de desaprovação, e percebeu que acabara de descer a um ponto muito baixo na escala de estima dela. Engolindo um novo ataque de riso, ele disse com fingido arrependimento:

— Eu especifiquei que todas as damas eram formosas, não?

O rosto de Jenny se iluminou e ela sorriu, concordando com a cabeça.

— É verdade, você especificou. Esqueci que a beleza é o que mais importa para um homem.

— No *começo* é o que mais importa — corrigiu Royce. — Tudo bem, então. O que eu faço, agora que já... escolhi o objeto de minhas intenções matrimoniais?

— O que você normalmente faria?

— O que *você* acha que eu faria?

As delicadas sobrancelhas da jovem se juntaram e os cantos de seus lábios generosos se moveram em uma expressão divertida enquanto ela o examinava e pensava na resposta.

— Com base no que sei a seu respeito, só posso supor que você a atiraria no colo e tentaria bater nela para que se submetesse às suas vontades.

— Você quer dizer — disse Royce, sério — que *não é* assim que devemos tratar a questão?

Jenny viu o deboche que os olhos dele escondiam; começou a rir e, para Royce, era como se a tenda estivesse cheia de música.

— As damas... ou seja, as damas *de berço* — esclareceu ela, um minuto depois, com um olhar que claramente sugeria que as experiências de Royce no passado provavelmente haviam sido com mulheres de outra classe —, têm ideias muito definidas de como desejam ser tratadas pelo homem que conquista seu coração.

— Como uma dama *de berço* sonha em ser tratada?

— Bem, com gentileza, é claro. Mas existem outras coisas — acrescentou com um brilho melancólico nos olhos cor de safira. — Uma dama deseja pensar que, ao entrar em uma sala cheia, seu cavaleiro não terá olhos para mais ninguém. Ele estará cego para tudo, menos para a beleza dela.

— Nesse caso, ele correrá o perigo iminente de tropeçar na própria espada — observou Royce, antes de perceber que Jennifer estava falando dos próprios sonhos.

Ela lhe dirigiu um olhar de desaprovação.

— E — disse de maneira enfática — ela gosta de pensar que ele é *romântico* por natureza, coisa que você, obviamente, não é!

— Não ser romântico significa ter que entrar nos salões pisando em ovos, como se fosse um cego — provocou. — Mas continue. Do que mais as damas gostam?

— Lealdade e devoção. E palavras... especialmente palavras.

— Que tipo de palavras?

— Palavras de amor e de afetuosa admiração — respondeu Jenny, sonhadora. — Uma dama deseja ouvir que ele a ama acima de tudo e que, para ele, é perfeita. Deseja que ele lhe diga que seus olhos o fazem se lembrar do mar ou do céu, e seus lábios, de pétalas de rosa...

Royce a estudava com estarrecida surpresa.

— *Você* realmente sonha com um homem que lhe diga essas coisas?

Ela empalideceu como se tivesse sido atacada, mas, em seguida, pareceu não dar importância ao assunto.

— Até as jovens feias têm sonhos, milorde — observou com um sorriso.

— Jennifer — disse bruscamente, cheio de remorso e admiração —, você não é feia. Você... — Mais atraído por ela nesse momento, ele a examinou, imaginando o que era atraente na jovem, porém era mais do que simplesmente o rosto ou o corpo que o atraía; Jennifer Merrick tinha uma gentileza radiante que o acalentava, um espírito ardente que o desafiava e um brilho que o atraía para ela com uma força cada vez maior. — Você não é feia.

Ela riu sem rancor e fez que não com a cabeça.

— De maneira alguma, milorde, tente impressionar uma dama com suas falsas lisonjas, pois não terá a menor possibilidade de êxito!

— Se, com algumas palmadas, não consigo dominar a dama, nem seduzi-la com palavras — respondeu Royce, incomodado com a boca rosada de Jenny —, imagino que terei que confiar em minha outra habilidade...

Deixou a última palavra pairar no ar até que Jenny, confusa, já não pudesse mais resistir à curiosidade.

— A que habilidade você se refere?

Royce olhou para os olhos dela e respondeu com um sorriso malicioso:

— A modéstia me impede de revelar.

— Não seja tímido — repreendeu Jenny, tão curiosa que mal percebeu a mão do conde se levantar até a altura de seu ombro. — O que você faz tão bem a ponto de levar uma dama a desejar *se casar* com você?

— Acredito que sou muito bom em... — colocou a mão no ombro de Jenny — beijar.

— Bei-beijar! — balbuciou ela, rindo e, ao mesmo tempo, movendo-se para trás, afastando a mão dele. — É inacreditável que você venha se vangloriar dessas coisas para mim!

— Eu não estava me vangloriando — opôs-se Royce, parecendo magoado. — Fizeram-me acreditar que sou muito bom nisso.

Jenny fez todo o esforço possível para dar a entender durante que desaprovava o comportamento dele, mas não conseguiu; seus lábios tremeram diante da ideia de que o "Castigo da Escócia" se orgulhava não de sua habilidade com lanças ou espadas, mas de seus beijos!

— Pelo que vejo, essa ideia é engraçada para você? — observou Royce secamente.

Ela discordou de uma maneira tão enfática que fez o cabelo cair sobre o ombro, mas seus olhos dançavam de alegria.

— É... é que... — disse, sufocando uma risada — não consigo formar essa imagem de você na minha cabeça.

De repente, ele levantou a mão e segurou o braço de Jenny, puxando-a com firmeza em sua direção.

— Então, por que não julga por si mesma? — sugeriu delicadamente.

Jenny tentou recuar.

— Não seja tonto! Eu não poderia... não posso! — De repente, não pôde desviar os olhos dos lábios de Royce. — Com muito gosto, acreditarei em sua palavra. Com muito gosto!

— Não, eu acho que devo provar.

— Não há necessidade — implorou, desesperada. — Como eu poderia julgar sua habilidade se nunca fui beijada em toda a minha vida?

Essa confissão só serviu para que Royce, que estava acostumado com mulheres cuja experiência na cama se comparava à dele, a desejasse ainda mais. Seus lábios curvaram-se em um sorriso, mas sua mão apertou o braço de Jenny, trazendo-a implacavelmente para mais perto dele, enquanto a outra mão chegava à altura do ombro da jovem.

— Não! — disse Jenny, tentando afastar-se, sem êxito.

— Eu insisto.

Jenny preparou-se para algum tipo desconhecido de agressão física; um gemido de terror alojou-se em sua garganta, mas, no instante seguinte, percebeu que não havia nada a temer. Os lábios do conde eram frios nos seus e, para a sua surpresa, macios quando tocaram de leve sua boca fechada. Atordoada em sua inércia, com as mãos apoiadas nos ombros de Royce, mantendo o corpo rígido longe do dele, ela permaneceu completamente imóvel enquanto o coração começava a acelerar e ela tentava, desesperadamente, saborear a sensação de ser beijada e, ainda assim, manter a calma.

Royce aliviou a pressão de suas mãos apenas o suficiente para deixá-la afastar os lábios apertados contra os dele.

— Talvez eu não seja tão bom quanto pensava — disse, escondendo cuidadosamente seu divertimento. — Eu podia jurar que sua mente estava funcionando o tempo todo.

Desconcertada, alarmada e completamente confusa, Jenny, no entanto, esforçou-se desesperadamente para não se debater ou fazer qualquer coisa que pudesse perturbar o frágil equilíbrio da amizade vacilante entre os dois.

— O-o que você quer dizer? — perguntou ela, bem ciente de que o corpo forte de Royce agora estava praticamente deitado ao seu lado de um modo mais lascivo, com a cabeça apoiada nas peles.

— Quero dizer o seguinte: você diria que nosso beijo foi o tipo de beijo com que as nobres damas sonham?

— Por favor, me solte.

— Eu pensei que você iria me ajudar a me comportar para agradar a nobres damas como você.

— Você beija muito bem! Exatamente como as damas sonham em ser beijadas! — exclamou Jenny, desesperada, mas ele simplesmente olhou para ela com uma expressão duvidosa, recusando-se a soltá-la.

— Eu não me sinto tão *confiante* assim — provocou, observando as pequenas faíscas de raiva que se acendiam nos olhos incrivelmente azuis de Jenny.

— Então vá praticar com outra pessoa!

— Infelizmente, Arik não me atrai — disse Royce e, antes que ela pudesse expressar outra objeção, mudou rapidamente de tática. — No entanto — disse, de modo agradável —, posso ver que, embora ameaças de castigo físico não tenham surtido nenhum efeito sobre você, finalmente descobri algo que a afeta.

— O que você quer dizer? — exigiu ela, desconfiada.

— Quero dizer que, no futuro, quando quiser que você ceda às minhas vontades, eu simplesmente irei beijá-la. Você tem pavor disso.

Visões de que seria beijada sempre que frustrasse o conde, sem dúvida diante dos homens dele, ganharam uma importância alarmante em sua mente. Esperando que, ao falar com uma voz calma e razoável, em vez de protestar veementemente contra a afirmação de Royce, ela conseguisse fazê-lo desistir de levá-la a provar o que dissera, ela murmurou:

— Não é medo que eu sinto, é apenas falta de interesse.

Com um misto de divertimento e admiração, Royce percebeu a tática de Jenny, mas isso só serviu para aumentar sua inexplicável determinação de saber como era a reação dela a ele.

— Sério? — sussurrou, com o olhar fixo nos lábios da jovem. Enquanto falava, pôs a mão na nuca de Jenny, pressionando-a a abaixar a cabeça lentamente, centímetro a centímetro, até que seu hálito quente se misturasse ao dela e, então, levantou os olhos e ficou olhando para os dela. Insistentes e astuciosos olhos cinzentos cativaram aqueles olhos assustados, prendendo-os enquanto trazia os lábios dela para junto dos seus. Com os olhos fechados, Jenny sentiu todo o seu corpo estremecer, e os lábios de Royce começaram a se mover sobre os dela, explorando, de maneira minuciosa e possessiva, cada curva suave e contorno trêmulo.

Royce sentiu os lábios de Jenny relaxarem, os braços bambos cederem, os seios com as batidas aceleradas do coração da jovem pousarem em seu peito. A mão, que mantinha a boca de Jenny pressionada contra a sua, aliviou a pressão ao mesmo tempo em que seus lábios a aumentaram. Colocando-a de costas sobre as peles, ele se inclinou sobre ela, intensificando seus beijos, com a mão deslizando suavemente sobre as costelas e o quadril da moça. Deslizou a ponta da língua pelos vincos dos lábios de Jenny, procurando uma entrada, insistindo para que se abrissem, e, quando isso finalmente aconteceu, mergulhou a língua na doçura da boca da moça e retirou-a lentamente para mergulhá-la mais uma vez em uma descarada imitação do ato que começava a desejar com perigosa determinação. Jenny ofegou debaixo dele, ficou rígida e, de repente, toda a tensão se esvaiu quando sentiu uma explosão avassaladora de prazer pelo corpo. Totalmente inocente quanto ao tipo de paixão ardente que ele estava despertando deliberada e habilidosamente nela, deixou-se inebriar, convencida a se esquecer de que ele era seu raptor. Agora ele era o amante ardente, persuasivo, meigo, cheio de desejo. Jenny foi tomada de ternura e, com um gemido silencioso de impotente entrega, pôs a mão na nuca de Royce, com os lábios se movendo sobre os dele com um ardor cada vez maior.

A boca de Royce tornou-se mais exigente e sua língua começou a buscá-la, a acariciá-la, e, com a mão deslizando incansavelmente até o ventre da jovem, acariciou-lhe o seio e depois desceu mais uma vez, abrindo rapidamente o cinto e escorregando para debaixo da túnica. Jenny sentiu a carícia firme da mão calejada que deslizava sobre seu peito nu, ao mesmo tempo em que teve os lábios dominados por um beijo devorador.

Gemeu sob aquele ataque sensual, e o desejo se apoderou de Royce ao sentir a carne se intumescer sob a palma da mão, o mamilo projetar-se soberbamente contra ela. Começou a roçar o mamilo atrevido, para a frente e para trás, e então o apertou entre os dedos. Sentiu na boca o suspiro do aturdido prazer de Jenny quando cravou, de maneira convulsiva, os dedos em seus ombros e o beijou profundamente, como se estivesse tentando retribuir o prazer que lhe proporcionava.

Surpreso com a doçura torturante da reação de Jenny, Royce afastou os lábios e ficou olhando para o rosto corado e estonteante da jovem enquanto continuava a acariciar-lhe o seio, dizendo a si mesmo que logo a soltaria.

As mulheres que havia levado para a cama nunca queriam ser seduzidas ou tratadas com delicadeza. Queriam a violência desenfreada, o poder e o vigor que faziam parte de sua lenda. Queriam ser conquistadas, subjugadas, dominadas brutalmente, usadas... pelo Lobo. O número de mulheres na cama que lhe haviam implorado "Bata em mim" era incontável. O papel de conquistador sexual lhe fora atribuído, e ele o aceitara durante anos, mas com episódios cada vez mais frequentes de tédio e, por fim, de repulsa.

Lentamente, Royce tirou a mão do mamilo intumescido, dizendo a si mesmo que deveria soltar Jenny, parar o que havia começado e fazer isso *naquele momento*. Sabia que, no dia seguinte, sem dúvida, se arrependeria de ter chegado àquele ponto. Por outro lado, concluiu que, se *fosse* para ter arrependimentos, era melhor que fosse por algo substancial. E, já tendo em mente o que lhes permitiria desfrutar um pouco mais do prazer que pareciam ter encontrado um no outro naquela noite, Royce inclinou a cabeça e a beijou enquanto abria a túnica da jovem. Dirigiu os olhos para baixo, fascinado com o banquete sedutor que era aquele corpo nu que tinha diante de si. Seios belos, redondos e firmes, exibindo mamilos rosados endurecidos que pareciam firmes botões de desejo, estremeceram sob seu escrutínio; radiante sob a luz da fogueira, a pele da moça era suave como o creme, tão pura quanto a neve recém-caída.

Com um suspiro profundo, tirou os olhos dos seios de Jenny e olhou para a boca e, depois, para os olhos que o hipnotizavam, enquanto desabotoava a túnica para que pudesse sentir aqueles morros brancos contra seu peito nu.

Já embriagada a ponto de quase perder os sentidos pelo ardor dos beijos, do olhar e do vinho de Royce, Jenny começou a olhar para a linha firme e sensual dos lábios de seu amante, que desciam intencionalmente em direção aos seus. Fechou os olhos e o mundo começou a girar quando a boca de Royce se apoderou da sua com uma fome feroz, separando seus lábios enquanto introduzia a língua em sua boca. Gemeu de prazer quando ele agarrou seu seio, empurrando-o para cima, mantendo-o ali, enquanto lentamente descia o peito nu e coberto de penugem sobre seus seios, e depois deixou cair o peso do corpo sobre ela. Envolvendo metade do corpo de Jenny, Royce começou a deixar um rastro de beijos sensuais que iam da boca à orelha da jovem, introduzindo a língua no espaço sensível e, em seguida, explorando-o exageradamente até Jenny se contorcer debaixo dele.

Ele percorreu a bochecha com a boca até chegar aos lábios de Jenny e começou uma lenta sedução erótica que logo a fez gemer baixinho. Seus lábios abertos cobriram os dela, forçando-os a abrir ainda mais até que alcançasse a língua dela, atraindo-a delicadamente para sua boca, como se quisesse sorver dela a doçura, e então lhe entregou a sua, até que Jenny, instintivamente, acompanhasse seus movimentos e, uma vez entrosados, o beijo fugiu ao controle. Sua língua misturou-se à dela, suas mãos mergulharam no cabelo de Jenny, e ela colocou os braços ao redor de seu pescoço, perdida naquele beijo arrebatador.

Royce levantou a parte inferior de seu corpo, fez um movimento com as pernas para separar as de Jenny e se aninhou bem ali no meio, forçando-a a perceber a considerável pressão que seu membro rígido lhe fazia entre as coxas. Impressionada com a fome bruta da paixão do conde, ela se agarrou a ele, sufocando um grito de decepção quando ele afastou a boca da sua e, então, pôs-se a ofegar, surpresa, quando a boca dele desceu para seus seios. Os lábios de Royce envolveram seu mamilo, puxando-o suavemente, apertando-o, chupando-o com força até Jenny arquear as costas e sentir ondas expansivas de puro prazer passarem por todas as partes de seu ser. E, quando ela pensou que não poderia suportar por mais tempo, ele o puxou com mais força, arrancando dela um gemido baixinho. Assim que ouviu o gemido, parou e virou o rosto para se dedicar ao outro com a mesma atenção, enquanto ela passava os dedos por seu vasto cabelo escuro, pressionando impetuosamente sua cabeça contra o corpo.

Quando ela percebeu que certamente iria morrer de prazer, ele apoiou o peso de seu corpo nas mãos, tirando o peito de cima dela. O ar frio na pele ardente de Jenny, sem sentir o toque da pele de Royce, arrancou-a parcialmente da euforia cega em que ele a havia colocado. Jenny abriu os olhos e o viu suspenso sobre ela, acariciando ardentemente com os olhos seus seios intumescidos com os mamilos salientes e eretos pela língua, pelos lábios e pelos dentes de Royce.

Jenny, finalmente, se encheu de um pânico tardio e letárgico quando a força das coxas exigentes de Royce a fez sentir uma onda de desejo. Ele começou a inclinar a cabeça em sua direção e, aterrorizada por ter esperado tanto, ela, freneticamente, fez que não com a cabeça.

— Por favor — disse, sem fôlego.

Porém, ele já estava se levantando, com o corpo tenso e alerta. Uma fração de segundo mais tarde, um guarda gritou do lado de fora da tenda.

— Perdão, milorde. Os homens voltaram.

Sem dizer uma palavra, Royce se levantou, ajustou rapidamente as roupas e saiu da tenda. Aturdida em meio à confusão e ao desejo suspenso, Jenny o viu sair e, então, foi, pouco a pouco, recobrando a sanidade. Foi tomada de vergonha quando olhou para suas roupas em desalinho e as ajustou no corpo, passando a mão trêmula no cabelo revolto. Teria sido muito pior se ele a tivesse forçado a se entregar, mas não foi o que aconteceu. Como se estivesse sob algum feitiço, ela mesma, de livre e espontânea vontade, lascivamente, se entregara àquela sedução. O choque pelo que havia feito, *quase* feito, fez seu corpo tremer e, quando tentou colocar a culpa no conde, sua consciência não a deixou.

Freneticamente, começou a pensar em coisas que poderia dizer ou fazer quando ele voltasse, pois, por mais ingênua que fosse, sabia instintivamente que ele gostaria de retomar de onde haviam parado, e seu coração começou a bater forte com medo, não dele, mas de si mesma.

Os minutos se passaram até completarem uma hora, e seu medo se transformou em surpresa e, por fim, graças a Deus, em exaustão. Aconchegada nas peles, seus olhos se fecharam e, depois do que pareciam ser várias horas, abriram-se para vê-lo em pé à sua frente.

Cautelosamente, examinou a feição dura e implacável de Royce com a mente atordoada pelo sono lhe dizendo que o "amante" que havia saído da tenda não parecia mais ávido para continuar seu jogo de sedução do que ela para que ele o recomeçasse.

— Foi um erro — disse ele, sem rodeios — para nós dois. Não acontecerá de novo.

Era a última coisa que Jenny esperava ouvir e, quando ele se virou para sair rapidamente da tenda em direção à escuridão da noite, ela imaginou que essa devia ser a maneira seca que ele havia encontrado de pedir desculpas pelo que havia acontecido. Seus lábios se abriram em uma silenciosa expressão de surpresa, mas ela logo fechou os olhos quando Gawin entrou na tenda e deitou-se no colchão de palha junto à entrada.

7

Ao nascer do sol, as tendas foram desmontadas, e o som contínuo de trovões atravessou o ar enquanto cinco mil cavaleiros montados, mercenários e escudeiros saíam do vale, seguidos por vagões pesados que rangiam sob o peso de bombardas, morteiros, aríetes, catapultas e todo o equipamento e suprimento necessários a um cerco.

Para Jenny, que cavalgava ao lado de Brenna, ambas fortemente escoltadas de ambos os lados por cavaleiros armados, o mundo se tornou uma mancha irreal de ruído, poeira e confusão interior. Ela não sabia para onde estava indo, onde estava nem mesmo *quem* era. Era como se o mundo inteiro estivesse em um motim e todos tivessem mudado de alguma forma. Agora era Brenna que lançava sorrisos reconfortantes para Jenny, enquanto Jenny, que se considerava razoavelmente inteligente, encontrava-se atenta, *à espera de* um vislumbre de Royce Westmoreland!

Viu-o passar a cavalo por ela várias vezes, e era como se também fosse um estranho. Montado em um enorme corcel negro e, com ar sinistro, vestido de preto das altas botas à capa que cobria os ombros fortes e ondulava atrás dele, ele era a figura mais assustadora e opressora que Jenny já tinha visto, um estranho mortal inclinado a destruir sua família, seu clã e tudo o que ela amava.

Naquela noite, enquanto estava deitada ao lado de Brenna, olhando para as estrelas, tentou não pensar na horrível torre de cerco que lançava sua sombra ameaçadora sobre o prado, a torre que logo seria usada como base para atacar os muros antigos do castelo de Merrick. Antes, no vale, ela a vislumbrara entre as árvores, mas não sabia ao certo o que era. Ou talvez simplesmente não quisesse que seus temores se confirmassem.

Agora, só conseguia pensar em outra coisa, e se viu desesperadamente apegada ao prenúncio de Brenna de que o rei Tiago talvez enviasse forças para ajudar seu clã na batalha. E, durante todo esse tempo, uma pequena parte dela se negava a acreditar que *haveria* uma batalha.

Talvez fosse porque não podia acreditar que o homem que a havia beijado e tocado com tanta ternura e paixão pudesse realmente ter a intenção de mudar de atitude e, fria e insensivelmente, matar sua família e seu clã. Em alguma parte dócil e ingênua de seu coração, Jenny não podia acreditar que o homem que a provocara e rira com ela na noite anterior pudesse ser capaz de tal coisa.

Por outro lado, não podia acreditar plenamente que a noite passada tivesse acontecido. Na noite anterior, ele havia sido um amante afetuoso, persuasivo e insistente. Naquela manhã, era um estranho capaz de esquecer que ela existia.

ROYCE NÃO HAVIA esquecido que ela existia, nem mesmo no segundo dia de viagem. Lembranças de como era tê-la em seus braços, a doçura inebriante dos beijos que lhe dera e a hesitação nas carícias mantiveram-no acordado por duas noites consecutivas. Ao longo do dia anterior, enquanto passava a cavalo pelas fileiras de homens de seu exército, ele se via à procura de um olhar de Jenny.

Mesmo agora, enquanto cavalgava à frente de seu exército e piscava para observar o sol, tentando calcular a hora, a risada musical de Jenny soava como sinos em sua mente. Sacudiu a cabeça, como se quisesse clarear as ideias, e, de repente, viu que ela estava olhando para ele com aquele alegre sorriso de lado...

Por que você pensa que decidi não me casar?, perguntara ele.

Foi porque nenhuma dama adequada se interessou por você?, provocara ela.

Ouviu a risada abafada de Jenny enquanto tentava esboçar um olhar de reprovação: *De maneira alguma, milorde, tente impressionar uma dama com suas falsas lisonjas, pois não terá a menor possibilidade de êxito! Com base no que sei a seu respeito, só posso supor que você a atiraria no colo e tentaria bater nela para que se submetesse às suas vontades...*

Não podia acreditar que uma ingênua jovenzinha escocesa podia ter tanto vigor e coragem. Tentou dizer a si mesmo que esse crescente fascínio, essa *obsessão* por sua cativa, tudo isso era simplesmente fruto do desejo que ela havia despertado nele duas noites atrás, mas sabia que era mais do que desejo que o mantinha enfeitiçado: ao contrário da maioria das mulheres, a ideia de ser tocada e levada para a cama por um homem cujo nome estava associado a perigo e morte não repelia nem excitava Jennifer Merrick. A resposta tímida e apaixonada que havia despertado nela duas noites antes não se devia a medo; era fruto de ternura e desejo. Conhecendo todos os rumores a respeito de Royce como ela obviamente conhecia, mesmo assim, ofereceu-se às carícias do conde com inocente doçura. E *essa* era a razão pela qual não conseguia arrancá-la da cabeça. Ou talvez, pensou com uma expressão sinistra, ela simplesmente tivesse a ilusão de pensar que, a despeito de sua reputação, ele era realmente o cavaleiro virtuoso, puro e galante de seus sonhos. Essa possibilidade de que sua ternura e paixão haviam sido o resultado de alguma ilusão juvenil e ingênua que ela mesma havia criado era tão desagradável que Royce, irritado, deixou de lado todos os pensamentos a respeito dela e tomou a firme decisão de esquecê-la.

AO MEIO-DIA, ASSIM que se sentou na grama ao lado de Brenna, que estava prestes a comer um pedaço de carne fibrosa e uma fatia de pão amanhecido, Jennifer ergueu os olhos e viu Arik vindo na direção delas. Com as botas plantadas no chão a quase um metro de distância, ele parou bem na sua frente e disse:

— Venha.

Já acostumada com a aparente falta de vontade do gigante loiro de falar além do que era absolutamente necessário, Jenny se levantou. Brenna começou a fazer o mesmo, mas Arik levantou o braço.

— Você, não.

Segurando Jenny pelo braço, ele a fez passar por centenas de homens que também estavam sentados na grama para fazer sua refeição espartana e, então, a levou para a floresta que ladeava a estrada, parando em um lugar onde os cavaleiros de Royce pareciam montar guarda debaixo das árvores.

Sir Godfrey e Sir Eustace abriram caminho com uma expressão fria no rosto normalmente simpático, e Arik, com um leve empurrão, a fez entrar cambaleante em uma pequena clareira.

Seu captor estava sentado no chão, com os ombros largos encostados no tronco de uma árvore, o joelho dobrado, examinando-a em silêncio. Por causa do calor do dia, ele havia tirado a capa e usava uma simples túnica marrom de mangas compridas, uma calça marrom grossa e botas. Já não parecia mais o espectro da morte e da destruição do dia anterior, e Jenny teve um surto ridículo de alegria quando percebeu que ele, obviamente, não se esquecera de sua existência.

No entanto, o orgulho a impediu de demonstrar tal emoção. Uma vez que não sabia ao certo como deveria agir ou o que deveria sentir, Jenny permaneceu onde estava e até conseguiu olhar fixamente para ele, assim como ele olhava para ela, até que, finalmente, o silêncio curioso do conde a desconcertou.

Tentando manter o tom educadamente evasivo, ela disse:

— Acredito que você queria me ver.

Por alguma razão, seu comentário fez surgir um brilho de deboche nos olhos de Royce.

— Tem razão.

Confundida pelo estranho tom de deboche do conde, ela esperou e depois perguntou:

— Por quê?

— Agora *temos* uma pergunta.

— Estamos... estamos tendo uma conversa? — perguntou Jenny, com um tom sombrio e, para sua total confusão, ele jogou a cabeça para trás e deu uma gargalhada, fazendo o som cheio e rouco ecoar pela clareira.

O rosto de Jenny era o retrato de uma adorável confusão, e Royce ficou sério, compadecendo-se da inocência que o fazia rir ao mesmo tempo que o fazia desejá-la mais que duas noites atrás. Fez um gesto para a toalha branca estendida no chão. Nela, havia alguns pedaços da mesma carne e do pão que ela estava comendo, além de algumas maçãs e um pedaço de queijo. Sereno, ele disse:

— Gosto da sua companhia. Também pensei que seria mais agradável para você comer aqui comigo do que em um campo aberto, cercada de milhares de soldados. Estou enganado?

Se ele não tivesse dito que gostava de sua companhia, Jenny poderia muito bem ter respondido que estava *redondamente* enganado, mas não podia resistir àquela voz cativante que lhe dizia que, em essência, sentia sua falta.

— Não — admitiu, mas, pensando no orgulho e na prudência, não se sentou perto dele.

Pegando uma brilhante maçã vermelha, sentou-se em um tronco caído, fora do alcance de Royce, mas, depois de alguns minutos de uma conversa casual, começou a se sentir bem relaxada em sua companhia e estranhamente alegre. Não lhe ocorreu que esse estranho fenômeno fosse o resultado dos esforços deliberados de Royce para fazê-la se sentir protegida contra as investidas dele ou para fazê-la se esquecer da maneira abrupta e insensível com que pusera fim às carícias preliminares de duas noites antes, para que ela não rejeitasse de imediato a próxima tentativa do conde.

Royce sabia exatamente o que estava fazendo e por que o estava fazendo, mas disse a si mesmo que, se por algum milagre, conseguisse não encostar nela até enviá-la para o pai ou para o rei, seus esforços não teriam sido em vão, pois estava fazendo uma refeição agradável e um tanto prolongada em uma acolhedora clareira.

Alguns minutos depois, no meio de uma discussão perfeitamente impessoal sobre cavalheiros, Royce, de repente, viu-se enciumado, pensando no antigo pretendente de Jenny.

— Por falar em cavalheiros — disse abruptamente —, o que aconteceu com o seu?

Com uma expressão perplexa, ela deu uma mordida na maçã.

— Meu o quê?

— Seu cavalheiro — explicou Royce. — Balder. Se seu pai era a favor do casamento, como você convenceu o velho Balder a deixar de pressioná-la?

A pergunta pareceu incomodá-la e, como se tentasse ganhar tempo para formular uma resposta, encostou as pernas longas e bem torneadas no peito, envolveu-as com os braços, apoiou o queixo nos joelhos e levantou aqueles olhos azul-claros sorridentes para Royce. Sentada naquele tronco, ela parecia incrivelmente desejável para Royce; uma encantadora ninfa da floresta com longos cabelos cacheados, usando túnica e calça de homem. *Uma ninfa da floresta?* Em seguida, ela o faria compor sonetos à sua beleza, e *isso* não alegraria seu pai, sem falar que alimentaria boatos na corte dos dois países!

— A pergunta é muito difícil para você? — perguntou, com a voz ríspida, irritado consigo mesmo. — Devo tentar fazer uma mais fácil?

— Como você é impaciente! — respondeu Jenny, de maneira severa, sem se deixar intimidar pelo tom de Royce.

Suas palavras foram acompanhadas por um olhar bem-educado, mas tão repreensivo que Royce riu sem querer.

— Você tem razão — admitiu, sorrindo com ironia para a exorbitante menina-mulher que ousava repreender seus defeitos. — Agora, me diga por que o velho Balder se afastou.

— Muito bem, mas não é nem um pouco delicado de sua parte me atormentar com perguntas tão íntimas, sem falar que é terrivelmente embaraçoso.

— Embaraçoso para quem? — perguntou Royce, ignorando o tom debochado de Jenny. — Para você ou para Balder?

— Foi embaraçoso *para mim*. Lorde Balder ficou indignado. Ouça — esclareceu, com um sorriso franco —, eu só o conheci na noite em que chegou a Merrick para assinar o contrato de compromisso. Foi uma experiência horrível — disse, com uma expressão tão divertida quanto horrorizada.

— O que aconteceu?

— Se eu lhe disser, você tem que prometer que se lembrará de que eu era uma menina de catorze anos, cheia de sonhos sobre o maravilhoso jovem cuja esposa seria eu. Em minha mente, eu sabia exatamente como ele seria — acrescentou, sorrindo pesarosamente enquanto se lembrava daquilo. — Ele seria loiro, jovem, e, é claro, teria um rosto maravilhoso. Teria olhos azuis e o porte de um príncipe. Também seria forte, o suficiente para proteger as propriedades que deixaríamos para os filhos que, um dia, teríamos. — Olhou para Royce com um ar irônico. — Essa era a minha esperança secreta, e, em minha defesa, devo dizer que nem meu pai nem meus meios-irmãos disseram nada para me fazer pensar que Lorde Balder seria exatamente o oposto disso.

Royce franziu a testa quando a imagem do velho e pedante Balder lhe veio à mente.

— E assim lá estava eu, entrando no grande salão de Merrick depois de ter ensaiado durante horas em meu quarto a maneira correta de andar.

— Você ensaiou uma maneira correta de andar? — perguntou Royce com o tom de voz que era um misto de diversão e descrença.

— Mas é claro — respondeu Jennifer, alegremente. — Ouça, eu queria apresentar uma imagem *perfeita* de mim para meu futuro senhor. E, sendo assim, não seria apropriado atravessar o corredor às pressas e parecer muito ansiosa, nem andar muito devagar e, assim, dar a impressão de que estava hesitante. Foi um grande dilema decidir a maneira correta de andar, sem falar no que vestir. Eu estava tão desesperada que cheguei a pedir a opinião de meus dois meios-irmãos, Alexander e Malcolm. William, que é um encanto, passara o dia fora de casa com minha madrasta.

— Certamente devem tê-la alertado com relação a Balder. — A expressão nos olhos de Jenny lhe disse o contrário, mas, mesmo assim, ele não estava preparado para o forte ímpeto de compaixão que sentiu enquanto ela fazia que não com a cabeça.

— Muito pelo contrário. Alexander disse ter receio de que o vestido escolhido por minha madrasta não fosse elegante o suficiente. Aconselhou-me a usar o verde e adorná-lo com as pérolas de minha mãe. Foi o que fiz. Malcolm sugeriu que eu usasse na lateral uma adaga cravejada de pedras preciosas para que não fosse ofuscada pela presença ilustre de meu futuro marido. Alex disse que meu cabelo cor de cenoura parecia muito simples e devia ser preso sob um véu dourado e adornado com um cordão de safiras. Então, uma vez arrumada para a satisfação deles, eles me ajudaram a ensaiar o modo de andar... — Como se a lealdade a impedisse de criar uma imagem desagradável de seus meios-irmãos, deu um sorriso radiante e disse em um tom decididamente reconfortante:

— Eles estavam se divertindo à minha custa, é claro, como fazem os irmãos com suas irmãs, mas eu estava muito cheia de sonhos para perceber isso.

Royce viu a verdade por trás das palavras de Jenny e reconheceu a terrível maldade na peça que os rapazes haviam pregado nela. Sentiu uma súbita e forte vontade de afundar a mão no rosto deles, apenas por "diversão".

— Eu estava tão preocupada com cada detalhe para que tudo saísse bem — continuou ela, com o rosto bem alegre agora, como se estivesse rindo de si mesma — que me atrasei muito para descer ao salão a fim de conhecer meu noivo. Quando finalmente cheguei, comecei a atravessar o corredor no ritmo correto, com as pernas trêmulas não só por causa do nervosismo, mas também pelo *peso* das pérolas, dos rubis, das safiras e das correntes de ouro no pescoço, nos pulsos e na cintura. Você deveria ter *visto* a expressão de minha pobre madrasta quando me viu vestida daquela maneira. Posso lhe assegurar que era uma imagem bem extravagante — riu Jenny, despreocupada, sem perceber a raiva contida que estava brotando em Royce enquanto ela fazia o relato.

— Minha madrasta, mais tarde, disse que eu estava parecendo uma caixa de joias com pernas — riu. — Ela não disse isso de maneira rude. — Jennifer apressou-se em acrescentar quando percebeu a expressão de raiva no rosto de seu captor. — Na verdade, ela foi muito compreensiva.

Quando ela ficou em silêncio, Royce a instigou.

— E Brenna, sua irmã? O que ela disse?

Os olhos de Jennifer se iluminaram de ternura.

— Brenna sempre encontrará algo bom a meu respeito, por mais terríveis que sejam meus erros ou por mais horrenda que seja a minha conduta. Ela disse que eu brilhava como o sol, a lua e as estrelas. — Jenny deixou escapar uma risada e dirigiu a Royce o olhar radiante de alegria. — O que, é claro, era verdade... quero dizer, eu brilhava.

Com a voz ríspida por causa de sentimentos que não podia compreender nem conter, Royce olhou para ela e disse, com firmeza:

— Algumas mulheres não precisam de joias para brilhar. Você é uma delas.

Boquiaberta, Jennifer perguntou a Royce:

— Isso foi um *elogio*?

Completamente incomodado com o fato de que ela o levara a expressar galanteios, Royce encolheu os ombros e respondeu:

— Eu sou um soldado, não um poeta, Jennifer. Foi simplesmente uma constatação. Continue com sua história.

Envergonhada e confusa, Jennifer hesitou e, em seguida, ignorou a inexplicável mudança de humor de Royce com um gesto de indiferença que guardou para si. Dando outra mordida na maçã, disse com animação:

— Em todo caso, Lorde Balder não compartilha de *seu* desinteresse por joias. Na verdade — disse, rindo —, os olhos dele quase saltaram para fora de tão *encantado* que ficou com o meu brilho. Ele ficou tão impressionado com minha exibição vulgar que só olhou de relance para o meu rosto antes de se virar para meu pai e dizer: "Ficarei com ela".

— E foi simplesmente assim que você se tornou noiva? — perguntou Royce, franzindo a testa.

— Não, foi "simplesmente assim" que quase caí desmaiada, tão chocada que fiquei quando vi pela primeira vez o semblante de meu "amado". William me segurou antes que eu caísse no chão e me ajudou a me sentar no banco junto à mesa, mas, mesmo sentada e começando a recobrar os sentidos, não consegui tirar os olhos das feições de Lorde Balder! Além de ser mais velho que meu pai, ele era fino como uma vareta e usava... hum... — abaixou a voz e hesitou. — Não sei se deveria contar o resto.

— Conte-me tudo — exigiu Royce.

— Tudo? — repetiu Jennifer, pouco à vontade.

— Tudo.

— Está bem — suspirou —, mas não é uma história bonita.

— O que Balder estava usando? — instigou Royce, começando a sorrir.

— Bem, ele estava usando... — sacudiu os ombros ao engasgar com uma risada — ele estava usando o *cabelo* de outra pessoa.

Uma risada cheia e profunda saiu do peito de Royce, unindo-se à risada musical de Jennifer.

— Só me recuperei *desse* fato quando notei, logo em seguida, que ele estava comendo o alimento mais peculiar que já vi. Antes, enquanto meus irmãos me ajudavam a decidir o que vestir, eu os ouvi brincando entre si sobre o desejo de Lorde Balder de comer alcachofras em todas as refeições. Percebi, de relance, que os alimentos fritos de aspecto peculiar que se amontoavam no prato de Lorde Balder deviam ser o que chamavam de alcachofras, e foi *isso* que me levou a ser expulsa do salão e fez Balder cancelar o compromisso.

Royce, que já havia imaginado por que Balder estava comendo o alimento tido como bom para aumentar a potência viril, esforçou-se para se manter sério.

— O que aconteceu?

— Bem, fiquei muito nervosa. Na verdade, angustiada diante da possibilidade de me casar com um homem horrendo como aquele. Para dizer a verdade, ele era o pesadelo, e não o sonho, de qualquer donzela, e, enquanto eu o estudava à mesa, senti uma vontade, imprópria para uma dama, de levar as mãos fechadas aos olhos e chorar como um bebê.

— Mas você não fez isso, claro — deduziu Royce, sorrindo ao se lembrar do espírito indomável da jovem.

— Não, mas teria sido melhor se *tivesse* feito — admitiu com um sorriso acompanhado de um suspiro. — O que eu *fiz* foi muito pior. Não podia suportar olhar para *ele*, então me concentrei nas alcachofras, que eu nunca havia visto. Fiquei observando enquanto ele devorava aquelas coisas, curiosa por saber o que eram e por que ele as comia. Malcolm percebeu para o que eu estava olhando e, então, *ele* me contou por que Lorde Balder comia alcachofras. E foi *isso* que me fez começar a rir...

Com os grandes olhos azuis cheios de alegria e sacudindo os ombros de maneira incontrolável, ela disse:

— A princípio, consegui esconder a risada e, então, peguei um lenço e apertei-o contra os lábios, mas estava tão agitada que as risadinhas se romperam em uma gargalhada. Ri muito, a risada foi tão contagiante que até a pobre Brenna começou a rir também. Começamos a rir de maneira incontrolável até que meu pai ordenou que Brenna e eu saíssemos do salão.

Levantando os olhos alegres para Royce, ela exclamou, em tom divertido:

— Alcachofras! Você já ouviu algo tão absurdo?

Com um esforço fora do normal, Royce conseguiu parecer intrigado.

— Você não acredita que alcachofras são benéficas para a virilidade de um homem?

— Eu... hum... — corou Jennifer quando finalmente percebeu como aquele assunto era inadequado, mas já era muito tarde para recuar e, além disso, estava curiosa. — Você acredita?

— É claro que não — respondeu Royce, sério. — Todos sabem que *alho-poró e nozes* são benéficos para esse fim.

— Alho-poró e...! — exclamou Jenny, confusa, e então percebeu o leve movimento dos ombros largos do conde, que denunciava a risada dele, e balançou a cabeça em um gesto sorridente de repreensão. — Em todo caso, Lorde Balder decidiu, com toda a razão, que não havia joias suficientes no mundo que pagassem o preço de *me* ter como esposa. Vários meses depois, cometi outra estupidez imperdoável — disse ela, olhando de maneira mais séria para Royce — e meu pai decidiu que eu precisava de um pulso mais forte que o de minha madrasta para me guiar.

— Que estupidez imperdoável você cometeu dessa vez?

Ela ficou séria.

— Desafiei abertamente Alexander a retirar as coisas que estava dizendo a meu respeito ou a me enfrentar no campo de honra em um torneio local que fazemos todos os anos perto de Merrick.

— E ele se recusou — disse Royce com uma expressão sombria de ternura.

— É claro. Teria sido desonroso se aceitasse. Além de ser uma menina, eu tinha apenas catorze anos e ele tinha vinte. No entanto, eu não me importava nem um pouco com seu orgulho, pois ele... não era muito amável — terminou de maneira dócil, mas havia uma grande dor naquelas quatro palavras.

— Você vingou sua honra? — perguntou Royce, com uma dor estranha no peito.

Ela fez que sim com a cabeça e esboçou um sorriso pesaroso nos lábios.

— Embora meu pai tivesse ordenado que eu não chegasse perto do torneio, convenci nosso armeiro a me emprestar a armadura de Malcolm e, no dia aprazado, sem que ninguém soubesse quem eu era, entrei no campo e enfrentei Alexander, que se destacava com frequência nos torneios.

Royce sentiu o sangue gelar ao pensar em Jenny galopando pelo campo, com uma lança voltada para um homem adulto.

— Você teve sorte de ter sido apenas derrubada, e não morta.

Ela riu.

— Foi Alexander quem caiu.

Confuso, Royce olhou para ela.

— *Você o* derrubou?

— De certo modo — sorriu ela. — Assim que ele apontou a lança para me ferir, levantei a viseira e mostrei a língua.

No momento de surpresa e silêncio que precedeu a explosão de risos de Royce, ela acrescentou:

— Ele *caiu* do cavalo.

Afastados da pequena clareira, cavaleiros e escudeiros, mercenários e arqueiros, pararam o que estavam fazendo e olharam para a floresta onde as risadas do conde de Claymore subiam acima das árvores.

Quando finalmente recuperou o fôlego, Royce olhou para ela com um sorriso terno, cheio de admiração.

— Sua estratégia foi brilhante. Eu a teria nomeado cavaleiro ali mesmo, no campo.

— Meu pai não ficou muito empolgado — disse ela, sem rancor. — A habilidade de Alex na justa era motivo de orgulho para nosso clã, algo que eu não havia considerado. Em vez do título de cavaleiro no campo, meu pai me deu a surra que provavelmente eu merecia. E depois me enviou para a abadia.

— Onde a manteve por dois anos inteiros — resumiu Royce, com a voz rouca cheia de gentileza.

Jenny ficou olhando para ele à curta distância que os separava, enquanto, pouco a pouco, uma descoberta surpreendente se revelava a ela. O homem que as pessoas consideram um bárbaro impiedoso e brutal era bem diferente: em vez disso, era um homem capaz de sentir grande empatia por uma jovem tola; era o que se via nas marcas suavizadas de seu rosto. Impressionada e com os olhos fixos naquele olhar acinzentado que a hipnotizava, ela viu quando ele se levantou e começou a andar em sua direção. Sem perceber o que estava fazendo, Jenny lentamente se levantou também.

— Acho — sussurrou ela, com o rosto voltado para ele — que a lenda a seu respeito é falsa. Todas as coisas que dizem que você fez... não são verdadeiras

— sussurrou, enquanto seus belos olhos sondavam o rosto do conde como se pudessem ver a alma dele.

— São verdadeiras — refutou Royce logo em seguida, enquanto lhe vinham à mente imagens das inúmeras batalhas sangrentas que havia lutado, todo o seu horror repugnante, incluindo os campos de batalha repletos de cadáveres de seus próprios homens e de seus inimigos.

Jenny não sabia nada acerca das lembranças sombrias do conde, e seu tenro coração rejeitava a culpa que ele imputava a si mesmo. Ela só sabia que o homem em pé diante dela era alguém que vira o próprio cavalo morto com a dor e a tristeza gravadas na feição iluminada pela lua; um homem que havia acabado de retorcer o rosto com empatia para a história tola que ela havia contado sobre como se vestira para conhecer o pretendente idoso.

— Eu não acredito — murmurou ela.

— Acredite! — advertiu. Parte da razão pela qual Royce a desejava era que ela não o julgara como um conquistador bestial quando a tocou, mas também não estava disposto a deixar que ela se enganasse colocando-o em outro papel, como o de um príncipe encantado. — A maior parte do que dizem é verdade — disse sem rodeios.

Vagamente, Jenny estava ciente de que ele estava se aproximando dela; sentiu as mãos de Royce em torno de seus braços como se fossem algemas de veludo, atraindo-a cada vez mais para perto dele, e viu a boca do conde lentamente vindo na direção da sua. E, enquanto olhava para aqueles olhos sensuais, um leve instinto protetor a advertiu de que ela estava se envolvendo muito. Em pânico, Jenny virou o rosto no último segundo antes de os lábios dele tocarem os seus, com a respiração acelerada, como se estivesse correndo. Sem se deixar intimidar, Royce beijou-a na têmpora, passando os lábios quentes na maçã de seu rosto, puxando-a mais para junto dele, roçando os lábios pelo seu pescoço, enquanto Jenny se derretia por dentro.

— Não — sussurrou, trêmula, virando o rosto ainda mais para o lado e, sem perceber o que estava fazendo, agarrou o tecido da túnica do conde, segurando-se com força nele para se equilibrar quando o mundo começou a girar. — Por favor — sussurrou enquanto os braços de Royce a apertavam e a língua deslizava até a sua orelha, explorando de modo sensual e sem pressa cada curva e cavidade, fazendo-a estremecer de desejo enquanto as mãos do conde subiam e desciam por suas costas. — Por favor, pare — pediu dolorosamente.

Em resposta, sua mão desceu ainda mais, abrindo-se na região lombar de Jenny, para forçá-la a ter um contato íntimo e profundo com suas coxas rígidas, uma afirmação eloquente de que ele não podia, e não iria, parar. Com a outra mão, acariciou a nuca da jovem de um modo sensual, pedindo-lhe que levantasse a cabeça para beijá-lo. Com um suspiro entrecortado, Jenny virou o rosto para a túnica de lã de Royce, recusando a terna persuasão do conde. Ao fazer isso, a mão em sua nuca se apertou em sinal de uma ordem abrupta. Impotente para negar por mais tempo o desejo ou a ordem dele, Jenny levantou lentamente o rosto para receber o beijo.

Royce pôs a mão no cabelo abundante de sua cativa, segurando-a enquanto lhe dava um beijo devorador que a enviou para uma escuridão ardente, onde nada importava senão sua boca sedutora e urgente e suas mãos experientes. Impressionada com sua própria ternura e com a sexualidade feroz e potente de Royce, Jenny alimentou a fome do homem, abrindo os lábios para acolher a invasão impetuosa de sua língua. Ela se inclinou na direção dele e sentiu-o ofegante contra a sua boca um segundo antes de as mãos de Royce deslizarem possessivamente sobre suas costas, flancos e seios e depois descerem, puxando-a com força contra a sua rígida excitação. Impotente, Jenny se desfez contra ele, devolvendo-lhe os beijos inebriantes e gemendo baixinho enquanto seus seios se intumesciam para encher as mãos de Royce. Sentiu uma chama ardente quando Royce enfiou a mão por dentro da cintura de sua calça grossa, forçou-a para baixo, agarrou seu traseiro nu e apertou-a com mais força contra a rigidez impetuosa de sua virilidade.

Entre a sensação impetuosamente erótica da mão de Royce pressionada contra a sua pele nua e a evidência ousada do desejo contra o qual ele insistentemente a pressionava, Jenny estava perdida. Deslizando as mãos pelo peito de Royce, ela as entrelaçou em torno do pescoço dele e se entregou ao prazer, estimulando-o, participando dele, desfrutando dos gemidos que arrancava do peito de Royce.

Quando finalmente afastou-se da boca de Jenny, Royce a manteve pressionada contra seu peito, respirando de modo acelerado. Com os olhos fechados, os braços ainda em torno do pescoço do conde, a orelha pressionada contra a batida acelerada do coração dele, Jenny flutuava entre a paz total e uma alegria estranha e delirante. Era a segunda vez que ele a fazia sentir coisas maravilhosas, assustadoras e arrebatadoras. Porém, naquele momento, ele a fizera sentir outra coisa: sentir-se necessária, apreciada e desejada, e essas eram as três coisas que ela desejava sentir desde que se entendia por gente.

Afastando o rosto do peito rígido e musculoso de Royce, ela tentou levantar a cabeça. Sua bochecha roçou no macio tecido marrom da túnica, e até mesmo o simples toque da roupa do conde contra a sua pele a fez se sentir atordoada. Finalmente, conseguiu inclinar a cabeça para trás e olhar para ele. A paixão ainda ardia naqueles olhos acinzentados. Serenamente e sem ênfase, ele declarou:

— Eu quero você.

Dessa vez, não havia dúvida quanto ao significado de suas palavras, e Jenny sussurrou a resposta sem pensar, como se, de repente, tivesse brotado em seu coração, e não em sua mente:

— O suficiente para me dar sua palavra de que não atacará Merrick?

— Não.

Ele respondeu sem paixão, sem hesitação, sem arrependimento ou mesmo desagrado; recusou-se com a mesma facilidade com que teria recusado uma refeição que não queria.

Aquela única palavra atingiu-a como um balde de água fria; Jenny deu um passo para trás e as mãos de Royce se soltaram.

Envergonhada e abalada, mordeu com força o lábio inferior trêmulo e virou-se, tentando, impassivelmente, ajeitar o cabelo e as roupas, quando o que mais desejava fazer era fugir da floresta, de tudo o que havia acontecido ali, antes de engasgar com as lágrimas, que estavam prestes a sufocá-la. O problema não era o fato de ele ter recusado o que ela pedia. Mesmo agora, em meio a todo o seu sofrimento, ela percebia que seu pedido havia sido tolo, extremamente louco. O que doía de maneira tão insuportável era a *insensibilidade*, a *facilidade* com que ele rejeitara tudo o que ela havia tentado oferecer: sua honra, seu orgulho, seu corpo, em sacrifício de tudo aquilo que lhe haviam ensinado a acreditar e valorizar.

Ela começou a sair da floresta, mas a voz de Royce a fez parar no mesmo instante.

— Jennifer — disse com aquele tom de autoridade implacável que ela estava começando a detestar —, você cavalgará ao meu lado pelo resto do caminho.

— Prefiro não fazê-lo — disse ela categoricamente, sem se virar.

Teria preferido se afogar a permitir que ele visse o quanto a havia machucado e, então, acrescentou, hesitante:

— O problema são os seus homens; tenho dormido em sua tenda, embora Gawin sempre esteja por lá. Se começar a comer com você e *cavalgar* ao seu lado, eles... vão interpretar mal... as coisas.

— Não importa o que meus homens vão pensar — respondeu Royce, mas isso não era totalmente verdade, e ele bem sabia disso. Ao tratar abertamente Jenny como sua "convidada", ele estava rapidamente perdendo o prestígio entre os homens cansados e leais que haviam lutado ao seu lado. E nem todos os homens de seu exército obedeciam a ele por lealdade. Entre os mercenários, havia ladrões e assassinos, homens que o seguiam porque ele lhes dava comida e porque temiam as consequências se ousassem desobedecer. Ele os governava por meio da força. Porém, fossem cavaleiros leais ou mercenários comuns, todos acreditavam que Royce tinha o direito, o *dever*, de atirá-la ao chão, subir nela e usar o corpo dela para humilhá-la como um inimigo merecia ser humilhado.

— É claro que não importa — disse Jenny, amargamente, quando se deu conta, com humilhante clareza, da força total com que se jogara nos braços de Royce. — Não é a *sua* reputação que será manchada, mas a *minha*.

Com um tom calmo e decidido, ele afirmou:

— Eles podem pensar o que quiserem. Quando voltar para o seu cavalo, faça com que sua escolta vá na frente.

Sem dizer mais uma palavra, Jennifer lançou um olhar de ódio absoluto para ele, levantou o queixo e saiu da clareira, remexendo o quadril esbelto com uma inconsciente graça régia.

Apesar de ter só olhado para ele por um segundo antes de sair da floresta, Jenny percebeu a estranha luz nos olhos de Royce e o sorriso indefinível que ele escondia nos cantos dos lábios. Ela não fazia ideia do que estava por trás dele; só sabia que aquele sorriso aumentara sua fúria até obscurecer por completo seu sofrimento.

Se Stefan Westmoreland, Sir Eustace ou Sir Godfrey estivessem presentes para ver aquele olhar, poderiam ter-lhe dito o que ele pressagiava, e a explicação teria deixado Jenny muito mais perturbada do que já estava: Royce Westmoreland lançou um olhar exatamente igual ao de quando estava prestes a atacar um castelo particularmente hostil que desejava reivindicar para si. Isso significava que nem as probabilidades de tomá-lo nem a oposição iriam detê-lo. Significava que ele já estava se deleitando diante da iminente vitória.

Se os homens, de algum modo, viram os dois se abraçando entre as árvores ou se a ouviram aos risos com ele, o fato foi que, ao voltar rapidamente para seu cavalo, Jenny se viu submetida a olhares lascivos e astutos, que superaram tudo o que tivera de suportar desde a sua captura.

Sem pressa, Royce saiu da floresta e olhou para Arik.

— Ela cavalgará ao nosso lado.

Foi até o cavalo que Gawin estava segurando para ele, e seus cavaleiros automaticamente foram até os deles, subindo na sela com a facilidade de quem passou boa parte da vida em cima de um cavalo. Atrás deles, o restante do exército fez o mesmo, obedecendo a uma ordem antes de ser dada.

Sua cativa, no entanto, preferindo desobedecer descaradamente a uma ordem que lhe *havia* sido dada, não se juntou a ele na frente da fila quando os homens avançaram. Royce reagiu a esse gesto tempestuoso de rebeldia com uma admiração divertida pela coragem de Jenny e, então, se virou para Arik e disse com uma risada contida:

— Vá buscá-la.

Agora que Royce finalmente chegara à decisão de tê-la e já não travava mais uma batalha interior contra o desejo, sentia-se muito animado. A possibilidade de amansá-la e conquistá-la enquanto seguiam para Hardin era infinitamente atraente. Em Hardin, ele teria o luxo de uma cama macia e o prazer inegável da companhia de Jenny pelo restante do dia e durante a noite.

Não lhe ocorreu que aquela mulher sedutora, gentil e inocente que havia caído em seus braços nas duas vezes que a segurara, que havia retribuído sua paixão com uma doçura tão inebriante, já não pudesse ser tão fácil assim de amansar. Na batalha, ele era invicto, e a ideia de ser derrotado agora por uma jovem cujo desejo por ele era quase tão grande quanto o dele por ela era impensável. Ele a desejava mais do que havia imaginado ser possível e tinha a intenção de possuí-la. Não nas condições dela, é claro, mas estava disposto a fazer concessões; concessões razoáveis que, no momento, pareciam vagamente exigir peles e joias esplêndidas, como também o respeito que ela, como sua amante, teria o direito de receber de todos os que lhe serviam.

Jenny viu o gigante indo propositalmente em sua direção na parte de trás da fila, ao mesmo tempo em que se lembrou da risada que vira no rosto de Royce antes de deixá-lo e sentiu o coração palpitar quando a ira explodiu em seu íntimo.

Encurralando-a em um círculo fechado, Arik puxou bruscamente as rédeas de seu corcel ao lado dela e ergueu as sobrancelhas. Jenny entendeu, com irritada clareza, que ele estava silenciosamente ordenando que fosse para a frente com ele. Com os nervos à flor da pele, ela, no entanto, não estava disposta a se deixar intimidar. Fingindo não saber o motivo da presença de Arik, voltou-se para Brenna e começou a falar:

— Você já observou... — Parou com um sobressalto quando Arik habilmente estendeu a mão e tomou as rédeas da égua que ela conduzia.

— Tire as mãos de meu cavalo! — exclamou, sacudindo as rédeas com força suficiente para apontar o nariz da pobre égua para o céu. Confuso, o animal girou e andou para o lado, e Jenny voltou toda a sua fúria contida contra o emissário invulnerável de seu inimigo. Olhando com raiva para Arik, ela puxou para trás a rédea esquerda. — Tire logo!

Os olhos azuis sem brilho de Arik se voltaram para ela com fria indiferença, mas ele foi, pelo menos, obrigado a falar, e Jenny se deleitou com aquela pequena vitória:

— Venha!

Jenny olhou com rebeldia para os olhos azuis pálidos de Arik, hesitou e então, uma vez que sabia que ele simplesmente iria forçá-la a obedecer à sua ordem, exclamou:

— Então, por gentileza, saia do meu caminho!

Ir até a frente da fila talvez tenha sido a maior humilhação da jovem vida de Jenny. Até aquele momento, ela havia sido mantida fora do campo de visão da maioria dos homens ou então rodeada de cavaleiros. Agora, aqueles homens viravam a cabeça quando ela passava ao lado deles e lançavam olhares lascivos para a sua forma esbelta enquanto seguia para a frente. Faziam comentários sobre sua pessoa, sobre sua forma como um todo e sobre as características específicas de suas formas, comentários de uma natureza tão pessoal que ela se sentiu muito tentada a chicotear a pequena égua e sair a galope.

Quando alcançou Royce na frente da fila, ele não pôde evitar o sorriso para a bela jovem tempestuosa que olhava para ele com uma expressão inflamada de desafio; tinha o mesmo olhar que lançara para ele na noite em que o apunhalara com a própria adaga dele.

— Parece — provocou ele — que, de alguma forma, caí em desagrado.

— Você — respondeu ela com todo o desdém que pôde imprimir na voz — é abominável!

Ele riu.

— Sou tão ruim *assim*?

8

Quando estavam se aproximando do castelo de Hardin, no fim do dia seguinte, Royce já não se sentia mais tão afável. Em vez de aproveitar o senso de humor de Jenny como havia esperado fazer, ele se viu cavalgando ao lado de uma jovem que respondia aos seus comentários provocativos ou observações sérias com um olhar vazio e educado, destinado a fazer com que se sentisse um bobo da corte com sininhos na touca. Ela havia mudado de tática. Agora, em vez de responder com silêncio, respondia a qualquer observação que ele fazia com uma pergunta sobre as coisas que ele não podia e não iria discutir com ela, como, por exemplo, a data em que planejava atacar Merrick, o número de homens que pretendia levar consigo e por quanto tempo pretendia mantê-la como sua prisioneira.

Se sua intenção era mostrar a ele, da maneira mais clara possível, que ela era uma vítima da força bruta e que *ele* era o bruto, Jenny alcançara seu objetivo. Se sua intenção era irritá-lo, ela estava começando a conseguir isso também.

Jennifer sabia muito bem que havia conseguido arruinar a viagem dele, mas não estava tão satisfeita com o êxito quanto Royce imaginava. Na verdade, enquanto examinava as colinas escarpadas em busca do sinal de algum castelo, ela se sentia um pouco mais exausta por causa da tensão de tentar entender o homem enigmático ao seu lado e suas próprias reações diante dele. O conde lhe dissera que a desejava, e ele obviamente a desejava o suficiente para tolerar dois dias de descortesia de sua parte, o que aliviava um pouco seu orgulho ferido. Por outro lado, ele não a desejava o suficiente para poupar seus parentes ou sua casa.

A madre Ambrose havia advertido Jenny sobre o "efeito" que poderia causar nos homens; evidentemente, concluiu Jenny, a sábia abadessa deve ter tido a intenção de dizer que seu "efeito" faria com que eles se comportassem como loucos odiosos, ternos, rudes e imprevisíveis, tudo no espaço de uma hora. Com um suspiro, Jenny desistiu de tentar entender qualquer coisa. Simplesmente queria ir para casa ou voltar para a abadia, onde, pelo menos, sabia o que esperar das pessoas. Deu uma olhada para trás e viu Brenna envolvida em uma conversa agradável com Stefan Westmoreland, que estava como escolta da irmã, uma vez que Jenny fora forçada a cavalgar na frente com o irmão dele. O fato de Brenna estar segura e parecer contente era o único ponto positivo na triste situação de Jenny.

Avistaram o castelo de Hardin antes do anoitecer. Situado no alto de um penhasco, ele se elevava como uma enorme fortaleza estendendo-se em todas as direções, com seus muros de pedras claras iluminados pelo sol poente. Jenny ficou desalentada; era cinco vezes maior que o castelo de Merrick e parecia inconquistável. Bandeiras azul-claras balançavam nas seis torres redondas do castelo, proclamando que se esperava que seu senhor estivesse lá ao anoitecer.

Os cavalos atravessaram ruidosamente a ponte levadiça e entraram no pátio exterior do castelo, para onde os servos correram a fim de segurarem as rédeas dos animais e se colocarem à disposição dos recém-chegados. O conde se aproximou para tirar Jenny de cima da pequena égua e depois a escoltou até o salão. Um idoso corcunda, que Jenny presumiu ser o mordomo, se aproximou, e Royce começou a dar ordens:

— Mande alguém trazer refrescos para mim e para minha... — Na fração de segundo que Royce usou para decidir o termo correto para se referir à Jennifer, o velho mordomo observou o modo como ela estava vestida, e sua expressão de desdém revelou sua própria conclusão: *meretriz*. — Minha convidada — afirmou Royce.

Ser confundida com uma das meretrizes que viajavam com os exércitos era a última e definitiva afronta que Jennifer poderia suportar. Desviando o olhar de vergonha do escrutínio do velho, ela fingiu examinar o grande salão enquanto o conde continuava a dar ordens. Ele dissera a Jenny que fazia pouco tempo que o rei Henrique lhe dera o castelo de Hardin, e que nunca estivera nele. Enquanto Jenny olhava ao redor, seus olhos de mulher perceberam de imediato que, embora fosse enorme, o castelo de Hardin estava malconservado. Fazia anos que os juncos no chão não eram trocados, teias de aranha pendiam do teto alto de madeira como se fossem grossas cortinas cinzentas e os servos estavam malvestidos.

— Você gostaria de comer algo? — perguntou Royce, virando-se para ela.

Com um esforço orgulhoso e irritado para esclarecer ao velho mordomo e a todos os seus servos desleixados que ela não era o que parecia ser, Jennifer virou-se para o conde e respondeu friamente:

— Não, não quero nada. Eu *gostaria* que me mostrassem um quarto, de preferência algo um pouco mais limpo que este salão, e eu gostaria de um banho e de algumas roupas limpas, se é que alguma dessas coisas é possível neste... neste *monte de pedras*.

Se Royce não tivesse visto o olhar que o mordomo lançou à jovem, teria reagido de maneira muito mais impetuosa às palavras e ao tom de Jenny, mas, uma vez que o viu, manteve a calma. Voltando-se para o mordomo, disse:

— Conduza a *condessa* de Merrick ao quarto ao lado do meu. — Para Jennifer, ele disse com frieza: — Desça para cear daqui a duas horas.

Qualquer gratidão que Jenny pudesse ter sentido por ele ter usado deliberadamente seu título foi ofuscada pela agitação que sentiu quanto ao quarto que ele escolheu para ela.

— Vou cear em meu quarto, com a porta *trancada*, ou não cearei — informou a Royce.

Esse desafio público totalmente inaceitável diante de cinquenta servos boquiabertos, somado ao comportamento da jovem nos últimos dois dias, finalmente convenceu Royce de que uma represália mais dura se fazia necessária, e foi o que ele, sem hesitação, providenciou.

— Jennifer — disse, com a voz calma e impassível que escondia completamente a dureza do castigo que estava prestes a lhe dar —, enquanto sua atitude não melhorar, você está proibida de ver sua irmã.

Jennifer empalideceu, e Brenna, que acabara de ser escoltada até o salão por Stefan Westmoreland, lançou um olhar suplicante primeiro para Jenny e depois para o homem que estava ao lado da irmã. Para o espanto de Jennifer, Stefan falou.

— Royce, sua ordem também é um castigo para Lady Brenna, que não fez nada...

Ele parou ao perceber o olhar gelado de descontentamento que o irmão lhe deu.

DE BANHO TOMADO e barba feita, Royce sentou-se à mesa no grande salão com seus cavaleiros e seu irmão. Os servos trouxeram bandejas com um ensopado de veado que começava a esfriar. A atenção de Royce, no entanto, não estava na comida pouco apetitosa; ele observava a estreita escadaria em espiral que descia dos quartos no andar superior, tentando decidir se devia ou não subir e arrastar as duas mulheres para baixo, pois, em uma surpreendente demonstração de força, Brenna evidentemente escolhera participar da rebelião de sua irmã, ignorando o anúncio dos servos de que a ceia estava sendo servida no térreo.

— Elas podem ficar sem comer — Royce decretou finalmente, e pegou a adaga que usava para comer.

MUITO TEMPO DEPOIS de as mesas sobre os cavaletes terem sido desmontadas e empilhadas junto às paredes, Royce permaneceu sentado no salão com os olhos fixos na lareira e os pés apoiados em um banco. Sua intenção anterior, de levar Jennifer para a cama naquela noite, havia sido posta de lado sob a pressão de dezenas de problemas e decisões que exigiam sua atenção quase desde o momento em que começou a cear. Pensou em subir até o quarto de Jenny naquele momento, apesar da hora avançada, mas, no estado de ânimo em que estava, o mais provável era que vencesse a rebelião da jovem com força bruta, em vez de seduzi-la delicadamente. Depois de haver experimentado o delicioso prazer de tê-la em seus braços quando estava disposta a isso, ele não queria se contentar com nada menos.

Godfrey e Eustace entraram no salão, relaxados e sorridentes depois de obviamente terem passado uma noite com as prostitutas do castelo, e os pensamentos de Royce passaram no mesmo instante para assuntos de teor um pouco diferente. Olhando para Godfrey, ele disse:

— Instrua as sentinelas no portão a deterem qualquer pessoa que quiser entrar e peça que me avisem.

O cavaleiro assentiu, mas, com uma expressão confusa no belo rosto, disse:

— Se estiver pensando em Merrick, ele não conseguirá reunir um exército e trazê-lo aqui em menos de um mês.

— Não estou esperando um ataque; estou esperando algum tipo de trapaça. Se atacar Hardin, ele corre o risco de perder as filhas na batalha, mortas acidentalmente por seus próprios homens ou, assumirá ele, por nós. Uma vez que é impensável um ataque nessas circunstâncias, ele não terá escolha senão tentar tirar as mulheres daqui. Para isso, ele terá que infiltrar seus homens aqui primeiro. Ordenei ao mordomo que não dê trabalho a nenhum outro servo, a menos que se saiba com certeza que é da aldeia.

Uma vez que os dois cavaleiros assentiram, Royce levantou-se abruptamente e começou a andar em direção aos degraus de pedra do outro lado do salão, mas logo voltou, com as sobrancelhas franzidas.

— Stefan disse ou fez alguma coisa que lhes deu a impressão de que está criando algum... interesse... pela moça mais nova?

Os dois cavaleiros, ambos mais velhos que Stefan, olharam um para o outro e depois para Royce, negando com a cabeça.

— Por que a pergunta? — questionou Eustace.

— Porque — respondeu Royce com ironia — ele saiu em defesa dela hoje à tarde, quando ordenei que as mulheres ficassem separadas. — Encolhendo os ombros, aceitou a opinião de seus amigos e subiu para seu quarto.

9

Envolta em uma macia camisola de lã de cor creme, Jennifer olhou pela pequena janela de seu quarto na manhã seguinte, os olhos percorrendo as colinas repletas de árvores além dos muros do castelo. Mudando a atenção para o pátio abaixo, ela lentamente examinou os muros espessos que o cercavam, procurando uma possível rota de fuga... sinais de uma porta escondida. Devia haver uma; Merrick tinha uma embutida no muro, escondida atrás de alguns arbustos altos; até onde sabia, todos os castelos tinham uma porta assim, que os residentes podiam usar para fugir caso um inimigo passasse pelas defesas externas. Apesar de acreditar na existência dessa porta, ela não conseguia ver nenhum sinal dela, nem mesmo uma rachadura no muro de três metros de espessura pela qual ela e Brenna pudessem escapulir. Levantando os olhos, viu os guardas andando sem parar ao longo da passarela sobre o muro, com os olhos treinados para vigiar a estrada e as colinas ao redor. Talvez os servos fossem desleixados e preguiçosos, e precisassem urgentemente de treinamento e direção, mas o conde não havia ignorado as defesas do castelo, pensou ela com tristeza. Todos os guardas estavam em alerta e posicionados à distância de seis metros uns dos outros.

O conde lhe dissera que o pai dela já havia sido informado que Brenna e ela eram suas cativas. Sendo assim, o homem não teria dificuldades para reunir um exército de cinco mil soldados para ir até Hardin. Se ele quisesse tentar resgatá-las, Hardin não ficava a mais de dois dias de viagem a cavalo, ou cinco a pé, de Merrick. Porém, ela não conseguia imaginar como seu pai a resgataria de um castelo tão fortificado. O que a trouxe de volta ao mesmo problema confuso que havia enfrentado desde o começo: cabia a ela pensar em alguma maneira de escapar.

Seu estômago roncou, fazendo-a lembrar-se de que não comia nada desde o meio-dia da véspera. Então, afastou-se da janela para se vestir e descer para o salão. Morrer de fome não era a solução para o seu problema, decidiu, com um suspiro, enquanto ia até os baús com roupas que haviam trazido para seu quarto, naquela manhã. Além disso, se não descesse, não tinha dúvidas de que o conde simplesmente iria buscá-la, ainda que ele tivesse de arrombar a porta.

Pôde entrar em uma banheira de madeira cheia de água quente naquela manhã e, pelo menos, teve o prazer de se sentir limpa da cabeça aos pés. Mergulhar em um rio gelado, pensou, ao se lembrar das últimas semanas, não podia se comparar com a água quente e um pedaço de sabão.

O primeiro baú estava cheio de vestidos que pertenciam à antiga dama do castelo e às suas filhas, muitos dos quais fizeram Jenny se lembrar do estilo adorável e caprichoso de sua tia Elinor: vestidos com chapéus cônicos altos e véus que chegavam ao chão. Embora esses vestidos já não estivessem mais em voga, não se havia poupado no tecido, pois havia ricos cetins, veludos e sedas bordadas. Uma vez que todos eram muito adornados para a ocasião e para a posição que ela ocupava naquela casa, Jenny abriu o baú seguinte. Um suspiro de puro prazer escapou de seus lábios quando, com cuidado, tirou de dentro dele um vestido da mais macia caxemira.

Jenny havia acabado de arrumar o cabelo quando uma serva bateu à porta e disse, com a voz aguda e em pânico:

— *Milady*, sua senhoria ordenou que eu lhe dissesse que, se você não estiver no salão em cinco minutos para o desjejum, ele mesmo virá aqui buscá-la.

Em vez de deixar o conde pensar que ela estava cedendo por medo daquela ameaça, Jenny respondeu:

— Você pode dizer a sua senhoria que eu já *pretendia* descer e que estarei lá embaixo em alguns minutos.

Jenny esperou o que considerou "alguns" minutos e, então, saiu do quarto. A escada que levava dos dormitórios, no piso superior, ao grande salão, no térreo, era íngreme e estreita, assim como a do castelo de Merrick, projetada para que, caso os invasores conseguissem entrar no salão, tivessem dificuldade para subir com a espada empunhada, vendo-se bloqueados pela parede de pedra, enquanto os defensores estariam praticamente desimpedidos.

Ao contrário de Merrick, no entanto, aquela escada estava cheia de teias de aranha. Tremendo de medo ao imaginar as habitantes de pernas compridas dessas teias, Jenny acelerou o passo.

Reclinado na cadeira, Royce observava a escada com a mandíbula endurecida em um gesto de determinação, contando mentalmente os minutos que se passavam até que acabasse o tempo de Jenny. O salão estava vazio, à exceção de alguns cavaleiros que demoravam a beber as canecas de cerveja e os servos que limpavam os restos do desjejum.

Acabou o tempo de Jenny!, decidiu, furioso, e empurrou a cadeira para trás com uma força que fez as pernas rangerem sobre os ladrilhos. Em seguida, permaneceu imóvel. Lá estava Jenny Merrick, com um delicado vestido de cintura alta, amarelo como o sol, vindo em sua direção. Porém, não era a ninfa encantadora que ele se acostumara a ver. Em uma transformação que o deixava nervoso e, ao mesmo tempo, fascinado, a jovem estonteante que vinha em sua direção era uma condessa digna de ocupar lugar nas cortes mais deslumbrantes do país. O cabelo repartido ao meio caía sobre os ombros como uma resplandecente cachoeira de ondas vermelho-douradas e, nas costas, chegava à cintura, formando cachos pesados nas pontas.

O decote em V acentuava seus seios fartos, e o vestido caía suavemente sobre seu gracioso quadril, formando uma longa cauda na parte de trás; as mangas bufantes se amontoavam nos punhos e caíam drapeadas dos braços até os joelhos.

Royce teve a estranha sensação de que ela se tornara outra pessoa, mas, quando ela se aproximou, aqueles olhos azul-claros e aquele rosto encantador não deixaram dúvida.

Jennifer parou diante dele, e a decisão de Royce de tê-la, por maior que fosse a confusão em que ela o colocaria, tornou-se, naquele momento, uma resolução irrevogável. Um sorriso prolongado de admiração se abriu no rosto do conde quando disse:

— Que camaleão você é!

Jenny olhou-o com indignação.

— Lagarto?

Royce engoliu uma risada, tentando desviar os olhos da visão sedutora de carne macia que o decote do vestido revelava e lembrar o quanto estava irritado, e com razão, com ela.

— Eu quis dizer — retrucou ele, com compostura — que você muda com facilidade.

Jenny não ignorou o brilho estranho e possessivo nos olhos cinzentos de Royce enquanto percorriam seu corpo, mas se distraiu momentaneamente com a descoberta inquietante de como *ele* parecia bonito e elegante com a túnica de lã azul-marinho que realçava os ombros largos e musculosos com mangas compridas bem apertadas nos punhos e adornadas com fios prateados. Em volta do quadril, usava um cinto de discos planos de prata do qual pendia uma lâmina curta com uma grande safira na empunhadura. Abaixo disso, Jenny se recusou a olhar.

Finalmente, ocorreu-lhe que ele estava olhando para seu cabelo e percebeu, tardiamente, que estava com a cabeça descoberta. Levando a mão às costas, alcançou o largo capuz amarelo preso ao vestido e puxou-o para cima e para a frente, para que ele emoldurasse seu rosto e caísse formando dobras elegantes em seus ombros, o que era a finalidade da peça.

— Está bonito — disse Royce, observando-a —, mas prefiro seu cabelo à vista.

Jenny percebeu com desassossego que ele estava empenhado em encantá-la naquele dia; achava mais fácil lidar com ele quando se mostravam abertamente hostis um com o outro do que quando ele estava sendo simpático. Determinada a confrontar apenas um problema de cada vez, Jenny se concentrou na sugestão do conde para que descobrisse a cabeça.

— Como você certamente deve saber — respondeu, com fria educação, enquanto ele puxava uma cadeira para ela —, é impróprio para uma mulher, exceto meninas e noivas, ficar com a cabeça descoberta. É necessário que a mulher oculte seus...

— Encantos? — interrompeu Royce com os olhos apreciativos percorrendo o cabelo, o rosto e os seios da jovem.

— Sim.

— Porque foi Eva quem tentou Adão? — especulou ele, afirmando o que sabia ser uma crença religiosa.

Jenny pegou uma tigela de mingau.

— Sim.

— Sempre me pareceu — observou, irônico — que o que tentou Adão foi uma maçã; sendo assim, foi a gula que causou a queda dele, e não a luxúria.

Sabendo como havia caído duas vezes nos braços do conde depois de um discurso tão despreocupado quanto aquele, Jenny *se recusou* definitivamente a se deixar distrair ou surpreender por aquela heresia, ou mesmo arriscar qualquer resposta. Em vez disso, mudou de assunto com um tom cuidadosamente educado.

— Você estaria disposto a reconsiderar sua ordem de que minha irmã e eu fiquemos separadas?

Curioso, ele franziu as sobrancelhas:

— Sua atitude melhorou?

Sua calma irritante e inabalável, combinada com sua arrogância, quase sufocava Jenny. Depois de um longo momento, enquanto se esforçava para arrancar a palavra engasgada na garganta, ela conseguiu responder:

— Sim.

Satisfeito, Royce olhou para o servo que estava ao seu lado e disse:

— Diga a Lady Brenna que a irmã dela a aguarda aqui. — Em seguida, voltou-se para Jennifer, deleitando-se com a visão de seu perfil delicado. — Vamos. Pode começar a comer.

— Eu estava esperando que você começasse.

— Não estou com fome. — Havia uma hora, Royce estava faminto, pensou ironicamente; agora o único apetite que tinha era por ela.

Faminta por causa do jejum que impôs a si mesma, Jenny fez o que ele sugeriu e pegou uma colher de mingau. Logo, no entanto, o olhar pensativo de Royce começou a inquietá-la. Enquanto levava a colher à boca, ela cautelosamente olhou de lado para ele.

— Por que você está me observando?

A resposta que ele estava prestes a dar foi interrompida por um servo que veio correndo até Jennifer e exclamou, alarmado:

— É... é a sua irmã, *milady*. Ela deseja vê-la. Ela está tossindo de uma maneira que me dá arrepios!

O rosto de Jenny perdeu a cor.

— Meu Deus, não! — sussurrou ela, já se levantando da cadeira. — Agora não... aqui não!

— Como assim? — Acostumado a lidar com todo tipo de emergência em um campo de batalha, Royce calmamente pôs a mão sobre o pulso de Jenny para detê-la.

— Brenna tem uma doença no peito... — explicou, desesperada. — As crises normalmente começam com tosse e, logo em seguida, ela não consegue respirar.

Jenny tentou se livrar da mão de Royce, mas ele se levantou e saiu do salão ao lado dela.

— Deve haver alguma maneira de aliviá-la.

— Aqui não! — disse Jenny, tão assustada que sua fala parecia confusa. — Minha tia Elinor faz uma mistura aromática; ninguém na Escócia entende mais de ervas e curas do que ela... há um pouco da mistura na abadia.

— O que há na mistura? Talvez...

— Eu não sei! — exclamou Jenny, quase arrastando-o escadaria acima. — Tudo o que sei é que o líquido tem que ser aquecido até que o vapor comece a subir, então Brenna o respira, e isso a faz melhorar.

Royce abriu a porta do quarto de Brenna, e Jenny correu para o lado da cama com os olhos examinando freneticamente o rosto sombrio de sua irmã.

— Jenny? — sussurrou Brenna, apertando a mão da irmã, e, em seguida, parou, pois seu corpo era sacudido por violentos espasmos que faziam suas costas levantarem da cama. — E-eu estou doente de novo — engasgou, fraca.

— Não se preocupe — tranquilizou-a Jenny, dobrando-se e tirando o emaranhado de cachos loiros da testa de Brenna. — Não se preocupe...

Os olhos angustiados de Brenna moveram-se para a figura ameaçadora do conde perto da porta.

— Nós temos que ir para casa — disse ela. — Eu preciso da... — parou por causa de outro ataque estridente de tosse — ...preciso da poção!

Com o coração acelerado por causa do medo cada vez maior, Jenny olhou por cima do ombro para Royce.

— Deixe-a ir para casa, *por favor!*

— Não, eu acho...

Fora de si, por causa do medo, Jenny soltou a mão de Brenna e correu até a porta fazendo sinal para que Royce saísse do quarto com ela. Fechando a porta para que suas palavras não perturbassem ainda mais Brenna, ela enfrentou seu raptor com a expressão desesperada.

— Brenna pode *morrer* sem a mistura aromática da minha tia. O coração dela parou de bater da última vez!

Royce não acreditava totalmente que a menina loira estava, de fato, correndo risco de morte, mas era óbvio que Jennifer acreditava nisso e era igualmente óbvio que Brenna não estava fingindo aquela tosse.

Jenny viu um lampejo de indecisão na feição de Royce e, pensando que ele estivesse prestes a negar seu pedido, tentou abrandá-lo, humilhando-se deliberadamente.

— Você disse que eu sou muito orgulhosa e eu... eu sou — disse, colocando a mão no peito do conde, em um gesto de súplica. — Se você deixar Brenna ir para casa, farei qualquer tarefa humilde que me der. Esfregarei o chão. Eu lhe servirei... farei sua comida na cozinha. Juro que irei recompensá-lo de todas as maneiras.

Royce olhou para a pequena e delicada mão de Jenny sobre o seu peito; o calor começava a invadir sua túnica, e o desejo já começava a enrijecer seu quadril; e *isso* somente com a mão de Jenny sobre o seu peito. Não entendia por que aquela jovem tinha um efeito tão etéreo sobre ele, mas sabia que a desejava; ele a desejava cheia de desejo e ardente em seus braços. E, para isso, estava pronto a fazer a primeira coisa verdadeiramente irracional de sua vida: deixar que sua refém mais valiosa fosse embora, pois, apesar de Jennifer acreditar que Lorde Merrick era um pai amoroso, embora rígido, parte do que ela dissera fez com que Royce duvidasse de que o homem tivesse sentimentos profundos por sua filha "problemática".

Jenny fixou os olhos grandes, arregalados de medo, no rosto de Royce.

— Por favor — suplicou ela, confundindo o silêncio do conde com uma resposta negativa. — Eu farei *qualquer coisa. Ficarei de joelhos* diante de você. Por favor, você só precisa me dizer o que deseja.

Ele finalmente falou, e, esperançosa, Jenny se enrijeceu, muito agitada para notar o tom estranho e significativo na voz de Royce quando ele perguntou:

— Qualquer coisa?

Ela assentiu vigorosamente.

— Qualquer coisa... Deixarei esse castelo em ordem e pronto para receber um rei dentro de algumas semanas, farei orações por todos vocês...

— Eu não quero orações — interrompeu ele.

Desesperada para chegar a um acordo antes que ele mudasse de ideia, ela disse:

— Então me diga o que você quer.

Implacavelmente, ele afirmou:

— Você.

Jennifer tirou a mão de cima da túnica de Royce enquanto ele continuava sem emoção:

— Mas não a quero de joelhos; eu a quero na minha cama. De bom grado.

Seu alívio ao ver que ele estava disposto a deixar Brenna ir embora desapareceu temporariamente graças à inflamada animosidade em relação ao que ele exigia em troca.

Ele não estava sacrificando nada com a liberação de Brenna, pois ainda teria Jenny como refém, mas estava exigindo que ela sacrificasse tudo. Ao lhe entregar de bom grado sua honra, ela se tornaria uma prostituta; uma desgraça para si mesma, para a sua família e para tudo o que ela amava. É verdade que já se oferecera a ele em uma ocasião, ou quase, mas o que havia pedido em troca teria salvado centenas de vidas, talvez milhares. A vida de pessoas a quem ela amava.

Além disso, quando fez aquela oferta, ela estava um pouco deslumbrada com os beijos e as carícias apaixonadas do conde. Agora, no entanto, via com fria clareza quais seriam os resultados desse acordo.

Ao fundo, a tosse de Brenna aumentava terrivelmente, e Jenny estremeceu, alarmada; alarmada por sua irmã e por si mesma.

— Nós temos um acordo? — perguntou ele, calmo.

Jenny ergueu o pequeno queixo, parecendo uma jovem rainha orgulhosa que acabara de ser apunhalada por alguém de sua confiança.

— Eu estava enganada a seu respeito, milorde — disse amargamente. — Acreditei que você tinha honra quando me disse "não" dois dias atrás, pois poderia ter me prometido o que pedi, tomado o que ofereci e depois atacado Merrick de qualquer maneira. Agora vejo que não foi honra, mas arrogância. Um *bárbaro* não tem honra.

Mesmo sabendo que fora vencida, ela parecia esplêndida, pensou Royce, contendo um sorriso de admiração enquanto sondava os olhos azuis tempestuosos de Jenny.

— O acordo que lhe ofereço é tão repulsivo assim? — perguntou ele calmamente, colocando as mãos nos braços rígidos da jovem. — Na verdade, não preciso fazer nenhum acordo com você, Jennifer, e você bem sabe. Eu poderia tê-la tomado à força quando quisesse nesses últimos dias.

Jennifer sabia disso e, embora seu ressentimento permanecesse, teve de lutar para não ceder ao feitiço da voz profunda do conde enquanto ele continuava:

— Eu quero você, e, se isso me torna um bárbaro aos seus olhos, então que seja, mas não precisa ser assim. Se você me permitir, farei com que tudo corra bem entre nós. Não haverá vergonha nem dor para você na minha cama, exceto a dor que lhe causarei na primeira vez. Depois disso, haverá somente prazer.

Vindo de outro cavaleiro, esse discurso talvez tivesse sido suficiente para convencer a cortesã mais sofisticada. Feito pelo guerreiro mais temido da

Inglaterra a uma jovem escocesa pouco mundana e criada em um convento, o efeito foi devastador. Jennifer sentiu o sangue correr para o seu rosto e uma sensação de fraqueza e tremor que ia da boca do estômago aos joelhos quando foi, de repente, assaltada por lembranças dos beijos e das carícias ardentes do conde.

— Nós temos um acordo? — insistiu Royce, com os dedos longos deslizando para cima e para baixo nos braços de Jenny, em uma carícia inconsciente. Ocorreu-lhe que havia acabado de pronunciar as palavras mais ternas que já dissera a uma mulher.

Jenny hesitou por um momento interminável, sabendo que não tinha alternativa, e, então, assentiu de maneira imperceptível.

— Você cumprirá sua parte do acordo?

Jenny percebeu que ele estava se referindo à sua boa vontade e, dessa vez, sua hesitação durou mais tempo. Queria odiá-lo por isso. Ficou parada ali, tentando odiá-lo, mas uma voz baixinha e insistente fez com que, sensatamente, se lembrasse de que, nas mãos de qualquer outro raptor, ela teria, sem dúvida, sofrido um destino muito pior que o que ele lhe propunha. Um destino brutal e inexprimível.

Olhando para o rosto bem delineado do conde, ela procurou algum sinal de que ele pudesse voltar atrás, mas, em vez de encontrar uma resposta, de repente se deu conta de como teve de inclinar a cabeça para trás, para observá-lo, e de como era pequena em comparação à altura e à largura dele. Diante do tamanho, da força e da vontade indomável de Royce, ela não tinha escolha, e sabia disso. E essa percepção tornou sua derrota um pouco menos dolorosa, pois ela estava completamente vencida e dominada por uma força muito superior.

Olhou para ele com firmeza, orgulhosa, mesmo quando estava se rendendo.

— Cumprirei a minha parte do acordo.

— Confiarei em sua palavra — insistiu ele quando outro ataque violento de tosse chamou a atenção de Jenny para o quarto de Brenna.

Jenny olhou, surpresa, para ele. A última vez que ela lhe dera sua palavra, ele agiu como se isso não significasse nada, o que não era surpreendente. Os homens, incluindo seu pai, não davam valor à palavra de uma simples mulher. Evidentemente, Lorde Westmoreland havia mudado de ideia, e isso a surpreendeu. Sentindo-se extremamente desconfortável e um pouco orgulhosa por isso, sua primeira oportunidade de honrar uma promessa, ela sussurrou:

— Eu lhe dou a minha palavra.

Ele assentiu, satisfeito.

— Nesse caso, eu a acompanharei e você poderá dizer à sua irmã que ela será levada de volta à abadia. Depois disso, você não terá mais permissão para ficar a sós com ela.

— Por quê? — perguntou Jenny, assustada.

— Porque duvido que sua irmã tenha prestado suficiente atenção às defesas de Hardin para contar qualquer coisa ao seu pai. Você, no entanto — acrescentou com um tom irônico de diversão —, ficou calculando a espessura dos muros e contando minhas sentinelas enquanto atravessávamos a ponte levadiça.

— Não! Não sem você! — exclamou Brenna quando ficou sabendo que seria levada de volta à abadia. — Jenny *tem que* vir comigo — protestou, olhando para Lorde Westmoreland. — Ela *tem que* vir! — E, por um momento assombroso, Jenny podia ter jurado que Brenna parecia mais frustrada do que assustada ou doente.

Uma hora mais tarde, cem cavaleiros, liderados por Stefan Westmoreland, estavam montados e prontos para deixar o pátio do castelo.

— Cuidado — disse Jennifer, debruçando-se sobre Brenna, que estava bem acomodada em cima de uma pilha de mantas e travesseiros em uma carroça.

— Eu pensei que ele permitiria que você me acompanhasse — disse Brenna enquanto tossia forte, lançando um olhar acusador para o conde.

— Não esgote suas forças com palavras — disse Jenny com a mão atrás de Brenna, tentando ajeitar os travesseiros de plumas debaixo da cabeça e dos ombros da irmã.

Virando-se, Royce deu a ordem, e correntes e cargas pesadas começaram a se mover. Em meio a um grande ruído de metal e rangido de vigas, o portão com lanças na base foi erguido e a ponte levadiça desceu lentamente. Os cavaleiros usaram as esporas para avançar, Jennifer deu alguns passos para trás e a caravana começou a atravessar a ponte levadiça. Levados por homens na frente e na retaguarda da caravana, galhardetes azuis com o emblema da cabeça de um lobo preto raivoso balançavam e se dobravam com a brisa, e

Jenny tinha os olhos fixos neles. A insígnia do Lobo protegeria Brenna até que eles chegassem à fronteira; depois disso, se os homens de Lorde Westmoreland fossem atacados, o nome de Brenna seria a única coisa que ela teria para se proteger.

A ponte levadiça começou a se levantar novamente, bloqueando a visão de Jenny, e Lorde Westmoreland colocou a mão no cotovelo da jovem, obrigando-a a se virar para o salão. Jenny seguiu-o, mas sua mente estava naqueles galhardetes ameaçadores com a imagem deliberadamente malévola de um lobo com caninos brancos. Até aquele dia, os homens haviam levado estandartes que exibiam os leões e os trevos dourados do brasão do rei da Inglaterra.

— Se você está pensando que exigirei o cumprimento imediato de sua parte de nosso acordo — disse Royce secamente, estudando a testa franzida de Jenny —, pode ficar tranquila. Tenho afazeres que me ocuparão até a hora da ceia.

Jenny, sem a menor vontade de *pensar* no acordo que fizera, muito menos de discuti-lo, disse rapidamente:

— Eu... eu estava curiosa para saber por que os cavaleiros que acabaram de partir estavam carregando seu galhardete, e não o de seu rei.

— Porque eles são meus cavaleiros, não de Henrique — respondeu o conde. — Eles devem fidelidade a mim.

Jenny parou de repente no meio do pátio; ao que constava, Henrique VII havia declarado ilegal que seus nobres mantivessem exércitos próprios.

— Mas pensei que fosse ilegal que os nobres ingleses tivessem seu próprio exército de cavaleiros.

— No meu caso, Henrique fez uma exceção.

— Por quê?

Royce levantou as sobrancelhas acima dos olhos cinzentos sarcásticos.

— Talvez porque ele confie em mim — arriscou, sem a intenção de ir além disso.

10

Ao lado de Jennifer, depois da ceia, Royce reclinou-se na cadeira com o braço esticado sobre as costas dela e um ar pensativo enquanto a observava deliberadamente encantar e deslumbrar os quatro cavaleiros que permaneciam sentados à mesa. Não era de surpreender Royce que Eustace, Godfrey e Lionel demorassem tanto após o fim da refeição: por um lado, Jennifer parecia arrebatadora em um vestido de veludo azul-claro enfeitado com cetim cor de creme. Por outro, durante a refeição, Jennifer, de repente, tornou-se animada, amável e alegre, e agora eles estavam vendo um lado dela que até Royce desconhecia. Ela contava histórias divertidas sobre sua vida na abadia e sobre a abadessa francesa que insistia, entre outras coisas, que Jennifer e Brenna aprendessem a falar sem o sotaque escocês.

Jenny se propôs intencionalmente a seduzir os homens e, enquanto Royce girava preguiçosamente a haste de sua taça de vinho prateada entre os dedos, era esse esforço que o entretinha e, ao mesmo tempo, o exasperava.

Ela havia transformado em uma festa deslumbrante uma refeição insípida que incluía carneiro assado, ganso e pardal, como também bandejas de um guisado gorduroso e empadas recheadas de algo que fez Royce pensar em um mingau marrom. A comida em Hardin, refletiu ele, com asco, era apenas um pouco melhor que a que comia no campo de batalha.

Se Jennifer não tivesse decidido se apresentar tão encantadora, os cavaleiros de Royce, sem dúvida, teriam comido apenas o suficiente para encher o estômago, retirando-se sem demora, o que explicava, Royce bem sabia, *exatamente* por que ela estava fazendo isso: estava tentando protelar o momento de ir para o andar superior com ele.

Jennifer disse algo que fez Godfrey, Lionel e Eustace começarem a rir, e Royce olhou casualmente para a esquerda, onde Arik estava sentado. Arik, observou Royce distraidamente, pois era o único homem à mesa que não havia sucumbido ao feitiço de Jennifer. Com a cadeira apoiada nas duas pernas traseiras, ele observava Jennifer com os olhos apertados e cheios de suspeita, os enormes braços cruzados sobre o peito, em uma postura de desaprovação que claramente indicava que não se deixava enganar pela aparente complacência da jovem e não acreditava que eles deveriam confiar nela nem por um segundo.

Na última hora, Royce estivera disposto a satisfazer o capricho de Jenny, aproveitando o tempo para desfrutar da companhia da jovem e saborear a expectativa do que estava por vir. Agora, no entanto, ele já não estava mais interessado em expectativas.

— Royce... — disse Godfrey, rindo muito —, não foi engraçada a história que Lady Jennifer acabou de contar?

— Muito — concordou Royce.

Em vez de se levantar bruscamente e pôr fim à investida de Jenny, Royce preferiu um método mais sutil: lançou a Godfrey um olhar que claramente dizia que a ceia *havia acabado*.

Muito ocupada com suas próprias preocupações para notar a troca sutil de olhares, Jenny virou-se para Royce com um sorriso largo, buscando enlouquecidamente um novo assunto para manter todos à mesa. Porém, antes que ela pudesse falar, ouviu o atrito das cadeiras subitamente arranhando o chão, e todos os cavaleiros se levantaram, desejando-lhe um boa-noite às pressas, e indo imediatamente para as cadeiras que estavam perto do fogo.

— Você não achou isso um pouco estranho? O modo abrupto como saíram da mesa, quero dizer.

— Eu teria achado muito mais "estranho" se eles tivessem permanecido.

— Por quê?

— Porque pedi que saíssem. — Ele se levantou também, em sinal de que o momento que Jenny tanto havia temido durante todo o dia se aproximava. Isso estava bem claro no firme olhar cinzento de Royce enquanto estendia a mão para ela em um gesto inconfundível de que ela também deveria se levantar. Os joelhos de Jenny começaram a tremer enquanto ela se levantava; hesitante, estendeu a mão, mas logo em seguida a escondeu.

— Eu... eu não o ouvi pedir que saíssem! — exclamou.

— Fui muito discreto, Jennifer.

No andar superior, ele parou em frente ao quarto ao lado do dela e abriu a porta para que Jenny pudesse entrar primeiro.

Ao contrário do pequeno quarto espartano de Jenny, a antessala na qual entrou era espaçosa e luxuosa. Além da grande cama com dossel, havia quatro poltronas confortáveis e vários baús pesados com ornamentos em bronze. Havia tapetes pendurados nas paredes e até uma esteira grossa na frente de uma lareira, na qual ardia um fogo que aquecia e iluminava toda a sala. A luz da lua atravessava uma janela do outro lado da cama e, ao lado dela, havia uma porta que levava ao que parecia ser uma pequena varanda.

Jenny ouviu a porta pesada se fechar atrás dela, e seu coração começou a palpitar. Disposta a qualquer coisa para impedi-lo de fazer o ele tinha a intenção de fazer com ela, Jenny foi depressa para a cadeira mais afastada da cama, sentou-se e dobrou as mãos sobre o colo. Colocando um sorriso largo e curioso no rosto, ela se aproveitou de um assunto que, com certeza, o interessava e começou a bombardeá-lo com perguntas:

— Ouvi dizer que você nunca foi desmontado em batalha — anunciou, inclinando-se um pouco para a frente na cadeira, em uma postura de arrebatado interesse.

No entanto, em vez de começar uma história sobre suas façanhas, como seus cavaleiros haviam feito na ceia, o conde de Claymore sentou-se de frente para ela, apoiou o pé com a bota sobre o joelho oposto e recostou-se na cadeira, observando-a totalmente em silêncio.

Desde o momento em que retirara a mão, recusando a ajuda que ele lhe havia oferecido para sair da mesa, alguns minutos antes, Jenny tinha a desconfortável sensação de que ele sabia que ela estava esperando que algum tipo de milagre a impedisse de ter de cumprir sua parte do acordo e de que ele não estava muito contente com essa atitude. Arregalando os olhos, ela redobrou os esforços para envolvê-lo na conversa.

— É verdade? — perguntou, animada.

— É verdade o quê? — questionou ele, com fria indiferença.

— Que você nunca foi desmontado em batalha?

— Não.

— Não? — exclamou. — Então... hã... quantas vezes isso aconteceu?

— Duas vezes.

— Duas vezes! — Vinte vezes teria sido um número ínfimo, pensou ela, sentindo um tremor de pânico pelos homens de seu clã, que logo iriam en-

frentá-lo. — Entendo. Isso é surpreendente, considerando o número de batalhas que você já travou em todos esses anos. Quantas batalhas você *já* travou?
— Nunca contei, Jennifer.
— Talvez você devesse. Já sei! Você poderia me falar sobre cada uma delas, e eu poderia contá-las para você — sugeriu, um pouco agitada, cada vez mais tensa com as respostas curtas do conde. — Vamos começar?
— Acho que não.
Jenny engoliu em seco, percebendo que seu tempo havia acabado e que nenhum anjo atravessaria a janela para livrá-la de seu destino.
— E... o que você me diz sobre torneios? Você já foi desmontado em algum?
— Nunca participei de torneios.
Surpresa a ponto de esquecer momentaneamente suas próprias preocupações, Jenny perguntou com genuína surpresa:
— Por quê? Muitos de seus compatriotas não gostariam de medir forças com você? Eles não o desafiam a travar um combate?
— Sim.
— Mas você não aceita?
— Eu luto em batalhas, não em torneios. Torneios são jogos.
— Sim, mas as pessoas... bem... não chegam a pensar que você se recusa por covardia? Ou que... talvez... você não seja um cavaleiro tão capaz quanto dizem os rumores?
— É possível. Agora vou lhe fazer uma pergunta — interveio delicadamente. — É possível que sua preocupação repentina com meus feitos em batalha e com minha reputação como cavaleiro tenha a ver com um acordo que fizemos, um acordo que você agora espera não ter de cumprir?
Em vez de mentir para ele, o que Royce, em parte, esperava que ela fizesse, ela o surpreendeu ao sussurrar, indefesa:
— Estou com medo. Mais assustada do que já estive em toda a minha vida.
O breve ataque de irritação de Royce com as tentativas de Jenny de manipulá-lo nos últimos minutos passou e, enquanto olhava para ela, sentada de maneira recatada na cadeira, percebeu que estava esperando que uma inocente cativante aceitasse o que aconteceria entre eles como se fosse uma das cortesãs experientes com quem se deitara na corte.
Suavizando a voz, ele se levantou, estendendo a mão para ela.
— Venha cá, Jennifer.
Com os joelhos muito trêmulos, Jenny se levantou e foi até ele, tentando dizer à sua consciência indignada que o ato que estava prestes a cometer não

era pecaminoso nem pérfido; que, ao se sacrificar para salvar sua irmã, ela estava realmente fazendo algo nobre, virtuoso até. Ela era, de certo modo, como Joana d'Arc ao aceitar o martírio.

Hesitante, pôs a mão fria na palma quente da mão de Royce, observando os dedos longos e bronzeados dele se fecharem em torno dos seus e descobrindo uma estranha sensação de tranquilidade no calor do toque e na expressão cativante dos olhos do conde.

E, quando os braços de Royce a envolveram, puxando-a para junto de seu corpo firme e musculoso, e seus lábios abertos tocaram os dela, a consciência de Jenny ficou abruptamente em silêncio. Foi um beijo como nenhum dos outros, pois ele sabia onde terminaria; um beijo delicadamente contido, de apetite pagão. Sua língua deslizou pelos lábios da jovem, exigindo que se abrissem, insistindo, e, no momento em que se abriram, mergulhou em sua boca. Royce começou a deslizar as mãos inquietas e possessivas pelas costas e pelos seios de Jenny, apertando-a firmemente contra suas coxas rígidas, e era como se Jennifer estivesse caindo lentamente em um abismo vertiginoso de sensualidade e paixão excitante. Com um gemido silencioso de impotente rendição, ela pôs os braços em volta do pescoço do conde, agarrando-se a ele para se sustentar.

Em alguma parte distante de sua mente, Jenny sentiu seu vestido caindo ao chão e, em seguida, o toque suave das palmas de Royce em seus seios intumescidos, a súbita intensidade do ardor em cada um dos beijos do conde. Braços como tiras de aço envolveram-na, levantando-a, embalando-a, e, em seguida, levaram-na para a cama e, delicadamente, colocaram-na sobre os frios lençóis. De repente, o calor e a segurança dos braços, do corpo e da boca de Royce se foram.

Emergindo aos poucos do deslumbramento onírico no qual, deliberadamente, buscara refúgio da realidade do que iria acontecer, Jenny sentiu o ar frio na pele e, contra a sua vontade, abriu os olhos. Royce estava de pé ao lado da cama, tirando a própria roupa, e Jenny sentiu um tremor de alarmada admiração por seu corpo. À luz do fogo na lareira, a pele do conde era como bronze oleado, com os músculos rígidos nos braços, ombros e coxas se projetando, enquanto seus dedos desciam até o cós da calça. Ele era esplêndido, percebeu Jenny, magnífico. Engolindo um nó de medo e de constrangida admiração, ela virou a cabeça depressa, agarrando a ponta do lençol para se cobrir parcialmente enquanto ele tirava aquela última peça de roupa que lhe escondia o restante do corpo.

A cama afundou sob o peso de Royce, e Jenny esperou, com o rosto virado e os olhos bem fechados, desejando que ele a abraçasse e a possuísse rapidamente, antes de se tornar ainda mais consciente daquela fria realidade.

Royce não tinha tanta pressa em mente. Deitado de lado na cama, roçou a orelha de Jenny com um leve beijo e, de modo delicado, mas inexorável, afastou o lençol. Ficou sem fôlego ao contemplar o maravilhoso corpo nu de Jenny. Um rubor tingiu a pele acetinada da jovem enquanto ele observava a delicada perfeição de seus seios exuberantes com mamilos rosados, sua cintura fina, seu quadril suavemente arredondado e suas pernas compridas e torneadas. Sem pensar, ele expressou seus pensamentos em voz alta.

— Você faz ideia de como é bonita? — sussurrou com a voz rouca, enquanto seus olhos subiam lentamente até o rosto encantador da jovem, percorrendo o cabelo vermelho-dourado exuberantemente espalhado sobre os travesseiros. — Ou de quanto a desejo?

Uma vez que Jenny ainda estava com o rosto virado e os olhos bem fechados, os dedos de Royce seguraram suavemente seu queixo, fazendo-a virar o rosto para ele. Com voz aveludada, cheia de desejo, e o esboço de um sorriso lânguido, ele sussurrou:

— Abra os olhos, pequena.

Relutantemente, Jenny obedeceu e se virou para encarar os sedutores olhos cinzentos que a mantinham cativa enquanto a mão do conde descia de sua bochecha até o pescoço e, depois, até seu seio, envolvendo-o completamente na palma da mão.

— Não tenha medo — pediu suavemente, enquanto acariciava com os dedos o mamilo de Jenny, deslizando-o levemente para frente e para trás. O timbre rouco e grave de sua voz, combinado com a tentadora exploração de seus dedos habilidosos, já começava a fazer sua mágica em Jenny quando ele acrescentou:

— Você nunca teve medo de mim. Não comece a ter agora.

Com a mão ainda pressionada, ele a deslizou suavemente para cima, encaixando-a no ombro de Jenny, e sua boca bem moldada começou intencionalmente a descer em direção à dela. O primeiro toque suave de seus lábios fez com que uma onda de prazer percorresse todo o corpo de Jenny, paralisando-a momentaneamente. Royce deslizou a língua sobre os lábios da jovem, insistindo para que se abrissem, provocando com uma gentileza torturante. E, então, sua boca se abriu sobre a dela, ardente e insistente, em um beijo interminável de fome voraz.

— Beije-me, Jenny — ordenou intensamente.

E foi o que Jenny fez. Com a mão ao redor da nuca de Royce, ela lhe ofereceu seus lábios abertos, movendo-os contra os dele, beijando-o com a mesma tensão erótica com que ele a beijava. Ele gemeu de prazer e intensificou o beijo, com a mão aberta sobre as costas de Jenny, para virá-la sobre seus braços, a fim de que ela sentisse o contato vibrante de sua rígida ereção.

Beijada a ponto de perder os sentidos, Jenny passou as mãos sobre o peito musculoso e os ombros de Royce e, em seguida, cravou os dedos no cabelo encaracolado da nuca dele.

Quando, finalmente, Royce afastou os lábios, sua respiração estava acelerada, e era como se Jenny fosse se consumir com a ternura e o desejo que pulsavam em suas veias a cada batida acelerada de seu coração. Encarando os olhos ardentes de Royce, ela levantou os dedos trêmulos, tocou o rosto dele como ele havia tocado o dela, deslizando a ponta do dedo pela bochecha até chegar à ponta da boca, acompanhando os traços dos lábios suaves, enquanto, em seu íntimo, uma emoção brotou docemente e depois irrompeu em uma flor selvagem e vibrante, com uma ferocidade que a fez tremer. Sentindo uma dor no peito, percorreu com a ponta dos dedos a mandíbula rígida do conde, fazendo uma expressão de dor ao tocar a cicatriz avermelhada que havia colocado ali. Cheia de culpa, levantou os olhos e sussurrou:

— Sinto muito.

Royce ficou olhando para os olhos azuis arrebatadores de Jenny, com seu intenso desejo cem vezes maior pelo toque e pela voz da jovem, e, ainda assim, se conteve, hipnotizado pela incrível doçura dela enquanto passava a ponta dos dedos em seu peito e via nele o labirinto de grandes cicatrizes. Ele a observou, sabendo instintivamente que, ao contrário das outras mulheres que havia levado para a cama, ela não se encolheria de repulsa diante daquelas cicatrizes, nem — o que seria pior — tremeria de sórdida euforia diante daquela evidência visível do perigo em que ele vivia, o perigo que ele representava.

Ele esperava algo diferente do anjo sensual em seus braços, mas não estava preparado para o que aconteceu, nem para sua própria reação turbulenta ao ocorrido: os dedos de Jenny tocaram suas cicatrizes e começaram a deslizar lentamente em direção à cicatriz mais próxima do coração, fazendo com que seus músculos saltassem em uma reação involuntária, enquanto se esforçava para se conter e não possuí-la no mesmo instante. Quando ela finalmente levantou os olhos, viu que os olhos de Royce estavam marejados de lágrimas, e seu lindo rosto empalideceu com uma expressão de tormento. Com um gemido feroz e atormentado, ela sussurrou:

— Santo *Deus*, como eles *machucaram* você... — E, antes que ele pudesse imaginar ao que ela se referia, ela inclinou a cabeça e, com os lábios, começou a tocar suavemente cada cicatriz, como se estivesse tentando curá-las, envolvendo-o com firmeza nos braços, *como se quisesse protegê-lo*, e Royce perdeu o controle.

Cravando os dedos no cabelo pesado e sedoso de Jenny, ele a fez rolar para ficar de barriga para cima.

— Jenny — gemeu com a voz rouca, beijando os olhos, o rosto, a testa e os lábios da jovem. — Jenny... — sussurrou repetidas vezes. E o som dessa palavra, a rouquidão de sua voz profunda, tudo isso afetou Jenny de um modo tão vibrante quanto o que ele começava a fazer com ela. Sua boca desceu até o seio da jovem, começou a provocar o mamilo rígido, depois o apertou e o chupou com força, até que Jenny, ofegante, arqueou as costas e apertou a cabeça de Royce contra seus seios. Ele deslizou as mãos até a cintura de Jenny e depois desceu até as coxas dela.

Em um gesto involuntário, ela fechou as pernas, e uma risada abafada e gemida escapou dos lábios de Royce quando voltaram a tocar os lábios dela com ardente paixão.

— Não, querida — sussurrou, cheio de ardor enquanto explorava delicadamente com os dedos o triângulo de pelos encrespados entre as coxas dela, procurando a entrada. — Não vai doer.

Arrepios de prazer e de medo percorriam o corpo de Jenny, mas ela não reagiu a nenhum deles; em vez disso, reagiu à necessidade que ouviu na voz de Royce. Consciente, esforçou-se para relaxar os músculos das pernas, e, no momento em que relaxou, os dedos experientes do conde as separaram, deslizando profundamente para dentro de seu calor úmido, dando-lhe prazer com ternura e maestria, preparando o caminho para a sua ardente invasão.

Agarrando-se a ele com força, com o rosto enterrado no pescoço sulcado de veias de Royce, Jenny sentiu como se seu corpo estivesse em chamas, derretendo-se e fluindo, e deixou escapar um soluço surpreso de prazer. Quando ela pensou que certamente explodiria com os sentimentos que aumentavam dentro dela, o joelho de Royce separou suas coxas e ele se colocou em cima dela. Jenny abriu os olhos e o viu suspenso sobre ela; o guerreiro cujo nome fazia os homens tremerem, o mesmo homem que a havia tocado e beijado com violenta ternura. O rosto de Royce estava firme e cego de paixão, e uma veia pulsava em sua têmpora enquanto se esforçava para se conter.

Ele passou as mãos por debaixo de Jenny, levantando o quadril dela para que pudesse recebê-lo; a jovem sentiu as tentativas da ardente ereção do conde, pronto para entrar, e enfrentou seu destino com a mesma valentia com que o havia enfrentado cada uma das vezes em que estivera nas mãos dele. Fechando os olhos, abraçou com força o mesmo homem que ela sabia que iria machucá-la. A aflição do gesto foi devastadora para Royce. Sentiu um arrepio ao perceber que ela se rendera em seus braços e fez entrar lentamente seu latejante membro na incrível ardência de Jenny, sem saber ao certo quanta dor lhe causaria e desesperado para atenuá-la. O tempo que já tivera com ela antes disso facilitou sua entrada, e ele sentiu o calor sedoso de Jenny o envolvendo, expandindo-se para recebê-lo. Inebriado de desejo, com o coração batendo celeremente, ele a penetrou até que, finalmente, encontrou a frágil barreira.

Afastou-se alguns centímetros e voltou a penetrá-la, para, então, se afastar novamente, pronto para romper a barreira, desesperado para ir até o fundo, odiando a dor que lhe causaria. Abraçando-a com força, como se pudesse absorver a dor, ele sussurrou com a voz rouca junto aos lábios dela:

— Jenny... sinto muito. — E a penetrou completamente, ouvindo-a suspirar de dor enquanto contraía os braços de maneira espasmódica.

Ele esperou até que a dor diminuísse e, então, começou a se mover dentro dela, deslizando delicadamente para cima e para baixo, cada vez mais fundo, com o corpo completamente estimulado e desesperado, esforçando-se para se controlar. Delicadamente, mexia o quadril contra o dela, com a paixão triplicada pelo suave gemido de prazer que ouviu de Jenny e pelas mãos que ela deslizava em seu quadril, apertando-o contra ela. Com movimentos profundos e rítmicos, ele a penetrou e sentiu o corpo da jovem se movendo no mesmo ritmo que o seu. Não podia acreditar no prazer que ela estava lhe dando, no modo como o corpo de Jenny envolvia seu membro intumescido ou na doce tortura dos movimentos instintivos da jovem.

Os movimentos rápidos e penetrantes de desejo sacudiam de maneira rítmica o corpo de Jenny, que se movia com Royce, procurando inconscientemente algo que percebia que ele estava tentando lhe dar e aproximando-se cada vez mais disso enquanto ele acelerava seus movimentos insistentes e vigorosos. As pulsações que Jenny sentia em seu íntimo, de repente, irromperam em uma explosão impetuosa de puro prazer que torturou seu corpo com ondas intermináveis de sensações. Entre espasmos, ela o agarrou, apertando seu corpo contra a virilidade inchada do conde. Royce envolveu-a nos braços, permanecendo completamente imóvel, para aumentar o prazer de Jenny, com a respiração ofegante e rápida junto ao rosto dela. Esperou até que sua respiração se acalmasse, com o coração batendo forte no peito, e, então, começou a penetrá-la novamente, já incapaz de controlar a força de seus movimentos, com todo o seu corpo se sacudindo convulsivamente, repetidas vezes, até atingir o orgasmo dentro dela.

Flutuando em um mar insano de prazer, com o corpo ainda unido ao dele, Jenny percebeu quando Royce se moveu para o lado e a levou consigo, e ela foi recobrando aos poucos a consciência. Abriu os olhos, e as sombras no quarto lentamente tomaram forma; um pedaço de lenha caiu sobre as pedras da lareira, e as faíscas brilharam no ar. Ela foi se dando conta de tudo o que havia se passado entre eles, e ali, na segurança dos braços de Royce, teve uma sensação de solidão e terror que ia além de qualquer coisa. O que havia acabado de fazer não era um martírio, nem mesmo um sacrifício nobre, uma vez que havia encontrado um prazer tão pagão naquilo, algo tão... celestial. Abaixo de seu rosto, sentia o forte batimento rítmico do coração de Royce e engoliu em seco um nó de dor. Ela havia encontrado outra coisa ali, algo proibido e perigoso para ela, um sentimento que não devia nem *podia* existir.

E, apesar de todo o seu medo e culpa pelo que sentiu, tudo o que queria naquele momento era que ele a chamasse de "Jenny" novamente com aquele mesmo tom rouco e carinhoso. Ou que dissesse, com *qualquer* tom, "eu te amo".

Como se sua necessidade de ouvir a voz de Royce tivesse se expressado por si só, ele falou, mas o que disse não foi o que ela queria ouvir, nem o tom foi o que seu coração anelava. Silenciosamente e sem emoção, ele perguntou:

— Eu a machuquei muito?

Ela fez que não com a cabeça e, depois de duas tentativas, conseguiu sussurrar:

— Não.

— Sinto muito se a machuquei.

— Você não me machucou.

— Isso teria doído, quem quer que fosse o homem que a tomasse pela primeira vez.

Com lágrimas nos olhos e um nó na garganta, ela começou a se virar para o outro lado, tentando se livrar dos braços de Royce, mas ele a segurou, apertando as costas e as pernas de Jenny contra seu peito e suas coxas. *Quem quer que fosse o homem que a tomasse*, pensou Jenny, desolada, estava muito distante de "eu te amo".

Royce soube no mesmo instante. Soube com a mesma certeza com que sabia que fora uma estupidez pensar naquelas palavras, quanto mais dizê-las. Não agora, ainda não... *nunca*, ele se corrigiu, enquanto a visão da mulher com quem deveria se casar passava pela sua cabeça. Ele não se sentia culpado por ter feito amor com Jennifer; entre outras coisas, ele ainda não estava comprometido, a menos que Henrique tivesse ficado impaciente e resolvido a questão com Lady Mary Hammel.

Naquele momento, ocorreu a Royce que, mesmo que estivesse comprometido, provavelmente não sentiria culpa. Uma imagem do belo e adorável rosto de Mary Hammel, emoldurado por uma nuvem de cabelo loiro-prateado, passou pela sua cabeça. Mary era ardente e desinibida na cama, tremia de empolgação nos braços dele, e suas razões não eram segredo entre eles, pois ela mesma as contara com um sorriso e a voz rouca e baixa, enquanto o olhava nos olhos: *"Você, milorde, é Poder, Violência e Força, e esses são os afrodisíacos mais potentes de todos."*

Com os olhos fixos no fogo da lareira, Royce se perguntava ociosamente se Henrique havia avançado com o noivado sem esperar seu retorno no final do mês. Para um soberano poderoso que havia conquistado o trono, Henrique adquirira de imediato o que Royce considerava um hábito muito desagradável de resolver problemas políticos, sempre que possível, por meio do expediente de arranjar casamentos entre as duas partes hostis, começando com o próprio casamento de Henrique com Isabel de York, filha do mesmo rei de quem, um ano antes, Henrique havia tomado o trono da Inglaterra, em uma batalha que terminou com a morte do rei. Além disso, Henrique dissera mais de uma vez que, se sua filha tivesse idade suficiente, ele a casaria com Tiago da Escócia e, desse modo, acabaria com o conflito interminável entre os países. Essa solução podia satisfazer Henrique, mas Royce não queria tal aliança hostil para si. Queria uma esposa complacente e submissa para aquecer sua cama e embelezar seu salão; já tivera muitos conflitos na vida para se submeter por vontade própria a outros em seu próprio domínio.

Jennifer se mexeu nos braços de Royce, tentando se afastar.

— Posso voltar para meu quarto agora? — perguntou, com a voz abafada.

— Não — respondeu ele sem rodeios. — Nosso acordo está longe de ter se cumprido. — E, então, para provar que falava sério e para suavizar o que sabia ser uma ordem arbitrária, ele a fez virar de costas para a cama e cravou os lábios nos dela, beijando-a a ponto de quase fazê-la perder os sentidos, até que ela se agarrou a ele e retribuiu seus beijos com uma doce e desenfreada paixão.

11

A luz da lua passava pela janela e, enquanto dormia de bruços, Royce estendeu o braço à procura de Jennifer. Em vez de uma pele quente, sua mão encontrou lençóis frios. Uma vida inteira tendo o perigo como habitual companheiro de cama o fez passar do sono profundo e saciado à atilada consciência no espaço de segundos. Ele abriu os olhos enquanto se virava na cama, examinando o quarto, esquadrinhando os móveis, que se agigantavam como se fossem sombras fantasmagóricas à luz pálida da lua.

Jogando as pernas para fora da cama, levantou-se e rapidamente começou a se vestir, amaldiçoando sua própria estupidez por não ter colocado um guarda ao pé da escada. Por hábito, pegou sua adaga enquanto andava em direção à porta, furioso consigo mesmo por ter dormido, acreditando tranquilamente que Jennifer não seria capaz de se aninhar junto dele daquela maneira e, em seguida, permanecer acordada e planejar friamente uma fuga. Jennifer Merrick era capaz disso e de muito mais. Considerando todas as coisas, teve sorte de ela não ter tentado cortar sua garganta antes de sair! Pôs a mão no trinco da porta e a abriu, quase tropeçando em seu escudeiro assustado, que dormia em um colchão de palha em frente à porta.

— Algum problema, milorde? — perguntou Gawin, preocupado, sentando-se com a postura ereta, pronto para se colocar de pé.

Um movimento quase imperceptível, algo que passou como um vento pela janela na varanda, chamou a atenção de Royce, que virou a cabeça na direção do lugar.

— Algum problema, milorde?

A porta bateu na cara assustada de Gawin.

Dizendo a si mesmo que estava simplesmente aliviado por ela tê-lo poupado da tarefa indesejável de outra perseguição noturna, Royce, sem fazer ruído, abriu a porta e saiu para a varanda. Lá estava Jenny, com os cabelos longos balançando à brisa da noite e os braços cruzados, olhando fixamente para a distância. Com olhos apertados, Royce examinou a expressão da jovem e foi tomado por uma segunda onda de alívio. Ela não parecia considerar a possibilidade de se jogar, nem estava chorando pela perda da virgindade. Mais do que perturbada ou irritada, parecia simplesmente perdida em seus pensamentos.

Jenny estava, de fato, tão imersa em suas próprias reflexões que não fazia ideia de que já não estava mais sozinha. A carícia reconfortante do ar da noite, muito agradável para aquela época do ano, ajudou-a a restaurar o ânimo, mas, mesmo assim, era como se o mundo inteiro estivesse de cabeça para baixo naquela noite, e Brenna era um dos motivos: Brenna e um travesseiro de plumas haviam sido o motivo do "nobre" sacrifício de Jenny perder a virgindade. Ela só se deu conta disso quando perdeu o sono no meio da noite.

Estava murmurando uma oração sonolenta pela viagem segura e pela plena recuperação de Brenna quando uma pluma de seu próprio travesseiro atravessou a capa de linho, fazendo-a lembrar-se do momento em que ajeitou os travesseiros debaixo da cabeça de Brenna, quando estava deitada na carroça. As plumas perto do rosto ou do corpo de Brenna fizeram-na tossir muito, e ninguém foi mais cuidadoso do que ela para tirá-las de perto. Evidentemente, concluiu Jenny, Brenna deve ter adormecido em seu quarto e acordado com ataques de tosse, mas, em vez de remover os travesseiros que a irritavam, ela, por fim, foi ousada e inventiva: convencida de que o conde as libertaria, Brenna provavelmente se deitou neles, até que começou a tossir, como se a morte fosse iminente.

Um plano absolutamente engenhoso, pensou Jenny, digno de qualquer esquema que ela mesma pudesse ter planejado, e, por isso mesmo, destinado ao fracasso, concluiu tristemente.

Jenny deixou de lado os pensamentos sobre Brenna e se concentrou no futuro com que havia sonhado antes, um futuro que agora, mais do que nunca, estava perdido.

— Jennifer... — chamou Royce atrás dela.

Jenny se virou, fazendo um grande esforço para esconder a reação de seu coração traiçoeiro ao timbre profundo da voz de Royce. Por que, perguntou-se desesperadamente, ainda podia sentir as mãos dele em sua pele, e por que o simples fato de ver o rosto do conde lhe trazia à mente a delicada rudeza dos beijos que lhe dera?

— Eu... por que você está vestido? — perguntou, aliviada por ver que sua voz soara calma.

— Eu já ia sair à sua procura — respondeu, saindo das sombras.

Com um olhar torto para a adaga reluzente na mão de Royce, ela perguntou:

— O que você pretendia fazer quando me encontrasse?

— Eu havia me esquecido desta varanda. — Colocando a adaga no cinto, ele acrescentou: — Pensei que você tivesse conseguido fugir do quarto.

— Seu escudeiro não está dormindo do outro lado da porta?

— Bem lembrado — respondeu Royce, sarcasticamente.

— Ele tem o hábito de se esticar para impedir a entrada de quem quer que seja — enfatizou ela.

— Bem lembrado de novo — comentou Royce secamente, admirado com sua atitude precipitada de disparar para a porta sem verificar todas as alternativas.

Agora, que ele havia encontrado Jenny, ela só queria que o conde fosse embora; a presença de Royce acabava com a serenidade que ela buscava tão desesperadamente. Afastando-se dele em um sinal inconfundível de que ele deveria sair, ela ficou olhando para a paisagem iluminada pela luz do luar.

Royce hesitou. Mesmo sabendo que ela queria ficar sozinha, relutava em deixá-la. Dizia a si mesmo que não queria sair porque estava preocupado com o estranho ânimo dela, e não porque desfrutava do prazer de sua companhia ou da visão de seu perfil. Percebendo que ela não receberia de bom grado seu toque, parou perto de Jenny e encostou o ombro na parede que cercava a varanda. Jenny permaneceu perdida em seus pensamentos, e Royce franziu levemente as sobrancelhas enquanto reconsiderava sua conclusão anterior de que ela não estava pensando em algo tão imbecil quanto tirar a própria vida.

— Em que você estava pensando quando apareci aqui há alguns minutos?

Jenny ficou um pouco tensa com a pergunta. Ela estava pensando em apenas duas coisas e, certamente, não podia discutir uma delas, que era o engenhoso estratagema de Brenna.

— Nada de grande importância — esquivou-se.

— Conte-me mesmo assim — insistiu ele.

Ela o olhou de lado, e seu coração deu um pulo traiçoeiro diante da proximidade dos ombros largos e do rosto austeramente bonito de Royce à luz do luar. Pronta, *disposta* a discutir qualquer coisa para se distrair da consciência de que ele estava ali, fitou as colinas e disse, com um suspiro de rendição:

— Eu estava me lembrando dos tempos em que ficava na varanda do castelo de Merrick, olhando para os pântanos ao longe e pensando em um reino.

— Um reino? — repetiu Royce, surpreso e aliviado diante da natureza passiva dos pensamentos da jovem. Ela assentiu, os cabelos pesados deslizando pelas costas, e ele reprimiu com firmeza o desejo de colocar a mão naqueles fios sedosos e virar delicadamente o rosto dela para ele.

— Que reino?

— Meu próprio reino — suspirou, sentindo-se tola e querendo muito que ele continuasse o assunto. — Eu planejava ter meu próprio reino.

— Pobre Tiago — provocou, referindo-se ao rei escocês. — Quais dos reinos dele você pretende conquistar?

Ela lhe deu um sorriso apagado, e havia um estranho quê de tristeza em sua voz.

— Eu não estava falando de um reino real com terras e castelos, mas de um reino de sonhos, um lugar no qual as coisas seriam exatamente como eu quisesse.

Uma lembrança havia muito esquecida passou pela cabeça de Royce, que apoiou os cotovelos no parapeito e entrelaçou os dedos. Olhando para as colinas na mesma direção para a qual Jennifer olhava, ele admitiu calmamente:

— Houve uma época, muito tempo atrás, em que eu também imaginava um reino ideal. Como era o seu?

— Não há muito o que dizer sobre ele — respondeu. — Em meu reino, havia paz e prosperidade. Ocasionalmente, é claro, um arrendatário ficava muito doente, ou havia uma terrível ameaça à nossa segurança.

— Havia doenças e conflitos no seu reino de sonhos? — interrompeu Royce, surpreso.

— Claro! — admitiu Jenny, com um pesaroso sorriso de canto de boca. — Era preciso que houvesse um pouco dos dois, para que eu pudesse correr para o resgate e ganhar a batalha. *Essa* foi a verdadeira razão para eu ter inventado meu reino.

— Você queria ser uma heroína para o seu povo — concluiu Royce, sorrindo para uma motivação que podia prontamente compreender.

Ela fez que não com a cabeça, arrancando-lhe o sorriso do rosto com o anseio melancólico que havia em sua voz suave.

— Não. Eu só queria ser amada por aqueles que amo; ser vista e não ser considerada imperfeita por aqueles que me conhecem.

— Era só isso que você queria?

Ela assentiu seriamente com o belo perfil.

— E foi por isso que inventei esse reino de sonhos, no qual eu poderia realizar feitos grandes e ousados, para que isso acontecesse.

Não muito distante, na colina mais próxima do castelo, a figura de um homem foi momentaneamente iluminada por um feixe de luz da lua que emergiu das nuvens. Em qualquer outro momento, esse breve vislumbre teria levado Royce a enviar homens para investigar. Agora, no entanto, satisfeito com o sexo e sabendo que outros como aquele ainda estavam por vir com aquela jovem encantadora ao seu lado, sua mente não deu atenção ao que seus olhos observaram. Era uma noite cálida e cheia de confidências raras, uma noite muito bonita e agradável para pensar na improvável ameaça do perigo silencioso que rondava suas terras.

Royce franziu a testa, pensando nas palavras intrigantes de Jenny. Os escoceses, mesmo os habitantes das terras baixas, que viviam mais de acordo com as leis feudais do que com as leis do clã, constituíam uma parte ferozmente leal. E, se o clã de Jennifer se referia ao pai dela como "conde" ou "o Merrick", ele e toda a sua família ainda mereciam total devoção e lealdade do clã Merrick. Eles não desprezariam Jennifer nem a considerariam imperfeita, e ela, sem dúvida, seria amada por aqueles a quem amasse; portanto, ela não precisaria sonhar com seu próprio reino.

— Você é uma jovem corajosa e bonita — disse ele, finalmente — e uma condessa por seus próprios méritos. Seu clã, sem dúvida, sente por você o que você gostaria que sentisse e, quem sabe, até mais.

Ela desviou os olhos e pareceu concentrar-se na paisagem novamente.

— Na verdade — respondeu, com um tom cuidadosamente frio —, eles acham que eu... fui trocada por outra criança.

— Por que achariam algo tão absurdo? — perguntou, atônito.

Para a sua surpresa, ela se pôs a defendê-los:

— O que mais poderiam pensar, uma vez que estão convencidos das coisas que meu meio-irmão disse que eu fiz?

— Que tipo de coisas?

Ela estremeceu, cruzou os braços novamente e fez quase a mesma expressão que ele vira quando foi ao seu encontro na varanda.

— Coisas indescritíveis — sussurrou.

Royce a observou, insistindo silenciosamente em uma explicação, e ela deu um suspiro hesitante e disse, com alguma relutância:

— Muitas coisas, mas a pior foi o afogamento de Rebecca. Becky e eu éramos primas distantes e as melhores amigas. Nós duas tínhamos treze anos — acrescentou com um sorriso triste. — O pai dela, Garrick Carmichael, era viúvo e ela era sua única filha. Ele a adorava, assim como quase todos nós. Ela era tão doce, sabe, e tão linda, mais linda que Brenna, que era impossível não amá-la. O problema era que o pai dela a amava tanto que não a deixava fazer nada, com medo de que ela viesse a se machucar. Ela não podia nem chegar perto do rio, porque o pai tinha medo de que se afogasse. Becky decidiu aprender a nadar para provar a ele que podia se proteger, e, bem cedo, todas as manhãs, nós íamos escondidas para o rio, para que eu pudesse ensiná-la a nadar.

"Um dia antes de Becky se afogar, fomos a uma feira e brigamos porque eu disse que um dos menestréis estava olhando para ela de um modo indecoroso. Meus meios-irmãos, Alexander e Malcolm, ouviram nossa discussão, assim como muitas pessoas, e Alexander me acusou de estar com ciúmes porque era eu que estava olhando para o menestrel, o que era uma estupidez sem tamanho. Becky ficou tão brava, envergonhada, quero dizer, que, quando nos separamos, me disse para não me dar ao trabalho de ir ao rio na manhã seguinte, porque não precisava mais da minha ajuda. Eu sabia que ela não estava falando sério e que ainda não sabia nadar bem, e, por isso, naturalmente, fui até lá na manhã seguinte."

A voz de Jennifer, agora, parecia um sussurro.

— Quando cheguei lá, ela ainda estava com raiva; disse-me que queria ficar sozinha. Eu já estava no alto da colina, indo embora, quando ouvi um barulho na água e ela gritou para que eu fosse ajudá-la. Virei-me e comecei a correr colina abaixo, mas não conseguia *vê-la*. Quando eu estava na metade da colina, ela conseguiu colocar a cabeça para fora da água; eu sei porque vi seu cabelo na superfície. Então, eu a ouvi gritar por mim, pedindo ajuda... — estremeceu, esfregando inconscientemente os braços —, mas a correnteza começou a arrastá-la. Mergulhei na água e tentei encontrá-la. Mergulhei outra vez, e outra, e outra — sussurrou, de modo entrecortado —, mas... não consegui encontrá-la. No dia seguinte, Becky foi encontrada à margem do rio, a vários quilômetros de distância.

Royce levantou a mão e logo a abaixou, percebendo que Jenny estava esforçando-se para se controlar e não receberia com agrado qualquer gesto de consolo que pudesse fazê-la perder o controle.

— Foi um acidente — disse ele, delicadamente.

Ela respirou fundo e demoradamente.

— Não de acordo com Alexander. Ele devia estar por perto, porque disse a todos que ouviu Becky gritar meu nome, o que era verdade. Mas depois ele disse que estávamos brigando, e que eu a empurrei na água.

— Como ele explicou sua roupa molhada? — perguntou Royce, de um modo lacônico.

— Ele disse — respondeu Jenny com um suspiro cansado — que, depois que a empurrei, eu deveria ter esperado um pouco e, *então*, tentado salvá-la. Alexander — acrescentou — já tinha dito que ele, e não eu, sucederia ao meu pai como dono das terras. Mas isso não era suficiente para ele; ele me queria execrada e bem longe de tudo e de todos. Depois disso, foi fácil para ele.

— Fácil em que sentido?

Jenny encolheu levemente os ombros estreitos.

— Mais algumas mentiras diabólicas e verdades distorcidas; a casa de um arrendatário que, de repente, pegou fogo na noite depois que o confrontei por causa de um saco de grãos que ele trouxe ao castelo. Coisas desse tipo.

Lentamente, ela levantou os olhos azuis marejados de lágrimas e, para a surpresa de Royce, tentou sorrir. — Está vendo meu cabelo? — perguntou. Sem que fosse preciso, Royce olhou para os cachos vermelho-dourados que admirava havia semanas e assentiu.

Com a voz sufocada, Jenny disse:

— Meu cabelo tinha uma cor horrível. Agora tem a cor do cabelo de Becky. Becky sabia... o quanto eu... gostava do cabelo dela — sussurrou de um modo entrecortado — e... e eu gosto de pensar que foi ela quem o deu para mim. Para me mostrar que ela sabe... que tentei salvá-la.

O estranho aperto que fazia doer o peito de Royce fez sua mão tremer quando começou a levantá-la para tocar seu rosto, mas a jovem se afastou e, embora estivesse com os grandes olhos brilhando por causa das lágrimas que não derramou, evitou desmoronar e chorar. *Agora*, finalmente, ele entendia por que aquela adorável jovem não havia chorado desde que tinha sido capturada, nem mesmo durante as sonoras palmadas que lhe aplicara. Jennifer Merrick havia guardado no íntimo todas as suas lágrimas, e seu orgulho e coragem nunca permitiriam que ela desmoronasse e as derramasse. Em comparação com o que já havia sofrido, uma simples surra nas mãos de Royce não deveria ter sido nada para ela.

Por não saber mais o que fazer, Royce foi para o quarto, despejou o vinho de uma jarra em uma taça e a levou para Jenny.

— Beba isso — disse sem rodeios.

Aliviado, viu que ela já havia conseguido controlar a tristeza que sentia, e um sorriso simpático surgiu nos lábios suaves de Jenny diante do tom involuntariamente abrupto do conde.

— Parece-me, milorde — respondeu ela —, que você está sempre colocando uma taça de vinho nas minhas mãos.

— Normalmente por razões nefastas — admitiu, em tom de brincadeira, e ela riu.

Tomando um gole do vinho, ela pôs a taça de lado e, encostada no parapeito, cruzou os braços sobre ele, olhando para a distância novamente. Royce a estudou em silêncio, incapaz de tirar de sua mente as revelações que ela havia feito, e sentiu a necessidade de dizer algo encorajador sobre a situação difícil de Jenny.

— Em todo caso, duvido que você teria gostado de assumir a responsabilidade por seu clã.

Ela negou com a cabeça e disse calmamente:

— Eu teria *adorado*. Eu via tantas coisas que podiam ser feitas de maneira diferente, coisas que só uma mulher pode notar e que passam despercebidas a um homem. Coisas que aprendi com a madre abadessa, também. Existem novos teares; os seus são muito melhores que os nossos. Existem novas formas de fazer as colheitas; centenas de outras coisas a serem feitas de maneira diferente e melhor.

Incapaz de argumentar sobre os méritos relativos de um tipo de tear ou sistema de colheita em relação a outro, Royce tentou um argumento diferente.

— Você não pode viver a vida tentando provar para o seu clã quem você é.

— *Eu posso* — disse ela, com voz baixa e feroz. — Eu faria *qualquer coisa* para que me vissem como um membro do clã novamente. Eles são o meu povo; o sangue deles corre nas minhas veias e o meu, nas veias deles.

— É melhor esquecer isso — pediu Royce. — Parece que você embarcou em uma busca na qual a vitória é, na melhor das hipóteses, impensável.

— Por um momento, nos últimos dias, não foi tão impensável quanto você imagina — disse ela, com uma expressão sombria no belo perfil. — William será conde um dia, e ele é um rapaz bom e generoso... bem, ele é um homem, uma vez que tem vinte anos. Não é forte como foi Alexander ou como é Malcolm, mas é inteligente, sábio e leal. Ele sente muito por minha situação complicada com o nosso clã e, quando se tornasse senhor, tentaria resolver satisfatoriamente as coisas. Mas, esta noite, isso se tornou impossível.

— O que esta noite tem a ver com isso?

Jenny levantou os olhos para Royce com uma expressão que o fez se lembrar de uma corça ferida, a despeito do tom calmo e pragmático que ela usou.

— Esta noite eu me tornei consorte do pior inimigo de minha família, amante do algoz do meu povo. No passado, eles me desprezaram por coisas que *não* fiz. Agora, eles têm um bom motivo para me desprezar pelo que fiz, assim como eu tenho motivo para desprezar a mim mesma. Dessa vez, fiz o imperdoável. Nem Deus me perdoará...

A inegável verdade de que ela se tornara sua consorte foi para Royce um golpe mais forte do que ele queria reconhecer, mas sua culpa foi atenuada pelo fato de saber que a vida que ela havia perdido não podia ser chamada de vida. Estendendo as mãos, ele a segurou com firmeza pelos ombros e a fez se virar, depois levantou o queixo dela, forçando-a a olhar em seus olhos.

E, mesmo quando começou a falar, em meio à sua preocupação e à sua empatia, sentiu que sua ereção já começava a reagir de modo exigente à proximidade da jovem.

— Jennifer — disse com serena firmeza —, eu não sabia como eram as coisas entre você e seu povo, mas a levei para a cama, e nada pode mudar isso agora.

— E se pudesse mudar — disse ela, com um tom de rebeldia —, você o faria?

Royce olhou para aquela jovem extremamente desejável que fazia seu corpo arder naquele momento. Calma e francamente, ele respondeu:

— Não.

— Então, não se dê ao trabalho de parecer arrependido — disse ela bruscamente.

Os lábios de Royce esboçaram um sorriso triste, e ele deslizou a mão pela face até a nuca de Jenny.

— Pareço arrependido? Eu não estou. Lamento ter lhe causado humilhação, mas não lamento o fato de tê-la tido há uma hora, nem lamentarei por tê-la de novo daqui a alguns minutos, como tenho a intenção de fazer. — Ela olhou com ódio para a arrogância daquela declaração de Royce, mas ele seguiu em frente com o que queria dizer:

— Eu não acredito em seu Deus, nem em qualquer outro, mas aqueles que acreditam me disseram que seu Deus é, em tese, um Deus justo. Nesse caso — continuou, com um tom sereno e filosófico —, ele seguramente a considerará irrepreensível em tudo isso. Afinal, você só aceitou meu acordo porque temia pela vida de sua irmã. Não foi de sua vontade, mas da minha. E o que se passou entre nós naquela cama também foi contra a sua vontade. Não foi?

Assim que fez a pergunta, Royce se lamentou tanto de tê-la feito que se sentiu confuso. E, então, percebeu que, enquanto queria que a jovem lhe assegurasse que ele não a havia condenado aos olhos do Deus dela, *não* queria que ela negasse que havia sentido todas as coisas que ele havia sentido enquanto faziam amor, ou que ela o desejasse quase tanto quanto ele a desejava. Como se, de repente, precisasse pôr à prova a honestidade de Jenny e seus próprios instintos, ele insistiu:

— Não está certo? Ele irá considerá-la irrepreensível em tudo isso porque você simplesmente se submeteu a mim na cama contra a sua vontade, não foi?

— Não! — exclamou ela, com muita vergonha e uma sensação de impotência, além de outros mil sentimentos que Royce não podia identificar.

— Não? — repetiu ele, com uma grande sensação de alívio. — Em que estou errado? — perguntou com a voz baixa, mas insistente. — Diga-me em que estou errado.

Não foi o tom autoritário na voz de Royce que a fez responder, mas as memórias repentinas que teve ao se lembrar do modo como ele fizera amor com ela, memórias da incrível gentileza e moderação de Royce; do remorso doloroso que ele sentiu pela dor que lhe causara ao tirar sua virgindade; dos elogios que ele sussurrou em seu ouvido; do esforço que ele fez para recuperar o fôlego enquanto lutava para conter a própria paixão.

Além de tudo isso, havia a lembrança de seu próprio desejo urgente de ser preenchida por ele e de lhe devolver as sensações maravilhosas que ele lhe causara. Abriu a boca, desejando arruiná-lo como ele havia arruinado todas as suas chances de felicidade, mas sua consciência sufocou as palavras em sua garganta. Ela havia encontrado glória, e não vergonha, no ato de amor que praticaram, e não podia mentir para ele e dizer o contrário.

— Não foi minha vontade ir para a sua cama — respondeu, em um sussurro abafado. Desviando o olhar envergonhado dos olhos cinzentos de Royce, virou a cabeça e acrescentou:

— Mas, depois que estava lá, também não tive vontade de sair.

Uma vez que havia desviado o olhar, Jenny não viu a ternura que brotou no sorriso lento do conde, mas a sentiu nos braços que a cercaram, com a mão de Royce se abrindo em suas costas, apertando-a contra seu membro rígido, enquanto a possuía com a boca, roubando-lhe a fala e, depois, o fôlego.

12

— Temos visitas — anunciou Godfrey ao entrar no salão com as sobrancelhas franzidas enquanto olhava para os cavaleiros que participavam do almoço ao meio-dia sentados à mesa. Doze pares de mãos pararam o que faziam, e os rostos se puseram em alerta. — Um grande grupo carregando o estandarte do rei vem em nossa direção. Um grupo muito grande — reforçou Godfrey — para serem apenas mensageiros. Lionel os viu na estrada. Ele disse que acredita ter reconhecido Graverley. — Franzindo ainda mais as sobrancelhas, olhou para a galeria no piso superior. — Onde está Royce?

— Ele foi passear com a nossa refém — respondeu Eustace, carrancudo. — Não sei bem para onde foram.

— Eu sei — disse Arik em voz alta. — Vou atrás deles.

Pondo-se de pé, Arik saiu do salão a passos largos, pisando firme e seguro de si, mas a expressão pétrea e distante de calma que normalmente caracterizava seu rosto duro trazia um olhar preocupado que aprofundava as rugas entre seus olhos azul-claros.

A RISADA MUSICAL de Jenny ressoava como sinos agitados por um vento súbito, e Royce sorria para ela enquanto ela se apoiava, sem ação, no tronco da árvore ao seu lado, com os ombros tremendo de alegria, as bochechas tingidas do mesmo rosa-claro do vestido encantador que usava.

— Eu... eu não acredito em você — engasgou enquanto secava as lágrimas de alegria dos olhos. — Não passa de uma grande mentira que você acabou de inventar.

— É possível — concordou ele, esticando as pernas compridas para a frente e sorrindo, porque o sorriso de Jenny era contagiante.

Naquela manhã, ela havia acordado em sua cama quando os servos entraram no quarto, e a expressão de angústia da jovem por ter sido descoberta daquela maneira com ele era quase dolorosa de se ver. Ela se tornara sua amante e estava convencida de que todo o castelo estava falando sobre isso, o que, sem dúvida, era verdade. Depois de considerar a alternativa de mentir para ela sobre o assunto ou de tentar seduzi-la para que se esquecesse de suas aflições, Royce decidiu que o melhor a fazer seria levá-la para longe do castelo por algumas horas, para que ela pudesse relaxar um pouco. Foi uma escolha sábia, concluiu ele ao olhar para os olhos cintilantes e o rosto radiante de Jenny.

— Você deve achar que sou uma desmiolada para acreditar em uma mentira assim — disse, tentando parecer severa, mas sem êxito.

Royce sorriu, mas fez que não com a cabeça para ambas as acusações de Jenny.

— Não, senhora. Você está redondamente enganada.

— Redondamente? — perguntou Jenny, curiosa. — O que você quer dizer com isso?

O sorriso de Royce ficou mais largo enquanto explicava:

— Não era mentira o que eu lhe disse e também não acho que alguém poderia enganá-la facilmente. — Fez uma pausa, esperando que ela respondesse e, uma vez que Jenny ficou em silêncio, ele disse, sorrindo:

— Foi um elogio ao seu bom senso.

— Ah — exclamou Jenny, surpresa. — Obrigada — acrescentou, com alguma hesitação.

— Em segundo lugar, longe de considerá-la uma desmiolada, acho que você é uma mulher de extraordinária inteligência.

— Obrigada! — respondeu Jenny, prontamente.

— Isso *não* foi um elogio — corrigiu Royce.

Jenny lançou-lhe um olhar de curioso desagrado que, em silêncio, exigiu uma explicação para o comentário, e Royce respondeu enquanto estendia a mão para tocá-la no rosto, deslizando o dedo indicador pela pele lisa e delicada.

— Se você fosse menos inteligente, não passaria tanto tempo considerando todas as possíveis consequências de pertencer a mim e simplesmente aceitaria sua situação, com todos os benefícios que a acompanham.

Royce desviou significativamente o olhar para o colar de pérolas que havia insistido em colocar no pescoço de Jenny naquela manhã, depois de lhe entregar a caixa inteira de joias.

Os olhos dela se arregalaram de indignação, mas Royce continuou, com uma lógica masculina inabalável.

— Se você fosse uma mulher de inteligência comum, estaria preocupada apenas com os assuntos normais de interesse para uma mulher, como moda, por exemplo, a administração de uma casa e a criação dos filhos. Você não estaria se torturando com assuntos como lealdade, patriotismo e coisas desse tipo.

Jenny ficou olhando para ele com irritada descrença.

— Aceitar minha "situação"? — repetiu ela. — Eu não estou em uma "situação", como você bem disse, milorde. Estou vivendo em pecado com um homem, desafiando os desejos da minha família, os desejos do meu país e os desejos do Deus Todo-Poderoso. Além disso — acrescentou, esforçando-se para manter a calma —, é bom para você recomendar que eu pense somente em assuntos de mulher, como a administração de uma casa e a criação dos filhos, mas foi *você* quem me roubou o direito a essas coisas. Será sua esposa quem administrará a casa e, sem dúvida, transformará minha vida em um inferno se puder, e...

— Jennifer — interrompeu Royce, mordendo um sorriso —, como você sabe, eu não tenho esposa. — Percebeu que muito do que ela dizia era verdade, mas ela parecia tão linda com aqueles olhos cor de safira cintilantes e aquela boca adorável que ele achava difícil se concentrar; tudo o que ele realmente queria fazer era colocá-la nos braços e acariciá-la, como se fosse uma gatinha zangada.

— Você não tem uma esposa *agora* — argumentou Jenny amargamente —, mas logo escolherá uma, uma inglesa! — exclamou. — Uma inglesa com água gelada nas veias, cabelos da cor do pelo de um rato e um nariz afilado sempre vermelho na ponta e prestes a pingar...

Com os ombros tremendo porque ria em silêncio e impotente, Royce levantou uma das mãos, em um gesto debochado de defesa.

— Cabelos da cor do *pelo de um rato*? — repetiu ele. — É o melhor que posso conseguir? Até pouco tempo, imaginava uma esposa loira com grandes olhos verdes e...

— E grandes lábios rosados e grandes... — Jenny estava tão brava que realmente levantou as mãos em direção aos seios antes de perceber o que estava prestes a dizer.

— Sim — instigou Royce, provocativo. — Grandes o quê?

— Orelhas! — exclamou, furiosa. — Mas, seja lá como for, a questão é que ela transformará minha vida em um inferno.

Incapaz de se conter por mais um minuto, Royce se inclinou e roçou com o nariz o pescoço de Jenny.

— Farei um acordo com você — sussurrou, beijando-a na orelha. — Vamos escolher uma esposa de que *ambos* gostemos. — E, nesse instante inusitado, ele, de repente, percebeu que sua obsessão por Jennifer estava nublando seu pensamento. Ele sabia que não poderia se casar e ainda manter Jennifer ao seu lado. Apesar de suas provocações, não era insensível o suficiente para se casar com Mary Hammel ou qualquer outra mulher e, então, forçar Jennifer a sofrer a indignidade de permanecer como sua amante. Ele poderia ter considerado isso na noite anterior, mas não agora, não depois daquela noite, quando se dera conta do sofrimento que ela já havia suportado em sua breve e jovem vida.

Mesmo agora, Royce evitava pensar no modo como ela seria tratada pelos "queridos" homens do clã de Merrick quando voltasse para eles, depois de ter dormido na cama de seu inimigo.

A alternativa de permanecer solteiro e sem filhos e herdeiros não era atraente nem aceitável para ele.

A única opção que lhe restava, a de se casar com Jennifer, estava fora de cogitação. Era algo insustentável casar-se com ela e, ao fazer isso, ter inimigos jurados como parentes, além de uma esposa cuja lealdade pendia muito mais em favor desses inimigos. Esse casamento só traria o campo de batalha para dentro de seu próprio lar, quando o que ele buscava ali era paz e harmonia. O simples fato de a inocente paixão e a entrega abnegada de Jenny na cama lhe terem dado um maravilhoso prazer não era motivo para que se sujeitasse a uma vida de conflitos contínuos. Por outro lado, ela era a única mulher que fazia amor com *ele*, e não com a *lenda* que ele era. E ela o fazia rir como nenhuma outra mulher já havia feito; tinha coragem, sabedoria e um rosto que enfeitiçava e seduzia. Por fim, mas longe de ser menos importante, era direta e honesta, e isso o desarmava por completo.

Mesmo agora, ele não podia esquecer a sensação em seu peito da noite anterior, quando ela preferira a honestidade ao orgulho e admitira que, uma vez em sua cama, não teve vontade de sair. Uma honestidade como essa, especialmente em uma mulher, era rara. Significava que podia confiar na palavra dela.

Sem dúvida, todas essas coisas não eram motivo suficiente para deixar que fossem destruídos todos os planos que, cuidadosamente, traçara para seu futuro. Por outro lado, eles também não eram exatamente um forte incentivo para que abrisse mão dela.

Royce ergueu os olhos quando os guardas sobre o muro do castelo deram um único e demorado toque de trombeta, indicando que visitantes não hostis se aproximavam.

— O que isso significa? — perguntou Jenny, assustada.

— Mensageiros de Henrique, imagino — respondeu Royce, apoiando a testa no antebraço e estreitando os olhos para o sol. Se fossem, pensou ele ociosamente, haviam chegado muito antes do que ele havia esperado. — Quem quer que sejam essas pessoas, são meus amigos.

— Seu rei sabe que sou sua refém?

— Sim. — Embora não tivesse gostado do rumo que a conversa havia tomado, ele entendeu a preocupação de Jenny com seu próprio destino e acrescentou: — Enviei-lhe uma mensagem alguns dias depois de sua chegada ao meu acampamento, junto com meus despachos mensais.

— Eu serei... — respirou com a voz trêmula — eu serei enviada a algum lugar... uma masmorra ou...

— Não — respondeu Royce, rapidamente. — Você permanecerá sob a minha proteção. Por enquanto — acrescentou, vagamente.

— Mas e se ele ordenar o contrário?

— Ele não fará isso — disse Royce sem rodeios, olhando para ela por cima do ombro. — Henrique não se importa com o modo como obtenho as vitórias para ele, contanto que as obtenha. Se seu pai baixar as armas e se render porque você é minha refém, então essa vitória será melhor... sem derramamento de sangue. — Vendo que o assunto a estava deixando tensa, ele a distraiu com uma pergunta que havia remoído durante toda a manhã.

— Quando seus meios-irmãos começaram a pôr o clã contra você — começou —, por que você não chamou a atenção de seu pai para esse problema, em vez de tentar fugir, criando reinos de sonho na cabeça? Seu pai é um homem poderoso; ele teria resolvido o problema da mesma forma que eu teria feito.

— E como você teria resolvido o problema? — perguntou, com aquele sorriso de lado inconscientemente provocativo que sempre o fazia desejar puxá-la para seus braços e beijar seus lábios.

Mais abruptamente do que pretendia, Royce respondeu:

— Eu teria ordenado que desistissem das suspeitas que tinham de você.

— Você falou como um guerreiro, e não como um lorde — comentou ela, com sutileza. — Você não pode "mandar" no pensamento das pessoas; assim, você só conseguirá assustá-las, fazendo com que os guardem para si mesmas.

— O que *seu pai* fez? — perguntou Royce, com uma voz fria que desafiou a observação de Jenny.

— Quando Becky se afogou — respondeu ela —, meu pai estava fora em alguma batalha contra *você*, se me lembro bem.

— E, quando ele voltou da batalha que travou contra mim... — acrescentou Royce, com um sorriso irônico —, o que ele fez?

— Na época já estavam circulando todos os tipos de história a meu respeito, mas meu pai achou que eu estivesse exagerando e que as histórias logo seriam esquecidas. Veja — acrescentou quando Royce franziu a testa em sinal de desaprovação —, meu pai não dá muita importância ao que chama de "assuntos de mulheres". Ele me ama muito — afirmou com o que Royce considerava ser mais lealdade do que bom senso, uma vez que Merrick havia escolhido Balder como marido para Jennifer —, mas, para ele, as mulheres são... bem... menos importantes para o mundo que os homens. Ele se casou com a minha madrasta porque éramos parentes distantes e a mulher tinha três filhos saudáveis.

— Ele preferiu ver o próprio título nas mãos de parentes distantes — resumiu Royce, com um desagrado que mal disfarçou —, em vez de passá-lo a você e, com sorte, aos netos?

— O clã significa tudo para ele, e é assim que deve ser — disse Jennifer, cuja lealdade a levou a falar com mais veemência. — Ele não achava que eu, como mulher, teria sido capaz de manter a lealdade deles ou guiá-los, ainda que o rei Tiago tivesse permitido que meu pai passasse o título para mim, o que poderia ter sido um problema.

— Ele se deu ao trabalho de pedir isso a Tiago?

— Bem, não. Mas, como eu disse, não era de mim, como pessoa, que meu pai duvidava; era simplesmente do fato de que sou mulher e, portanto, estou destinada a outras coisas.

Ou a *outros usos*, pensou Royce com raiva por ela.

— Você não pode compreender meu pai porque não o conhece. Ele é um grande homem, e todos pensam como eu a respeito dele. Nós, todos nós, entregaríamos a própria vida por ele se... — por um instante, Jenny pensou que estava ficando louca ou cega, pois, em pé no meio da floresta, olhando para ela com o dedo pressionado sobre os lábios pedindo silêncio, estava William — ... se ele nos pedisse — sussurrou, mas Royce não percebeu sua mudança repentina de tom. Ele estava ocupado lutando contra um ataque irracional de ciúme diante da capacidade que o pai de Jenny tinha de inspirar nela aquela devoção cega e total.

Jenny fechou os olhos com força e os abriu novamente para olhar com mais firmeza. William havia voltado para as sombras das árvores, mas ela ainda podia ver a borda de seu casaco verde. William estava bem ali! Ele fora até lá para levá-la de volta para casa, percebeu, enquanto alegria e alívio explodiam em seu peito.

— Jennifer — havia um tom grave na voz serena de Royce Westmoreland, e Jenny desviou o olhar do lugar onde William havia desaparecido.

— S-sim — balbuciou, quase esperando que todo o exército de seu pai saísse do meio da floresta a qualquer momento para matar Royce bem ali. *Matá-lo!* Sentindo um gosto amargo na boca por causa desse pensamento, ela se pôs de pé, obcecada com a necessidade de afastá-lo da floresta e, ao mesmo tempo, conseguir se embrenhar nela.

Royce franziu a testa ao perceber o rosto pálido de Jenny.

— O que há de errado...? Você parece...

— Inquieta! — exclamou Jenny. — Sinto a necessidade de caminhar só um pouco. Eu...

Royce se levantou e estava prestes a perguntar o motivo de sua inquietação quando viu Arik subindo a colina.

— Antes de Arik chegar até nós — começou ele —, eu gostaria de lhe dizer algo.

Jenny deu meia-volta com o olhar fixo no poderoso Arik enquanto sentia um alívio absurdo: com Arik ali, pelo menos Royce não morreria sem alguém para lutar ao seu lado. Porém, se houvesse luta, então seu pai, William ou um dos homens do clã poderiam ser mortos.

— Jennifer... — disse Royce em um tom que refletia sua irritação para ter a atenção dispersa de Jenny.

De algum modo, Jenny se virou para ele e se mostrou atenta.

— Sim?

Se os homens de seu pai fossem atacar Royce, certamente já teriam saído da floresta àquela altura; Royce nunca estaria mais vulnerável do que naquele momento. O que significava, pensou Jenny impulsivamente, que William devia estar sozinho e tinha visto Arik. Se isso fosse verdade, e, naquele momento, ela esperava que fosse, então ela só tinha de permanecer calma e encontrar alguma maneira de voltar para a floresta o mais rápido possível.

— Ninguém irá trancá-la em uma masmorra — disse ele, com suave firmeza.

Encarando os atraentes olhos cinzentos de Royce, Jenny, de repente, deu-se conta de que logo iria deixá-lo, talvez em questão de uma hora, e, ao atinar para isso, sentiu uma inesperada dor aguda no peito. Era verdade que ele havia aprovado seu rapto, mas nunca a submetera às atrocidades que qualquer outro raptor lhe teria imposto. Além disso, ele era o único homem que havia admirado sua coragem, em vez de condenar sua teimosia; ela havia causado a morte do cavalo de Royce, esfaqueado o conde e o feito de tonto com sua fuga. Considerando todas essas coisas, ela percebeu com uma dor terrível que ele a havia tratado com mais galanteio, ainda que ao próprio estilo de Royce, do que qualquer cortesão poderia tê-la tratado. Na verdade, se as coisas fossem diferentes entre as famílias e os países de ambos, Royce Westmoreland e ela teriam sido amigos. Amigos? Ele já era mais que isso. Era seu amante.

— Eu... me desculpe — disse Jenny com a voz sufocada —, eu estava distraída. O que você acabou de dizer?

— Eu disse — repetiu ele, com um leve ar de preocupação diante da expressão de pânico de Jenny — que não quero que você fique pensando que correrá algum tipo de perigo. Até que chegue o momento de enviá-la para casa, você permanecerá sob a minha proteção.

Jenny assentiu e engoliu em seco.

— Sim. Obrigada — sussurrou, com a voz carregada de emoção.

Confundindo o tom de Jenny com gratidão, Royce sorriu, indolente.

— Você se importaria em expressar sua gratidão com um beijo? — Para seu inesperado deleite, Jenny não precisou que ele a convencesse. Colocando os braços em volta do pescoço de Royce, ela o beijou com desesperado ardor, apertando os lábios contra os dele em um beijo que era, em parte, de despedida e, em parte, de medo, com as mãos deslizando sobre os músculos rijos das costas do conde, memorizando inconscientemente seus contornos, abraçando-o com força.

Quando finalmente levantou a cabeça, Royce olhou para ela, ainda envolvendo-a com firmeza em seus braços.

— Meu Deus — sussurrou ele. Começou a abaixar a cabeça novamente e então parou, com os olhos em Arik. — Maldição! Lá vem Arik. — Segurou-a pelo braço e começou a conduzi-la na direção do cavaleiro, mas, quando chegaram a Arik, ele chamou Royce de lado no mesmo instante e falou rapidamente.

Royce voltou-se para Jennifer, preocupado com a notícia desagradável sobre a chegada de Graverley.

— Temos que voltar — começou ele, mas a expressão de angústia de Jenny pesou em seu coração.

Naquela manhã, ela ficara entusiasmada quando ele propôs que saíssem do castelo.

— Fiquei confinada em uma tenda e em outros lugares sob guarda por tanto tempo — disse ela — que a ideia de me sentar em uma colina faz com que eu me sinta renascida!

Obviamente, o tempo fora do castelo fizera muito bem a Jenny, pensou Royce, ironicamente, lembrando-se do ardor do beijo da jovem e se perguntando se não seria loucura oferecer-lhe o direito de permanecer ali sozinha. Ela estava a pé, sem uma maneira de conseguir um cavalo, e era inteligente o suficiente para saber que, se tentasse escapar a pé, os cinco mil homens acampados em torno do castelo seriam capazes de encontrá-la em menos de uma hora. Além disso, ele poderia instruir os guardas que estavam no muro do castelo para que a vigiassem.

Com o sabor do beijo que Jenny lhe dera ainda nos lábios e a lembrança ainda fresca em sua memória de que ela havia decidido não tentar escapar do acampamento várias noites antes, ele caminhou até ela.

— Jennifer — disse com a voz severa, por causa de suas reservas quanto à prudência do que estava fazendo —, se eu permitir que você fique aqui fora, posso confiar que permanecerá neste local?

A expressão de alegre incredulidade no rosto de Jenny era recompensa suficiente para a generosidade do conde.

— Sim! — exclamou ela, incapaz de acreditar naquele presente do destino.

O sorriso indolente que atravessou o rosto bronzeado de Royce o fez parecer muito bonito e quase infantil.

— Não vou demorar — prometeu ele.

Ela o observou se afastar com Arik, memorizando inconscientemente a aparência de Royce, os ombros largos cobertos por um casaco castanho-

-amarelado, um cinto marrom levemente solto em volta da cintura estreita e calças grossas que marcavam os músculos fortes das coxas acima das botas altas. Na metade da encosta da colina, ele parou e se virou. Levantando a cabeça com as sobrancelhas pretas franzidas, Royce examinou as árvores como se percebesse a ameaça à espreita na floresta. Aterrorizada diante da possibilidade de que ele tivesse visto ou ouvido algo e quisesse voltar, Jenny fez a primeira coisa que lhe veio à mente: balançando ligeiramente a mão no alto, ela chamou a atenção dele, sorriu e, em seguida, tocou os lábios com os dedos. O gesto não foi intencional, um impulso inesperado para cobrir a boca e sufocar um grito de pânico. Para Royce, era como se ela lhe estivesse mandando um beijo. Com um sorriso que revelava sua surpresa satisfação, ele levantou a mão em um gesto de despedida para Jennifer. Ao seu lado, Arik falou bruscamente, fazendo-o desviar sua atenção de Jennifer para a floresta. Virando-se, desceu rapidamente a colina íngreme ao lado de Arik, com a mente prazerosamente ocupada com o ardor entusiasmado do beijo de Jennifer e a resposta igualmente entusiasmada de seu corpo a isso.

— Jennifer! — A voz baixa e urgente de William, proveniente da floresta atrás dela, deixou o corpo inteiro de Jenny tenso diante da possibilidade de uma fuga iminente, mas ela teve o cuidado de só fazer um movimento em direção à floresta quando o conde já havia atravessado a passagem oculta cortada no muro espesso de pedra que rodeava o castelo de Hardin. Então, ela se virou, quase tropeçando nos próprios pés, enquanto subia às pressas o pequeno monte e entrava na floresta à procura frenética dos homens que tinham ido resgatá-la.

— William, onde... — começou, mas engoliu um grito quando braços fortes a seguraram pela cintura, por trás, e a levantaram do chão, carregando-a para a parte mais profunda dos antigos carvalhos.

— Jennifer! — sussurrou William com a voz rouca e o querido rosto a apenas alguns centímetros do dela. Pesar e ansiedade desenhavam as linhas de preocupação em sua testa. — Minha pobrezinha... — começou, examinando o rosto de Jenny, e, em seguida, obviamente se lembrando dos beijos que havia testemunhado, disse, com tristeza:

— Ele a obrigou a se tornar amante dele, não foi?

— Eu... eu lhe explicarei mais tarde. Precisamos correr — implorou, obcecada com a urgência de convencer os homens de seu clã a saírem dali sem derramamento de sangue. — Brenna já está a caminho de casa. Onde estão nosso pai e nosso povo? — perguntou.

— Nosso pai está em Merrick, e só estamos em seis aqui.

— Seis! — exclamou Jenny quando tropeçou com o sapato preso em uma vinha e depois se recuperou, correndo para o lado de William.

Ele assentiu.

— Pensei que teríamos mais chances de libertá-la se usássemos a discrição no lugar da força.

Quando Royce entrou no salão, Graverley estava de pé no centro, com o rosto estreito examinando lentamente o interior do castelo de Hardin e franzindo o nariz fino em sinal de ressentimento e de uma avidez que mal disfarçava. Como conselheiro particular do rei e membro mais influente da poderosa Corte da Câmara da Estrela, Graverley tinha enorme influência, mas sua posição lhe negava a esperança de um título e as propriedades que, obviamente, tanto cobiçava.

Desde que havia assumido o trono, Henrique começou a tomar medidas para evitar o mesmo destino de seus predecessores: a derrota nas mãos de nobres poderosos que juravam fidelidade ao rei e, depois, quando se viam descontentes, levantavam-se contra esse mesmo soberano e o derrubavam. Para evitar que isso acontecesse, ele restituiu a Corte da Câmara da Estrela, a qual logo encheu de conselheiros e ministros que *não faziam parte* da nobreza, homens como Graverley, que, então, se sentavam para julgar os nobres, aplicando-lhes multas pesadas por qualquer delito, uma ação que engordava os cofres de Henrique e, ao mesmo tempo, privava tais nobres da riqueza necessária para a revolta.

De todos os conselheiros particulares, Graverley era o mais influente e o mais vingativo; com plena confiança e autoridade de Henrique para apoiá-lo, ele havia conseguido empobrecer ou arruinar completamente quase todos os nobres poderosos da Grã-Bretanha... à exceção do conde de Claymore, que, para sua patente fúria, continuou a prosperar, tornando-se mais poderoso e mais rico a cada batalha que ganhava para o rei.

O ódio que Graverley tinha de Royce Westmoreland era conhecido por todos na corte e se comparava ao desprezo de Royce por ele.

Royce tinha a feição perfeitamente serena enquanto percorria a distância de trinta metros que o separava de seu inimigo, mas registrava todos os sinais sutis de que um confronto excepcionalmente desagradável estava, obviamente, prestes a acontecer. Em primeiro lugar, Graverley exibia um sorriso de satisfação no rosto; em segundo, atrás dele, havia trinta e cinco homens de Henrique fortemente armados, de pé, com rigidez militar e os rostos imóveis e fechados. Os próprios homens de Royce, liderados por Godfrey e Eustace, formavam duas fileiras na extremidade do salão, perto do estrado, com os rostos atentos, em alerta, tensos, como se também percebessem algo seriamente inoportuno naquela visita inesperada e sem precedentes. Quando Royce passou pelo último par de seus homens, eles se colocaram atrás dele, formando uma guarda de honra.

— Bem, Graverley — disse Royce, parando na frente de seu adversário —, o que o fez sair de seu esconderijo, atrás do trono de Henrique?

A raiva ardia nos olhos de Graverley, mas sua voz parecia igualmente serena, e as palavras que pronunciou soaram tão profundas quanto as de Royce:

— Para a felicidade da civilização, Claymore, a maioria de nós não compartilha de seu prazer com o cenário de sangue nem com o fedor de corpos em decomposição.

— Agora que trocamos civilidades — interrompeu Royce —, o que você quer?

— Suas reféns.

Em um silêncio gélido, Royce ouviu o restante das palavras mordazes de Graverley, mas parecia à sua mente entorpecida que as palavras vinham de algum lugar muito distante:

— O rei ouviu meu conselho — continuou Graverley — e está tentando negociar a paz com o rei Tiago. Em meio a essas delicadas negociações, *você* raptou as filhas de um dos lordes mais poderosos da Escócia e, por causa de suas ações, é possível que tenha tornado impossível tal paz. — Sua voz soou com autoridade quando ele concluiu:

— Pressupondo que você ainda não tenha esquartejado suas prisioneiras à sua habitual maneira como um bárbaro, nosso soberano rei ordena que você coloque Lady Jennifer Merrick e a irmã dela sob a minha custódia imediatamente, para que, então, sejam devolvidas à família.

— Não. — A única palavra fria, que constituiu uma traiçoeira resposta negativa à obediência de uma ordem real, saiu dos lábios de Royce involuntariamente e atingiu o salão com a força explosiva de uma rocha gigantesca lançada por uma catapulta invisível.

Os homens do rei automaticamente empunharam as espadas e encararam Royce de modo ameaçador, enquanto os próprios homens do conde se enrijeceram, assustados e atentos, e também olharam para Royce. Somente Arik não deixou transparecer nenhuma emoção e manteve os olhos pétreos cravados em Graverley.

Graverley ficou tão surpreso que não conseguiu disfarçar. Olhando para Royce com os olhos bem apertados, ele perguntou, em um tom de total descrença:

— Você está contestando a precisão com que lhe entrego a mensagem do rei ou será que você realmente terá a ousadia de desobedecer a essa ordem?

— Estou pensando — improvisou Royce, friamente — em sua acusação de que esquartejei as reféns.

— Eu não fazia ideia de que você era tão melindroso em relação ao assunto, Claymore — mentiu Graverley.

Automaticamente tentando ganhar tempo, Royce disse:

— Os prisioneiros, como você, acima de tudo, deve saber, são apresentados aos ministros do rei Henrique e, lá, é decidido o destino deles.

— Chega de fingimento — repreendeu Graverley. — Você cumprirá ou não cumprirá a ordem do rei?

Nos poucos segundos que o destino perverso e um rei imprevisível lhe deram, Royce rapidamente considerou as inúmeras razões pelas quais seria loucura casar-se com Jennifer Merrick, e as várias razões convincentes pelas quais iria fazer isso.

Após anos de vitórias em campos de batalha em todo o continente, ele, evidentemente, havia sido derrotado em sua própria cama por uma encantadora jovem de dezessete anos com mais coragem e inteligência que as dezenas de mulheres que já havia conhecido. Por mais que tentasse, não conseguiria enviá-la para casa.

Ela havia lutado contra ele como uma leoa, mas se rendera como um anjo. Tentou esfaqueá-lo, mas beijou as cicatrizes que lhe causou; picou as mantas na tenda e fechou os punhos de suas camisas, mas o beijara havia alguns minutos com um doce e desesperado ardor que o deixara cheio de desejo; tinha um sorriso que iluminava os recônditos mais sombrios de seu coração e uma risada tão contagiante que o fazia sorrir. Também era honesta, e isso ele apreciava, acima de tudo.

Essas coisas estavam em sua mente, mas ele se negava a se concentrar nelas ou mesmo a considerar a palavra "amor". Fazer isso teria significado que ele estava mais do que fisicamente envolvido com ela, e *isso* ele se negava a aceitar. Com a mesma lógica rápida e imparcial que usava para tomar decisões na batalha, Royce considerou, em vez disso, que, do modo como o pai de Jenny e o clã Merrick já se sentiam em relação a ela, se ela voltasse para casa, eles iriam tratá-la como uma traidora, e não como uma vítima. Ela se deitara com o inimigo deles e, estivesse esperando um filho ou não, passaria o resto da vida trancada em um convento, criando reinos de sonhos nos quais seria aceita e amada; reinos que nunca existiriam.

Isso, além do fato de saber que Jenny combinava com ele na cama mais do que qualquer outra mulher, foi tudo que Royce se permitiu considerar enquanto tomava uma decisão. E, uma vez que se decidiu, agiu com suas típicas rapidez e resolução. Sabendo que precisaria de alguns minutos a sós com Jennifer para fazê-la usar a razão antes de aceitar cegamente a oferta de Graverley, ele forçou um sorriso seco e disse ao seu inimigo:

— Enquanto um de meus homens traz Lady Jennifer para o salão, podemos deixar as desavenças de lado por um instante e desfrutar de uma refeição leve? — Com uma das mãos, fez sinal em direção à mesa no salão para a qual se dirigiam vários servos com bandejas cheias de alimentos frios que haviam conseguido reunir em tão pouco tempo.

Desconfiado, Graverley franziu as sobrancelhas, e Royce olhou para os homens armados de Henrique, dentre os quais alguns já haviam lutado ao seu lado em batalhas passadas, curioso por saber se logo travaria um combate mortal contra eles. Voltando a atenção para Graverley, perguntou:

— Então? — Uma vez que sabia que, mesmo depois de Jennifer concordar em ficar com ele, ainda teria de dissuadir Graverley de *forçá-la* a ir com ele, Royce tratou de imprimir um tom agradável na voz.

— Lady Brenna já está a caminho de casa com a escolta de meu irmão. — Com a esperança de apelar para a fraqueza inata de Graverley por mexericos, Royce acrescentou quase cordialmente: — Essa é uma história que, sem dúvida, você gostará de ouvir enquanto comemos...

A curiosidade de Graverley foi maior que sua desconfiança. Depois de hesitar por uma fração de segundo, ele assentiu com a cabeça e começou a se dirigir à mesa. Royce deu a entender que iria acompanhá-lo até o meio do caminho, mas, então, pediu licença por um momento.

— Deixe-me enviar alguém para buscar Lady Jennifer — disse, já se voltando para Arik.

Com a voz baixa e ligeira, disse a Arik:

— Leve Godfrey com você e vá buscá-la; depois, traga-a aqui.

O gigante assentiu quando Royce acrescentou:

— Diga-lhe para não confiar na oferta de Graverley nem aceitá-la até que tenha falado comigo em particular. Deixe isso claro para ela.

A possibilidade de Jennifer ouvir a oferta de Royce e, ainda assim, insistir em ir embora ia além do que ele considerava viável. Embora tivesse rejeitado a ideia de que sua decisão de se casar com ela pudesse ser motivada por algo além de cobiça ou compaixão, ele sempre fazia questão de conhecer a força que motivava seu oponente a confrontá-lo em cada batalha. Nesse caso, ele estava bem ciente de que os sentimentos de Jennifer por ele eram mais profundos do que ela mesma imaginava. Ela não teria se entregado a ele de um modo tão pleno nem teria admitido tão honestamente que queria permanecer em sua cama se não fosse assim. E ela certamente não o teria beijado como o beijara alguns minutos antes. Jenny era muito doce, honesta e inocente para fingir aquelas emoções.

Sentindo-se à vontade com a certeza de que teria a vitória nas mãos, depois de uma breve discussão, primeiro com Jennifer e depois com Graverley, Royce foi até a mesa à qual Graverley havia acabado de se sentar.

— Então — disse Graverley mais tarde, depois de Royce ter-lhe contado a história sobre a partida de Brenna e acrescentado todos os detalhes possíveis e irrelevantes em que pôde pensar para ganhar tempo —, você deixou a jovem bonita ir embora e ficou com a orgulhosa? Perdoe-me se acho difícil entender essa decisão — disse Graverley, mordendo delicadamente um pedaço de pão.

Royce mal ouviu o comentário; considerava suas alternativas, caso Graverley se negasse a aceitar a decisão de Jennifer de permanecer em Hardin. Ter alternativas e estar pronto para escolher a melhor em qualquer situação volátil era o que o mantinha vivo e vitorioso na batalha. Portanto, decidiu Royce, caso seu temor se confirmasse, exigiria, então, o direito de ouvir a ordem dos próprios lábios do rei.

Negar-se a "acreditar" na palavra de Graverley não era exatamente uma traição, e Henrique, embora não houvesse dúvida de que se irritaria, dificilmente ordenaria que Royce fosse enforcado por isso. Uma vez que Henrique ouvisse dos lábios macios da própria Jennifer que ela queria casar-se com Royce, havia uma grande possibilidade de que o rei gostasse dessa ideia. Afinal, Henrique gostava de resolver situações políticas potencialmente perigosas com casamentos convenientes, incluindo o seu próprio.

Essa imagem agradável de Henrique aceitando de bom grado que uma de suas ordens fosse desafiada por Royce e, em seguida, abençoando prontamente o casamento do conde com Jenny não tinha muita chance de se concretizar, mas Royce preferia concentrar-se nela a considerar as possibilidades que lhe restavam, como a forca, ser arrastado e esquartejado ou ser privado das terras e propriedades que havia ganhado ao arriscar tantas vezes a própria vida. Havia dezenas de outras possibilidades igualmente desagradáveis, e combinações delas, e, sentado à mesa de frente para seu inimigo, Royce considerou todas elas. Tudo menos a possibilidade de que Jennifer pudesse tê-lo beijado com os lábios, o coração e o corpo enquanto pretendia escapar no momento em que ele virasse as costas.

— Por que você a deixou ir embora se ela era tão bonita?

— Eu lhe disse — respondeu Royce abruptamente — que ela estava doente.

Tentando evitar mais conversa com Graverley, Royce fingiu estar faminto. Estendendo-se para a frente, puxou sua própria bandeja e deu uma grande mordida em um pedaço de pão. Seu estômago não aceitou bem o pão coberto com uma fatia de ganso rançoso e encharcado de gordura.

Vinte e cinco minutos mais tarde, Royce já fazia um esforço físico sobrenatural para disfarçar a crescente tensão. Arik e Godfrey já deveriam ter dado sua mensagem a Jennifer, e ela, evidentemente, a estava recusando; em consequência, era provável que estivessem tentando argumentar com ela e, com isso, demoravam para trazê-la ao salão. Mas será que ela recusaria? E, se ela recusasse, o que Arik faria? Por um momento horrível, Royce imaginou seu cavaleiro leal usando a força física para fazer Jennifer aceitar sua proposta. Arik podia quebrar o braço de Jennifer ao meio sem maior esforço do que precisaria outro homem para quebrar um pequeno galho seco entre os dedos. A simples ideia fez tremer a mão de Royce, alarmando-o.

Do outro lado da mesa feita de tábuas ásperas, Graverley olhava à sua volta e sua suspeita de que estava sendo enganado aumentava. De repente, ele se levantou em um salto.

— Chega de esperar! — disse abruptamente, olhando com raiva para Royce, que se levantou devagar. — Você está me fazendo de tolo, Westmoreland. Posso sentir. Você não enviou seus homens para buscá-la. Se ela estiver aqui, você a está escondendo e, se for esse o caso, você é mais *tolo* do que eu imaginava. — Apontando para Royce, virou-se para um de seus oficiais e ordenou:

— Prenda este homem e depois reviste o castelo em busca da jovem Merrick. Revire este lugar de cabeça para baixo, pedra por pedra, se for necessário, mas encontre-a! A menos que eu esteja enganado, as duas mulheres foram assassinadas há dias. Interrogue os homens dele; use a espada, se necessário. Obedeça!

Dois dos cavaleiros de Henrique deram um passo à frente, aparentemente com a falsa ideia de que, como homens do rei, poderiam prender Royce sem que ele se opusesse. No momento em que se moveram, os homens de Royce, com as mãos prontas para empunhar as espadas, imediatamente fecharam as fileiras em torno do conde, formando uma barreira humana entre os homens de Henrique e Royce.

Um confronto entre seus homens e os de Henrique era a última coisa no mundo que Royce desejava que acontecesse, principalmente naquele momento.

— Espere! — bradou, ciente de que cada um de seus cavaleiros estava cometendo um ato de traição pela simples conduta de obstruir os homens do rei. Os noventa homens no salão pararam diante da ordem dada em voz alta, virando o rosto para seus respectivos líderes, à espera da próxima ordem.

Royce lançou um olhar de ardente desprezo para Graverley, o que espantou o homem mais velho.

— Você, que, acima de tudo, não gosta de parecer ridículo, está fazendo exatamente isso. A senhora que você julga que assassinei e escondi foi dar um passeio agradável, sem nenhum guarda, pela colina atrás do castelo. Além disso, longe de ser uma prisioneira aqui, Lady Jennifer desfruta de total liberdade e tem recebido todo tipo de conforto. Na verdade, quando a vir, comprovará que ela veste as roupas exuberantes que pertenceram à antiga dona deste castelo e, em torno do pescoço, usa um colar de pérolas de valor inestimável, que também pertenceu à antiga castelã.

Graverley estava boquiaberto.

— *Você* deu joias a *ela*? O cruel Lobo Negro, o "Castigo da Escócia", está desperdiçando os bens que adquiriu de maneira ilícita com sua própria prisioneira?

— Um cofre cheio delas — respondeu Royce, imperturbável, arrastando as palavras.

O olhar de espanto no rosto de Graverley diante daquela revelação foi tão cômico que Royce se sentiu dividido entre a vontade de rir e a ainda mais atraente de dar um soco na cara do homem. No entanto, naquele momento, sua principal preocupação era impedir uma peleja entre as forças opostas no salão e evitar as repercussões inimagináveis desse ato. Para isso, ele estava disposto a dizer qualquer coisa, confessar qualquer desatino, até que Arik aparecesse acompanhado de Jennifer.

— Além disso — continuou ele, apoiando o quadril na mesa e fingindo uma atitude de total confiança —, se espera que Lady Jennifer caia aos seus pés e chore de alegria por você ter vindo para buscá-la, ficará desapontado. Ela desejará ficar comigo...

— Por que ela ficaria? — perguntou Graverley que, longe de estar enfurecido, nesse momento, evidentemente considerava a situação muito divertida. Assim como Royce Westmoreland, Graverley sabia o valor das alternativas e, *se* todas aquelas asneiras sobre a disposição de Lady Jennifer Merrick se mostrassem verdadeiras e *se* Royce pudesse convencer Henrique a vê-lo como inocente, então toda aquela informação divertida sobre o tratamento terno que ele dispensava à sua cativa ainda daria à corte inglesa muito assunto para rir durante anos. — A julgar por esse seu ar de possessão, imagino que Lady Jennifer esteja visitando sua cama. É evidente que, uma vez que ela esteja, você pense que agora estará disposta a trair a própria família e o próprio país por causa disso. Parece-me — concluiu Graverley, divertindo-se abertamente — que você começou a acreditar em todos os mexericos da corte sobre suas supostas proezas na cama. Ou será que é tão bom se deitar com ela que você perdeu o juízo? Nesse caso, terei que convidá-la a ir para a cama comigo. Você não se importará, certo?

A voz de Royce foi gélida.

— Considerando que tenho a intenção de me casar com ela, isso me dará uma boa desculpa para cortar a sua língua, algo que espero fazer com grande prazer!

Royce estava prestes a dizer mais, mas os olhos de Graverley, de repente, se voltaram para um ponto atrás do ombro de Royce.

— Eis aqui o fiel Arik — disse Graverley, com divertida insolência —, mas onde está sua ardente noiva?

Royce virou-se com a atenção voltada para o rosto duro e enrugado de Arik.

— Onde ela está? — exigiu.

— Ela escapou.

Em meio ao silêncio gélido que se seguiu, Godfrey acrescentou:

— A julgar pela aparência das trilhas na floresta, havia seis homens e sete cavalos; ela foi embora sem deixar sinais de luta. Um dos homens estava esperando na floresta a apenas alguns metros de onde você estava sentado com ela hoje. — *A apenas alguns metros de onde ela o havia beijado como se nunca quisesse deixá-lo,* pensou Royce, furioso. *A apenas alguns metros de onde ela havia usado os lábios, o corpo e o sorriso para instigá-lo a deixá-la lá sozinha...*

Graverley, no entanto, não se deixou paralisar pela incredulidade. Virando de um lado para o outro, começou a dar ordens, sendo a primeira para Godfrey.

— Mostre aos meus homens onde você diz ter acontecido isso. — Virando-se para um de seus próprios homens, acrescentou:

— Vá com Sir Godfrey e, se a fuga se deu realmente como ele descreveu, leve doze homens e vá atrás dos homens do clã de Merrick. Quando vocês os alcançarem, não lhes mostrem as armas, nenhum de vocês. Deem-lhes saudações de Henrique da Inglaterra e escoltem-nos até a fronteira escocesa. Fui claro?

Sem esperar resposta, Graverley virou-se para Royce, sua voz soando como uma ameaça no salão cavernoso:

— Royce Westmoreland, pela autoridade que me foi dada por Henrique, rei da Inglaterra, ordeno que me acompanhe a Londres, onde será convocado para responder pelo sequestro das mulheres de Merrick. Você também responderá por tentar deliberadamente me impedir de cumprir hoje as ordens de meu soberano, o que poderá e será considerado um ato de traição. Você se colocará sob nossa custódia ou devemos levá-lo à força?

Os homens de Royce, que superavam em número os de Graverley, ficaram tensos; era compreensível que sua lealdade estivesse dividida entre seus votos de fidelidade a Royce, seu senhor, e seus votos de lealdade ao rei. Em algum lugar da fúria infernal que havia em sua mente, Royce notou a situação difícil de seus homens e, com um gesto brusco de cabeça, ordenou que baixassem as armas.

Vendo que não haveria resistência, um dos homens de Graverley, que se posicionara perto de Royce, segurou-o pelos braços, colocou-os para trás e, rapidamente, amarrou-lhe os pulsos com fortes tiras de couro. As tiras estavam apertadas e o machucavam, mas ele mal percebeu: estava consumido por uma fúria diferente de tudo o que já havia sentido, que transformava sua mente em um vulcão violento de raiva em erupção. Diante de seus olhos, passavam imagens de uma encantadora jovem escocesa: Jennifer deitada em seus braços... Jennifer rindo dele... Jennifer mandando-lhe um beijo...

Graças à sua estupidez de ter confiado nela, ele enfrentaria acusações de traição. Na melhor das hipóteses, perderia todas as suas terras e títulos; na pior das hipóteses, perderia a vida.

Mas, naquele momento, ele estava muito furioso para se importar com isso.

13

Royce estava junto à janela do quarto pequeno, mas bem mobiliado, que lhe havia servido de "cela" desde a sua chegada, havia duas semanas, à Torre de Londres, residência real de Henrique. Sua expressão era apática enquanto olhava para os telhados de Londres, perdido em uma contemplação impaciente, com as pernas separadas e bem firmes no chão. Suas mãos estavam nas costas, mas não estavam amarradas, nem estiveram desde aquele primeiro dia em que sua fúria contra Jennifer Merrick e contra sua própria ingenuidade o privou temporariamente de sua capacidade de reagir. Ele permitiu isso, em parte, para evitar que seus homens arriscassem o próprio pescoço lutando em seu favor e, em parte, porque, naquele momento, estava muito indignado para se importar.

Naquela noite, no entanto, sua fúria havia diminuído, reduzindo-se a uma perigosa calma. Quando Graverley tentou amarrar novamente os pulsos de Royce depois de cear, o conselheiro se viu empurrado para o chão com a tira de couro apertada em volta do pescoço e o rosto de Royce, sombrio por causa da raiva, a poucos centímetros do seu.

— Tente me amarrar de novo — disse Royce entre os dentes — e cortarei sua garganta cinco minutos depois de falar com o rei Henrique.

Contorcendo-se de surpresa e medo, Graverley, no entanto, conseguiu sussurrar, sem fôlego:

— Cinco minutos depois de falar com o rei... você estará a caminho da forca!

Sem pensar, Royce apertou a tira, com o giro sutil de seu pulso, efetivamente cortando o ar de seu adversário. Só quando o rosto da vítima começou a mudar de cor foi que Royce percebeu o que estava fazendo e, então, o soltou com um empurrão de desdém. Hesitante, Graverley se levantou com os olhos ardendo de ódio, mas não ordenou que os homens de Henrique o agarrassem ou amarrassem. No momento, Royce atribuiu isso à possibilidade de Graverley ter percebido que talvez estivesse pisando em um terreno perigoso ao abusar deliberadamente dos direitos do nobre favorito de Henrique.

Agora, no entanto, depois de esperar semanas para ser recebido pelo rei, Royce estava começando a se perguntar se Henrique estava realmente de acordo com seu conselheiro particular. De sua posição junto à janela, Royce contemplava a noite escura, que trazia os habituais odores fétidos de Londres — cloacas, lixo e excrementos —, tentando encontrar um motivo para a óbvia relutância de Henrique em vê-lo e discutir a razão pela qual estava encarcerado.

Conhecia Henrique havia doze anos; lutara ao seu lado na Batalha de Bosworth Field e o vira ser proclamado rei e coroado nesse mesmo campo de batalha. Em reconhecimento aos feitos de Royce, que tinha apenas dezessete anos, durante essa batalha, Henrique o nomeara cavaleiro nesse dia. Foi, de fato, seu primeiro ato oficial como rei. Nos anos que se seguiram, sua confiança em Royce e sua dependência dele aumentaram com a mesma rapidez que sua desconfiança em relação aos outros nobres.

Royce travava suas batalhas por ele e, a cada uma de suas vitórias exuberantes, ficava mais fácil para Henrique exigir concessões dos inimigos da Inglaterra e de seus inimigos pessoais sem derramamento de sangue. Consequentemente, Royce foi recompensado com catorze propriedades e riquezas suficientes para se tornar um dos homens mais ricos da Inglaterra. Igualmente importante, Henrique confiava nele o suficiente para permitir que fortificasse seu castelo em Claymore e mantivesse um exército particular com seus próprios soldados fardados. Embora, nesse caso, houvesse uma estratégia por trás da complacência de Henrique: o Lobo Negro representava uma ameaça para todos os inimigos de Henrique; quando vista, a imagem dos estandartes com um lobo raivoso muitas vezes punha fim à hostilidade, antes mesmo que pudesse transformar-se em oposição.

Além de confiança e gratidão, Henrique também havia concedido a Royce o privilégio de falar livremente o que pensava, sem a interferência de Graverley e dos outros membros da poderosa Câmara da Estrela. E era isso que incomodava Royce agora: esse longo período em que o rei se recusava a lhe conceder uma audiência para se defender não era um indicativo do tipo de relação que havia desfrutado com ele no passado. Nem prenunciava que o resultado da audiência propriamente dita seria bom.

O som de uma chave na fechadura da porta fez Royce levantar os olhos, mas sua esperança esmoreceu quando viu que era apenas um guarda com uma bandeja de comida.

— Carne de carneiro, milorde — disse o guarda de maneira prestativa, em resposta à indagação tácita de Royce.

— Pelo amor de Deus! — exclamou com a impaciência à flor da pele.

— Eu também não gosto muito de carne de carneiro, milorde — concordou o guarda, embora soubesse que a comida não tinha nada a ver com o ataque de nervos do Lobo Negro. Depois de pôr a bandeja na mesa, o homem se endireitou de maneira respeitosa. Confinado ou não, o Lobo Negro era um homem perigoso e, o mais importante, um grande herói para todo aquele que se considerasse um homem de verdade. — Deseja mais alguma coisa, milorde?

— Notícias! — respondeu Royce com a expressão tão dura, tão ameaçadora, que o guarda deu um passo para trás antes de assentir obedientemente. O Lobo sempre pedia notícias, normalmente de maneira simpática e franca, e, naquela noite, o guarda estava feliz em poder compartilhar um boato. Ainda assim, não era exatamente um boato que o Lobo ficaria feliz em ouvir.

— Circulam notícias, milorde. Boatos, por assim dizer, mas confiáveis, que ouvi daqueles que estão em posição de saber.

Royce ficou alerta no mesmo instante.

— Que "boatos"?

— Dizem que seu irmão foi chamado perante o rei ontem à noite.

— Meu irmão está aqui em Londres?

O guarda assentiu.

— Chegou ontem, exigindo vê-lo e praticamente ameaçando sitiar este lugar se não o permitissem.

Royce teve um terrível pressentimento.

— Onde ele está agora?

O guarda inclinou a cabeça para a esquerda.

— Um andar acima e alguns quartos a oeste, ouvi dizer. Ele está sob vigilância.

Royce deu um suspiro profundo em sinal de frustração. A chegada de Stefan a Londres era extremamente imprudente. Quando o rei Henrique estava irritado, a melhor estratégia era ficar longe de seu caminho até que ele conseguisse controlar o próprio temperamento.

— Obrigado — disse Royce, tentando lembrar o nome do guarda —, hã...?

— Larraby, meu... — Ambos pararam e olharam em direção à porta quando ela se abriu. Graverley apareceu à porta, sorrindo maliciosamente.

— Nosso soberano me pediu para levá-lo até ele.

Royce fez uma expressão de alívio e, ao mesmo tempo, preocupação com Stefan, quando passou por Graverley, dando-lhe um empurrão com o ombro para abrir caminho.

— Onde está o rei? — perguntou Royce.

— Na sala do trono.

Royce, que já fora convidado à Torre várias vezes no passado, conhecia bem o lugar. Deixando que Graverley o seguisse e tentasse acompanhá-lo, atravessou rapidamente o longo corredor que levava à escada para descer dois andares e, em seguida, passou por uma série de quartos.

Enquanto passava pela galeria seguido pelo guarda que o escoltava, Royce notou que todos se viravam para olhar para ele. A julgar pela expressão de escárnio de muitas pessoas, o fato de estar confinado ali e não contar com o apoio de Henrique era de conhecimento geral.

Lorde e Lady Ellington, vestidos com trajes da corte, curvaram-se para Royce quando ele passou, e, mais uma vez, Royce percebeu a expressão estranha deles. Estava acostumado com certo medo e desconfiança quando estava na corte; mas, naquela noite, ele poderia ter jurado que eles escondiam sorrisos de divertimento, e descobriu que preferia muito mais as expressões de desconfiança aos sorrisos dos quais era alvo.

Graverley lhe deu, com alegria, a resposta aos olhares estranhos:

— A história de como Lady Jennifer conseguiu escapar do notório Lobo Negro tem sido motivo de muita chacota por aqui.

Royce fechou a cara e acelerou os passos, mas Graverley fez o mesmo para poder acompanhá-lo. Com uma voz cheia de confiança em tom irônico, o conselheiro acrescentou:

— O mesmo acontece com a história da paixão cega de nosso famoso herói por uma jovem escocesa feia que fugiu, usando uma fortuna em pérolas que ele lhe deu, em vez de se casar com ele.

Royce virou-se com a intenção de acertar um soco no rosto sorridente de Graverley, mas, atrás dele, os lacaios fardados já abriam as portas altas que levavam à sala do trono. Contendo-se ao pensar que o futuro de Stefan, assim como o seu, não seria melhor se assassinasse o conselheiro mais valioso de Henrique, Royce virou-se e passou pelas portas que os lacaios seguravam para ele.

Vestido com os trajes formais de Estado, Henrique estava sentado na outra ponta da sala, batendo impacientemente os dedos nos braços do trono.

— Deixe-nos! — ordenou a Graverley e, em seguida, dirigiu o olhar frio e distante para Royce. Após a saudação cortês de Royce, veio um silêncio incomum e gélido que não prenunciava um bom resultado para aquela conversa. Após vários minutos intermináveis de silêncio, Royce disse, com fria cortesia:

— Pelo que entendi, Vossa Majestade queria me ver.

— Silêncio! — bradou Henrique, furioso. — Você falará comigo quando eu lhe der permissão! — Mas, agora que a barreira do silêncio havia sido rompida, a própria raiva de Henrique já não podia mais ser contida, e suas palavras saíram como chicotadas. — Graverley alega que seus homens voltaram as próprias armas contra meus homens sob a sua ordem. Ele também o acusa de desobedecer deliberadamente às minhas ordens e impedir os esforços dele para libertar as mulheres de Merrick. Como defendê-lo, Royce Westmoreland, dessa acusação de traição? — Antes que Royce pudesse responder, seu soberano furioso levantou-se e continuou. — Você permitiu o sequestro das mulheres de Merrick, um ato que se tornou assunto de Estado, ameaçando a paz de meu reino. E, ao fazer isso, permitiu que duas mulheres, duas mulheres escocesas, escapassem de suas garras, transformando, assim, um assunto de Estado em uma piada que se espalhou por toda a Inglaterra! Como defendê-lo? — perguntou, em um rugido baixo. — E então? — rugiu novamente sem respirar. — E então? E então?

— De que acusação deseja que eu me defenda primeiro, Vossa Majestade? — perguntou Royce com cortesia. — Da acusação de traição ou das demais, que são uma estupidez?

Descrença, raiva e um sinal de relutante deleite fizeram Henrique arregalar os olhos.

— *Seu cachorro arrogante!* Eu poderia ordenar que você fosse açoitado! Enforcado! Exposto no cepo!

— Sim — concordou Royce, calmamente —, mas me diga primeiro por qual delito. Fiz reféns muitas vezes na última década e, em mais de uma ocasião, Vossa Majestade elogiou minha tática como o meio mais pacífico de conquistar uma vitória do que um combate direto. Quando as duas Merrick foram tomadas como reféns, eu não imaginava que Vossa Majestade, de repente, havia decidido buscar a paz com Tiago, muito menos quando o estávamos derrotando em Cornwall. Antes de partir para Cornwall, falamos neste mesmo salão, e Vossa Majestade concordou que, tão logo os escoceses fossem subjugados de modo que eu pudesse sair de Cornwall, eu deveria assumir o comando de um novo exército perto da fronteira da Escócia e estabelecê-lo em Hardin, onde nossa força seria bastante visível para o inimigo. Naquele momento, foi claramente acordado entre nós que eu, então...

— Sim, sim — interrompeu Henrique, com raiva, sem vontade de ouvir o que Royce pretendia dizer em seguida. — Explique-me — ordenou, irritado, relutante em admitir em voz alta que o raciocínio de Royce em tomar as duas reféns havia sido válido — o que aconteceu no salão em Hardin. Graverley afirma que seus homens tentaram atacar os meus sob suas ordens quando ele declarou que você estava preso. Não tenho dúvida — disse ele com uma expressão de desagrado — de que sua versão será diferente da dele. Você sabe, ele o detesta.

Ignorando a última parte desse comentário, Royce respondeu com calma lógica e indiscutível:

— Meus homens superavam os seus em número: eram quase dois para um. Se tivessem atacado seus homens, nenhum deles teria sobrevivido para me prender; no entanto, todos voltaram para cá sem nenhum arranhão.

Henrique relaxou um pouco. Com um aceno rápido, perguntou:

— Foi exatamente isso que Jordeaux disse no conselho privado quando Graverley nos contou a história.

— Jordeaux? — repetiu Royce. — Eu não sabia que Jordeaux era meu aliado.

— Não é. Ele também odeia você, mas odeia Graverley ainda mais, porque quer a posição dele, e não a sua, o que ele sabe que não pode ter. — Com um tom sombrio, disse: — Estou completamente cercado de homens cujo brilho só é superado pela maldade e ambição deles.

Royce ficou rígido diante daquele insulto involuntário.

— Vossa Majestade não está completamente cercada — disse com frieza.

Sem ânimo para concordar, mesmo sabendo que o conde falava a verdade, o rei suspirou, irritado, e fez um gesto em direção à mesa sobre a qual estava uma bandeja com várias taças cravejadas de joias e um pouco de vinho.

No que mais se aproximava de um gesto conciliador que estava disposto a fazer em seu estado de ânimo do momento, Henrique disse:

— Sirva-nos algo para beber. — Esfregando as juntas das mãos, acrescentou, distraído:

— Odeio este lugar no inverno. A umidade do frio faz as minhas articulações doerem incessantemente. Se não fosse essa tempestade que você criou, eu estaria em uma casa quente no campo.

Royce obedeceu, levando a primeira taça de vinho até o rei e depois se servindo e voltando para o pé da escada que levava ao estrado. De pé em silêncio, tomou um gole do vinho enquanto esperava que Henrique saísse de suas reflexões taciturnas.

— Em todo caso, isso rendeu algo bom. — O rei admitiu finalmente, enquanto olhava para Royce. — Confesso que reconsiderei a ideia de ter permitido que você fortalecesse Claymore e mantivesse seus próprios homens fardados. No entanto, quando você permitiu que meus homens o prendessem sob acusações de traição, embora fossem menores em número que os seus, você me deu provas de que não se voltaria contra mim, por mais tentador que isso pudesse ser. — Em uma mudança brusca de assunto para pegar Royce desprevenido, Henrique disse, tranquilamente:

— No entanto, apesar de toda a sua lealdade, você não pretendia entregar Lady Jennifer Merrick aos cuidados de Graverley para que pudesse ser escoltada até a casa dela, não é verdade?

Royce foi tomado pela raiva ao se lembrar de sua total estupidez. Colocando a taça sobre a mesa, ele disse friamente:

— Naquele momento, eu acreditava que ela se recusaria a ir com Graverley e que falaria isso a ele.

Boquiaberto, Henrique inclinava perigosamente a taça nos dedos.

— Então, Graverley falou a verdade sobre isso. *Ambas* as mulheres o enganaram.

— Ambas? — repetiu Royce.

— Sim, meu filho — disse Henrique, com um misto de diversão e aborrecimento. — Do outro lado das portas deste salão, estão dois emissários do rei Tiago. Por meio deles, estou constantemente em contato com o rei, que, por sua vez, está em contato com o conde de Merrick e todos os outros envolvidos nessa confusão. Com base no que o rei Tiago me relatou de modo um tanto alegre, parece que a moça mais jovem, que você julgou estar à beira da morte, na verdade colocou o rosto em um travesseiro cheio de plumas, o que a fez tossir. Em seguida, ela o convenceu de que era, na verdade, uma reincidência de uma doença pulmonar, levando-o, assim, a enviá-la para casa. A mais velha, Lady Jennifer, obviamente, concordou com o estratagema, ficou para trás por um dia e, então, levou-o a deixá-la sozinha para que *ela* pudesse escapar com o meio-irmão, que, sem dúvida, conseguiu informá-la sobre onde ela poderia encontrá-lo. — A voz de Henrique endureceu. — Corre pela Escócia a piada de que meu próprio defensor foi enganado por duas jovenzinhas. Também se trata de uma história que tem sido muito contada e floreada em minha própria corte. Da próxima vez que você enfrentar um adversário, Claymore, é possível que, em vez de tremer de medo, ele ria na sua cara.

Um minuto antes, Royce não pensava que pudesse ficar mais furioso do que já estivera em Hardin com a fuga de Jennifer. No entanto, saber que Brenna Merrick, que tinha medo da própria sombra, o havia realmente enganado foi suficiente para fazê-lo ranger os dentes. E isso foi *antes* de assimilar as demais palavras de Henrique: as lágrimas e as súplicas de Jennifer pela vida da irmã haviam sido falsas! Ela fingiu tudo. Não havia dúvida de que, quando ofereceu sua virgindade pela "vida" da irmã, ela esperava ser resgatada antes do anoitecer!

Henrique levantou-se abruptamente e desceu a escada, andando devagar.

— Você não ouviu nem a metade! Há um protesto por causa de tudo isso, um protesto que superou até as minhas expectativas quando você me falou sobre a identidade de suas reféns. Eu só lhe concedi uma audiência agora porque estava esperando a chegada de seu irmão imprudente para poder interrogá-lo pessoalmente sobre a localização exata de onde sequestrou as moças. Parece — disse o rei Henrique, com uma respiração explosiva — que existem todas as possibilidades de que ele as tenha sequestrado nos terrenos da abadia em que estavam, exatamente como o pai delas afirma.

"Consequentemente, Roma tem exigido de mim uma reparação de todas as formas concebíveis! Então, além dos protestos de Roma e de toda a Escócia católica pelo fato de as jovens terem sido sequestradas de uma abadia, temos MacPherson, que ameaça liderar todos os clãs das terras altas em uma guerra contra nós, porque *você* raptou a noiva dele!"

— *O quê? A noiva dele?* — perguntou Royce.

Henrique olhou para ele com uma irritação descontente.

— Você não sabia que a jovem que deflorou e depois cobriu de joias já estava prometida ao líder mais poderoso da Escócia?

Royce foi tomado pela raiva e, naquele momento, estava totalmente convencido de que Jennifer Merrick era a maior mentirosa da face da Terra. Ele ainda podia vê-la com aqueles olhos *inocentes* e sorridentes que nunca se desviavam dos seus enquanto falava que havia sido enviada à abadia, levando-o a acreditar que deveria permanecer lá possivelmente pelo resto da vida. Ela não havia mencionado que estava prestes a se casar. E *então* ele se lembrou da pequena história comovente que ela lhe contara sobre os planos para um reino de sonhos, e foi quase impossível suportar a fúria em seu íntimo. Não tinha dúvidas de que ela havia inventado tudo... absolutamente tudo. Ela havia brincado com a sua empatia com a mesma habilidade com que o harpista dedilha as cordas de seu instrumento.

— Você está destruindo a forma dessa taça, Claymore — advertiu Henrique, com irônica irritação, enquanto observava a mão de Royce apertar a borda da taça de prata a ponto de deixá-la ovalada. — A propósito, uma vez que você não negou, suponho que deva ter ido para a cama com Jennifer Merrick.

Com a mandíbula apertada de raiva, Royce inclinou a cabeça, fazendo um discreto sinal de que sim.

— Discussão encerrada — disse o monarca abruptamente, expulsando da voz toda a cordialidade improvisada. Colocando a taça sobre uma mesa lindamente entalhada de carvalho claro, subiu a escada que levava ao trono, dizendo:

— Tiago não pode concordar com um acordo quando seus súditos estão revoltados por causa da violação que cometemos contra uma de suas abadias. Nem Roma ficará satisfeita com uma mera contribuição para seus cofres. Portanto, Tiago e eu concordamos que existe apenas uma solução e, pelo menos uma vez, estamos de pleno acordo.

Passando a usar a forma plural para dar mais ênfase, o rei anunciou em alto e bom som que não admitia objeção:

— É nossa decisão que você prossiga imediatamente para a Escócia, onde se casará com Lady Jennifer Merrick na presença de emissários diplomáticos de ambas as cortes e à vista dos parentes dela. Irão acompanhá-lo na viagem vários membros de nossa própria corte cuja presença nas núpcias deixará claro que a nobreza inglesa aceita totalmente sua esposa como uma igual.

Uma vez dito isso, Henrique manteve seu olhar ameaçador no homem alto de pé à sua frente, com o rosto lívido de fúria, um nervo pulsando na bochecha morena. Quando finalmente conseguiu se acalmar, Royce falou, como se estivesse bufando:

— Vossa Majestade me pede o *impossível*.

— Já lhe pedi isso antes nas batalhas, e você não me negou. Você não tem motivo nem o *direito* de fazer isso agora, Claymore. Além disso — continuou, recorrendo novamente à forma plural enquanto o tom ficava cada vez mais sério —, não estamos lhe *pedindo*. Estamos ordenando. Ademais, uma vez que você não se submeteu de imediato ao nosso emissário quando ele lhe deu nossa ordem para liberar sua refém, nós o multamos com a propriedade de Grand Oak com todos os rendimentos derivados dela durante o ano passado.

Tão furioso estava com a ideia de se casar com aquela bruxa ruiva calculista e traiçoeira que Royce mal ouviu o restante das palavras de Henrique.

— No entanto — disse o rei, suavizando um pouco o tom, agora que podia ver que o conde de Claymore aparentemente não expressaria objeções tolas e intoleráveis —, para que não perca totalmente a propriedade de Grand Oak, eu a concederei à sua noiva como um presente de casamento. — Sempre consciente da necessidade de continuar a engordar seus cofres, o rei acrescentou, educadamente:

— Mas você perderá os rendimentos derivados dessa propriedade por todo o ano passado. — Com a mão, gesticulou para o pergaminho enrolado que estava ao lado de sua taça de vinho sobre a mesa, ao pé do estrado. — Esse pergaminho sairá daqui dentro de uma hora nas mãos dos emissários de Tiago, que o entregarão diretamente a ele. Ele estabelece tudo o que eu lhe disse, tudo o que Tiago e eu acordamos, e nele coloquei minha assinatura e meu selo. Assim que o receber, Tiago enviará seus emissários a Merrick, que depois informará ao conde que o casamento entre a filha dele e você deve ocorrer no castelo de Merrick, daqui a quinze dias.

Depois de dizer tudo isso, o rei Henrique fez uma pausa, esperando de seu súdito palavras educadas de aceitação e uma promessa de obediência.

Seu súdito, no entanto, falou com o mesmo tom de fúria com que havia falado antes.

— Isso é *tudo*, Vossa Majestade?

Henrique uniu as sobrancelhas, com a tolerância por um fio.

—Terei sua palavra de obediência, Claymore. Faça sua escolha — rosnou. — A forca ou sua palavra de que se casará com Jennifer Merrick o mais rápido possível?

— *O mais rápido possível* — disse Royce, entre os dentes.

— Excelente! — decretou Henrique, batendo com a mão no joelho e com o bom humor completamente restaurado, agora que tudo estava resolvido. — Para dizer a verdade, meu amigo, pensei por um instante que você realmente preferiria a morte a um casamento.

— Tenho um pouco de dúvida de que não me arrependerei por não tê-la preferido — disse Royce.

Henrique riu e, com o dedo enfeitado com um anel, fez um gesto para sua taça de vinho.

— Devemos fazer um brinde ao seu casamento, Claymore. Vejo — continuou, um minuto depois, observando Royce encher outra taça de vinho em uma tentativa visível de acalmar sua ira — que considera este casamento forçado como uma mísera recompensa por seus anos de serviço fiel, mas não me esqueci de que você lutou ao meu lado muito antes de que houvesse esperança de vitória.

— O que eu esperava ganhar era a paz para a Inglaterra, Vossa Majestade — disse Royce, amargamente. — A paz e um rei forte com ideias melhores para manter essa paz do que os antigos métodos, usando o machado de guerra e o aríete. Eu não sabia na época, no entanto — acrescentou Royce, com um sarcasmo que mal disfarçou —, que um de seus métodos seria promover o casamento entre partes hostis. Se eu soubesse — concluiu asperamente —, teria unido meu destino ao de Ricardo.

Aquela traição ultrajante fez Henrique jogar a cabeça para trás e rir de maneira estrondosa.

— Meu amigo, você sempre soube que considero o casamento um compromisso excelente. Não ficamos sentados até tarde da noite juntos a uma fogueira em Bosworth Field, apenas nós dois? Se você se lembrar da ocasião, lembrará que eu lhe disse que ofereceria minha própria irmã a Tiago se achasse que isso "traria a paz".

— Vossa Majestade não tem uma irmã — enfatizou Royce, imediatamente.

— Não, mas eu tenho *você* — respondeu calmamente.

Esse foi o maior dos elogios vindos do rei, e nem Royce ficou imune a ele. Com um suspiro irritado, pôs a taça na mesa e, distraidamente, passou a mão direita pelo cabelo.

— Tréguas e torneios, esse é o caminho para a paz — acrescentou Henrique, bem satisfeito consigo mesmo. — Tréguas para conter e torneios para acabar com as hostilidades. Convidei Tiago para enviar quem lhe aprouver para o torneio perto de Claymore, no final do outono. Deixaremos que os clãs lutem contra nós no campo de honra, de maneira inofensiva. Muito agradável, de fato — anunciou, mudando sua opinião anterior sobre o assunto. — Naturalmente, você não precisará participar.

Quando Henrique ficou em silêncio, Royce disse:

— Vossa Majestade tem algo mais a me dizer ou posso pedir licença para me retirar?

— Certamente — respondeu Henrique, com bom humor. — Venha me ver pela manhã e conversaremos mais. Não seja muito duro com seu irmão; ele se ofereceu para se casar com a irmã da jovem para poupar você. Na verdade, ele não me pareceu nem um pouco relutante quanto a isso. Infelizmente, não será possível. Ah, e Claymore, você não precisa se preocupar em contar a Lady Hammel que seu noivado está rompido. Eu já fiz isso. Pobre e adorável dama; ela ficou bastante alterada. Eu a enviei para o campo com a esperança de que a mudança de cenário restaure seu ânimo.

Saber que Henrique havia prosseguido com o assunto do noivado, e que Mary, sem dúvida, fora submetida a uma enorme humilhação como consequência do comportamento notório de Royce com Jennifer, era a última má notícia que ele poderia tolerar em uma noite. Com uma breve reverência, ele se virou e os lacaios abriram as portas. A poucos passos de distância, no entanto, Henrique o chamou pelo nome.

Curioso para saber qual seria a exigência impossível que o rei estava prestes a fazer agora, Royce, relutantemente, virou-se de frente para ele.

— Sua futura noiva é uma condessa — disse Henrique, com um sorriso estranho persistindo nos lábios. — Trata-se de um título herdado por ela por parte de mãe, um título mais antigo que o seu, a propósito. Você sabia disso?

— Nem que ela fosse a rainha da Escócia — respondeu Royce sem rodeios —, eu iria desejá-la. Portanto, o título que ela tem no momento não é nem um pouco um estímulo para mim.

— Estou de pleno acordo. Na verdade, eu o considero um provável obstáculo à harmonia conjugal. — Vendo que Royce simplesmente olhou para ele, Henrique explicou, com um sorriso largo: — Uma vez que a jovem condessa já enganou meu guerreiro mais feroz e brilhante, penso que seria um erro tático permitir que ela também tenha *uma posição mais alta*. Por isso, Royce Westmoreland, pela autoridade que me foi concedida, eu lhe concedo o título de duque...

Quando Royce saiu da sala do trono, a antessala estava cheia de nobres curiosos, todos visivelmente ansiosos por examiná-lo e, assim, avaliar como havia sido sua conversa com o rei. A resposta veio de um lacaio que saiu correndo da sala do trono e disse em voz alta:

— Vossa Alteza?

Royce virou-se para ouvi-lo dizer que o rei Henrique lhe pedia para transmitir suas saudações pessoais à sua futura esposa, mas os nobres na antessala ouviram apenas duas coisas: "Vossa Alteza", o que significava que Royce Westmoreland agora era duque, o título mais exaltado no reino, e que, evidentemente, estava prestes a se casar. Pelo que Royce percebeu seriamente, essa foi a tática que Henrique usou para anunciar os dois eventos aos que estavam na antessala. Lady Amelia Wildale e seu marido foram os primeiros a se recuperar da comoção.

— Então — disse Lorde Wildale, curvando-se para Royce —, ao que me parece, nossos cumprimentos são oportunos.

— Não estou de acordo — retrucou Royce.

— Quem é a dama de sorte? — perguntou Lorde Avery, afável. — Obviamente, não é Lady Hammel.

Royce endureceu e se virou lentamente enquanto tensão e expectativa surgiam no ar, mas, antes que Royce pudesse responder, a voz de Henrique surgiu da porta:

— Lady Jennifer Merrick.

O silêncio atordoado que se seguiu foi quebrado primeiro por uma gargalhada abruptamente abafada e, em seguida, uma risada e depois um murmúrio ensurdecedor de negativas e exclamações de espanto.

— Jennifer Merrick? — repetiu Lady Elizabeth, olhando para Royce com olhos ardentes que o faziam se lembrar das intimidades que antes haviam compartilhado. — Não é a bela? É a feia, então?

Não vendo a hora de sair dali, Royce assentiu vagamente e começou a se virar.

— Ela é um pouco *velha*, não é? — insistiu Lady Elizabeth.

— Não velha o bastante para levantar as saias e fugir do Lobo Negro — intrometeu-se Graverley suavemente ao sair do meio da multidão. — Sem dúvida, você terá que *surrá-la* para que seja submissa, não é? Um pouco de *tortura*, um pouco de dor e talvez assim ela aprenda a *permanecer* na sua cama.

As mãos de Royce se apertaram diante do desejo de estrangular o desgraçado.

Alguém riu para dissipar a tensão e brincou:

— É a *Inglaterra contra a Escócia*, Claymore, exceto pelo fato de que as batalhas acontecerão no quarto. Eu aposto em você.

— Eu também — comentou outro.

— Eu aposto na mulher — proclamou Graverley.

Mais ao fundo da multidão, um cavalheiro idoso levou a mão ao ouvido e perguntou a um amigo que estava mais perto do duque:

— Ei? O que significa tudo isso? O que aconteceu com Claymore?

— Ele tem que se casar com a meretriz de Merrick — respondeu o amigo, levantando a voz para ser ouvido sobre o murmúrio cada vez mais alto.

— O que ele disse? — perguntou uma dama na parte de trás da multidão, esticando o pescoço.

— Claymore tem que se casar com a *meretriz* de Merrick! — gritou o cavalheiro idoso, prestativo.

Em meio ao tumulto que se seguiu, apenas dois nobres na antessala permaneceram imóveis e em silêncio: Lorde MacLeash e Lorde Dugal, os emissários do rei Tiago, que esperavam que o contrato de casamento fosse assinado para que pudessem levá-lo para a Escócia ainda naquela noite.

Dentro de duas horas, a notícia já havia passado dos nobres para os servos, para os guardas do lado de fora e, por fim, para os transeuntes:

— Claymore tem que se casar com a meretriz de Merrick.

14

Em resposta à convocação do pai, Jenny afugentou as lembranças do belo homem de olhos cinzentos que ainda atormentavam seus dias e noites. Colocando de lado o bordado, dirigiu a Brenna um olhar intrigado, depois ajustou o manto verde-escuro nos ombros e saiu da sala. Vozes masculinas que se levantavam em uma discussão fizeram-na parar na galeria e olhar para o salão no piso térreo. Pelo menos duas dezenas de homens, parentes e nobres das proximidades, reuniam-se em torno da lareira com uma expressão séria como a morte. O frei Benedict também estava presente, e, ao ver seu rosto severo e gélido, Jenny se encolheu, alarmada e envergonhada ao mesmo tempo.

Mesmo agora, podia recordar cada palavra da repreensão mordaz que ele lhe dirigira quando ela confessou o pecado que havia cometido com Royce Westmoreland: *"Você envergonhou seu pai, seu país e seu Deus com seus desejos incontroláveis por esse homem. Se não fosse culpada do pecado da luxúria, você teria entregado sua vida antes de entregar sua honra!"*. Em vez de se sentir limpa, o que normalmente acontecia depois de confessar seus pecados, Jenny se sentiu suja e quase sem salvação.

Agora, em retrospectiva, ela achava um pouco estranho que ele tivesse colocado Deus na última posição de importância quando listou aqueles a quem havia envergonhado. E, apesar da culpa persistente por ter realmente apreciado as coisas que Lorde Westmoreland havia feito com ela, recusava-se a acreditar que *seu* Deus iria culpá-la por ter feito aquele acordo inicial. Em primeiro lugar, Lorde Westmoreland não *queria* a sua vida, mas sim seu corpo. E, embora tivesse cometido um erro ao gostar de se deitar com um homem que não era seu marido, o acordo havia sido feito de maneira nobre para salvar a vida de Brenna, ou foi o que ela pensou na ocasião.

O Deus de terrível vingança e justiça de quem falava o frei Benedict em termos tão assustadores não era o mesmo Deus para o qual Jenny com frequência abria o coração. O Deus *de Jenny* era razoável, amável e só um pouco severo. Talvez, Ele até entendesse por que ela não conseguia apagar de uma vez por todas da mente a maravilhosa doçura da noite que havia passado nos braços de Royce Westmoreland. A memória dos beijos apaixonados, dos elogios sussurrados e da paixão de Royce voltava continuamente para atormentá-la, e ela não podia evitar. Às vezes, nem queria tentar... muitas vezes, sonhava com ele, com o jeito dele quando aquele sorriso branco e preguiçoso se abria de um lado a outro de seu rosto bronzeado ou...

Jenny afastou tais pensamentos de sua mente e entrou no salão, relutando diante da ideia de ter de enfrentar os homens reunidos em torno da lareira, que se agigantava a cada passo que ela dava. Até o momento, havia permanecido praticamente isolada dentro de Merrick, precisando, de alguma forma, da segurança dos antigos muros, que tão bem conhecia. A despeito da reclusão que lhe havia sido imposta, ela não tinha dúvidas de que os homens no salão sabiam o que ela havia feito. Seu pai tinha exigido um relatório completo de seu sequestro e, quando ela estava bem no meio da explicação, ele a interrompeu para exigir sem rodeios que dissesse se o Lobo a havia forçado a se deitar com ele. O rosto de Jenny entregou a resposta e, apesar de seus esforços para acalmar a fúria do pai ao explicar as condições do acordo e assegurar-lhe que seu raptor não havia sido bruto, a raiva do conde não pôde ser contida. As maldições que ele gritou soaram por toda parte, e a razão para isso não foi mantida em segredo. Apesar de tudo, Jenny não tinha como saber se os homens no salão a viam como uma vítima indefesa ou uma vagabunda ordinária.

Rígido, seu pai estava de pé junto à lareira, de costas para os convidados.

— O senhor queria me ver, pai?

Sem se virar, ele respondeu, e o tom ameaçador de sua voz fez com que ela sentisse um arrepio nas costas.

— Sente-se, filha — disse ele, e Angus, primo de Jenny, rapidamente se levantou para lhe oferecer sua cadeira. A rapidez, ou melhor, a *voracidade* do gesto educado, pegou Jenny de surpresa.

— Como você se sente, Jenny? — perguntou Garrick Carmichael, e Jenny, espantada, ficou olhando para ele com um nó de emoção na garganta. Era a primeira vez desde o afogamento de Becky que o pai da moça falava com ela.

— E-eu estou muito bem — sussurrou, olhando para ele com os olhos cheios de compaixão. — E e-eu agradeço por perguntar, Garrick Carmichael.

— Você é uma moça corajosa — falou outro de seus parentes, e o coração de Jenny começou a flutuar.

— Sim — disse outro. — Você é uma verdadeira Merrick.

Passou-lhe pela mente deslumbrada um rápido pensamento de que, apesar do olhar inexplicavelmente sombrio de seu pai, aquele estava começando a parecer o melhor dia de sua vida.

Hollis Fergusson falou com a voz rouca, enquanto se desculpava em nome de todos pelo comportamento que haviam tido no passado:

— William nos contou tudo o que aconteceu enquanto você estava nas garras do bárbaro, sobre como você escapou no próprio cavalo dele, atacou-o com o punhal dele e cortou as mantas. Você o transformou em alvo de escárnio com a sua fuga. Uma moça com tanta coragem quanto a sua não teria feito o tipo de coisas desprezíveis de que Alexander a acusou. William nos fez ver isso. Alexander estava enganado a seu respeito.

Jenny ficou olhando para o rosto de seu meio-irmão com muito amor e gratidão nos olhos.

— Eu só falei a verdade — disse ele com o sorriso gentil e inexplicavelmente triste enquanto olhava para ela, como se o prazer pelo que havia feito estivesse sendo apagado por outra coisa que pesava muito sobre ele.

— Você é uma Merrick — disse Hollis Fergusson, com orgulho. — Uma Merrick dos pés à cabeça. Nenhum de nós já conseguiu fazer o Lobo provar o sabor de nossa espada, mas *você* fez isso, por menor que seja e tão jovem!

— Obrigada, Hollis — disse Jenny, delicadamente.

Somente Malcolm, o meio-irmão mais novo de Jenny, continuou com a mesma impressão que tinha dela no passado e o rosto cheio de fria maldade.

Seu pai virou-se abruptamente, e a expressão em seu rosto acabou com a alegria de Jenny.

— Aconteceu algo... ruim? — perguntou ela, hesitante.

— Sim — respondeu ele, amargamente. — Nosso destino foi decidido por nosso monarca intrometido, e não por nós mesmos.

Juntando as mãos atrás das costas, ele começou a andar lentamente de um lado para o outro enquanto explicava com dura monotonia:

— Quando você e sua irmã foram levadas, solicitei ao rei Tiago dois mil homens armados para se unirem aos nossos, a fim de que pudéssemos perseguir o bárbaro até a Inglaterra. Tiago respondeu, ordenando que eu não tomasse nenhuma atitude até que ele tivesse tempo para exigir de Henrique sua libertação, bem como a reparação por essa barbaridade. Segundo ele, havia acabado de concordar com uma trégua com os ingleses. Eu *não* deveria ter dito a Tiago o que eu queria fazer. Esse foi o meu erro — Lorde Merrick cerrou os dentes, voltando a andar de um lado para outro. — Não teríamos precisado de sua ajuda! A santidade de uma de nossas abadias foi violada quando vocês foram levadas dos terrenos dela. Em questão de dias, toda a Escócia católica estava preparada, e *ansiosa*, para levantar as armas e marchar conosco! Mas Tiago — concluiu, com raiva — quer paz. Paz às custas do orgulho de Merrick, a todo preço! Ele me prometeu vingança. Prometeu a toda a Escócia que faria esse bárbaro pagar por esse ultraje. Bem — disse Lorde Merrick furiosamente —, ele o fez *pagar*! Conseguiu a *"reparação"* por parte do inglês.

Por um momento de angústia, Jenny se perguntou se Royce Westmoreland havia sido preso ou algo pior, mas, a julgar pelo olhar furioso de seu pai, nenhum dos castigos, que para ele seriam adequados, lhe fora imposto.

— O que Tiago aceitou como forma de reparação? — perguntou quando seu pai parecia incapaz de continuar.

Em frente a ela, William se encolheu e os outros homens começaram a olhar para as mãos.

— O casamento — respondeu o pai entre os dentes.

— De quem?

— O seu.

Por um instante, a mente de Jenny ficou completamente perdida.

— M-meu casamento com quem?

— Com o Filho de Satanás. Com o assassino de meu irmão e de meu filho. Com o Lobo Negro!

Jenny agarrou os braços de sua cadeira com tanta força que as juntas de seus dedos esbranquiçaram.

— *O quêêê?*

Seu pai assentiu com um gesto brusco, mas sua voz e sua expressão assumiram um estranho aspecto de triunfo enquanto vinha caminhando para parar diante dela.

— Você deve ser o instrumento de paz, filha — disse ele —, porém, mais tarde, será o instrumento de *vitória* para os Merrick e para toda a Escócia!

Muito devagar, Jenny fez que não com a cabeça, olhando para ele em estado de choque e confusão. Perdeu o restante da cor no rosto enquanto seu pai continuava:

— Sem perceber, Tiago me deu os meios para destruir o bárbaro, não no campo de batalha, pondo um fim na vida dele, como eu esperava, mas, em vez disso, em seu próprio castelo, arruinando o que resta de sua vida espúria. Na verdade — terminou, com um sorriso dissimulado e orgulhoso —, você já começou.

— O quê? O que o senhor quer dizer com isso? — sussurrou Jenny, com a voz rouca.

— Toda a Inglaterra está rindo dele por sua causa. Circulam desde a Escócia até a Inglaterra histórias sobre suas duas fugas, o ferimento que você lhe causou com a adaga dele e tudo o mais. A brutalidade do bárbaro fez com que ele ganhasse inimigos em seu próprio país, e esses inimigos se ocupam em espalhar essas mesmas histórias em todos os lugares. Você transformou o defensor de Henrique em alvo de escárnio, minha querida. Você arruinou a reputação dele, mas ele ainda tem riquezas, além de títulos; riquezas e títulos que acumulou esmagando a Escócia sob seu calcanhar. Cabe a você cuidar para que ele nunca mais desfrute desses ganhos, e você pode fazer isso ao negar-lhe um herdeiro. Ao negar-lhe seus favores, ao...

Jenny foi tomada por uma onda de choque e pavor.

— Isso é uma loucura! Diga ao rei Tiago que não desejo nenhuma "reparação".

— O que nós queremos não tem a menor importância! Roma deseja a reparação. A Escócia também. Claymore está vindo para cá enquanto conversamos. O contrato matrimonial será assinado, e o casamento acontecerá logo em seguida. Tiago não nos deixou alternativa.

Em silêncio e desesperada, Jenny negou lentamente com a cabeça, e sua voz se tornou um sussurro amedrontado.

— Não, meu pai, o senhor não entende. Veja... eu... ele confiou que eu não tentaria fugir, mas eu o fiz. E, se realmente o transformei em alvo de escárnio, ele nunca me perdoará por isso...

A raiva pôs um terrível tom de vermelho no rosto de seu pai.

— Você não quer o *perdão* dele. Nós queremos a derrota dele, grande e pequena, em todos os sentidos! Todo Merrick, todo *escocês*, dependerá de você para conquistá-la. Você tem coragem para isso, Jennifer. Você provou isso enquanto era prisioneira dele.

Jenny já não mais o ouvia. Ela havia humilhado Royce Westmoreland, e agora ele estava indo para Merrick; tremeu ao perceber quanto ele deveria odiá-la naquele momento e o quanto deveria estar furioso: logo lhe vieram à mente imagens assustadoras das vezes em que o vira com raiva; ela tinha visto como ele ficara na noite em que a lançaram aos pés dele, o manto negro assustadoramente esvoaçante, as chamas alaranjadas da fogueira imprimindo em seu rosto um aspecto satânico. Vira a expressão no rosto dele diante do cavalo que havia morrido por sua causa, a fúria que enegreceu a feição de Royce quando lhe feriu o rosto. Porém, nada disso havia quebrado a confiança do conde. Ou, pior, nada disso o fizera de *tolo*.

— Ele deve ser privado de um herdeiro, assim como me privou do meu! — disse o pai, interrompendo os pensamentos de Jenny. — Ele deve! Deus me concedeu essa vingança quando todas as outras portas se fecharam para mim. Tenho outros herdeiros, mas ele não terá nenhum. Nunca. Seu casamento será a minha vingança.

Tonta e angustiada, Jenny disse:

— Meu pai, por favor, não me peça para fazer isso. Eu farei qualquer coisa. Voltarei para a abadia ou viverei com a minha tia Elinor ou em qualquer lugar que o senhor disser.

— Não! Isso só serviria ao bárbaro para se casar com outra mulher de sua escolha e ter herdeiros.

— Eu *não* farei isso — insistiu Jenny veementemente, expressando os primeiros argumentos lógicos que lhe vieram à mente. — Eu não posso! Está errado. É impossível! Se... se o Lobo Negro me quiser... se ele quiser um herdeiro — corrigiu, lançando um olhar envergonhado e tímido para os outros homens —, como irei impedi-lo? A força dele é cinco vezes maior que a minha. Embora, depois de tudo o que se passou entre nós, eu não acredite que ele irá me querer no mesmo castelo com ele, muito menos em sua — tentou desesperadamente pensar em uma palavra para substituir a que pensou, mas não havia nenhuma — cama — concluiu baixinho, evitando olhar para os convidados.

— Quem dera tivesse razão, minha filha, mas você está enganada. Você tem a mesma qualidade que sua mãe tinha: a qualidade que desperta cobiça em um homem quando olha para você. O Lobo irá desejá-la, *goste* ou não. — De repente, ele fez uma pausa para dar ênfase com um sorriso lento no rosto. — No entanto, é possível que ele não consiga fazer muita coisa se eu enviar sua tia Elinor com você.

— A tia Elinor — repetiu Jenny, sem expressão. — Meu pai, não sei quais são as suas intenções, mas tudo isso é um erro! — Com as mãos agarradas às saias de lã, olhou para os homens à sua volta como se fizesse um apelo desesperado, enquanto, em sua mente, imaginava um Royce Westmoreland diferente do que eles conheciam; o homem que a tinha provocado na clareira e conversado com ela na varanda, o homem que fizera um acordo com ela para levá-la para a cama e a tratara com delicadeza quando outro raptor a teria violentado e entregado aos seus homens.

— Por favor — disse ela, olhando para todos à sua volta e depois para o pai. — Tente entender. Isso não é deslealdade; é a razão que me faz dizer isto: eu sei quantos de nossos homens morreram em batalha contra o Lobo, mas é assim que acontece em todas as batalhas. Ele não pode ser culpado pela morte de Alexander ou...

— Você se atreve a absolvê-lo? — perguntou o pai, olhando para ela como se ela estivesse se transformando em uma serpente diante de seus olhos. — Ou será possível que sua lealdade seja para com ele, e não para conosco?

Era como se Jenny tivesse levado uma bofetada, mas, em seu íntimo, percebeu que os sentimentos por seu antigo raptor eram um estranho enigma, até mesmo para ela.

— Eu só busco a paz... para todos nós...

— Isso é óbvio, Jennifer — disse o pai, amargamente. — Você não pode ser poupada da humilhação de ouvir o que seu prometido pensa sobre esta união "pacífica" e sobre *você*. Para que todos na corte de Henrique ouvissem, ele disse que não iria querê-la nem se você fosse a *rainha* da Escócia. Quando ele se recusou a tê-la como esposa, o rei ameaçou privá-lo de tudo o que ele possuía e, *ainda assim*, ele se recusou. Foi preciso ameaçá-lo de morte para que finalmente concordasse! Depois disso, ele a chamou de *meretriz* de Merrick; ostentou que lhe *espancaria* para que fosse submissa. Seus amigos começaram a fazer apostas, rindo, porque ele tem a intenção de dominá-la à força, assim como tem feito com a Escócia. É *isso* que ele pensa de você e desse casamento! Quanto ao resto deles, eles lhe deram o título que o bárbaro lhe conferiu: a *meretriz* de Merrick!

Cada palavra que seu pai pronunciava atingia o coração de Jenny como se fosse uma chicotada, fazendo-a se encolher com uma vergonha e uma dor quase insuportáveis. Quando ele terminou, ela permaneceu ali enquanto era tomada por um frio torpor até o ponto de não sentir mais nada. Quando finalmente levantou a cabeça e olhou para os escoceses valentes e cansados à sua volta, sua voz soou ríspida e dura.

— Espero que tenham apostado nele *toda* a riqueza deles!

15

Jenny estava sozinha na varanda olhando para os pântanos do outro lado, enquanto o vento balançava seus cabelos sobre os ombros e suas mãos se agarravam ao peitoril de pedra à sua frente. A esperança de que seu "noivo" não conseguisse chegar para o casamento, que aconteceria em duas horas, lhe havia sido arrancada alguns minutos antes, quando um guarda do castelo gritou que homens a cavalo se aproximavam. Cento e cinquenta cavaleiros montados seguiam em direção à ponte levadiça com a luz do pôr do sol cintilando nos escudos polidos, convertendo-os em ouro reluzente. A figura de um lobo raivoso dançava ameaçadoramente diante de seus olhos, criando ondulações nos estandartes azuis e nos enfeites dos cavalos e casacos dos homens.

Com a mesma indiferença fria que sentira durante cinco dias, permaneceu onde estava, observando enquanto um grande grupo se aproximava dos portões do castelo. Agora ela podia ver que havia mulheres entre eles e alguns estandartes com emblemas diferentes dos do Lobo. Haviam dito a ela que alguns nobres ingleses estariam presentes naquela noite, mas ela não esperava nenhuma mulher. Relutantemente, voltou os olhos para o homem de ombros largos que cavalgava à frente do grupo com a cabeça descoberta e sem escudo ou espada, montado em um grande corcel preto com crina e cauda fartas que só poderia ter sido gerado por Thor. Ao lado de Royce, estava Arik, também com cabeça descoberta e sem armadura, o que Jenny imaginou ser a maneira que eles tinham de ilustrar o total desprezo por qualquer tentativa inútil que o clã de Merrick pudesse fazer para matá-los.

Jenny não conseguia ver o rosto de Royce Westmoreland àquela distância, mas, enquanto ele esperava que descessem a ponte levadiça, quase pôde sentir sua impaciência.

Como se percebesse que estava sendo observado, levantou a cabeça abruptamente, percorrendo os olhos pela linha do telhado do castelo e, sem querer, Jenny se apertou contra a parede, escondendo-se de sua vista. Medo. A primeira emoção que sentiu em cinco dias, percebeu com desgosto, foi medo. Endireitando os ombros, ela se virou e entrou no castelo.

Duas horas mais tarde, Jenny se olhou no espelho. A sensação de agradável torpor que se havia dissipado na varanda se foi de uma vez por todas, deixando-a com uma emoção muito forte, mas o rosto no espelho era uma máscara pálida e inexpressiva.

— Não será tão terrível quanto você pensa, Jenny — disse Brenna, tentando de todo o coração animar a irmã enquanto ajudava duas camareiras a arrumarem a cauda do vestido de Jenny. — Tudo estará acabado em menos de uma hora.

— Quem me dera o casamento fosse tão curto quanto a cerimônia — disse Jenny, com tristeza.

— Sir Stefan está lá embaixo, no salão. Eu mesma o vi. Ele não permitirá que o duque faça nada para envergonhá-la. Ele é um cavaleiro ilustre e forte.

Jenny virou-se, esquecendo-se da escova na mão, e começou a estudar o rosto da irmã com um sorriso triste e intrigado.

— Brenna, estamos falando do mesmo "cavaleiro ilustre" que nos raptou?

— Bem — disse Brenna, em sua defesa —, ao contrário do irmão perverso, pelo menos *ele* não tentou fazer nenhum acordo imoral comigo!

— Isso é verdade — disse Jenny, completamente distraída de seus próprios problemas naquele momento. — Contudo, eu não contaria com a boa vontade dele nesta noite. Não me resta a menor dúvida de que ele desejará torcer seu pescoço quando puser os olhos em você, porque agora ele sabe que *você* o enganou.

— Ah, mas ele não se sente nem um pouco assim! — exclamou Brenna. — Ele me disse que foi muito ousado e corajoso de minha parte. — Com pesar, acrescentou:

— *Depois* me disse que ele poderia torcer meu pescoço por isso. E, além disso, não foi a ele que enganei, mas sim ao infeliz do irmão dele!

— Você já falou com Sir Stefan? — perguntou Jenny, atônita. Brenna nunca havia mostrado o menor interesse por qualquer um dos jovens que haviam andado atrás dela nos últimos três anos, mas agora estava, evidentemente, se encontrando secretamente com o último homem na face da Terra com quem o pai lhe permitiria se casar.

— Consegui trocar algumas palavras com ele no salão, quando fui fazer uma pergunta a William — confessou Brenna, com o rosto quente e rosado, e, depois, de repente, concentrou-se em alisar a manga de seu vestido de veludo vermelho. — Jenny — disse suavemente, cabisbaixa —, agora que haverá paz entre os nossos países, eu estava pensando em lhe enviar mensagens com frequência. E, se eu incluir uma para Sir Stefan, você cuidaria para que ele a recebesse?

Para Jenny, era como se o mundo estivesse virando de cabeça para baixo.

— Se você tem certeza de que quer fazer isso, cuidarei para que ele as receba. E — continuou, escondendo uma risada que, em parte, era fruto de histeria e, em parte, consternação pela afeição impossível da irmã — eu também devo incluir mensagens de Sir Stefan para você junto com as minhas?

— Sir Stefan — respondeu Brenna, levantando seus olhos sorridentes para Jenny — sugeriu exatamente isso.

— Eu... — começou Jenny, mas parou quando a porta de seu quarto se abriu e uma idosa baixinha entrou rapidamente e, então, parou de repente.

Usando um vestido antigo, mas adorável, de cetim cinza-claro forrado com pele de coelho, uma antiga touca de gaze branca que envolvia completamente o pescoço e parte do queixo, e um véu prateado que caía sobre os ombros, a tia Elinor olhou, confusa, para uma jovem e depois para a outra.

— Eu sei que *você é* a pequena Brenna — disse tia Elinor, sorrindo para Brenna e, depois, para Jenny —, mas esta bela criatura pode ser minha pequena e simples Jenny?

A mulher olhou com espantosa admiração para a noiva, que estava diante dela com um vestido de veludo e cetim creme, um corpete baixo e de corte quadrado, de cintura alta e mangas cheias e amplas incrustadas de pérolas, rubis e diamantes dos cotovelos aos pulsos. Uma magnífica capa de cetim forrada de veludo e também bordada com pérolas pendia dos ombros de Jenny com um par de magníficos broches de ouro com pérolas, rubis e diamantes. Seu cabelo caía sobre os ombros e as costas, brilhando como o ouro e os rubis que ela usava.

— Veludo creme — disse a tia Elinor, sorrindo e abrindo os braços. — É pouco prático, meu amor, mas tão bonito! Quase tão bonito quanto você...

Jenny correu para abraçá-la.

— Ah, tia Elinor, estou muito feliz em vê-la. Eu estava com medo de que a senhora não pudesse vir...

Brenna respondeu a uma batida à porta e, então, virou-se para Jenny, reprimindo abruptamente com suas palavras a saudação alegre da irmã:

— Jenny, nosso pai deseja que você desça agora. Os documentos estão prontos para serem assinados.

Um terror quase incontrolável dominou Jenny, deixando seu estômago embrulhado e empalidecendo seu rosto. Tia Elinor a tomou pelo braço e, em um esforço óbvio para impedi-la de se concentrar no que a esperava, gentilmente a conduziu até a porta, enquanto falava sobre a cena que a aguardava no salão.

— Você não vai acreditar em seus olhos quando vir como o salão está cheio — tagarelou, equivocadamente convencida de que a multidão presente diminuiria o medo de Jenny de enfrentar seu futuro marido. — Seu pai colocou cem homens armados de um lado do salão, e *ele* — o leve ar de superioridade em sua voz deixou claro que o "ele" se referia ao Lobo Negro — tem pelo menos muitos de seus próprios cavaleiros do outro lado do salão, observando os *nossos* homens.

Rígida, Jenny atravessou o longo corredor como se cada passo lento que dava fosse o último.

— Parece — disse ela, nervosa — o cenário de uma batalha, e não de um casamento.

— Bem, sim, mas não é. Não exatamente. Há mais nobres do que cavaleiros lá embaixo. O rei Tiago deve ter enviado metade de sua corte para testemunhar a cerimônia, e os chefes dos clãs próximos também estão aqui.

Jenny deu outro passo rígido pelo longo corredor escuro.

— Vi quando chegaram esta manhã.

— Sim, bem, o rei Henrique provavelmente deseja que a cerimônia pareça uma ocasião especial para ser celebrada, pois há todos os tipos de nobres ingleses aqui também e alguns deles trouxeram suas esposas. É algo maravilhoso de se ver: os escoceses e os ingleses com seus trajes de veludo e cetim reunidos...

Jenny virou-se e começou a curta e íngreme descida em espiral de degraus de pedra que levavam ao salão.

— Está muito silencioso lá embaixo — disse ela, trêmula, aguçando os ouvidos para escutar os sons abafados de vozes masculinas que tentavam parecer joviais, algumas tosses, a risada escandalosa de uma mulher... e nada mais. — O que todos estão fazendo?

— Ora, eles estão trocando olhares frios — respondeu a tia Elinor, animadamente — ou fingindo que não sabem que a outra metade do salão está presente.

Jenny estava fazendo a última volta quase no pé da escada. Parando para se acalmar, mordeu o lábio trêmulo e, então, erguendo a cabeça em um gesto desafiador, levantou o queixo e seguiu em frente.

Um silêncio soturno lentamente dominou o salão quando Jennifer apareceu, e o espetáculo que se apresentou aos seus olhos foi tão fatídico quanto o silêncio. Tochas acesas brilhavam nos suportes presos às paredes de pedra, lançando luz sobre os espectadores hostis que tinham os olhos fixos nela. Homens armados permaneciam rígidos e aprumados debaixo das tochas; damas e lordes estavam de pé lado a lado: os ingleses de um lado do salão e os escoceses do outro, exatamente como a tia Elinor dissera.

Porém, não foram os convidados que fizeram os joelhos de Jenny começarem a tremer de maneira incontrolável, mas a figura alta, forte e bem-proporcionada que permanecia fria no centro do salão, observando-a com olhos duros e brilhantes. Como um espectro do mal em um manto vinho forrado de pele de animal, ele se agigantava diante dela, desferindo uma ira tão terrível que até seus próprios compatriotas mantinham distância dele.

Com um guarda de cada lado, o pai de Jennifer veio à frente para tomar sua mão, mas o Lobo estava sozinho. Onipotente e desdenhoso diante de seu insignificante inimigo, ele desprezava abertamente a necessidade de se proteger deles. O pai de Jenny passou a mão da filha por seu braço enquanto a conduzia para a frente, e o amplo caminho que atravessava o grande salão que separava os escoceses dos ingleses tornava-se ainda mais amplo à medida que eles se aproximavam. À direita de Jenny, estavam os escoceses, com os rostos orgulhosos e severos virados para ela com raiva e empatia; à sua esquerda estavam os ingleses, altivos, olhando para ela com fria hostilidade. E, à frente, bloqueando seu caminho, estava a figura sinistra de seu futuro marido, com a capa jogada para trás sobre os ombros largos, os pés um pouco afastados, os braços cruzados sobre o peito, examinando-a como se ela fosse uma criatura repulsiva rastejando pelo chão.

Incapaz de suportar o olhar de Royce, Jenny fixou os olhos em um ponto acima do ombro esquerdo dele e se perguntou, um pouco sôfrega, se ele tinha a intenção de ficar de lado e deixá-los passar. Com o coração batendo forte no peito como se fosse um aríete, ela se agarrou ao braço do pai, mas, ainda assim, o diabo se recusou a se mover, obrigando deliberadamente Jenny e o pai a darem a volta por ele. Histérica, Jenny percebeu que aquele seria o primeiro ato de desprezo e humilhação com que ele a trataria pública e privadamente pelo resto da vida.

Felizmente, havia pouco tempo para pensar nisso, porque outro horror a esperava logo à frente: a assinatura do contrato matrimonial, que estava aberto sobre uma mesa. Dois homens estavam de pé ao lado dele, sendo um deles o emissário da corte do rei Tiago e o outro, o emissário da corte do rei Henrique, ambos presentes para testemunhar todo o processo.

Ao chegar à mesa, o pai de Jennifer parou e soltou a mão úmida da filha, privando-a do conforto de seu toque.

— O bárbaro — declarou ele, de maneira clara e audível — já o assinou.

A hostilidade no salão pareceu chegar a proporções assustadoramente tangíveis diante de suas palavras, rompendo o ar como um milhão de adagas lançadas de um lado para o outro entre escoceses e ingleses. Em um gesto de rebelião gélida e muda, Jenny ficou olhando para o pergaminho longo que continha todas as palavras que especificavam seu dote e a condenavam irrevogavelmente a uma vida, e a toda a eternidade, como esposa e bem de um homem a quem detestava e que também a detestava. No final do pergaminho, o duque de Claymore havia deixado sua assinatura de maneira arrojada: a assinatura de seu raptor e, naquele momento, seu carcereiro.

Ao lado do pergaminho sobre a mesa, havia uma pena e um tinteiro, e, embora Jenny tivesse a intenção de segurar a pena, seus dedos trêmulos se negavam a obedecer. O emissário do rei Tiago se aproximou, e Jenny olhou para ele com uma expressão impotente e irada de tristeza.

— Milady — disse ele com solidária cortesia e a óbvia intenção de mostrar aos ingleses no salão que Lady Jennifer tinha o respeito do próprio rei Tiago —, nosso soberano, o rei Tiago da Escócia, encarregou-me de lhe transmitir suas saudações e também dizer que toda a Escócia está em dívida com a senhora por este sacrifício que está fazendo em nome de nossa amada pátria. A senhora é uma honra para o grande clã de Merrick e para a Escócia também.

Jenny perguntou-se, aturdida, se tinha havido alguma ênfase na palavra "sacrifício", mas o emissário já lhe entregava a pena que tinha na mão.

Como se observasse de longe, viu quando sua mão lentamente alcançou a pena, segurou-a e, em seguida, assinou o repugnante documento, mas, quando se endireitou, não conseguiu tirar os olhos dele. Atônita, olhava para seu próprio nome, escrito com a bela caligrafia que a madre Ambrose a fizera praticar e aperfeiçoar. A abadia! De repente, não podia e não queria acreditar que Deus estivesse realmente permitindo que aquilo acontecesse com ela. Certamente, durante seus longos anos na abadia de Belkirk, Deus deveria ter notado sua dedicação, obediência e devoção... bem, pelo menos sua tentativa de ser obediente, devota e dedicada.

— *Por favor, Deus...* — repetia freneticamente várias e várias vezes. — *Não deixe isso acontecer comigo.*

— Senhoras e senhores... — a voz ousada de Stefan Westmoreland atravessou o salão, ecoando pelas paredes de pedra. — Um brinde ao duque de Claymore e à sua jovem noiva.

Sua jovem noiva... as palavras reverberaram de maneira vertiginosa na mente de Jenny, arrancando-a de suas lembranças das últimas semanas. Ela olhou ao redor com uma expressão aturdida de pânico, sem saber ao certo se seu devaneio havia durado alguns segundos ou minutos, e, então, começou a rezar novamente:

"Por favor, meu Deus, não deixe isso acontecer comigo...", clamou em seu coração pela última vez, mas já era muito tarde. Seus olhos se arregalaram quando se voltaram para as grandes portas de carvalho que se abriram no salão para a entrada do padre a quem todos esperavam.

— Frei Benedict — proclamou seu pai em voz alta à porta.

Jenny parou de respirar.

— Mandou avisar-nos que ele não está bem.

O coração de Jenny começou a palpitar.

— E o casamento só poderá ser realizado amanhã.

"Obrigada, meu Deus!"

Jenny tentou dar um passo para trás, afastar-se da mesa, mas o salão, de repente, começou a rodopiar e ela não conseguiu se mover. Horrorizada, percebeu que estava prestes a desmaiar. E a pessoa mais próxima dela era Royce Westmoreland.

De repente, a tia Elinor soltou um grito de consternação ao perceber a situação difícil de Jenny e correu para a frente, empurrando descaradamente com os cotovelos os homens alarmados de seu clã para o lado. Um instante depois, Jenny se viu em um forte abraço com um rosto enrugado pressionado contra o dela e uma voz dolorosamente familiar que sussurrava ao seu ouvido:

— Agora, querida, respire fundo, e você se sentirá bem em um instante — sussurrava a voz, como se fosse um canto. — Sua tia Elinor está aqui agora, e eu vou levá-la lá para cima.

O mundo inclinou-se loucamente e, então, de repente, endireitou-se. Jenny sentiu uma alegria e um alívio quando seu pai anunciou aos presentes no salão:

— O atraso será de um dia — vociferou ele, com as costas voltadas para os ingleses. — O frei Benedict está ligeiramente indisposto, e o bom homem promete sair da cama e vir aqui amanhã para realizar a cerimônia, por mais enfermo que ainda esteja.

Jenny virou-se para sair do salão com a tia e deu uma rápida olhada para seu "noivo", para ver a reação dele ao atraso. Porém, o Lobo Negro não parecia se dar conta de que ela estava ali. Os olhos apertados estavam fixos no pai da noiva, e, embora sua expressão fosse tão enigmática quanto a de uma esfinge, seu olhar era frio e especulativo. Do lado de fora, a tempestade que havia ameaçado cair durante todo o dia, de repente, se formou e um raio atravessou o céu, seguido pelo primeiro estrondo ominoso de um trovão.

— No entanto — continuou seu pai, virando-se para se dirigir a todo o salão sem, de fato, olhar para os ingleses à sua direita —, o banquete acontecerá como o planejado na véspera. Pelo que entendi, de acordo com o emissário do rei Henrique, a maioria de vocês deseja retornar à Inglaterra logo pela manhã; no entanto, receio que tenham de permanecer aqui por mais um dia, uma vez que as estradas não são adequadas para os ingleses viajarem na época de tempestade.

Um murmúrio de vozes irrompeu de ambos os lados do salão. Ignorando os olhares voltados para si, Jenny atravessou com a tia o salão apinhado e foi direto para a escada que levava ao seu quarto no andar superior. À sanidade e ao consolo. Ao alívio.

Quando a pesada porta de carvalho do quarto se fechou atrás de Jenny, ela se lançou nos braços da tia Elinor e chorou copiosamente, aliviada.

— Vamos, vamos, minha menina — disse a tia idosa de sua mãe, dando-lhe tapinhas nas costas com a pequena mão e falando do modo ansioso, desconexo e determinado que era muito típico dela. — Não resta a menor dúvida em minha mente de que, uma vez que não cheguei ontem ou antes de ontem, você desistiu e pensou que eu não viria para estar ao seu lado. Não é verdade?

Sufocando as lágrimas, Jenny encostou-se um pouquinho no abraço da tia e assentiu timidamente. Desde que seu pai sugeriu que a tia Elinor a acompanhasse à Inglaterra, Jenny estava concentrada nessa ideia como a única alegria em seu horizonte sombrio e assustador.

Segurando o rosto manchado de lágrimas de Jennifer, a tia Elinor prosseguiu, com clara determinação:

— Mas eu estou aqui agora e conversei com seu pai pela manhã. Estou aqui e estarei com você todos os dias de agora em diante. Não será maravilhoso? Teremos momentos agradáveis juntas. Mesmo que você tenha que se casar com aquele inglês e residir com ele, por mais bruto que ele seja, nós o esqueceremos por completo e seguiremos como fazíamos antes de seu pai me enviar para a casa de campo, em Glencarin. Não que eu o critique por isso, pois falo muito, mas temo que seja pior agora, pois fui privada por muito tempo de pessoas queridas com as quais posso conversar.

Jenny olhou para ela, um pouco confusa com o discurso longo e ofegante de sua tia. Sorrindo, envolveu a pequena senhora em um abraço apertado.

SENTADA À MESA comprida no estrado, alheia ao barulho feito por trezentas pessoas que comiam e bebiam à sua volta, Jenny olhou fixamente para o outro lado do salão. Ao seu lado, quase a tocando com o cotovelo, sentou-se o homem a quem o contrato matrimonial a unira de modo quase tão irrevogável quanto a cerimônia formal de casamento que aconteceria no dia seguinte. Nas últimas duas horas em que se vira obrigada a se sentar ao lado dele, ela percebeu o olhar gélido que ele lhe lançou apenas três vezes. Era como se ele não pudesse suportar vê-la e só estivesse esperando o momento de pôr as mãos nela para que começasse a transformar sua vida em um inferno.

Um futuro de ataques verbais e físicos surgia diante dela, pois, até entre os escoceses, era comum que um marido surrasse a esposa se percebesse que ela precisava de disciplina ou incentivo. Sabendo disso, e conhecendo o temperamento e a reputação do homem irritado e frio ao seu lado, Jenny estava certa de que sua vida seria cheia de sofrimento. O nó que sentiu na garganta que quase a sufocou durante o dia todo quase lhe cortou a respiração, e ela tentou, com valentia, pensar em algo que pudesse esperar com prazer da vida que seria obrigada a levar. Lembrou-se de que a tia Elinor estaria ao seu lado.

E algum dia, algum dia em breve, considerando que conhecia a natureza voluptuosa do marido, ela teria filhos para amar e cuidar. Filhos. Fechou os olhos por um breve instante e soltou um suspiro doloroso, sentindo o nó na garganta desaparecer aos poucos. Um bebê para abraçar seria algo que poderia esperar com prazer. Decidiu que se apegaria a esse pensamento.

Royce pegou sua taça de vinho, e ela deu uma olhada para ele com o canto dos olhos. Ele estava, observou ela com amargura, olhando para uma acrobata particularmente bela que se equilibrava sobre as mãos apoiadas em um leito de espadas afiadas, com as saias amarradas aos joelhos, para impedir que caíssem sobre a sua cabeça, uma necessidade que permitia às suas pernas bem torneadas debaixo das meias serem expostas dos joelhos aos tornozelos. Do outro lado, bobos da corte usando chapéus pontudos com bolas nas pontas davam cambalhotas diante da mesa que se estendia ao longo do salão. O entretenimento festivo e a ceia generosa eram a maneira que seu pai estava usando para mostrar aos odiados ingleses que os Merrick tinham orgulho e riqueza.

Contrariada com a visível admiração de Royce pela acrobata com lindas pernas, Jenny pegou sua taça de vinho, fingindo dar um gole em vez de enfrentar os olhares maldosos e desdenhosos dos ingleses, que a observavam com escárnio durante toda a noite. Com base em alguns comentários que ela ouvira sem querer, eles julgavam e consideravam que ela deixava muito a desejar.

— Olhe para aquele cabelo — disse uma mulher, abafando a risada. — Para mim, só os cavalos tinham crinas dessa cor.

— Olhe para aquele rosto arrogante — disse um homem quando Jennifer passou por ele com a cabeça erguida e um nó no estômago. — Royce não tolerará essa atitude arrogante. Uma vez que ela estiver em Claymore, ele dará um jeito nela.

Tirando os olhos dos bobos da corte, Jenny olhou para seu pai, que estava sentado à sua esquerda. Encheu-se de orgulho enquanto estudava o perfil aristocrático debaixo daquela barba. Ele tinha tanta dignidade... uma postura tão nobre. Na verdade, sempre que o observava sentado no grande salão para julgar, ouvir as disputas que, de tempos em tempos, surgiam entre seu povo, ela não podia deixar de pensar que Deus devia ser exatamente igual a ele, sentado em seu trono celestial e julgando cada alma que se colocava diante dele.

Naquela noite, no entanto, seu pai parecia estar com um humor muito estranho, especialmente por causa das terríveis circunstâncias. Durante toda a noite, enquanto conversava e bebia com os outros chefes dos vários clãs no salão, ele parecia preocupado e tenso, mas também... estranhamente... satisfeito. Satisfeito com algo. Ao perceber que Jennifer olhava para ele, Lorde Merrick se virou para ela com seus olhos azuis solidários percorrendo o rosto pálido da filha. Inclinando-se na direção de Jenny a ponto de sua barba fazer cócegas no rosto dela, ele lhe disse ao pé do ouvido, a voz um pouco alta, mas não o suficiente para chamar a atenção de outra pessoa.

— Não se atormente, minha filha — disse. — Coragem — acrescentou —, tudo ficará bem.

Aquele comentário parecia tão absurdo que Jenny não sabia se ria ou chorava. Ao ver o pânico nos olhos azuis arregalados da filha, ele estendeu o braço para segurar a mão úmida dela, que estava, naquele momento, agarrada à beira da mesa, como se fizesse isso para salvar a própria vida. Sua grande mão quente cobriu a dela de modo a tranquilizá-la, e Jenny conseguiu esboçar um sorriso vacilante.

— Confie em mim — disse ele —, tudo ficará bem amanhã.

Jenny parecia desanimada. Depois da manhã seguinte, seria tarde demais. Depois da manhã seguinte, ela estaria casada para sempre com o homem cujos ombros largos ao seu lado fizeram-na se sentir pequena e insignificante. Lançou um olhar rápido e preocupado para seu noivo a fim de ter certeza, tardiamente, de que ele, de alguma maneira, não havia conseguido ouvir a conversa sussurrada que havia acabado de ter com seu pai. Porém, a atenção de Royce estava em outro lugar. Royce, que já não estava mais com o olhar perdido na acrobata, estava olhando para frente.

Curiosa, Jenny acompanhou disfarçadamente o olhar de Royce e viu Arik, que acabara de entrar novamente no salão. Enquanto Jenny observava, o gigante loiro e barbudo lentamente assentiu uma vez para Royce, depois mais uma vez. Com o canto dos olhos, Jenny viu Royce endurecer o maxilar e depois inclinar a cabeça de maneira quase imperceptível antes de voltar a atenção, calma e deliberadamente, para a acrobata. Arik esperou um instante e depois, despreocupado, aproximou-se de Stefan, que aparentemente observava os gaitistas.

Jenny sentiu que algum tipo de informação havia sido trocado no silêncio, e isso a deixou muito desconfortável, especialmente quando as palavras de seu pai ressoavam em sua mente. Ela sabia que estava acontecendo algo, mas não sabia o que era. Um jogo mortalmente sério estava sendo jogado, e ela se perguntava se seu futuro dependia, de algum modo, do resultado disso.

Incapaz de suportar o ruído e o suspense por mais tempo, Jenny decidiu buscar a paz de seu quarto, a fim de saborear quais poucos motivos tinha para nutrir alguma esperança.

— Papai — disse rapidamente, voltando-se para ele —, peço licença para me retirar agora. Eu gostaria de buscar a paz de meu quarto.

— Claro, minha querida — disse ele, de imediato. — Você tem tido pouca paz em sua curta vida, mas é justamente disso que você precisa, não é verdade?

Jenny hesitou por uma fração de segundo, sentindo que havia algum duplo sentido por trás das palavras do pai, mas, sem entender, assentiu e, então, se levantou.

No momento em que ela se moveu, Royce virou a cabeça em sua direção, embora ela pudesse ter jurado que ele realmente não havia notado sua presença ali durante toda a noite.

— Retirando-se? — perguntou ele, levantando o olhar insolente para os seios da noiva. Jenny ficou paralisada diante da inexplicável fúria nos olhos de Royce quando finalmente encontraram os seus. — Devo acompanhá-la até o seu quarto?

Com um esforço físico, Jenny queria que seu corpo se movesse e ficasse totalmente ereto, dando-se o prazer momentâneo de olhar de cima para ele.

— Certamente não! — retrucou ela. — Minha tia me acompanhará.

— Que noite terrível! — exclamou a tia Elinor no instante em que chegaram ao quarto de Jenny. — Ora, o modo como aqueles ingleses olhavam para você me deu vontade de ordenar que saíssem do salão, o que juro que quase fiz. Lorde Hastings, o inglês daquela odiosa corte de Henrique, ficou sussurrando para o homem à direita dele durante toda a refeição e me ignorando completamente, o que foi mais do que rude de sua parte, embora eu não tivesse vontade de conversar com *ele*. E, querida, não quero aumentar sua carga, mas não consigo gostar nem um pouco de seu marido.

Jenny, que havia esquecido que sua tia tinha o hábito de falar sem parar, sorriu de modo afetuoso para a expressão de desaprovação da escocesa, mas sua mente estava em outra coisa:

— Papai parecia estar com um humor estranho durante a ceia.

— Sempre me pareceu.

— O quê?

— Ter um humor estranho.

Jenny engoliu uma risadinha histérica e exausta, e abandonou qualquer tentativa de discutir.

De pé, virou-se para que a tia pudesse ajudá-la a abrir o vestido.

— Seu pai pretende enviar-me de volta a Glencarin — disse a tia Elinor.

Jenny virou-se rapidamente, surpresa, e olhou para ela.

— Por que a senhora diz isso?

— Porque ele disse.

Completamente confusa, Jenny virou-se e segurou os ombros da tia com firmeza.

— Tia Elinor, o que meu pai disse exatamente?

— À tardinha, quando cheguei depois do esperado — respondeu ela, com os ombros estreitos caídos —, eu esperava que ele estivesse irritado, o que teria sido muito injusto, pois a culpa de ter chovido tanto ao oeste não era minha. Você sabe como é nesta época do ano...

— Tia Elinor... — disse Jenny, com um sério tom de advertência. — *O que* meu pai disse?

— Sinto muito, minha criança. Como faz tanto tempo que não tenho a companhia de outras pessoas, guardei tanta conversa por falta de alguém com quem conversar que agora que tenho... alguém com quem conversar, quero dizer... não consigo parar. Havia dois pombos que pousavam na janela de meu quarto em Glencarin, e nós três conversávamos, embora, é claro, os pombos tivessem pouco a dizer...

Naquele que era o momento mais angustiante de sua vida, Jenny começou a balançar os ombros por causa da risada que não pôde evitar e envolveu nos braços a pequena mulher assustada, enquanto a alegria brotava em seu peito e as lágrimas de medo e exaustão enchiam seus olhos.

— Pobre criança — disse a tia Elinor, dando tapinhas nas costas de Jennifer. — Você está sob tanta tensão e aqui estou eu, aumentando-a ainda mais com o meu falatório. — Nesse instante, parou, pensativa: — Seu pai me disse hoje durante a ceia que, depois de tudo, eu não deveria fazer planos para acompanhá-la, mas que eu poderia ficar para vê-la se casar, se quisesse. — Deixou os braços caírem, soltando-se de Jennifer, e, abatida, sentou-se na cama com uma expressão pedinte no rosto meigo e envelhecido. — Eu faria qualquer coisa para não voltar para Glencarin. É tão solitário lá.

Fazendo que sim com a cabeça, Jenny pôs a mão no cabelo branco da tia e, delicadamente, acariciou a coroa brilhante, lembrando-se dos anos em que sua tia havia dirigido a própria vida doméstica com animada eficiência. Era muito injusto que a solidão forçada, somada à idade avançada, tivesse provocado tal mudança naquela corajosa mulher.

— Pedirei a ele pela manhã que reconsidere a ideia — disse Jenny com cansada determinação. Suas emoções haviam sofrido duros golpes por causa do dia longo e difícil, e a exaustão começava a tomar conta dela. — Depois que ele compreender quanto desejo tê-la ao meu lado — disse ela, com um suspiro, desejando, de repente, o conforto de sua cama estreita —, ele certamente cederá.

16

Quase todo o espaço disponível no chão, do grande salão às cozinhas, estava ocupado por servos exaustos e convidados que dormiam, todos deitados sobre o que tinham ou encontraram para amortecer as pedras duras. Um coro de roncos subia e descia de maneira dissonante pelo castelo, chocando-se e minguando como ondas confusas e agitadas.

Jenny, que não estava acostumada aos sons peculiares que perturbavam a noite escura e sem lua, agitava-se vez ou outra em seu sono. Virou o rosto no travesseiro e abriu os olhos, assustada com o despertar provocado por algum ruído ou movimento desconhecido no quarto.

Com o coração disparado pelo susto, ela piscava, tentando se acalmar e examinar o breu. No colchão de palha ao lado da cama estreita, sua tia se virou. *Tia Elinor*, percebeu com alívio; sem dúvida, foram os movimentos dela que a acordaram. A pobre mulher sofria frequentemente com a rigidez em suas articulações, o que a fazia preferir um colchão de palha duro a uma cama macia e, mesmo assim, ela se mexia e virava à procura de conforto. Com a pulsação já normalizada, Jenny se deitou de costas, tremendo por causa de um súbito golpe de ar frio... Um grito irrompeu do seu peito quando uma mão grande apertou sua boca, sufocando-a. Enquanto Jenny, paralisada pelo terror, olhava para o rosto escuro a apenas alguns centímetros acima do seu, Royce Westmoreland sussurrou:

— Se gritar, eu a faço desmaiar. — Fez uma pausa, à espera de que ela se recuperasse do susto. — Você me entendeu? — perguntou, impaciente.

Jenny hesitou, engoliu em seco e depois concordou com movimentos rápidos.

— Sendo assim — começou ele, afrouxando um pouco a mão. Enquanto fazia isso, Jennifer cravou os dentes na parte carnuda da sua palma e se lançou para a esquerda, tentando alcançar a janela e gritar para os guardas no pátio lá embaixo. Ele a agarrou antes que tirasse os pés da cama e a fez se deitar de costas outra vez, a mão ferida apertando seu nariz e boca com tanta força que ela não conseguia respirar. — É a segunda vez que você tira sangue de mim — disse entre os dentes, os olhos furiosos. — E será a *última*.

Ele vai me sufocar!, pensou Jenny, agitada. Sacudiu freneticamente a cabeça com os olhos arregalados e o peito estufado à procura de ar.

— Assim está melhor — zombou ele, delicadamente. — É bom que aprenda a me temer. Agora, ouça com muito cuidado, *condessa* — continuou, ignorando as tentativas apavoradas de Jenny para se soltar. — De uma forma ou de outra, vou descê-la por essa janela. Se me causar mais algum problema, descerá por ela inconsciente, reduzindo consideravelmente suas possibilidades de chegar ao chão com vida, uma vez que não conseguirá se sustentar na corda.

Ele aliviou a pressão da mão o suficiente para que Jenny enchesse os pulmões de ar; mesmo assim, ela não conseguia parar de tremer.

— A janela? — murmurou ela, a mão de Royce já sem pressão sobre a sua boca. — Está louco? São quase vinte e cinco metros acima do fosso.

Ignorando o comentário, ele usou sua arma mais letal, a ameaça garantida de vencer a resistência de Jenny.

— Arik tem sua irmã como prisioneira. Ela só será libertada quando eu der o sinal. Se fizer qualquer coisa para me impedir, eu não gostaria de imaginar o que ele seria capaz de fazer com ela.

A pouca força que restava a Jenny para lutar desapareceu. Era como reviver um pesadelo, e tentar escapar era inútil. No dia seguinte, estaria casada com aquele diabo de qualquer maneira; então, que diferença faria uma noite a mais naquilo que a amarraria a anos de infelicidade e confusão?

— Tire a mão — disse ela, cansada. — Não gritarei. Você pode confiar...

A última frase foi um erro. Soube disso no instante em que as palavras saíram dos seus lábios, vendo o rosto de Royce se fechar em furioso desprezo.

— Levante-se! — repreendeu ele, arrancando-a da cama.

Tateando a escuridão, pegou o vestido de noiva de veludo que estava sobre um baú ao pé da cama de Jenny e o lançou nos braços dela. Apertando o vestido no peito, ela disse, trêmula:

— Vire de costas.

— Devo trazer uma adaga para você usar também? — zombou friamente e, antes que ela pudesse responder, falou rispidamente: — Vista-se!

Uma vez que estava com o vestido, os sapatos e um manto azul-escuro, ele a puxou para seu lado e, antes que ela percebesse o que ele queria fazer, colocou um pano em volta da sua boca, amordaçando-a. Feito isso, virou-a e a empurrou na direção da janela.

Jenny olhou apavorada para a enorme parede lisa que acabava em um fosso escuro e profundo. Era como olhar para a própria morte. Negou veementemente com a cabeça, mas Royce a empurrou para a frente, pegou a corda grossa que deixou pendurada na janela e a amarrou com firmeza em torno da cintura de Jenny.

— Segure a corda com ambas as mãos — ordenou, sem dó nem piedade, enquanto enrolava a outra ponta ao redor do pulso. — E use os pés para afastar o corpo da parede. — Sem hesitação, ele a levantou e colocou sobre o peitoril.

Ao ver o terror nos enormes olhos de Jenny enquanto se agarrava aos dois lados da estrutura da janela, Royce disse, bruscamente:

— Não olhe para baixo. A corda é forte, e já desci coisas mais pesadas que você.

Um gemido subiu pela garganta de Jenny enquanto as mãos de Royce a agarraram pela cintura, forçando-a implacavelmente para fora.

— Segure a corda — disse ele, e Jenny obedeceu no mesmo instante em que ele a tirou do peitoril, segurando-a no ar por instantes de terror que a deixaram sem fôlego, acima da água turva lá embaixo. — Afaste-se da parede com os pés — ordenou abruptamente.

Jennifer, que já estava fora da janela como uma folha ao vento, girando sem poder fazer nada, procurava freneticamente pela parede com os pés; finalmente, conseguiu parar de girar. Firmando-os nas pedras ásperas e ficando apenas com a cabeça e o pescoço acima da abertura da janela, olhou fixamente para ele, respirando de maneira rasa e aterrorizada.

E, naquele que era o momento mais improvável e menos desejável, pendurada a vinte e cinco metros de altura acima de um fosso profundo apenas com a força das mãos e uma corda grossa para não mergulhar para a morte, ela teve a rara oportunidade de ver a total expressão pálida de choque do Lobo Negro quando a tia Elinor, de camisola branca, levantou-se ao lado da cama de Jenny como uma aparição fantasmagórica e perguntou, em tom imperioso:

— *O que* pensa que está fazendo?

Royce virou a cabeça para a mulher com uma expressão de incredulidade quase cômica ao perceber sua total impotência diante daquela situação difícil, pois não podia pegar sua adaga para ameaçá-la nem atravessar o quarto para silenciá-la.

Em qualquer outro momento, Jenny teria gostado de vê-lo totalmente perdido, mas não agora, não quando ele literalmente tinha sua vida nas mãos. A última coisa que viu dele foi o perfil voltado para a tia Elinor e, então, a corda começou a descer, enquanto ela, sacudindo, era abaixada pela parede interminável, restando-lhe apenas balançar, rezar e perguntar o que, no santo nome de Deus, estava acontecendo em seu quarto e *por que* a tia Elinor havia aparecido, ainda por cima *naquele* momento.

Royce se perguntava o mesmo enquanto observava, no escuro, a mulher idosa, que havia, por algum motivo incompreensível, deliberadamente esperado até aquele momento impossível para aparecer. Olhou para a corda que lhe roçava os pulsos, testando automaticamente a tensão e, por fim, respondeu à pergunta da mulher:

— Estou sequestrando a sua sobrinha.

— Foi o que pensei.

Royce olhou bem para ela sem saber se a tia de Jennifer era simplória ou sorrateira.

— O que a senhora pretende fazer a esse respeito?

— Eu *poderia* abrir a porta e pedir ajuda — respondeu ela —, mas, uma vez que você tem Brenna como prisioneira, provavelmente não farei isso.

— Não — concordou Royce, com alguma hesitação. — É provável que não.

Por um interminável momento, eles se olharam fixamente enquanto avaliavam um ao outro e, então, ela disse:

— É claro que você *talvez* esteja mentindo, o que não posso saber.

— Talvez — concordou Royce, cautelosamente.

— Por outro lado, talvez não esteja. Como conseguiu escalar a parede?

— Como acha que escalei? — perguntou Royce, desviando os olhos para a corda, na tentativa de ganhar tempo. Com os ombros tensos e as pernas apoiadas contra a parede, continuou lentamente a soltar a corda.

— Talvez um dos seus homens tenha vindo até aqui durante a ceia, fingindo que desejava usar o vestiário, uma vez que havia uma multidão fora daquele que há no salão. Então, ele entrou às escondidas aqui, amarrou a corda a esse baú embaixo da janela e jogou a outra ponta para o lado de fora.

Royce confirmou a conclusão completamente exata da mulher, inclinando levemente a cabeça com uma expressão debochada. As próximas palavras da mulher levaram-no a outro sobressalto, dessa vez de alarme.

— Pensando melhor, *não* acho que você tem Brenna como cativa.

Royce, que havia deliberadamente enganado Jennifer, levando-a a acreditar que sim, agora tinha a necessidade urgente de que a velha guardasse silêncio.

— O que a faz pensar que não? — perguntou, tentando ganhar um tempo precioso enquanto continuava soltando a corda.

— Em primeiro lugar, meu sobrinho colocou guardas no pé da escada quando me retirei nesta noite; sem dúvida, para evitar algo assim. Portanto, para levar Brenna, você precisaria já ter escalado esta parede pelo menos uma vez nesta noite, o que seria um grande e desnecessário problema, pois você só precisaria dela para assegurar que Jennifer partiria silenciosamente com você.

Esse resumo foi tão conciso e correto que a velha começou a subir no conceito de Royce.

— Por outro lado — disse ele calmamente, observando-a de perto e tentando imaginar a distância de Jennifer em relação ao fosso lá embaixo —, a senhora não pode ter certeza de que não sou um homem muito cauteloso.

— Isso é verdade — concordou ela.

Royce soltou um suspiro baixinho de alívio que se transformou em alarme quando acrescentou:

— Mas não acredito que esteja com Brenna. Portanto, vou propor um acordo.

Royce juntou as sobrancelhas.

— Que tipo de acordo?

— Para que eu não chame os guardas agora, você me abaixará por essa janela e me levará junto com vocês.

Se o tivesse convidado a se juntar a ela na cama, Royce não teria ficado mais surpreso. Recuperando a compostura após certo esforço, ele avaliou o corpo magro e frágil da mulher e o perigo de precisar descê-la na corda.

— Isso está fora de cogitação — disse.

— Nesse caso — disse ela, virando-se e estendendo a mão para a porta —, não me deixa alternativa, meu jovem...

Engolindo uma maldição diante da sua impotência momentânea, Royce continuou a descer a corda.

— Por que a senhora quer vir conosco?

A voz da mulher perdeu a imperiosa confiança e seus ombros caíram um pouco.

— Porque meu sobrinho tem a intenção de me enviar novamente à reclusão amanhã, e realmente não consigo suportar essa ideia. No entanto — acrescentou, com um quê de astúcia —, também seria do seu interesse me levar com vocês.

— Por quê?

— Porque — respondeu a tia Elinor — minha sobrinha, como você bem sabe, pode ser uma mulher problemática, mas fará o que eu lhe disser.

Um leve brilho de interesse surgiu nos olhos de Royce enquanto considerava a longa jornada à frente e a necessidade de ser rápido. Uma Jennifer "cooperativa" poderia significar a diferença entre o sucesso e o fracasso do seu plano. Contudo, enquanto considerava a rebeldia, a obstinação e a astúcia dela, achava difícil acreditar que a diaba ruiva concordaria mansamente com a tia. Principalmente agora, que sentia a marca dos dentes dela na palma ensanguentada da sua mão.

— Francamente, acho difícil acreditar.

A mulher ergueu a cabeça de cabelos brancos e olhou para ele.

— É assim que fazemos as coisas, inglês. É por isso que o pai dela mandou me buscar e tinha a intenção de me enviar com ela quando partisse com você amanhã.

Diante das dificuldades que a velha criaria ao diminuir o ritmo da fuga, Royce reconsiderou os benefícios de levá-la consigo. Acabara de tomar a decisão de não levá-la quando as próximas palavras da mulher fizeram com que mudasse de ideia.

— Se me deixar para trás — disse, de forma lastimosa —, meu sobrinho certamente me matará por tê-lo deixado levá-la. O ódio dele por você é maior que o amor que sente por mim, até mesmo pela pobre Jennifer. Ele nunca acreditará que você poderá silenciar a nós duas. Pensará que fui eu quem colocou a corda para você.

Amaldiçoando em pensamento todas as mulheres escocesas, Royce hesitou e, então, concordou com a cabeça, de maneira relutante.

— Vista-se — disse, trincando os dentes.

Com a corda apertando suas costelas e os braços e as pernas doendo por causa dos arranhões que ganhara ao bater no muro de pedra, Jenny engoliu em seco e olhou para baixo. Na escuridão sombria do fosso, pôde distinguir as figuras de dois homens que pareciam estar estranhamente de pé sobre a superfície da água. Reprimindo aquela ideia histérica, apertou os olhos e viu o contorno de uma balsa plana debaixo deles. Instantes mais tarde, mãos enormes e ásperas a tiraram do ar, segurando-a pela cintura e roçando com indiferença seus seios, enquanto Arik soltava a corda que a amarrava e depois a colocava sobre a balsa improvisada que balançava sobre a água.

Com as mãos na nuca, Jenny começou a soltar o pano que lhe servia de mordaça, mas Arik empurrou suas mãos para baixo, amarrou-as bruscamente nas costas e a empurrou de maneira pouco delicada para o outro homem em pé na balsa flutuante, que a segurou. Ainda trêmula por causa da descida, ela olhou para o rosto inexpressivo de Stefan Westmoreland, que friamente desviou o olhar e se voltou para a escuridão na janela acima.

Sem jeito, Jenny se sentou na balsa, grata pela pouca segurança que esta lhe dava em um mundo que já não fazia mais sentido.

Minutos depois, um sussurro assustado de Stefan Westmoreland quebrou o silêncio dos dois homens na balsa.

— Que diabos! — suspirou ele, olhando, incrédulo, para a parede do castelo pela qual Jennifer acabara de descer.

Ela levantou a cabeça, acompanhando os olhos dos homens, à espera de ver Royce Westmoreland mergulhando impotente em direção à água. O que viu, entretanto, foi a figura inconfundível de um homem com um corpo jogado sobre o ombro como um saco de trigo e amarrado a ele pela cintura.

O espanto fez Jenny começar a se levantar ao perceber que era a pobre tia Elinor que ele carregava. A balsa balançou e Arik se virou para ela com um olhar penetrante de advertência. Com uma tensão que lhe roubava o fôlego, Jenny esperou, observando o vulto desajeitado descer pela corda, em dolorosa lentidão.

Só quando Arik e Stefan Westmoreland estenderam as mãos e seguraram sua cúmplice, ajudando Royce a descer para a balsa, conseguiu respirar normalmente.

O homem ainda estava se soltando da "prisioneira" quando a balsa começou a se mover suavemente em direção à margem distante. Jenny observou duas coisas ao mesmo tempo: ao contrário de si mesma, tia Elinor não estava amordaçada para não gritar, e a balsa seguia para a margem oposta com cordas que eram puxadas por homens que estavam do outro lado na floresta.

Dois relâmpagos iluminaram o céu com uma luz azul irregular. Jenny olhou por cima do ombro, rezando para que um dos guardas do castelo se virasse e visse a balsa iluminada pelo céu revolto. Pensando melhor, decidiu, com ar de cansaço, que não havia motivo para essa reza, nem qualquer outro para que fosse amordaçada. De todo modo, estaria partindo de Merrick com Royce Westmoreland. Preferia partir assim, decidiu, quando o medo começou a diminuir, a partir como *esposa* de Royce.

17

A tempestade que vinha ganhando força durante dois dias soprava com desforra, fazendo com que o céu permanecesse quase preto, mesmo após duas horas do amanhecer. A chuva caía com força e chicoteava os rostos, fazendo plantas volumosas se dobrarem. Ainda assim, o grupo avançava, contando com o abrigo da floresta sempre que possível.

Com os ombros inclinados para a frente, Royce deixou a chuva bater em suas costas, irritado porque sua postura também protegia a mulher exausta, responsável por tudo aquilo e que agora dormia em seu peito.

Com o sol completamente coberto pelas nuvens escuras, era como se cavalgassem em um amanhecer perpétuo. Não fosse a chuva, teriam chegado ao destino havia horas. Lentamente, Royce acariciava o pescoço brilhante de Zeus, muito satisfeito com o filho de Thor, que carregava a carga dupla com a facilidade natural do pai. O ligeiro movimento da mão enluvada pareceu despertar Jennifer de seu sono, mas ela se aconchegou ainda mais no calor do corpo de Royce. Antes, não muito tempo atrás, o mesmo movimento o teria feito desejar aconchegá-la ao seu peito, mas não hoje. Não mais. Quando precisasse do corpo dela, iria usá-lo, mas nunca mais com cuidado ou gentileza. Ele se permitiria sentir desejo por aquela pequena vagabunda calculista, mas nada mais além disso. Em hipótese alguma. A juventude, os grandes olhos azuis e as mentiras comoventes o haviam enganado uma vez, para nunca mais.

Como se, de repente, percebesse onde estava e o que estava fazendo, Jenny se agitou nos braços de Royce, depois abriu os olhos, olhando ao redor, como se tentasse entender o que havia acontecido.

— Onde estamos? — Sua voz soava deliciosamente rouca por causa do sono enquanto falava as primeiras palavras desde que ele a baixara pela parede do castelo, fazendo-o se lembrar do modo como Jenny havia acordado quando ele a despertou para novamente fazer amor durante aquela noite interminável de paixão que passaram em Hardin.

Royce endureceu a mandíbula enquanto rejeitava friamente aquela lembrança e olhou para o rosto voltado para cima de Jenny, observando a confusão que agora substituía sua arrogância normal.

Uma vez que ele permaneceu em silêncio, ela persistiu, com um suspiro cansado:

— Para onde estamos *indo*?

— Para o oeste, pelo sudoeste — respondeu, sem dar muitas informações.

— Seria muito inconveniente me dizer nosso *destino*?

— Sim — respondeu, entre os dentes.

Os últimos sinais de sono desapareceram, e Jenny se endireitou ao lembrar plenamente o trabalho que ele tivera à noite para descê-la do castelo. A chuva batia em seu rosto toda vez que saía do abrigo que a corpulência de Royce lhe dava para observar as figuras de manto arqueadas sobre os cavalos, movendo-se furtivamente pela floresta ao lado deles. Stefan Westmoreland estava à esquerda deles, e Arik, à direita. Tia Elinor estava bem acordada, sentada ereta em sua sela, olhando para Jenny com um sorriso reconfortante e uma expressão no rosto que deixava óbvia sua satisfação por estar em *qualquer lugar* menos na casa em que era reclusa. Na noite anterior, na balsa, ela conseguiu sussurrar que havia enganado o duque para que a levasse com eles, mas, fora isso, Jenny não sabia de mais nada. Na verdade, sua mordaça só foi removida depois que adormeceu.

— Onde está Brenna? — perguntou, assustada, forçando a mente a se focar. — Você a soltou?

Agora, quando menos esperava uma resposta informativa, Jenny a recebeu. Com um tom que exalava sarcasmo, Royce Westmoreland respondeu:

— Em nenhum momento estive com ela.

— Seu *desgraçado!* — exclamou Jenny, furiosa. Em seguida, foi tomada por uma surpresa alarmada quando Royce a envolveu com o braço, como se fosse uma cobra poderosa, cortando sua respiração enquanto a puxava bruscamente contra o peito.

— *Nunca mais* — disse ele, enunciando com uma voz terrível — use esse tom ou essa palavra para se referir a mim!

Ele estava prestes a dizer mais quando viu um grande edifício de pedra aninhado em uma encosta à frente. Virando-se para Stefan, levantou a voz para ser ouvido acima da chuva, agora mais fraca.

— Parece ser esse o lugar. — Enquanto falava, cravou as esporas no cavalo, fazendo-o galopar furiosamente. Ao lado e atrás dele, seguia o grupo de cinquenta homens e, instantes depois, todos galopavam pela estrada escabrosa sob os protestos da tia Elinor, dizendo que estava saltando muito, graças aos galopes do cavalo.

Royce chegou ao que era, sem dúvida, um convento e desceu do cavalo, deixando Jenny sentada, olhando para as suas costas com irritada curiosidade, ansiosa para saber seu destino e tentando ouvir o que ele dizia a Stefan:

— Arik ficará aqui conosco. Deixe-nos o cavalo extra.

— E Lady Elinor? E se não aguentar a viagem?

— Se ela não conseguir, você terá que encontrar uma casa de campo e deixá-la lá.

— Royce — disse Stefan, com a expressão preocupada —, não seja mais tolo do que já foi. O povo de Merrick pode já estar atrás de você.

— Perderão a maior parte do dia tentando convencer Hastings e Dugal de que não sabia nada sobre a conspiração e, então, terão que adivinhar nossa direção toda vez que perderem uma pista. Isso lhes custará muito tempo. Caso contrário, nossos homens sabem o que fazer. Siga para Claymore e cuide para que tudo esteja pronto para um possível ataque.

Concordando com alguma relutância, Stefan subiu em seu cavalo e partiu.

— Conspiração? — perguntou Jenny com veemência, olhando furiosamente para seu raptor, que não queria saber de muita conversa. — Que conspiração?

— Que mocinha mentirosa e esperta você é — repreendeu Royce, que a agarrou pela cintura, para tirá-la da sela. — Sabe muito bem a que conspiração me refiro. Você fez parte dela. — Ele a pegou pelo braço e começou a puxá-la em direção à porta do convento, sem pensar no peso do manto molhado de Jennifer. — Embora — acrescentou sarcasticamente, andando a passos largos e pesados — eu ache difícil imaginar que uma mulher com sangue quente como você realmente se comprometeria a viver em um convento em vez de se casar com um homem, *qualquer* homem, até mesmo eu.

— Não sei do que está falando! — gritou Jenny, perguntando-se furiosamente que nova forma de terror um convento pacífico poderia abrigar, especialmente um que parecia bastante deserto.

— Estou falando da abadessa de Lunduggan, que chegou ontem à noite ao castelo durante a nossa festa, escoltada por um pequeno "exército" próprio, e você, diabos, sabia disso — repreendeu ele, levantando o punho e o batendo imperativamente na pesada porta de carvalho. — Eles foram atrasados pela chuva, motivo pelo qual seu devoto frei Benedict foi forçado a fingir um mal-estar que atrasaria a cerimônia.

Com o peito ofegante de indignação, Jenny se virou para ele com os olhos ardendo de raiva.

— Em primeiro lugar, nunca *ouvi* falar de Lunduggan *nem* de qualquer abadia que houvesse lá. Em segundo lugar, que diferença faria a chegada de uma abadessa? Agora — vociferou — *me* diga você: devo entender que me arrastou da minha cama, me obrigou a descer a parede de um castelo, atravessou a Escócia comigo debaixo de uma tempestade e me trouxe para este lugar apenas porque não queria esperar mais um dia para *se casar* comigo?

O olhar insolente de Royce percorreu o peito nu e úmido de Jenny, levando-a a se encolher diante da expressão de asco do duque.

— Você se envaidece — disse ele, de maneira mordaz. — Foi preciso haver uma ameaça de morte, somada à de perder meus bens, para me fazer concordar em tê-la, em primeiro lugar.

Levantando o braço, bateu com impaciente vigor na porta de carvalho, que se abriu, revelando o rosto delicado de um frade assustado. Ignorando-o, Royce olhou com desprezo para sua futura esposa.

— Estamos aqui porque dois reis decidiram que devíamos nos casar às pressas, minha querida, e é o que vamos fazer. Não merece que se inicie uma guerra por você. E também estamos aqui porque a perspectiva de ser decapitado ofende a minha sensibilidade. Porém, acima de tudo, estamos aqui porque acho irresistivelmente atraente frustrar os planos do seu pai em relação a mim.

— Você é um louco! — exclamou ela, ofegante. — E um demônio!

— E você, minha querida — respondeu Royce, imperturbável —, é uma vagabunda. — Com isso, virou-se para o frade horrorizado e, sem hesitação, anunciou: — A dama e eu desejamos nos casar.

Uma expressão de cômica descrença surgiu no rosto do devoto, que vestia a túnica branca e o manto preto dos dominicanos. Ele recuou mais por choque do que por cortesia, permitindo que entrassem no silencioso convento.

— E-eu devo tê-lo entendido mal, milorde — replicou ele.

— Não, o senhor não entendeu mal — disse Royce, entrando e puxando Jennifer pelo cotovelo. Parou para inspecionar minuciosamente os belos vitrais no alto, depois pôs os olhos no frade paralisado e juntou as sobrancelhas, impaciente:

— Pois bem? — exigiu.

Recuperando-se da comoção anterior, o frade, que parecia ter cerca de 25 anos, virou-se para Jennifer e disse, calmamente:

— Sou o frei Gregory, minha filha. *Você* se importaria de me dizer do que se trata tudo isso?

Jenny, que respondeu automaticamente à santidade de seu entorno, sussurrou de maneira mais adequada do que a voz imperativa de barítono de Royce e respondeu, trêmula e respeitosamente:

— Frei Gregory, o senhor precisa me ajudar. Este homem me raptou da minha casa. Sou Lady Jennifer Merrick e meu pai é...

— Um bastardo traiçoeiro e calculista — repreendeu Royce, com os dedos dolorosamente cravados no braço de Jennifer, advertindo-a a permanecer em silêncio se não quisesse se arriscar a ter o osso quebrado.

— E-eu entendo — disse o frei Gregory, com admirável compostura. Levantando as sobrancelhas, olhou ansioso para Royce. — Agora que descobrimos a identidade da dama e as circunstâncias supostamente pecaminosas em torno do nascimento do pai dela, seria muito presunçoso de minha parte indagar a *sua* identidade, milorde? Se for, acredito que possa arriscar um palpite...

Por uma fração de segundo, um vislumbre de divertido respeito substituiu a raiva de Royce enquanto olhava para o jovem frade impávido, de estatura inferior, mas que não o temia.

— Eu sou... — começou, mas a voz furiosa de Jenny o interrompeu.

— Ele é o Lobo Negro! O Castigo da Escócia. Um animal e um louco!

Os olhos do frei Gregory se arregalaram diante do ataque de raiva de Jenny, mas o homem tentou permanecer aparentemente calmo. Afirmando com a cabeça, disse:

— O duque de Claymore.

— Uma vez que fomos todos devidamente apresentados — disse secamente Royce ao frade —, diga as palavras e acabemos logo com isso.

Com grande dignidade, o frei Gregory respondeu:

— Normalmente, algumas formalidades precisariam ser cumpridas. Contudo, pelo que já ouvi neste convento e em outros lugares, a igreja e o rei Tiago já aprovaram o casamento. Portanto, não há nenhum obstáculo aqui.

Jenny se abateu, depois se animou freneticamente quando ele se virou para ela e perguntou:

— No entanto, parece-me, minha filha, que não é seu *desejo* se casar com este homem. Estou certo?

— Sim! — exclamou Jenny.

Com apenas uma hesitação momentânea para reunir coragem, o jovem frade se virou lentamente para o homem poderoso e implacável ao lado dela e disse:

— Milorde Westmoreland, Vossa Alteza, não posso realizar o casamento sem o consentimento da... — Mas parou, confuso, enquanto o duque de Claymore continuava a olhar para ele em um silêncio debochado, como se calmamente esperasse que se lembrasse de algo, algo que o deixaria sem alternativa senão fazer o que lhe fora pedido.

Com um sobressalto de consternação, o frade percebeu o que deveria ter considerado desde o início e se voltou para Jennifer.

— Lady Jennifer — disse delicadamente —, não quero afligi-la com o que deve ser uma circunstância muito humilhante, mas é de conhecimento de todos que esteve... *com*... este homem durante várias semanas, e que ele... e você...

— Não por minha própria vontade — disse Jenny, baixinho, consumida mais uma vez pela culpa e a vergonha.

— Sei disso — consolou o frei Gregory, delicadamente. — Mas, antes de me recusar a realizar a cerimônia, devo lhe perguntar se tem certeza de que não concebeu como resultado daquele... hã... tempo que passou como refém dele? Se não tiver certeza, então deve me permitir realizar esse casamento pelo bem de uma possível criança. Trata-se de uma *necessidade*.

O rosto de Jennifer ficou vermelho com aquela discussão totalmente humilhante, e seu ódio por Royce Westmoreland atingiu níveis incomparáveis.

— Não — respondeu, com a voz rouca —, não há a menor possibilidade.

— Nesse caso — disse o frei Gregory, dirigindo-se corajosamente ao duque —, deve entender que eu não posso...

— Entendo *perfeitamente* — disse Royce, em um tom suave e cortês, apertando ainda mais o braço já dolorido de Jenny. — Se nos der licença, retornaremos em quinze minutos, e o senhor, *então*, poderá realizar a cerimônia.

Em pânico, Jenny ficou olhando para ele com os pés fincados no chão.

— Para onde está me levando?

— Para a cabana que vi logo atrás desse lugar — respondeu ele com uma calma implacável.

— Para quê? — perguntou Jenny, com um medo cada vez maior na voz, tentando novamente soltar o braço da mão de Royce.

— Para fazer com que nosso casamento seja uma *necessidade*.

Jenny não tinha dúvida alguma de que Royce Westmoreland poderia e iria arrastá-la para uma cabana, forçá-la a fazer amor com ele e, então, trazê-la de volta para o convento, deixando o frade sem escolha senão casar os dois.

A esperança de um indulto morreu junto com a resistência da jovem, e seus ombros caíram em sinal de derrota e vergonha.

— Eu o odeio — disse ela, com uma calma mortal.

— Uma base perfeita para um casamento perfeito — respondeu Royce, sarcasticamente. Virando-se para encarar o frade, ordenou secamente:

— Faça-o. Já perdemos muito tempo aqui.

Alguns minutos depois, unidos pelo matrimônio ímpio por toda a eternidade, tendo como base o ódio, no lugar de amor e da afeição, Royce puxou Jenny para fora do convento e a montou em seu cavalo. Em vez de subir no cavalo extra, ele se virou e falou rapidamente com Arik, que afirmou com a cabeça. Jenny não pôde ouvir as ordens que Royce deu ao gigante, mas viu quando ele se virou e começou a andar decididamente em direção ao convento.

— Por que ele está indo para lá? — perguntou, lembrando que o frei Gregory dissera que estava sozinho naquele dia. — Ele não pode representar uma ameaça para você. Ele mesmo disse que só estava de passagem no convento durante uma viagem.

— Cale-se — repreendeu Royce, subindo no cavalo atrás dela. A hora seguinte foi uma confusão pontuada apenas pelas batidas do cavalo que Jenny sentia nas nádegas enquanto cavalgavam pela estrada lamacenta. Quando se aproximaram de uma bifurcação, Royce repentinamente puxou as rédeas do grande cavalo, evitando que entrassem na floresta, e parou, como se esperasse algo. Passaram-se alguns minutos e depois outros mais, enquanto Jenny examinava a estrada, curiosa para saber por que esperavam. Então, viu o que era: galopando em direção a eles em um ritmo vertiginoso, vinha Arik com a mão estendida segurando as rédeas do cavalo extra, que corria ao seu lado. Saltando sobre o dorso do animal como se nunca tivesse estado ali antes, agarrado à sela para salvar a própria vida, estava... o frei Gregory.

Jenny ficou boquiaberta com aquele espetáculo bem cômico, incapaz de acreditar no que via até que o frei Gregory chegou perto o suficiente para que ela pudesse realmente ver a expressão de angústia no rosto do religioso. Voltando-se para seu marido, furiosamente indignada, exclamou:

— Você... *você está louco!* Raptou um *padre* desta vez! Você realmente fez isso! Raptou um padre de um lugar sagrado!

Desviando os olhos dos cavaleiros para ela, Royce permaneceu em um silêncio sombrio com sua total falta de preocupação servindo apenas para aumentar a indignação da mulher.

— Eles irão enforcá-lo por isso! — prenunciou ela, com furiosa alegria. — O próprio papa cuidará disso! Eles irão decapitá-lo, arrastá-lo pela cidade, esquartejá-lo, pendurar sua cabeça em uma lança e arrancar suas entranhas para...

— Por favor — disse Royce arrastadamente, com uma expressão exagerada de horror —, você me fará ter pesadelos.

Sua capacidade de zombar do destino e ignorar seus delitos era maior do que Jenny podia suportar. Ela sussurrou de maneira abafada e o olhou por cima do ombro como se ele fosse um curioso ser inumano que estava além de sua compreensão.

— Não há *limite* para a sua ousadia?

— Não — respondeu ele. — Não há nenhum limite. — Sacudindo as rédeas, fez Zeus se voltar para a estrada e bateu nas esporas para que o cavalo avançasse enquanto Arik e o frade galopavam ao lado. Desviando os olhos do rosto fechado de Royce, Jenny apertou a crina esvoaçante de Zeus e olhou com simpatia para o pobre frei Gregory, que, saltando no cavalo com os olhos arregalados de medo, olhava fixamente para ela, em um apelo silencioso por ajuda, em aterrorizada angústia.

Mantiveram o ritmo vertiginoso até o anoitecer, parando de vez em quando apenas o tempo suficiente para os cavalos descansarem e beberem água. Quando Royce finalmente fez sinal para Arik parar, um campo adequado foi visto em uma pequena clareira no interior da floresta. Jenny estava exausta. A chuva havia parado mais cedo naquela manhã e um sol nublado havia aparecido e brilhado como uma forma de vingança, fazendo levantar o vapor dos vales e aumentando consideravelmente o desconforto de Jenny em seu vestido de veludo úmido e pesado.

Com expressão de cansaço, ela saiu de dentro da mata onde se embrenhara para atender às suas necessidades pessoais longe dos homens. Passando os dedos pelo cabelo totalmente emaranhado, foi até a fogueira e dirigiu um olhar assassino a Royce, que parecia descansado e alerta, apoiado sobre um joelho, lançando gravetos na fogueira que havia feito.

— Devo dizer que — disse ela para as costas largas de Royce — se esta é a vida que tem levado durante os últimos anos, ela deixa *muito* a desejar.
— Jenny não esperava resposta, nem obteve uma. Começou a entender por que a tia Elinor, privada havia vinte anos de companhia humana, sentia tanta falta disso que, agora, tagarelava ansiosamente com qualquer pessoa que encontrasse para ouvi-la, estando essa pessoa disposta ou não. Depois de uma noite inteira e um dia de silêncio, ela estava desesperada para descarregar sua ira em Royce.

Muito exausta para permanecer em pé, Jenny mergulhou em um monte de folhas a poucos passos da fogueira, desfrutando da oportunidade de se sentar em algo macio, que não se movesse aos solavancos e não a fizesse bater os dentes, mesmo que estivesse úmido. Levando as pernas ao peito, envolveu-as com os braços.

— Por outro lado — continuou sua conversa unilateral para as costas de Royce —, talvez você tenha muito prazer em galopar pela floresta, esconder-se em troncos de árvores e fugir para salvar a própria vida. E, quando isso se torna tedioso, sempre pode se distrair com um cerco ou uma batalha sangrenta, ou raptando pessoas indefesas e inocentes. Esta é, de fato, a vida perfeita para um homem como você!

Royce olhou para ela por sobre o ombro e a viu sentada com o queixo apoiado nos joelhos, as delicadas sobrancelhas levantadas em tom de desafio, e não conseguiu acreditar na ousadia da jovem. Depois de tudo pelo que ele a havia feito passar nas últimas vinte e quatro horas, Jennifer Merrick, não, ele se corrigiu, Jennifer Westmoreland, ainda conseguia se sentar calmamente em um monte de folhas e *zombar* dele.

Jenny teria dito mais, porém, naquele momento, o pobre frei Gregory saiu cambaleando do meio da floresta, viu-a e veio tropeçando para se sentar com cuidado nas folhas ao seu lado. Uma vez sentado, passou experimentalmente o peso do corpo de um lado para outro, fazendo caretas.

— Eu... — começou ele, e fez outra careta — não tenho o costume de andar a cavalo — admitiu com sofrimento.

Dando-se conta de que o corpo inteiro do frade devia estar cheio de dores, Jenny conseguiu sorrir para ele com impotente empatia. Em seguida, ocorreu-lhe que o pobre frade era prisioneiro de um homem com reputação de brutalidade indescritível e procurou aliviar seus inevitáveis temores da melhor maneira possível, dada sua própria animosidade para com o homem que havia capturado os dois.

— Não acho que ele vá matá-lo ou torturá-lo — começou, e o frei olhou para ela com desconfiança.

— Já fui torturado ao máximo por aquele cavalo — declarou secamente. Depois, ficou sério. — No entanto, não pensei que pudesse ser morto. Seria uma insensatez, e não acho que seu marido seja um tolo. Imprudente, sim, mas tolo, não.

— Então o senhor não teme pela sua vida? — perguntou Jenny, estudando o frade com renovado respeito enquanto se lembrava do próprio terror quando viu o Lobo Negro pela primeira vez.

O frei Gregory negou com a cabeça.

— Das três palavras que o gigante loiro ali me dirigiu, imagino que eu deva ser levado com vocês para dar testemunho do inevitável inquérito que deverá acontecer para saber se você está bem e realmente casada. Ouça — admitiu pesarosamente —, como lhe expliquei no convento, estava ali apenas de visita; o padre superior e todos os frades haviam ido a um vilarejo próximo para atender aos pobres de espírito. Se tivesse partido pela manhã, como pretendia fazer, não haveria ninguém para atestar os votos que vocês fizeram.

Jenny teve um breve acesso de cólera.

— Se ele — olhou furiosamente para o marido, que estava perto da fogueira com o joelho dobrado enquanto jogava mais gravetos no fogo — quisesse testemunhas para o casamento, só precisava me deixar em paz e esperar até esta manhã, quando o frei Benedict teria nos casado.

— Sim, eu sei, e parece estranho que não tenha feito isso. Da Inglaterra à Escócia, todos sabem que ele estava relutante, ou melhor, que era violentamente *contrário* à ideia de se casar com você.

Envergonhada, Jenny desviou os olhos, fingindo interesse nas folhas molhadas ao seu lado, enquanto mexia com o dedo na superfície venosa delas. Ao seu lado, o frei Gregory disse gentilmente:

— Falo com franqueza com você, porque percebi, quando nos encontramos no convento, que não tem medo e preferiria saber a verdade.

Jenny engoliu o nó de humilhação que sentia na garganta e assentiu, encolhendo-se ao perceber que todas as pessoas de importância nos dois países, evidentemente, sabiam que era uma noiva indesejada. Além disso, que já não era mais virgem. Sentiu-se indescritivelmente imunda e humilhada, abatida e prostrada, diante do povo de dois países inteiros. Com raiva, disse:

— Não acho que as ações dele nos últimos dois dias passarão impunes. Ele me arrancou da minha cama e me fez descer pela janela da torre em uma corda. Agora, raptou o senhor! Acho que o clã de MacPherson e todos os outros podem acabar com a trégua e atacá-lo! — disse, com mórbida satisfação.

— Ah, duvido que haja uma retaliação *oficial*; dizem que Henrique ordenou que ele se casasse com você às pressas. Lorde Westmoreland... hã... Vossa Alteza certamente cumpriu essa ordem, embora Tiago deva ter protestado um pouco a Henrique sobre a forma como a ordem foi cumprida. No entanto, pelo menos em tese, o duque obedeceu à risca a Henrique, então ele talvez se sinta satisfeito com tudo isso.

Jenny olhou-o com humilhada fúria.

— Satisfeito?

— É possível — respondeu frei Gregory. — Pois, como o Lobo, Henrique tecnicamente cumpriu à risca o acordo que fez com Tiago. Seu vassalo, o duque, casou-se com você e fez isso às pressas. Para isso, ele evidentemente invadiu seu castelo, que, sem dúvida, estava fortemente vigiado, e a arrancou do seio da sua própria família. Sim — continuou, falando mais para si mesmo do que para ela, como se estivesse imparcialmente considerando uma questão de teoria dogmática —, me parece que, para o inglês, tudo isso é muito divertido.

Jenny sentiu um gosto amargo na garganta que quase a sufocou ao se lembrar de tudo o que ocorrera na noite anterior, no salão, e percebeu que o padre estava certo. Os odiados ingleses estavam apostando entre si, na verdade, *apostando* no salão do castelo de Merrick, que seu marido logo a faria se prostrar, enquanto seus parentes não poderiam fazer outra coisa senão olhar com o rosto orgulhoso e sério para ela, como se a vergonha que ela sentia fosse deles. Porém, tinham esperanças de que, dependendo dela, ela redimiria a si mesma e a todos eles se nunca cedesse.

— Embora — disse o frei Gregory mais para si mesmo do que para ela — eu não possa entender por que ele teve que correr tantos riscos e passar por tantos problemas.

— Ele mencionou alguma conspiração — sussurrou Jenny de modo sufocado. — Como o senhor sabe tanta coisa sobre nós, sobre tudo o que está acontecendo?

— Notícias que envolvem pessoas famosas voam de castelo em castelo, muitas vezes em uma velocidade surpreendente. Como frade dominicano, é meu dever e privilégio ir *a pé* até as pessoas de nosso Senhor — enfatizou, com ironia. — Embora passe o tempo entre os pobres, eles vivem em vilarejos. E, onde há vilarejos, há *castelos*; as notícias passam dos salões dos senhores às cabanas dos aldeões, *principalmente* quando essas notícias dizem respeito a um homem que é uma lenda, como é o caso do Lobo.

— Então, minha vergonha é conhecida por todos — disse Jenny, sufocada.

— Não é nenhum segredo — admitiu ele. — Mas, ao meu ver, também não é motivo para *você* sentir vergonha. Não deve se culpar por... — O frei Gregory viu a expressão lastimosa de Jenny e se encheu de contrição no mesmo instante. — Minha querida filha, peço que me perdoe. Em vez de falar com você sobre perdão e paz, estou falando de vergonha e causando amargura.

— O senhor não precisa se desculpar — disse Jenny com a voz trêmula. — Afinal, também foi levado cativo por esse... esse monstro... à força e arrastado do seu convento, como eu fui de minha cama e...

— Ora, ora — tranquilizou-a ao perceber que ela estava entre a histeria e a exaustão —, eu não diria que fui levado cativo. Na verdade, não. Nem fui arrastado do convento. Foi mais uma questão de ter sido *convidado a* acompanhar o homem mais gigantesco que já vi, que também, por acaso, carrega um machado de guerra no cinto com um cabo quase do tamanho do tronco de uma árvore. Por isso, quando graciosamente vociferou: "Venha. Não vou machucá-lo", aceitei o convite sem demora.

— Eu *o* odeio também! — sussurrou Jenny, observando Arik sair da floresta com os dois coelhos gordos que decapitara com um lance do seu machado.

— Verdade? — perguntou o frei Gregory, que parecia perplexo e fascinado. — É difícil odiar um homem que não fala. Ele é sempre tão mesquinho com as palavras?

— Sim! — respondeu Jenny, com ar vingativo. — Tudo o que pre-precisa fazer — as lágrimas que se esforçava para conter embargaram sua voz — é olhar para vo-você com aqueles olhos azuis frios e você sim-simplesmente *sabe* o que ele quer, e vo-você faz, porque ele é um mons-monstro também. — O frei Gregory colocou o braço em volta dos ombros de Jenny, que estava mais acostumada à adversidade do que à empatia, especialmente nos últimos dias, e virou o rosto dela para ele. — Eu o odeio! — exclamou com a voz cortada, sem atentar para o aperto de advertência que o frei Gregory lhe dava no braço. — Eu o odeio! Eu o *odeio*!

Esforçando-se para se controlar, ela se afastou dele. Ao fazer isso, seus olhos foram parar no par de botas pretas firmemente plantadas à sua frente e, ao erguer os olhos, viu as pernas e coxas musculosas de Royce, a cintura estreita e o peito largo, até que finalmente deparou com seu olhar caído.

— Eu odeio você — disse, encarando-o.

Royce a estudou em impassível silêncio; depois, voltou os olhos desdenhosos para o frade. Sarcasticamente, perguntou:

— Cuidando de seu rebanho, frade? Pregando amor e perdão?

Para espanto de Jenny, o frei Gregory não se ofendeu com a crítica mordaz, parecendo envergonhado.

— Tenho muito medo — admitiu com pesar, enquanto se levantava de maneira estranha e instável — de não ser melhor nisso do que em montar cavalos. Lady Jennifer é uma das minhas primeiras "ovelhas", sabe? Faz pouco tempo que me dedico à obra do Senhor.

— O senhor não é muito bom nisso — declarou Royce sem rodeios. — Seu dever não é consolar, em vez de incitar? Ou será que é encher o bolso e engordar às custas da boa graça dos seus patronos? Se for o último caso, seria prudente que aconselhasse minha esposa a tentar me agradar, em vez de incentivá-la a falar do ódio que sente por mim.

Nesse momento, Jenny teria dado a própria vida para que o frei Benedict estivesse ali no lugar do frei Gregory, pois teria gostado de ver Royce Westmoreland levar o tipo de sermão estrondoso que ele teria dado no insolente duque.

Nesse sentido, no entanto, voltou a julgar mal o jovem frade. Embora ele não se tivesse colocado à altura do ataque verbal do Lobo Negro, tampouco recuou ou se acovardou diante do seu temível adversário.

— Tenho para mim que você não nutre muita consideração por aqueles de nós que usam estes mantos.

— Nenhuma — respondeu Royce.

Em pensamento, Jenny imaginava com nostalgia o frei Benedict naquela clareira com os olhos arregalados de fúria enquanto avançava em Royce Westmoreland como o próprio anjo da morte. Porém, lamentavelmente, o frei Gregory só pareceu interessado e um pouco intrigado.

— Entendo — disse educadamente. — Posso perguntar por quê?

Royce Westmoreland ficou olhando para ele com sarcástico desdém.

— Desprezo a hipocrisia, principalmente quando vem revestida de santidade.

— Posso pedir que me dê um exemplo específico?

— Sacerdotes gordos — respondeu Royce — com bolsas cheias, que dão sermões sobre os perigos da gula e dos méritos da pobreza a camponeses famintos. — Virando-se, ele se aproximou do fogo no qual Arik estava assando os coelhos em um espeto improvisado.

— Ah, Deus! — sussurrou Jenny um minuto depois, sem perceber que havia começado a temer pela alma imortal do mesmo homem que acabara de desejar que fosse para o inferno. — Ele deve ser um herege!

O frei Gregory dirigiu um olhar estranho e pensativo à Jenny.

— Se for, é um herege honrado. — Virando-se, olhou fixamente para o Lobo Negro, que estava agachado perto do fogo ao lado do gigante que o protegia. Com o mesmo tom preocupado e distraído, disse suavemente: — Um herege muito honrado, penso.

18

Durante o dia seguinte, Jenny suportou o silêncio pétreo do seu marido, enquanto sua mente girava com perguntas que somente ele poderia responder. Em total desespero, ela finalmente rompeu o silêncio pouco antes do meio-dia e falou:

— Quanto tempo durará esta interminável viagem a Claymore, *supondo que esse seja o nosso destino*?

— Cerca de três dias, dependendo da quantidade de lama nas estradas.

Onze palavras. Isso foi tudo o que ele disse em dias! *Não é de admirar que ele e Arik se deem tão bem*, pensou Jenny, furiosa, prometendo não lhe dar a satisfação de falar com ele novamente. Em vez disso, concentrou-se em Brenna, curiosa por saber como estavam as coisas para ela em Merrick.

Dois dias depois, ela rompeu o silêncio. Sabia que deveriam estar perto de Claymore, e seu medo a respeito do que a esperava aumentava a cada minuto. Os cavalos estavam lado a lado, atravessando a estrada com Arik no meio e ligeiramente à frente. Pensou em falar com o frei Gregory, mas ele estava um pouco cabisbaixo, sugerindo que talvez estivesse em oração, que era como passava a maior parte da viagem. Desesperada para conversar sobre qualquer coisa a fim de não pensar no futuro, olhou por cima do ombro para o homem que estava atrás dela.

— O que aconteceu com todos os homens que estavam conosco quando chegamos ao convento? — perguntou.

Esperou uma resposta, mas Royce permaneceu friamente em silêncio. No limite da razão e da cautela por causa da cruel negativa até mesmo em falar com ela, Jenny lhe dirigiu um olhar rebelde.

— Essa pergunta foi muito difícil para você, Vossa Alteza?

Seu tom irônico abriu um rombo no muro gélido de reserva que ele havia cuidadosamente erguido em torno de si para se proteger do resultado inevitável de ter o corpo de Jenny pressionado intimamente contra o seu por três intermináveis dias. Dirigindo um olhar pesado para ela, considerou a imprudência de começar qualquer tipo de conversa e decidiu não fazer isso.

Uma vez que não podia nem *se dignar* a falar com ela, Jenny, de repente, viu uma rara oportunidade de se divertir às custas dele. Com um prazer infantil e uma animosidade bem disfarçada, imediatamente começou uma conversa debochada *sem* a participação do duque.

— Sim, posso ver que a pergunta sobre seus homens o deixou confuso, Vossa Alteza — começou. — Muito bem, deixe-me encontrar uma maneira de simplificá-la.

Royce percebeu que ela zombava intencionalmente dele, mas sua irritação momentânea logo deu lugar à relutante distração enquanto ela continuava a conversa impulsiva e encantadora:

— É óbvio para mim — observou Jenny, lançando-lhe um olhar de falsa empatia com aqueles longos cílios curvados — que não é falta de inteligência que o faz olhar para mim de modo tão desinteressado quando pergunto sobre seus homens, mas sim que sua memória está fraca! Infelizmente — suspirou, parecendo momentaneamente abatida —, receio que sua idade avançada já esteja afetando sua mente. Mas não tenha medo — falou, cheia de vida, dirigindo-lhe um olhar encorajador por sobre o ombro —, simplificarei as minhas perguntas e tentarei ajudá-lo a lembrar onde deixou seus homens. Então, quando chegamos ao convento, você se lembra do convento, certo? — provocou, olhando para ele. — O convento? Sabe... o grande edifício de pedra no qual conhecemos o frei Gregory? — provocou mais uma vez.

Royce não disse nada; olhou para Arik, que olhava fixamente para a frente, indiferente a tudo, e depois para o frade, cujos ombros começaram a tremer de um modo desconfiado enquanto Jenny continuava com triste seriedade:

— Pobre de você, *pobre* homem... esqueceu quem é o *frei Gregory*, não é verdade? — Levantando o braço, olhou vivamente por sobre o ombro para Royce, apontando o dedo afilado para o frade. — Ali está ele! — declarou, parecendo ansiosa. — Aquele homem bem ali é o frei Gregory! Está vendo? *Claro* que sim! — respondeu, tratando-o deliberadamente como um filho com deficiência. — Agora, concentre-se bastante, pois a próxima pergunta é mais difícil: lembra-se dos *homens* que estavam com você quando chegamos ao convento onde o frei Gregory estava? — Como se quisesse ajudá-lo, acrescentou: — Havia cerca de quarenta homens. *Quarenta* — enfatizou com extrema cortesia e, para a descrença de Royce, levantou a pequena mão diante dos olhos dele, abriu os cinco dedos e educadamente explicou:

— Quarenta são esses...

Royce desviou os olhos da mão de Jenny, esforçando-se para não rir.

— E esses outros — continuou ela com atrevimento, levantando a outra mão. — E esses outros — repetiu três vezes mais, levantando dedos a cada vez. — Pronto! — terminou, de um modo triunfante. — Consegue lembrar onde os *deixou*?

Silêncio.

— Ou para onde os enviou?

Silêncio.

— Ah, querido, está pior do que eu pensava — suspirou ela. — Você os *perdeu* completamente, não é verdade? Ah, bem — disse, afastando-se dele, frustrada com o silêncio insistente do duque, enquanto seu prazer momentâneo em zombar dele era substituído por um acesso de raiva. — Não se preocupe! Tenho certeza de que encontrará outros homens para ajudá-lo a raptar inocentes de abadias, matar crianças e...

O braço de Royce se apertou de repente, empurrando as costas de Jenny contra seu peito. Seu hálito quente na orelha da jovem a fez sentir arrepios indesejados de cima a baixo pela coluna quando ele inclinou a cabeça e disse suavemente:

— Jennifer, você simplesmente põe minha paciência à prova com essas conversas estúpidas, mas testa meu temperamento com seus deboches, e *isso* é um erro.

O cavalo abaixo deles respondeu instantaneamente ao alívio da pressão dos joelhos do dono e, no mesmo instante, diminuiu o ritmo, deixando os outros cavalos passarem à frente.

No entanto, Jenny não percebeu; estava tão euforicamente aliviada com o som de uma voz humana e, por outro lado, furiosa por ele lhe ter negado até mesmo isso por tanto tempo que mal pôde conter sua ira.

— Deus do céu, Vossa Alteza, eu não gostaria de irritá-lo! — disse com um alarme deliberadamente exagerado. — Se quisesse fazer isso, sofreria um destino horrível em suas mãos. Deixe-me pensar agora que coisas horríveis você poderia fazer comigo. Já sei! Poderia comprometer minha reputação. Não — continuou, como se estivesse considerando o assunto de modo imparcial —, não poderia fazer isso porque já a comprometeu quando me forçou a permanecer com você em Hardin sem a minha irmã. Já sei! — exclamou, inspirada. — Poderia me forçar a me deitar com você! E, depois, cuidar para que todas as pessoas nos dois países soubessem que dividimos a cama! Mas, não, você já fez essas coisas...

Cada palavra ácida que ela pronunciava era uma cutucada na consciência de Royce, fazendo com que ele se sentisse como o bárbaro do qual era chamado com frequência. Ainda assim, ela continuou a provocá-lo com suas palavras:

— Finalmente! Depois de ter feito tudo isso comigo, só resta uma coisa a ser feita.

Incapaz de se conter, Royce perguntou, com falsa despreocupação:

— E o que é?

— Você poderia se casar comigo! — exclamou ela, com fingida satisfação triunfante. O que começou como um deboche dirigido a ele agora parecia uma dolorosa piada a seu respeito, e sua voz tremeu de amargura e dor, apesar do corajoso esforço para falar com o mesmo tom radiante e satírico ao continuar:

— Você poderia se casar comigo e, ao fazer isso, levar-me para longe da minha casa e do meu país e me prender a uma vida de humilhação e desprezo público em suas mãos. Sim, é isso! É *exatamente* o que mereço, não é, meu senhor, por cometer o delito abominável de subir uma colina perto de uma abadia e me colocar no caminho do seu irmão raptor! — Com fingido desdém, continuou: — Ora, considerando a gravidade do meu delito, ter-me arrastado e esquartejado teria sido algo muito generoso da sua parte! Teria posto fim à minha vergonha e ao meu sofrimento antes do tempo. Seria...

Jenny ofegou quando a mão de Royce, de repente, subiu da sua cintura e, suavemente, acomodou-se em seu seio em um gesto carinhoso que a deixou sem fala. E, antes que ela pudesse se recuperar, ele pôs o rosto em sua têmpora e lhe falou ao ouvido, com um sussurro rouco estranhamente gentil:

— Pare, Jennifer. Basta. — Passou o outro braço pela cintura dela, apertando-a contra seu peito. Presa ao corpo de Royce com a mão dele lhe acariciando o seio, envolta pela força reconfortante que ele lhe dava, Jenny sucumbiu, impotente, ao conforto inesperado que ele oferecia enquanto ela enfrentava os terrores de um futuro desconhecido e cruel.

Aturdida, relaxou ali e, no instante em que fez isso, ele apertou o braço, aproximando-a mais dele, enquanto a mão que lhe acariciava o seio deslizava para segurar suavemente o outro. Sentia roçar na têmpora a barba por fazer de Royce enquanto ele virava a cabeça e encostava os lábios quentes nela, a mão reconfortante e carinhosa deslizando lenta e incessantemente sobre seus seios e diafragma, enquanto a mão que lhe segurava a cintura a apertava fortemente entre as coxas musculosas. Diante de um futuro que não lhe reservava outra coisa senão sofrimento e terror, Jenny fechou os olhos, tentando conter seus medos e se entregar à doçura efêmera daquele momento, à sensação pungente de se sentir novamente segura, de estar envolvida pelo corpo de Royce, protegida por sua força.

Dizendo a si mesmo que não fazia mais do que confortar e distrair uma menina amedrontada por angústias, Royce afastou o cabelo pesado da nuca de Jenny e a beijou, subindo levemente do pescoço até a orelha, acariciando-a ali antes de roçar a boca na pele macia do seu rosto. Sem perceber o que estava fazendo, deslizou a mão para cima, passando sobre o seio até a carne quente acima do corpete e depois a passou por debaixo dele para segurar o seio adorável. Esse foi seu erro: por protesto ou surpresa, Jennifer se contorceu, e a pressão de suas nádegas deslizando contra o quadril de Royce inflamou o desejo que ele estava lutando para controlar por três longos dias... três dias intermináveis em que tinha o quadril de Jenny entre suas coxas e os seios da jovem tentadoramente expostos à sua visão, ao alcance da sua mão. Agora, esses dias de desejos reprimidos eclodiam, correndo por suas veias como fogo incontrolado, quase o fazendo perder a razão.

Com uma força de vontade quase dolorosa, afastou a mão e os lábios do rosto de Jenny. No instante em que fez isso, porém, sua mão, que parecia ter criado vontade própria, levantou-se até o rosto dela. Segurando o queixo entre o polegar e o indicador, virou o rosto da jovem e o levantou, olhando para os olhos mais azuis do mundo, os olhos de uma menina confusa e atordoada, enquanto a essência do que ela havia dito passava repetidamente em sua mente, dando golpes em uma consciência que já não podia mais permanecer em silêncio. *Eu me coloquei no caminho do seu irmão raptor enquanto subia uma colina... e, por causa desse delito, mereço meu destino... Você comprometeu minha reputação. Forçou-me a deitar com você* e, depois, humilhou-me diante dos olhos de dois países. Mas eu mereço ser arrastada e esquartejada... Por quê? Por me colocar no caminho do seu irmão raptor... Tudo por causa disso... só isso.*

Sem pensar no que estava fazendo, Royce colocou com ternura os dedos na face suave de Jenny, sabendo que iria beijá-la, já não mais tão certo de ter tido qualquer direito de repreendê-la. *Tudo porque me coloquei no caminho do seu irmão raptor...*

UMA CODORNA GORDA saiu correndo da floresta, atravessando a estrada em frente ao cavalo. À beira da estrada, os arbustos se separaram, e surgiu o rosto redondo e sardento de um menino que examinava lentamente o arbusto à sua direita, à procura da codorna que perseguia ilegalmente na floresta de Claymore. Intrigado, seu olhar voltou pelo mesmo caminho, movendo-se lentamente para a esquerda nesse momento... ao longo da estrada... bem à sua frente... depois alguns metros mais ao longe. Alarmado, cravou os olhos castanhos nas fortes patas de um grande cavalo negro bem à sua esquerda. Com o coração acelerado de medo por ter sido pego em uma caça ilegal, Tom Thornton, com relutância, foi erguendo os olhos enquanto acompanhava as patas do animal, depois o tórax largo e acetinado, rezando muito para que, quando olhasse para o rosto do cavaleiro, não contemplasse os olhos frios do bailio do castelo, mas não... o homem naquele cavalo usava esporas de ouro, o que significava que era um cavaleiro. Com alívio, Tom também notou que a perna do homem era muito comprida e muito musculosa, não gorda como a do bailio. Suspirou de alívio, ergueu os olhos e quase gritou de terror quando eles foram parar no escudo pendurado ao lado da perna do cavaleiro, um escudo com o temido emblema de um lobo negro raivoso com os caninos brancos à vista.

O menino se virou para fugir, deu um passo, depois prestou atenção na movimentação e, cautelosamente, voltou para trás. Lembrou, de repente, que diziam que os cavaleiros do Lobo Negro estavam chegando a Claymore, e que o próprio Lobo residiria no grande castelo dali. Nesse caso, o cavaleiro podia ser... talvez realmente fosse...

Com as mãos trêmulas de terror e euforia, Tom agarrou o arbusto e hesitou, tentando recordar todas as descrições que ouvira sobre o Lobo. Segundo a lenda, ele montava um enorme corcel tão negro quanto o pecado e era tão alto que os homens precisavam inclinar a cabeça para trás, para ver seu rosto; o corcel na estrada era, *definitivamente*, negro e quem o montava tinha as pernas compridas e fortes de um homem muito alto. Também diziam, lembrou Tom, eufórico, que, no rosto do Lobo, perto da boca, havia uma cicatriz em forma de C, colocada ali por um lobo que ele havia matado com as próprias mãos quando não passava de um menino de oito anos.

Eufórico com a ideia da inveja que causaria se fosse o primeiro a realmente pôr os olhos no Lobo, Tom abriu as folhas e começou a espiar quando se deparou com o rosto sombrio do homem. Lá, debaixo da barba rala, quase no canto da boca, havia... uma cicatriz! Em forma de um C! Com o coração acelerado, olhou para a cicatriz, lembrou-se de outra coisa e desviou os olhos do rosto do Lobo. Olhando ansiosamente de um lado para o outro da estrada, procurou com expectativa o gigante loiro chamado Arik, que, segundo diziam, protegia seu senhor dia e noite e carregava um machado com um cabo tão grosso quanto o tronco de uma árvore.

Não conseguindo ver o gigante, Tom rapidamente voltou a olhar para o famoso homem a fim de examiná-lo mais a fundo e, desta vez, conseguiu vê-lo de corpo inteiro, uma imagem que o deixou boquiaberto de choque e descrença: o Lobo Negro, o guerreiro mais feroz de toda a Inglaterra, de todo o *mundo*, estava montado em seu poderoso corcel com uma *moça* a quem segurava nos braços com tanta ternura como se fosse um *bebê*!

Absorto em suas próprias reflexões, Royce não prestou atenção nos pequenos sons ao seu lado quando os ramos de um arbusto estalaram e algo saiu correndo em direção ao vilarejo. Estava olhando para a jovem teimosa e rebelde que agora era sua esposa. Entre outras coisas, ela também era calculista e desonesta, mas, naquele momento, ele não queria pensar em tudo isso. Não quando sua mente estava mais prazerosamente ocupada com o beijo que estava prestes a lhe dar. Os olhos de Jenny estavam quase fechados, e os longos cílios ruivos curvados lançavam sombras sobre as bochechas aveludadas. Royce olhou para os lábios suaves e rosados que pediam a um homem para beijá-los. Lábios generosos e atraentes.

Sonolenta e relaxada enquanto se via encostada no peito de Royce, Jenny mal sentia a mão dele apertar seu queixo.

— Jennifer...

Os olhos dela se abriram para o toque estranho e rouco na voz de Royce, e ela se viu diante de ardentes olhos cinzentos e lábios bem moldados logo acima dos seus. Ocorreu-lhe, então, o que havia permitido acontecer, e o que aconteceria se não o impedisse. Balançou a cabeça, tentando afundar o cotovelo nas costas do duque e se afastar, mas o braço de Royce a segurou rapidamente.

— Não! — exclamou ela.

Os hipnóticos olhos cinzentos a prenderam enquanto seus lábios davam uma ordem simples e incontestável:

— *Sim.*

Um gemido irritado de protesto alojou-se na garganta de Jenny, sufocado por um beijo impetuoso e possessivo que parecia durar uma eternidade e se tornava mais insistente quanto mais ela resistia. Os lábios abertos de Royce se moviam sobre os dela, exigindo que se abrissem também e, no momento em que se abriram, sua língua passou por entre eles e o beijo os acariciou. Ele a beijou longa e persistentemente, forçando-a a se lembrar do que havia ocorrido entre eles em Hardin, e a mente traiçoeira de Jenny fez exatamente isso. Com um gemido interior de rendição, ela cedeu e retribuiu o beijo, dizendo para si mesma que isso significava muito pouco, mas, quando terminou, estava tremendo.

Levantando a cabeça, Royce ficou olhando para os olhos azuis lânguidos de Jenny, e ela viu em seu rosto o olhar de pura satisfação misturada à perplexidade.

— Por que sinto que eu é que fui conquistado quando é você quem cede?

Jenny se encolheu e virou as costas para ele, enrijecendo os ombros frágeis.

— Não foi mais do que a um pequeno combate que cedi, Vossa Alteza; a *guerra* ainda está para ser travada.

A estrada para Claymore formava um amplo arco que ladeava a floresta, uma rota que levava mais tempo, mas eliminava a necessidade de abrir caminho em meio à densa vegetação. Se estivesse sozinho, Royce teria tomado a rota mais curta, pois agora, que estavam tão perto, mostrava-se ansioso por vislumbrá-la. De repente, queria que Jennifer também sentisse a ânsia que ele sentia. Não encontrando nada melhor para dizer a fim de reduzir o atrito entre eles, Royce respondeu à pergunta que ela lhe fizera antes, sobre o paradeiro dos homens que estavam com eles no convento. Com um sorriso, disse:

— Caso você ainda esteja curiosa, os *cinquenta* homens que estavam conosco no convento partiram de lá em grupos de cinco. Cada grupo tomou uma rota um pouco diferente, para que os homens de Merrick tenham que se dividir em grupos menores para persegui-los. — De modo provocativo, acrescentou:

— Gostaria de saber as outras coisas que eles fizeram?

Jenny balançou o cabelo vermelho-dourado com um gesto de desdém.

— Sei o resto da história. Depois de escolher uma posição vantajosa para uma emboscada, seus homens, então, se esconderam embaixo de arbustos e pedras, como se fossem serpentes, esperando para atacar o povo do meu pai pelas costas.

Ele riu da ultrajante calúnia que ela fizera ao seu código de ética.

— É uma pena que não pensei nisso — provocou ele.

Embora Jennifer não tenha se dignado a responder, a rigidez em seus ombros desapareceu, e Royce pôde perceber sua curiosidade por mais. Disposto a satisfazê-la, ele continuou sua explicação enquanto faziam a última curva na estrada.

— Até algumas horas antes, meus homens estavam dezesseis quilômetros atrás, espalhados oito quilômetros em cada direção. Nas últimas horas, eles começaram a se aproximar e, muito em breve, se encontrarão e estarão logo atrás de nós. — Bem-disposto, acrescentou: — Eles ficaram para trás, *esperando* ser atacados pelas costas pelos homens do *seu pai*.

— O que — respondeu ela — não seria necessário se eu não tivesse sido levada da abadia, em primeiro lugar, e trazida para você...

— Basta! — disse ele, irritado com a contínua hostilidade de Jenny. — Considerando tudo o que aconteceu, você não foi maltratada.

— Maltratada, não! — exclamou ela, com descrença — Você considera um ato de bondade da sua parte, então, tomar à força uma donzela indefesa e destruir sua honra e as possibilidades de ela se casar com um homem da escolha dela?

Royce abriu a boca para responder, mas a fechou novamente, frustrado porque já não podia mais defender nem condenar completamente suas ações. Do ponto de vista irado de Jennifer, ele agira de maneira desonrosa ao mantê-la cativa. Do seu próprio ponto de vista, o tratamento que dispensara à sua cativa havia sido absolutamente nobre!

Um momento mais tarde, dobraram a última curva e todos esses pensamentos desagradáveis desapareceram. Por puro reflexo, puxou as rédeas e, sem se dar conta, fez Zeus parar brusca e desnecessariamente, quase lançando Jenny para fora da sela.

Recuperando o equilíbrio, ela dirigiu um olhar sombrio por sobre o ombro, mas Royce estava olhando para algo mais à frente com um sorriso tímido surgindo nos lábios. Com uma voz estranha, fez sinal com a cabeça na direção para a qual olhava e falou suavemente:

— Veja.

Confusa, ela se virou para ver o que ele contemplava, e seus olhos se arregalaram de prazer diante da incrível beleza que se abria diante dela. À frente deles, adornado com o esplendor dourado do outono, estava um grande vale pontuado por cabanas de palha e campos bem cuidados. Mais à frente, aninhada em colinas levemente onduladas, estava uma vila pitoresca. E, ainda mais alto, cobrindo completamente um amplo planalto, estava um castelo gigantesco com bandeiras se agitando nas torres e vitrais reluzindo como minúsculas joias ao sol.

Enquanto o cavalo avançava rapidamente, Jenny, por um instante, esqueceu-se de seus problemas e admirou o esplendor e a simetria diante de seus olhos. Um muro alto pontuado por doze torres graciosamente arredondadas circundava todo o castelo pelos quatro lados.

Enquanto Jenny observava, os guardas ao longo da muralha do castelo levantaram as trombetas e fizeram um som duplo e longo e, um minuto depois, a ponte levadiça desceu. Logo cavaleiros fardados começaram a atravessá-la, com capacetes brilhando ao sol, balançando os estandartes que carregavam como se fossem pontinhos agitados. Mais à frente, ao longo da estrada, Jenny viu camponeses deixando os campos e as cabanas, saindo aos montes do vilarejo, correndo para a estrada e se alinhando de ambos os lados dela. Evidentemente, pensou Jenny, o personagem imponente que possuía aquele lugar deveria estar à espera deles e havia planejado aquela majestosa acolhida.

— Bem — disse Royce atrás dela —, o que você acha?

Os olhos de Jenny brilhavam de prazer quando ela se virou para ele.

— É um lugar maravilhoso — respondeu suavemente. — Nunca vi nada igual.

— Compara-se ao reino dos seus sonhos? — provocou ele, sorrindo, e ela podia dizer que ele estava excessivamente contente por vê-la apreciando o esplendor do castelo e a beleza daquele cenário que o circundava.

O sorriso de Royce era quase irresistível e, para não começar a fraquejar, Jenny virou às pressas a cabeça em direção ao castelo, mas não queria se pôr à prova diante da beleza que se abria diante dela. De repente, deu-se conta do barulho distante de cavalos que vinham pela retaguarda, e supôs que deveriam ser os homens de Royce diminuindo a distância que os separava dele. Pela primeira vez em dias, Jenny ficou muito preocupada com a sua aparência. Ainda usava o vestido de noiva que havia colocado na noite em que Royce a levou de Merrick, mas estava sujo e rasgado por causa da relutante descida pela parede do castelo de Merrick e pelas cavalgadas vertiginosas pelas florestas. Além disso, a chuva havia estragado o vestido e o manto, e, uma vez que havia secado ao sol, estava desbotado, manchado e completamente amassado.

Agora, que estavam prestes a parar no castelo de alguém muito importante e, embora tivesse dito a si mesma que não se importava nem um pouco com o que um nobre inglês ou seus aldeões e servos pensariam dela, odiava a ideia de envergonhar a si mesma e aos seus parentes perante eles. Tentou se consolar com o fato de que tivera, pelo menos, a oportunidade de lavar o cabelo pela manhã no riacho gelado que corria perto do lugar onde acamparam à noite, mas estava certa de que seu cabelo, o único trunfo real que tinha, era um emaranhado cheio de galhos e folhas.

Virando-se, olhou para Royce de modo um pouco apreensivo e perguntou:

— Quem é o senhor deste castelo? Quem possui um lugar como este?

Royce desviou os olhos do castelo na colina, que parecia fasciná-lo quase tanto quanto a Jennifer, e olhou para ela com os olhos brilhantes cheios de ironia.

— Sou eu.

— *Você!* — exclamou ela. — Mas você disse que levaríamos três dias, e não dois, para chegarmos a Claymore.

— As estradas estavam mais secas do que eu imaginava.

Horrorizada ao pensar que os vassalos de Royce a veriam pela primeira vez com uma expressão tão assustada, Jenny levou automaticamente a mão ao cabelo emaranhado em um gesto que universalmente significava a preocupação de uma mulher com a própria aparência.

O gesto não foi ignorado por Royce, que, educadamente, fez o grande corcel parar, para que Jennifer pudesse tentar desfazer os nós com os dedos. Ele a observava, divertindo-se com a preocupação que demonstrava com a aparência, pois parecia adorável com o cabelo despenteado, a pele macia e os olhos azuis vívidos cheios de saúde depois de dias ao sol e ao ar livre. Na verdade, concluiu ele, seu primeiro ato oficial como marido de Jenny seria proibi-la de esconder aquela magnífica cabeleira vermelho-dourada debaixo dos habituais véus e capuzes. Gostava dela com os cabelos soltos, caindo sobre os ombros de maneira rebelde ou, melhor ainda, espalhados sobre seu travesseiro como um pedaço de cetim grosso e ondulante...

— Você poderia ter me avisado! — disse Jenny, em um tom ameaçador, retorcendo-se na sela e tentando, sem êxito, alisar as rugas do vestido de veludo destruído, enquanto olhava, ansiosa, para as pessoas que se alinhavam à beira da estrada mais à frente. Os cavaleiros fardados à distância que vinham em direção a eles eram, obviamente, uma guarda de honra que vinha para escoltar seu senhor com a devida pompa. — Nunca imaginei que essa propriedade fosse *sua* — disse ela, nervosa. — Você a olha como se nunca a tivesse visto antes.

— Nunca a vi. Pelo menos não com este aspecto. Oito anos atrás, comissionei arquitetos para virem aqui e, juntos, fizemos planos para a casa que eu queria quando as batalhas chegassem ao fim. Eu queria voltar aqui para ver, mas Henrique sempre precisava de mim com urgência em outro lugar. De certa forma, foi melhor assim. Acumulei fortuna suficiente para assegurar que meus filhos nunca tenham que ganhar o ouro com seus músculos e sangue, como foi o meu caso.

Confusa, Jenny ficou olhando para ele.

— Você disse que as batalhas *chegaram ao fim*?

Royce olhou rapidamente para o rosto dela e disse, com divertida ironia:

— Se eu tivesse atacado Merrick, essa teria sido minha última batalha. Do jeito que as coisas foram, invadi meu último castelo quando a tirei de lá.

Jenny ficou tão aturdida com aquelas surpreendentes revelações que, na verdade, chegou ao absurdo de pensar que ele poderia ter tomado essa decisão por causa dela e, antes que pudesse se conter, perguntou:

— Quando decidiu tudo isso?

— Há quatro meses — afirmou, com a voz decidida. — Se eu voltar a levantar o braço em uma batalha novamente, será porque alguém estará sitiando o que é meu. — Ficou em silêncio depois disso, olhando para a frente, e então os músculos tensos do seu rosto foram lentamente relaxando. Quando finalmente tirou os olhos do castelo, olhou para ela com um sorriso irônico e disse: — Sabe o que mais desejo na minha nova vida, além de uma cama macia para dormir à noite?

— Não — respondeu Jenny enquanto examinava o perfil bem-definido de Royce, como se mal o conhecesse. — O que você mais deseja?

— Comida — afirmou, de um modo inequívoco e com o ânimo revigorado. — Boa comida. Não, não só boa, mas *excelente*, e servida três vezes por dia. A comida francesa delicada, a comida espanhola picante e a comida inglesa saudável. Quero que seja servida em um prato, feita com perfeição, em vez de passada em um espeto, crua ou queimada. E quero sobremesas: bolos, tortas e todos os tipos de doce. — Dirigiu-lhe um olhar sorridente como quem zombava de si mesmo enquanto continuava: — Na noite anterior a uma batalha, a maioria dos homens pensa em suas casas e famílias. Sabe o que me deixava acordado?

— Não — respondeu Jenny, tentando conter um sorriso.

— Comida.

Ela não conseguiu permanecer indiferente e desatou a rir diante dessa incrível confissão feita pelo homem a quem os escoceses chamavam de filho de Satanás, mas, embora Royce lhe tivesse devolvido um sorriso breve, a atenção do duque voltou-se para a vista a distância, seus olhos percorriam as terras e o castelo como se estivesse se embriagando com aquele cenário.

— A última vez que estive aqui — explicou ele — foi há oito anos, quando trabalhei com os arquitetos. O castelo estava sob cerco por seis meses, e os muros externos estavam em ruínas. Parte do castelo havia sido destruída, e todas essas colinas haviam sido queimadas.

— Quem sitiou o castelo? — perguntou Jenny com desconfiança.

— Eu.

Uma resposta sarcástica surgiu nos lábios de Jenny, mas ela, de repente, negou-se a estragar a atmosfera agradável da qual desfrutavam. Em vez disso, disse delicadamente:

— Não é nem um pouco estranho que escoceses e ingleses sempre estejam em desacordo, pois não há nada em comum no modo como pensamos.

— De fato — disse ele, sorrindo para o rosto erguido de Jenny. — Por quê?

— Bem, você concordará — respondeu ela com cortês superioridade — que os ingleses têm um costume muito estranho de derrubar os próprios castelos, como você mesmo tem feito, há séculos, quando poderiam estar lutando contra os escoceses... contra outros inimigos — corrigiu apressadamente — e derrubar os castelos *deles*.

— Que ideia intrigante — provocou ele. — No entanto, tentamos fazer as duas coisas. — Enquanto ela ria da resposta, ele continuou: — Se o que *eu* sei sobre a história *escocesa* me serve de alguma coisa, parece que os clãs lutam uns contra os outros há séculos e, ainda assim, conseguem atravessar nossas fronteiras, atacar-nos, queimar nossos bens e normalmente nos "incomodar".

Depois de decidir que era melhor encerrar o assunto, ela voltou a olhar para o enorme castelo que brilhava ao sol e perguntou com curiosidade:

— Por isso você sitiou este lugar? Por que o queria para você?

— Eu o ataquei porque o barão a quem pertencia havia conspirado com vários outros barões para assassinar Henrique, e o plano quase deu certo. Na época, este lugar se chamava Wilsely, nome da família a quem pertencia, mas Henrique o deu a mim com a condição de que eu lhe desse outro nome.

— Por quê?

O olhar de Royce foi irônico.

— Porque foi Henrique quem fez de Wilsely barão e o recompensou com o lugar. Wilsely foi um de seus poucos nobres de confiança. Eu o chamei de Claymore, em homenagem à família de minha mãe e de meu pai — acrescentou Royce ao esporear seu cavalo, fazendo Zeus avançar em um trote impressionante.

Os cavaleiros do castelo haviam descido a colina e vinham na direção deles. Atrás dela, o ruído baixo e constante que se aproximava e ficava cada vez mais alto se tornou o som distinto de galopes de cavalos. Jenny olhou por sobre o ombro e viu os cinquenta homens se aproximando pela retaguarda.

— Você sempre planeja as coisas com tanta precisão? — perguntou ela, seus olhos brilhavam com relutante admiração.

Royce, com seus cílios longos, olhou de modo divertido.

— Sempre.

— Por quê?

— Porque — explicou, com cautela — a precisão é o segredo para sair de uma batalha montado no próprio cavalo, em vez de ter que levantar seu escudo.

— Mas você já não está travando batalhas, então não necessita pensar em precisão e coisas desse tipo.

O sorriso preguiçoso de Royce pareceu quase infantil.

— É verdade, mas esse é um hábito que não será fácil abandonar. Os homens atrás de nós lutaram ao meu lado por anos a fio. Eles sabem como penso e o que quero quase sem que eu precise dizer.

Não havia mais tempo para respostas, pois a guarda do castelo estava praticamente junto deles, com Arik à frente. No instante em que Jenny se perguntava se os guardas iriam *parar*, os vinte e cinco deles, de repente, executaram um giro rápido com tanta precisão que ela teve vontade de bater palmas. Arik se posicionou bem à frente de Royce, enquanto, atrás deles, cinquenta cavaleiros formavam fileiras.

Jenny se sentiu animada diante da procissão colorida de cavalos empinados e estandartes esvoaçantes e, a despeito de sua determinação de não se importar com o que o povo de Royce pensaria a seu respeito quando a visse, ela, de repente, sentiu um terrível nervosismo e incontrolável esperança. Fossem quais fossem seus sentimentos por seu marido, aquelas pessoas seriam seu povo; ela viveria pelo resto da vida entre elas, e a terrível verdade era que não podia evitar o desejo de que gostassem dela. Essa constatação foi logo seguida por uma nova onda da terrível autoconsciência em relação à sua aparência desleixada e aos seus defeitos físicos em geral. Mordendo o lábio, Jenny fez uma prece rápida e ardente para que Deus fizesse com que gostassem dela e depois considerou rapidamente qual seria a melhor forma de se comportar nos próximos minutos. Deveria sorrir para os aldeões? Não, pensou rapidamente, pois não seria apropriado sob tais circunstâncias. Todavia, também não queria parecer muito distante, pois poderiam tê-la como uma mulher fria ou arrogante. Afinal, era uma escocesa, e os escoceses eram considerados por muitas pessoas frios e orgulhosos. Embora tivesse orgulho de ser escocesa, sob nenhuma circunstância queria que aquelas pessoas, seu povo, pensassem equivocadamente que ela era inacessível.

Estavam a poucos metros dos aproximadamente quatrocentos aldeões alinhados à beira da estrada, e Jenny decidiu que era melhor sorrir um pouco do que ser considerada fria ou muito orgulhosa. Esboçando um pequeno sorriso, ela, timidamente, alisou o vestido pela última vez e depois se sentou bem ereta no cavalo.

No entanto, à medida que o grupo começava a passar de maneira decorosa pelos espectadores, a empolgação que Jenny sentia em seu íntimo deu lugar à perplexidade. Na Escócia, quando um senhor, vitorioso ou não, voltava da batalha para casa, era recebido com gritos de alegria e sorrisos, mas os camponeses ao longo daquela estrada estavam silenciosos, vigilantes, incomodados. Alguns se mostravam hostis, enquanto muitos outros pareciam assustados ao contemplar seu novo senhor. Jenny percebeu isso e se perguntou por que eles temiam seu próprio herói. Ou era a ela que, de certo modo, temiam, perguntou-se nervosamente.

A resposta veio um segundo depois, quando a voz alta e agressiva de um homem finalmente rompeu o silêncio tenso:

— Meretriz de Merrick! — gritou ele. Em uma histeria ávida por demonstrar ao seu notório senhor que eles compartilhavam dos sentimentos do duque sobre aquele casamento, a multidão se juntou a ele:

— Meretriz de Merrick! — gritavam, em tom de deboche. — *Meretriz! Meretriz de Merrick!*

Tudo aconteceu de um modo tão repentino que ela não teve tempo para reagir, para *sentir* qualquer coisa, porque, bem ao lado deles, um menino de aproximadamente nove anos apanhou um punhado de barro e o jogou, acertando em cheio a face direita de Jenny.

O grito de inesperado espanto de Jenny foi abafado por Royce, que se lançou imediatamente para a frente, protegendo-a com seu corpo de um ataque que ela não havia visto nem previsto. Arik, que só vira um braço levantado lançando algo que podia facilmente ter sido uma adaga, soltou um grito horripilante de raiva e desceu da sua sela, arrancando o machado de guerra do cinto enquanto se lançava contra o menino. Acreditando equivocadamente que Royce havia sido o alvo do garoto, Arik o agarrou pelo cabelo grosso, levantou-o alguns centímetros do chão e, enquanto as pernas do menino, aos gritos, balançavam no ar, o machado do gigante fez um arco largo...

Jenny reagiu sem pensar. Com uma força que era fruto de terror, empinou-se violentamente para trás, desequilibrando Royce e silenciando com uma ordem sua qualquer ordem que ele estivesse prestes a dar:

— Não! Não! *Não faça isso!* — gritou veementemente. — NÃO!

O machado de Arik congelou no alto do arco que fez, e o gigante olhou por sobre o ombro, não para Jennifer, mas para Royce, esperando o parecer de seu senhor. O mesmo fez Jenny, que lançou uma olhada para a raiva gélida no perfil de Royce e soube, no mesmo instante, o que ele estava prestes a ordenar a Arik.

— Não! — gritou histericamente, agarrando o braço de Royce. O duque virou a cabeça para ela e, na verdade, parecia ainda mais assassino do que no momento anterior. Jenny viu quando o músculo na mandíbula tensa do marido se contraiu e, com um terror cego, gritou: — Você mataria uma criança por repetir suas próprias palavras, por tentar lhe mostrar que ela o apoia em tudo, incluindo em seus sentimentos em relação a mim? Pelo amor de Deus, é apenas uma criança! Uma criança tola... — Sua voz embargou quando Royce se voltou friamente para Arik, para dar sua ordem:

— Tragam-me o menino pela manhã — disse rispidamente e, então, cravou as esporas no cavalo negro, fazendo-o avançar; como se tivessem recebido um sinal silencioso, os cavaleiros atrás deles se lançaram para a frente, formando fileiras em movimento de ambos os lados de Royce e Jennifer.

Nenhum outro grito veio da multidão; em absoluto silêncio, as pessoas observavam a caravana passar. Ainda assim, Jenny só respirou aliviada quando já estavam bem longe de todos os aldeões e, então, sentiu-se fraca. Exausta. Soltando-se contra o corpo estranhamente rígido de Royce, repassou toda a cena em sua mente. Em retrospectiva, ocorreu-lhe que a raiva que Royce sentira da criança havia sido por sua causa e que ele aceitou seus desejos ao dar um indulto ao menino. Virando-se na sela, olhou para ele. Uma vez que ele continuou a olhar para a frente, ela disse, hesitante:

— Milorde, eu gostaria de... agradecer-lhe por poupar...

O olhar de Royce se voltou para seu rosto, e Jenny recuou, abalada diante da ardente fúria naqueles olhos cinzentos.

— Se você — advertiu ele, rudemente — me desafiar em público mais uma vez ou ousar se dirigir a mim nesse tom, juro por Deus que não serei responsável pelas consequências!

Diante dos olhos de Royce, a expressão de gratidão no rosto de Jenny se transformou em choque, seguida de fúria. Ela, então, friamente, deu as costas a ele.

Royce ficou olhando para a sua nuca, furioso por ela realmente acreditar que ele permitiria que uma criança fosse decapitada por uma maldade que merecia um castigo menos duro; furioso porque, pelas ações de Jenny, ela levara todos os seus servos e aldeões a acreditarem na mesma coisa. Porém, acima de tudo, estava furioso consigo mesmo, por não ter previsto que uma cena como aquela com os aldeões poderia ocorrer e por não ter tomado medidas para evitá-la.

Sempre que planejava um cerco ou participava de uma batalha, considerava tudo o que poderia dar errado, mas, quanto ao que havia acontecido naquele dia, quanto a Claymore, ele havia estupidamente confiado no acaso, supondo que tudo sairia bem.

Por outro lado, concluiu Royce, com um suspiro de irritação, em uma *batalha*, sua mínima ordem era antecipada e cumprida sem questionamento ou discussão. Em uma batalha, ele *não* tinha Jennifer para contestá-lo; Jennifer, que discutia ou questionava a respeito de tudo.

Cego para a beleza do lugar que ansiara ver por oito longos anos, Royce se perguntava, com o cenho fechado, como era possível que intimidasse cavaleiros, nobres, escudeiros e soldados endurecidos pela batalha a fazerem o que ordenava com um único olhar, mas não conseguia forçar uma jovem escocesa teimosa e desafiadora a se comportar. Ela era tão imprevisível que tornava impossível antecipar sua reação a qualquer coisa. Era impulsiva e obstinada, e lhe faltava completamente com o respeito que cabia a uma esposa. Enquanto atravessavam a ponte levadiça, ele olhou para os ombros rígidos de Jenny, percebendo tardiamente como deveria ter sido humilhante para ela a cena no vale. Com um pingo de piedade e relutante admiração, admitiu que ela também era muito jovem, muito corajosa, extremamente compassiva e estava muito assustada. Qualquer outra mulher da sua posição poderia muito bem ter exigido a cabeça do menino, em vez de implorar por sua vida, como Jennifer havia feito.

O enorme pátio do castelo estava cheio de pessoas que viviam ou trabalhavam dentro daqueles muros, um verdadeiro exército de cavalariços, lavadeiras, ajudantes de cozinha, carpinteiros, ferreiros, arqueiros, servos e lacaios, além dos guardas. Os membros de posição mais elevada, que eram bailios, clérigos, mordomos, padeiros e muitos outros, estavam formalmente alinhados nos degraus que levavam ao salão. Agora, no entanto, enquanto olhava ao seu redor, Royce não deixara de observar a hostilidade fria que quase todos dirigiam a Jennifer, nem tivera a intenção de deixar ao acaso a reação deles a ela. Para que cada pessoa no pátio apinhado tivesse uma visão clara de Jennifer e dele mesmo, Royce se virou para o capitão da guarda e fez um pequeno gesto na direção dos estábulos. Só quando o último cavaleiro desapareceu na multidão, levando seus cavalos para o estábulo, foi que Royce desceu do seu. Virando-se, estendeu as mãos, segurou Jennifer pela cintura, levantou-a e desceu, observando, enquanto isso, que o belo rosto da esposa estava tenso, e ela cuidadosamente evitava olhar nos olhos de qualquer pessoa. Não tentou alisar os cabelos nem arrumar o vestido, e o coração de

Royce ficou apertado de pena, porque ela, obviamente, chegara à conclusão de que sua aparência já não mais importava.

Ciente do murmúrio desagradável que se levantava entre a multidão no pátio, Royce a segurou pelo braço e a levou ao pé da escada, mas, quando Jennifer começou a subi-la, ele a puxou firmemente para trás e depois se virou. Jenny saiu do poço da vergonha que sentia e lhe dirigiu um olhar desesperado, que Royce não viu. Estava parado sem mover um músculo, o rosto fechado e implacável, enquanto olhava firmemente para a multidão inquieta no pátio. Mesmo paralisada pela aflição, Jenny, de repente, teve a sensação de que um estranho poder emanava de Royce agora, uma força que parecia comunicar-se com todos. Como se um feitiço estivesse sendo lançado sobre a multidão, todos ficaram em silêncio e se endireitaram lentamente, os olhos fixos nele. Então, e somente então, Royce falou. Sua voz profunda ressoou na estranha quietude do pátio, carregando com ela o poder e a força de uma trovoada.

— Contemplem sua nova senhora, minha esposa — pronunciou ele — e saibam que, quando *ela* ordenar, é porque *eu* ordenei. O serviço que prestarem a ela, estarão prestando a mim. A lealdade que derem ou *não* a ela é a que me darão ou não!

Seu olhar hostil passou por todos por um momento ameaçador que os fez conter a respiração; então, ele se virou para Jennifer e lhe ofereceu o braço.

Lágrimas contidas de comovente gratidão e assombrosa admiração brilhavam nos seus olhos azuis enquanto ela olhava para Royce e colocava, lenta e quase reverentemente, a mão sobre o braço dele.

Atrás deles, o armeiro bateu palmas lentamente... duas vezes. O ferreiro se juntou a ele. Depois, mais uma dezena de servos aplaudiram. Enquanto Royce conduzia a esposa pelos degraus largos que levavam às portas do salão onde Stefan e o frei Gregory esperavam, todo o pátio de armas retumbava com fortes aplausos, não de um tipo desinibido e espontâneo que sinaliza entusiasmo sincero, mas sim a resposta rítmica dos que estavam enfeitiçados por um poder muito grande para resistir.

Stefan Westmoreland foi o primeiro a falar depois que entraram no grande e cavernoso salão. Apertando o ombro de Royce com cálido afeto, brincou:

— Quem me dera *eu* pudesse fazer isso com uma multidão, querido irmão. — Intencionalmente, acrescentou: — Pode nos ceder alguns minutos? Temos um assunto que precisa ser discutido.

Royce se virou para Jenny e pediu licença por um instante, e ela observou os dois homens caminharem até a lareira onde estavam Sir Godfrey, Sir Eustace e Sir Lionel. Evidentemente, todos haviam chegado antes a Claymore junto com Stefan Westmoreland, percebeu Jenny.

Ainda atordoada com a incrível consideração de Royce ao fazer aquele discurso, desviou o olhar dos ombros largos do marido e olhou ao seu redor com incipiente admiração. O salão em que se encontrava era imenso e tinha um teto alto e forrado de madeira e o piso de pedra lisa sem tapetes de junco. No alto, uma ampla galeria, sustentada por arcos de pedra primorosamente esculpidos que a envolviam por três lados, em vez de um só. Na quarta parede, uma lareira tão grande que um homem podia facilmente ficar de pé nela, com uma chaminé bem-decorada. Tapetes retratando cenas de batalhas e caças pendiam das paredes, e alguém, notou ela com horror, colocara duas grandes peças de tapeçaria no *chão* perto da lareira.

Na outra ponta do corredor, no lado oposto àquele em que ela se encontrava, estavam uma longa mesa, posta sobre um estrado, e armários que exibiam taças, bandejas e tigelas de reluzentes ouro e prata, muitas delas incrustadas de joias. Embora apenas algumas tochas estivessem acesas nos suportes de parede, não era tão escuro e sombrio como o salão de Merrick. E a razão, observou Jenny com um suspiro de admiração, era um enorme vitral colocado no alto da parede, ao lado da chaminé.

A atenção que Jenny dispensava ao vitral foi interrompida abruptamente por um alegre gritinho que veio da parte de cima:

— Jennifer! — gritou tia Elinor, na ponta dos pés para ver por sobre a parede à altura dos ombros que circundava a galeria. — Jennifer! Minha pobre menina! — disse ela, e desapareceu de seu campo de visão enquanto percorria, apressada, a galeria.

Embora tia Elinor não pudesse ser vista, o eco de seu feliz monólogo podia ser facilmente ouvido enquanto seguia para a escada que levava ao salão na parte de baixo:

— Jennifer, que bom vê-la, minha pobre menina!

Inclinando a cabeça para trás enquanto examinava a galeria, Jenny começou a seguir o som da voz de sua tia enquanto ela continuava:

— Eu estava tão *preocupada* com você, minha menina, que mal pude comer ou dormir. Não que estivesse em condições de fazer qualquer coisa, pois fui arremessada e sacudida por toda a Inglaterra no cavalo mais desconfortável em que já tive o *infortúnio* de me sentar!

Inclinando a cabeça e ouvindo com atenção, Jenny lentamente seguia a voz em direção ao lado oposto do grande salão, procurando o corpo ao qual pertencia aquele som.

— E o tempo estava muito ruim! — continuou tia Elinor. — Quando pensei que a chuva certamente me afogaria, o sol saiu e me assou viva! Minha cabeça e meus ossos começaram a doer e eu, certamente, teria encontrado a morte se Sir Stefan não tivesse finalmente concordado em nos deixar parar por tempo suficiente para que eu colhesse ervas curativas.

Tia Elinor desceu o último degrau e se materializou a pouco mais de vinte metros de distância de Jenny, caminhando em sua direção e ainda falando:

— O que foi muito bom, pois, uma vez que o convenci a tomar minha tisana secreta, que, a princípio, recusou, ele não deu mais que um *espirro*. — Olhou para Stefan Westmoreland, que estava prestes a levar uma caneca de cerveja aos lábios, e o interrompeu, insistindo que confirmasse suas palavras: — Você não deu mais que um *espirrinho*, não é verdade, meu querido menino?

Stefan baixou a caneca de cerveja. Obedientemente, respondeu:

— Não, senhora — inclinou-se um pouco, levando a caneca de cerveja aos lábios e desviando cuidadosamente os olhos do olhar zombeteiro que Royce lhe lançava. Arik entrou no salão e foi até a lareira, e tia Elinor lhe dirigiu um olhar de reprovação enquanto continuava a falar com Jenny, que andava em sua direção:

— No geral, não foi uma viagem tão ruim. Pelo menos, não foi até que fui forçada a cavalgar com esse homem, Arik, como aconteceu quando saímos de Merrick...

Os cavaleiros junto à lareira se viraram para olhar, e Jenny saiu correndo, alarmada, em direção à sua tia, em um esforço inútil para impedi-la de pisar naquele território perigoso conhecido como o gigante do machado.

Abrindo os braços para Jennifer, com o rosto esboçando um sorriso radiante, tia Elinor continuou:

— Arik voltou para cá minutos antes da sua chegada, e *não* quis responder às minhas perguntas angustiadas a seu respeito. — Antecipando que talvez não tivesse tempo de concluir seu pensamento antes de Jennifer chegar, ela dobrou a velocidade de suas palavras:

— Mas eu não acredito que seja essa mesquinhez que o faça parecer tão amargo. Penso que tem problemas com seu...

Jenny lançou os braços em torno da tia, envolvendo-a em um abraço apertado, mas ela conseguiu se livrar o suficiente para concluir com triunfo:

— *Intestino!*

A fração de segundo de tenso silêncio que se seguiu àquela calúnia se rompeu com uma ruidosa e repentina gargalhada de Sir Godfrey, que, abruptamente, a sufocou por causa do olhar gélido de Arik. Para seu horror, Jenny sentiu uma forte vontade de rir também, em parte por causa do incrível estresse do último dia e dos sons das risadas abafadas junto à lareira.

— Ah, tia Elinor! — exclamou, dando risadinhas sem se conter e enterrando o rosto sorridente no pescoço da tia, para escondê-lo.

— Ora, ora, minha doce pombinha — acalmou-a tia Elinor, mas sua atenção estava nos cavaleiros que riam do seu diagnóstico. Por sobre os ombros trêmulos de Jenny, dirigiu um olhar severo para o grupo fascinado de cinco cavaleiros e um senhor. Com sua voz mais severa, informou:

— Um intestino ruim *não* é motivo de risada. — Em seguida, mudou seu foco para o irritado Arik e se compadeceu: — Basta olhar para a expressão amarga em seu rosto, pobre homem; um sinal *inconfundível* de que um purgante se faz necessário. Prepararei um para você com minha própria receita secreta. Em pouco tempo, estará sorrindo e alegre de novo!

Agarrando a mão da tia e evitando escrupulosamente os olhares sorridentes dos outros cavaleiros, Jenny olhou para o marido entretido.

— Vossa Alteza — disse ela —, minha tia e eu temos muito o que discutir, e eu gostaria de descansar. Se nos der licença, nos retiraremos para... para... — ocorreu-lhe que a discussão sobre os preparativos para dormir não era um assunto que queria abordar antes de que fosse absolutamente necessário e, com pressa, concluiu:

— Para... hã... o quarto da minha tia.

Seu marido, com uma caneca de cerveja na mão no mesmo lugar em que estava quando a tia Elinor mencionou o nome de Arik pela primeira vez, conseguiu manter o rosto ereto e responder seriamente:

— Certamente, Jennifer.

— Que ideia maravilhosa, minha menina! — exclamou a tia Elinor no mesmo instante. — Você deve estar morta de cansaço.

— No entanto — interveio Royce, dirigindo um olhar calmo e implacável na direção de Jennifer —, ordenei que uma das empregadas no andar de cima lhe mostrasse *seu* quarto, que tenho certeza de que achará mais confortável. Haverá uma festa esta noite, então peça-lhe o que precisar para quando acordar.

— Sim, bem, hã... obrigada — disse ela, pouco convincente.

Porém, enquanto conduzia a tia às escadas do outro lado do salão, estava bem ciente do absoluto silêncio perto da lareira e igualmente convencida de que todos esperavam para ouvir a próxima coisa ultrajante que tia Elinor diria. Ela não os desapontou.

Alguns passos longe da lareira, ela recuou para mostrar à sobrinha alguns dos méritos de sua nova casa, vários dos quais Jennifer já havia observado.

— Olhe lá para cima, minha querida — disse tia Elinor com satisfação, apontando para o vitral. — Não é maravilhoso? Vitrais! Você não *acreditará* no tamanho da galeria lá em cima, nem no aconchego do lugar. E os castiçais são de ouro. As camas têm dosséis de seda e quase todas as taças têm joias! Na verdade — declarou, em tom pensativo —, depois de ver este lugar como eu vi, estou *bem* convencida de que esse negócio de saquear e pilhar deve ser muito proveitoso... — Com isso, tia Elinor se voltou para a lareira e perguntou educadamente ao "saqueador" proprietário do castelo:

— Vossa Alteza diria que se obtêm grandes lucros com saques e pilhagens ou estou enganada?

Atordoada e constrangida, Jenny viu que a caneca de cerveja do marido agora estava parada no ar, a poucos centímetros dos lábios. Ele a baixou muito lentamente, fazendo com que Jenny temesse que Royce ordenasse que tia Elinor fosse lançada do alto do castelo. Em vez disso, inclinou a cabeça educadamente e respondeu, impassível:

— De fato, é um negócio muito lucrativo, *madame*, o qual recomendo como ocupação.

— É *muito* bom saber — exclamou a tia Elinor — que você fala francês!

Jenny segurou com firmeza o braço da tia e começou a conduzi-la em direção à escada enquanto a senhora continuava, cheia de vida:

— Temos que falar imediatamente com Sir Albert para que encontre alguns vestidos adequados. Há baús de coisas que pertenceram aos antigos proprietários. Sir Albert é o mordomo aqui, e ele não parece bem. Creio que está com vermes. Preparei uma boa tisana para ele ontem e insisti para que tomasse. Ele se sente *muito* mal hoje, mas estará bem amanhã, você verá. E você deveria dormir um pouco agora mesmo, pois está pálida e exausta...

Quatro cavaleiros se viraram ao mesmo tempo para Royce, esboçando inevitáveis sorrisos. Com a voz marcada por uma risada, Stefan disse:

— Pelo amor de Deus! Ela não estava tão mal assim durante a viagem. Mas, depois, mal podia falar quando se agarrava ao cavalo, temendo pela própria vida. Provavelmente esteve armazenando as palavras todos esses dias.

Royce levantou uma sobrancelha sarcástica na direção em que tia Elinor havia desaparecido.

— Ela é astuta como uma velha raposa se suas mãos estiverem amarradas. Onde está Albert Prisham? — perguntou, subitamente ansioso por ver seu mordomo e descobrir pessoalmente como Claymore prosperava.

— Ele não se sente bem — respondeu Stefan, colocando uma cadeira junto à lareira —, como disse Lady Elinor. Mas o problema é o coração dele, acredito, a julgar pelo pouco tempo que conversamos quando cheguei ontem. Ele cuidou dos preparativos para a festa desta noite, mas pede que lhe permita se apresentar somente amanhã. Não quer dar uma olhada no lugar?

Royce baixou a caneca de cerveja e, cansado, esfregou a nuca.

— Farei isso mais tarde. Por ora, preciso dormir um pouco.

— Eu também — disse Sir Godfrey, bocejando e se esticando ao mesmo tempo. — Primeiro, quero dormir. Depois, quero me encher de boa comida e bebida. Em seguida, quero uma moça quente e receptiva nos braços para passar o resto da noite. Nessa ordem — acrescentou, sorrindo, e os demais concordaram com a cabeça.

Quando se foram, Stefan relaxou em sua cadeira, olhando para o irmão com leve preocupação enquanto Royce franzia a testa distraidamente para o conteúdo de sua caneca.

— O que o faz parecer tão desgostoso, irmão? Se for aquela cena conturbada no vale, deixe-a de lado e não permita que isso estrague a festa desta noite.

Royce olhou para ele.

— Estava aqui pensando na possibilidade de "convidados indesejados" chegarem bem no meio da festa.

Stefan entendeu no mesmo instante que Royce se referia à chegada de um contingente vindo de Merrick.

— Os dois emissários de Tiago e Henrique, naturalmente, virão para cá. Eles exigirão a prova do casamento com os próprios olhos, o que o bom frade pode providenciar. Porém, duvido que o povo de sua esposa viajará toda essa distância a cavalo, uma vez que sabe que, ao chegar aqui, não poderá fazer mais nada.

— Eles virão — disse Royce, sem rodeios. — E virão em número suficiente para mostrar que têm poder.

— E se for assim? — perguntou Stefan com uma risadinha imprudente.

— Eles não podem fazer outra coisa senão gritar para nós do outro lado dos muros do castelo. Você fortificou este lugar para resistir ao pior ataque ao qual *você* poderia submetê-lo.

A expressão de Royce se tornou dura e implacável.

— Eu dei as batalhas por encerradas! Já falei para você e para Henrique. Estou cansado disso, de tudo isso: do sangue, do fedor, dos sons. — Sem perceber o servo fascinado que havia aparecido atrás dele para encher sua caneca, Royce concluiu, com dureza: — Já não tenho mais estômago para isso.

— Então, o que você pretende fazer se Merrick aparecer aqui?

Uma sobrancelha sarcástica se ergueu acima dos olhos cinzentos.

— Pretendo convidá-lo a participar da festa.

Vendo que o irmão falava sério, Stefan se levantou muito devagar.

— E então? — perguntou.

— E então esperamos que ele veja que é inútil tentar lutar contra mim uma vez que minhas forças são muito mais numerosas que as dele.

— E se ele não perceber? — instigou Stefan. — Ou se insistir em lutar sozinho contra você, o que é mais provável. O que você fará, então?

— O que quer que eu faça? — perguntou Royce, com irritada frustração. — Que eu mate meu próprio sogro? Devo convidar a filha dele para assistir? Ou devo enviá-la lá para cima até que tenhamos limpado o sangue do mesmo chão no qual os filhos dela brincarão um dia?

Era a vez de Stefan olhar irritado e frustrado.

— O que fará, então?

— Dormir — respondeu Royce, fazendo-se de desentendido. — Verei rapidamente meu mordomo e, depois, dormirei por algumas horas.

Uma hora mais tarde, depois de ver o mordomo e dar instruções a um servo para que cuidasse do banho e das roupas, Royce entrou em seu quarto e, com grande expectativa, esticou-se na enorme cama de quatro colunas, entrelaçando as mãos atrás da cabeça. Seu olhar percorria preguiçosamente o dossel azul-escuro e dourado acima da cama com seus pesados tecidos de seda bordados puxados para trás e presos por cordões de ouro; depois, ele olhou para a parede do outro lado do quarto. Sabia que Jennifer estava atrás dela. Um servo lhe dera essa informação, além de dizer que ela havia entrado no quarto minutos antes, depois de pedir para ser acordada em três horas, tomar um banho e ver as roupas que estivessem disponíveis para que pudesse usar na festa.

Lembranças de como Jennifer ficava enquanto dormia, com os cabelos esparramados sobre o travesseiro e a pele acetinada nua sobre os lençóis, fizeram o corpo de Royce se enrijecer por causa da necessidade instantânea. Ignorando isso, fechou bem os olhos. Era mais prudente esperar para se deitar com sua esposa relutante depois da festa, concluiu. Seria preciso certo poder de persuasão para fazê-la concordar em cumprir essa parte de seus votos matrimoniais, disso Royce não tinha a menor dúvida, e, naquele momento, não estava em condições de tratar do assunto.

Naquela noite, uma vez que ela estivesse amansada com vinho e música, ele a levaria para a cama. Disposta ou não, pretendia fazer amor com ela naquela e em todas as noites que lhe aprouvesse depois disso. Se não quisesse ir a ele por bem, iria porque assim ele desejava, e seria assim, decidiu energicamente. Porém, a última lembrança que teve enquanto tentava dormir foi da sua jovem esposa extremamente bela e impertinente, com os dedos das mãos levantados para informá-lo com atrevida superioridade: "Quarenta são esses...".

19

Jenny saiu da banheira de madeira, envolveu-se no roupão azul-claro macio que uma criada lhe entregou e abriu as cortinas que escondiam a alcova onde ficava a banheira da altura dos ombros. O volumoso roupão, embora muito requintado, obviamente pertencera a alguém muito mais alto. As mangas eram aproximadamente dez centímetros mais longas que os dedos, e a barra deixava um rastro atrás dela, mas estava limpo e quente. Depois de passar dias com o mesmo vestido sujo, achou o roupão divino. Um fogo aconchegante estava aceso, afastando o frio, e Jenny se sentou na cama para secar os cabelos.

A criada veio por trás dela, com uma escova na mão, e, sem palavras, começou a pentear os emaranhados e pesados cabelos de Jenny, enquanto outra apareceu trazendo nos braços algo de brocado dourado-claro e brilhante, que ela entendeu ser um vestido. Nenhuma das criadas demonstrou qualquer sinal claro de hostilidade, o que era esperado, levando-se em conta a advertência que o duque lhes dera no pátio de armas.

A lembrança disso continuava a atormentá-la como um mistério. Apesar de todos os sentimentos amargos entre ela e Royce, ele lhe dera, pública e deliberadamente, diante de todos, sua própria autoridade. Ele a havia elevado à sua própria posição, o que parecia uma atitude muito estranha para qualquer homem, especialmente para alguém como ele. Nesse caso, parecia ter agido por bondade para com ela; no entanto, ela não conseguia se lembrar de uma única ação dele, incluindo a libertação de Brenna, que houvesse sido feita sem outra intenção que não a de atender ao seu propósito.

Considerar que ele tivesse uma virtude como bondade era tolice. Ela vira, pessoalmente, a plena extensão da crueldade de que era capaz: assassinar uma criança por lhe ter jogado um punhado de terra era mais do que cruel; era bárbaro. Por outro lado, talvez ele nunca tenha pretendido deixar o menino morrer; talvez apenas tivesse reagido mais lentamente do que Jenny.

Com um suspiro, Jenny desistiu momentaneamente de tentar resolver o mistério que seu marido era e virou-se para a criada chamada Agnes. Em Merrick, sempre houve conversas, fofocas e confidências trocadas entre servas e senhoras e, embora não fosse possível imaginar aquelas criadas rindo e fofocando, Jenny estava determinada a fazer com que falassem com ela.

— Agnes — disse, com um tom cuidadosamente pensado, para transmitir calma cortesia —, é este o vestido que vestirei à noite?

— Sim, milady.

— Suponho que tenha pertencido a outra pessoa.

— Sim, milady.

Nas duas últimas horas, essas foram as únicas palavras que as duas criadas lhe disseram, e Jenny se sentiu frustrada e triste ao mesmo tempo.

— A quem pertenceu? — insistiu, educadamente.

— À filha do antigo senhor, milady.

Ambas se viraram quando alguém bateu à porta e, um momento depois, três fortes servos depositavam grandes baús no chão.

— O que há neles? — perguntou Jenny, intrigada.

Quando nem mesmo a empregada parecia capaz de responder, Jenny desceu da cama e foi examinar o conteúdo. Dentro dos baús, estava a mais impressionante variedade de tecidos que já vira: cetins finíssimos e veludos brocados, sedas bordadas, caxemiras macias e linhos tão finos que eram quase transparentes.

— Que lindos! — Jenny exclamou, tocando um cetim cor de esmeralda.

Uma voz à porta do quarto fez as três mulheres se virarem.

— Concluo que esteja satisfeita — disse Royce, em tom de pergunta.

Estava parado à entrada do quarto, com o ombro apoiado contra o umbral, vestido com um gibão de seda rubi-escuro e um sobregibão de veludo cinza-metálico. Um cinto de prata estreito com rubis na fivela lhe apertava a cintura, e dele pendia uma adaga embainhada com um enorme e brilhante rubi na empunhadura.

— Satisfeita? — repetiu Jenny, distraída pela forma como o olhar dele se voltara de seus cabelos para o decote de seu roupão. Olhou para baixo, tentando ver para o que ele estava olhando; então, com uma das mãos, uniu fortemente as partes do roupão que se haviam separado.

Um leve sorriso zombeteiro se desenhou nos lábios de Royce por causa do gesto de pudor. Dirigindo-se às duas criadas, disse, em voz baixa:

— Deixem-nos.

Elas obedeceram apressadamente, quase em pânico, passando por ele o mais rápido possível.

Enquanto Agnes passava atrás dele, Jenny a viu se benzer discretamente.

Um sinal de alarme percorreu a espinha de Jenny quando Royce fechou a porta e a olhou do outro lado do quarto.

Tentando se refugiar em uma conversa, disse a primeira coisa que lhe veio à mente:

— Você não deveria falar com as criadas tão severamente. Acho que as assusta.

— Eu não vim aqui para falar sobre os serviçais — disse ele calmamente, começando a caminhar na direção dela.

Consciente de sua nudez sob o roupão, Jenny deu um cauteloso passo para trás e, inadvertidamente, pisou na bainha que se arrastava. Incapaz de continuar, ela o viu caminhar até os baús abertos. Chegando a um deles, mexeu em vários tecidos.

— Está satisfeita? — perguntou ele novamente.

— Com o quê? — disse ela, fechando o roupão com tanta força na altura do pescoço e dos seios que mal conseguia respirar.

— Com isto — respondeu Royce secamente, apontando para os baús. — Os tecidos são para você. Use-os para fazer vestidos e tudo de que você precisar.

Jenny afirmou com a cabeça, observando-o com cautela, pois havia deixado os baús de lado e se dirigia a ela.

— O-o que você quer? — perguntou ela, odiando o tom sério de sua voz.

Ele parou a um braço de distância dela, mas, em vez de tocá-la, disse, calmamente:

— Primeiro, quero que pare de apertar tanto assim o roupão que está usando, antes que se estrangule. Já vi homens enforcados em cordas menos apertadas do que isso.

Jenny forçou os dedos rígidos a afrouxarem um pouco. Esperou que Royce voltasse a falar, mas, como ele continuava analisando-a em silêncio, finalmente perguntou:

— Sim? E agora?

— Agora — respondeu ele, calmamente —, eu gostaria de conversar com você. Então, por favor, sente-se.

— Veio aqui para... conversar? — repetiu Jenny e, quando ele assentiu, ficou tão aliviada que obedeceu sem hesitar.

Andando até a cama, arrastando atrás de si um tecido de lã azul, sentou-se. Ergueu uma das mãos e, com ela, afastou o cabelo que lhe caía na testa e fez um gesto bruto para tirá-lo dos ombros. Royce a observou enquanto ela tentava arrumar os cachos exuberantes que lhe caíam sobre os ombros e pelas costas.

Ela era, pensou ele ironicamente, a única mulher que conseguia parecer provocativa em um roupão muito maior que ela.

Satisfeita com os cabelos, encarou-o com atenção.

— Sobre o que veio conversar?

— Sobre nós. Sobre hoje à noite — disse ele, caminhando em sua direção.

Ela pulou da cama como se estivesse sentada em brasa e se afastou dois passos dele até seus ombros se apoiarem na parede.

— Jennifer...

— O quê? — perguntou nervosamente.

— Há um fogo aceso atrás de você.

— Estou com frio — disse ela, tremendo.

— Mais um passo, estará em chamas.

Ela olhou para ele com desconfiança, olhou para a barra do longo roupão e soltou um grito alarmado ao mesmo tempo que o puxava do fogo. Batendo na barra com força para tirar as cinzas, exclamou:

— Desculpe. É um belo roupão, mas talvez um pouco...

— Eu estava me referindo à festa desta noite — ele a interrompeu firmemente —, não ao que acontecerá depois, entre nós. No entanto, uma vez que estamos falando sobre isso — continuou, examinando a expressão de pânico dela —, gostaria que me dissesse por que a possibilidade de se deitar comigo, de repente, parece assustá-la tanto.

— Não estou assustada — negou, desesperada, acreditando que poderia ser um erro admitir qualquer tipo de fraqueza. — Mas, já tendo feito isso, simplesmente não sinto vontade de fazer de novo. Penso o mesmo sobre... sobre romãs. Depois de experimentá-las, apenas não *quero* mais. Sou assim às vezes.

Os lábios de Royce se contraíram, e ele avançou em direção a Jenny até estar exatamente diante dela.

— Se falta de vontade é o que a alarma, acho que posso remediar isso.

— Não me toque! — avisou ela. — Ou eu...

— Não me ameace, Jennifer — interrompeu-a. — É um erro do qual você se arrependerá. Eu a tocarei sempre e *como* eu quiser.

— Agora que você destruiu qualquer prazer que eu poderia vir a ter à noite — disse Jenny, com frieza —, me dá licença para me vestir em particular?

As palavras insultantes de Jenny não produziram nem mesmo um arranhão na execrável compostura de Royce, mas sua voz parecia gentil.

— Não foi minha intenção entrar aqui e lhe dar notícias que a fariam temer a noite, mas é melhor dizer como as coisas serão do que deixá-la curiosa por saber. Há muitas outras questões que precisam ser resolvidas entre nós, mas elas podem esperar até mais tarde. No entanto, para responder à sua primeira pergunta, *este* foi meu objetivo real ao vir até aqui...

Jenny ignorou o movimento imperceptível do braço de Royce e continuou olhando para o rosto dele com cautela, pensando que ele tentaria beijá-la. Ele deve ter imaginado isso, porque seus lábios firmes e sensuais esboçaram um sorriso, mas continuou a olhá-la sem se mover.

Depois de um longo silêncio, ele disse, suavemente:

— Dê-me sua mão, Jennifer.

Jenny olhou para a mão de Royce e, em completa confusão, abriu relutantemente os dedos que seguravam com firmeza a gola do roupão.

— Minha mão? — perguntou, mantendo-a próxima dele.

Ele segurou os dedos de Jennifer com a mão esquerda, e seu toque cálido causou arrepios indesejados no braço da jovem. Somente então ela notou o magnífico anel em uma pequena caixa com incrustações de joias na palma da mão direita de Royce. Engastadas em um pesado e largo círculo de ouro, estavam as mais lindas esmeraldas que Jenny já havia visto, pedras brilhantes que reluziam e cintilavam para ela à luz das velas quando ele colocou o pesado anel em seu dedo.

Talvez fosse o peso do anel e tudo o que ele implicava, ou talvez fosse a estranha combinação de gentileza e solenidade nos olhos cinzentos de

Royce, que a miravam, mas, independentemente da causa, o coração de Jenny havia disparado.

Com uma voz aveludada e rouca, ele disse:

— Você e eu não fizemos nada segundo a ordem normal. Consumamos o casamento antes do noivado, e eu coloquei o anel em seu dedo muito depois de termos feito votos um para o outro.

Hipnotizada, Jenny olhou para os insondáveis olhos cinzentos de Royce, enquanto a profunda voz rouca dele a acariciava, colocando-a mais sob seu encantamento, ao acrescentar:

— E, ainda que nada tenha sido normal no nosso casamento até agora, quero lhe pedir um favor...

Jenny quase não reconheceu o sussurro fraco em que sua própria voz se transformou.

— Qual... favor?

— Só por hoje à noite — disse ele, aproximando-se e tocando a curva do rosto corado de Jenny com a ponta dos dedos —, podemos deixar de lado nossas diferenças e nos comportar como um casal recém-casado normal em uma festa de casamento normal?

Jenny havia presumido que a festa da noite seria uma celebração do regresso de Royce àquela casa e de sua recente vitória contra o povo *dela*, e não do casamento deles. Ele viu a hesitação dela, e seus lábios se curvaram em um sorriso irônico.

— Uma vez que isso, evidentemente, exige mais do que um simples pedido para abrandar seu coração, ofereço-lhe uma troca.

Extremamente consciente do efeito da ponta dos dedos de Royce lhe tocando o rosto e do magnetismo que o robusto corpo dele exalava, ela sussurrou com a voz trêmula:

— Que tipo de troca?

— Em troca desta noite, eu lhe darei outra quando você quiser. Não importa como deseje passá-la, eu a passarei com você fazendo o que *você* quiser. — Quando ela ainda parecia hesitar, ele balançou a cabeça com divertida exasperação. — É uma sorte que eu nunca tenha conhecido um adversário tão teimoso quanto você no campo de batalha, pois receio que já tivesse sofrido uma derrota.

Por algum motivo, essa admissão, feita em tom de admiração, causou muito dano à resistência de Jenny. O que ele disse depois a derrubou ainda mais:

— Não peço esse favor apenas por mim, pequena, mas por você também. Não acha que, depois de toda a turbulência que precedeu esta noite, e provavelmente irá segui-la, nós dois merecemos uma lembrança especial e imaculada do nosso casamento?

Uma emoção sem nome lhe apertou a garganta e, embora não tivesse esquecido todas as queixas reais que tinha contra ele, a lembrança do incrível discurso que ele fez ao povo a favor dela ainda vibrava fresca em sua mente. Além disso, a perspectiva de fingir, por apenas algumas horas, apenas uma vez, que ela era tratada com carinho e que ele era um noivo zeloso parecia não apenas inofensiva, mas também irresistível e docemente atraente. Ela, por fim, assentiu e, de modo suave, disse:

— Como quiser.

— Por que — murmurou Royce, fitando os olhos inebriantes de Jenny — cada vez que você se rende de boa vontade, como agora, faz com que eu me sinta como um rei conquistado? Mas, quando eu a conquisto contra a sua vontade, faz com que eu me sinta como um mendigo derrotado?

Antes que Jenny pudesse se recuperar dessa confissão, ele começou a sair.

— Espere — disse Jenny, segurando a caixa em sua direção —, você esqueceu isso.

— É seu, junto com as outras duas coisas que estão aí dentro. Por favor, abra.

A caixa era de ouro e muito ornamentada, tinha o tampo completamente incrustado com safiras, rubis, esmeraldas e pérolas. Dentro, um anel de ouro: um anel de dama com um grande rubi profundamente engastado. Ao lado dele, estava... o rosto de Jenny manifestava sua surpresa, e ela olhou para Royce.

— Uma faixa? — perguntou, olhando para a simples e estreita renda cor-de-rosa, cuidadosamente dobrada, em uma caixa digna de joias da coroa.

— Os dois anéis e a faixa eram da minha mãe. Isso foi tudo o que restou após o lugar em que Stefan e eu nascemos ter sido arrasado durante um cerco.

Dito isso, ele saiu, avisando que a aguardava no andar de baixo.

Royce fechou a porta e, por um instante, ficou muito quieto, quase tão surpreso com as coisas que havia dito a ela, e com a maneira como as havia dito, quanto Jennifer obviamente havia ficado. Ainda o irritava que ela o tivesse enganado por duas vezes no castelo Hardin e que houvesse colaborado com o pai em um plano que, ao mesmo tempo, o teria privado de uma esposa e de herdeiros. Porém, Jennifer tinha um argumento irrefutável a seu favor, e não importava o quanto tentasse ignorá-lo, aquilo a desculpava por completo:

Tudo porque me coloquei no caminho do seu irmão raptor ao subir uma colina...

Com um sorriso de expectativa, Royce atravessou a galeria e desceu pela escadaria de madeira de carvalho em espiral para o grande salão abaixo, onde os festejos já estavam acontecendo. Estava pronto para perdoar as ações passadas de Jenny; no entanto, teria de fazê-la entender que, a partir daquele momento, ele não toleraria mais ser enganado de forma alguma.

Por vários minutos depois que Royce saiu, Jenny permaneceu onde estava, inconsciente dos sons cada vez mais altos de folia provenientes do grande salão. Olhando para a caixa incrustada de joias e revestida de veludo que ele havia colocado nas suas mãos quando saiu, ela tentou conter o repentino protesto de sua consciência sobre o que havia concordado em fazer. Virando-se, caminhou lentamente até o pé da cama, mas hesitou quando pegou o vestido dourado brilhante estendido sobre ela. Certamente, Jenny argumentava com sua consciência, não estaria traindo sua família, seu país ou qualquer outra pessoa por deixar de lado toda a animosidade que existia entre ela e o duque apenas por algumas horas. Jenny tinha direito a esse pequeno e único prazer. Era muito pouco o que lhe havia sido pedido, considerando o resto da vida de casada; apenas um breve período de poucas horas em que poderia sentir-se despreocupada, sentir-se como uma noiva.

Pegou lentamente o vestido e o segurou contra si mesma, sentindo o frio do brocado de ouro. Olhando para os dedos dos pés, notou com prazer que o comprimento era perfeito.

A criada Agnes entrou e, sobre o braço, carregava uma longa capa de veludo azul esverdeado e um manto de veludo alinhavado com ouro. A mulher de rosto severo parou e, por uma fração de segundo, a confusão suavizou sua expressão severa, pois a infame filha ruiva dos traiçoeiros Merrick estava de pé no meio do quarto, com os dedos dos pés desnudos aparecendo por baixo da barra de um roupão muito largo, enquanto apertava contra si um vestido de ouro modificado às pressas para se ajustar a ela, olhando para ele com os olhos radiantes de alegria.

— É lindo, não é? — perguntou com admiração, levantando os olhos brilhantes para uma Agnes assustada.

— Isso... — vacilou Agnes — foi trazido junto com os outros vestidos que estavam entre os pertences do antigo senhor e de suas filhas — concluiu bruscamente.

Em vez de lançar para longe, com desprezo, o vestido usado, como Agnes esperava que ela fizesse, a jovem duquesa sorriu de alegria e disse:

— Mas olhe... ele me servirá perfeitamente!

— Ele foi... — vacilou Agnes novamente, ao mesmo tempo em que tentava comparar a realidade da menina ingênua com as histórias que eram contadas sobre ela. O próprio senhor a havia chamado de meretriz, de acordo com a fofoca dos servos. — Ajustado enquanto a senhora dormia, milady — concluiu, colocando cuidadosamente a capa e o manto sobre a cama.

— Verdade? — perguntou Jenny, parecendo realmente impressionada enquanto olhava para as belas costuras em ambos os lados do vestido dourado. — Foi você quem fez essas costuras?

— Sim.

— E em apenas algumas horas?

— Sim — respondeu Agnes brevemente, não gostando do sentimento confuso que estava sendo forçada a ter em relação à mulher que se dispusera a desprezar.

— São costuras muito perfeitas — comentou Jenny, suavemente. — Eu não teria feito isso tão bem.

— Quer que eu a ajude a arrumar o cabelo? — perguntou a criada, ignorando friamente o elogio, embora sentisse que estava errada ao agir assim.

Andando para trás de Jenny, Agnes pegou uma escova.

— Ah, não, acho que não! — declarou a nova senhora, sorrindo com alegria por cima do ombro para a atônita criada. — Hoje à noite, serei uma noiva por algumas horas, e as noivas podem usar o cabelo solto.

20

À medida que Jenny se aproximava do grande salão, o ruído que havia escutado do quarto se tornava ensurdecedor, uma cacofonia de risos de homens e música que se sobrepunha a um mar de conversas. Com o pé no último degrau, hesitou antes de olhar para os foliões.

Ela entendia, sem precisar olhar, que o salão estava repleto de homens que sabiam tudo a seu respeito; homens que, sem dúvida, estavam presentes no acampamento na noite em que fora entregue a Royce como um ganso amarrado; outros que, sem dúvida, haviam participado de sua remoção à força de Merrick, e ainda os que tinham testemunhado a humilhante recepção que tivera no vilarejo naquele dia.

Havia meia hora, quando seu marido falava, com a voz profunda e persuasiva, sobre lembranças a guardar, a perspectiva de uma festa parecia maravilhosa; agora, no entanto, a realidade de *como* tinha ido parar ali destruía todo o prazer. Pensou em voltar para o quarto, mas seu marido iria buscá-la. "Além disso", disse a si mesma, como um estímulo, "terei que enfrentar todas essas pessoas em algum momento, e um Merrick nunca se acovarda".

Com um longo e constante suspiro, desceu o último degrau e se dirigiu a um canto do salão. A visão do salão que a luz das tochas lhe trouxe fez com que piscasse em momentânea confusão. Cerca de trezentas pessoas se faziam presentes, de pé e conversando, ou sentadas a mesas compridas que haviam sido montadas ao longo de um lado do salão. Outras assistiam aos espetáculos, dos quais havia uma variedade deslumbrante: na galeria superior, um grupo de menestréis tocava, enquanto outros caminhavam entre as pessoas para divertir grupos menores; quatro malabaristas em trajes multicoloridos jogavam bolas ao ar e as trocavam entre si no centro do salão, enquanto, na extremidade do lugar, três acrobatas se lançavam. Atrás da grande mesa sobre o estrado, um homem tocava alaúde, acrescentando suas doces cordas à alegria caótica geral do salão.

Também havia mulheres presentes, observou Jenny com certa surpresa; cerca de trinta delas: "esposas de alguns dos cavaleiros, ou vizinhas", concluiu. Foi fácil ver Royce, pois, à exceção de Arik, era o homem mais alto no grande salão. Estava parado não muito longe, conversando com um grupo de homens e mulheres, com uma taça na mão, rindo de algo que um deles dizia. Isso a surpreendeu, pois nunca o vira assim: rindo, despreocupado, senhor de seu próprio castelo. Naquela noite, ele não se parecia com o predador cujo nome havia recebido; parecia um nobre poderoso e perigosamente bonito, pensou Jenny, com algum orgulho, ao observar seus traços bronzeados e bem delineados.

Alertado sobre a presença de Jenny pela diminuição súbita do barulho no salão, Royce devolveu sua taça, pediu licença aos convidados, virou-se e parou, como se congelado. Um sorriso lento de admiração surgiu em seu rosto quando viu a jovem duquesa que caminhava em sua direção, com um vestido de veludo azul-esverdeado, um corpete ajustado e uma saia fendida que se abria na frente para revelar outra saia, de brilho dourado. Um manto de veludo recamado de ouro cobria seus ombros, mantido no lugar por uma fina corrente de ouro com águas-marinhas. Em sua fina cintura havia um cinto curvado e endurecido de cetim dourado bordado com azul-esverdeado e engastado com águas-marinhas. Seus maravilhosos cabelos, separados no centro, caíam sobre os ombros e às costas em ondas luxuriantes e cachos brilhantes, um contraste arrebatador com o luxuoso azul-esverdeado do seu vestido.

Tardiamente percebendo que estava forçando sua corajosa e jovem esposa a caminhar até ele, Royce andou em sua direção, encontrando-a na metade do caminho. Segurando as mãos frias da jovem, aproximou-se dela, sorrindo em franca admiração:

— Você está linda — disse suavemente. — Permaneça parada por um instante para que todos possam vê-la até se cansarem.

— Deram-me a entender, milorde, que uma de suas muitas razões para se opor a se casar comigo, mesmo que eu fosse a rainha da Escócia, é porque sou feia.

Jenny viu o surpreso desconforto nos olhos cinzentos dele e soube instintivamente que era genuíno.

— Tenho certeza de que expressei muitas objeções durante aquela conversa irritada com Henrique, mas certamente essa não foi uma delas. — Suavemente, acrescentou: — Eu sou muitas coisas, Jennifer, mas não cego.

— Nesse caso — respondeu ela, provocativamente —, cedo ao seu excelente julgamento a respeito de minha aparência hoje à noite.

Havia um tom significativo em sua voz profunda ao perguntar:

— E se renderá a mim em mais alguma coisa?

Ela inclinou a cabeça como uma rainha concedendo um favor real a um reles mortal.

— Em tudo, enquanto permanecermos aqui embaixo.

— Mocinha teimosa — disse com grave severidade, mas seu olhar se tornou terno e íntimo quando acrescentou: — É hora de os noivos se juntarem aos convidados.

Colocando a mão no cotovelo dela, virou-se, e Jenny percebeu que, enquanto conversavam, seus cavaleiros haviam formado uma fila atrás dele (obviamente, algo antes planejado) para serem formalmente apresentados à nova duquesa. À frente deles, estava Stefan Westmoreland, que mal havia olhado para ela, exceto para lhe franzir a testa no salão de Merrick. Agora, ele a beijava no rosto de modo suave e fraterno. Quando deu um passo para trás e sorriu, Jenny ficou impressionada com quanto ele se parecia com Royce, especialmente quando sorria. O cabelo de Stefan era mais fino, e suas feições, um pouco menos rudes; seus olhos eram azuis, não cinza, mas, como em seu irmão, não lhe faltava charme quando queria usá-lo, como naquele momento.

— Pedir-lhe desculpas pelo problema que lhe causei não é suficiente, milady, mas ainda há tempo. Faço isso agora, com muita sinceridade, na esperança de que, algum dia, você me perdoe de coração.

O pedido de desculpa foi feito com tanta sinceridade, e de um modo tão doce, que Jenny não podia, no clima da noite e segundo os ditames das boas maneiras, deixar de aceitá-lo, e assim o fez. Sua recompensa foi um sorriso imenso do novo cunhado, que se inclinou para a frente e disse:

— Naturalmente, não preciso pedir desculpas ao meu irmão, pois isso foi um grande favor que fiz a *ele*.

Jenny não se conteve; o comentário foi tão absurdo que ela irrompeu em risadas. Percebeu que Royce, ao seu lado, observava-a e, quando o olhou, seus olhos cinzentos manifestavam aprovação e algo que se parecia muito com orgulho.

Arik foi o próximo, e o chão de pedra pareceu tremer quando o gigante aterrorizante avançou, com passos que eram o dobro dos de um homem comum. Como Jenny esperava, o gigante com face de granito não se rebaixou com um pedido de desculpas, muito menos com um discurso galante ou mesmo com o gesto de se inclinar. Em vez disso, permaneceu de pé diante dela, olhando-a do alto. Com seus estranhos olhos claros fitando-a, simplesmente moveu a cabeça em um rápido aceno. Virando-se, ele se afastou, deixando Jenny com a sensação de que ele havia apenas aceitado o domínio sobre *ela*, e não o contrário.

Ao vê-la desconfiada e assustada, Royce se inclinou e sussurrou ao seu ouvido:

— Não se sinta insultada. Arik nunca aceitou jurar fidelidade nem mesmo a *mim*.

Jenny olhou para aqueles brilhantes olhos cinzentos e, de repente, a noite inteira parecia estender-se diante dela com todas as promessas e empolgação da primeira noite quente de primavera.

Os cavaleiros que faziam a guarda pessoal de Royce vieram a seguir. Sir Godfrey, um homem alto e bonito, de vinte e poucos anos, foi o primeiro e, instantaneamente, se tornou seu favorito porque, logo após ter beijado sua mão, fez algo que dissipou completamente a tensão sobre a associação anterior entre eles: virando-se para toda a audiência, declarou-a como a única mulher viva com inteligência e coragem suficientes para enganar todo um exército. Então, voltou-se para ela e disse, com um sorriso largo:

— Espero, milady, que, se a senhora decidir escapar de Claymore como fez em nosso acampamento algumas semanas atrás, poupe nosso orgulho ao nos deixar uma trilha melhor para seguir.

Jenny, que bebia da taça de vinho que Royce colocara em sua mão, respondeu com fingida solenidade:

— Se tentar escapar daqui, com certeza farei da pior maneira.

Isso fez Sir Godfrey cair na gargalhada e beijar o rosto dela.

Sir Eustace, loiro e bonito, com alegres olhos castanhos, anunciou galantemente que, se o cabelo dela tivesse se soltado quando ela escapou, eles teriam visto o reflexo dourado e conseguiriam encontrá-la, não importa *onde* se escondesse, o que lhe rendeu um suave olhar de repreensão de Royce. Destemido, Sir Eustace se inclinou para a frente e brincou com Jennifer:

— Como você pode ver, ele está com ciúme... de minha aparência superior e de minha conversa cavalheiresca.

Um por vez, vieram diante dela cavaleiros habilidosos e mortais, que antes a teriam matado a uma palavra de seu senhor, mas que agora deveriam protegê-la, mesmo à custa da própria vida. Vestidos com veludos e lãs finos, em vez de malhas metálicas e elmos, os cavaleiros mais velhos a tratavam com deferência, enquanto alguns dos mais jovens exibiam certo embaraço cativante por algo que haviam feito:

— Espero — disse o jovem Sir Lionel a Jennifer — não ter causado à Vossa Alteza nenhum desconforto indevido quando... quando... hã... agarrei seu braço e arras...

Jenny riu e ergueu as sobrancelhas:

— E me *escoltou* para minha tenda naquela primeira noite?

— Isso! Escoltei! — disse ele, com um suspiro de alívio.

Gawin, o jovem escudeiro de Royce, foi o último a ser formalmente apresentado a Jenny como sua nova senhora. Obviamente muito jovem e idealista para seguir o exemplo dos cavaleiros mais velhos e mais experientes e esquecer o passado, curvou-se para Jenny, beijou sua mão e, então, com rancor mal dissimulado, disse:

— *Suponho*, milady, que não tenha sido sua *verdadeira* intenção fazer-nos *congelar* quando cortou nossos cobertores.

Essa observação lhe valeu um forte soco de Sir Eustace, que se colocou ao lado de Jenny e disse, com desgosto, ao jovem:

— Se essa é sua ideia de galanteio, não é de admirar que a jovem Lady Anne só tenha olhos para Roderick, e não para você.

A menção a Roderick e Lady Anne fez com que o jovem se empertigasse ultrajado e lançasse um olhar irado ao redor do salão. Dando uma desculpa qualquer a Jennifer, Gawin se apressou na direção de uma bela morena que falava com um homem que ela não reconheceu. Gawin parecia mais beligerante do que galante.

Royce o observou se afastar e olhou para Jennifer como quem pede desculpas.

— Gawin perdeu a cabeça por aquela linda criada ali e, evidentemente, também o bom senso. — Oferecendo-lhe o braço, acrescentou: — Venha conhecer nossos outros convidados, milady.

Os temores que Jenny havia acolhido sobre a recepção que teria por parte daqueles que não estavam ligados a Royce por promessas de fidelidade foram completamente dissipados nas duas horas seguintes, à medida que era apresentada a cada um deles. As palavras sem precedentes que Royce falara mais cedo nos degraus do castelo foram, obviamente, repetidas por toda a parte, inclusive para os convidados que vieram de propriedades vizinhas, e, embora Jenny, vez ou outra, encontrasse um olhar hostil, quem o tinha tomava o cuidado de escondê-lo por trás de um sorriso educado.

Quando todas as apresentações foram feitas, Royce insistiu que Jenny deveria jantar. Na mesa sobre o estrado elevado, mais conversas; tudo muito alegre e agradável, interrompido apenas pelo toque de trombetas que vinha da galeria, anunciando a chegada de cada nova iguaria da cozinha.

Tia Elinor estava radiante, com uma audiência cativa de mais de trezentas pessoas para conversar, embora fosse vista mais frequentemente próxima de Arik. Jenny a observou, divertida com o fascínio da senhora idosa pela única pessoa que não queria falar com ninguém.

— A comida está à altura de suas expectativas, milorde? — perguntou Jenny, voltando-se para Royce, que se servia de uma segunda porção de pavão assado e outra de cisne recheado.

— É adequada — disse ele, com a testa levemente franzida —, mas eu esperava uma comida melhor vinda das cozinhas sob a supervisão de Prisham.

Naquele momento, o próprio mordomo apareceu atrás de Royce, e Jenny viu Albert Prisham pela primeira vez. Ele disse, com a voz fria e formal:

— Temo ter pouco interesse em comida, Vossa Alteza. — Olhou para Jennifer e acrescentou: — Uma xícara de caldo suave e uma porção de carne magra são suficientes para me satisfazer. No entanto, estou certo de que sua *esposa* conduzirá as cozinhas e criará cardápios e receitas que o agradem mais.

Jenny, que nada sabia sobre receitas e cardápios, não aceitou aquela observação, pois tentava sufocar uma onda de aversão instantânea pelo homem. Usando a corrente de ouro na cintura e carregando um bastão branco, as insígnias de sua elevada posição, ele era magro, quase esquálido. Suas mandíbulas se destacavam debaixo de uma pele branca e quase transparente. Todavia, não foi isso que fez Jenny reagir tão negativamente a ele: foi a frieza em seus olhos quando olhou ao redor.

— Espero — continuou ele, mostrando mais respeito a Royce, mas certamente não mais cordialidade do que mostrou a Jennifer — que, à exceção da comida, tudo o mais esta noite lhe seja satisfatório.

— Está tudo ótimo! — respondeu Royce, afastando a cadeira quando a dança começou no extremo do salão. — Se estiver bem o suficiente amanhã, eu gostaria de ver os livros e, no dia seguinte, devemos visitar a propriedade.

— Certamente, Vossa Alteza, mas o dia depois de amanhã é o vigésimo terceiro, que é habitualmente o Dia do Juízo. Deseja que eu o adie?

— Não — disse Royce sem hesitação, com a mão sob o cotovelo de Jennifer, indicando que ela deveria se levantar. — Estou interessado em assistir e ver como é feito.

Com profunda reverência para Royce e uma rápida inclinação de cabeça para Jennifer, Sir Albert se retirou. Apoiando-se em seu bastão, voltou lentamente aos seus aposentos.

Quando Jenny percebeu que Royce queria dançar, recuou e lhe dirigiu um olhar de apreensão.

— Não sou boa dançarina, Vossa Alteza — explicou, observando os rodopiantes e entusiasmados dançarinos e tentando ver que passos faziam. — Talvez não devamos fazer isso agora, quando há tantos...

Com um sorriso, Royce a pegou com força pelos braços.

— Apenas segure firme — disse, e começou a girá-la com habilidade.

Ele era, Jenny percebeu imediatamente, um excelente dançarino. Além disso, era um excelente professor: na terceira dança, ela já conseguia girar, deslizar e saltar junto com os demais. Essas danças logo foram seguidas por muitas outras, pois Stefan Westmoreland pediu para dançar com ela, e então Sir Godfrey, e Sir Lionel e os demais cavaleiros também.

Sem fôlego e rindo, Jenny negou com a cabeça quando Sir Godfrey tentou conduzi-la a outra dança. Royce, que havia dançado com várias outras damas presentes, esteve parado em um dos lados do salão na última meia hora, conversando com um grupo de convidados. Agora, postava-se ao lado de Jennifer, como se sentisse sua exaustão.

— Jennifer precisa descansar, Godfrey. — Indicando com a cabeça para Gawin, que, ao que parecia, estava tendo uma conversa beligerante com o cavaleiro chamado Sir Roderick na presença de Lady Anne, Royce adicionou secamente:

— Sugiro que convide Lady Anne para dançar, antes de Gawin fazer alguma besteira para ganhar a admiração dela, como, por exemplo, provocar uma briga com Roderick e se matar.

Sir Godfrey se obrigou a tirar a senhora em questão para dançar, e Royce levou Jenny para um canto quieto no salão. Entregando-lhe uma taça de vinho, bloqueou a visão da jovem, parando bem à sua frente e apoiando a mão na parede perto de sua cabeça.

— Obrigada! — disse ela, feliz e corada, com o peito arfando de cansaço.
— Eu realmente precisava de um momento para descansar.

O olhar de Royce se deteve na pele rosada que pulsava acima do corpete quadrado do vestido de Jenny, fazendo-a se sentir estranhamente empolgada e nervosa ao mesmo tempo.

— Você é um excelente dançarino — disse. Royce, relutantemente, forçou-se a olhar nos olhos dela. — Deve ter dançado muito na corte.

— E no campo de batalha — disse ele, com um sorriso sedutor.

— No campo de batalha? — repetiu, perplexa.

Ele assentiu, sorrindo.

— Observe qualquer guerreiro que esteja tentando se esquivar de flechas e lanças e verá passos de dança e jogos de pés que a deixariam deslumbrada.

A habilidade que ele tinha de rir de si mesmo aqueceu ainda mais o coração de Jenny, que já estava bem aquecido por muitas taças de vinho forte e dança. Consciente do seu estado, olhou em volta e viu Arik a poucos metros de distância. Ao contrário de todos os outros que riam, comiam ou dançavam, Arik estava de pé, os braços cruzados sobre o peito e as pernas muito afastadas, olhando diretamente para a frente com uma feição que parecia absolutamente letal. Ao seu lado, estava tia Elinor, tagarelando como se sua vida dependesse de fazê-lo responder.

Royce olhou na mesma direção que Jennifer.

— Sua tia — brincou — parece gostar de perigo.

Encorajada pelo vinho, Jenny devolveu o sorriso.

— Arik já falou... quero dizer, frases reais? Ou riu?

— Eu nunca o vi rir. E ele fala somente o necessário.

Olhando para seus atraentes olhos, Jenny se sentiu estranhamente segura e abrigada, além de intrigada, pois seu marido era um mistério para ela. Percebendo que, por estar de bom humor, ele estaria disposto a responder a uma pergunta, perguntou suavemente:

— Como o conheceu?

— Nunca fomos de fato apresentados — brincou ele. Como ela continuava olhando-o como se esperasse por mais informações, ele se obrigou a dizer: — A primeira vez que o vi foi há oito anos, no meio de uma batalha feroz que durava mais de uma noite. Ele estava tentando se defender de seis homens que o golpeavam com espadas e flechas. Fui ajudá-lo, e conseguimos derrotar aqueles homens. Quando o combate acabou, eu estava ferido, mas Arik não me disse nem sequer "obrigado". Apenas olhou para mim e se afastou, mergulhando no ardor da batalha novamente.

— E isso foi tudo? — perguntou Jenny quando Royce ficou em silêncio.

— Naquele momento. No dia seguinte, perto do anoitecer, fui novamente ferido e, dessa vez, fiquei sem o cavalo. Quando me abaixei para pegar meu escudo, olhei para cima e vi um cavaleiro vindo em minha direção com a lança apontada para meu coração. No instante seguinte, o lanceiro estava sem cabeça, e ali estava Arik, abaixando-se para pegar seu machado ensanguentado e andar de novo. Novamente, sem uma palavra.

"Meus ferimentos me deixaram praticamente sem poder agir e, mais duas vezes naquela noite, Arik surgiu, aparentemente do nada, para afastar os que atacavam quando estavam em maior número. No dia seguinte, seguimos o inimigo e o caçamos. Vi Arik andando ao meu lado. E está comigo desde então."

— Então, você ganhou a eterna lealdade dele porque o resgatou do ataque de seis homens? — resumiu Jenny.

Royce fez que não com a cabeça.

— Suspeito que ganhei sua lealdade *eterna* uma semana depois disso, quando matei uma grande cobra que tentava compartilhar o cobertor de Arik sem o conhecimento dele.

— Não vá me dizer — riu Jenny — que aquele homem gigante tem medo de *cobras!*

Royce lançou-lhe um olhar de ofensa fingida.

— Mulheres têm *medo* de cobras — explicou inequivocamente. — Os homens as *odeiam*. — Então, ele estragou tudo com um sorriso juvenil. — No entanto, é a mesma coisa.

Royce olhou para os brilhantes olhos azuis dela, desejando beijá-la, e Jenny, conduzida por esse lado terno, divertido e acessível dele, de repente deixou escapar a pergunta que a assombrava:

— Realmente pretendia deixá-lo matar aquela criança?

Ele se empertigou um pouco e, então, disse calmamente:

— Acho que é hora de subirmos.

Não sabendo por que ele subitamente tomara aquela decisão, ou se falava do que pretendia fazer quando chegassem lá, Jenny hesitou, desconfiada.

— Por quê?

— Porque você quer conversar — declarou ele, sem alterar o tom de voz — e eu quero levá-la para a cama. Nesse caso, meu quarto é mais adequado do que este salão para ambos os propósitos.

Para não fazer uma cena que só a humilharia, ela sabia que não tinha escolha a não ser deixar o salão com ele. Um pensamento lhe veio antes de dar o primeiro passo, e seus olhos suplicavam.

— Eles não tentarão nos seguir? — perguntou. — Quero dizer, não haverá o ritual de mostrarem as roupas de cama, não é?

— Mesmo que houvesse, não há mal nele — disse ele, pacientemente. — É um costume antigo. Podemos conversar sobre isso *depois* — encerrou, de forma enfática.

— Por favor! — disse Jenny. — Seria uma farsa, pois todo mundo sabe que já... já fizemos isso, e as roupas de cama só farão as conversas voltarem.

Royce não lhe respondeu, mas, quando passaram por Arik e tia Elinor, ele parou para falar com Arik.

No entanto, a iminente partida do casal foi percebida por quase todos e, quando passavam pela mesa no estrado, o rosto de Jenny estava vermelho pelas palavras de ânimo e conselhos gritados a Royce. Quando começaram a subir as escadas, ela olhou agitada por sobre o ombro e, para seu alívio, viu que Arik se posicionara no pé da escada, com os braços cruzados sobre o peito, e assumido o posto, obviamente por ordem de Royce, para evitar que foliões os seguissem.

Quando Royce abriu a porta do seu quarto, Jenny estava em um estado generalizado de terror e desamparo. Em silêncio gélido, viu-o fechar a porta. Seus olhos assustados encontraram um quarto extremamente grande e muito luxuoso com uma enorme cama com dossel, belas cortinas de veludo e um par de cadeiras maciças com braços esculpidos colocados diante de uma grande lareira coberta. Três baús grandes e ornamentados estavam encostados na parede, um para roupas, Jenny soube sem olhar, e os outros, evidentemente, contendo moedas e outras riquezas, a julgar pelo tamanho das fechaduras enormes. Um par de estantes altas de prata com velas acesas flanqueava a cama, e outro estava de cada lado da lareira. As tapeçarias pendiam nas paredes e havia um tapete no chão de madeira polido. Porém, a coisa mais impressionante era a janela: com vidros chumbados, ela dava para o pátio de armas e tornava o quarto alegre e arejado à luz do dia.

Uma porta à esquerda estava entreaberta e dava para um solar; a porta à direita, evidentemente, se abria para o quarto que Jenny ocupava. Evitando escrupulosamente olhar para a cama, viu duas outras portas e, no instante em que Royce se moveu, ela se adiantou e disse a primeira coisa que lhe veio à mente:

— Pa-para onde dão essas duas portas?

— Uma, para a latrina e a outra, para um armário — respondeu ele, observando como ela evitava olhar para a cama. Com uma voz calma que tinha um inconfundível tom de ordem, ele disse: — Você se importaria de me explicar por que parece achar a possibilidade de dormir comigo ainda mais alarmante quando estamos casados do que antes, quando tinha tudo a perder?

— Não tive escolha naquela ocasião — disse ela, em nervosa defesa, virando-se para encará-lo.

— E não tem nenhuma agora — indicou ele, de modo racional.

A boca de Jenny ficou seca. Ela colocou os braços ao redor da cintura, como se estivesse com muito frio, com os olhos desesperados de confusão.

— Não o entendo — tentou explicar —, nunca sei o que esperar. Às vezes, você parece quase gentil e bastante racional. E, quando penso que é muito simpático, quero dizer, *normal* — corrigiu rapidamente —, faz coisas loucas e acusações insanas. — Ela estendeu as mãos como se pedisse para ele entender. — Não posso ficar à vontade com um homem que é um estranho para mim! Um estranho assustador e imprevisível!

Ele deu um passo para a frente e depois outro, e Jenny recuou passo a passo, até as pernas baterem contra a cama. Incapaz de avançar, e obstinadamente decidida a não retroceder mais, ficou em indignado silêncio. Então, advertiu-o, tremendo:

— Não ouse me tocar. Odeio quando você me toca!

As escuras sobrancelhas de Royce se juntaram, e ele estendeu a mão e enfiou a ponta do dedo na gola do vestido de Jenny, olhando-a diretamente nos olhos enquanto o descia até a cavidade entre os seios. Ficou ali, movendo-se para cima e para baixo, acariciando os lados dos seios, enquanto pequenas chamas começavam a se espalhar pelo corpo de Jenny, tornando sua respiração superficial e rápida. A mão dele abriu caminho entre o corpete e a pele, e se fechou em seu seio.

— Agora me diga que odeia meu toque — desafiou-a suavemente, aprisionando os olhos dela com os seus, os dedos provocando o mamilo endurecido.

Jenny sentiu o seio se intumescer, enchendo a mão de Royce, e virou a cabeça, olhando fixamente para o fogo na grelha, cheia de vergonha pela sua incapacidade de controlar o próprio corpo traiçoeiro.

Abruptamente, ele afastou a mão.

— Estou começando a pensar que gosta de me atormentar, porque faz isso melhor do que qualquer uma que já conheci. — Ajeitando o cabelo com irritada despreocupação, Royce caminhou até a jarra de vinho quente que estava perto do fogo e colocou um pouco da bebida na taça. Virando-se, estudou-a em silêncio. Depois de um minuto, disse em um tom calmo e quase apologético, que surpreendeu Jenny: — A culpa pelo que aconteceu agora foi minha e não tem relação com o fato de você me atormentar. Você apenas me deu uma desculpa para fazer o que desejei fazer desde que a vi nesse vestido.

Uma vez que ela permaneceu em silêncio, observando-o com cautela, ele disse, em um suspiro irritado:

— Jennifer, esse casamento não foi nossa escolha, mas está feito, e precisaremos encontrar uma maneira de viver em harmonia. Enganamos um ao outro, e nada pode mudar isso. Eu esperava enterrar o passado, mas talvez seja melhor deixá-la falar sobre isso, como parece determinada a fazer. Muito bem — falou, como se chegasse a uma conclusão —, vá em frente e apresente suas queixas. O que quer saber?

— Duas coisas, para começar — respondeu Jenny, com dureza. — Quando finalmente percebeu que *eu* fui enganada? E como, pelo santo nome de Deus, *pode* dizer que eu o enganei?

— Prefiro deixar a última pergunta sem resposta — disse ele, calmamente. — Antes de vir vê-la esta noite, passei duas horas neste quarto, lidando com as coisas que você fez, e decidi deixar tudo para trás.

— *Muito* justo de sua parte — replicou Jenny, com desdém. — Acontece, milorde, que não fiz nada, *nada* pelo que precise do seu perdão ou pelo que eu lhe deva explicações. No entanto — acrescentou firmemente —, ficarei feliz em lhe dar qualquer uma que deseje, desde que dê as suas a mim. Está bom assim?

Os lábios de Royce se curvaram em um sorriso relutante enquanto contemplava a beleza arrebatadora em veludo azul-esverdeado daquela que já havia substituído o medo pela raiva. Ele achava extremamente doloroso perceber que ela o temia. Esforçando-se para suavizar o sorriso do rosto, assentiu.

— Perfeitamente. Pode prosseguir.

Jenny não precisava de mais estímulo. Estudando o rosto dele, em busca de quaisquer sinais de mentira, disse abruptamente:

— Você ia deixar ou não Arik matar aquele menino no vilarejo hoje?

— Não — afirmou ele, sem rodeios. — Eu não ia.

Um pouco da hostilidade e do medo de Jenny começou a se dissipar.

— Então, por que não disse nada?

— Eu não precisava. Arik age exclusivamente segundo as minhas ordens. Ele não parou porque você gritou, mas porque estava esperando uma decisão minha.

— Você... não está mentindo... está? — perguntou ela, sondando as feições inescrutáveis de Royce.

— O que você acha?

Jenny mordeu o lábio, sentindo-se um tanto grosseira.

— Peço desculpas. Isso foi desnecessariamente rude.

Aceitando suas desculpas com um sim de cabeça, ele disse, civilizadamente:

— Continue. Qual é a próxima pergunta?

Jenny respirou fundo e lentamente expirou, sabendo que estava pisando em um terreno perigoso.

— Gostaria de saber por que você se sentiu obrigado a humilhar meu pai e minha família ao provar que podia violar as defesas de Merrick e me raptar do meu quarto. — Ignorando o súbito brilho irritado que apareceu nos olhos dele, Jenny continuou obstinadamente: — Você provou sua habilidade e bravura. Por que, se queria que vivêssemos em harmonia, precisava provar isso de uma forma tão vil, tão mesquinha...

— Jennifer — interrompeu-a, com uma voz penetrante —, você me fez de tolo duas vezes e me fez agir como tolo uma vez. É quase um recorde! — aplaudiu sarcasticamente. — Agora, receba os aplausos e esqueça o assunto!

Fortalecida por uma quantidade considerável de vinho e uma grande dose de teimosia natural, ela sondou o rosto dele. Apesar do tom de sarcasmo que Royce havia usado, a dura expressão em seus olhos cinzentos dizia a ela que a "conspiração" a que ele se referia fazia mais do que apenas irritá-lo; feria-o profundamente, a ponto de torná-lo amargo. Tentando ignorar a perigosa e magnética atração que parecia puxá-la para Royce a cada momento desde que ele começou a responder às suas perguntas, ela disse:

— Vou aceitar os aplausos com prazer, mas, antes, gostaria de estar absolutamente certa do que fiz para merecer esse crédito.

— Você sabe bem do que estou falando.

— Não estou inteiramente certa. Odiaria ter algum crédito por algo que não fiz — disse ela, erguendo a taça.

— Você é incrível! Pode mentir e me olhar diretamente nos olhos. Muito bem! — disse ele, a voz carregada de ironia. — Vamos jogar seu jogo até o desagradável final. Em primeiro lugar, houve o pequeno estratagema da sua irmã, que eu podia jurar não ter capacidade suficiente para se vestir sozinha, mas conseguiu fugir com a sua ajuda e com a ajuda de travesseiros de plumas...

— Você sabe disso? — perguntou ela, engasgando com o vinho e tentando ocultar um sorriso.

— Eu a aconselharia a não rir — advertiu ele.

— Por que não? — perguntou Jenny, irônica. — Isso foi uma "peça" que ela pregou tanto em mim quanto em você.

— Suponho que não sabia de nada sobre isso! — exclamou, estudando o rubor revelador no rosto de Jenny, perguntando-se se era devido ao vinho ou à mentira.

— Se eu soubesse — disse ela, ficando séria —, acha que teria ficado tão ansiosa por trocar minha honra por *plumas*?

— Não sei. Você o faria?

Ela baixou a taça e disse sombriamente:

— Não tenho certeza. Para ajudá-la a escapar, acho que sim... mas só depois de esgotar todas as outras possibilidades. Então, não posso aceitar o crédito por enganá-lo nesse caso. Quais são os outros dois?

Ele bateu a taça sobre a mesa e caminhou em direção a ela.

— Imagino que esteja se referindo à minha fuga com William? — perguntou, constrangida, afastando-se da expressão ameaçadora nos olhos dele.

— Também não posso levar o crédito por isso. Ele estava na floresta, e só o notei quando você estava prestes a sair com Arik.

— Certo — disse ele friamente —, e, embora *estivesse* ciente do meu comentário sobre a rainha da Escócia, *não estava* ciente de que, enquanto *você* escapava, *eu*, como um idiota, estava falando com Graverley que pretendia me casar com você. E *não estava* ciente de que iria para um convento logo após o nosso casamento em Merrick? O que, é claro, teria me unido a você por toda a vida ao mesmo tempo que me privaria de herdeiros. E, se você mentir para mim apenas mais uma vez...

Ele tirou a taça de vinho da mão dela e a puxou com força para seus braços.

— *O que* você estava fazendo? — sussurrou ela.

— Chega dessa tolice — disse ele abruptamente, inclinando a cabeça e beijando-a ardentemente para silenciá-la. Para sua surpresa, ela não o evitou. Na verdade, Jenny parecia não saber o que ele estava fazendo com ela. Quando ele levantou a cabeça, ela o olhava com uma expressão nova nos olhos azuis.

— *O que* você estava fazendo? — sussurrou ela novamente.

— Você me ouviu — respondeu ele, de um modo seco.

Um calor estranho e traiçoeiro começou a penetrar todos os poros do corpo de Jenny enquanto ela olhava para os olhos hipnotizantes de Royce.

— Por quê? — sussurrou. — Por que disse a ele que pretendia se casar comigo?

— Estava louco na época — respondeu Royce friamente.

— Por mim? — suspirou Jenny, deixando-se levar por aquilo que seu coração dizia e falando sem pensar.

— Por seu corpo delicioso — respondeu ele grosseiramente, mas, em algum lugar do seu coração, Jenny reconheceu outra coisa, outra explicação tão delicada que teve medo de pensar nela. Aquilo explicaria tudo.

— Eu não sabia — disse ela simplesmente. — Nunca imaginei que quisesse se casar comigo.

— E suponho que, se soubesse, teria mandado seu meio-irmão embora e ficado em Hardin comigo — zombou ele.

Aquele foi o maior risco que Jenny assumira na vida, porque ela lhe disse a verdade:

— Se eu... se eu soubesse como me sentiria depois que saí, teria ficado. — Ela viu a expressão de Royce endurecer e, sem pensar, tocou o rosto tenso dele com a ponta dos dedos. — Por favor, não me olhe assim — sussurrou, olhando profundamente nos olhos dele. — Não estou mentindo para você.

Tentando, sem êxito, ignorar a ternura do toque de Jenny e sufocar a súbita lembrança do modo como ela havia beijado suas cicatrizes, Royce disse, calmamente:

— E suponho que não soubesse nada sobre a conspiração do seu pai?

— Eu não iria para convento nenhum; partiria com você pela manhã — afirmou ela. — Nunca faria algo assim... tão baixo.

Completamente frustrado por ver que ela continuava mentindo, Royce a abraçou e beijou, mas, em vez de lutar contra o beijo impetuoso que pretendia castigá-la, ela se inclinou e o aceitou, deslizando as mãos pelo peito e a nuca de Royce. Seus lábios entreabertos se uniram aos dele, movendo-se com ternura, suavemente contra a sua boca, e, espantado, Royce percebeu que ela o estava acalmando. Mesmo percebendo isso, não conseguiu impedir que acontecesse. Suas mãos passaram dos braços de Jenny para suas costas, movendo-se em uma carícia inquieta e suave, deslizando para sua nuca e mantendo os lábios dela mais perto da sua boca ávida.

E, à medida que sua paixão aumentava, o mesmo acontecia com a terrível e culpada sensação de que ele estava errado. Sobre tudo. Afastando-se dos lábios dela, segurou-a firmemente, aguardando a respiração se normalizar. Quando ele se sentiu confiante mesmo para falar, afastou-se um pouco e estendeu a mão para o queixo dela, precisando, querendo estudar seus olhos quando lhe perguntasse.

— Olhe para mim, Jennifer — pediu, gentilmente.

Ela olhou para ele com olhos inocentes e estranhamente confiantes. Não era uma pergunta, mas uma declaração:

— Não sabia de nada sobre a conspiração de seu pai, não é?

— Não havia conspiração — respondeu ela simplesmente.

Royce jogou a cabeça para trás e fechou os olhos, tentando calar a óbvia verdade: depois de forçá-la a ficar em sua própria casa e suportar as observações grosseiras do seu povo, ele a havia arrancado da cama, forçando-a a se casar com ele, arrastando-a pela Inglaterra e, para terminar tudo bem, ele, havia cerca de uma hora, gentilmente se oferecera para "perdoá-la" e "esquecer o passado".

Entre acabar com as ilusões de Jenny sobre o pai ou permitir que continuasse a pensar que ele era um louco insensível, Royce escolheu a primeira opção. Não estava disposto a ser galante, não à custa de seu casamento.

Acariciando-lhe os cabelos sedosos, baixou o queixo e olhou para aqueles olhos confiantes, perguntando-se por que ele constantemente perdia o juízo no que dizia respeito a ela.

— Jennifer — disse calmamente —, não sou o monstro que você teve bons motivos para pensar que sou. *Havia* uma conspiração. Vai pelo menos ouvir minha explicação?

Ela assentiu, mas o sorriso que lhe deu dizia que considerava sua explicação fantasiosa demais para acreditar.

— Quando fui para o castelo de Merrick, esperava que seu pai ou um dos clãs tentasse violar o acordo que assegurava minha segurança enquanto eu estivesse na Escócia para nosso casamento. Coloquei homens nas estradas que levavam a Merrick e os deixei com ordens para não permitir que qualquer grupo passasse sem lhe fazer perguntas.

— E eles não encontraram ninguém tentando violar o acordo — afirmou ela, com discreta segurança.

— Não — admitiu Royce. — Mas descobriram a caravana de uma abadessa com uma escolta de doze homens, que parecia estar com uma excessiva pressa de chegar a Merrick. Ao contrário do que você tem razões para acreditar — acrescentou com um sorriso irônico —, meus homens e eu não temos o hábito de incomodar clérigos. Por outro lado, seguindo minhas instruções, eles fizeram perguntas ao grupo, fazendo com que a abadessa acreditasse que estavam lá para escoltar você. Ela, por sua vez, alegremente confessou que estava indo por sua causa.

As finas sobrancelhas arqueadas de Jenny se juntaram em uma expressão confusa, e Royce quase se arrependeu de lhe contar a verdade.

— Continue — disse ela.

— A abadessa e seu grupo se atrasaram por causa da chuva no norte, que foi também, a propósito, a razão pela qual seu padre e "devoto" frei Benedict inventou aquela explicação absurda de que estava temporariamente muito doente para realizar a cerimônia. De acordo com a abadessa, parecia que certa Lady Jennifer Merrick decidira enclausurar-se por causa de um casamento indesejado. O "marido", entendia ela, estava determinado a impedir a decisão da dama de consagrar a vida a Deus e, por isso, ela iria socorrer Lady Jennifer, ajudando o pai a tirá-la de Merrick, e das garras do seu marido ímpio, em segredo.

"Seu pai havia conseguido a vingança perfeita: visto que nosso casamento já havia sido consumado antes da celebração, eu não conseguiria uma anulação, pois o divórcio não seria possível. Sem a possibilidade de voltar a me casar, não poderia gerar um herdeiro legítimo e, assim, com a minha morte, tudo isso, Claymore e tudo o que tenho, passaria às mãos do rei."

— Eu... não acredito em você — disse Jenny, sem rodeios, e depois, com dolorosa imparcialidade, corrigiu: — Acredito que você acredita nisso. Mas a pura verdade é que meu pai nunca me trancaria pelo resto da vida sem, pelo menos, me permitir escolher antes.

— Ele faria, e pretendia fazê-lo.

Ela negou com a cabeça de um modo tão forte e tão enfático que Royce, de repente, percebeu que ela não suportaria acreditar.

— Meu pai... me ama. Ele não faria isso. Nem mesmo para se vingar de você.

Royce estremeceu, sentindo-se como o bárbaro que o consideravam ser, por tentar acabar com as ilusões de Jenny.

— Tem toda razão. Foi... um engano.

Ela assentiu.

— Um engano.

Ela sorriu para ele de um modo suave e doce que fez seu coração disparar, pois não era como qualquer outro sorriso que ela lhe dera. Estava cheio de confiança, aprovação e algo mais que ele não conseguia identificar.

Virando-se, Jenny caminhou até a janela, olhando para a noite estrelada. Tochas estavam acesas nas ameias, e a silhueta de um guarda que patrulhava a muralha estava claramente delineada pela luz laranja. Seus pensamentos, no entanto, não estavam em estrelas ou guardas, nem mesmo em seu pai; estavam naquele homem alto, de cabelos negros, de pé atrás dela. Ele queria se casar com ela, e saber disso a encheu de uma emoção tão pungente, tão avassaladora, quase incontrolável. Era tão esmagadora que sentimentos como patriotismo e vingança se tornavam insignificantes.

Ela estendeu a mão, seguindo preguiçosamente com a ponta do dedo os traços bonitos no vidro frio, lembrando todas as noites sem sono em Merrick quando não conseguia arrancá-lo da mente, quando seu corpo se sentia vazio e ardente e clamava por ele. Atrás de si, ouviu-o se aproximar, e soube o que aconteceria entre eles com a mesma certeza de que o amava. Que Deus a perdoasse, mas amava o inimigo da família. Soube disso em Hardin, mas havia sido mais forte na ocasião e ela sentiu medo. Medo do que lhe aconteceria caso se permitisse amar um homem que parecia considerá-la apenas uma diversão temporária. Porém, com a mesma certeza que tinha de que o amava, sabia que ele também a amava. Isso explicava tudo: a raiva, o riso, a paciência... o discurso dele no pátio do palácio.

Sentiu sua presença como algo tangível antes mesmo que ele, por trás, passasse lentamente o braço ao redor dela, puxando suas costas contra si. Na janela, seus olhos se encontraram, e Jenny olhou para ele antes de lhe pedir que fizesse a promessa que a liberaria de toda a culpa por lhe dar seu amor e sua vida. Com a voz suave tremendo de emoção, perguntou:

— Jura que nunca levantará a mão contra a minha família?

A resposta do duque foi um sussurro dolorido:

— Sim.

Uma ternura avassaladora passou por Jenny, e ela fechou os olhos, recostando-se contra ele em completa rendição. Ele inclinou a cabeça, roçando a boca contra a têmpora dela, deslizando lentamente a mão para acariciar seus seios. Com a boca, ia da maçã do rosto até a orelha, explorando cada dobra com a língua, enquanto a mão mergulhava no vestido, agarrando seu seio, esfregando seu mamilo endurecido com o polegar.

Em um mar de pura sensação, Jenny não protestou quando ele a beijou, virando-a nos braços. Não sentiu vergonha ou culpa quando seu vestido deslizou por seus quadris ou quando ele a levou até a cama, com os ombros nus e musculosos brilhando como bronze à luz das velas, e se inclinou sobre ela, separando habilmente seus lábios com a língua. Com um gemido silencioso de rendição, ela deslizou a mão em torno do pescoço dele, passando os dedos pelos cabelos ondulados na nuca, segurando-lhe a boca pressionada ferozmente contra a dela enquanto acolhia a língua dele e lhe dava a sua.

Seu ardor inocente era mais do que o corpo voraz de Royce podia suportar. Passando o braço em torno dos quadris de Jenny, ele a puxou para um contato forte com suas coxas esticadas, moldando o corpo dela aos seus contornos rígidos. Colocou a outra mão por trás da cabeça de Jenny enquanto levava a língua à boca da mulher repetidas vezes, obrigando-a a devolver a urgência sensual que oferecia.

Quando ela se afastou da boca de Royce, ele quase gemeu de desapontamento, pensando que a assustara com sua paixão desenfreada, mas, quando abriu os olhos, o que viu no rosto dela não era nem medo nem repugnância, mas admiração. Ternura enchia-lhe o peito. Ficou totalmente imóvel, observando Jenny enquanto ela lhe tomava o rosto entre as mãos, acariciando reverentemente os olhos, as maçãs do rosto e a mandíbula com a ponta dos dedos trêmulos. Então, ela se inclinou e o beijou com um ardor quase igual ao dele. Virando-se nos braços de Royce, ela o pressionou contra os travesseiros, os cabelos sobre ele como um véu de cetim, beijando-lhe os olhos, o nariz, as orelhas e, quando os lábios se fecharam sobre seu mamilo, Royce perdeu o controle.

— Jenny — gemeu, com as mãos nervosas sobre suas costas, coxas e nádegas. Seus dedos agarraram os cabelos dela, puxando-a de volta para a boca febril. — Jenny — sussurrou com voz rouca, mergulhando a língua na boca da esposa, emaranhada com a dele, ao mesmo tempo em que a deitava de costas e lhe cobria o corpo com o dele. — Jenny — murmurava com ardor ao beijar-lhe os seios, o ventre e as coxas. Não conseguia parar de dizer o nome dela. Soou como uma melodia no coração quando ela o rodeou com os braços e ergueu os quadris, moldando-se de bom grado à sua masculinidade volumosa; ressoou em suas veias quando ela acolheu o primeiro impulso feroz de seu corpo no dela. Correu por cada fibra do seu ser quando acompanhou seus impulsos ferozes e profundos. E explodiu em um crescendo quando ela gritou: "Eu te amo!", ferindo as costas dele com as unhas, agitando o corpo com onda após onda de êxtase.

Com o corpo retesado, louco por libertação, Royce se afastou dos lábios dela e se apoiou nos antebraços, esperando que os tremores dela diminuíssem, e ficou olhando para seu lindo rosto. Então, uma vez que já não conseguia mais se conter, penetrou-a uma última vez, sussurrando seu nome. Seu corpo se sacudiu de forma convulsiva, vez após vez, ao derramar vida nela, mantendo quadril contra quadril e boca contra boca.

Sua esposa se encostou firmemente ao seu lado, e ele, deitado de costas, esperando que a aceleração do coração diminuísse, percorria com a mão a pele acetinada dela, com a mente ainda atordoada pela explosão de seu corpo. Em todos os anos de encontros sexuais sem objetivo e namoros tórridos, nada se aproximava do êxtase colossal que ele acabara de experimentar.

Ao lado dele, Jenny ergueu a cabeça, e ele baixou o rosto, fitando os olhos dela. Nas profundezas azuis e tranquilas daqueles olhos, viu a mesma admiração e confusão que sentia.

— No que está pensando? — perguntou ele, com um sorriso terno no rosto virado para cima.

A resposta em forma de sorriso se estampou nos lábios dela ao mesmo tempo em que seus dedos passavam pelo peito de pelos ásperos de Royce.

Apenas dois pensamentos haviam passado pela mente de Jenny e, em vez de admitir que desejava ouvi-lo dizer que a amava, confessou o outro pensamento:

— Estava pensando que — sussurrou tristemente —, se tivesse sido assim... em Hardin... *acho* que não teria ido embora com William.

— Se tivesse sido assim — respondeu Royce, com o sorriso se tornando travesso —, eu teria vindo *atrás* de você.

Sem saber que poderia despertar tão facilmente o desejo dele, Jenny passou os dedos pelos músculos de seu ventre firme.

— Por que não veio?

— Estava preso naquela ocasião — respondeu secamente e, então, pegou a mão errante dela, apertando-a debaixo da palma da sua para evitar que ela descesse mais — por me recusar a entregar você a Graverley — acrescentou, soltando-lhe a mão.

Ele prendeu a respiração quando a mão dela deslizou pelo lado de sua coxa.

— Jenny! — advertiu com a voz rouca, mas já era tarde demais: o desejo o percorria, tornando-o rígido. Com uma risada sufocada por sua expressão de surpresa, ele a pegou pelos quadris e a ergueu, colocando-a de um modo suave, mas firme, sobre seu membro ereto.

— Leve o tempo que quiser, pequena — brincou roucamente —, estou inteiramente ao seu dispor.

No entanto, sua risada desapareceu quando sua esposa se inclinou para baixo, empurrando-o e cobrindo suavemente sua boca com a dela.

21

Jenny estava na janela do solar, olhando para o pátio de armas, quando um sorriso se estampou em seu rosto, e seu coração se encheu de alegria pela lembrança da noite anterior. Era metade da manhã, a julgar pelo ângulo do sol, e fazia menos de uma hora que ela havia acordado; nunca dormira tanto na vida.

Royce fizera amor com ela longa e vagarosamente naquela manhã, dessa vez com uma gentileza requintada e comedida que, até aquele momento, fazia o pulso de Jenny disparar. Ele não dissera que a amava, mas a amava; apesar de inexperiente com o amor, estava certa disso. Por que mais teria feito aquela promessa? Ou teria sido tão cuidadoso com ela quando estavam na cama?

Jenny estava tão perdida em suas reflexões que não percebeu quando Agnes entrou no quarto. Com um sorriso ainda visível nos olhos, virou-se para a criada, que segurava outro vestido ajustado às pressas para ela, um vestido de caxemira suave. Apesar da expressão severa e presunçosa da serva, Jenny estava absolutamente determinada a romper as barreiras e fazer amizade. Certamente, se pudera domar um lobo, não poderia ser tão difícil fazer amizade com seus criados.

Procurando por algo para dizer a Agnes, aceitou o vestido e, então, notou a banheira na alcova. Considerando ser esse um assunto seguro, disse:

— Essa banheira é tão grande que pode comportar quatro ou cinco pessoas. Em casa, nós nos banhamos no lago ou usamos uma pequena banheira de madeira com água suficiente só para cobrir até a cintura.

— Aqui é a *Inglaterra*, milady — respondeu Agnes, enquanto pegava o vestido que Jenny havia usado na noite anterior. Jenny lançou um olhar surpreso para ela, não sabendo ao certo se seu tom de voz indicava superioridade ou não.

— Todas as casas grandes na Inglaterra têm banheiras tão grandes e lareiras de verdade e... — Jenny ergueu o braço e fez um gesto amplo que incluiu o luxuoso quarto com suas cortinas de veludo e tapetes grossos espalhados pelo chão — e coisas assim?

— Não, milady, mas a senhora está em Claymore, e Sir Albert, o mordomo do senhor e mordomo do antigo senhor também, tem ordens de manter Claymore como um castelo digno de um rei. A prata é polida toda semana e nenhuma poeira pode ficar nas tapeçarias ou nos pisos. Se algo se estragar, é jogado fora e substituído.

— Deve dar muito trabalho manter isso tão perfeito — observou Jenny.

— Sim, mas o novo senhor disse a Sir Albert o que ele deve fazer, e Sir Albert, embora seja um homem duro e orgulhoso, fará o que lhe foi dito, sem importar *como* se sente em relação à pessoa que lhe deu a ordem.

Essa última observação surpreendente estava tão cheia de amargura e ressentimento que Jenny não podia acreditar que havia ouvido corretamente. Suas sobrancelhas se juntaram quando se virou completamente para olhar para a criada.

— Agnes, o que quer dizer com isso?

A criada obviamente percebeu que havia falado demais, porque ficou pálida e enrijecida, olhando para Jennifer com medo nos olhos.

— Não quis dizer nada, milady. Nada! É motivo de orgulho que *todos* nós tenhamos nosso novo senhor em casa e, se *todos* os inimigos vierem aqui, e certamente virão, é motivo de orgulho entregar nossas colheitas, nossos homens e nossas crianças para as batalhas do nosso senhor. *Orgulho!* — disse, em voz baixa e desesperada, ainda carregada de irado ressentimento. — Somos pessoas boas e leais, e não guardamos nenhum ressentimento contra o senhor pelo que ele fez. Esperamos que ele, igualmente, não tenha nada contra nós.

— Agnes — disse Jenny suavemente —, não precisa ter medo de *mim*. Não vou trair sua confiança. O que quer dizer com "pelo que ele fez"?

A pobre mulher tremia tanto que, quando Royce abriu a porta e colocou a cabeça para dentro a fim de lembrar Jennifer de se juntar a ele no andar de baixo para a refeição do meio-dia, Agnes soltou o vestido de veludo. Recolhendo-o rapidamente, apressou-se a sair do quarto. Porém, quando abriu a pesada porta de carvalho, olhou de relance para Royce, e, dessa vez, Jennifer viu claramente quando a mulher se benzeu de novo.

Com o vestido de caxemira esquecido na mão, Jenny, com a testa franzida, olhou para a porta que se fechava.

O GRANDE SALÃO mostrava poucos sinais da festividade da noite anterior. As mesas de cavalete que haviam enchido o lugar foram desmontadas e removidas. De fato, os únicos remanescentes da festa da noite eram praticamente uma dezena de cavaleiros que ainda dormiam em bancos ao longo das paredes, o ronco aumentando e diminuindo sonoramente. Apesar do ar de agitada eficiência, Jenny notou com simpatia que os movimentos dos servos eram lentos, e que mais de um deles era incapaz de se esquivar do chute de um furioso cavaleiro deitado no banco que não queria que seu sono fosse perturbado.

Royce ergueu os olhos quando Jennifer chegou à mesa e se levantou com aquela graça fácil e felina que ela sempre admirava.

— Bom dia — disse ele, com a voz baixa e íntima. — Espero que tenha dormido bem.

— Muito bem! — respondeu Jenny, com uma voz que soava como um sussurro envergonhado, mas seus olhos estavam brilhando quando se sentou ao lado dele.

— Bom dia, minha querida! — exclamou tia Elinor alegremente, tirando os olhos do delicado pedaço de carne de veado cortado na bandeja de carnes frias à sua frente. — Você parece bem-disposta esta manhã.

— Bom dia, tia Elinor — disse Jenny, dando-lhe um sorriso reconfortante; em seguida, lançou um olhar intrigado para os homens em silêncio que também estavam presentes ao redor da mesa: Sir Stefan, Sir Godfrey, Sir Lionel, Sir Eustace, Arik e o frei Gregory. Ciente do estranho silêncio e dos olhares cabisbaixos dos homens, ela disse, com um sorriso hesitante: — Bom dia a todos.

Cinco homens levantaram lentamente para ela o rosto pálido e tenso, cuja expressão variava de uma dor vítrea a uma completa confusão.

— Bom dia, milady — ecoaram educadamente, mas três fizeram careta e os outros dois cobriram os olhos com as mãos. Só Arik parecia normal naquela manhã, o que significava que não tinha nenhuma expressão no rosto e não dizia absolutamente nada a ninguém. Ignorando-o completamente, Jenny olhou para o frei Gregory, que não parecia estar em melhores condições do que os outros, e depois para Royce.

— O que há de errado com todos? — perguntou.

Royce se serviu de pão branco de trigo e das carnes frias colocadas sobre a mesa, e os homens, relutantemente, fizeram o mesmo.

— Eles estão pagando o preço pela orgia da noite passada, pela embriaguez e pelas mulhe... hã, embriaguez — corrigiu Royce, sorrindo.

Surpresa, Jenny olhou para o frei Gregory, que acabara de levar um copo de cerveja aos lábios.

— Você também, frei Gregory? — perguntou ela, e o pobre homem engasgou.

— Sou culpado da primeira acusação, milady — bradou com desgosto —, mas alego total inocência quanto à última.

Jenny, que não havia notado a palavra que Royce mudou rapidamente, dirigiu um olhar intrigado ao padre, mas tia Elinor começou a falar:

— Eu previ que haveria um sério mal-estar como esse, minha querida, e, hoje cedo, fui à cozinha preparar um bom tônico e descobri que só havia um punhado de açafrão!

A menção da cozinha atraiu a atenção de Royce de imediato e, pela primeira vez, ele pareceu estudar Lady Elinor com grande interesse.

— A senhora sentiu falta de outros itens em minha cozinha, itens que poderiam tornar tudo isso — apontou para as sobras de ensopado um tanto insípidas da noite anterior — mais agradável ao paladar?

— Ora, com certeza, Vossa Alteza — respondeu ela imediatamente. — Foi uma surpresa para mim encontrar uma cozinha tão mal abastecida. Havia alecrim e tomilho, mas não passas, raiz de gengibre, canela, orégano ou cravo. E não vi uma noz sequer naquele lugar, exceto uma pobre castanha murcha! Nozes são complementos maravilhosos para molhos delicados e sobremesas deliciosas...

Ao citar "molhos delicados e sobremesas deliciosas", tia Elinor, de repente, se tornou o foco da atenção unânime dos homens. Só Arik permaneceu desinteressado, preferindo ostensivamente o pedaço de carne de ganso fria que estava comendo a belos molhos e sobremesas.

— Continue — pediu Royce com um olhar curioso de extasiado fascínio para ela. — Que tipo de coisas a senhora teria preparado, supondo que contasse com os ingredientes necessários, é claro?

— Bem, deixe-me pensar — disse ela, com a testa levemente franzida. — Faz décadas que não dirijo as cozinhas em meu adorável castelo, mas... ah, sim... havia tortas de carne assadas com crostas tão finas e adoráveis que derretiam na boca. E... tome por exemplo esse frango que você está comendo — disse ela a Sir Godfrey, empolgando-se com sua nova posição de especialista culinária. — Em vez de ser cozido em um espeto e servido seco e duro como está, poderia ter sido cozido em meia porção de caldo e meia porção de vinho, com cravo, noz-moscada, erva-doce e pimenta, e, depois, poderia ser colocado em uma bandeja para que os sucos deixassem o pão ainda mais saboroso.

"E há muito mais a ser feito com frutas como maçãs, peras e marmelo, mas eu precisaria de mel, amêndoas e tâmaras para as coberturas e de canela também, mas, como disse, não se pode encontrar quase nada disso nas cozinhas."

Royce olhou para ela atentamente, esquecendo-se da carne de ganso fria.

— A senhora poderia encontrar as coisas de que precisa aqui em Claymore ou talvez no mercado do vilarejo?

— Muitas delas, suponho — respondeu prontamente tia Elinor.

— Nesse caso — disse Royce com o tom de que emitia um edito real —, as cozinhas estão agora em suas mãos, e todos esperaremos excelentes refeições no futuro. — Olhando para Sir Albert Prisham, que se aproximava da mesa, Royce se levantou e informou: — Acabei de colocar as cozinhas sob a responsabilidade de Lady Elinor.

O rosto fino do mordomo parecia cuidadosamente inexpressivo, e ele se curvou educadamente, mas a mão sobre o bastão branco se fechou quando respondeu:

— Como disse, a comida tem pouca importância para mim.

— Bem, deveria ser extremamente importante para você, Sir Albert — informou Lady Elinor com autenticidade —, pois *tem comido* todos os alimentos *errados*. Nabos, alimentos gordurosos e queijos duros não devem ser ingeridos por quem tem *gota*.

O rosto dele se enrijeceu.

— Não tenho gota, madame.

— Terá! — previu tia Elinor animadamente, enquanto também se levantava, ansiosa por começar a procurar nos jardins e nas florestas seus ingredientes.

Ignorando-a, Sir Albert disse ao seu senhor:

— Se o senhor estiver pronto para começar nosso passeio pela propriedade, podemos sair imediatamente. — E, quando Royce assentiu, ele acrescentou friamente: — À parte das cozinhas, espero que não encontre falhas em meu trabalho como mordomo.

Royce lhe dirigiu um olhar estranho e incisivo, depois sorriu para Jennifer, deu-lhe um beijo educado no rosto e lhe sussurrou ao ouvido:

— Sugiro que durma muito, porque pretendo mantê-la novamente acordada a noite toda.

Jenny sentiu um rubor quente no rosto. Arik se levantou, obviamente com a intenção de permanecer ao lado de Royce durante a inspeção da propriedade. Royce o deteve.

— Acompanhe Lady Elinor em suas expedições — disse. Com uma voz estranha e significativa, acrescentou: — E cuide para que nada desagradável aconteça.

O rosto de Arik ficou paralisado com essa clara ordem de escolter uma senhora idosa. Ele se afastou, mostrando ressentimento e dignidade ofendida, enquanto Lady Elinor trotava de modo empolgado atrás dele.

— Teremos um dia *agradável*, querido rapaz — disse ela, entusiasmada —, embora esse projeto tome *vários* dias, e não apenas um, pois precisamos de muitos ingredientes para meus medicamentos e unguentos, além de várias especiarias para cozinhar. Precisarei de cravo para acalmar os nervos e de macis, é claro! Macis evita cólicas, sabe, bem como fluxos corporais e diarreias. Depois temos a noz-moscada, que é muito benéfica para resfriados e doenças no baço. Vou cuidar especialmente da *sua* dieta, pois você não está bem, sabe? Tem um temperamento melancólico... percebi de imediato...

Sir Eustace olhou para os outros cavaleiros ao redor, sorrindo maliciosamente.

— Lionel — chamou alto o suficiente para ser ouvido pelo gigante de partida —, você diria que nosso Arik parece "melancólico" agora? Ou "ofendido" seria uma palavra melhor?

Sir Lionel parou de mastigar e estudou as costas largas e rígidas de Arik com um brilho de diversão nos olhos enquanto respondia, depois de considerar por um instante:

— Arik está irritado.

Sir Godfrey se inclinou para trás, para dar uma olhada por si mesmo.

— Ofendido — concluiu.

— Com cólica — acrescentou Stefan Westmoreland, sorrindo.

Partilhando da camaradagem, os homens olharam para Jennifer como se a convidassem a se divertir com eles, mas ela não precisou recusar o convite porque, nesse momento, Arik se virou e lançou para seus companheiros um olhar sombrio capaz de pulverizar uma rocha e facilmente assustar a maioria dos homens. Infelizmente, isso surtiu efeito contrário nos cavaleiros, que devolveram o olhar e depois irromperam em risadas sonoras que ecoaram pelas paredes e pelas vigas, seguindo Arik até a porta.

Somente o jovem Gawin, que chegara apenas a tempo de vê-lo partir com Lady Elinor, falou em nome de Arik. Olhando para os outros enquanto se sentava à mesa, disse:

— Não é trabalho adequado para um cavaleiro escoltar uma idosa enquanto ela colhe ervas e junta nozes. Isso é trabalho para a criada de uma senhora, não para um cavaleiro.

Lionel deu um soco amigável no rapaz.

— É esse tipo de pensamento que sempre o deixa em maus lençóis com Lady Anne, meu rapaz. Se a acompanhasse enquanto ela colhe flores, estaria muito melhor com ela do que se dispondo a brigar e tentando impressioná-la com seu olhar viril furioso, como fez na noite passada. — Voltando-se para Jennifer, Sir Lionel disse: — Esse homenzinho prefere uma cara feia ao galanteio. Acha que isso é mais viril. E, enquanto faz isso, Roderick dança alegremente com Lady Anne e conquista o coração da bela donzela. A senhora não gostaria de instruí-lo com o ponto de vista de uma dama?

Sensível ao constrangimento do jovem Gawin, Jenny disse:

— Não posso falar por Lady Anne, mas não vi nada na pessoa de Sir Roderick que pudesse cativar uma dama.

Os olhos de Gawin brilharam de gratidão antes de lançar uma olhada presunçosa para os companheiros e depois voltar para sua comida um tanto insípida.

JENNY PASSOU O RESTO DA MANHÃ e parte da tarde trancada com as costureiras que Sir Albert recrutara no vilarejo para ajudá-la na preparação das roupas. "O mordomo foi certamente eficiente", pensou Jenny, examinando os baús que lhe haviam trazido. Eficiente e frio. Não gostava de modo algum dele, embora não soubesse exatamente por qual razão. Com base nas palavras de Agnes pela manhã, todos os servos de Claymore certamente tinham o homem magro em alta estima. Estima e uma pontada de medo. Frustrada com suas reações estranhas e emotivas a todos ali, e com o silêncio permanente e desconfortável das mulheres na sala, estudou a coleção de tecidos ricos e coloridos espalhados sobre a cama e as cadeiras. Pareciam manchas brilhantes de joias líquidas: sedas de cor rubi com fios de ouro, brocados de ouro e prata, veludos de cor ametista, tafetás de cor safira que brilhavam como se fossem polvilhados com diamantes e cetins ricos e brilhantes em cada tom do espectro, de pérola a esmeralda e ônix. Ao lado deles, estavam lãs inglesas macias de todos os pesos e cores imagináveis, do amarelo e escarlate mais claros aos tons de creme, cinza, castanho e preto. Havia algodões da Itália, listrados horizontal e verticalmente; linhos com ricos bordados para vestidos e camisas; linhos finos e quase transparentes para camisolas e roupas íntimas; tecidos cintilantes para véus e couros macios para luvas e chinelos.

Embora pensasse em guarda-roupas completos para Royce, para si mesma e para tia Elinor, Jenny mal conseguia imaginar como usaria tanta coisa. Impressionada com a magnitude da tarefa que tinha pela frente, e com sua falta de imaginação e de conhecimento sobre moda, ficou um pouco aturdida diante dos dois baús enormes que transbordavam de peles.

— Acho — disse em voz alta a Agnes, enquanto pegava uma peça luxuosa de zibelina escura — que isso poderia ser usado para forrar uma capa feita com aquele veludo azul-marinho para o duque.

— O *cetim cor de creme!* — disse Agnes quase desesperadamente e, então, fechou a boca, e seu rosto retomou a habitual carranca.

Jenny se virou para ela com uma surpresa aliviada ao ver que a mulher, que acabara de saber que havia sido costureira da antiga senhora de Claymore, finalmente havia oferecido uma palavra voluntária. Tentando ocultar sua falta de entusiasmo com a ideia, Jenny perguntou:

— O cetim cor de creme? Verdade? Acha que o duque usaria isso?

— É para a senhora — disse Agnes com a voz sufocada, como se uma consciência interior de moda a obrigasse a falar contra o mau uso da zibelina —, não para ele.

— Ah! — exclamou Jenny, surpresa e satisfeita com a combinação sugerida. Fez sinal para a pele branca.

— E essa?

— O arminho combina bem com o brocado de safira.

— E para o duque? — insistiu Jenny, mais satisfeita.

— O veludo azul-escuro, o preto e aquele marrom-escuro.

— Não entendo muito de moda — admitiu Jenny, sorrindo com prazer para as sugestões. — Quando era jovem, isso não me despertava nenhum interesse e, mais tarde, nesses últimos anos, vivi em uma abadia, e a única moda que vi eram as roupas que todas usávamos. Estou vendo que você tem um gosto maravilhoso para as coisas e aceitarei com prazer suas sugestões.

Virando-se, surpreendeu um olhar assustado no rosto de Agnes e algo que quase poderia ser um sorriso, embora Jenny suspeitasse que fosse mais devido à admissão de ter estado em uma abadia do que ao elogio ao seu gosto. As outras duas costureiras, ambas mulheres jovens de expressão simples, pareciam um pouco descontraídas também. Talvez a considerassem menos "a inimiga", uma vez que vivera em paz como uma religiosa católica nos últimos anos.

Agnes deu um passo à frente e começou a juntar os tecidos, incluindo o linho e o algodão, que já haviam sido escolhidos para usos específicos.

— Pode fazer o desenho da capa e do vestido? — perguntou Jenny, curvando-se para pegar o brocado cor de creme. — Não tenho muita ideia de como ele deve ser cortado, embora possa ajudar com o corte, é claro. Receio ser mais hábil com tesouras do que com uma agulha.

O som abafado de uma risada engolida escapou de uma das mulheres mais jovens, e Jenny se virou, surpresa, ao ver a costureira chamada Gertrude com um rubor que a denunciava.

— Você riu? — perguntou Jenny, esperando que tivesse sido ela, sem se importar com o motivo, porque ansiava desesperadamente por algum tipo de camaradagem feminina.

O rubor de Gertrude aumentou.

— Você *riu*, não foi? Foi porque eu disse que sou hábil com tesouras?

Os lábios da mulher tremiam e seus olhos quase saltavam por ela se esforçar em manter sua alegria nervosa contida. Sem perceber que estava encarando a pobre mulher, Jenny tentou imaginar o que as criadas tinham achado de engraçado sobre sua habilidade com tesouras. Ocorreu-lhe um pensamento, e ela perguntou:

— Você *ouviu*, não foi? Sobre o que eu fiz... com as coisas de seu senhor?

Os olhos da pobre mulher se arregalaram ainda mais, e ela olhou para a amiga, engoliu uma risadinha e depois olhou para Jennifer.

— É verdade então, milady? — sussurrou ela.

De um momento para outro, a ação desesperada pareceu ainda mais engraçada para Jenny também. Ela assentiu alegremente.

— Foi uma coisa terrível que fiz, pior do que fechar com costura as cavas das camisas dele e...

— A senhora fez isso também?

E, antes que Jenny pudesse responder, as duas costureiras soltaram sonoras risadas e começaram a se cutucar nas costelas, acenando com aprovação. Até os lábios de Agnes tremiam de alegria.

Depois que as duas mulheres mais jovens saíram, Jenny entrou no quarto de Royce com Agnes, para dar à criada roupas dele que servissem de medida para as novas. Havia algo estranhamente íntimo e doloroso em tocar seus gibões, mantos e camisas.

"Ele tem ombros incrivelmente largos", pensou Jenny, com um pouco de orgulho, enquanto segurava uma túnica de lã para Agnes, e surpreendentemente poucas roupas, ela notou, para um homem com tantas riquezas. O que ele tinha era da melhor qualidade, mas muito usado, testemunho silencioso de um homem cujas preocupações eram assuntos muito mais sérios do que roupas.

Muitas de suas camisas estavam desgastadas nos pulsos, e faltavam botões em duas delas. "Ele precisava de uma esposa", pensou Jenny com um discreto sorriso caprichoso, "para cuidar desses detalhes". Não era de admirar que tivesse reagido com tanto prazer, meses atrás, no acampamento, quando ela se ofereceu para fazer esses consertos. Uma forte sensação de culpa a tomou pelo dano deliberado que causara às poucas roupas que aparentemente ele tinha. Ao contrário das empregadas, não achou isso tão engraçado, e o fato de terem rido a deixou intrigada e preocupada. Parecia bastante estranho, como muita coisa em Claymore.

Agora, que a barreira da discrição havia sido rompida, Agnes parecia disposta a falar longamente sobre como lidar com todas as roupas e, quando ela saiu, sorriu timidamente para Jenny, o que também a incomodou mais do que a alegrou.

Quando a criada saiu, Jenny permaneceu no lugar em que estava no quarto de Royce, com a testa franzida em sinal de confusão. Incapaz de pensar em qualquer resposta, jogou um manto fino sobre os ombros e saiu para falar com a única pessoa com quem se sentia livre para isso.

Sir Eustace, Sir Godfrey e Sir Lionel estavam no pátio de armas, sentados em um banco de pedra baixo, o rosto brilhando de suor, as espadas pendendo soltas de suas mãos, obviamente tentando recuperar as forças depois de uma noite de farra e uma tarde dedicada ao treino com espadas.

— Vocês viram o frei Gregory? — perguntou Jenny.

Sir Eustace pensou ter visto o frade conversando com o carroceiro, e Jenny seguiu na direção que ele indicava, mas não tinha certeza sobre qual dos edifícios de pedra agrupados em torno do vasto perímetro interno da muralha do castelo abrigava os carroções. A cozinha, facilmente identificada por sua chaminé alta e elaborada, ficava ao lado do próprio castelo. Ao lado da cozinha, estavam o armazém, a cervejaria e uma encantadora capela. Do outro lado do pátio, diante dela, estava a ferraria, onde um cavalo recebia ferraduras e onde Gawin estava ocupado polindo o escudo de Royce, ignorando as pilhas de armaduras e armas que aguardavam ser consertadas por mãos menos exaltadas do que as dele. O galpão dos carroções ficava ao lado da ferraria, além do qual estavam os estábulos, o lugar dos porcos e um grande pombal, que parecia estar vazio.

— Procurando alguém, Vossa Alteza?

Jenny voltou-se, surpresa, ao ouvir a voz do frade.

— Sim, você — respondeu, rindo do próprio nervosismo. — Queria perguntar... algumas coisas — disse, lançando um olhar cauteloso para as centenas de pessoas no pátio, ocupadas em várias tarefas. — Mas não aqui.

— Um passeio fora dos portões, talvez? — sugeriu o frei Gregory, compreendendo imediatamente o desejo dela de falar onde não seriam observados nem ouvidos.

Quando se aproximaram dos guardas no portão, no entanto, Jenny teve um choque.

— Desculpe-me, milady — disse o guarda com educada frieza, — mas minhas ordens são que a senhora não pode deixar o castelo, exceto na companhia de milorde.

Jenny piscou para ele com descrença.

— O quê?

— A senhora não pode sair...

— Eu ouvi você! — disse Jenny, controlando um forte ataque de raiva. — Quer dizer que eu... que eu sou uma *prisioneira* aqui?

O guarda, um soldado com vasta experiência em batalhas e nenhuma em lidar com senhoras nobres, olhou alarmado para o oficial de guarda, que avançou, curvou-se formalmente e disse:

— É uma questão de... de... segurança, milady.

Pensando que ele tentava dizer que ela não estaria segura no vilarejo depois do que havia acontecido no dia anterior, Jenny agitou a mão no ar.

— Ah, mas não pretendo ir além daquelas árvores e...

— Desculpe-me. As ordens de milorde foram específicas.

— Compreendo — disse Jenny, mas não compreendia nada, e não gostou de se sentir prisioneira. Começou a se afastar; então, aproximou-se do pobre oficial. — Diga-me — disse, em voz baixa e sinistra —, essa... restrição... é para *qualquer pessoa* que sai do castelo ou é só para mim?

Ele olhou para o horizonte.

— Somente para a senhora. E para a sua tia.

Irritada e humilhada, Jenny se afastou. Então, ocorreu-lhe que Royce, sem dúvida, havia mandado Arik com tia Elinor, não como sua escolta, mas como seu guarda.

— Conheço outro lugar — sugeriu suavemente o frei Gregory, segurando-a pelo braço e conduzindo-a de volta pelo grande pátio.

— Não posso acreditar nisso! — sussurrou Jenny com raiva. — Sou uma *prisioneira* aqui.

O frei Gregory fez um gesto largo com a mão, que abrangeu tudo o que estava no enorme pátio.

— Ah, mas que prisão gloriosa é essa! — comentou, com um sorriso compreensivo. — Muito mais bonita do que qualquer castelo que eu já vi.

— Uma prisão — informou-lhe Jenny de modo soturno —, é uma prisão!

— É possível — disse o padre, sem discutir o ponto de vista dela — que seu marido tenha suas razões, além das que você imagina, para querer mantê-la dentro dos limites da sua completa proteção.

Sem perceber onde ele a estava levando, ela o seguiu até a capela. Ele abriu a porta e se afastou para ela entrar.

— Que razões? — perguntou ela assim que entraram na capela escura e tranquila.

O frei Gregory indicou uma cadeira de carvalho polido, e Jenny se sentou.

— Obviamente, eu não sei — disse ele. — Mas Vossa Alteza não me parece um homem que age sem uma boa razão.

Surpresa, Jenny o encarou fixamente.

— Gosta dele, não é, frei?

— Sim, porém mais importante: *você* gosta dele?

Jenny ergueu as mãos.

— Até alguns minutos atrás, antes de descobrir que não posso deixar o pátio, eu teria respondido que sim.

O frei Gregory cruzou os braços e escondeu as mãos e os pulsos nas mangas brancas do seu hábito.

— E agora? — perguntou, levantando uma sobrancelha loira. — Depois de descobrir isso, ainda gosta dele?

Jennifer lançou-lhe um sorriso triste e assentiu, impotente.

— Eu diria que isso responde — disse ele, zombeteiramente, sentando-se na cadeira ao lado dela. — Então, o que queria me falar em segredo?

Jenny mordeu o lábio, tentando pensar em como explicar.

— Notou alguma coisa *bem* estranha com relação à atitude de todos? Não em relação a mim, mas ao meu marido?

— Estranha em que sentido?

Jenny falou sobre ver as criadas se benzerem sempre que Royce estava por perto, e também mencionou que estranhou o fato de ninguém ter vibrado quando o seu senhor voltou no dia anterior. Concluiu com o relato da diversão das criadas quando ela inadvertidamente confirmou o rumor de ter danificado roupas e cobertores dele.

Em vez de ficar escandalizado com a confissão de Jenny, o frei Gregory a observou com divertida admiração.

— Você realmente cortou os cobertores dele?

Ela assentiu, constrangida.

— É uma mulher de impressionante coragem, Jennifer, e sinto que vai precisar dela em assuntos futuros com seu marido.

— Aquilo não teve nada de corajoso — admitiu ela, com uma risada irônica. — Não sabia que estaria lá para ver a reação dele, já que Brenna e eu estávamos planejando fugir na manhã seguinte.

— De qualquer modo, não deveria ter destruído os cobertores de que eles precisavam para se aquecer, mas tenho certeza de que sabe bem disso — acrescentou. — Agora, vou tentar responder à sua pergunta sobre a reação estranha dos aldeões ao novo senhor.

— Sim, por favor. Estou imaginando tudo isso?

O frei Gregory se levantou abruptamente, indo até um monte de velas diante de uma cruz elaborada e, despreocupadamente, ajeitou uma que havia caído.

— Você não está imaginando nada. Estou aqui há apenas um dia, mas as pessoas estão sem um padre há mais de um ano; então, elas estavam ansiosas para falar comigo. — Franzindo o cenho, ele se virou para ela. — Está ciente de que seu marido sitiou este lugar oito anos atrás?

Quando Jennifer assentiu, ele sentiu-se aliviado.

— Bem, você já viu um cerco? O que acontece?

— Não.

— Não é algo bonito de se ver, tenha certeza. Existe um ditado: "Quando dois nobres discordam, o telhado de palha do pobre se vai em chamas", e ele é verdadeiro. Não só o castelo e seus proprietários sofrem, como também os moradores das vilas e os servos. Suas plantações são destruídas tanto por quem os defende como por quem os ataca, seus filhos são mortos nos combates e suas casas são destruídas. Não é incomum os atacantes deliberadamente atearem fogo nas áreas ao redor do castelo, destruírem os campos e os pomares e até assassinarem os trabalhadores, para impedir que sejam alistados por seus defensores.

Embora nada disso fosse completamente novo para Jenny, ela nunca estivera antes no local de um cerco durante ou imediatamente depois dele. Agora, no entanto, enquanto estava sentada na pacífica capelinha situada em uma terra que Royce já tinha sitiado, a imagem se tornou desagradavelmente clara.

— Não há dúvida de que algumas dessas coisas foram feitas por seu marido quando ele sitiou Claymore e, embora tenha certeza de que os motivos dele eram impessoais e que tenha agido pensando no melhor para a Coroa, os campesinos não se importam com motivos nobres quando são empobrecidos por uma batalha com a qual não têm nada a ganhar e tudo a perder.

Jenny pensou nos clãs das terras altas que lutavam e lutavam, sem se queixar de privações, e sacudiu a cabeça, em sinal de perplexidade.

— É diferente aqui.

— Ao contrário dos membros dos seus clãs, especialmente os das terras altas, o campesinato inglês não compartilha os despojos da vitória — disse o frei Gregory, entendendo o dilema dela e tentando explicar. — Sob a lei inglesa, *toda* a terra pertence ao rei. O rei, então, concede parcelas dessa terra aos favorecidos nobres em recompensa por lealdade ou serviço especial.

Os nobres escolhem os lugares que desejam para sua própria posse e, depois, *concedem* ao camponês uma medida de terra para si, em troca da qual o vassalo deve trabalhar dois ou três dias por semana nos campos do senhor ou prestar um serviço senhorial no castelo. Naturalmente, também deve contribuir com certa quantidade de grão ou de outros produtos de vez em quando.

"Em tempos de guerra ou de fome, o senhor é moralmente, mas não legalmente, obrigado a proteger os interesses dos servos e aldeões. Às vezes, ele os protege, mas geralmente só o faz se isso lhe for benéfico."

Quando o frei Gregory ficou em silêncio, Jenny disse, lentamente:

— Quer dizer que temem que meu marido não os proteja? Ou quer dizer que o odeiam por ter sitiado Claymore e queimado os campos?

— Nem uma coisa nem outra. — Pesarosamente, o frei Gregory disse: — O campesinato tem uma resignação filosófica, e os camponeses esperam que seus campos sejam queimados a cada geração ou quando seu senhor estiver envolvido em uma batalha com um de seus nobres. Porém, no caso de seu marido, é diferente.

— Diferente? — repetiu Jenny. — Como?

— *Ele* viveu em batalhas, e as pessoas temem que todos os inimigos de seu marido comecem a vir a Claymore, uns após os outros, para se vingar. Ou que ele os *convide* a virem para alimentar o amor que ele tem pela guerra.

— Isso é ridículo — disse Jenny.

— É verdade, mas levará algum tempo até que percebam isso.

— E eu pensei que eles ficariam orgulhosos porque ele é... ele é um herói para os ingleses.

— Estão orgulhosos. E aliviados e confiantes de que ele, ao contrário de seu antecessor, estará disposto e será capaz de defendê-los se necessário. A força e o poder de Royce são uma grande vantagem nesse caso. Na verdade, estão completamente maravilhados com ele.

— *Apavorados* com ele, é o que parece — disse Jenny, com tristeza, lembrando o modo como as criadas reagiam à presença dele.

— Isso também, e por uma boa razão.

— Não vejo por que teria boas razões para sentir medo dele — respondeu Jenny com grande convicção.

— Ah, mas têm! Coloque-se no lugar deles: seu novo senhor é um homem chamado de Lobo, por causa do animal cruel e voraz que ataca e devora as vítimas. Além disso, a lenda, não o fato, mas a lenda, diz que ele é implacável com quem cruza o seu caminho. Como novo senhor deles, ele também tem o direito de decidir quais impostos pode cobrar e, naturalmente, irá julgar disputas e castigar os malfeitores, como é seu direito. Agora — disse o frei Gregory com um olhar fixo —, dada a reputação dele de falta de misericórdia e crueldade, ele é o tipo de homem que *você* gostaria que decidisse tudo por você?

Jenny estava furiosa.

— Mas ele *não é* implacável ou cruel. Se fosse metade disso, minha irmã e eu teríamos sofrido um destino muito pior nas mãos dele.

— É verdade — concordou o padre, sorrindo com orgulho para ela. — Agora, tudo o que resta é que seu marido passe algum tempo com as pessoas, para que elas possam tirar suas próprias conclusões.

— Você faz tudo parecer muito simples — disse Jenny, levantando-se e sacudindo as saias. — E suponho que seja. Minha esperança é que não demore para que as pessoas percebam que ele...

A porta se abriu, levando ambos a se virarem a tempo de ver uma expressão de alívio mudar as feições irritadas de Royce.

— Ninguém sabia onde você estava — disse, aproximando-se de Jennifer, e seus passos soaram de modo sinistro no chão de madeira polida da capela. — No futuro, não desapareça sem deixar alguém informado sobre o seu paradeiro.

O frei Gregory deu uma olhada para o rosto indignado de Jennifer e se desculpou educadamente. Assim que a porta se fechou atrás dele, Jenny respondeu:

— Eu não sabia que seria prisioneira aqui.

— Por que tentou sair do castelo? — perguntou Royce em tom de exigência, sem se preocupar em fingir que não entendia o que ela queria dizer.

— Porque queria conversar em particular com o frei Gregory sem ter todos os servos no pátio nos observando e ouvindo — informou Jenny, em tom indignado. — Agora, é a sua vez de responder à *minha* pergunta: *Por que estou proibida de deixar este lugar? Essa é a minha casa ou minha prisão? Eu não* vou...

— Sua casa — interrompeu-a e, para a completa confusão de Jenny, sorriu de repente. — Você tem os olhos mais azuis da face da Terra — acrescentou com uma risada baixa, de apreço. — Quando está com raiva, ficam da cor do veludo azul molhado.

Jenny revirou os olhos com desgosto, momentaneamente pacificada com a resposta de que aquela era a sua casa.

— Veludo molhado? — repetiu ironicamente, enrugando o nariz. — Veludo molhado.

Os dentes brancos de Royce brilharam em um sorriso largo e sedutor.

— Não é isso? O que eu deveria ter dito?

Seu sorriso era irresistível, e Jenny embarcou em seu humor provocador:

— Bem, você *podia* ter dito que eles são da cor de... — Olhou para a grande safira no centro do crucifixo — De safiras — indicou ela. — Isso soaria bem melhor.

— Ah, mas safiras são frias, e seus olhos são quentes e expressivos. Estou me saindo melhor? — riu quando ela não expressou mais argumentos para o veludo molhado.

— Muito — concordou prontamente. — Gostaria de continuar?

— Buscando elogios?

— Certamente.

Os lábios dele se contraíram ao rir.

— Muito bem. Seus cílios me lembram uma vassoura de fuligem.

A alegria de Jenny explodiu em uma sonora risada.

— Uma *vassoura*! — riu alegremente, negando com a cabeça para ele.

— Exatamente. E sua pele é branca, macia e suave. Isso me lembra...

— Sim? — perguntou ela, rindo.

— Um ovo! Posso continuar?

— Ah, por favor, não! — murmurou, rindo.

— Não me saí muito bem, não é? — perguntou ele, sorrindo.

— Eu pensava — advertiu ela, sem fôlego — que até mesmo a corte inglesa exigia certo nível de comportamento cortês. Nunca passou tempo na corte?

— O mínimo possível — respondeu suavemente, mas sua atenção foi atraída para os generosos lábios sorridentes dela, e, sem aviso, ele a tomou nos braços, unindo sua boca à dela com fome e urgência.

Jenny se sentiu afundando no doce e sensual redemoinho de desejo de Royce e, com esforço, afastou a boca dele. Seus olhos, já tomados de paixão, contemplavam profundamente os dela.

— Não me disse por que — sussurrou, tremendo — estou proibida de sair do castelo.

As mãos de Royce acariciavam os braços de Jenny enquanto ele inclinava a cabeça novamente.

— É só por alguns dias... — respondeu, beijando-a entre cada frase —, até eu ter certeza de que não haverá problemas... — puxou-a firmemente para si — vindos de fora.

Satisfeita, Jenny se entregou ao incrível prazer de beijá-lo e sentir o grande corpo do marido se enrijecer de desejo.

O sol já começava a se pôr quando cruzaram o pátio em direção ao grande salão.

— O que será que tia Elinor planejou para a ceia? — perguntou ela, sorrindo para Royce.

— No momento — respondeu Royce com um olhar significativo —, acho que meu apetite pede outra coisa que não seja comida. No entanto, já que tocamos nesse assunto, sua tia é tão boa na cozinha quanto afirma ser?

Jenny olhou para ele de modo hesitante e indireto.

— Para dizer a verdade, não consigo me lembrar de ninguém de minha família já ter elogiado minha tia a esse respeito. Ela sempre foi elogiada por seus curativos; mulheres sábias de toda a Escócia costumavam ir até ela em busca de pomadas e preparos de todos os tipos. Tia Elinor acredita que alimentos adequados, devidamente preparados, eliminam todos os tipos de doença, e que certos alimentos têm poderes curativos especiais.

Royce enrugou o nariz.

— Medicina com refeições? Não era o que eu tinha em mente.

Ele lhe lançou um olhar de interrogação, como se algo lhe tivesse ocorrido de repente:

— *Você* é especialista em assuntos de cozinha?

— Nem um pouco! — respondeu ela, com alegria. — Tesouras são a minha especialidade.

Royce riu muito, mas ver Sir Albert marchando em direção a eles pelo pátio, com o rosto ainda mais severo do que o habitual, acabou com a alegria de Jenny. Os olhos frios do mordomo, o corpo magro e os lábios finos lhe deram uma aparência de crueldade arrogante que a perturbou no mesmo instante.

— Vossa Alteza — disse ele a Royce, — o agressor do incidente de ontem, com a lama, foi trazido para cá. — Apontou para a ferraria no extremo do pátio, onde dois guardas estavam segurando um pequeno rapaz de rosto branco entre eles, e uma multidão de servos estava reunida. — Devo cuidar disso?

— Não! — exclamou Jenny, incapaz de conter sua aversão ao homem.

Com visível desagrado não disfarçado, o mordomo se voltou de Jennifer para Royce.

— Vossa Alteza? — perguntou, ignorando-a.

— Não tenho experiência com medidas ou procedimentos disciplinares civis — disse Royce a Jennifer, visivelmente constrangido.

Eles chegaram à multidão, que crescia rapidamente, e Jenny virou os olhos em apelo ao marido. Sua mente ainda estava ocupada com aquilo que o frei Gregory lhe dissera.

— Se não quiser lidar com isso, posso fazê-lo em seu lugar — ofereceu-se, ansiosa. Eu vi meu pai julgando muitas vezes, e sei como se faz.

Royce se virou para o mordomo.

— Cuide das formalidades do modo habitual, e minha esposa decidirá sobre a punição.

Sir Albert apertou os dentes com tanta força que seus ossos do rosto se pronunciaram ainda mais abaixo da carne, mas se curvou em aceitação.

— Como quiser, Vossa Alteza.

A multidão se separou para deixá-los passar, e Jenny percebeu que todos do lado de Royce se afastaram muito mais do que o necessário para dar passagem a ele, ficando bem fora de seu alcance.

Quando chegaram ao centro do grande círculo, Sir Albert não perdeu tempo se preparando para fazer justiça. Com o olhar gélido fixo no garoto aflito, cujos braços estendidos estavam sendo segurados por dois guardas corpulentos, Sir Albert disse:

— Você é culpado de atacar intencionalmente a soberana de Claymore, um crime da mais séria natureza sob as leis da Inglaterra, para o qual deveria ter recebido sua justa punição ontem. Teria sido mais fácil para você do que esperar até hoje, para enfrentar isso novamente — concluiu o mordomo de um modo seco, deixando Jenny com o fugaz pensamento de que ele havia acabado de fazer a suspensão temporária da sentença por parte de Royce parecer um tormento deliberado.

As lágrimas escorriam pelo rosto do garoto e, ao lado do círculo, uma mulher, que Jenny de pronto entendeu ser sua mãe, cobriu o rosto com as mãos e começou a chorar. Seu marido estava ao lado dela, o rosto gelado, os olhos brilhando de dor pelo filho.

— Você nega isso, garoto? — perguntou Sir Albert.

Com os ombros magros tremendo com um silencioso suspiro, o rapaz baixou a cabeça e fez que não.

— Fale!

— N... — ergueu o ombro para limpar o suor humilhante do rosto na túnica suja. — Não.

— É melhor que não negue — disse o mordomo quase gentilmente —, pois morrer com uma mentira em sua alma o faria ser condenado por toda a eternidade.

Ao ouvir a palavra "morrer", a mãe chorosa do menino soltou o braço restritivo do marido e se lançou na direção do filho, envolvendo os braços ao redor dele, encostando a cabeça dele contra o peito.

— Façam logo, então! — gritou ela com força, olhando para os guardas que usavam espadas. — Não o assustem — soluçou, balançando o menino nos braços. — Não veem que ele está assustado? — chorou com força, a voz se tornando um sussurro quebrantado. — Por favor... não quero que ele fique... assustado.

— Tragam o padre — exclamou Sir Albert.

— Não consigo ver — interrompeu Royce com uma voz gélida que fez a mãe do menino apertá-lo com mais força e soluçar mais — por que precisamos rezar uma missa nessa hora improvável.

— Não é uma missa, mas uma confissão — disse o empregado, sem se dar conta de que Royce havia deliberadamente compreendido mal as razões para mandar buscar o frei Gregory. Voltando-se para a mãe do menino, Sir Albert disse: — Presumo que seu filho infame naturalmente deseje se valer dos sacramentos finais da Igreja.

Incapaz de falar por causa das lágrimas, a mulher fez que sim com a cabeça, impotente.

— Não! — respondeu Royce, mas a mãe histérica gritou:

— Sim! É direito dele! É direito dele ter os últimos sacramentos antes de morrer!

— *Se* ele morrer — disse Royce com um suspiro de frieza —, será por sufocamento em suas mãos, madame. Afaste-se e deixe o garoto respirar!

Um olhar de esperança atormentada atravessou o rosto da mulher, depois vacilou enquanto olhava para os rostos sombrios da multidão e percebia que ninguém compartilhava de sua esperança fugaz de um indulto.

— O que o senhor vai fazer com ele, milorde?

— Não é minha decisão — respondeu Royce firmemente, com a raiva renovada ao considerar os nomes com que haviam atacado sua esposa no dia anterior. — Como foi minha *esposa* quem sofreu nas mãos dele, caberá a ela decidir.

Em vez de se sentir aliviada, a mãe levou a mão à boca, com os olhos aterrorizados sobre Jenny, e Jenny, que não aguentava mais ver a pobre mulher torturada pela incerteza, virou-se para o menino e disse rapidamente e de um modo amistoso:

— Qual é o seu nome?

Ele olhou para ela com os olhos inchados, todo o corpo tremendo.

— J-Jake, mi-milady.

— Entendo — disse Jenny, pensando com aflição em como seu pai trataria tal coisa. Ela sabia que o crime não poderia ficar impune, pois levaria a mais crimes e faria seu marido parecer fraco. Por outro lado, não cabia agir com dureza, especialmente devido à idade do menino. Tentando oferecer ao garoto uma desculpa, disse suavemente: — Às vezes, quando estamos muito entusiasmados com alguma coisa, fazemos o que não queríamos fazer. Foi o que aconteceu quando você jogou a lama? Talvez não quisesse me acertar com aquilo...

Jake engoliu em seco duas vezes, seu pomo de adão subindo e descendo no pescoço longo e magro.

— Eu... eu... — Olhou para o rosto rígido do duque e escolheu não mentir — sempre acerto aquilo em que miro — admitiu, desconsolado.

— Mesmo? — perguntou Jenny, procurando ganhar tempo e pensando ansiosamente em alguma solução.

— Sim, madame — admitiu ele, em um sussurro melancólico. — Posso acertar um coelho entre os olhos com uma pedra e matá-lo, se ele estiver perto o suficiente para que eu o veja. Nunca erro.

— Mesmo? — repetiu Jenny, impressionada. — Uma vez tentei acertar um rato a uns dez metros, e o matei.

— Você fez isso? — perguntou Jake, impressionado.

— Sim... bem, mas não importa — mudou apressadamente ao ver o olhar de Royce de seca repreensão. — Você não queria me matar, não é? — perguntou ela e, para que a criança tola não admitisse isso, acrescentou de imediato: — Quero dizer, você não queria que o pecado de assassinato manchasse sua alma para toda a eternidade.

Ele negou enfaticamente com a cabeça.

— Então, foi mais uma questão de empolgação do momento, não foi? — perguntou ela, e, para seu imenso alívio, ele finalmente assentiu. — E, claro, estava orgulhoso de sua habilidade de jogar coisas e talvez até mesmo de se mostrar um pouco para todos?

Ele hesitou e depois assentiu, arrogante.

— Eis aqui, vejam! — disse Jenny olhando ao redor para a tensa multidão em expectativa, erguendo a voz com uma convicção aliviada. — Ele não pretendia causar qualquer dano grave, e a intenção é tão importante quanto o próprio crime.

Voltando-se para Jake, disse com severidade:

— No entanto, é óbvio que alguma forma de expiação é exigida. Uma vez que tem tão boa pontaria, acho que deveria utilizar melhor sua habilidade. Portanto, Jake, você vai passar todas as manhãs ajudando os homens a caçar nos próximos dois meses. E, se não houver necessidade de carne fresca, virá para o castelo e me ajudará aqui. Exceto aos domingos, é claro. E se seu...

Jenny parou em choque quando a chorosa mãe do menino se ajoelhou aos seus pés, abraçou-lhe as pernas e clamou:

— Obrigada, milady, obrigada. És santa, tu és! Bendita és! Obrigada!

— Não, não faça isso — implorou Jenny desesperadamente quando a mulher extenuada pegou a bainha da sua saia e a beijou. O marido, com a capa na mão, veio buscá-la, os olhos brilhando pelas lágrimas enquanto olhava para Jenny.

— Se precisar de seu filho para ajudar em sua plantação — disse ao homem —, ele pode pagar sua... pena à tarde.

— Eu... — disse ele com uma voz sufocada; então, limpou a garganta, endireitou os ombros e disse, com uma dignidade tocante: — Eu a manterei em minhas orações por todos os dias da minha vida, milady.

Sorrindo, Jenny disse:

— E ao meu marido também, espero.

O homem empalideceu, mas conseguiu olhar nos olhos o homem feroz e sombrio de pé ao lado dela e dizer com mansa sinceridade:

— Sim, e pelo senhor também, milorde.

A multidão se dispersou em um silêncio estranho, lançando olhares furtivos sobre os ombros em direção a Jenny, que estava pensando se talvez dois meses não era muito tempo. No caminho de volta ao castelo, Royce ficou tão silencioso que ela o olhou com ansiedade.

— Você pareceu surpreso — disse ela com apreensão — quando mencionei dois meses.

— Eu fiquei — admitiu ele, ironicamente. — Por um momento, pensei que o parabenizaria pela excelente pontaria e o convidaria a jantar conosco.

— Acha que fui muito compassiva? — perguntou ela com alívio quando ele abriu a pesada porta de carvalho do corredor e se afastou, a fim de que ela o precedesse.

— Não sei. Não tenho experiência em lidar com os camponeses e em manter a ordem. No entanto, Prisham deveria ter agido melhor do que falar de pena de morte. Não há dúvida nisso.

— Não gosto dele.

— Eu também não. Ele já era mordomo aqui, e eu o mantive. Penso que é hora de procurar alguém para substituí-lo.

— Em breve, espero! — exclamou Jenny.

— No momento — disse Royce, e Jenny percebeu o brilho perverso em seus olhos —, tenho assuntos mais importantes em mente.

— Quais?

— Levá-la para a cama e depois jantar. Nessa ordem.

— ACORDE, DORMINHOCA...

O riso preguiçoso de Royce despertou Jenny.

— Está uma noite maravilhosa — disse-lhe enquanto ela se virava e sorria de modo lânguido para ele. — Uma noite feita para amar e agora... — Beliscou levemente a orelha dela. — Comer!

Quando Royce e Jenny desceram as escadas, muitos cavaleiros já haviam acabado de comer e as mesas de cavalete já haviam sido desmontadas e apoiadas cuidadosamente no lugar apropriado contra a parede. Somente os cavaleiros que tinham o privilégio de jantar na mesa principal pareciam querer continuar comendo cada prato.

— Onde está minha tia? — perguntou Jenny enquanto Royce a sentava ao lado dele no centro da mesa.

Sir Eustace inclinou a cabeça para a arcada à esquerda.

— Ela foi à cozinha para instruir os cozinheiros sobre como preparar uma maior quantidade de comida para amanhã. Eu acho — acrescentou, com um sorriso — que ela não percebeu o apetite monstruoso que teríamos se nos oferecesse uma comida saborosa.

Jenny olhou em volta para os pratos sobre a mesa, a maioria deles já vazios, e suspirou silenciosamente.

— Então... está saborosa?

— Digna dos deuses — exagerou o cavaleiro, rindo. — Pergunte a qualquer um.

— Exceto a Arik — disse Sir Godfrey, com um olhar desgostoso para o gigante, que havia devorado com cuidado um ganso inteiro até a carcaça e estava dando as últimas mordidas.

Naquele momento, tia Elinor veio pelo corredor com um grande sorriso no rosto.

— Boa noite, Vossa Alteza — disse a Royce. — Boa noite, Jennifer, querida.

Então, ficou perto da mesa, dando sua completa aprovação aos comensais, aos pratos vazios e até aos servos que limpavam as sobras.

— Parece que todo mundo fez uma verdadeira festa com meus pratos.

— Se soubéssemos que você desceria e animaria a refeição com a sua presença — disse Stefan ao irmão —, teríamos deixado mais comida para você.

Royce lhe lançou um olhar irônico.

— Mesmo?

— Não! — disse Stefan, zombeteiramente. — Aqui, coma um pedaço de torta; ela vai melhorar seu ânimo.

— Tenho certeza de que há alguma coisa saborosa na cozinha — disse tia Elinor, apertando as mãos pequenas com um enorme prazer por seus esforços terem sido reconhecidos. — Vou dar uma olhada enquanto busco meu cataplasma. As tortas vão levantar o ânimo de qualquer um, menos o de Arik.

Dando uma olhada divertida para os companheiros, Stefan acrescentou:

— Não há nada que possa melhorar o ânimo dele, nem mesmo os ramos de pinheiro.

A menção a ramos de pinheiro fez os demais sorrirem, como se compartilhassem uma piada particularmente divertida, mas, quando Jenny olhou para Royce, ele parecia tão desconcertado quanto ela. Tia Elinor esclareceu tudo enquanto voltava com um servo carregando pratos de comida quente, uma tigela pequena e um pano.

— Ah, sim! Arik e eu trouxemos todo tipo de ramos hoje. Quando voltamos, os braços dele estavam carregados de ramos lindos, não? — perguntou ela, com ar feliz.

Ela fez uma pausa a fim de olhar com curiosidade para os cavaleiros, que, de repente, foram tomados por risadas que tentavam sufocar. Então, pegou a tigela e o pano da bandeja do servo e, para o alarme de Jenny, a idosa senhora se dirigiu a Arik com seu cataplasma.

— Você não teve um dia muito agradável hoje, não é? — sussurrou ela, colocando a tigela ao lado de Arik e mergulhando o pano nela. — E quem pode culpá-lo? — Irradiando compaixão e culpa, ela olhou para Jenny e disse, com tristeza: — Arik e eu encontramos a aranha mais *malvada* que já tive a desgraça de conhecer!

A expressão de Arik parecia assustada ao vê-la, com o canto dos olhos, mergulhar o pano na tigela, mas tia Elinor continuou alegremente:

— A vil e pequena criatura picou o pobre Arik mesmo ele não tendo feito nada para a provocar, exceto ficar de pé debaixo da árvore onde ela havia feito a teia. Embora — acrescentou ela, virando-se para o furioso gigante e apontando o dedo para ele, como se o homem tivesse seis anos — eu ache que você foi muito mau ao retaliar daquele modo. — Pausando para mergulhar o pano na tigela, ela lhe disse, com severidade: — Posso entender o fato de você ter esmagado a *teia* com o punho, mas não achei sensato culpar também a *árvore* e cortá-la com o machado!

Ela olhou desconcertada para Sir Godfrey, cujos ombros tremiam por estar rindo, e para Sir Eustace, cujos ombros também balançavam e cujos cabelos loiros estavam quase em sua testa, pois procurava esconder a risada. Apenas Gawin pareceu realmente alarmado quando tia Elinor disse:

— Aqui, querido menino, deixe-me apenas passar isso no seu ros...

— NÃO!

O punho carnudo de Arik bateu na pesada mesa de carvalho, fazendo as bandejas dançarem. Empurrando a mesa, saiu do salão, o corpo hirto de ira.

Atormentada, tia Elinor o observou se afastar; depois, voltou-se para os ocupantes da mesa e disse, com tristeza:

— Ele não seria tão irritadiço, tenho certeza, se ao menos *comesse* de acordo com as minhas sugestões. Poderia resolver seus problemas intest... *digestivos* — corrigiu rapidamente, por causa dos comensais. — Pensei ter-lhe explicado isso com muita clareza hoje.

Depois da ceia, Royce entrou em uma discussão de temas masculinos com seus cavaleiros, temas que variavam de quantos homens mais deveriam ser designados para ajudar o armeiro do castelo com sua responsabilidade adicional de reparar os capacetes e a malha metálica dos soldados que tinham voltado com Royce ou se a grande catapulta na batalha tinha um suprimento adequado de pedras à mão.

Jenny ouviu atentamente, amando a autoridade silenciosa com que Royce falava e desfrutando o inesperado prazer de ser parte de uma família. Estava pensando no quanto isso parecia estranhamente afetuoso quando Royce interrompeu a discussão sobre catapultas e se virou para ela com um simpático sorriso.

— Podemos caminhar lá fora? Está uma noite agradável para outubro, agradável demais para gastá-la discutindo coisas que devem ser muito entediantes para você.

— Não fiquei entediada — disse Jenny, de um modo suave, sorrindo inconscientemente ao olhar nos olhos dele.

— Quem teria adivinhado — provocou ele, com voz rouca — que a mesma mulher que uma vez tentou gravar minhas iniciais em meu rosto com minha própria faca seria uma esposa tão agradável?

Sem esperar por uma resposta, Royce se virou para os cavaleiros enquanto, educadamente, ajudava Jennifer a se levantar. Depois de lembrá-los de que deveriam se reunir no pátio de armas após o café da manhã para uma sessão de treino com o estafermo, Royce acompanhou Jennifer.

Depois que saíram, Sir Eustace se virou para os outros e disse, com um sorriso:

— Já ouviram falar de Royce sair em passeios à luz do luar antes?

— Não, a menos que ele estivesse antecipando uma visita noturna ao inimigo — riu Sir Lionel.

Sir Godfrey, o mais velho do grupo, não sorriu.

— Ele está esperando um inimigo desde que chegamos aqui.

22

— Para onde estamos indo? — perguntou Jenny.

— Lá em cima, para ver a paisagem — disse Royce, apontando para os degraus íngremes que levavam ao parapeito, uma larga saliência de pedra adjacente ao muro do castelo que atravessava todas as doze torres, possibilitando aos guardas patrulharem todo o perímetro do castelo.

Tentando ignorar os guardas, que estavam postados em intervalos regulares ao longo do caminho, Jenny olhou para o vale iluminado pela lua; a brisa soprava seus cabelos sobre os ombros.

— É lindo aqui em cima! — disse ela suavemente, virando-se para ele.

— Claymore é lindo.

Depois de um minuto, ela acrescentou:

— Parece indestrutível. Não consigo imaginar como conseguiu tomá-lo. Essas paredes são tão altas e a pedra, tão lisa. Como conseguiu escalá-las?

Suas sobrancelhas se ergueram sobre olhos cinzentos divertidos.

— Não as escalei. Fiz túneis por *baixo* delas, escorei-os com vigas e, depois, coloquei fogo neles. Quando as vigas queimadas se partiram, a parede veio abaixo.

A boca de Jenny se abriu, surpresa; então, ela se lembrou de algo:

— Ouvi dizer que você fez isso no castelo de Glenkenny. Parece algo extremamente perigoso.

— E é.

— Então, por que fez isso?

Tirando uma mecha de cabelo do rosto dela, Royce respondeu de maneira suave:

— Como não posso voar, essa era a única maneira de entrar no pátio do castelo.

— Então, parece — observou ela pensativamente — que alguém mais poderia entrar aqui da mesma maneira.

— Poderiam tentar — disse ele com um sorriso—, mas seria imprudente. Logo atrás de nós, a poucos metros dos muros, há uma série de túneis construídos que ruirão sobre os invasores, caso algum deles decida tentar fazer o que eu fiz. Quando reconstruí este lugar — disse ele, colocando o braço em volta da cintura dela e puxando-a para si —, tentei redesenhá-lo de modo que nem mesmo *eu* pudesse invadi-lo. Oito anos atrás, essas paredes não eram de pedra tão lisa quanto agora.

Ele apontou com a cabeça para as torres que se elevavam acima dos muros em intervalos regulares.

— E essas torres eram todas quadradas. Agora, são cilíndricas.

— Por quê? — perguntou Jenny, intrigada.

— Porque — disse ele, parando para lhe dar um beijo caloroso na testa — as torres cilíndricas não têm boas quinas que podem ser usadas para escalá-las. As quadradas, como aquelas que você tinha em Merrick, são especialmente fáceis de escalar, como você bem sabe...

Jenny abriu a boca para emitir uma merecida reprimenda por esse assunto ser trazido à tona, apenas para se ver beijada.

— Se o inimigo não pode escalar os muros ou o túnel abaixo deles — murmurou contra os lábios dela, enquanto a beijava de novo —, a única coisa a fazer é lançar fogo contra nós. Por isso — sussurrou, puxando-a para si —, todos os edifícios no pátio do castelo agora têm telhado de telhas, e não de palha.

Sem ar por causa dos beijos, Jenny se recostou nos braços dele.

— Você é muito minucioso, meu senhor — provocou, de forma significativa.

Um sorriso em resposta se abriu em seu rosto bronzeado.

— O que é meu, pretendo manter.

As palavras dele fizeram-na se lembrar das coisas que ela não tinha conseguido manter, as coisas que deveriam pertencer aos seus filhos.

— Alguma coisa errada? — perguntou Royce, observando que o semblante dela se tornara sombrio.

Jenny encolheu os ombros e disse, de um modo suave:

— Estava apenas pensando que é natural que você não queira filhos e...

Inclinando o rosto para o dela, Royce disse calmamente:

— Eu quero filhos *seus*.

Ela esperou, rezando para ele dizer que a amava, mas, como ele não o fez, ela tentou dizer a si mesma que o que ele *dissera* era quase tão bom quanto "eu te amo".

— Eu tinha muitos bens... joias e coisas — continuou, melancólica —, coisas da minha mãe que, por direito, deveriam pertencer aos nossos filhos. Duvido que meu pai as entregue a mim agora. Eu não era pobre, você sabe, se ler o contrato de noivado.

— Senhora — disse ele secamente —, agora você não é pobre.

Sentindo-se realmente desprezada pela súbita descoberta de que havia chegado ao casamento apenas com as roupas sujas que usava, ela se virou nos braços dele, olhando para o outro lado do vale.

— Não tenho nada. Vim até você com menos do que tem o servo mais baixo, sem uma única ovelha como dote.

— Nenhuma ovelha — concordou ele, secamente. — Sua única posse é a mais bela pequena propriedade em toda a Inglaterra, chamada Grand Oak, por causa dos carvalhos gigantescos que protegem seus portões. — Ele viu o olhar assustado dela e acrescentou com um sorriso irônico: — Henrique a deu a você como presente de casamento. Seria sua casa de campo para a viuvez.

— Que... que amável... da parte dele — disse Jenny, achando extremamente difícil falar assim do rei inglês.

Royce lhe lançou um olhar sarcástico de canto de olho.

— Ele tirou a propriedade de mim.

— Ah! — exclamou Jenny, confusa. — Por quê?

— Foi uma pena cobrada de mim pelas ações de certa jovem escocesa capturada de uma abadia.

— Não tenho tanta certeza de que estivéssemos nos terrenos da abadia.

— De acordo com a abadessa, você estava.

— Mesmo? — perguntou ela, mas Royce não a ouviu.

De repente, ele olhou fixamente para o vale, com o corpo tenso e alerta.

— Alguma coisa errada? — indagou Jenny, olhando com preocupação na direção do olhar dele, incapaz de ver qualquer coisa fora do normal.

— Acho — disse ele friamente, olhando para um ponto de luz quase invisível, muito além do vilarejo — que nossa noite agradável está prestes a ser interrompida. Temos convidados.

Mais alguns pequenos pontos de luz apareceram, depois uma dezena mais e duas vezes mais.

— Pelo menos uma centena, possivelmente mais. Montados.

— Convid...

Jenny começou, mas sua voz foi abafada quando um guarda distante, à sua direita, de repente ergueu a trombeta e a tocou, produzindo um estrondoso toque. Vinte e cinco outros guardas, posicionados a intervalos ao longo do passadiço da muralha, viraram na direção dele e, um momento depois, após confirmarem o que ele tinha visto, levantaram as próprias trombetas. De repente, a noite pacífica foi rasgada pelos agourentos toques de trombeta. Em segundos, homens armados entravam no pátio do castelo com os equipamentos prontos, e alguns deles ainda se vestiam enquanto corriam.

Aflita, Jenny se virou para Royce.

— O que há de errado? São inimigos?

— Eu diria que são um contingente de Merrick.

Sir Godfrey e Sir Stefan subiram os degraus do passadiço da muralha, amarrando a si espadas longas, e o corpo inteiro de Jenny começou a tremer. Espadas. Derramamento de sangue.

Royce se virou para dar ordens ao capitão de armas, e, quando se voltou para Jennifer, ela estava olhando para as luzes cintilantes, com a mão fechada pressionando a boca.

— Jennifer! — disse Royce, de um modo gentil, mas os olhos que ela levantou para ele estavam tomados de terror, e ele percebeu, de pronto, que precisava levá-la para bem longe daquilo que, para ela, obviamente eram os preparativos para uma grande batalha.

Centenas de tochas estavam sendo acesas no pátio e nas muralhas do castelo, e toda a cena já estava iluminada por uma luz amarela e misteriosa quando Royce pegou no braço dela e a levou, descendo os degraus e entrando no corredor.

Ao fechar a porta da câmara, Royce se virou para ela, que o fitou com paralisante angústia.

— Você não deveria estar lá fora... com seus homens?

— Não. Meus homens passaram por treinamento para isso mil vezes.

Colocando as mãos sobre os ombros rígidos dela, Royce falou, com a voz calma e firme:

— Jennifer, ouça-me. Meus homens têm ordens para não atacar sem meu comando pessoal.

Ela estremeceu, como se a palavra "atacar" fosse a única coisa que tivesse ouvido, e Royce deu-lhe uma leve sacudida.

— *Ouça-me* — ordenou ele firmemente. — Tenho homens na floresta, perto da estrada. Em poucos minutos, saberei exatamente o tamanho do grupo que está se aproximando. Não acho que seja um exército, a menos que seu pai seja um idiota maior do que imaginei. Além disso, ele não teve tempo de chamar às armas seus escoceses de cabeça quente e conseguir um exército totalmente equipado. Acho que é apenas um grupo de Merrick, incluindo Lorde Hastings, Lorde Dugal e seu pai. Considerando a posição embaraçosa em que o coloquei quando tirei você de Merrick, é natural que ele queira vir até aqui vociferar e demonstrar uma pretensão de afronta inocente. Além disso, vai salvar um pouco as aparências se entrar em Claymore, mesmo que precise de uma bandeira de trégua e um inglês da corte da Câmara da Estrela para acompanhá-lo.

— E, se for um grupo pacífico — perguntou, angustiada —, o que vai fazer?

— Vou baixar a ponte levadiça e convidá-los a entrar — disse ele, secamente.

Os dedos dela apertaram os músculos dos braços de Royce.

— Por favor, não os machuque...

— Jennifer... — disse com firmeza, mas ela o abraçou, apertando-se contra ele.

— Não os *machuque* — clamou ela histericamente. — Você me deu sua palavra! Farei qualquer coisa que me pedir... qualquer coisa... mas não os machuque!

Exasperado, Royce se afastou dela e agarrou-lhe o queixo.

— Jennifer, a única ferida que vai ser infligida esta noite será em meu orgulho. Irrita-me enormemente ter que levantar meu portão, baixar a ponte levadiça e deixar seu pai entrar.

— Você não se preocupou com o orgulho *dele* — argumentou Jenny, com raiva — quando violou a torre de Merrick e me tirou de lá. Como acha que *ele* se sentiu com isso? Seu orgulho é tão grande que não pode deixá-lo de lado, só por algumas horas, apenas *dessa vez*?

— Não.

Essa única palavra, falada com calma convicção, finalmente tirou Jenny do pânico insensato. Com uma inspiração profunda, ela inclinou a testa no peito dele e assentiu com a cabeça.

— Sei que você não vai fazer mal à minha família. Você me deu a sua palavra.

— Sim — disse ele com tranquilidade, abraçando-a para um beijo rápido. Voltando-se para a porta, ele parou com a mão na maçaneta. — Fique aqui, a menos que eu chame você — ordenou, de modo implacável. — Eu enviei o frade para testemunhar que estamos bem e verdadeiramente casados, mas imagino que os emissários de nossos reis vão querer ver você para se certificar de que está segura e ilesa.

— Muito bem — concordou ela, e rapidamente acrescentou: — Papai estará com um humor terrível, mas William é gentil e raramente perde a paciência. Gostaria de vê-lo antes de irem embora, falar com ele e enviar uma mensagem para Brenna. Vai deixá-lo vir?

Ele assentiu.

— Se eu considerar prudente, sim.

VOZES DE HOMENS irados trovejavam no corredor, ecoando no quarto onde Jenny andava de um lado para o outro, esperando, ouvindo e rezando. A voz do seu pai, amedrontadora e furiosa, era acompanhada pelas vozes irritadas de seus irmãos, bem como por Lorde Hastings e Lorde Dugal. A voz profunda de Royce, dura e digna de respeito, erguia-se acima do barulho, e então houve silêncio... um silêncio sinistro e agourento.

Sabendo que poderia observar o que estava acontecendo se saísse do quarto e fosse para a galeria, Jenny caminhou até a porta e hesitou. Royce jurara não ferir ninguém da sua família, e tudo o que pedia em troca era que permanecesse ali. Parecia errado não honrar seu desejo.

Tirando a mão da porta, Jenny se afastou; então, hesitou novamente. Ela poderia, no entanto, honrar o desejo dele e ainda ouvir melhor apenas abrindo a porta um pouco sem sair do quarto. Cautelosamente, virou a maçaneta, abrindo a porta uns poucos centímetros.

— Frei Gregory confirmou que o casal está casado — disse Lorde Hastings, o emissário inglês da corte do rei Henrique. — Parece que Claymore aderiu à risca ao acordo, se não precisamente ao espírito dele, enquanto você, Lorde Merrick, ao conspirar para esconder sua filha do legítimo marido dela, quebrou o acordo tanto em espírito como de fato.

O emissário escocês murmurou algo reconfortante e conciliador, mas a voz do pai de Jennifer se alterou com fúria.

— Seu porco inglês! Minha filha *escolheu* ir para um convento, ela *implorou* a mim para que a enviasse para lá. Estava preparada para se casar, mas tinha o santo *direito* de escolher Deus como seu senhor, se quisesse. Nenhum rei pode negar a ela o direito de se comprometer com uma vida de reclusão e devoção a Deus, e você bem sabe disso! Traga-a aqui! — gritou. — Ela lhe dirá que foi escolha dela!

Suas palavras cortaram o coração de Jenny como uma espada dentada. Evidentemente, ele de fato tinha a intenção de trancá-la à chave em um convento pelo resto da vida, e sem nunca lhe dizer o que pretendia fazer; estava disposto a sacrificar a vida da filha por vingança contra seu inimigo. Nesse ponto, seu pai demonstrou nutrir mais ódio por um estranho do que amor por ela.

— Traga-a aqui! Ela lhe dirá que falo a verdade! — vociferou seu pai. — Exijo que ela seja trazida! O bárbaro se opõe porque sabe que sua esposa o odeia e que ela confirmará o que eu digo.

A voz profunda de Royce estava cheia de uma convicção tão tranquila que Jenny sentiu em seu íntimo a ternura se misturar com a dor da traição de seu pai.

— Jennifer me disse a verdade, e a verdade é que ela nunca colaborou com o seu plano. Se tem algum sentimento por ela, não a forçará a descer aqui e chamá-lo de mentiroso na sua cara.

— Você é o mentiroso! — berrou Malcolm. — Jennifer irá provar isso!

— Lamento a necessidade de causar infelicidade à sua esposa — interrompeu Lorde Hastings —, mas Lorde Dugal e eu concordamos que a única maneira de chegar à verdade sobre isso é ouvir o que ela mesma tem a dizer. Não, Vossa Alteza — disse ele, de pronto —, nas atuais circunstâncias, seria melhor se Lorde Dugal e *eu* escoltássemos a senhora até aqui para... impedir... a acusação de coação por qualquer das partes. Por favor, leve Lorde Dugal e a mim até o quarto dela.

Jenny fechou a porta e se apoiou nela, colocando o rosto na tira de ferro, sentindo como se estivesse sendo rasgada.

O salão estava cheio de tensão e hostilidade enquanto ela caminhava entre os dois acompanhantes. Soldados de Merrick, de Claymore e os do rei Henrique e do rei Tiago alinhavam-se nas paredes. Perto da lareira, o pai de Jennifer e seus irmãos estavam de pé, ao lado de Royce, e todos a observavam.

— Vossa Alteza... — começou Lorde Hastings, voltando-se para Jennifer, mas o pai dela interrompeu com impaciência.

— Minha querida filha — disse —, diga a esses idiotas que era seu *desejo* fugir para o consolo de um convento, em vez de suportar a vida com esse... esse *desgraçado*. Diga-lhes que me pediu, me *implorou* que a deixasse fazer isso, que *sabia*...

— Eu não sabia de *nada*! — exclamou Jenny, incapaz de suportar o fingido olhar de honestidade e amor no rosto do pai. — Nada!

Jenny viu Royce avançar, com os olhos cinzentos cheios de tranquilidade, mas seu pai ainda não havia terminado.

— Espere! — rugiu ele, avançando para Jennifer com um misto de fúria e descrença no rosto. — O que quer dizer com "não sabia de nada"? Na noite em que lhe disse que deveria casar-se com essa besta, você me implorou para que a deixasse voltar para a abadia de Belkirk.

Jenny empalideceu com seu pedido esquecido, falado com terror e rejeitado como impossível por seu pai, que gritava em sua mente: "Voltarei para a abadia, ou para a minha tia Elinor ou para qualquer lugar que você disser".

— Eu... eu disse isso — balbuciou, voltando o olhar para o rosto de Royce, observando-o se endurecer em uma máscara de gélida ira.

— Isso! Eis a prova! — gritou seu pai.

Jenny sentiu Lorde Hastings agarrar seu braço, mas ela o empurrou.

— Não! Por favor, ouçam-me — pediu, vendo no rosto de Royce que seu coração batia forte e que havia clara violência em seus olhos. — Ouçam-me — implorou. — Falei isso para meu pai. Havia esquecido que disse isso porque... — Sua cabeça se voltou para o pai. — Porque *você* não queria ouvir falar sobre isso. Mas eu nunca, *nunca* aceitei nenhum plano para me casar com ele primeiro e, *em seguida*, fugir para um convento. Diga-lhe — chorou —, diga-lhe que nunca concordei com isso.

— Jennifer — disse seu pai, olhando para ela com amargura e desprezo —, você concordou quando me pediu para deixá-la ir a Belkirk. Eu apenas escolhi uma abadia mais segura e distante para você. Nunca houve dúvida em minha mente de que você precisaria primeiro cumprir a ordem do nosso rei para que se casasse com esse suíno. Você também sabia disso. Foi por isso que, de início, recusei seu pedido.

Jenny olhou do rosto acusador do seu pai para o rosto de granito de Royce, e teve um desesperador sentimento de derrota que superou tudo o que já havia sentido. Virando-se, pegou as saias e começou a caminhar lentamente em direção ao estrado, como se estivesse em um pesadelo.

Atrás dela, Lorde Hastings pigarreou e disse ao pai e a Royce:

— Parece-me que isso foi um caso de graves mal-entendidos entre todas as partes. Se for gentil e nos der hospedagem para esta noite na guarita, Claymore, partiremos pela manhã.

Os pés calçados de botas atingiram o chão de pedra enquanto todos saíam. Jenny estava quase no topo da escada quando gritos e um urro de seu pai congelaram seu sangue:

— DESGRAÇADO! Você o *matou*! Eu vou matar...

O som do coração de Jenny batendo forte pareceu afogar tudo o mais enquanto ela se virava e começava a correr pelas escadas. Ao passar pela mesa, viu homens inclinados sobre algo perto da porta, e Royce, seu pai e Malcolm sendo contidos à ponta de espada.

Então, os homens inclinados perto da porta lentamente se levantaram e recuaram.

William estava deitado no chão com o cabo de uma adaga se destacando no peito, em uma poça de sangue que se espalhava ao seu redor. O grito de Jenny cortou o ar quando ela correu para o corpo.

— William!

Jogando-se ao lado dele, sussurrando seu nome, procurava desesperadamente sentir seu pulso, mas não havia nenhum. Jenny passava as mãos pelos braços e pelo rosto do irmão.

— William! Ah, por favor... — gritava, implorando-lhe para não morrer. — William, por favor, *não*! William...

Os olhos de Jenny se detiveram na adaga, com a figura de um lobo gravada no cabo.

— Prenda o desgraçado! — gritou seu pai atrás dela, tentando se esgueirar até Royce enquanto era impedido por um homem do rei.

Lorde Hastings disse bruscamente:

— A adaga de seu filho está no chão. Ele deve tê-la desembainhado. Não há prisão a ser feita. Soltem Claymore — falou aos seus homens.

Royce aproximou-se dela:

— Jenny... — começou, tenso, mas ela se virou como um daroês e, quando se aproximou, segurava a adaga de William.

— Você o *matou*! — sibilou, com seus vívidos olhos cheios de dor, lágrimas e fúria, enquanto lentamente se endireitava.

Dessa vez, Royce não subestimou a habilidade ou a intenção dela. Com os olhos fixos nos dela, aguardava pelo momento em que ela atacaria.

— Largue a adaga — disse com a voz serena.

Ela a levantou mais alto, apontou para o coração dele e gritou:

— Você *matou* meu *irmão*!

A adaga cortou o ar, e Royce agarrou firmemente o pulso de Jenny, torceu-o, e ela soltou a adaga, que caiu girando no chão. Porém, mesmo assim, ainda teve de se esforçar para contê-la.

Enlouquecida de tristeza e dor, ela se jogou sobre ele, golpeando seu peito com os punhos; então, ele a puxou firmemente contra si.

— Seu demônio! — gritava ela histericamente quando levaram seu irmão para fora. — Demônio, demônio, *demônio*!

— Escute-me! — ordenou Royce de um modo firme, agarrando os pulsos dela. Os olhos de Jenny estavam cheios de ódio e vidrados com lágrimas que ela não podia derramar. — Eu disse a ele que ficasse se quisesse falar com você. — Royce soltou os pulsos de Jenny enquanto concluía com dureza: — Quando comecei a me virar para levá-lo lá para cima, ele estava pegando a adaga.

A mão de Jennifer atingiu o rosto dele com toda a força.

— Mentiroso! — sibilou, com o coração batendo forte. — Você queria vingança porque acreditava que eu estava conspirando com meu pai! Vi isso em seu rosto. Você queria vingança e matou a primeira pessoa que cruzou seu caminho.

— Eu lhe digo: ele puxou a adaga! — disse Royce, mas, em vez de acalmá-la, isso a enfureceu, e com razão:

— *Eu* também puxei uma adaga para você — gritou ela furiosamente —, mas você a tirou tão facilmente quanto o brinquedo de uma criança! William tinha a metade do seu tamanho, mas você não o afastou, você o *assassinou*!

— Jennifer!

— Você é um *animal*! — sussurrou ela, olhando-o como se ele estivesse sujo. Pálido, sentindo culpa e remorso, Royce tentou mais uma vez convencê-la:

— Você tem a minha palavra que...

— Sua *palavra*...! — exclamou com desdém. — A última vez que me deu a sua *palavra*, você disse que não machucaria minha família!

A segunda bofetada no rosto de Royce foi tão forte que jogou a cabeça dele para o lado.

Ele a deixou ir e, quando a porta do seu quarto bateu, Royce caminhou até a lareira. Apoiando as botas em um cepo, enfiou os polegares na parte de trás do cinto e olhou para as chamas, enquanto dúvidas sobre a intenção do irmão de Jenny começaram a martelar em sua mente.

Tudo havia acontecido muito rapidamente. William estava bem próximo, atrás de Royce, quando o duque estava perto da porta observando seus convidados indesejáveis partirem. Pelo canto dos olhos, Royce viu uma adaga saindo da bainha, e sua reação foi instintiva. Se houvesse tido algum tempo para pensar, ou se William não estivesse tão colado às suas costas, teria reagido com menos instinto e mais cautela.

Agora, no entanto, em retrospectiva, ele lembrava perfeitamente que havia avaliado o jovem antes de convidá-lo a permanecer para ver Jenny, e não o considerara perigoso.

Royce levantou a mão e apertou um ponto entre as sobrancelhas com o polegar e o indicador, e fechou bem os olhos, mas não podia calar a verdade: ou seus instintos sobre William não representar uma ameaça estavam errados ou ele simplesmente havia matado um jovem que estava desembainhando a adaga apenas por precaução, no caso de Royce tentar enganá-lo.

A dúvida de Royce irrompeu em uma culpa quase insuportável. Vinha julgando homens e o perigo que representavam para si havia treze anos, e nunca se enganara. Naquela noite, julgara William inofensivo.

23

Na semana que se seguiu, Royce se confrontou com a primeira muralha que não conseguia romper: a muralha de gelo que Jennifer construíra para se isolar dele.

Na noite anterior, ele tinha ido até ela, pensando que, se fizessem amor, a paixão poderia descongelá-la. Não funcionou. Ela não o evitou; simplesmente desviou o rosto dele e fechou bem os olhos. Quando saiu da cama, sentiu-se como o animal de que ela o havia chamado. Na noite anterior, com fúria e frustração, tentou confrontá-la sobre o assunto de William, provocando uma briga, pensando que a ira poderia ter sucesso onde a cama não havia tido. Entretanto, Jennifer não tinha mais disposição para discutir. Com um silêncio gélido, ela entrou no quarto e fechou a porta com o ferrolho.

Agora, sentado ao seu lado na ceia, olhava para ela, mas não conseguia pensar em nada para dizer. Não que precisasse falar, pois seus cavaleiros, conscientes do silêncio entre ele e Jennifer, tentavam encobri-lo com uma jovialidade forçada. Na verdade, as únicas pessoas à mesa que pareciam ignorar o ambiente eram Lady Elinor e Arik.

— Estou vendo que todos gostaram de meu ensopado de veado — disse Lady Elinor, radiante com as travessas e os pratos vazios, aparentemente inconsciente do fato de Jennifer e Royce terem comido muito pouco. Seu sorriso sumiu, no entanto, ao ver que Arik acabara de devorar outro ganso.

— Exceto você, querido menino — disse ela com um suspiro. — Você é a *última* pessoa que deveria comer ganso! Isso só agrava seu problema, você sabe, exatamente como eu disse. Fiz esse belo ensopado de veado para *você*, e você não tocou nele.

— Não se importe com isso, minha senhora — disse Sir Godfrey, empurrando o prato para o lado e acariciando a barriga inchada. — *Nós* comemos, e estava delicioso!

— Delicioso! — proclamou Sir Eustace com, entusiasmo.

— Maravilhoso! — declarou Sir Lionel.

— Soberbo! — concordou Stefan Westmoreland calorosamente, olhando com preocupação para o irmão.

Só Arik ficou em silêncio, porque sempre ficava em silêncio.

Quando Lady Elinor deixou a mesa, no entanto, Godfrey dirigiu-se a Arik com raiva:

— O mínimo que poderia ter feito era provar. Ela fez isso especialmente para você.

Muito lentamente, Arik colocou a coxa de ganso no prato e virou a enorme cabeça para Godfrey, com olhos azuis tão frios que Jenny, inconscientemente, respirou fundo e segurou a respiração, à espera de algum enfrentamento físico.

— Não dê atenção a ele, Lady Jennifer — disse Godfrey, notando sua angústia.

Depois da ceia, Royce saiu do salão e passou uma hora falando superficialmente com o sargento da guarda. Quando voltou, Jennifer estava sentada perto do fogo em meio aos cavaleiros, virada de lado para ele. O tópico da conversa era, evidentemente, a obsessão de Gawin por Lady Anne, e Royce deu um suspiro de alívio quando notou um leve sorriso nos lábios de Jennifer. Era a primeira vez que sorria em sete dias.

Em vez de se juntar ao grupo e correr o risco de estragar o humor dela, Royce encostou o ombro contra um arco de pedra, bem fora do campo de visão da esposa, e pediu a um servo para lhe trazer uma caneca de cerveja.

— Fosse eu um cavaleiro — Gawin estava explicando a ela, inclinando-se ligeiramente para a frente, com o rosto juvenil tenso de desejo por Lady Anne —, desafiaria Roderick para me enfrentar nos torneios do vilarejo!

— Excelente! — brincou Sir Godfrey. —Assim, Lady Anne poderia chorar sobre seu cadáver depois que Roderick acabasse com você.

— Roderick não é mais forte que eu! — disse Gawin, ferozmente.

— A que torneios você se refere? — perguntou Jennifer, tentando distraí-lo um pouco do antagonismo inútil que ele sentia por Sir Roderick.

— Um encontro anual realizado aqui no vale após as colheitas serem feitas. Os cavaleiros vêm de longe, de até quatro ou cinco dias de viagem, para participar.

— Entendi — disse ela, embora já tivesse ouvido comentários muito empolgados entre os servos a respeito das disputas. — E todos vocês vão participar deles?

— Nós iremos — respondeu Stefan Westmoreland e, antecipando sua pergunta não feita, acrescentou calmamente: — Royce não vai, pois pensa que são inúteis.

O coração de Jenny disparou com a menção ao nome dele. Mesmo agora, depois do que ele havia feito, a visão do rosto áspero de Royce fazia seu coração clamar por ele. No dia anterior, ela havia acordado ainda de madrugada, lutando contra a estúpida vontade de ir até ele e pedir-lhe para aliviar a dor em seu coração. Que tolo o desejo de pedir à mesma pessoa que causara a dor para que a curasse; ainda assim, durante a ceia, um pouco antes, quando a manga dela lhe tocou o braço, ela queria abrigar-se nos braços dele e chorar.

— Talvez Lady Jennifer ou Lady Elinor — disse Eustace, arrancando Jennifer de seu triste devaneio — pudessem sugerir algo menos perigoso para sua vida como forma de ganhar o coração de Lady Anne, algo que não fosse uma justa com Roderick.

Levantando as sobrancelhas, ele se voltou para Jennifer.

— Bem, deixe-me primeiro pensar por um minuto — respondeu ela, aliviada por ter algo em que se concentrar além da morte do irmão e da perversa traição do marido. — Tia Elinor, a senhora tem alguma ideia?

Tia Elinor afastou o bordado, inclinou a cabeça para o lado e sugeriu:

— Tenho! No meu tempo, havia um costume antigo que *me* impressionou muito quando eu era donzela.

— É mesmo, senhora? — perguntou Gawin. — O que eu deveria fazer?

— Bem — disse ela, sorrindo com a lembrança. — Você deveria ir até o portão do castelo de Lady Anne e gritar a todos que lá estivessem que ela é a donzela mais bonita do mundo.

— Que proveito isso traria? — inqueriu Gawin, perplexo.

— Então — explicou tia Elinor —, você desafiaria qualquer cavaleiro no castelo que discordasse de você a sair e enfrentá-lo. Naturalmente, vários deles teriam que enfrentar seu desafio, a fim de livrar a cara com a esposa. E — terminou ela, deliciada — aqueles cavaleiros a quem você vencesse teriam que ir até Lady Anne, ajoelhar-se diante dela e dizer-lhe: "Eu me submeto à sua graça e à sua beleza!".

— Ah, tia Elinor! — riu Jenny. — Realmente faziam isso no seu tempo?

— Com toda a certeza! Era o costume até muito recentemente.

— E não tenho dúvidas — disse Stefan Westmoreland, de modo galanteador — de que muitos cavaleiros foram vencidos por seus justos pretendentes, milady, e enviados para se ajoelhar diante da senhora.

— Que discurso bonito! — disse Lady Elinor, com aprovação. — Agradeço a você. E isso prova — acrescentou a Gawin — que esse cavalheirismo não está caindo em desuso nem um pouco.

— Mas isso não vai me ajudar — suspirou Gawin. — Enquanto eu não for nomeado cavaleiro, não posso desafiar nenhum outro. Roderick riria na minha cara se eu ousasse, e quem o culparia?

— Talvez algo mais gentil do que a luta ganharia o coração de sua *lady* — apresentou Jenny com simpatia.

Royce ouviu mais atentamente, esperando por alguma pista sobre como enternecer o coração *dela*.

— Como o que, milady? — perguntou Gawin.

— Bem, existem músicas e canções...

Os olhos de Royce se estreitaram em desânimo ao pensar em ter de cantar para Jenny. Sua voz profunda de barítono seguramente traria todos os cães de caça em quilômetros para ganir e morder seus calcanhares.

— Você aprendeu a tocar alaúde, ou algum instrumento, quando era um pajem, não é? — perguntou Jenny a Gawin.

— Não, minha senhora — confessou Gawin.

— Mesmo? — perguntou Jenny, surpresa. — Pensei que fosse parte do treinamento de um pajem aprender a tocar um instrumento.

— Fui enviado para Royce como pajem — informou Gawin com orgulho —, não para o castelo de um lorde e uma *lady* casados. E Royce diz que um alaúde é tão inútil na batalha quanto um punho sem espada, a menos que eu possa girá-lo sobre a cabeça e lançá-lo em meu adversário.

Eustace lhe endereçou um olhar ameaçador por ele estar rebaixando Royce mais ainda aos olhos de Jennifer, mas Gawin estava muito preocupado com o problema de Lady Anne para notar.

— O que mais posso fazer para conquistá-la? — perguntou.

— Acho que poesia! — disse Jennifer. — Você poderia chamá-la e recitar um poema para ela, um do qual você particularmente goste.

Royce franziu a testa, tentando lembrar poemas, mas o único de que recordava era:

> Carmem era uma verdadeira dama,
> Muito boa de levar para a cama...

O rosto de Gawin parecia desanimado e ele balançou a cabeça.

— Acho que não conheço nenhum poema... Sim! Royce me citou um certa vez. Era: "Carmem era uma verdadeira..."

— *Gawin!* — disparou Royce antes que pudesse se conter, e o rosto de Jennifer congelou ao som de sua voz. Mais calmamente, Royce disse: — Não é esse tipo de rima que Lady Jennifer tem em mente.

— Bem, então, o que devo fazer? — perguntou Gawin. Com a esperança de que seu ídolo pensasse em uma maneira mais máscula de impressionar uma mulher, perguntou a Royce: — O que *você* fez a primeira vez que desejou impressionar uma mulher, ou já era cavaleiro e pôde mostrar a ela seu valor no campo de honra?

Sem poder continuar a observar Jennifer em segredo, Royce caminhou até o grupo e apoiou o ombro na chaminé, ficando de pé ao lado dela.

— Eu ainda não era cavaleiro — respondeu ironicamente, aceitando a caneca de cerveja que o servo lhe entregou.

Jennifer percebeu um olhar divertido entre Stefan e Royce, e foi poupada de ter de perguntar sobre os detalhes por Gawin, que insistiu:

— Quantos anos você tinha?

— Oito, se bem me lembro.

— O que você fez para impressioná-la?

— Eu... eu... organizei um concurso com Stefan e Godfrey para que pudesse deslumbrar a donzela com uma habilidade da qual eu era particularmente orgulhoso na época.

— Que tipo de concurso? — perguntou Lady Elinor, completamente absorvida pelo assunto.

— Um concurso de *cuspidas* — respondeu Royce sucintamente, observando as feições de Jenny, imaginando se ela estaria sorrindo por suas fraquezas juvenis.

— Você ganhou? — indagou Eustace, rindo.

— Claro! — declarou Royce, de um modo seco. — Naquela época, eu podia cuspir mais do que qualquer garoto na Inglaterra. Além disso — acrescentou —, eu havia tomado a precaução de subornar Stefan e Godfrey.

— Vou me retirar agora — disse Jenny educadamente enquanto se punha de pé.

Royce abruptamente decidiu contar a todos as notícias, em vez de ocultá-las de Jennifer, agora que o assunto já havia surgido.

— Jennifer — disse ele com o mesmo tom cortês que ela havia usado —, as justas anuais que acontecem aqui foram transformadas em um torneio completo este ano. No espírito da nova trégua entre nossos dois países, Henrique e Tiago decidiram que os escoceses serão convidados a participar.

Ao contrário de uma justa, que era uma disputa de habilidade entre dois cavaleiros, um torneio era uma batalha simulada, com ambos os lados se atacando mutuamente, vindo das extremidades opostas do campo, empunhando armas, embora de tipos e tamanhos limitados. Mesmo sem um ódio virulento entre os competidores, os torneios eram tão perigosos que, quatrocentos anos antes, os papas haviam conseguido proibi-los por quase dois séculos.

— Um mensageiro enviado por Henrique veio hoje confirmando as mudanças — acrescentou Royce. Enquanto ela continuava a considerá-lo com polida falta de interesse, Royce acrescentou: — A decisão foi tomada por nossos reis ao mesmo tempo que a trégua foi assinada.

Foi só quando ele acrescentou que participaria dos torneios que ela pareceu compreender a importância do que ele estava dizendo. Nesse momento, olhou para ele com desdém, virou-lhe as costas e saiu do salão. Royce a observou se afastar e, com frustração, levantou-se e foi atrás dela, alcançando-a assim que Jenny abriu a porta do quarto. Ele manteve a porta aberta para a esposa, entrou depois dela e fechou. Na frente dos cavaleiros, ela havia mantido silêncio, mas agora, em particular, virou-se para ele com uma amargura quase maior do que aquela que tinha expressado na noite da morte de William:

— Imagino que os cavaleiros do sul da Escócia vão participar dessa pequena festa noturna.

— Sim — disse ele de um modo enfático.

— E isso não é mais uma justa? É um *torneio* agora? — acrescentou ela. — E, é claro, é por isso que *você* vai participar?

— Vou fazer isso porque me foi ordenado fazê-lo!

A raiva se esvaiu de seu rosto, deixando-a tão branca quanto pergaminho e desalentada. Ela encolheu os ombros.

— Tenho outro irmão. Eu não o amo tanto quanto amava William, mas ele deve, pelo menos, dar-lhe um pouco mais de diversão antes de você matá-lo. É quase do seu tamanho. — Seu queixo tremia e seus olhos brilhavam por causa das lágrimas. — E há também meu pai. É mais velho do que você, mas um cavaleiro muito habilidoso. A morte dele vai diverti-lo. Espero — disse ela, quebrantada — que você tenha coração... que ache *possível* — modificou, deixando claro que não considerava que ele tivesse coração — não assassinar minha irmã. *Ela é* tudo o que me sobrou.

Mesmo sabendo que ela não queria que a tocasse, Royce não conseguiu evitar puxá-la para seus braços. Quando Jenny se enrijeceu, mas não lutou, ele encostou a cabeça dela em seu peito, afagando seu cabelo acetinado.

— Jenny, por favor, *por favor*, não faça isso! Não sofra tanto. Chore, pelo amor de Deus! Grite comigo de novo, mas não me olhe como um assassino.

E, então, ele entendeu.

Entendeu exatamente por que a amava e quando passou a amá-la: sua mente voltou para a clareira no mato, quando um anjo vestido como um pajem olhou para ele com olhos azuis brilhantes e lhe disse suavemente: *As coisas que dizem sobre você, as coisas que dizem que você fez, não são verdadeiras. Eu não acredito nelas.*

Agora ela acreditava em *tudo* que se dizia sobre ele, e com razão. Perceber isso doeu mil vezes mais do que qualquer ferimento que Royce já tivesse sofrido.

— Se você chorar — sussurrou, acariciando os cabelos brilhantes de Jenny —, vai se sentir melhor.

Porém, instintivamente, ele sabia que sugeria algo impossível. Ela havia passado por muitas coisas e segurado as lágrimas por tanto tempo que Royce duvidava que qualquer coisa pudesse forçá-la a derramá-las. Ela não havia chorado quando falou de Becky, sua amiga que havia morrido, nem sobre a morte de William.

Uma menina de catorze anos com coragem e espírito suficientes para enfrentar seu irmão armado no campo de honra não choraria pelo marido, a quem odiava. Não quando não havia chorado pela amiga ou mesmo pelo irmão mortos.

— Sei que você não vai acreditar nisso — sussurrou ele, com dor —, mas *vou* manter a minha palavra. Não machucarei sua família, nem qualquer membro do seu clã no torneio. Juro.

— Por favor, solte-me — disse ela, com a voz sufocada.

Ele não conseguia deixar de estreitar o abraço.

— Jenny — sussurrou, e Jenny queria morrer porque, mesmo agora, ela amava o som do seu nome nos lábios dele.

— Não me chame assim de novo — disse ela com a voz rouca.

Royce respirou longa e dolorosamente.

— Ajudaria se eu dissesse que amo você?

Ela se libertou, mas não havia raiva em seu rosto.

— A quem você está tentando ajudar?

Os braços de Royce penderam ao lado do corpo.

— Você está certa — concordou.

24

— Quantos deles a senhora pensa que estão lá fora, milady? — perguntou Agnes, parada ao lado de Jenny no passadiço. Ela vinha trabalhando tão duramente na última semana que Jenny insistiu que saísse para tomar um pouco de ar.

Jenny olhou para o incrível espetáculo que resultara da ordem do rei Henrique de que o Lobo participasse do que antes era uma "justa local".

Nobres, cavaleiros e espectadores da Inglaterra, da Escócia, da França e do País de Gales chegavam aos milhares, e o vale e as colinas ao redor estavam completamente forrados de tendas de cores vivas e pavilhões que cada novo grupo erguera para seu conforto. "Parece", pensou Jenny, "um mar de cores, salpicado de estampas e pontilhado com bandeiras".

Em resposta à pergunta de Agnes, Jenny sorriu, cansada:

— Penso que seis ou sete mil. Talvez mais.

E ela sabia por que todas aquelas pessoas estavam ali: tinham esperança de confrontar suas habilidades contra o lendário Lobo de Henrique.

— Olhe, lá vem outro grupo — disse Jenny, balançando a cabeça para o leste, onde cavaleiros montados e homens a pé apareciam no horizonte.

Chegavam em grupos de cem ou mais pessoas havia quase uma semana, e agora Jenny estava familiarizada com a rotina das casas de equitação da Inglaterra. Primeiro, vinha um pequeno grupo, incluindo um trombeteiro que anunciava à vizinhança a chegada de seu ilustre senhor. Eles iam até Claymore para anunciar a chegada iminente, o que agora não fazia diferença, porque todos os quartos de Claymore, dos sessenta na casa de hóspedes até o menor acima do salão, estavam cheios de convidados. Tão lotado estava o castelo que todos os atendentes e servos dos nobres haviam sido obrigados a ficar do lado de fora dos portões, onde se arranjavam por conta própria, sob os pavilhões familiares.

Depois que os trombeteiros e a escolta chegavam, vinha um grupo maior, incluindo o lorde e sua esposa, montados em cavalos ricamente adornados. Em seguida, vinham grupos de servos e carroções com as tendas e tudo o que era exigido: toalhas de mesa, pratos, joias, tigelas, panelas, camas e até mesmo tapeçarias.

Tudo isso já se havia tornado uma visão comum para Jenny nos últimos quatro dias. Famílias, acostumadas a viajar até 160 quilômetros entre seus castelos, não se importavam em ir tão longe para ver o que prometia ser o maior torneio de suas vidas.

— Nunca vimos nada assim... nenhum de nós — disse Agnes.

— Os aldeões estão fazendo o que ordenei?

— Sim, milady, e seremos para sempre gratos à senhora por isso. Em uma semana, todos recebemos mais moedas do que conseguiríamos na vida toda, e ninguém teve a ousadia de tentar nos enganar, como fizeram todos os outros anos, quando vinham para o torneio.

Jenny sorriu e tirou os cabelos da nuca, deixando a brisa do final de outubro refrescá-la. Quando as famílias chegavam ao vale e as tendas começavam a ser erguidas, exigia-se que os aldeões entregassem seu gado para uso privado, e poucas moedas sem valor eram dadas às famílias que haviam criado os animais.

Ela descobriu que isso estava acontecendo e, agora, todas as casas do vale e todo o gado exibiam um emblema com a cabeça de um lobo, emblema que ela havia tomado de guardas, cavaleiros, armaduras e de qualquer outro lugar onde os encontrasse. A presença dele indicava que o objeto era do Lobo ou estava sob sua proteção.

— Meu marido — explicara ela enquanto os distribuía às centenas de servos e aldeões reunidos no pátio de armas — não permitirá que seu povo seja tratado de maneira vil por quem quer que seja. Podem vender o que desejarem, *mas* — aconselhou, sorrindo —, se eu estivesse no lugar de vocês, com algo que *todos* desejam comprar, teria o cuidado de vender para quem oferecesse mais, e não para o primeiro que oferecesse qualquer coisa.

— Quando tudo isso acabar — replicou Jenny a Agnes —, vou descobrir onde podemos obter os novos teares sobre os quais falei às mulheres do vilarejo. Se o dinheiro que ganharem essa semana for destinado para coisas como esta, o lucro com a venda do que tecerem gerará mais lucro ainda. Pense nisso — acrescentou. — Uma vez que esse torneio é anual, todos deveriam planejar ter mais gado e outras coisas para vender no próximo ano. Há uma grande oportunidade diante de vocês. Discutirei o assunto com o duque e com nossos oficiais de justiça e, se quiserem, ajudarei a todos vocês no planejamento.

Agnes a encarou com os olhos marejados.

— A senhora foi uma bênção enviada pelo próprio Senhor, milady. *Todos* pensamos assim e sentimos muito pelo modo como a recebemos quando chegou aqui. Todos sabem que a senhora me ouve, por eu ser sua serva particular, e pedem todos os dias que eu me certifique de que a senhora saiba o quanto somos gratos.

— Obrigada — disse Jenny simplesmente. Com um sorriso irônico, acrescentou: — É justo, porém, dizer-lhe que minhas ideias sobre lucrar com torneios, teares e outras coisas são típicas de uma escocesa. Somos um tanto prósperos, sabe?

— A senhora é inglesa agora, se me perdoa dizer. Casou-se com nosso senhor, e isso a torna uma de nós.

— Sou escocesa — disse Jenny, calmamente. — Nada mudará isso, nem eu quero que mude.

— Sim, mas amanhã, no torneio — disse Agnes, com nervosa determinação —, todos em Claymore e no vilarejo esperamos que a senhora esteja sentada ao *nosso* lado.

Jenny dera permissão para todos os servos participarem do torneio do dia seguinte, que era o mais importante, ou do posterior, e a atmosfera dentro do castelo estava positivamente tensa, pois todos os que ali viviam ou trabalhavam estavam empolgados com o evento.

Foi poupada da necessidade de responder à pergunta silenciosa de Agnes sobre onde pretendia se sentar, graças à chegada de cavaleiros montados e preparados para escoltá-la na saída do pátio de armas. Ela dissera a Royce que queria visitar o pavilhão Merrick no extremo oeste do vale, e ele concordou, porque não tinha escolha, Jenny sabia, mas sob a condição de ela ser escoltada por seus homens. No pátio, viu a "escolta" que Royce evidentemente considerava necessária: todos os quinze homens de sua guarda particular, incluindo Arik, Stefan, Godfrey, Eustace e Lionel, estavam a cavalo e armados.

A certa distância, o vale de tendas de cor brilhante e pavilhões listrados era ainda mais vívido e festivo do que parecia quando avistado do passadiço. Onde houvesse espaço, acontecia um treino de justas e, diante de cada tenda onde um cavaleiro estava alojado, sua bandeira e sua lança estavam fincadas no chão. Em todos os lugares havia cores: tendas com largas franjas vermelhas, amarelas e azuis; galhardetes, escudos e brasões com falcões vermelhos, leões de ouro e barras verdes, alguns quase completamente cobertos com tantos símbolos que Jenny não podia deixar de sorrir ao vê-los.

Pelas abas abertas das tendas maiores, vislumbrou belíssimas tapeçarias e roupas de linho claro espalhadas por mesas, nas quais cavaleiros e famílias inteiras jantavam em pratos de prata e bebiam de cálices com joias. Algumas estavam sentadas em almofadas de seda; outras tinham cadeiras tão requintadas quanto as do grande salão de Claymore.

Repetidamente, saudações eram dadas por amigos a um ou outro dos cavaleiros de Royce, mas, embora sua escolta nunca parasse, demorou quase uma hora para cruzar o vale e subir a encosta ocidental. Assim como na vida prática, ali os escoceses também não se misturavam com os odiados ingleses, pois, enquanto o vale era domínio dos ingleses, a colina do norte pertencia aos escoceses. Além disso, a elevação ocidental era província dos franceses. Uma vez que os parentes de Jenny foram os últimos a chegar a Claymore, suas tendas foram levantadas na parte de trás da encosta ao norte, bem acima das demais. Ou talvez, pensou Jenny, seu pai tivesse preferido o local porque o colocava um pouco mais perto do imponente platô onde se encontrava o castelo de Claymore.

Olhou para os "campos inimigos" ao redor, todos em paz por enquanto. Os séculos de animosidade acumulada haviam sido temporariamente deixados de lado, já que todas as facções observavam a antiga tradição que assegurava a qualquer cavaleiro passagem segura e habitação pacífica enquanto participasse de um torneio. Como se lesse seus pensamentos, Stefan lhe disse:

— Provavelmente esta é a primeira vez em décadas que tantas pessoas dos três países ocupam o mesmo território sem lutar por isso.

— Estava pensando exatamente o mesmo — admitiu Jenny, assustada com a observação dele. Embora Stefan sempre a tratasse com cortesia, ela sentia que ele a desaprovava cada vez mais desde seu distanciamento de Royce. Pensava que a considerava irracional. Talvez, se não a fizesse se lembrar de modo tão doloroso do irmão, ela tivesse tentado estabelecer com ele o mesmo relacionamento afetuoso que tinha com Godfrey, Eustace e Lionel. Eles trilharam cautelosamente o vasto abismo entre Royce e ela, mas era óbvio, pelo comportamento deles, que pelo menos entendiam o lado dela no conflito. Também era óbvio que acreditavam que o afastamento entre o casal era trágico, mas não irreparável. Não ocorreu a Jenny que o irmão de Royce, muito mais do que seus amigos, poderia estar muito mais ciente de como o Lobo sentia o distanciamento e quanto lamentava as próprias ações.

A razão para a atitude mais afável de Stefan naquele dia não era um mistério para Jenny: o pai dela avisara, por mensageiro, que eles chegariam na noite anterior, e Brenna havia incluído uma mensagem pessoal, a qual Jenny entregara, sem ler, a Stefan.

Jenny enviara o mensageiro de volta ao pai, dizendo-lhe que iria até ele. Queria tentar explicar e se desculpar por sua reação exagerada e injusta à tentativa dele de enviá-la a um convento. Acima de tudo, estava ali para lhe pedir perdão pela culpa que, inadvertidamente, tinha na morte de William. Fora ela quem pedira a Royce que deixasse William ficar. E, sem dúvida, fora a indignação dela com o convento que havia angustiado William e irritado Royce.

Não esperava que o pai ou o restante do clã a perdoassem, mas precisava tentar explicar. Na verdade, preferia ser tratada como uma pária, mas, quando chegou às tendas de Merrick, concluiu que não seria o caso. Seu pai veio à entrada da tenda e, antes que Stefan Westmoreland pudesse descer do cavalo e ajudá-la, Lorde Merrick a pegou pela cintura. Outros membros do clã saíram das tendas e, de um momento para outro, Jenny estava envolvida em abraços e tinha a mão acariciada por Garrick Carmichael e Hollis Fergusson. Até mesmo Malcolm colocou o braço em seus ombros.

— Jenny! — gritou Brenna quando finalmente chegou à irmã. — Estava com saudade de você! — acrescentou, abraçando-a fortemente.

— Também estava com saudades de você — respondeu Jenny, a voz embargada de emoção, por causa da bondosa recepção que lhe tinham dado.

— Entre, minha querida — insistiu o pai e, para espanto de Jenny, foi *ele* quem se desculpou por entender mal o desejo *dela* de ir para o convento, em vez de ir morar com o marido. Isso deveria tê-la feito se sentir melhor, mas, em vez disso, sentiu-se ainda mais culpada.

— Isso era de William — disse o pai, entregando-lhe a adaga ornamentada do filho. — Sei que ele amava você mais do que a qualquer um de nós,

Jennifer, e ele gostaria que você ficasse com isso. Gostaria que você a usasse amanhã no torneio, em homenagem a ele.

— Sim... — disse Jenny, com os olhos marejados —, vou usá-la.

Em seguida, contou-lhe como precisaram colocar William em uma cova comum em um terreno profano; falou sobre as orações que fizeram pelo corajoso futuro senhor de Merrick, morto antes de seu auge. Quando terminou, Jenny sentiu como se William tivesse morrido de novo, tão fresco tudo estava em sua mente.

Quando chegou a hora de partir, seu pai apontou para um baú no canto da tenda.

— Essas são as coisas da sua mãe, minha querida — disse-lhe enquanto o pai de Becky e Malcolm o carregavam para fora. — Eu sabia que você gostaria de tê-las, especialmente porque tem que morar com o assassino do seu irmão. Serão um consolo e um lembrete de que você é e sempre será a condessa de Rockbourn. Tomei a liberdade — acrescentou quando chegou o momento de Jenny ir embora — de colocar sua própria bandeira, a de Rockbourn, erguida ao lado da nossa no pavilhão no torneio de amanhã. Achei que você gostaria disso lá, acima de você, enquanto nos observa lutar contra o vil assassino de seu querido William.

Jenny estava tão aturdida com a dor e a culpa que mal podia falar e, quando saíram da tenda do pai sob a luz minguante da tarde, descobriu que todos a quem não tinha visto quando chegou aguardavam para cumprimentá-la. Foi como se todo o vilarejo ao redor de Merrick tivesse ido, junto com seus parentes.

— Sentimos a sua falta, senhora — disse o armeiro.

— Nós a deixaremos orgulhosa amanhã — disse um primo distante que nunca havia *gostado* dela —, assim como nos deixa orgulhosos por ser escocesa.

— O rei Tiago — anunciou seu pai, de modo que podia ser ouvido por todos — ordenou que eu lhe transmitisse seus cumprimentos pessoais e uma exortação para que nunca se esqueça dos pântanos e das montanhas de sua terra natal.

— Esquecer? — perguntou Jenny em um sussurro. — Como eu conseguiria isso?

Seu pai a abraçou longa e ternamente, um gesto tão incomum para ele que Jenny quase desmoronou e implorou para que não retornasse a Claymore.

— Espero — acrescentou enquanto a levava até o cavalo — que sua tia Elinor esteja cuidando muito bem de todos.

— Cuidando de todos? — repetiu Jenny, inexpressivamente.

— Hã... — corrigiu ele rápida e vagamente —, que ela esteja fazendo suas tisanas e curativos enquanto está com você. Para assegurar que fique bem.

Jenny assentiu distraidamente, apertando a adaga de William e pensando nas muitas viagens da tia Elinor às florestas para buscar ervas. Estava prestes a montar no cavalo quando o olhar desesperado e suplicante de Brenna a fez se lembrar da mensagem cuidadosamente redigida que lhe enviara na noite anterior.

— Pai — disse, virando-se para ele, sem precisar fingir seu desejo —, seria possível Brenna voltar comigo e passar a noite em Claymore? Iremos juntas ao torneio.

Por um instante, o rosto do pai se endureceu; então, um pequeno sorriso apareceu em seus lábios e ele assentiu no mesmo instante.

— Pode garantir a segurança dela? — acrescentou ele, quase como uma reflexão tardia.

Jenny assentiu.

O Conde de Merrick permaneceu do lado de fora de sua tenda com Malcolm por vários minutos depois de as duas terem partido com sua escolta armada, observando-as.

— Acha que funcionou? — perguntou Malcolm, o olhar gélido e desdenhoso fixo nas costas de Jenny.

Lorde Merrick assentiu e respondeu:

— Nós a fizemos se lembrar de seu dever, e ele superará qualquer desejo que tenha pelo Assassino. Ela se sentará em nosso pavilhão e torcerá por nós contra os ingleses diante dos olhos do marido e de todo o povo dele.

Malcolm não fez nenhum esforço para esconder sua aversão à meia-irmã ao perguntar, com satisfação:

— Mas vai nos aplaudir enquanto o matamos em campo? Duvido. Na noite em que fomos a Claymore, ela praticamente se jogou nos braços dele e *implorou* para que ele a perdoasse por pedir a você que a enviasse para uma abadia.

Lorde Merrick se virou, os olhos frios como gelo.

— Meu sangue flui nas veias dela. Ela me ama e se curvará à minha vontade. Já o fez, embora não perceba.

O PÁTIO DE armas estava iluminado pela chama alaranjada das tochas e tumultuado com convidados sorridentes e servos fascinados que observavam Royce fazer do escudeiro de Godfrey um cavaleiro. Por causa dos seiscentos convidados, trezentos vassalos e servos presentes, decidiu-se que essa parte da cerimônia ocorreria no pátio, e não na capela.

Bem à frente, Jenny permanecia em silêncio com um sorriso singelo no rosto enquanto suas dores eram temporariamente vencidas pela cerimônia e pela pompa que acompanhava o ritual. O escudeiro, um jovem musculoso chamado Bardrick, estava ajoelhado diante de Royce, vestido com a simbólica túnica branca longa, o manto e o capuz vermelhos, e a capa preta. Ele havia jejuado por vinte quatro horas e passara a noite na capela rezando e meditando. Ao nascer do sol, confessou-se ao frei Gregory, ouviu a missa e participou do santo sacramento.

Agora, os outros cavaleiros e várias senhoras convidados participavam da cerimônia em que ele vestia sua nova e brilhante armadura, trazendo à frente cada peça, uma de cada vez, e colocando-a aos pés de Royce. Quando a última parte foi ali colocada, ele olhou para Jenny, que segurava as esporas douradas, o símbolo supremo da cavalaria, visto que somente os cavaleiros podiam usá-las.

Segurando a saia longa do seu vestido de veludo verde, Jenny caminhou até a frente e as colocou na grama, perto dos pés de Royce. Ao fazer isso, seus olhos foram atraídos para as esporas de ouro nos calcanhares das botas de couro do marido, que iam até os joelhos e, de repente, perguntou-se se a nomeação dele ao posto de cavaleiro no campo de batalha de Bosworth havia sido tão grandiosa quanto aquela.

Godfrey sorriu quando ela se aproximou, carregando a última e mais importante peça da indumentária: uma espada, apoiada em ambas as mãos. Quando foi colocada ao lado de Bardrick, Royce se inclinou para a frente e lhe fez três perguntas com a voz baixa e austera, que Jenny não pôde ouvir claramente. A resposta de Bardrick evidentemente satisfez Royce, pois o duque acenou com a cabeça. A tradicional acolada veio em seguida e, sem perceber, Jenny prendeu a respiração quando ele ergueu a mão em um amplo arco e desferiu uma retumbante bofetada no rosto de Bardrick.

O frei Gregory pronunciou rapidamente a bênção da igreja sobre o novo cavaleiro e o ar se encheu de saudações quando o agora Sir Bardrick se levantou e seu cavalo lhe foi trazido. De acordo com a tradição, ele correu para montar no corcel sem tocar os estribos e, depois, cavalgou pelo pátio apinhado da melhor forma possível, ao mesmo tempo em que jogava moedas para os servos.

Lady Katherine Melbrook, uma linda morena um pouco mais velha que Jenny, aproximou-se e sorriu, observando o cavaleiro cabriolar com o cavalo a fim de acompanhar os menestréis. Na semana anterior, Jenny ficara surpresa ao descobrir que ela gostava de vários ingleses, e ainda mais porque eles pareciam tê-la aceitado.

Fora uma mudança tão drástica comparada ao comportamento deles em Merrick, na noite de seu noivado, que Jenny ficou um pouco desconfiada. Katherine Melbrook era a única exceção, porque era tão franca e amigável Jenny confiara nela desde o primeiro dia, quando ela havia dito, com raiva: "Segundo os mexericos de servos, você é algo entre um anjo e uma santa. Disseram-nos", provocou ela, "que discutiu com seu próprio mordomo por ele ter surrado um dos seus servos dois dias atrás. E que um menino infame com uma excelente mira foi tratado com muita misericórdia".

A amizade entre elas surgiu a partir disso, e Katherine estava constantemente ao lado de Jenny, ajudando-a a tratar de questões e a dirigir os servos sempre que Jenny e tia Elinor estavam ocupadas com outras coisas.

Agora, desviara a atenção de Jenny de Sir Bardrick ao dizer, de modo provocativo:

— Está ciente de que seu marido, agora mesmo, olha para você com um olhar que até mesmo meu marido não romântico descreveria como *terno*?

Sem querer, Jenny olhou para a mesma direção que Katherine Melbrook. Royce estava cercado por um grupo de convidados, incluindo Lorde Melbrook, mas parecia estar absorto na conversa entre os homens.

— Ele desviou o olhar no momento em que você se virou — riu Katherine. — Mas *não* estava olhando para o outro lado à noite, quando Lorde Broughton estava pendurado nas suas saias. Ele parecia ferozmente enciumado. Quem poderia adivinhar — divagou alegremente — que nosso Lobo feroz se tornaria tão domesticado quanto um gatinho em menos de dois meses de casamento?

— Ele *não* é um gatinho — disse Jenny sem se conter e com tanta convicção que a expressão de Katherine mudou.

— Eu... por favor, perdoe-me! Deve estar passando por uma situação terrível. Todos nós entendemos, de verdade.

Os olhos de Jenny se arregalaram diante do fato de que seus sentimentos privados sobre Royce tivessem, de alguma forma, se tornado públicos. Apesar do distanciamento entre eles, concordaram, havia mais de uma semana, que quando convidados inesperados começaram a chegar para o torneio, não demonstrariam suas diferenças na frente dos outros.

— Todos entendem? — perguntou Jenny com cautela. — Entendem o quê?

— O quanto será difícil para você amanhã se sentar na galeria do seu marido no torneio e torcer por ele à vista dos seus parentes.

— Não tenho a intenção de fazer isso — disse Jenny, com calma firmeza.

A reação de Katherine não foi calma.

— Jenny, você *não está* planejando se sentar do outro lado... com os escoceses?

— Eu *sou* escocesa — disse Jenny, e sentiu um nó no estômago.

— Agora é uma Westmoreland! *Deus* mesmo decretou que uma mulher deve ser fiel ao seu marido! — Antes que Jenny pudesse responder, Katherine a pegou pelos ombros e disse, desesperadamente: — Você não percebe o que causará se tomar publicamente o lado dos adversários! Jenny, aqui é a Inglaterra e seu marido é... é uma lenda! Fará dele um *motivo de zombaria*! Todo mundo que gosta de você irá desprezá-la por isso, ao mesmo tempo em que vai ridicularizar seu marido por não ser capaz de conquistar a própria esposa. Por favor, imploro... não faça isso!

— Eu... tenho que lembrar meu marido da hora — interrompeu Jenny, desesperada. — Antes de percebermos que teríamos tantos convidados, esta noite havia sido reservada para que os vassalos viessem a Claymore, a fim de prestar o juramento de fidelidade.

Atrás de Jenny, dois de seus servos a fitavam como se tivessem sido esbofeteados. Então, correram para o ferreiro, que estava acompanhado de duas dezenas de cavalariços de Claymore.

— Sua senhoria vai se sentar com os escoceses amanhã. — Um dos servos afirmou com ansiedade e descrença. — Está se colocando *contra* nós!

— Está mentindo! — respondeu um jovem cavalariço, cuja mão queimada Jenny tratara no dia anterior. — Ela *nunca* faria isso. É uma de *nós*!

— Milorde — disse Jenny quando chegou a Royce, e ele se virou para ela imediatamente, cortando Lorde Melbrook no meio de uma frase. — Você disse... — relembrou-o, incapaz de ignorar as palavras de Katherine sobre como ele olhava para ela. "Parece", pensou Jenny, aturdida, "que *havia* alguma coisa nos olhos dele quando olhava para ela".

— Eu disse o quê? — perguntou ele, calmamente.

— Você disse que é normal todos se recolherem cedo na noite anterior a um torneio — explicou Jenny, recuperando sua compostura e voltando à mesma expressão educadamente impessoal que adotara desde a morte de William. — E, se quer que todos façam isso, seria prudente obter o juramento de fidelidade e terminar antes de ficar muito tarde.

— Está se sentindo mal? — perguntou Royce, estudando o rosto dela.
— Não — mentiu Jenny. — Só cansada.

O juramento de fidelidade ocorreu no grande salão, onde os vassalos de Royce estavam reunidos. Durante quase uma hora, Jenny ficou com Katherine, Brenna, Sir Stefan e vários outros, observando cada vassalo se aproximar de Royce. De acordo com o antigo costume, cada um deles se ajoelhou, pôs as mãos sobre as dele, inclinou-se com humildade e lhe jurou fidelidade. Era um ato de obediência, retratado em pinturas de nobres com seus humildes súditos, instantaneamente reconhecíveis apenas pela postura. Jenny, que vira aquilo em Merrick, sempre acreditou que era um gesto desnecessariamente humilhante para o vassalo. De certa forma, Katherine Melbrook pensava o mesmo, pois calmamente observou:

— Deve ser muito degradante para um vassalo.

— É necessário que seja — disse Lorde Melbrook, obviamente não partilhando da aversão da esposa àquilo. — No passado, assumi exatamente a mesma posição diante do rei Henrique. Portanto, não se trata de um gesto degradante como as senhoras obviamente pensam. No entanto — emendou, após pensar por um momento —, talvez seja diferente quando é um nobre se inclinando para um rei.

Assim que o último vassalo se ajoelhou e jurou fidelidade, Jenny calmamente se desculpou e escapuliu para o andar superior. Agnes havia acabado de ajudá-la a colocar uma camisola macia de cambraia branca bordada com rosas de seda quando Royce bateu à porta e entrou.

— Vou ver se Lady Elinor precisa de mim — disse Agnes a Jenny, fazendo uma rápida reverência para Royce.

Ao perceber que a camisola de algodão era quase transparente, Jenny pegou um robe de veludo prateado e apressadamente o vestiu. Percebeu que, em vez de Royce zombar do gesto recatado ou de provocá-la a respeito disso, como teria feito quando estava tudo bem entre eles, seu belo rosto permaneceu perfeitamente inexpressivo.

— Queria falar com você sobre algumas coisas — começou ele calmamente, quando ela vestiu o robe. — Antes de tudo, sobre os emblemas que entreguei aos aldeões...

— Se está com raiva por causa disso, não o culpo — disse Jenny com sinceridade. — Deveria ter consultado você ou Sir Albert primeiro. Especialmente porque os entreguei em seu nome. Você não estava disponível naquele momento, e eu... não gosto de Sir Albert.

— Não estou nem um pouco zangado, Jennifer — respondeu ele, educadamente. — E, depois do torneio, vou substituir Prisham. Na verdade, vim agradecer por você ter percebido o problema e resolvê-lo tão habilmente. Sobretudo, eu queria agradecer por não deixar transparecer aos servos seu ódio por mim. — O estômago de Jenny se contorceu diante da palavra ódio e ele continuou: — Na verdade, fez exatamente o contrário disso.

Ele olhou para a porta pela qual Agnes havia acabado de sair e acrescentou ironicamente:

— Ninguém mais se benze quando passa perto de mim. Nem mesmo a sua criada.

Jenny, que não tinha ideia de que ele havia notado isso, assentiu, incapaz de pensar no que dizer.

Ele hesitou e depois disse, com um toque amargo:

— Seu pai, seu irmão e outros três Merrick me desafiaram para uma justa amanhã.

A sensual percepção da existência dele, que incomodava Jenny desde que Katherine havia mencionado a suposta ternura de Royce em relação a ela, foi demolida pelas palavras que se seguiram:

— Eu aceitei.

— Naturalmente — disse ela, sem disfarçar a amargura.

— Não tive escolha — retrucou ele, com vigor. — Estou sob ordem específica do meu rei para não recusar se for desafiado por sua família.

— Terá um dia muito cheio — observou ela, lançando-lhe um olhar gelado. Todos sabiam que a Escócia e a França haviam escolhido seus dois principais cavaleiros e que Royce também os enfrentaria no dia seguinte.

— Com quantos confrontos você concordou?

— Onze — disse ele, sem rodeios —, além do torneio.

— Onze? — repetiu Jenny, a voz mordaz cheia de frustração e de dor interminável por causa da traição dele. — Três é o número habitual. Imagino que, para se sentir corajoso e forte, precisa de quase quatro vezes mais a quantidade de violência normal para outros homens, não é verdade?

O rosto de Royce empalideceu diante desse comentário.

— Aceitei apenas os embates que me foram especificamente ordenados a aceitar. Recusei mais de duzentos.

Uma dezena de réplicas sarcásticas queriam sair de seus lábios, mas Jenny não tinha disposição para falar. Sentiu que morria por dentro ao observá-lo.

Royce se virou para sair, mas, de repente, a visão da adaga de William sobre o baú encostado na parede a fez se sentir quase desesperada por defender as ações do seu irmão morto. Quando seu marido alcançou a porta, disse:

— Tenho pensado no assunto. Acho que William pegou a adaga não porque pretendia usá-la, mas por temer pela própria segurança quando estava sozinho com você no salão. Ou talvez tivesse temido pela *minha* segurança. Era óbvio que estava furioso comigo naquela ocasião. Mas ele nunca tentaria atacar você, nunca pelas costas.

Não era uma acusação; era apenas uma declaração e, embora Royce não tivesse se virado para encará-la, ela viu seus ombros se retesarem, como se lutassem contra a dor enquanto ele falava:

— Cheguei à mesma conclusão na noite em que aconteceu — disse, com força, quase aliviado por poder fazê-lo. — Com o canto dos olhos, vi uma adaga ser desembainhada às minhas costas e reagi instintivamente. Foi um reflexo. Desculpe-me, Jennifer.

A mulher com quem se casara não aceitava sua palavra nem seu amor, mas, estranhamente, aceitou seu pedido de desculpas.

— Obrigada — disse ela, com pesar — por não tentar me convencer ou a si mesmo de que ele era um assassino. Isso torna mais fácil para nós, para que você e eu... — A voz de Jenny se apagou enquanto tentava pensar no que estava diante deles, mas só conseguia lembrar-se do que uma vez haviam compartilhado... e perdido. — Para que você e eu nos tratemos com cortesia — concluiu, de um modo imperfeito.

Royce respirou de modo instintivo e se voltou para ela.

— Isso é tudo o que quer de mim? — perguntou, com a voz rouca pela emoção. — Cortesia?

Jenny assentiu porque não conseguia falar. E porque quase podia acreditar que o que via nos olhos dele era dor, uma dor até mesmo maior que a sua.

— É tudo o que eu quero. — Finalmente conseguiu dizer.

A garganta de Royce tremeu como se estivesse tentando falar, mas ele apenas assentiu bruscamente. E, então, saiu.

No momento em que a porta se fechou atrás dele, Jenny abraçou a coluna do dossel, com lágrimas cálidas em profusão escorrendo dos olhos. Seus ombros tremiam com soluços violentos que não podia mais controlar. Eles dilaceravam seu peito, e ela se abraçou à coluna, mas seus joelhos não mais a sustentaram.

25

Tribunas cobertas e cheias de cadeiras colocadas em níveis ascendentes cercavam os quatro lados do enorme campo de torneio e já estavam lotadas de senhoras e senhores maravilhosamente vestidos quando Jenny, Brenna, tia Elinor e Arik chegaram. Bandeiras se agitavam no topo de cada galeria, exibindo o brasão de todos os ocupantes dela, e, quando Jenny olhou em volta, procurando seu próprio estandarte, imediatamente confirmou que Katherine estava correta: as tribunas de seus compatriotas não estavam integradas às demais, mas sim de frente para os ingleses, opostas às deles.

— Lá, minha querida, está seu brasão — disse tia Elinor, apontando para a tribuna do outro lado do campo. — Esvoaçando ali ao lado do brasão de seu pai.

Arik falou, assustando as três mulheres com o som de sua portentosa voz:
— A senhora se senta lá — ordenou, apontando para a tribuna sobre a qual estava o brasão de Claymore.

Jenny, que sabia que isso era uma ordem do gigante, e não de Royce, à qual ela também não teria obedecido, negou com a cabeça.

— Eu me assentarei sob o meu brasão, Arik. As guerras com os ingleses já esvaziaram a nossa tribuna de muitos que deveriam estar lá. A tribuna de Claymore está lotada.

Porém, não estava. Pelo menos, não totalmente. Havia uma grande cadeira em forma de trono no centro dela, visivelmente vazia. Era para Jenny, ela bem sabia. Seu estômago se contorceu quando passou por ela e, naquele momento, todos os seiscentos convidados em Claymore, todos os serviçais e aldeões que podiam enxergar o campo pareciam se virar e vê-la, primeiro chocados, depois desapontados e, muitos, com desprezo.

A tribuna do clã Merrick, identificada pelo falcão e a lua crescente, estava entre o clã MacPherson e o clã Duggan. Para piorar a crescente angústia de Jenny, no momento em que os clãs em campo viram que ela se encaminhava para o lado deles, surgiu uma retumbante manifestação de alegria, que continuava a aumentar em volume à medida que ela se aproximava. Jenny olhou para a frente e se obrigou a pensar apenas em William.

Tomou seu lugar na primeira fileira, entre tia Elinor e Brenna. Assim que se assentou, seus parentes, incluindo o pai de Becky, começaram a acariciar seu ombro e a cumprimentá-la com orgulho. Pessoas que conhecia, e muitas que não conhecia, das tribunas ao redor se aproximaram para renovar seus votos de amizade ou para se apresentar. Uma vez, ela havia desejado apenas ser aceita por seu povo; naquele dia, estava sendo adorada e afagada por mais de mil escoceses como heroína nacional.

E tudo o que precisava fazer para conseguir isso era humilhar e trair publicamente o marido.

A percepção desse fato fez com que seu estômago se contorcesse e suas mãos transpirassem. Estava ali havia menos de dez minutos e já pensava que não poderia suportar mais tempo sem desabar fisicamente.

E isso foi *antes* que se afastassem as pessoas que se haviam aglomerado ao seu redor e ela se desse conta de que era o centro das atenções de quase todos os olhos do lado inglês do campo. Para onde quer que olhasse, ingleses a encaravam de volta, apontando ou chamando a atenção de outra pessoa para ela.

— Apenas olhe — disse tia Elinor, alegre, acenando com a cabeça para os ingleses enfurecidos que se voltavam para ela — para os maravilhosos enfeites de cabeça que todos estamos usando! Era exatamente como eu esperava: todos fomos arrebatados pelo espírito desse dia e agora usamos o tipo de coisa que era comum em *nossa* juventude.

Jenny se forçou a levantar a cabeça, passando cegamente o olhar pelas galerias coloridas, bandeiras ondulantes e véus flutuantes do campo ao seu redor. Casquetes cônicos caíam até o chão, chapéus que pareciam ter asas gigantescas de ambos os lados, outros em forma de coração com véus, como cornucópias com drapeados e mesmo toucas que pareciam dois pedaços quadrados de véu pendendo de longas hastes no alto do cabelo das senhoras. Jenny olhava para eles sem vê-los, assim como vagamente ouvia as palavras de Elinor:

— ... e, enquanto estiver olhando, minha querida, mantenha a cabeça erguida, porque você fez uma escolha, embora tenha sido um erro, na minha opinião, e agora deve tentar mantê-la.

A cabeça de Jenny se inclinou para ela.

— O que estava dizendo, tia Elinor?

— O que eu teria dito antes, se você tivesse me perguntado: seu lugar é com o seu marido. No entanto, meu lugar é com você. E aqui estou. E aqui está a querida Brenna do outro lado, de quem suspeito fortemente que esteja inventando alguma tramoia para ficar para trás e permanecer com o irmão do seu marido.

Brenna olhava para todos os lados e também para tia Elinor, mas Jenny ainda estava muito imersa na própria culpa e incerteza para registrar qualquer alerta sobre a irmã.

— Você não entende sobre William, tia Elinor. Eu o amava.

— E ele amava você — disse Brenna, com sensatez, e Jenny se sentiu um pouco melhor, até que Brenna acrescentou: — Ao contrário do nosso pai, que desprezava *mais* nosso inimigo do que a amava.

Jenny fechou os olhos.

— Por favor! — sussurrou para ambas. — Não façam isso comigo. Sei... sei o que é certo...

Foi poupada da necessidade de dizer mais, no entanto, pelo súbito toque de trombetas, quando os trombeteiros entraram no campo a cavalo, seguidos pelos arautos, que esperaram até a calmaria para proclamar as regras.

O torneio deveria ser precedido por três justas, proclamou o arauto, que seriam entre os seis cavaleiros considerados os melhores de seus países. Jenny prendeu a respiração, depois soltou o ar lentamente: os dois primeiros combatentes seriam um cavaleiro francês e um escocês; o segundo embate seria entre Royce e um francês chamado DuMont, e o terceiro seria entre Royce e Ian MacPherson, o filho do antigo "noivo" de Jenny.

A multidão ficou ensandecida. Em vez de ter de esperar o dia todo, ou talvez dois, para ver o Lobo, os espectadores o veriam duas vezes na primeira hora.

As regras pareciam perfeitamente comuns: o primeiro cavaleiro a acumular três pontos ganhava a justa. Um ponto era dado cada vez que um cavaleiro atingisse o oponente com força suficiente para quebrar sua lança. Jenny entendeu que seriam necessários pelo menos cinco enfrentamentos para qualquer cavaleiro acumular três pontos, considerando que não era fácil segurar uma lança no riste e apontá-la estando sobre um cavalo galopante e acertar o oponente no lugar preciso para quebrar sua lança, principalmente porque a superfície polida da armadura era projetada para desviá-la. Três pontos e a vitória da justa seriam automaticamente atribuídos ao cavaleiro que conseguisse derrubar o oponente do cavalo.

Os próximos dois anúncios fizeram com que a multidão aclamasse com aprovação, e Jenny se encolhesse: as justas deveriam ser realizadas ao estilo alemão, e não ao francês, o que significava que as lanças maciças comuns seriam usadas, e não as populares, e sua ponta mortal não seria coberta com a proteção tradicional.

Os gritos de entusiasmo da multidão eram tão altos que demorou para que o arauto pudesse concluir, anunciando que o torneio se seguiria às três justas e que as demais justas aconteceriam nos dois dias seguintes. No entanto, acrescentou, devido à ilustre presença dos cavaleiros, as justas que seguiriam o torneio seriam organizadas de acordo com a importância do cavaleiro, se isso pudesse ser determinado.

Mais uma vez, a multidão gritou com entusiasmo. Em vez de ter de assistir a embates entre cavaleiros desconhecidos, os espectadores veriam, em primeiro lugar, os melhores.

Fora da arena, os condestáveis haviam terminado de verificar os arreios da sela para garantir que nenhum cavaleiro usasse correia de couro, em vez de habilidade de equitação e força bruta, para permanecer montado. Satisfeito, o chefe dos condestáveis deu o sinal, os arautos saíram a trote do campo e, então, tambores, flautas e trombetas começaram a soar, anunciando o desfile cerimonial no campo por parte de todos os cavaleiros.

Nem mesmo Jenny ficou indiferente ao deslumbrante espetáculo que se seguiu: em fila de seis, os cavaleiros desfilaram no campo do torneio vestindo a armadura completa, montados em cavalos de guerra enfeitados com pingentes e sinos de prata deslumbrantes, enfeites coloridos na cabeça e arreios de sedas e veludos brilhantes, que mostravam o brasão do cavaleiro. A armadura polida brilhava ao sol com tanta intensidade que Jenny precisou apertar os olhos enquanto desfilavam diante dela tabardos e escudos adornados com brasões que mostravam todos os animais imagináveis, dos nobres, como leões, tigres, falcões e ursos, aos fantásticos, como dragões e unicórnios; outros traziam desenhos de listras e quadrados, meias-luas e estrelas; outros ainda ostentavam flores.

As cores chamejantes e brilhantes, combinadas com o incessante rugido da multidão, encantaram tanto tia Elinor que ela aplaudiu um cavaleiro inglês que cavalgava com uma capa particularmente impressionante com três leões rugindo, duas rosas, um falcão e uma lua crescente verde.

Em qualquer outro tempo, Jenny teria pensado ser esse o espetáculo mais emocionante que já vira. Seu pai e o meio-irmão passaram juntos com o que julgou serem cerca de quatrocentos cavaleiros. Seu marido, no entanto, não apareceu, e o primeiro par de justadores acabou por cavalgar sob o clamor desapontado de "Lobo! Lobo!".

Antes do confronto, cada um dos cavaleiros trotou até a tribuna onde sua esposa ou dama amada estava sentada. Inclinando a lança, aguardaram a concessão cerimonial de um favor: lenço, fita, véu ou mesmo uma manga que a dama orgulhosamente amarrava na ponta da lança. Após, cavalgaram para as extremidades opostas do campo, ajustaram os elmos, verificaram os visores, testaram o peso da lança e, por fim, aguardaram o toque da trombeta. À primeira nota, cravaram as esporas nos cavalos e os obrigaram a avançar. A lança do francês atingiu o escudo do oponente ligeiramente fora do centro, o escocês balançou na sela e se recuperou. Foram-se mais cinco enfrentamentos antes que o francês finalmente tomasse um golpe que mandou para o chão pernas e braços de aço brilhante, ao que se seguiu ensurdecedora celebração.

Jenny quase não notou o resultado, embora o cavaleiro caído estivesse praticamente aos seus pés. Olhando para as mãos apertadas sobre o colo, esperava ouvir um novo toque das trombetas.

Quando ele foi dado, a multidão enlouqueceu e, apesar de não querer olhar, Jenny levantou a cabeça. Empinando seu cavalo drapejado com belos arreios vermelhos, estava o francês que ela havia notado de modo especial durante o desfile, em parte porque ele era muito corpulento e também porque as cotoveleiras que usava eram enormes, grandes pedaços de metal que se abriam em vários pontos, fazendo-a pensar em asas de morcego. Também percebeu que, embora usasse um belo colar baronial no pescoço, não havia nada de "caprichoso" ou belo na assustadora figura de uma impressionante serpente embutida em seu peitoral. Virou o cavalo em direção a uma das galerias para o habitual gesto de favor e, ao fazer isso, todo o barulho da multidão começou a desaparecer.

Um tremor de medo fez com que Jenny de imediato desviasse o olhar, mas, mesmo assim, sabia que Royce havia entrado no campo, porque a multidão, de repente, ficara misteriosamente quieta. Tão quieta que os periódicos toques dos trombeteiros contrastavam com o impressionante silêncio como um dobre fúnebre. Incapaz de evitar, levantou a cabeça e se virou. O que ela viu fez seu coração parar: em contraste com a alegria, as cores e a exuberância por todos os lados, seu marido estava vestido de preto. Seu cavalo negro estava coberto de preto, o enfeite de cabeça era preto e o escudo de Royce não mostrava seu brasão. Em vez disso, havia a cabeça de um raivoso lobo negro.

Até mesmo para Jenny, que o conhecia, ele parecia assustador quando começou a atravessar o campo. Ela o viu olhar para a própria tribuna, e percebeu a confusão momentânea do marido quando viu outra mulher sentada na cadeira que havia sido feita para Jenny. Porém, em vez de cavalgar em direção àquela mulher, ou em direção a qualquer uma daquelas pelo menos mil mulheres ao redor do campo que acenavam freneticamente véus e fitas para ele, Royce virou Zeus na direção oposta.

O coração de Jennifer disparou quando percebeu que ele estava vindo em sua direção. A multidão também viu isso e ficou em silêncio novamente, observando. Embora todos na tribuna dos Merrick começassem a gritar maldições para Royce, ele foi com Zeus até onde Jenny alcançou sua lança e parou. Porém, em vez de inclinar a lança para receber o presente que sabia que ela não lhe daria, ele fez algo que a devastou ainda mais, algo que ela nunca vira antes: permaneceu sentado, enquanto Zeus se mexia inquieto, e olhou para ela; então, hábil, mas lentamente, baixou a lança, colocando a ponta no chão.

"Era uma saudação!", gritou o coração de Jenny. Ele a estava saudando, e Jenny viveu um momento de dor e pânico que superou tudo, até a morte de William. Levantou-se um pouco do assento, sem saber o que queria fazer, e o momento passou. Virando Zeus, Royce galopou até o fim do campo passando pelo francês, que ajustava a viseira no elmo, deixando-a mais firme no pescoço e flexionando o braço como se testasse o peso da lança.

Royce girou seu cavalo para enfrentar o oponente, abaixou a viseira e ajeitou a lança... e permaneceu imóvel. Perfeitamente imóvel: violência contida, fria e sem emoção; preparado para o momento, mas à espera...

Ao primeiro toque da trombeta, Royce se inclinou, cravou as esporas em Zeus e o lançou contra o adversário. Sua lança atingiu o escudo do francês com tanta força que o fez voar para o lado e o cavaleiro foi derrubado para trás sobre o cavalo, caindo sobre a perna direita dobrada de tal maneira que não havia como não tê-la quebrado. Após, Royce galopou para o extremo oposto do campo e esperou, de frente para a entrada. Novamente imóvel.

Jenny vira Ian MacPherson antes e o achara magnífico. Ele havia entrado no campo parecendo tão letal quanto Royce, com as cores dos MacPherson, verde-escuro e ouro, e seu cavalo trotava ferozmente.

Jenny observou de soslaio que Royce não tirava os olhos de Ian MacPherson, e algo sobre o modo como Royce o observava a convenceu de que estava avaliando o futuro comandante do clã MacPherson e que não estava subestimando a ameaça de Ian. Ocorreu a ela que o marido e Ian eram os únicos dois cavaleiros com armadura alemã, de linhas extremamente angulares emulando o corpo humano. Na verdade, o único ornamento na armadura de Royce eram duas pequenas placas de latão côncavas do tamanho de um punho, uma em cada ombro.

Olhou diretamente para o rosto de Royce e quase sentiu o implacável impulso de seu olhar, com o qual parecia atacar Ian. Jenny estava tão absorta que não percebeu que Ian MacPherson havia parado diante dela e, naquele momento, lhe estendia a ponta da lança.

— Jenny! — O pai de Becky agarrou o ombro dela, atraindo a atenção da jovem para Ian. Jenny olhou para cima e soltou um gemido angustiado, paralisado de incredulidade, mas tia Elinor soltou um grito de alegria exagerada:

— Ian MacPherson! — anunciou, tirando o véu. — Você sempre *foi* o homem mais galante — e, inclinando-se ligeiramente de lado, amarrou seu véu amarelo na lança do cavaleiro.

Quando Ian tomou seu lugar no campo diante de Royce, Jenny percebeu imediatamente a sutil diferença na postura de Royce: ele estava tão imóvel quanto antes, mas agora estava ligeiramente inclinado para a frente, encolhido, ameaçador e ansioso por se lançar sobre o inimigo que ousara buscar um favor de sua esposa. A trombeta soou, os cavalos de guerra saltaram, ganharam impulso, avançaram; lanças no riste, ajustadas, pontas mortais brilhando e, no instante em que Royce estava prestes a atacar, Ian MacPherson soltou um grito de guerra assustador e atacou. Uma lança foi de encontro a um escudo e, um instante depois, Ian e seu magnífico cavalo cinzento desabaram juntos no chão, estatelando-se e depois rolando de lado em meio a uma nuvem de poeira.

Um grito irrompeu na multidão, mas Royce não ficou ali para desfrutar dos elogios histéricos. Com frio desprezo por seu digno e caído inimigo, cujo escudeiro ajudava a levantar, virou Zeus e o fez galopar para fora do campo.

A seguir, viria o torneio, e Jenny o temia muito, pois, mesmo sendo de caráter informal, eram quase como verdadeiras batalhas entre dois grupos de forças opostas, que se lançavam uns contra os outros a partir dos extremos opostos do campo. A única coisa que o impedia de se transformar em um massacre em grande escala eram algumas regras, mas, ao ouvir o arauto anunciar as regras que seriam usadas naquele torneio, o medo de Jenny se multiplicou. Como de costume, havia a proibição de qualquer arma de ponta afiada. Era proibido atacar um homem pelas costas ou golpear os cavalos. Também era proibido atacar homens que tivessem tirado o elmo para um período de descanso; no entanto, apenas dois desses períodos seriam permitidos a qualquer cavaleiro, a menos que seu cavalo estivesse fraco. O lado vencedor seria aquele com mais homens ainda montados ou não feridos.

Além dessas, não haveria outras regras, nem cordas ou cercas dividindo os oponentes depois que a luta tivesse começado. Nenhuma. Jenny prendeu a respiração, sabendo que havia mais uma decisão a ser anunciada e, uma vez que isso aconteceu, o coração dela se apertou: naquele dia, gritou o arauto, por causa da habilidade e da dignidade dos cavaleiros, também seriam permitidas espadas de lâmina larga e lanças.

Duas cavalarias de cem cavaleiros cada, uma chefiada por Royce e outra, por DuMont, entraram no campo provenientes de extremidades opostas, seguidas de escudeiros que traziam lanças e espadas de lâmina larga extras.

O corpo inteiro de Jenny começou a tremer enquanto ela examinava os cavaleiros da equipe de DuMont: seu pai estava lá, assim como Malcolm e MacPherson e uma dezena de outros clãs cujos emblemas reconheceu. O campo estava dividido com ingleses em uma extremidade e franceses e escoceses na outra. Assim como na vida, aqueles homens estavam divididos no campo de torneio nos mesmos lados que assumiam na batalha. Não deveria ser assim, gritava o coração de Jenny; um torneio era travado pela glória individual e exibição, e *não* para o triunfo de um inimigo sobre o outro. Torneios realizados entre inimigos, e houve alguns, sempre terminavam em banhos de sangue. Tentou acalmar seus maus presságios sem êxito. Todos os seus instintos gritavam que algo terrível aconteceria.

As trombetas deram três toques de advertência, e Jennifer começou a rezar distraidamente pela segurança de todos os que conhecia. A corda, que dividia temporariamente o campo pela metade, foi esticada. O quarto toque rasgou o ar, e a corda foi retirada. Duzentos cavalos se lançaram para o campo, fazendo a terra tremer debaixo de seus cascos, enquanto espadas e lanças eram erguidas. Então, aconteceu: vinte parentes de Jenny, liderados por seu pai e seu irmão, se separaram da tropa e se voltaram diretamente para Royce, empunhando espadas, em busca de vingança.

O grito de Jenny foi abafado pelo som de enfurecida desaprovação dos ingleses, enquanto os escoceses convergiam para Royce como os Cavaleiros do Apocalipse. Nos momentos que se seguiram, Jenny testemunhou a demonstração mais espantosa de habilidade com espada e de força que já vira: Royce lutou como um homem possuído, com reflexos tão rápidos e movimentos tão poderosos que derrubou seis homens do cavalo antes de, finalmente, conseguirem derrubá-lo. O pesadelo piorou; sem perceber que estava de pé junto com todos os outros nas tribunas, Jenny tentou examinar a pilha de homens e de metais, ouvindo o barulho ininterrupto do choque de espadas contra o aço. Os cavaleiros de Royce viram o que havia acontecido e começaram a cavalgar em direção a ele e, nesse momento, do ponto de vista de Jenny, toda a visão da batalha pareceu mudar. Royce se ergueu do monte de homens e saiu dali como um demônio vingativo, segurando a espada com as mãos acima da cabeça enquanto a balançava com todas as forças... para o pai de Jenny.

Jenny não viu o golpe que ele desferiu com a espada contra um montanhês, que não era seu pai, pois cobriu o rosto com as mãos e gritou. Não viu o sangue escorrendo sob a armadura de Royce por causa dos cortes profundos que seu irmão causara ao cravar uma adaga escondida no ponto vulnerável do pescoço entre o elmo e o peitoral de Royce; não viu que haviam penetrado a armadura leve na altura da coxa, ou que, quando estavam fora do campo de visão, o haviam espancado nas costas, nos ombros e na cabeça.

Tudo o que viu ao tirar as mãos do rosto foi que, de alguma forma, seu pai ainda estava de pé, e Royce estava atacando MacPherson e outros dois como um louco friamente enfurecido, girando e golpeando... e que, onde quer que atingisse, os homens caíam como ovelhas metálicas brutalmente abatidas.

Jenny se afastou da cadeira e quase caiu sobre Brenna, que mantinha os olhos fechados.

— Jenny! — gritou tia Elinor. — Você não deveria... — Mas Jenny não lhe deu atenção; sentia um gosto amargo na garganta. Com a visão meio embaçada pelas lágrimas, correu para seu cavalo e arrancou as rédeas das mãos de seu servo assustado...

— Milady, veja! — exclamou ele com entusiasmo, ajudando-a se ajeitar na sela e apontando para Royce no campo. — A senhora já viu algo como ele na *vida*? — Jenny olhou mais uma vez e viu a espada de Royce se chocar contra o ombro de um escocês. Viu que seu pai, seu irmão, o pai de Becky e uma dezena de outros escoceses se levantavam do chão, que já estava banhado de sangue.

E viu a morte iminente.

A visão a atormentava enquanto permanecia na janela aberta de seu quarto, com o rosto pálido encostado na armação, os braços abraçados ao corpo, tentando, de alguma forma, conter a dor e o terror em seu íntimo. Uma hora se havia passado desde que deixara o torneio, e as justas ainda estavam em andamento havia, pelo menos, metade desse tempo. Royce dissera ter aceitado onze embates, e já havia lutado duas vezes antes do torneio. Com base no anúncio do arauto de que as justas que se seguiriam ao torneio começariam com os justadores mais experientes, Jenny tinha poucas dúvidas de que todos os embates de Royce seriam os primeiros do torneio. Quanto mais impressionante fossem, pensou com uma dor vaga, mais o rei Henrique demonstraria para todos que, mesmo exausto, seu famoso campeão era capaz de derrotar qualquer escocês tolo o suficiente para desafiá-lo.

Já havia contado cinco embates completos; pelo horrível rugido da multidão, podia dizer quando cada perdedor abandonava o campo. Depois de mais quatro embates, Royce sairia do campo; então, certamente alguém traria informações sobre quantos de sua família ele havia mutilado ou matado. Não lhe ocorreu, ao secar uma lágrima do rosto, que algo pudesse acontecer a Royce; ele era invencível. Vira isso durante as justas no início do torneio. E... que Deus a perdoasse... sentira *orgulho*. Mesmo quando estava enfrentando Ian MacPherson, ela estava muito orgulhosa...

Com o coração e a mente devastados pela lealdade dividida, permaneceu onde estava, sem poder ver o campo, mas ouvindo os acontecimentos. Com base nos prolongados e feios gritos de escárnio vindos da multidão, um som que se tornava mais forte ao final de cada embate, as pessoas não estavam recebendo um espetáculo muito bom por parte de cada perdedor. Evidentemente, seus escoceses nem eram dignos de receber alguns aplausos educados...

Ela saltou quando a porta do quarto se abriu e bateu contra a parede.

— Pegue seu manto — disse Stefan Westmoreland, em tom ameaçador. Você vai voltar para aquele campo comigo mesmo que eu precise arrastá-la até lá!

— *Não* vou voltar — respondeu Jenny, voltando-se para a janela novamente. — Não tenho estômago para torcer enquanto meu marido destroça minha família ou...

Stefan a agarrou pelos ombros e a girou, falando de um modo furioso:

— Eu vou lhe *dizer* o que está acontecendo! Meu irmão está naquele campo *morrendo*! Jurou que não levantaria a mão contra seus parentes e, quando perceberam isso durante o torneio, seus preciosos parentes o massacraram! — disse entre dentes, negando com a cabeça. — Eles o dilaceraram no torneio! E agora ele está participando de uma justa... Está ouvindo essa zombaria? Estão zombando *dele*. Está tão ferido que acho que já nem sabe que foi derrubado do cavalo. Pensou que seria capaz de vencê-los nas justas, mas não foi, e outros catorze escoceses o desafiaram.

Jenny ficou olhando para ele, com o coração insanamente disparado, mas seu corpo estava enraizado no chão, como se estivesse tentando correr em um pesadelo.

— Jennifer! — gritou ele, com a voz rouca. — Royce está deixando que o matem. — Suas mãos apertavam os braços dela, mas sua voz estava cheia de angústia. — Ele está lá naquele campo *morrendo* por você. Matou seu irmão e está pagando... — Parou quando Jennifer se soltou de suas mãos e começou a correr...

GARRICK CARMICHAEL CUSPIU no chão perto de Royce quando saiu do campo, vitorioso, mas Royce não se dava conta desses insultos sutis. Sentia os joelhos fraquejarem, vagamente ciente de que o rugido da multidão estava lenta e inexplicavelmente aumentando e se tornando ensurdecedor. Tremendo, estendeu a mão e tirou o elmo. Tentou passá-lo para o braço esquerdo, mas ele estava pendente, inútil, e o elmo caiu no chão. Gawin estava correndo em sua direção... Não, não era Gawin. Era alguém com um manto azul, e ele apertou os olhos, tentando focar, imaginando se seria seu próximo oponente.

Em meio à névoa de suor, sangue e dor que borrava sua visão e turvava sua mente, Royce pensou por um momento ter visto a figura de uma mulher correndo em sua direção, o cabelo solto brilhando ao sol em tons vermelhos e dourados. Jennifer! Sem acreditar, semicerrou os olhos, olhando fixamente, enquanto os clamores da multidão aumentavam cada vez mais.

Royce gemeu por dentro, tentando se colocar de pé com o braço direito, que não estava quebrado. Jennifer havia voltado, agora, para testemunhar a sua derrota. Ou a sua morte. Mesmo assim, não queria que ela o visse morrer humilhado e, com a última sobra de força que possuía, ergueu-se. Levantando a mão, limpou os olhos, sua visão se aclarou e ele percebeu que não estava imaginando coisas. Jennifer estava se aproximando dele, e um estranho silêncio caía sobre a multidão.

Jenny sufocou um grito quando estava perto o suficiente para ver o braço dele pendurado inerte ao lado do corpo. Parou na frente dele, e a voz do seu pai, de algum lugar fora do campo, fez sua cabeça se virar para a lança que estava aos pés de Royce.

— Use-a! — trovejava ele. — *Use a lança, Jennifer!*

Royce, então, entendeu por que ela havia ido: para terminar a tarefa que seus parentes haviam começado, para fazer com ele o que ele fizera com seu irmão. Imóvel, observou-a, vendo as lágrimas que escorriam por seu lindo rosto enquanto ela se inclinava lentamente. Porém, em vez de pegar a lança de Royce ou a própria adaga, segurou a mão dele entre as suas e a beijou. Em meio à dor e à confusão, Royce compreendeu que ela, na verdade, estava *ajoelhada* diante dele, e um gemido brotou de seu peito:

— Querida — disse ele com força, apertando a mão, tentando fazê-la se levantar —, não faça isso...

Porém. sua esposa não o ouviu. Diante de sete mil espectadores, Jennifer Merrick Westmoreland, condessa de Rockbourn, ajoelhou-se diante do marido em um gesto público de humilde reverência, com o rosto pressionado contra a mão dele, os ombros sendo sacudidos por violentos soluços. No momento em que, por fim, levantou-se, não havia muitos espectadores que não haviam visto o que fizera. Em pé, deu um passo para trás, ergueu o rosto marcado pelas lágrimas e endireitou os ombros.

Uma sensação de orgulho se espalhou pelo ser maltratado de Royce, porque, de alguma forma, ela se erguera de maneira tão orgulhosa, tão desafiadora, como se tivesse acabado de ser nomeada cavaleiro pelo rei.

Gawin, imobilizado pela mão apertada de Stefan em seu ombro, correu assim que a mão o soltou. Royce colocou o braço no ombro do escudeiro e coxeou para fora do campo.

Saiu sob os vivas dos espectadores, que gritavam quase tão alto como quando ele derrubou DuMont e MacPherson.

EM SUA TENDA no campo de justas, Royce, lenta e relutantemente, abriu os olhos, retesando-se por causa da extrema dor que sabia que viria ao voltar à consciência. Porém, não houve dor.

Podia dizer, pelo barulho do lado de fora, que as refregas ainda estavam em andamento, e se perguntava, aturdido, onde estava Gawin, quando percebeu que alguém segurava sua mão direita. Virando a cabeça, olhou naquela direção e, por um momento, pensou que estivesse sonhando: Jennifer pairava sobre ele, cercada por um brilhante halo de luz do sol que se espalhava vindo pela porta da tenda aberta atrás dela. Sorria com tanta ternura em seus lindos olhos que era comovente contemplar a cena. Como se viesse de muito longe, ouviu-a dizer suavemente:

— Bem-vindo, meu amor.

Repentinamente, ele entendeu a razão pela qual a estava vendo cercada de luz cintilante, o motivo da falta de dor e da maneira incrivelmente terna como ela estava falando e olhando para ele. Falou em voz alta, com a voz inalterada, impassível:

— Morri.

Porém, a visão que pairava sobre ele negou com a cabeça e se sentou cuidadosamente ao seu lado na cama. Inclinando-se para a frente, ela tirou uma mecha de cabelo negro da testa dele e sorriu, com os espessos cílios cheios de lágrimas.

— Se morreu — provocou, com a voz doída —, então acho que caberia a *mim* sair naquele campo e vencer meu meio-irmão.

Royce sentia na testa a ponta suave dos dedos de Jenny, e havia algo decididamente humano na pressão de seu quadril contra as costelas dele. Talvez não fosse uma visão angelical, afinal; talvez *não* tivesse morrido, decidiu Royce.

— Como faria isso? — perguntou ele. Era um teste para ver se os métodos dela seriam espirituais ou mortais.

— Bem... — disse a visão, inclinando-se sobre ele e gentilmente roçando os lábios suaves nos dele. — Na *última* vez que fiz... arranquei minha viseira... e fiz isso...

Royce ofegou quando a língua dela se lançou docemente para dentro de sua boca. *Não* estava morto. Anjos certamente não beijam assim. Seu braço livre a tocou nos ombros, puxando-a para baixo, mas, quando a beijou, outro pensamento lhe ocorreu, fazendo-o franzir a testa:

— Se não estou morto, por que não sinto dores?

— Tia Elinor — sussurrou ela. — Ela fez uma poção especial, e nós o forçamos a beber.

Os últimos borrões em sua mente se aclararam e, com um suspiro de gratidão, ele a puxou, beijando-a, e seu ânimo se fortaleceu ao perceber que, quando seus lábios se separaram e ela o beijou de novo, o fez de todo o coração. Quando a deixou, ambos estavam sem fôlego, desejando dizer palavras que mereciam ser ditas em um lugar melhor do que em uma tenda que tremia por causa dos gritos da multidão.

Depois de um minuto, Royce perguntou, com calma:

— Estou muito ferido?

Jenny engoliu em seco e mordeu o lábio; tinha os olhos sombreados de dor pelas feridas que ele sofrera por sua causa.

— Tanto assim? — murmurou ele, com a voz rouca.

— Sim — sussurrou ela. — O braço esquerdo e três dedos estão quebrados. As feridas no pescoço e na clavícula, que Stefan e Gawin disseram terem sido feitas por Malcolm, são longas e profundas, mas não estão mais sangrando. O corte na perna é monstruoso, mas estancamos toda a hemorragia. Sua cabeça recebeu uma pancada horrível, obviamente, quando você perdeu o elmo e, sem dúvida — acrescentou, pedindo vingança —, quando outro dos meus parentes carniceiros o atacou. Além disso, está muito ferido em *todos os lugares*.

Arqueou a sobrancelha com ar despreocupado.

— Não parece muito ruim.

Jenny começou a sorrir diante daquela conclusão absurda, mas ele acrescentou, com a voz calma e significativa:

— O que acontece depois disso?

Ela imediatamente entendeu o que ele perguntava e, de pronto, considerou a extensão dos danos físicos adicionais que provavelmente sofreria se voltasse para mais uma justa, e considerou isso em relação aos terríveis danos ao orgulho se não o fizesse.

— Isso depende de você — respondeu ela depois de um momento, incapaz de esconder a animosidade que sentia pelo pai e pelo irmão quando acrescentou: — No entanto, lá no "campo de honra" que minha família desonrou hoje, há um cavaleiro chamado Malcolm Merrick, que lhe lançou um desafio público há uma hora.

Royce esfregou o nó dos dedos contra o rosto e perguntou, com ternura:

— Devo deduzir, por essa observação, que realmente acha que sou tão bom a ponto de vencê-lo com o escudo amarrado ao ombro de um braço quebrado?

Ela inclinou a cabeça para o lado.

— Você consegue?

Um sorriso preguiçoso puxou o canto da sua boca, e os lábios sensuais formaram uma palavra:

— Certamente.

EM PÉ DO lado de fora da tenda, ao lado de Arik, Jenny observou Royce pegar sua lança com Gawin. Ele olhou para ela, hesitou uma fração de segundo, uma pausa que parecia, de alguma forma, importante; então, girou Zeus e começou a caminhar em direção ao campo. Jenny se deu conta de algo que ele esperava, mas não havia pedido; ela gritou para ele esperar.

Jenny correu para a tenda e pegou as tesouras que havia usado para cortar tiras de tecido para amarrar suas feridas. Correndo até o corcel preto agitado, pisando o chão com o casco da frente, ela parou e olhou para o marido sorridente. Em seguida, curvou-se e cortou uma tira da bainha do vestido de seda azul, esticou-se na ponta dos pés e amarrou-a na ponta da lança de Royce.

Arik caminhou ao lado dela e, juntos, observaram Royce entrar no campo de torneio, enquanto a multidão gritava em aprovação. O olhar de Jenny mirou a bandeira azul brilhante se agitando na ponta da lança e, apesar de todo o seu amor por ele, sentiu um nó na garganta e as lágrimas vindo. A tesoura em sua mão pendia como um símbolo solene do que havia acabado de fazer: ao amarrar sua bandeira na lança de Royce, cortara todos os laços com o seu país.

Engoliu em seco audivelmente e deu um salto, assustada, quando a mão achatada de Arik subitamente veio descansar sobre a sua cabeça. Tão pesada quanto um martelo de guerra, ficou ali por um momento, depois deslizou até o rosto, puxando-o contra si. Era um abraço.

— Não precisa se preocupar. Vamos acordá-lo, minha querida — disse tia Elinor com absoluta convicção a Jenny. — Ele vai dormir por horas ainda.

Um par de olhos cinzentos se abriu, vasculhou o quarto e depois se fixou com admiração na corajosa e bela mulher de cabelos dourados que estava à porta, ouvindo a tia.

— Mesmo sem a tisana que lhe dei — continuou tia Elinor enquanto se dirigia aos frascos e pós colocados sobre o baú —, qualquer homem que voltasse, ferido, para participar de mais cinco justas, dormiria a noite toda. Embora — continuou com um grande sorriso — não tenha demorado muito para eliminá-los. Que resistência ele tem — acrescentou, com um sorriso de admiração — e que habilidade! *Nunca* vi nada igual!

Naquele momento, Jenny estava mais preocupada com o conforto de Royce do que com seus feitos ao voltar aos embates.

— Vai sentir dores terríveis quando despertar. Queria que lhe ministrasse mais da poção que lhe deu antes de ele voltar para o campo — pediu à tia.

— Bem... sim, seria bom, mas não convém. Além disso, pelo aspecto dessas cicatrizes no corpo dele, ele está acostumado a lidar com a dor. E, como eu disse, não é seguro usar mais de uma dose. Ela tem alguns efeitos indesejáveis, preciso dizer.

— Que tipo de efeito? — perguntou Jenny, ainda desejando fazer algo para ajudá-lo.

— Um só — respondeu tia Elinor com uma voz assustadora. — Ficar incapaz de qualquer atividade na cama por uma semana.

— Tia Elinor — disse Jenny, com firmeza, mais do que disposta a sacrificar o prazer de fazer amor em favor do seu conforto —, se é com isso que tenho que me preocupar, então prepare mais disso.

Tia Elinor hesitou, depois assentiu com relutância, pegando um frasco de pó branco sobre o baú.

— É uma pena — observou Jenny, com ironia — que não possa adicionar algo a isso, algo para mantê-lo calmo, quando eu disser a ele que Brenna está aqui e que Stefan e ela desejam se casar. Ele só queria uma vida de paz —

acrescentou, com uma risada cansada —, e duvido que tenha passado por mais problemas do que tem passado desde que olhou para mim.

— Tenho certeza de que está certa — respondeu tia Elinor, com desalento. — Mas Sir Godfrey me confidenciou que Vossa Alteza nunca riu tanto desde que a conheceu. Assim, só podemos esperar que goste de rir o suficiente para compensar uma vida de agitação.

— Pelo menos — disse Jenny, com os olhos obscurecidos de dor ao encarar a o pergaminho sobre a mesa que lhe fora entregue pelo pai —, não terá que viver na expectativa diária de meu pai vir atacá-lo para libertar Brenna e a mim. Ele nos deserdou.

Tia Elinor olhou com simpatia para a sobrinha; então, disse, filosoficamente:

— Ele sempre foi um homem mais capaz de odiar do que de amar, minha querida. Só você nunca percebeu isso. Se me perguntar o que ele mais ama, é a si mesmo. Não fosse assim, nunca teria tentado casar você, primeiro com o velho Balder e depois com o MacPherson. Nunca esteve interessado em você, exceto para promover seus próprios objetivos egoístas. Brenna vê como ele realmente é, pois não é o verdadeiro pai dela e, assim, ela não se deixa cegar pelo amor.

— Ele também deserdou meus filhos, qualquer um que eu venha a ter... — sussurrou Jenny, trêmula. — Imagino o quanto deve me odiar para rejeitar os próprios netos.

— Quanto a isso, não foi o que fez hoje que o endureceu contra seus filhos. Ele nunca quis qualquer neto que seja gerado pelo duque.

— Eu... não acredito nisso — disse Jenny, incapaz de parar de se torturar com a culpa. — Eles também serão meus filhos.

— Não para ele — disse tia Elinor. Segurando um copo pequeno à luz, mirou a quantidade de pó que continha, então adicionou uma pitada a mais. — Esse pó, se administrado em pequenas quantidades por algumas semanas, pode tornar um homem completamente impotente. Por isso — continuou enquanto derramava um pouco de vinho no copo — seu pai queria que eu acompanhasse você a Claymore. Queria ter certeza de que seu marido não seria capaz de gerar filhos. O que, como mostrei para ele, significava que você, também, não teria filhos, mas ele não se importava com isso.

A respiração de Jenny congelou, primeiro horrorizada com as ações do pai e, em seguida, por pensar que tia Elinor pudesse estar seguindo as instruções dele.

— Você... não tem colocado nada disso na comida ou na bebida de meu marido, não é?

Ignorando o olhar tenso e assustado que a sobrinha lhe dava, tia Elinor continuou a mexer a mistura com uma colher.

— Oh, céus! Claro que não. Mas não posso deixar de pensar — acrescentou, levando a mistura cuidadosamente para a cama — que, quando seu pai decidiu, depois de tudo, não me enviar para Claymore, deveria ter elaborado um plano melhor. Agora, vá para a cama e tente dormir — ordenou severamente, sem saber que havia acabado de aumentar a dor de Jenny, convencendo-a de que o pai, de fato, tinha a intenção de prendê-la pelo resto da vida em um convento.

Tia Elinor esperou até Jenny entrar em seu quarto. Satisfeita com o fato de que sua sobrinha repousaria um pouco, virou-se para o duque, depois ofegou, com a mão sobre a garganta, alarmada pela forma ameaçadora como ele olhava para o copo que segurava.

— Prefiro a dor, madame — disse ele, brevemente. — Tire esse pó do meu quarto. Tire-o da minha *propriedade*! — acrescentou implacavelmente.

Recuperando-se do seu breve alarme, Lady Elinor lentamente sorriu em sinal de aprovação.

— Isso é exatamente o que pensei que diria, querido menino — sussurrou ela com carinho. Virou-se para sair, depois voltou e, dessa vez, suas sobrancelhas brancas se juntaram em uma linha severa. — Espero — admoestou — que tenha cuidado com esses pontos que fiz em você hoje à noite, e que se assegure de que a minha poção ainda não tenha feito seu pior em você.

Limitado por conta do braço esquerdo e os dedos imobilizados, Royce levou vários minutos para conseguir vestir um robe de caxemira cinza e amarrar seu cinto preto. Abriu com delicadeza a porta para o quarto de Jenny, esperando que estivesse dormindo ou, mais provavelmente, sentada no escuro, tentando entender tudo que lhe acontecera naquela dia.

Ela não estava fazendo nenhuma das duas coisas, percebeu ele, parado à porta. As velas estavam acesas em seus castiçais na parede e ela estava, serena, de pé, junto à janela, com o rosto levemente inclinado, ao que parecia, olhando para o vale iluminado por archotes, as mãos cruzadas atrás do corpo. Com seu perfil delicadamente esculpido e seus cabelos de ouro vermelho se espalhando pelos ombros, ela parecia, pensou Royce, a estátua magnífica de uma deusa romana olhando para o céu que ele vira na Itália. Ao olhar para ela, sentiu-se humilhado por sua coragem e espírito. Em um único dia, ela havia desafiado a família, o país e se ajoelhara diante dele na frente de sete mil pessoas; fora deserdada e desiludida, e ainda assim podia ficar de pé, junto à janela, e olhar para o mundo com um singelo sorriso nos lábios.

Royce hesitou, de repente, incerto sobre a melhor maneira de se aproximar dela. Quando finalmente saíra do campo de justas naquele dia, estava perto do colapso, e não teve a oportunidade de conversar com ela até o momento. Considerando tudo o que havia sacrificado por ele, "Obrigado!" não era suficiente. "Eu te amo", sugeria sua mente, mas apenas dizer palavras não parecia totalmente apropriado. E se, por acaso, ela não estivesse pensando que havia perdido a família e o país naquele dia, ele não queria dizer nada que a lembrasse disso.

Ele decidiu deixar o estado de espírito dela escolher por ele, e deu um passo à frente, lançando sombra na parede ao lado da janela.

Ela o observou caminhando em sua direção, parando ao lado da janela.

— Suponho — disse ela, tentando esconder a preocupação — que não adiantará insistir em que volte para a cama.

Royce apoiou o ombro bom na parede e restringiu o desejo de concordar em voltar para a cama desde que ela fosse com ele.

— Não — disse levemente. — No que estava pensando agora, enquanto olhava pela janela?

Para a sua surpresa, a pergunta a perturbou.

— Eu... não estava pensando.

— Então, o que estava fazendo? — perguntou, a curiosidade atiçada.

Um sorriso pesaroso tocou os lábios convidativos dela. Ela olhou para ele antes de se virar para a janela.

— Eu estava... falando com Deus — admitiu. — É um hábito que tenho.

Surpreso e ligeiramente divertido, Royce perguntou:

— Sério? O que Deus lhe disse?

— Acho — respondeu ela, suavemente — que disse: "De nada".

— Por que diria isso? — provocou Royce.

Ao olhar para os olhos dele, Jenny respondeu solenemente:

— Por você.

Royce deixou de sorrir e, com um gemido, puxou-a bruscamente contra o peito, apertando-a contra ele.

— *Jenny* — sussurrou com voz a rouca, enterrando o rosto em seu cabelo perfumado. — Jenny, eu te amo.

Ela se aconchegou em Royce, ajeitando seu corpo nos contornos rígidos dele, oferecendo-lhe os lábios para seu beijo feroz e faminto. Então, segurou o rosto dele entre as mãos. Inclinando-se ligeiramente sobre o braço de Royce e olhando profundamente para ele com seus olhos azuis, sua esposa respondeu, com a voz hesitante:

— Acho, milorde, que eu o amo mais.

SATISFEITO E TOTALMENTE contente, Royce ficou na escuridão com Jenny encostada nele e a cabeça em seu ombro. Sua mão passeava vagarosamente pela cintura dela ao mesmo tempo em que ele olhava para a lareira, lembrando-se da aparência dela mais cedo ao correr para ele pelo campo do torneio com o cabelo esvoaçando. Ele a viu ajoelhada diante de si, depois em pé de novo, com a cabeça orgulhosamente elevada, olhando para ele com amor, sem vergonha das lágrimas que brilhavam em seus olhos.

Que estranho, pensou Royce, que, depois de sair vitorioso de mais de uma centena de batalhas reais, o maior momento de triunfo que ele havia conhecido fora em um campo de batalha simulada onde estava sozinho, ferido e derrotado.

Naquela manhã, sua vida lhe parecera tão sombria quanto a morte. Naquela noite, sua alegria estava em seus braços. Alguém ou algo — o destino, a sorte ou o Deus de Jenny — havia olhado para ele naquela manhã e contemplado sua angústia. E, por algum motivo, Jenny lhe fora devolvida.

De olhos fechados, Royce deu um beijo leve na fronte macia de Jenny. *Obrigado!*, pensou ele.

E poderia jurar que, no coração, ouviu uma voz responder: *De nada!*

Epílogo

1º de janeiro de 1499

— É tão estranho ver o salão assim, vazio — brincou Stefan, olhando para as vinte e cinco pessoas, incluindo os quinze homens que faziam parte da guarda particular de Royce, que acabavam de comer uma suntuosa ceia.

— Onde estão os ursos dançantes esta noite, meu amor? — provocou Royce, colocando o braço nas costas da cadeira de Jenny e sorrindo para ela.

Apesar da brincadeira sobre os ursos, Royce nunca provara um período natalino como aquele.

— Parece que eu — riu Jenny, passando a mão sobre o ventre — engoli um.

Apesar da gravidez avançada, ela insistira que Claymore e todos os seus habitantes celebrassem os catorze dias, da noite de Natal à Epifania, da maneira tradicional, o que significava manter a "casa aberta". Como resultado, nos últimos oito dias, houve um banquete contínuo e todos os viajantes que chegavam às portas de Claymore eram automaticamente convidados a se juntar à família. Na noite anterior, o castelo fora o cenário de uma grande festa, especialmente para o deleite dos serviçais e dos servos feudais de Royce, bem como de todos os aldeões. Houve música e canções natalinas apresentadas por menestréis contratados, ursos dançarinos, malabaristas, acrobatas e até mesmo uma peça de Natal.

Jenny enchia a vida de Royce de alegria e amor, e, a qualquer hora, lhe daria também seu primeiro filho. O contentamento de Royce era ilimitado, tanto que nem mesmo as palhaçadas de Gawin o irritavam naquela noite.

De acordo com a decisão de Jenny de celebrar a temporada o mais tradicionalmente possível, Gawin recebeu o papel de Senhor do Desgoverno, o que significava que, durante três dias, ele presidia a mesa, e seu papel lhe permitia imitar seu senhor, dar ordens ultrajantes e fazer e dizer coisas pelas quais, em dias normais, Royce o teria banido de Claymore.

Agora, Gawin estava de volta à cadeira de Royce no centro da mesa, com o braço às costas da cadeira da tia Elinor, em uma imitação cômica do modo como Royce sentava com Jennifer.

— Vossa Alteza — disse ele, imitando o tom áspero que Royce usava quando esperava obediência instantânea —, alguns de nós nesta mesa desejam uma resposta a uma dúvida.

Royce ergueu uma sobrancelha para ele e, resignadamente, esperou a pergunta.

— É verdade ou mentira — exigiu Gawin — que o senhor é chamado de Lobo porque matou uma fera dessas com oito anos e comeu os olhos dela na ceia?

Jenny se agitou com uma risada irreprimível, e Royce olhou para ela, fingindo-se ofendido.

— Senhora — disse ele —, você ri porque duvida que eu fosse forte o suficiente para matar um animal assim sendo tão pequeno?

— Não, meu senhor — respondeu Jenny, rindo, ao mesmo tempo que partilhava um olhar cúmplice com Godfrey, Eustace e Lionel —, mas, para um homem que prefere ignorar uma refeição a comer uma que esteja malcozida, não posso imaginá-lo comendo os *olhos* de quem quer que seja!

— Está certa — sorriu.

— Senhor — disse Gawin —, uma resposta, se lhe aprouver. Qual parte da fera o senhor comeu não importa. O que nos importa saber é com que idade o senhor a matou. A lenda diz que o senhor fez tudo isso entre quatro e catorze anos.

— É mesmo? — zombou Royce.

— Penso que a história é verdadeira — disse Jenny, olhando para ele com curiosidade. — Quero dizer, a parte sobre você matar um lobo quando era criança.

Os lábios de Royce se contraíram.

— Henrique me chamou de lobo em Bosworth Field.

— Porque o senhor matou um lá! — declarou Gawin.

— Porque — corrigiu Royce — havia muita luta e muito pouca comida para manter a carne sobre meus ossos. No final da batalha, Henrique olhou para meu corpo magro e meus cabelos escuros e disse que eu o fazia lembrar um lobo faminto.

— Não acho que — tentou dizer Gawin, mas Royce o cortou com um olhar dominador que claramente dizia que já havia suportado o suficiente de palhaçadas por aquela noite.

Jenny, que dissimulava com cuidado as dores recorrentes que a atacavam, olhou para tia Elinor e assentiu imperceptivelmente. Inclinando-se para Royce, disse, em voz baixa:

— Acho que vou descansar um pouco. Não se levante.

Ele apertou a mão dela e assentiu de maneira agradável.

Quando Jenny se levantou, tia Elinor também o fez, mas parou junto a Arik, com a mão na parte de trás da cadeira dele.

— Você não abriu seu presente, querido menino — disse a ele.

Todo mundo havia trocado presentes, mas Arik estivera ausente até a hora da ceia.

Ele hesitou, a grande mão em cima do pequeno item embrulhado em seda ao lado da sua travessa. Parecendo extremamente desconfortável por ser o foco de tanta atenção, desembrulhou o objeto desajeitadamente, olhou a pesada corrente de prata com um objeto pequeno e redondo pendurado nela e depois a cobriu com a mão. Um aceno de cabeça curto e desconfortável expressou sua "profunda gratidão", mas tia Elinor não desistiu. Quando ele começou a se levantar da mesa, ela sorriu e disse:

— Há uma flor seca de videira dentro dele.

Suas sobrancelhas pesadas se juntaram e, mesmo tendo falado em seu tom mais baixo, sua voz apareceu:

— Por quê?

Inclinando-se para falar ao seu ouvido, ela sussurrou com autoridade:

— Porque serpentes detestam flor de videira. É um fato.

Ela se virou para acompanhar Jenny e, por isso, não viu a coisa estranha que aconteceu com o rosto de Arik, mas quase todos os outros à mesa perceberam e ficaram fascinados. Por um momento, o rosto de Arik pareceu se esticar e, então, começou a ceder. Rugas se formaram ao redor dos olhos. A linha reta dos seus lábios severos vacilou, primeiro em um canto, depois no outro, e apareceram dentes brancos...

— Pelo amor de Deus! — gritou Godfrey, cutucando Lionel e Brenna com entusiasmo. — Ele vai sorrir! Stefan, veja isso! Nosso Arik está...

Godfrey parou quando Royce, que estava observando Jennifer, pensando que ela queria se sentar junto ao fogo, de repente saiu da cadeira, ainda segurando sua caneca de cerveja, e caminhou rapidamente para o pé da escada que levava à galeria.

— Jennifer — disse com a voz alarmada —, aonde você está indo?

Um momento depois, tia Elinor, que já havia subido para a galeria, respondeu alegremente:

— Ela vai dar à luz seu filho, Vossa Alteza.

Os servos no corredor se viraram para trocar olhares sorridentes, e um deles correu para espalhar a notícia para os ajudantes na cozinha.

— *Não* suba! — advertiu tia Elinor em um tom mais severo quando Royce começou a subir as escadas. — Não sou inexperiente nesses assuntos, e você só vai atrapalhar. Não se preocupe —, acrescentou com calma, notando que Royce empalidecera —, o fato de a mãe de Jenny ter morrido no parto não é motivo de preocupação.

A caneca de Royce se quebrou no chão de pedra.

Dois dias depois, os servos, os moradores do feudo, os vassalos e os cavaleiros ajoelhados no pátio de armas já não sorriam mais em antecipação à chegada do herdeiro a Claymore. Estavam em vigília, com a cabeça curvada em oração. O bebê não havia chegado, e as notícias que corriam entre os servos agitados no palácio eram cada vez piores. Nem fora considerado um bom sinal o fato de o duque, que raramente punha os pés na capela, ter entrado lá quatro horas atrás, atormentado e aterrorizado.

Os rostos se ergueram em esperança quando as portas do salão foram abertas, e congelaram alarmados quando Lady Elinor entrou na capela. Um momento depois, o duque passou desesperadamente pelas portas, correndo e, embora ninguém pudesse dizer, por seu rosto abatido, quais notícias havia recebido, aquilo não poderia ser um bom presságio.

— Jenny — sussurrou Royce, inclinando-se sobre ela, com as mãos apoiadas ao lado do travesseiro.

Ela abriu os olhos azuis, esboçou um sorriso sonolento para ele e sussurrou:

— Você tem um filho.

Royce engoliu em seco audivelmente e tirou os revoltos cachos de cabelo do rosto da esposa.

— Obrigado, querida — disse aliviado, a voz ainda fraca por causa dos dois dias de terror que vivera. Ele se debruçou sobre ela e a beijou de modo terno, um eloquente beijo de amor e profundo alívio por ela estar bem.

— Já viu o bebê? — perguntou quando ele se afastou de seus lábios.

Royce caminhou até o berço de madeira onde seu filho, adormecido, estava deitado. Inclinou-se e tocou a minúscula mão com o dedo; então, olhou para Jenny, com a testa franzida.

— Ele parece... pequeno.

Jenny riu, lembrando a pesada espada com um rubi engastado no cabo que Royce havia ordenado fazer assim que ela lhe disse que estava grávida.

— Um pouco pequeno para — provocou ela —, por enquanto, empunhar uma espada.

Os olhos de Royce brilharam de alegria.

— Talvez nunca consiga levantar aquela que Arik está fazendo para ele.

O sorriso dela se transformou em uma expressão intrigada quando virou a cabeça para a janela e percebeu que, embora estivesse quase no crepúsculo, centenas de archotes iluminavam o pátio.

— Alguma coisa errada? — perguntou ela, lembrando como as tochas tinham sido acesas na noite em que seu pai chegara a Claymore.

Royce relutantemente deixou o filho e foi até a janela e, então, voltou para a cama.

— Ainda estão orando — disse, parecendo um pouco confuso. — Pedi para sua tia ir lá dizer a todos que está tudo bem. Ela deve ter sido detida por alguma coisa.

Com ironia, acrescentou:

— Considerando como saí correndo da capela quando veio me chamar, alguns minutos atrás, eles provavelmente não acreditarão nela de jeito nenhum.

Sorrindo, Jenny ergueu os braços para ele e Royce entendeu.

— Não quero que você pegue frio — advertiu, já se inclinando para ela, levantando-a da cama, envolta no cobertor de pele. Em seguida, levou-a até o parapeito.

No pátio abaixo, o ferreiro apontou para o parapeito e gritou. Os que rezavam e os que choravam levantaram o rosto lentamente, sorrindo em direção a Jenny e, de repente, o ar ficou cheio de vivas ensurdecedores.

Ao levantar a mão em um gesto reconfortante, Jennifer Merrick Westmoreland olhou para o seu povo, e nenhuma daquelas pessoas achou nela falta alguma. Gritaram ainda mais alto quando seu marido a ergueu mais e a aproximou mais de si, e era óbvio para qualquer um que observasse que a duquesa de Claymore era muito amada por todos a quem amava.

Jenny chorava ao mesmo tempo que sorria para eles. Afinal, não é todo dia que uma mulher recebe um reino de sonhos.

Impresso no Brasil pelo
Sistema Digital Instant Duplex da Divisão Gráfica da
DISTRIBUIDORA RECORD DE SERVIÇOS DE IMPRENSA S.A.
Rua Argentina, 171 – Rio de Janeiro, RJ – 20921-380 – Tel.: (21)2585-2000